18. Juni 1993

»Mayday, mayday, kann mich jemand hören? Hier spricht Christoph Schneyder. Ich bin hier ganz allein auf dem Schiff. Kann mich jemand hören? Mayday, mayday!« Die Worte gingen in ein abgehacktes Schluchzen über. »Mayday, mayday, hallo, ist da jemand? Kann mich jemand hören?«

»Ganz ruhig, junger Mann. Hier spricht Focke Janssen, Kapitän des Seenotkreuzers *Vormann Steffens*. Wir haben Ihren Notruf empfangen und werden Ihnen helfen. Wie ist Ihre Position?« Es war 2:17 Uhr und eigentlich hatte der Schiffsführer auf eine ruhige Nacht gehofft. Aber damit war es jetzt vorbei. Janssen war lange genug im Geschäft, um Angst zu erkennen. Und hier befand sich jemand in Todesangst.

»Hallo?« Die Stimme des jungen Mannes überschlug sich. »Gott sei Dank. Ich weiß nicht, wo ich bin. Irgendwo auf der Nordsee.«

»Befinden Sie sich auf Fahrt oder ist das Schiff geankert?«

»Wir ankern. Ich bin mitten in der Nacht aufgewacht, weil jemand um Hilfe gerufen hat. Und jetzt ist Herr Behrens weg. Verschwunden. Ich hab so Angst. Hören Sie? Ich hab beschissene Angst. Ich weiß nicht, was hier passiert ist.«

»Beruhigen Sie sich, wir kommen, sobald wir wissen, wo Sie sich befinden. Sind Sie verletzt? Brauchen Sie medizinische Hilfe?«

»Ich? Nein. Mit mir ist alles in Ordnung. Aber Herr Behrens ist weg!«

»Ganz ruhig, Herr Schneyder. Oder darf ich ›du‹ sagen? Darf ich fragen, wie alt Sie sind?«

»Sechzehn.«

»Okay. Dann hör gut zu, mein Junge. Wenn der Anker ausgeworfen ist, kann dir erst einmal nichts passieren. Um was für ein Boot handelt es sich?«

Die unerschütterliche Ruhe, die in Janssens sonorer Stimme lag, schien sich auf den Jungen zu übertragen. »Ein kleineres Boot mit Kabine, ein ehemaliger Fischkutter, glaube ich.

Es heißt *Prinzessin.* Herr Behrens fährt damit immer zum Angeln. Keine Ahnung, wie man so ein Boot richtig nennt.«

»In Ordnung, Christoph. Ein kleiner Kutter, das reicht mir schon. Wenn du deine Position nicht benennen kannst, ist das nicht weiter schlimm. Die können wir über das Funkgerät einpeilen. Du darfst es nur nicht ausstellen. Bleib ganz ruhig und versuch nicht, den Motor zu starten. Wir holen dich ab.«

»Ich rühre nichts an, bis Sie mich gefunden haben. Bin ja nicht lebensmüde.« Ein nervöses Lachen. »Aber bitte, bitte beeilen Sie sich.«

»Geht klar. Von wo aus seid ihr gestartet und wohin sollte die Fahrt gehen?«

»Wir sind gestern Abend von Wangerooge losgefahren. Zum Makrelenfischen. Herr Behrens hat gesagt, in der Morgendämmerung beißen sie am besten.«

»Wie lange wart ihr unterwegs?«

Der Junge schien zu überlegen. »Eineinhalb Stunden, würde ich sagen. Dann hat er den Anker ausgeworfen.«

»Wie schnell ist das Boot, weißt du das zufällig?«

»Keine Ahnung. Wir sind ziemlich langsam getuckert.«

»Na bitte. Damit lässt sich doch was anfangen. Siehst du irgendwelche Lichter?«

»Ein Frachter ist vorbeigefahren, ganz nah!« Jetzt klang der Junge wieder aufgeregt. »Ich dachte schon, der fährt mich um. Kann das passieren? Dass so einen Pott den Kutter übersieht?«

»Nein, keine Sorge. Erstens haben die Radar. Zweitens hast du gesagt, dass der Schiffsführer öfter zum Angeln rausfährt. Der weiß mit Sicherheit, wo er gefahrlos ankern kann.« Focke Janssen gab dem zweiten Vormann Richard Tammen einen Wink, damit er mit der Peilung begann.

Janssen Vermutung, dass das Boot in der Nähe des Seegatts Blaue Balje lag, erwies sich als richtig. Genau siebenunddreißig Minuten, nachdem die Seenotleitung in Bremen den ersten Notruf aufgefangen hatte, ging die *Vormann Steffens* bei der *Prinzessin* längsseits. Focke Janssen und Richard Tammen gingen an Bord.

Der Junge, der Christoph Schneyder sein musste, hockte auf dem Boden in der Kabine, das Gesicht tränenverschmiert. Seine rechte Hand umklammerte ein Messer, wie es Angler zum Filetieren brauchen. Auf seiner Stirn klebte getrocknetes Blut. »Endlich.« Er ließ das Messer fallen.

»Ruf die Polizei«, murmelte Focke Janssen.

Der Kommissar hieß Rennrodt. Er war jung, höchstens dreißig, dunkelhaarig, sehr groß und schlank. Christoph musste die ganze Zeit an einen Dobermann denken. Er hatte gehörigen Respekt vor Dobermännern und der Kommissar war ihm auch nicht sympathisch, zumal er den Eindruck erweckte, dass er Christoph am liebsten verhaften und für alle Zeit hinter Gitter stecken würde. Auf dem Tisch stand ein Aufnahmegerät. Der Kommissar drückte die Aufnahmetaste. »Freitag, 18. Juni 1993, 8:15 Uhr. Vernehmung von Christoph Schneyder durch Oberkommissar Gerrit Rennrodt.« Jetzt wandte der Beamte sich dem Jungen zu. »Schildern Sie bitte, was sich zugetragen hat.«

Ohne es zu merken, faltete Christoph unter dem Tisch seine Hände. Sie waren eiskalt. »Wir, also meine Eltern und ich, machen seit Jahren Urlaub auf Wangerooge. Wir mieten immer eine der Ferienwohnungen bei Frau Hansen. Herr Behrens, ihr Lebensgefährte, nimmt mich jedes Jahr einoder zweimal mit raus zum Makrelenangeln. Diesmal sind wir abends schon los, weil wir gleich um vier Uhr fischen wollten. Ursprünglich wollte noch ein anderer mitkommen, Adrian Mahler, der wohnt hier auf der Insel, aber er hat im letzten Moment abgesagt.«

Das Gesicht des Kommissars zeigte keine Regung. »Sie haben also auf dem Schiff übernachtet, um im Morgengrauen zu angeln. Weiter. Wie haben Sie den Abend verbracht?«

Christoph Schneyder schloss die Augen, um sich besser zu konzentrieren. »Wir haben Kartoffelsalat gegessen, den hatte Frau Hansen für uns gemacht. Und dann haben wir gequatscht. Um halb zwölf haben wir uns hingelegt. Wir wollten ja früh hoch.«

»Haben Sie nicht was Wichtiges vergessen?« Der Kripobeamte zog die Stirn in Falten.

»Nein. Was soll ich vergessen haben?«

»Gab es vielleicht was zu trinken? Bier? Korn?«

»Stimmt. Wir haben jeder ein Bier getrunken. Dosenbier. Heineken.«

»Jeder eine Dose? Das kann wohl nicht stimmen. Meine Beamten haben in der Kombüse elf oder zwölf leere Bierdosen gefunden. Einen Rest Kartoffelsalat übrigens auch. *Da* haben Sie nicht gelogen.«

Empört sprang Christoph Schneyder auf. »Ich habe überhaupt nicht gelogen. Was soll das? Wir haben jeder eine Dose Bier getrunken, wie ich es gesagt habe. Wir haben die Teller abgespült und uns aufs Ohr gehauen. Warum sollte ich lügen?«

Seine Frage wurde nicht beantwortet. »Hinsetzen. Weiter. Was dann?«

»Ich bin aufgewacht, weil jemand um Hilfe gerufen hat. Und dann hörte es sich an, als ob etwas Schweres ins Wasser fällt. Ich hab nach Herrn Behrens gerufen. Aber der hat nicht geantwortet. Es war unheimlich.« Allein die Erinnerung an diesen Moment reichte, um Christoph Schneyder kalte Schauer über den Rücken zu jagen. »Immer wieder hab ich seinen Namen gerufen, ›Herr Behrens, Herr Behrens‹, aber es kam keine Antwort. Es hat ’ne ganze Weile gedauert, bis ich mich aus der Kajüte getraut habe. Den Rest kennen Sie ja. Irgendwie hab ich das Sprechfunkgerät in Gang gekriegt.« Die letzten Worte waren nur noch geflüstert.

»Haben Sie nicht schon wieder etwas Wichtiges vergessen? Zum Beispiel Ihre Platzwunde?« Der Kommissar lächelte unfreundlich.

Beiläufig fuhr der Junge mit dem Handgelenk über seine Stirn. »Ach so, klar. Da hab ich mich gestoßen. Ich konnte meine Taschenlampe nicht finden und bin im Dunkeln gegen den Türrahmen geknallt. Auf der Treppe bin ich noch mal gestolpert und gefallen. Bestimmt hab ich noch mehr blaue Flecken.« Er schob den Stuhl zurück, krempelte sein

Hosenbein hoch und zeigte sein lädiertes Schienbein. »Da. Ich war doch völlig kopflos.«

»Wer hat geschrien und was?« Kommissar Rennrodt betrachtete den Kugelschreiber, den er schon die ganze Zeit in der Hand hielt. Er drückte die Mine rein und wieder raus. Ein leises, rhythmisches Klicken war zu hören.

Christoph fragte sich, ob man das Geräusch später auf der Bandaufnahme hören würde. Er rutschte unbehaglich auf seinem Stuhl hin und her. Irgendetwas lief hier völlig verkehrt. Er hatte doch nichts verbrochen. Und trotzdem wurde er von Rennrodt wie ein Verbrecher behandelt. »Ich weiß nicht, wer geschrien hat«, sagte er leise. »Ein Mann, würde ich sagen. Herr Behrens, oder?« Sein Blick bettelte um Zustimmung, doch Kommissar Rennrodt interessierte sich nur für den blauen Kugelschreiber. »Jemand hat ›Hilfe‹ gerufen. Zweimal hintereinander. ›Hilfe! Hilfe!‹ Dann fiel etwas Schweres ins Wasser. Und danach war es ganz ruhig. Man konnte nur noch die Wellen hören.«

Der Kugelschreiber wurde unsanft auf den Tisch gelegt. »So. Herr Behrens ruft um Hilfe, fällt über Bord und ist still. Finden Sie das logisch? Müsste es nicht umgekehrt sein? Erst geht der Mann über Bord und dann ruft er um Hilfe? Und das nicht nur zweimal, sondern so lange, bis man ihn aus dem Wasser holt? Immerhin hing sein Leben davon ab, dass ihn jemand aus der See fischte. Gibt es einen Rettungsring an Bord?«

Irritiert schaute der Junge hoch. »Was? Natürlich hängt da ein Rettungsring. Ist doch Vorschrift, oder?« Er rieb sich die Augen. »Sie haben recht. Eigentlich hätte es umgekehrt sein müssen. Erst fällt man ins Wasser und dann ruft man um Hilfe. Ich sag ja die ganze Zeit, dass es unheimlich war.«

Der Beamte lächelte matt. Er ließ eine Pause und wischte mit der linken Handkante über den Tisch, der ihn von Christoph Schneyder trennte. »Nette Geschichte. Schade, dass sie einen logischen Fehler enthält. Da haben Sie vorher wohl nicht richtig nachgedacht. Wenn Sie mich fragen, Herr Schneyder, ist ganz was anderes passiert. Sie haben mit

Herrn Behrens gezecht, mehr getrunken, als ein junger Mann von sechzehn Jahren vertragen kann. Es kam zum Streit, zu Handgreiflichkeiten vielleicht, und am Ende ging einer von Ihnen über Bord.«

»Was? Wie bitte? Was soll ich getan haben?« Christoph Schneyder lief vor Empörung dunkelrot an. Für einen kurzen Moment hätte er sich am liebsten auf sein Gegenüber gestürzt. Aber vermutlich war es genau das, was der Polizist bezweckte, er wollte ihn provozieren, damit er eine Dummheit beging. Und hinterher würde im Protokoll stehen, dass Christoph Schneyder aggressiv war und schnell die Beherrschung verlor. Aber das stimmte nicht. Der Junge holte tief Luft und räusperte sich. »So war es nicht. Ehrlich. Ich sage die Wahrheit.«

Das Flehen in seiner Stimme beeindruckte den Kripobeamten offenbar wenig. »Und noch etwas haben Sie mir bislang nicht erklärt. Weshalb hielten Sie ein Messer in der Hand?«

Verlegen senkte Christoph Schneyder den Blick. »Wenn Sie es genau wissen wollen – ich hatte höllische Angst. Der Schrei. Behrens war spurlos verschwunden. Meine Taschenlampe konnte ich nirgends finden und in der Kombüse brannte nur eine schwache Funzel. Ringsum war es stockdunkel. Die ganze Zeit hab ich gedacht, dass ein Fremder an Bord sein könnte. Ich hab sogar gemeint, dass da einer atmet. Aber das war dann wohl nur Einbildung.«

»Ein Fremder, natürlich. Der böse Unbekannte.« Rennrodt beugte sich vor und schaute dem Jungen direkt ins Gesicht. «Ich will ganz ehrlich sein. Wir ermitteln wegen Verdacht auf Tod durch Fremdverschulden, im Volksmund auch Totschlag oder Mord genannt.« Er warf einen flüchtigen Blick auf seine Uhr. »Die Spurensicherung stellt das Schiff seit genau einer Stunde auf den Kopf. Sie glauben ja nicht, was man heutzutage alles im Labor nachweisen kann. Die finden jedes Haar, jeden Blutstropfen, jede Gewebefaser.«

»Mord?«, flüsterte Christoph ungläubig. »Wieso sprechen Sie denn von Mord?«

»Kein Mensch ertrinkt einfach so. Ohne zu schreien, meine

ich. Dann die Verletzung an Ihrer Stirn, das Messer in Ihrer Hand.« Rennrodt lehnte sich zurück. »Ihre Geschichte ist ganz schön dünn. Da fahren Sie jedes Jahr mit Johann Behrens raus und können nicht mit dem Schiff umgehen? Ja, Sie können nicht mal Ihre Position benennen? Das soll ich glauben, Herr Schneyder? Ich bitte Sie ... Ganz spontan kommen mir eine Menge Ideen, was auf der *Prinzessin* passiert sein könnte. Vielleicht haben Sie Behrens ganz woanders über Bord gestoßen. Dann sind Sie in aller Seelenruhe mit dem Boot zur Blauen Balje gefahren und haben dort den Anker ausgeworfen. Da können unsere Taucher natürlich ewig nach der Leiche suchen. Das Ganze fand möglicherweise schon viel früher statt. Sie haben mit Ihrem Notruf einfach so lange gewartet, bis die Strömung den Toten ins offene Meer rausgezogen hat.« Der Kommissar lehnte sich zurück und verschränkte die Arme vor der Brust. »Wir haben selbstverständlich Erkundigungen über Sie eingezogen. Wie man hört, sind Sie Sportler, Sie spielen Eishockey, stimmt's? Ein gut trainierter junger Mann, da hatte einer wie Behrens wenig Chancen. Wenn meine Informationen stimmen, war er gehbehindert. Ach, und noch was. Man erzählt, Sie würden seiner Kleinen schöne Augen machen. Heißt sie nicht Marit? Kann es sein, dass der Vater mit ihrer Liebelei nicht einverstanden war?«

Die Tür öffnete sich. Ein älterer Beamter betrat den Raum. Es war Lothar Kuhlmann, der Inselpolizist. Christoph kannte ihn und vor allem kannte er seinen Sohn Hauke, der zwei Jahre älter war als er selbst. In der linken Hand hielt Kuhlmann einen Becher Kaffee, in der rechten einen Teller mit geschmierten Brötchen.

»Hier, mein Junge, du hast ja noch gar nichts gekriegt.« Dann beugte er sich zu Kommissar Rennrodt hinunter und flüsterte ihm etwas ins Ohr.

Seine Worte schienen dem Kripobeamten nicht zu gefallen, er zog unwillig die Augenbrauen zusammen. »Ihre Eltern warten draußen. Sie können dann gehen. Halten Sie sich bitte zu unserer Verfügung.« Im selben Moment berichtigte er sich. »Vorher brauchen wir allerdings noch eine Blutprobe. Falls Sie nicht freiwillig dazu bereit sind, werde ich einen richterlichen Beschluss besorgen. Aber da Sie noch nicht volljährig sind, muss ich das ohnehin mit Ihren Eltern klären.«

Nach Rücksprache mit ihrem Anwalt willigten Professor Dr. Hans Marten Schneyder und seine Ehefrau Eva ein, dass Ihrem Sohn eine Probe entnommen wurde, um den Blutalkoholwert zu bestimmen. Dann machte sich die Arztfamilie aus Köln auf den Weg zurück in die Ferienwohnung. Ganz anders als sonst schien die Straße wie ausgestorben, einzig drei kleine Mädchen spielten vor der Bäckerei Gummitwist. Aber die Menschen war da, sie standen hinter den Fenstern ihrer Häuser, Christoph Schneyder sah Gesichter, manchmal auch nur Schatten hinter den Gardinen, und neugierige Blicke bohrten sich wie Nadelstiche in seinen Rücken. Über Nacht war er zum Aussätzigen geworden, dem keiner begegnen wollte, Christoph Schneyder, der Junge, der unter Mordverdacht stand. Auch Marit war nicht zu sehen, aber dafür hatte er Verständnis. Sie hatte gerade ihren Vater verloren. Und er wusste, wie sehr sie an Johann Behrens gehangen hatte.

Bis zum Einbruch der Dunkelheit hielten der Seenotrettungskreuzer *Vormann Steffens*, das auf Wangerooge stationierte Seenotrettungsboot *Wilhelm Hübotter* sowie ein Polizeihubschrauber Ausschau nach dem vermissten Schiffseigner. Auch Marinetaucher wurden eingesetzt. Aber Behrens blieb verschwunden.

In den folgenden Tagen wurde Christoph Schneyder noch zweimal zum Polizeirevier bestellt. Seine Eltern begleiteten ihn jedes Mal bei dem Spießrutenlauf durch die Straßen. Die Vernehmungen verliefen alle nach demselben Muster und drehten sich im Kreis. Den Rest der Zeit hielt die Familie sich in der Ferienwohnung auf. Nach vier Tagen war der Spuk vorbei. Die Untersuchungen im Kriminaltechnischen Labor bestätigten die Aussagen des Jungen in allen Punkten. Die Blutprobe ergab einen Restalkoholwert von 0,00 Promille.

Die vermisste Taschenlampe war unter die Koje gerollt und hatte sich dort verkantet. Im Dunkeln hatte er sie unmöglich finden können. Das eingetrocknete Blut am Rahmen der Kajütentür stammte von Christoph Schneyder. Die Position der Blutspuren und seiner Kopfwunde ließ nur einen Schluss zu, nämlich dass er vorwärts gegen den Rahmen gestolpert war. Falls eine zweite Person beteiligt gewesen wäre, so hätte sie den Jungen von hinten stoßen müssen, was wegen der Enge der Kajüte nicht wahrscheinlich erschien. Die Klinge des Messers, das Christoph in der Hand gehalten hatte, wies keinerlei Rückstände von Blut auf. Auch sonst ergaben sich keine Hinweise darauf, dass ein Kampf an Bord stattgefunden hatte. In einer Mülltüte unter der Spüle lagen zwei leere Dosen Heineken mit Fingerabdrücken von Christoph Schneyder und Johann Behrens. Auf den elf leeren Bierdosen in der Kombüse befanden sich dagegen nur Fingerabdrücke des Schiffseigners. Die Zahl der geleerten Dosen, dazu eine halb gerauchte Zigarette, die auf einer Untertasse erloschen war, ließen den Schluss zu, dass Behrens volltrunken über Bord gegangen war. Weshalb er geschrien hatte und dann so schnell und scheinbar ohne große Gegenwehr ertrunken war, konnte man ohne die Leiche nicht klären. Möglicherweise hatte sein Herz versagt. Der Fall Behrens wurde als Unfall mit tödlichem Ausgang zu den Akten gelegt. Die Schneyders packten ihre Koffer und fuhren heim nach Köln.

Die Leiche von Johann Behrens wurde nie gefunden. Das Geschenk, das Christoph zu Marits sechzehntem Geburtstag gekauft hatte, ein winziger Silberanhänger in Form einer Rose, bewahrte er noch eine ganze Weile in seinem Portemonnaie auf. Er schrieb ihr ein paar Briefe, die zurückkamen mit dem Vermerk: *Annahme verweigert.* Im Sommer 1995 warf er die Briefe und die silberne Rose in den Müll.

Dienstag, 19. Oktober 2010

Christoph Schneyder hatte bis fünfzehn Uhr geschlafen, danach geduscht, einen viel zu starken Kaffee getrunken, der ihm sehr bald schon Sodbrennen bescheren würde, und die Zeitung gelesen. Um sechzehn Uhr machte er sich wie an jedem Dienstag auf den Weg zu seinem Elternhaus.

Wie immer bei seinen Besuchen wirkte seine Mutter nervös, als hätte sie Angst, dass sein Vater plötzlich aus einer Kiste springen und »Hab ich euch erwischt!« rufen könnte. Nach einem heftigen Streit vor fünf Jahren hatte Schneyder seinen Vater nicht mehr gesehen und er legte auch keinen Wert darauf, etwas an dieser Situation zu ändern.

»Warum trägst du keinen Schal? Willst du dich unbedingt erkälten, Junge?« Vorwurfsvoll schüttelte Eva Schneyder den Kopf. Sie trug der Jahreszeit entsprechend einen Wollpullover und über die Schultern hatte sie zusätzlich ein grob gewebtes Tuch gelegt. In den letzten siebzehn Jahren hatte Eva Schneyder ihr Äußeres kaum verändert. Ihre Frisur war dieselbe wie damals, ein biederer kinnlanger Pagenkopf ohne jeden Pfiff, nach wie vor bevorzugte sie blassrosa Lippenstift mit einem leichten Stich ins Violette und ihre Augenbrauen waren immer noch zu zwei perfekten Bögen gezupft, so gleichmäßig und hauchdünn, dass sie wie aufgemalt wirkten. Schneyder verstand nicht, was seine Mutter schön daran fand, aber es interessierte ihn auch nicht.

»Ich hab für uns im Wintergarten gedeckt.«

Schneyder saß lieber in der Küche. Er hasste die zierlichen weißen Korbsessel im Wintergarten, deren kompliziertes Flechtmuster an Spitze erinnerte, und die bei jeder Bewegung unangenehm knarzten. Vermutlich waren sie gar nicht als Sitzmöbel gedacht, sie wurden hergestellt für Menschen wie seine Mutter, die ihr Leben mit Einkaufen verbrachten und die Schönheit über Funktionalität stellten. Aber länger als eine Stunde würde er ohnehin nicht bleiben, das machte er nie, und so lange würde er es schon aushalten. Auf dem

Tisch standen eine Kanne mit Tee, wie gewöhnlich Earl Grey, außerdem zwei Teegedecke und eine Schale mit selbst gebackenen Florentinern. Die Farben des Geschirrs harmonierten mit den Rosagrüntönen der Stuhlkissen, die wiederum das Muster der Gardinen wiederholten. Alles passte perfekt, bis auf ihn selbst. Darum durfte er auch nur tagsüber kommen, wenn sein Vater in der Klinik arbeitete.

Er war der missratene Sohn, der seine Eltern enttäuscht hatte und immer noch enttäuschte, der nicht wusste, dass man im Oktober einen Schal trug, um einer Grippe vorzubeugen, und der es auch sonst zu nichts gebracht hatte.

Vorsichtig, damit kein Tropfen die schöne Tischdecke verdarb, schenkte Eva Schneyder den Tee ein, dann lehnte sie sich zurück. Da sie kaum mehr als neunzig Pfund wog, gab der Sessel kein Geräusch von sich. »Hier ist ein Brief für dich gekommen. Von dieser Marit Hansen. Habt ihr wieder Kontakt?« Beim letzten Wort hob sie die Stimme an, es gefiel ihr nicht, dass Marit geschrieben hatte.

»Nicht, dass ich wüsste«, sagte er schroff und viel zu hastig und stopfte den Umschlag scheinbar achtlos in die Brusttasche seiner Jeansjacke. Was der Name in ihm auslöste, ging niemanden etwas an, schon gar nicht seine Mutter.

Mit gerunzelter Stirn stellte Eva Schneyder ihre Tasse ab. »Ich weiß nicht, Christoph. Vielleicht solltest du den Brief gar nicht lesen. Für mich bedeutet Marit Unheil.«

Für Schneyder bedeutete Marit Sommer und Sonne, unbeschwerte Wochen, Jugend. Kitschige Gedichte, die er nie einer Menschenseele gezeigt hatte, schon gar nicht ihr selbst. Eines hieß *Meerjungfrau, Wind und Wellen.* Das war natürlich vor dem 18. Juni 1993 gewesen. *Kleine Meerjungfrau,* so hatte er sie manchmal in seinen Briefen genannt.

Der Brief ließ ihm keine Ruhe, er konnte ihn deutlich spüren, er brannte heiß auf der Haut, als hätte der Umschlag sich in seiner Tasche entzündet. Auf einmal war Stillsitzen unmöglich geworden, Schneyder musste ständig die Position ändern und jedes Mal knarrte der Korbstuhl unwillig. Am liebsten wäre er auf der Stelle wieder gegangen. Doch er zwang sich, zwei Tassen Tee zu trinken. Die Florentiner ließ er stehen. »Tut mir leid, ich muss wieder los. Ich muss noch was einkaufen und um sechs beginnt meine Schicht.«

»Ach Christoph, immer bist du im Stress. Das ist doch nicht gesund, gerade für dich. Manchmal kommt es mir vor, als wenn du auf der Flucht vor dir selber bist. Wann warst du zuletzt bei Dr. Kretschmar? Ist er zufrieden mit dir?«

Beinahe hätte er gelacht. Niemand war mit ihm zufrieden, nicht mal er selbst. Warum sollte Dr. Kretschmar da eine Ausnahme bilden? Nein, der Arzt war nicht zufrieden, weil Schneyder die Therapie abgebrochen hatte und keine Tabletten mehr nahm. Und seine Eltern waren es auch nicht. Vor allem sein Vater, Prof. Dr. Hans Marten Schneyder, Chefarzt der Anästhesie an der Medizinischen Hochschule Köln, vermochte sich nicht damit abzufinden, dass sein einziger Sohn nach dem erfolgreichen Medizinstudium seine Stelle als Assistenzart in der Inneren einfach hingeschmissen hatte, um sein Geld als Taxifahrer zu verdienen. Seit Schneyder einen Kredit für eine eigene Taxe aufgenommen hatte, herrschte zwischen ihnen Funkstille.

Schneyder fand die heftige Reaktion seines Vaters nicht gerechtfertigt. Schließlich war er nicht auf der Welt, um die Erwartungen seiner Eltern zu erfüllen. Das hier war sein Leben und er musste selbst sehen, wie er über die Runden kam. Und egal, was sein Vater sagte und dachte, Schneyder war nicht dazu geeignet, als Arzt über Leben und Tod anderer Menschen zu entscheiden, und er hatte die Konsequenz gezogen. Er wollte keine Verantwortung tragen, für niemanden, und im Moment schien Taxifahren genau das Richtige für ihn zu sein.

In der Tür blieb Eva Schneyder stehen, so als wäre ihr gerade noch etwas Wichtiges eingefallen. »Ich hab vorgestern Sonja getroffen.« Sehr bemüht schaute sie auf das Bild über der kleinen Biedermeierkommode, Vergissmeinnicht in Öl, ausgerechnet Vergissmeinnicht. »Zufällig. Sie lässt dich grüßen. Du sollst dich mal wieder melden.«

Lügen zählte nicht zu ihren Stärken, was durchaus für

sie sprach. Sie redete dann immer so abgehackt, als würde sie einen schlecht auswendig gelernten Text wiedergeben. Schneyder wusste genau, dass seine Mutter und seine ehemalige Freundin regelmäßig telefonierten. Aber es war ihm längst egal, wie fast alles in seinem Leben, sollten die beiden doch miteinander glücklich werden. Und so zuckte er nur gleichgültig mit den Schultern und murmelte: »Mal sehen.«

»Hier.« Sie steckte ihm einen Fünfzigeuroschein in die Jackentasche. »Ich war vorgestern in der Stadt. Es gibt sehr schöne Wollschals. Grün würde dir doch stehen. Und geh mal wieder zum Frisör.«

Jedes Mal, wenn er zum Tee kam, steckte sie ihm Geld zu. Am Anfang hatte er noch versucht, sie davon abzuhalten, nur um zu Hause dann doch den zusammengefalteten Schein in seiner Jackentasche zu finden. Ein paarmal hatte er das Geld wieder mitgebracht und auf den Tisch gelegt. Bis ihm klar wurde, dass sie nicht ihn, sondern sich selbst bezahlte, dass sie auf diese Weise ihr schlechtes Gewissen betäubte. Eva Schneyder war nicht bereit oder in der Lage, zwischen Vater und Sohn zu vermitteln, sie wollte nur, dass alles ruhig und friedlich wirkte, wenigstens von außen. Und wenn sie Christoph Geld aufdrängte, fühlte sie sich wie eine gute Mutter, die den armen gescheiterten Jungen finanziell unterstützte, wenigstens das, wenn er sich sonst schon nicht helfen ließ.

Schneyder gab das Geld nie aus. Es stopfte es in die Schublade seines Nachttisches. Manchmal, wenn es ihm schlecht ging, stellte er sich vor, seine Mutter zu besuchen und die ganzen Scheine auf den Tisch zu werfen. *Hier, ich bin nicht so käuflich wie du,* könnte er sagen. Bislang hatte er noch nicht den Mut aufgebracht und wahrscheinlich würde es auch dabei bleiben. Denn im Grunde tat seine Mutter ihm leid. Als Ehefrau von Prof. Dr. Hans Marten Schneyder hatte sie es nicht leicht. Möglicherweise war es gar nicht so dumm, Augen und Ohren zu verschließen, Tee aus feinem Porzellan zu trinken und ein pastellfarbenes Puppenstubenleben zu führen.

Schneyder nahm den Bus, stieg drei Stationen später aus und hastete die Stufen zu seiner Wohnung hoch. Endlich konnte er Marits Brief lesen. Seine Hände waren feucht, als er den Umschlag aus der Tasche zog und umdrehte. Abgestempelt auf Wangerooge, vor vier Tagen. Vor vier Tagen hatte Marit seinen Namen auf den Umschlag geschrieben. Ihre Schrift war ihm immer noch vertraut. Wie früher hatte sie sich mit dem C von Christoph und dem S von Schneyder besondere Mühe gegeben, die Buchstaben sahen beinahe aus wie gemalt. Ungeduldig riss er den Umschlag auf.

Lieber Christoph,
wir müssen uns unbedingt treffen. Ich brauche deine Hilfe. Kannst du vielleicht kommen? Deine Marit

Keine Telefonnummer, keine Erklärung, nichts. *Deine Marit*. Ob er selbst auch so unterschrieben hätte: *Dein Christoph*?

Wohl kaum. Sie hatten sich seit siebzehn Jahren nicht mehr gesehen. Dann und wann dachte Schneyder natürlich an das blonde Mädchen von Wangerooge, an seine erste große Liebe. Wirklich passiert war damals nicht viel, wilde Knutschereien am Strand, aufgeregtes Fummeln, das war es schon. Ein ganzes Jahr lang hatten sie sich sehnsüchtige Briefe geschrieben. Für den Sommer 1993 hatte er sich viel vorgenommen. Er wollte mit ihr schlafen, zum ersten Mal, und sie wollte das auch. Das glaubte er in ihren Briefen zu lesen, die alle mit *Liebster Christoph* begannen. Sie berichtete darin über ihren Alltag im N.I.G.E., dem Internatsgymnasium in Esens, die Wochenenden auf der Insel und ihre Freunde, die er alle kannte. Hauke Kuhlmann, der Sohn des Inselpolizisten, war zwei Jahre älter. Christoph wusste, dass er hinter Marit her war, aber er wusste auch, dass Marit nur ihn wollte und dass sie ein ganzes Jahr auf ihn warten würde.

Nur ihretwegen war Schneyder bereit gewesen, als Siebzehnjähriger noch mal mit seinen Eltern in Urlaub zu fahren. Es hatte ihn nicht mal großartig gestört, dass seine Freunde in Köln ihn damit aufzogen. Er hatte Marit wiedersehen müssen damals. Unbedingt.

Mittwoch, 20. Oktober 2010

Zuerst wollte er gar nicht hinfahren. Was sollte er im Oktober auf der Insel? Vermutlich war es dort um diese Jahreszeit bitterkalt und vor allem viel zu windig. Schneyder hasste Sturm. Außerdem war er gar nicht sicher, ob er Marit überhaupt wiedersehen wollte. Wangerooge. Ihre Mutter. Die Ferienwohnung im *Möwennest* mit dem traumhaften Blick über das Watt. Den Jachthafen. Ob es das Schiff noch gab, die *Prinzessin?*

Am Ende war ein Lied im Radio, das ihn dazu bewog, die Reise in seine Vergangenheit anzutreten. *Wind of Change* von den *Scorpions*, ausgerechnet in dieser Nacht spielten sie den Song auf *Antenne*. Jedes Mal, wenn Schneyder die Stimme von Klaus Meine hörte: *Take me to the magic of the moment on a glory night*, musste er an Marit denken, seit siebzehn Jahren. Sie war damals ganz verrückt gewesen nach diesem Lied. Überall hatte sie das Ding auf ihrem Rekorder gedudelt und beim Refrain selig gelächelt. Schneyder stand mehr auf Nirvana oder Pearl Jam. Aber das sagte er nicht laut, weil er Marit unbedingt gefallen wollte.

Wind of Change im Radio, seit Ewigkeiten mal wieder, und Schneyder beschloss, den Song als einen Wink des Schicksals zu betrachten. Gut, neugierig war er natürlich auch. Nach so vielen Jahren bat Marit ihn um Hilfe. Warum ihn und keinen von der Insel? Wobei konnte Schneyder ihr helfen?

Er informierte sich im Internet, wann am nächsten Tag die Fähre zur Insel fuhr, gab seinem Fahrer zwei Tage frei, machte um halb drei Feierabend, trank drei Flaschen Bier zum Abschalten und schlief bis halb zwölf. Nach einem ausgiebigen Frühstück fuhr er Richtung Norden. Die Fahrt erschien ihm viel kürzer als in seiner Erinnerung, vielleicht weil er jetzt selbst am Steuer saß und so die Zeit schneller verging. Er rauschte die A 31 runter, wechselte auf die A 28, die er kurz vor Leer verließ. Über die Landstraße ging es weiter, Hesel, Bagband, Strackholt, Wiesmoor, Friedeburg und endlich

Wittmund, wo das Richthofen-Geschwader stationiert war, immer noch. Als Junge hatte er jedes Mal gehofft, eine der Maschinen im Landeanflug zu sehen, ein- oder zweimal war es auch geglückt und er hatte tagelang davon gesprochen. Der Ort hatte sich kaum verändert. Einzig die Kreisel, die die großen Kreuzungen ersetzten, waren neu. Und dass es keinen Stau gab, so wie damals im Sommer, wenn die Urlauberkarawane sich im Schritttempo vorwärtsquälte, eine bunte Blechschlange, in deren Gliedern gestresste Großstädter hockten, eifrig darum bemüht, sich nicht gleich am ersten Ferientag die Laune verderben zu lassen.

In Harlesiel stellte er den Wagen in einer der großen Garagen ab. Er vergewisserte sich zweimal, dass die Türen wirklich abgeschlossen waren, dann schlenderte er, die Reisetasche über die Schulter geworfen, zum Anleger. Ohne den Wagen fühlte Schneyder sich seltsam schutzlos, wie eine Schnecke, der man das Haus fortgerissen hatte, und ihm wurde bewusst, dass er sich in dem Audi mehr zu Hause fühlte als in seinem schmuddeligen Apartment. Das Auto wurde zweimal wöchentlich ausgesaugt und ging regelmäßig durch die Waschanlage. Seiner Wohnung widmete er sehr viel weniger Aufmerksamkeit.

Das Fährschiff hieß *Wangerooge* und war weiß wie alle Schiffe dieser Art. Früher hatte er während der Überfahrt oben an Deck gesessen, egal wie heftig der Wind an seinen Haaren zerrte. Diesmal zog er einen Platz im Unterdeck vor. Er bestellte einen Kaffee, der in einem weißen Porzellanbecher serviert wurde und nicht richtig heiß war. Vor dem Fenster waberte trostloses, milchiges Grau, man konnte kaum unterscheiden, wo das Meer endete und der Himmel begann. Genauso trist hatte er sich die Nordsee im Herbst vorgestellt. Der Wellengang wirkte einschläfernd, Schneyder lehnte sich zurück und fiel in einen leichten Dämmerschlaf.

Mit einem heiseren Aufschrei fuhr er hoch, sein Herz jagte wie ein lahmendes Pferd, stolpernd und viel zu schnell, vor seinen Augen flimmerte es und der Schweiß tropfte von seiner Stirn.

»Ist Ihnen nicht gut?« Besorgt beugte sich eine ältere Frau über ihn. Sie roch intensiv nach Lavendelseife.

»Geht schon. Schlecht geträumt«, krächzte er und wünschte sich meilenweit fort. Dabei bedeuteten die Menschen um ihn herum und vor allem das Tageslicht Sicherheit. Hier konnte ihn niemand überfallen, abstechen und über Bord werfen, so wie in seinen immer wiederkehrenden Albträumen. Er brauchte einfach nur Luft zu holen, ganz tief Luft zu holen und die Panikattacke wegzuatmen, so wie der Therapeut es ihm erklärt hatte. Er zwang sich, bei jedem Atemzug bis sieben zu zählen, dann bis acht, bis neun, bis zehn. Endlich fand sein Herz den gewohnten Rhythmus wieder und die flirrenden Lichtsplitter vor den Augen lösten sich auf.

Immer noch schaute die Frau ihn fragend an und er sah sich genötigt, »Vielen Dank, aber es geht schon wieder. Bin wohl urlaubsreif« zu sagen. Freundlich und überzeugend.

Die körperlichen Symptome wie Schwindel, Sehstörungen und Herzrasen produzieren Sie in Ihrem Kopf, hatte der Therapeut gesagt. *Sie müssen lernen, sich zu entspannen. Das, was Sie da als Sechzehnjähriger durchmachen mussten, war furchtbar. Ein Schockerlebnis, das sie verständlicherweise traumatisiert hat. Aber Sie werden so etwas nie mehr erleben, Herr Schneyder, schon rein statistisch gesehen wird Ihnen in Ihrem Leben nichts Ähnliches widerfahren. Gehen Sie die Sache mit dem Kopf an, mit der Logik. Und machen Sie unbedingt autogenes Training. Viele meiner Patienten schwören darauf.*

Leicht gesagt, wenn man so etwas nicht selbst erleben musste. Wenn man nicht regelmäßig im Dunkeln aufwachte und glaubte, den Atem eines anderen zu hören, den keuchenden Atem eines Mörders. Mit der viel gepriesenen Logik war Schneyder nicht sehr weit gekommen. Er hatte auf Medikamente zurückgreifen müssen, auf Antidepressiva. Danach war sein Leben erträglich geworden, leicht und gleichzeitig schwammig, fast unwirklich, wie ein schlecht aufgenommenes Foto mit unscharfen Rändern. Und er hatte zehn Kilo zugenommen, so wie fast alle, die regelmäßig

Die-Welt-ist-schön-Pillen einwarfen. Vor vier Jahren hatte er von der falschen Wirklichkeit Abschied genommen und die Medikamente abgesetzt.

Seit er nur noch nachts Taxi fuhr und im Hellen schlief, hielten sich die Panikattacken in Grenzen. Ohne die Tabletten war er nicht mehr so aufgedunsen, aber ein paar überflüssige Kilos waren ihm dank Bewegungsmangel und McDonalds geblieben. Doch wie fast alles in seinem Leben war ihm auch das einerlei.

Als Schneyder das Schiff verließ, war es bereits dunkel. Er suchte sich einen freien Platz in der Inselbahn, die am Anleger wartete. Um 19:45 Uhr stieg er am Bahnhof Wangerooge aus. Hier hatte sich einiges verändert, drinnen wie draußen wirkte alles heller und freundlicher und es gab ein großes Dach am Bahnsteig, das die Reisenden vor Regen schützte. Aber der vertraute Schriftzug *Kehre wieder* war immer noch da. Für einen Moment überlegte Schneyder, zuerst etwas zu essen, immerhin war er seit Stunden unterwegs, aber die Neugierde, vielleicht auch Sehnsucht, war größer.

Den Weg wusste er immer noch auswendig. Am Hindenburgplatz vorbei Richtung Ortskern und dann gleich links in die Straße Am Wattenmeer. Das alte Kapitänshaus sah noch genauso aus wie damals, leuchtend weiß gestrichen, zur Straße der halbrunde Erker, Sprossenfenster und dunkelblaue Fensterläden, die man nachts schließen konnte, um das Böse dieser Welt auszusperren. Jedenfalls hatte er das als Junge geglaubt und Marit und ihre Eltern um ihre kleine Festung beneidet. Das Haus überragte die benachbarten Gebäude um ein halbes Stockwerk und wirkte dadurch ein bisschen hochmütig. »Früher stellten die Kapitäne ihren Reichtum gern zur Schau«, hatte sein Vater ihm irgendwann erklärt und dass so ein schönes altes Haus eine Kostbarkeit wäre.

Rechts daneben standen die beiden schlichten roten Klinkerhäuser, in denen die Ferienwohnungen lagen. *Haus Möwennest* und *Haus Strandflieder*. Familie Schneyder hatte immer im *Haus Möwennest* gewohnt, und von seinem Zimmer aus konnte er hinüber zu Marit schauen. Manchmal hatten sie sich zugewinkt, von Fenster zu Fenster, oder Uhrzeiten auf ein Blatt Papier geschrieben, das sie an die Scheibe hielten.

Vom Kapitänshaus kannte Schneyder nur den Flur und die Küche. Marits Mutter mochte es nicht, wenn die Feriengäste ihr Privatleben störten. Andere Vermieter auf der Insel grillten mit den Gästen oder luden sie nachmittags zum Tee ein. Fenna Hansen wäre das nie in den Sinn gekommen. Im Gegensatz zu anderen Urlaubern fanden die Schneyders das nicht schlimm. Vor allem Eva Schneyder lag nichts daran, Urlaubsbekanntschaften zu schließen.

Mit Schwung öffnete Schneyder die schwere Holzpforte. Zwei kleine Buchsbaumhecken säumten den Plattenweg zum Haus, das war neu, genau wie die kugelig geschnittenen Büsche auf dem Rasen. Auf dem weißen Emailleschild stand immer noch *Hansen/Behrens*, dabei war Johann Behrens längst tot. Allein den Namen zu lesen reichte aus, damit Schneyder sich unwohl fühlte, schon wieder schlug sein Herz viel zu schnell. Entschlossen drückte er auf den Klingelknopf neben der wuchtigen, blau gestrichenen Holztür und erwartete das tiefe, Furcht einflößende Bellen von Luxor zu hören. Es blieb still und ihm fiel ein, dass der Neufundländer nicht mehr leben konnte. Schon damals war er so alt gewesen, dass er kaum noch das Grundstück verlassen hatte.

Die Tür ging auf und sie standen sich gegenüber. Marit. *Kleine Meerjungfrau.* Fremd und doch vollkommen vertraut. Sein Herz flatterte nervös und er brachte keinen Ton heraus, nicht mal ein unverfängliches Hallo. Marit erging es vielleicht ganz ähnlich, jedenfalls sagte sie nichts, sondern zog ihn ins Haus und schloss die Tür mit dem Fuß. Ihre Augen schimmerten immer noch mehr grau als blau, eben wie Regenwolken über der Nordsee. Kein Ehering, darauf schaute er als Erstes. Sie trug Jeans, ein gestreiftes Shirt und Turnschuhe, beinahe wie früher.

»Christoph. Warum hast du nicht angerufen? Egal, ich bin so froh, dass du da bist.«

»Christoph«, das klang wie eine Liebkosung und tat gleichzeitig weh, weil es ihn in eine andere, sehr viel glücklichere Zeit versetzte. In seinem jetzigen Leben hieß er Schneyder. Der einzige Mensch, der ihn noch bei seinem Vornamen nannte, war seine Mutter.

»Du bist der Einzige, mit dem ich darüber reden kann.« Marit holte tief Luft und senkte die Stimme. »Aber meine Mutter darf nichts mitbekommen. Versprich mir das.«

Und schon befand er sich wieder mitten drin in dem Albtraum, den er vor siebzehn Jahren verlassen hatte.

Jetzt erst schien Marit zu bemerken, dass ihre Hand immer noch seinen Unterarm umklammert hielt. Sie löste ihre Finger so plötzlich, als hätte sie sich verbrannt, drehte sich um und ging vor in die Küche. »Komm erst mal rein. Setz dich. Du hast bestimmt Hunger. Oder willst du einen Tee? Einen Kaffee?«

»Nichts«, sagte Schneyder und trank dann doch den Ostfriesentee, den Marit aus einer großen getöpferten Kanne einschenkte.

Über den Tisch hinweg schauten sie sich an. Marit hatte sich kaum verändert und doch war sie kein Mädchen mehr. Die glatten, blonden Haare, die ihr früher bis weit über den Rücken gereicht hatten, trug sie jetzt schulterlang und gestuft. Über die Stirn fielen lange Ponyfransen, dann und wann hob sie die Hand, um sie beiseitezustreichen. Immer noch hatte sie ein sehr offenes Gesicht und immer noch war da dieses angedeutete Lächeln, das alles Mögliche bedeuten konnte. Und immer noch konnte er den Blick nicht von ihr abwenden.

»Wie geht es deiner Mutter?«, fragte er unvermittelt. »Ist sie nicht da?«

»Nein. Rita Töbkes hat Geburtstag, da ist sie eingeladen. Ich denke, sie kommt gegen halb zehn.« Sie beugte sich vor und schenkte Tee nach. »Du wirst dich vermutlich erschrecken, wenn du sie siehst. Mama ist sehr krank. Lungenkrebs im Endstadium.«

»Oh, tut mir leid.« Was sollte er sonst sagen? Hatte sie ihn deshalb hergebeten? Weil er sich um ihre sterbende Mutter kümmern sollte, als Arzt? Dachte sie etwa, dass sein Leben so verlaufen war, wie sie es sich damals vorgestellt hatten?

»Seit Papas Tod ist sie immer stiller geworden, immer dünner, sie hat praktisch aufgehört zu leben. Und vor vier Jahren hat man Brustkrebs festgestellt. Sie wurde operiert, musste anschließend eine Chemotherapie machen, dann Reha, das übliche Programm. Zuerst sah es ganz gut aus, aber vor zwei Jahren hat man Metastasen in der Lunge entdeckt.« Sie seufzte und strich die Haare hinter die Ohren. »Mama lässt sich nicht mehr behandeln, sagt, dass sie nichts dagegen hat zu sterben. Ohne ihn hat sie keine Freude mehr am Leben. Verstehst du?«

Schneyder nickte, weil Marit das von ihm erwartete. Tatsächlich waren ihm so große Gefühle unbegreiflich. Siebzehn Jahre Trauer, wozu? Vor viereinhalb Jahren hatte er sich von Sonja getrennt. Sie hatten ein knappes Jahr zusammengelebt. Am Anfang war er wirklich verliebt gewesen, jedenfalls hatte er das geglaubt. Aber die Liebe war schnell brüchig geworden, bröselig wie alter, trockener Kuchen, und irgendwann war sie auseinandergefallen. Die tausend Krümel konnte niemand mehr zusammenfügen. Seine Eltern waren enttäuscht, vielleicht auch nur seine Mutter. Sie hatte die Verbindung ausdrücklich begrüßt, eine Krankenschwester und ein Arzt, das passte perfekt in ihr Weltbild. Zumal Sonja Verständnis für seine psychischen Probleme gezeigt hatte, grenzenloses Verständnis, das er irgendwann nicht mehr ertragen konnte, weil er nicht Tag und Nacht therapiert werden wollte.

Selbst der Sex mit Sonja erinnerte am Ende an eine Dienstleistung auf Krankenschein. Schneyder zog aus der schicken Neubauwohnung aus, ohne Herzeleid, ohne schlaflose Nächte. Er suchte sich ein möbliertes Einzimmerapartment. Für einen Taxifahrer reichte das aus. Seit er den Kredit für die Konzession und den Audi aufgenommen hatte, verbrachte er praktisch sein gesamtes Leben hinter dem Steuerrad oder im Bett. Fahren, schlafen, fahren, schlafen. Zum Nachdenken, Zukunftplanen blieb ihm keine Zeit, und das war gut so. Dann und wann rief Sonja noch an. »Wie geht es dir? Wollen wir uns mal treffen?« Er lehnte jedes Mal ab, höflich, aber bestimmt. Und jetzt hatte er einfach das Taxischild abgebaut und war hoch zur Nordsee gefahren. Wegen einer Frau, die er seit siebzehn Jahren nicht gesehen hatte.

»Was machst du so?«, fragte er und fügte schnell hinzu: »beruflich, meine ich.«

Sie legte ihre Hände um die Teetasse. »Ich habe in Emden Soziale Arbeit studiert und danach in Hamburg eine Ausbildung als Kunsttherapeutin gemacht. Danach habe ich in Leer gearbeitet, in einer Einrichtung für schwer traumatisierte Mädchen. Vor zwei Jahren bin ich wegen Mama auf die Insel zurückgekommen. Sie brauchte Unterstützung. Ich hatte Glück und konnte direkt in einem Mutter-Kind-Heim anfangen, allerdings nur halbtags. Aber das passt schon.« Sie legte den Kopf schief und schaute ihn an. Ihr Blick war so klar wie das Meer. So ein Gedicht hatte er damals geschrieben. *Das Meer in deinen Augen* ... Ja, so fing es an. *Kleine Meerjungfrau.*

»Wir haben ja immer noch die beiden Häuser mit den Ferienwohnungen. Mama kann sich nicht mehr darum kümmern, das ist jetzt meine Aufgabe.«

»Und du wohnst wieder hier im Haus?«

Sie nickte und lächelte wehmütig. »Es geht nicht anders. In Leer hatte ich eine wunderschöne Wohnung am Stadtrand, sogar mit Garten. Es fiel mir nicht leicht, das aufzugeben, aber was sollte ich machen? In der ersten Zeit habe ich noch drüben gewohnt, in der *Villa Möwennest*. Aber das war einfach zu umständlich. Ich war sowieso ständig hier und Mama hat gejammert, weil die Wohnung nicht vermietet werden konnte. Aus unerfindlichen Gründen hat sie ständig Angst zu verarmen. Jetzt schlafe ich wieder in meinem alten Kinderzimmer. Wie ein Schulmädchen.« Seufzend rührte sie ihren Tee um. »Es ist weiß Gott nicht immer einfach, mit ihr auszukommen. Zurzeit lasse ich den alten Hühnerstall zu einer kleinen Werkstatt ausbauen und das passt ihr überhaupt nicht.«

»Eine Werkstatt«, wunderte er sich. »Wozu brauchst du eine

Werkstatt?« Er schaute ihre Hände an, klein und schmal, Mädchenhände, was wollte sie damit bewegen?

»Ich arbeite mit Ton, beruflich und privat. In meiner Freizeit stelle ich Gartenkeramik her. Figuren, Pflanzgefäße und Stelen. Manchmal bemale ich auch Fliesen. Bislang arbeite ich im Keller, aber das ist nicht gerade gemütlich und im Winter einfach zu kalt.«

Einen Mann hatte sie nicht erwähnt, das gefiel ihm, warum auch immer. Eigentlich konnte es Schneyder doch egal sein, er wollte ja morgen schon zurück.

Sie stand auf und ging rüber zum Fenster. Sogar ihr Gang war noch derselbe, die Länge der Schritte, die Kopfhaltung. Wenn ihr bewusst war, dass er sie anstarrte, konnte sie das gut verbergen. Völlig unbekümmert stellte sie sich auf Zehenspitzen und zog die Vorhänge zu, dann drehte sie sich um.

»Du fragst dich bestimmt, warum ich dir geschrieben habe. Bei den Umbauarbeiten hat Jochen Brinkmann eine Blechdose gefunden. Sie befand sich unter dem Stallboden. Die Steine dort hat mein Vater gelegt, als er und meine Mutter 1977 in das Haus gezogen sind. Die Dose muss er also selbst versteckt haben ... warte.« Marit verließ die Küche und kehrte wenig später mit einer grauen Blechdose zurück, wie Schneyders Großvater sie früher mit zur Zeche genommen hatte. In der Dose befanden sich ein alter, ungültiger Personalausweis und ein Führerschein, beide ausgestellt auf den Namen Klaus Märker, geboren am 13. Mai 1945 in Bremen. Wohnhaft in Bremen-Vegesack, Fährgrund sieben. Und der Mann auf dem Bild war Johann Behrens. Daran konnte eigentlich kein Zweifel bestehen.

»Sag mir bitte, was das bedeutet.« Ihre Stimme klang gepresst.

In Schneyders Kopf rauschte es, als wäre er unter Wasser geraten. Er starrte den Ausweis an und konnte einfach nicht fassen, was er dort sah. Vor siebzehn Jahren war sein ganzes Leben aus dem Ruder gelaufen. Er litt unter Panikattacken, konnte nicht mehr im Dunkeln schlafen, träumte manchmal wochenlang von schwarz gekleideten Ertrunkenen, die sich triefend vor Wasser in seine Wohnung schleppten, oder von geheimnisvollen Männern, die ihn umbringen wollten. Keiner vermochte zu klären, was damals mit Johann Behrens passiert war. Und jetzt das, vielleicht war Behrens doch ermordet worden, aus einem Grund, den seinerzeit niemand geahnt hatte. Vielleicht war Schneyder selbst nur seinem sicheren Tod entgangen, weil er tief und fest geschlafen hatte. Vielleicht, vielleicht, vielleicht. Als Schneyder schließlich wieder sprechen konnte, murmelte er: »Das kann er nicht sein. Oder?«

Behutsam nahm Marit den Ausweis aus seiner Hand und legte ihn zurück in die Dose. »Doch, Christoph. Ich denke seit Tagen darüber nach. Wahrscheinlich hieß mein Vater nicht wirklich Johann Behrens. Ich verstehe allerdings nicht, warum er seinen Namen geändert hat.«

»Vielleicht wurde er gesucht?« Ein anderer Grund fiel ihm nicht ein.

Sie lachte unsicher. »Du meinst, er war in Wirklichkeit ein Verbrecher? Unsinn.« Aber seine Worte hatten sie erschreckt, das war offensichtlich.

Nachdenklich griff er nach der Dose und öffnete sie ein zweites Mal, schaute den alten Ausweis noch einmal ganz genau an. »Hast du mit deiner Mutter darüber gesprochen? Weiß sie, dass ihr Mann möglicherweise unter falschem Namen gelebt hat?«

»Nein. Wie schon gesagt, geht es ihr ziemlich schlecht.« Mit der linken Hand strich sie die Ponyfransen zur Seite. »Sie hat so gelitten, so getrauert. Wenn jetzt rauskommt, dass er sie die ganzen Jahre belogen hat, ist das ihr Ende, glaub mir.«

Gern hätte er sie jetzt in den Arm genommen. Aber er zögerte zu lang, und dann war der Moment schon wieder vorüber.

»Ich glaube auch nicht, dass sie etwas weiß. Sie hat Papa doch erst Weihnachten 1975 kennengelernt. Mama hat in Wilhelmshaven bei der Seemannsmission gearbeitet. Und Papa konnte nicht mehr zur See fahren wegen des Beins. Sie haben sich verliebt und eine Weile in Mamas kleiner Wohnung gelebt. Dann hat sie die Häuser auf der Insel geerbt. Damals war sie schon vierzig, ein altes Mädchen, hat sie immer gesagt. Und dass sie längst nicht mehr an eine eigene Familie geglaubt hatte. Er war die große Liebe ihres Lebens.«

Große Liebe, große Lüge, dachte Schneyder, *das hört sich fast gleich an.*

Als Christoph vor der Tür gestanden hatte, war ihr erst klar geworden, dass sie all die Jahre auf ihn gewartet hatte, dass er immer in ihren Gedanken gewesen war. Und doch war es nicht so, wie sie es erhofft hatte, und Marit spürte eine leise Enttäuschung. Nein, die Welt war 1993 nicht stehen geblieben. Alles hatte sich verändert, auch sie selbst, und Christoph war kein Märchenprinz mehr, der ihr Herz aufgeregt flattern ließ, wenn sie ihn nur anschaute. Die blonden Haare waren dunkler geworden und länger, zu lang für ihren Geschmack. Und er hatte zugenommen, nicht sehr viel, und doch wirkte er ganz anders, weich und ein bisschen schwammig. Damals war er kräftig und muskulös gebaut gewesen, sehr männlich für seine sechzehn Jahre, und sie hatte sich gar nicht satt sehen können an seinem Körper. Nur die Augen waren noch dieselben. Die Farbe erinnerte an Bernstein, aber es sah nicht mehr aus, als hätte sich das Licht darin gefangen, vielmehr schien sein Blick irgendwie müde. Wenigstens gefiel ihr der lässige Dreitagebart, den er jetzt trug, ausnehmend gut.

Vorhin hatte sie ihm ihr Zimmer gezeigt, ihr Reich. Bis auf die beiden Bodenzimmer und das kleine Duschbad gab es oben nur einen großen Raum mit jeweils einem Fenster nach vorn zur Straße und nach rechts zum Nachbarhaus. Ihr Bett stand auf einem Podest unter einem Himmel aus weißem Voile, der von einer selbst gebauten Holzkonstruktion gehalten wurde. In den Augen ihrer Mutter war das Ganze nur ein unnötiger Staubfänger, aber Marit fühlte sich darunter geborgen und es machte ihr nichts aus, im Sommer den Stoff herunterzunehmen und zu waschen und wieder anzubringen.

Unter dem Fenster zur Straße stand ihr Schreibtisch, ein

zierliches Möbelstück aus Kirschholz, verziert mit komplizierten Schnitzereien. Sie hatte es in Emden auf dem Flohmarkt gefunden, genau wie den alten Klavierhocker, den sie als Schreibtischstuhl benutzte. Es gab noch einen gemütlichen Ohrensessel mit passendem Fußhocker, auf dem Bezug blühten gelbe und hellrote Rosen. In die beiden Schrägen hat sie weiß gestrichene Bücherregale einpassen lassen.

»Schön«, hatte Christoph gesagt, aber sie wusste nicht, ob es ehrlich gemeint oder nur höflich war. Plötzlich war ihr der Raum übertrieben weiblich vorgekommen, überhaupt sah es komisch aus, dass sie ihm ihr Bett zeigte, und sie war froh gewesen, als sie wieder am Küchentisch saßen. Später waren sie noch zum Strand gelaufen, mit einer Flasche Rotwein, genau wie früher, nur dass der Wein kein billiger Lambrusco war, sondern ein spanischer Rioja. Und dass es mit gerade einmal sieben Grad sehr viel ungemütlicher war als damals in den lauen Sommernächten. Als der raue Ostwind ihr das letzte bisschen Wärme geraubt hatte und sie beim Reden anfing, mit den Zähnen zu klappern, wärmten sie sich mit einem Grog im *Treibsand* auf. Es war ziemlich voll gewesen und sie hatten so eng nebeneinandergestanden, dass ihre Schultern sich berührten. Einmal hatte Christoph ihr direkt in die Augen geschaut, lange und intensiv und irgendwie fragend, mehr war nicht passiert.

Als sie heimkehrten, war Mitternacht schon vorbei. Ihre Mutter lag im Bett. Sie brachte ihm Bettzeug in die Stube, wünschte eine gute Nacht und verschwand in ihrem eigenen Zimmer. Der Abend war vorüber und keiner von beiden hatte Anstalten unternommen, an die Beziehung von damals anzuknüpfen. Das war vorbei, endgültig. Schlafen konnte sie trotzdem nicht.

Dass Christoph so verändert war, hatte sie nicht erwartet. Er war Arzt geworden, genau wie er es wollte. Und dann hatte er sich lieber eine Taxe gekauft, weil ihm der Dienst in der Klinik zu stressig erschien. Ob seine Eltern das guthießen? Dunkel erinnerte sie sich an den Vater, einen schmalen, hoch aufgerichteten Mann mit schwarzen Haaren und stark ausgeprägten Augenbrauen. Streng hatte er gewirkt, fast ein bisschen angsteinflößend. Wenn möglich, war sie ihm aus dem Weg gegangen, weil sie sehr deutlich zu spüren glaubte, dass er sie nicht mochte. Natürlich war ein einfaches Mädchen von der Insel nicht gut genug für den Arztsohn mit der glänzenden Zukunft. An Christophs Mutter, die sich stets im Hintergrund hielt, konnte Marit sich kaum erinnern. Eine schmale, teuer gekleidete Frau mit einem starren Puppengesicht, die nur selten mit zum Strand ging, sondern lieber auf dem Balkon der Ferienwohnung Romane las. Wenn sie grüßte, nickte sie nur flüchtig. Marits Mutter fand sie eingebildet, vermutlich stimmte das auch.

Der Schlaf wollte einfach nicht kommen, kein Wunder, ihre Füße fühlten sich an, als wären sie aus Eis. Marit schlug die Bettdecke beiseite, tapste barfuß durch den Raum und drehte den Heizkörper höher. Eine Wärmflasche wäre jetzt genau das Richtige, aber sie wagte sich nicht hinunter in die Küche. Was, wenn sie Christoph begegnete, mitten in der Nacht und nur mit einem Shirt bekleidet? Was, wenn er sie in den Arm nähme? *Nein,* dachte sie, *das ist vorbei.* Dennoch war sie traurig und enttäuscht. Wenn er wenigstens gesagt hätte: *Du hast dich nicht verändert*. Das hätte ja auch bedeutet, dass er sie immer noch hübsch fand, sich vielleicht sogar wieder ein bisschen in sie verliebt hatte.

Immerhin war es eine Erleichterung gewesen, alles erzählen zu können und damit noch einmal neu zu sortieren. Angeblich hatte ihr Vater keine Verwandten. Alle tot, mehr hatte er nie über seine Familie erzählt. Bilder aus seiner Kindheit und Jugend existierten auch nicht. Warum war ihr das nie seltsam vorgekommen? Was, wenn es noch eine andere Familie gab, irgendwo auf dem Festland, in Bremen vielleicht? Möglicherweise hatten ihre Eltern deshalb nie geheiratet. Weil es irgendwo schon eine Ehefrau gab, eine Frau und Kinder. Seine seltsamen Reisen kamen ihr in den Sinn. Niemand hatte ihn begleiten dürfen. Meist war er nur zwei oder drei Tage fort gewesen, aber das Leben im Kapitänshaus hatte so lange den Atem angehalten.

Für einen Moment erwog sie, ihrer Mutter morgen früh doch die Papiere aus der Blechdose zu zeigen. War es nicht vorstellbar, dass Fenna Hansen viel mehr über ihren Lebensgefährten wusste, als sie Marit bislang erzählt hatte? Vielleicht war sie damals so schweigsam und übel gelaunt gewesen, wenn er fort war, weil sie die Vorstellung, dass er in den Armen einer anderen lag, nicht aushalten konnte.

»Blödsinn«, flüsterte Marit in die Dunkelheit. »Welche Frau gibt sich damit zufrieden, ihren Mann nur zweimal im Jahr zu sehen. Und dann auch nur für wenige Tage. Es gab keine andere Familie, nur uns drei.«

Es war bereits vier Uhr morgens, als sie endlich in einen unruhigen Schlaf fiel.

Donnerstag, 21. Oktober 2010

Als Schneyder erwachte, roch es nach Kaffee. Stöhnend richtete er sich auf. Die Couch mit dem hässlichen grauen Plüschbezug war viel zu weich gepolstert, das reinste Folterinstrument für seinen Rücken. Aber er hatte sowieso kaum geschlafen. Auf eine Panikattacke vor Marits Augen konnte er gut verzichten. Also hatte er bis zum Morgengrauen ferngesehen, ohne Ton, um keinen zu stören.

Marit wirkte auch nicht gerade ausgeschlafen, als sie klopfte und leise die Tür öffnete. »Willst du ins Bad? Es ist die Tür gegenüber. Ich decke inzwischen den Tisch. Irgendwelche besonderen Wünsche zum Frühstück?«

Zeitung und Kaffee, dachte er, und bitte keine Gespräche. »Musst du gar nicht arbeiten?«

Marit schüttelte den Kopf. »Später, ich fange erst um vierzehn Uhr an.«

Im Bad fielen ihm sofort die hübschen Fliesen auf, die mit einer Bordüre aus blauen Glockenblumen verziert waren. Strahlend weiße Handtücher, strahlend weiße Vorhänge vor dem kleinen Fenster. Auf einem zierlichen Tisch mit geschwungenen Beinen standen bunt bemalte Keramikgefäße, die wie orientalische Türme aussahen und allerlei Krimskrams enthielten. Am Vorabend hatte Marit von ihrer Arbeit erzählt. Die Blumenbordüre auf den Fliesen und die kleine Turmlandschaft durften demnach ihr Werk sein und Schneyder war überrascht, wie talentiert sie war. Überhaupt gefiel ihm das Bad, weil es so eine helle Klarheit ausstrahlte, die zu Marit passte. Na ja, vielleicht bildete er sich das auch nur ein. Was wusste er denn überhaupt noch von Marit? Der Anblick ihres Zimmers hatte ihn jedenfalls erstaunt. Es wirkte so romantisch. *Prinzessin*, so hieß nicht nur der Kahn. Prinzessin hatte Johann Behrens auch seine Tochter genannt. Marits Schlafzimmer schien einer Prinzessin angemessen, einer einsamen Prinzessin, die allein in ihrem Sessel saß und über die Straße aufs weite Wattenmeer schaute. Und wartete.

Er duschte heiß, dann kalt und ärgerte sich ein bisschen, weil das Duschgel, das er benutzen musste, da er seine Reisetasche im Wohnzimmer vergessen hatte, so blumig weiblich duftete. Mit einem Handtuch um die Hüften tapste er aus dem Bad – und schaute in Marits meerblaue Augen.

»Hier«, sie hielt ihm die Adidas-Sporttasche entgegen. »Die wirst du sicher brauchen.«

Als die Tür wieder geschlossen war, ließ er das Handtuch fallen und betrachtete sich in dem großen Spiegel neben der Tür. Scheiße, wie sah er überhaupt aus? Blass, schlechte Körperhaltung, ein deutlicher Bauchansatz und die Haare viel zu lang, er musste dringend zum Frisör. Dort stand ein Loser, einer, der sich selbst nicht ausstehen konnte. Was Marit wohl gerade gedacht hatte? Mit sechzehn hatte er einen ganz anderen Anblick geboten. Hastig schlüpfte Schneyder in seine Sachen. Die Ärmelbündchen vom Sweatshirt lösten sich schon auf und die Jeans stammte aus der Zeit, als er dank Antidepressiva noch einiges mehr auf die Waage gebracht hatte. Sie musste mindestens eine Nummer zu weit sein. Zum Autofahren mochte das bequem sein, aber es sah unmöglich aus. Alte Männer trugen schlecht sitzende Hosen, Schneyder war erst dreiunddreißig. Er putzte die Zähne, gurgelte mit

Mundwasser, kämmte das nasse Haar hinter die Ohren und verließ fluchtartig das Bad mit dem unbestechlichen Spiegel.

Auf dem Küchentisch warteten frische Brötchen, Sanddorngelee, Schinken und Käse, dazu eine Pfanne mit Rührei. In einer schlichten Vase standen blassgelbe Rosen, die einen süßlichen Duft verströmten. Den Kaffee bereitete Marit von Hand zu. Seit Ewigkeiten hatte Schneyder keinen solchen weißen Porzellanfilter mehr gesehen und es gefiel ihm, zuzuschauen, wie sie nach und nach heißes Wasser nachfüllte, so als hätte sie alle Zeit der Welt. Die großen Tassen, von außen blaugrün, von innen weiß lasiert, waren so schwer, dass man sie mit beiden Händen festhalten musste.

»Na, gut geschlafen?« Marit lächelte, aber die Augen blieben ernst.

»Geht so. Ich hab ziemlich lange nachgedacht. Warum könnte dein Vater unter falschem Namen gelebt haben?«

Weiter kamen sie nicht, denn die Tür wurde heftig aufgestoßen. Nie im Leben hätte er Fenna Hansen erkannt. Das kinnlange, wellige, damals noch hellbraune Haar hatte sie ganz kurz schneiden lassen. So kurz, dass die rosa Kopfhaut durchschimmerte. Schon damals hatten ihre Züge hart und unnahbar gewirkt, was vor allem an ihren eng zusammenstehenden Augen und den schmalen Lippen lag, aber inzwischen hatte sich der Eindruck noch verstärkt. Im Grunde sah sie aus wie ein hagerer alter Mann mit einer langen, spitzen Nase und einem unfreundlichen Mund. Fenna Hansen war erschreckend dünn, was natürlich an der fortgeschrittenen Krebserkrankung lag. Sie versank beinahe in einem dunkelbraunen Bademantel, an den Füßen trug sie weiße Socken und Birkenstocksandalen. »Du?«

»Ja, Christoph ist zufällig auf der Insel. Und da ist er vorbeigekommen. Ich freue mich.« Übereifrig sprang Marit auf und holte ein drittes Gedeck, sie hatte es so eilig, dass der Teller gegen die Tischkante schlug. »Was möchtest du essen, Mama?«

»Ich nehme nur Tee.« Langsam schlurfte Fenna Hansen zum Tisch, stützte sich dabei schweratmend auf den Schrank und dann auf die Stuhllehne. Ihre hellen Augen brannten sich in sein Gesicht. »Was verschafft uns die Ehre? Willst du sehen, wie wir jetzt leben, ohne ihn?«

»Bitte Mama, was redest du denn?«

»Wieso? Ich an seiner Stelle wäre bestimmt nicht gekommen.« Nachdem sie sich schnaufend auf den letzten freien Stuhl gesetzt hatte, legte Fenna Hansen den Kopf schief und schaute Schneyder böse an. »Oder glaubst du, dass wir alles vergessen haben? Bestimmt nicht. Und ich sage es so, wie es ist, du bist hier nicht willkommen.« Ihr Blick fiel auf die Pfanne mit dem Rührei. »Oh, großes Frühstück. Da störe ich wohl.«

»Nein, ganz und gar nicht. Ich muss sowieso los. Um neun geht die Bahn zum Fähranleger.« Abrupt stand Schneyder auf und schob seinen Stuhl unter den Tisch. »War nett, Marit. Auf Wiedersehen, Frau Hansen. Alles Gute. Bleib sitzen, ich finde allein raus.«

Marit lief ihm trotzdem hinterher. »Tut mir leid, Christoph. Ich hätte mir denken können, dass sie so drauf ist. Aber sie ist alt und krank – und total verbittert.« Sie holte tief Luft. »War es das jetzt? Für uns, meine ich.«

Er wusste keine Antwort und schwieg.

»Würdest du mir wenigstens deine Handynummer geben? Bitte.«

Erstaunt hob er die Augenbrauen. Dann ratterte er die Zahlenreihe runter, die sie zeitgleich mit dem Daumen in ihr Handy eintippte. Eine Minute später flüchtete er mit großen Schritten zum Bahnhof.

Neunzig Minuten später verließ er in Harlesiel das Schiff, immer noch wütend auf die alte Hansen, auf Marit und vor allem auf sich selbst. Aus Fehlern sollte man lernen. Zum zweiten Mal hatte die Insel ihn verächtlich an Land gespuckt. Er gehörte nicht dorthin, und diesmal würde er nicht zurückkommen.

»Warum warst du so unfreundlich?« Wütend stellte Marit die Teller zusammen.

»Warum nicht? Ich habe doch recht. Hätte er damals anders reagiert, würde dein Vater noch leben. Aber der jämmerliche Feigling hat sich mit einem Messer in der Kajüte verkrochen, statt einen Rettungsring ins Wasser zu werfen.«

»Du weißt doch gar nicht, was auf dem Boot passiert ist!«

»Natürlich weiß ich es. Dein Vater ist ertrunken, weil das verwöhnte Doktorensöhnchen nicht reagiert hat. An Bord gab es genug Rettungsringe. Aber Christoph Schneyder hat in der Kajüte gesessen und geheult. Dein Vater könnte heute noch leben!« Mit verzerrtem Gesicht hämmerte Fenna Hansen ihre rechte Faust auf den Tisch. Die Messer hüpften auf den Tellern und eine der Rosen verlor drei Blütenblätter. »Wie kannst du es nur wagen, ausgerechnet ihn in mein Haus zu lassen?«

Wortlos verließ Marit die Küche. Wie oft hatte sie das schon gehört, diese ewig gleichen Anschuldigungen. Als hätte Christoph ihren Vater damals über Bord gestoßen. Niemals wurde in diesem Haus darüber gesprochen, dass Johann Behrens offenbar sturzbetrunken gewesen war. Entschlossen riss sie die Tür wieder auf. »Papa war besoffen, das weißt du genau. Er war in der Zeit ständig besoffen, auch wenn du das gern vergessen willst.«

»Red nicht so über deinen Vater!« Die Wut färbte Fenna Hansens blasse Wangen rot und ließ sie für einen kurzen Moment fast gesund aussehen. »Er hat gern mal getrunken, aber er hatte sich immer in der Gewalt. Immer. Er kannte seine Grenzen.«

»Jaja, rede du dir nur alles schön. Das tust du ja seit siebzehn Jahren. Alles ausradieren, was hässlich war. Weißt du noch, dass er dich Klette genannt hat?«

»Halt den Mund!«

»Mama, ich bin dreiunddreißig Jahre alt. Ich lass mir nicht mehr den Mund verbieten.«

»Das hier ist mein Haus, meine Küche! Hier habe ich zu bestimmen, sonst keiner.« Sie schnappte nach Luft. »Aber meine Gefühle zählen ja nicht, die haben nie für euch gezählt, nur mein Geld, mein Erbe. Für's Bezahlen war ich gut genug!«

»Mama!«, rief Marit schockiert. »Jetzt hör aber auf. Wie kannst du so etwas sagen!«

Mit einer Bewegung der linken Hand beendete Fenna Hansen das Gespräch. »Ich will nichts mehr hören. Halt den Mund oder geh.«

»Keine Sorge, ich gehe schon. Bevor ich hier ersticke!« In ihrem Zorn räumte Marit nicht einmal den Tisch ab, obwohl sie wusste, dass ihre Mutter das auch nicht erledigen würde. Sie knallte die Küchentür mit dem Fuß zu, riss ihre dunkelrote Winterjacke vom Haken und es war ihr egal, dass drei weitere Jacken zu Boden fielen. Sie ließ sie einfach liegen und stürmte aus dem Haus.

Draußen atmete sie tief durch. Was für ein Scheißmorgen. Am liebsten wäre sie Christoph hinterhergerannt, um ihn zu fragen, warum er überhaupt gekommen war, wenn er sich gar nicht mehr für sie interessierte und gleich wieder abhaute. Aber was sollte das bringen, zwischen ihnen lagen der schreckliche Tod ihres Vaters, siebzehn lange Jahre und ein ganzes Meer. Eine Weile blieb sie einfach nur stehen, lehnte sich mit geschlossenen Augen an den Zaun, genoss den Wind, die klare Luft und stellte sich vor, wie Christoph auf die Fähre ging, sich vielleicht noch mal umschaute und dann aus ihrem Leben verschwand. Vielleicht hätte sie gestern Nacht einfach ins Wohnzimmer gehen sollen, unter seine Decke schlüpfen und schauen, was passierte. Mit gesenktem Kopf trottete sie die Zedeliusstraße runter und bog in die Elisabeth-Anna-Straße ein. Sie würde sich bei Nadira ausheulen.

Obwohl ihre Lebenswege ganz unterschiedlich verlaufen waren, verband Marit Hansen und Nadira Mahler, die in Indien geborene Adoptivtochter des Inselpastors, eine tiefe Freundschaft. Schon im Sandkasten hatten die beiden Mädchen miteinander gespielt, in der Grundschule hatten sie nebeneinander gesessen, später im N.I.G.E. ein Zimmer geteilt. Marit hatte Nadira getröstet, als Adrian nach dem Abitur nach Göttingen gegangen war, und als er Jahre später zurückgekehrt war und die beiden ein Paar wurden, war sie Brautjungfer gewesen. Sie war Lauritz' Patentante und als

Nadira im letzten Jahr eine Fehlgeburt erlitten hatte, war es Marit gewesen, die alle Babysachen weggeräumt hatte, während Nadira im Krankenhaus lag. Jetzt war Nadira wieder schwanger, sie erwartete Zwillinge, und alle außer der werdenden Mutter benahmen sich schrecklich aufgeregt.

Nadira saß auf dem Sofa, sie trug etwas Fließendes in einem dunklen Violett, das ihr schwarzes Haar bläulich schimmern ließ, und blätterte in einer *Brigitte*. Im Radio dudelte ein Song von Rosenstolz. Nadira liebte das Duo und kannte die meisten Texte auswendig. Für Marit enthielten sie eindeutig eine Umdrehung zu viel von allem, von Kitsch, Plattitüden und großen Gefühlen.

Nadira erkannte sofort, dass etwas nicht stimmte. »Ist was passiert?«

In Gedanken wägte Marit ab, wie viel sie ihrer Freundin verraten wollte. »Christoph war hier. Zufällig.« Klang das zu unwahrscheinlich?

Nein. Nadiras dunkelbraune Augen blitzten auf. »Was? *Der* Christoph? *Unser* Christoph, ich meine: *dein* Christoph?« Sie kicherte. »Einfach so?«

Marit nickte. »Ja, einfach so. Er ist gestern Abend gekommen und heute Morgen wieder abgereist. Meine Mutter hat ihn mehr oder weniger vor die Tür gesetzt.«

Eins musste man Nadira lassen, sie kapierte schnell. »Also hat er bei dir übernachtet? Ich meine, ihr habt ...«

»Nein, natürlich nicht. Er hat im Wohnzimmer auf der Couch geschlafen und ich in meinem Zimmer.«

»Wie bitte? Christoph Schneyder, der Traum unserer schlaflosen Nächte, kommt dich besuchen und du schubst ihn von der Bettkante?«

Es wäre ganz leicht gewesen, in diesen übermütigen Kleinmädchenton einzufallen, aber heute war nicht der Tag dafür. »Wie kommst du darauf, dass er auf meiner Bettkante gesessen hat? Wir haben einfach nur gequatscht, über früher. Du, Christoph fährt in Köln Taxi.«

»Hör auf. Ich dachte, der ist längst Oberarzt an irgendeiner renommierten Klinik. Was ist schiefgelaufen?«

»Keine Ahnung. Darüber haben wir nicht gesprochen.«

»Keine Zeit für überflüssige Worte, was?« Nadira lachte.

»Überhaupt keine Zeit, für gar nichts«, sagte Marit und es klang sehr entschieden.

In gespielter Enttäuschung verzog Nadira den Mund. »Schade, ich dachte, jetzt wird es romantisch. Dein Traumprinz kommt zurück und ihr fallt euch überglücklich in die Arme. Großes Kino. Wie sieht er aus?«

»Ist halt älter geworden, wie wir alle.« Seltsam, aber sie brachte es nicht fertig, etwas Negatives über Christoph zu sagen. Etwa, dass er zugenommen hatte und neuerdings an einen herrenlosen Hund erinnerte, einen Streuner, der nicht wusste, wohin er gehörte.

»Verheiratet?«

»Ich glaube nicht, jedenfalls trägt er keinen Ring. Ich hab mich nicht getraut zu fragen.«

»Kommt er wieder? Ich meine, war das der Anfang von irgendwas?« Typisch Nadira, die ließ einfach nicht locker, bis sie auch die kleinste Nebensächlichkeit erfahren hatte.

»Nein, das kann ich mir nicht vorstellen.« Jetzt, da es ausgesprochen war, tat es ziemlich weh.

»Ach, Süße, nicht traurig sein. Nach allem, was war.« Nadira verzog ihr hübsches Gesicht. »Es wäre ja schon eine Zumutung für deine Mutter. Ehrlich. Das kannst du ihr nicht antun. Du solltest ihn vergessen. Ich an deiner Stelle ...« Sie brach ab und lächelte entschuldigend, weil sie die Gewitterwolken auf Marits Gesicht richtig zu deuten wusste.

»Du an meiner Stelle würdest Hauke erhören, ich weiß. Aber Hauke ist für mich nun mal nur ein Kumpel und kein Mann zum Verlieben. Tut mir leid. Ein bisschen Herzklopfen gehört schon dazu.«

»Bei mir brauchst du dich nicht zu entschuldigen. Bei mir nicht.« Mit der Zunge feuchtete Nadira ihren Zeigefinger an und rieb über einen Fleck auf der Sofalehne. »Aber es ist nun einmal so, dass ich Hauke sehr schätze, nicht nur, weil er Adrians bester Freund ist. Es fällt mir nicht leicht, mit anzusehen, wie er leidet. Ist halt schade. So viel Liebe und kein Happy End in Sicht.«

»Einseitige Liebe.« Demonstrativ schaute Marit auf ihre Armbanduhr. »Keine Zeit mehr. Ich war eben so sauer auf meine Mutter, dass ich einfach abgehauen bin. Ich muss zurück und die Küche klarkriegen, bevor ich zur Arbeit geh.« Sie stutzte. »Wo ist überhaupt mein Patenkind?«

»Lauritz ist bei meiner Mutter. Sie glaubt, dass sie mich entlasten muss.« Nadira verschränkte die Hände über ihrem Bauch, der sich bereits ein bisschen wölbte. »Ich hab nicht widersprochen. Ehrlich gesagt ist es ein Luxus, mal einen Vormittag Zeit zum Füßehochlegen zu haben.« Sie lachte ein bisschen übertrieben, vermutlich wollte sie überspielen, dass die Stimmung verdorben war.

Eine kurze Umarmung, dann machte Marit sich auf den Rückweg. Seit Hauke Kuhlmann nach Wangerooge zurückgekehrt war, um hier wie vor ihm sein Vater als Inselpolizist zu arbeiten, war Nadira mehr oder weniger auffällig bemüht, ihn mit Marit zu verkuppeln. Dass ihre Freundin ganz im Gegensatz zu Hauke nicht interessiert war, störte sie nicht im Geringsten.

Samstag, 23. Oktober 2010

Zwei Tage später holte Schneyder die Laufschuhe von Asics, die er sich vor zwei Jahren zu Weihnachten gekauft und dann doch nie getragen hatte, aus dem Keller. Der Anblick seines nackten, weißen Körpers in Marits Badezimmerspiegel ließ ihn einfach nicht mehr los. In seiner Bude gab es nur den kleinen Spiegel über dem Waschbecken, den er zum Kämmen und Rasieren brauchte. Vielleicht lag es daran, dass ihm seine Verwandlung nicht aufgefallen war. Aber so wollte er nicht aussehen, so nicht. Schneyder zog eine verwaschene graue Jogginghose an, dazu das uralte Sweatshirt mit dem

Adidas-Aufdruck, den man kaum noch entziffern konnte. Sonja hatte die Sachen immer wegwerfen wollen, aber er hatte sich erfolgreich dagegen gewehrt.

Kurz vor halb drei ließ er sich von Serdal, der tagsüber den Audi fuhr, zum Rhein bringen.

Der junge Kurde wollte sich totlachen. »Na, Chef, brauchst du schnell noch ein paar Muckis? Hast wohl 'ne neue Freundin. Hör mal, mein Schwager arbeitet im Fitnesscenter. Ich kann dir 'ne günstige Dauerkarte besorgen.«

Nur mühsam konnte Schneyder sich das Grinsen verkneifen. Es war kaum zu fassen, aber Serdals Familie hatte überall ihre Finger drin. Egal, um was es ging, sie kannten die richtigen Leute und konnten alles besorgen, billig und schnell.

»Lass mal. Laufen an der frischen Luft ist mir lieber. In fünfundvierzig Minuten kannst du mich genau hier abholen. Bis dann.«

»Hoffentlich hältst du so lange durch, alter Mann.« Serdal war Mitte zwanzig und brauchte sich über sein Aussehen keine Gedanken zu machen.

Schneyder lief ein bisschen auf der Stelle, um warm zu werden, dann trabte er los. Nach zweihundert Metern ging ihm bereits die Puste aus und er wäre am liebsten umgekehrt. Null Kondition, dachte er verächtlich, vergiss es, Junge. Es war einmal. Aber dann sah er wieder Marit vor sich, ihren erstaunten Blick, und er quälte sich weiter, Meter für Meter. Setzte sich kleine Ziele, bis zur nächsten Bank, bis zu dem großen Baum, bis zum Schiffsanleger. In der Lunge stach es höllisch, die Beine fühlten sich schwer wie Blei an, der Rücken schmerzte, aber er blieb nicht stehen. Anscheinend war sein Körper in den letzten Jahren zu seinem Feind geworden, den es zu besiegen galt. Dann sollte es eben so sein. Aufgeben würde er auf gar keinen Fall, diesmal nicht. Sollte er Marit je wieder begegnen, was Schneyder eigentlich ausschloss, würde er nicht mehr wie eine weiße, fette Fliegenmade aussehen.

Nass geschwitzt und ziemlich geschafft ließ Schneyder sich nach einer Dreiviertelstunde in die weichen Polster des Wagens fallen. Die Füße brannten, vermutlich hatte er sich

Blasen gelaufen. Was für ein blöder Einfall, mit nagelneuen Schuhen zu joggen. Trotzdem fühlte er sich großartig und es störte ihn kein bisschen, dass Serdal sich lustig über ihn machte und fragte, ob er ihn direkt zum Arzt bringen sollte.

In seiner Bude duschte er ausgiebig, dann kochte er Kaffee und legte sich auf die Schlafcouch. Zum ersten Mal dachte er wieder an die Blechdose mit den Papieren. Weiß der Himmel, aus welchem Grund dieser Behrens seinen Namen geändert hatte. Falsche Papiere, so was brauchten doch nur Kriminelle. Und wegen so einem hatte Schneyder sein ganzes Leben in den Sand gesetzt.

Wenn er die Augen schloss, konnte er Marits erstauntes Gesicht sehen, die Frage hören, die sie nicht gestellt hatte: Wolltest du nicht Arzt werden, wie dein Vater? Ja, so hatte sein Plan ausgesehen, und den Anfang hatte er auch gut hingekriegt: Abitur mit entsprechendem Notendurchschnitt, ein Jahr als Zivi beim Roten Kreuz, das sechsjährige Studium und das Staatsexamen. Seine Panikattacken, die nur sporadisch auftraten, hielt er mit *Xanax* im Zaum. Dann folgte die erste Anstellung als Assistenzarzt auf der Inneren, die ständigen Überstunden, die Nachtdienste, der Schlafmangel. Plötzlich spielte sein Körper nicht mehr mit. Ohne Medikamente ging gar nichts mehr, mit aber auch nicht. Er stellte von *Xanax* auf *Seroxat* um, ein stärkeres Antidepressivum, das er täglich einnehmen musste, und wurde so träge und schläfrig, dass er wie ein Zombie über die Station schlich. Einmal musste die Nachtschwester in den Bereitschaftsraum kommen und ihn wachrütteln, weil er das Telefon nicht gehört hatte. Sein Vater legte ein gutes Wort für ihn beim Klinikleiter ein und es ging noch ein paar Wochen so weiter. Dass nichts Schlimmes passierte, verdankte er vor allem Sonja, die auf der Station arbeitete und ihn so gut wie möglich unterstützte.

Schließlich war es Schneyder selbst, der die Notbremse zog. So wie es aussah, war er dem stressigen Arztberuf nicht gewachsen. Es war besser aufzuhören, bevor er einen Fehler beging, der ein Menschenleben kostete, noch ein Menschenleben, das sein Gewissen schwer machen würde.

Gegen den Willen seines Vaters kündigte Schneyder in der Klinik. Gleichzeitig setzte er das *Seroxat* ab, um wieder er selbst zu werden. Eine Weile hielt er sich als Nachtwache in einer Dialyseeinrichtung über Wasser, dann fuhr er Taxi. Als sich die Möglichkeit bot, kaufte er eine Konzession und den Audi. Nachts Taxi fahren, siebenmal die Woche, das war jetzt sein Leben. Er brauchte Bier zum Einschlafen, Kaffee zum Aufwachen, und die wenigen Stunden am Nachmittag reichten nicht aus für das, was andere Menschen Leben nannten.

Aber das störte ihn nicht. Längst schon hatte Schneyder sich am Rand der Gesellschaft eingerichtet, zwischen Taxifahrern und Bardamen, Trinkern und Spielern, Nutten und Zuhältern, all jenen, die den halben Tag verschliefen und nur nachts lebendig waren. Man traf sich gegen Morgen in kleinen Bars, trank Bier oder schwarzen Kaffee, spielte Karten, bis der Tag anbrach, und erzählte Geschichten, in denen man selbst der größte Held war. Häufig saß Luna neben ihm, die in Schneyders Alter war und in Wirklichkeit ganz anders hieß. Sie schaffte im *Pascha* an. Wenn sie müde war, redete sie ständig von ihrer Tochter Marie, die in einer Pflegefamilie lebte und die sie unbedingt nach Hause holen wollte. Nach einer Weile kamen ihr jedes Mal die Tränen. Luna wusste genau, dass sie eine andere Arbeit brauchte, wenn sie ihr Kind zurück wollte. Aber sie schaffte es nicht, sich aus dem Milieu zu lösen, immer gab es einen Kerl, in den sie wahnsinnig verliebt war und der unbedingt ihr Geld brauchte, nur noch einen Monat oder zwei, höchstens ein halbes Jahr. Schon lange versuchte Schneyder nicht mehr, Lunas Logik zu folgen. Er hörte nur zu und wenn er heimfuhr, nahm er sie mit, umsonst, weil sie zwei Straßen weiter wohnte als er selbst.

Einmal hatte Luna ihm angeboten, ihn nach Hause zu begleiten, und Schneyder hatte angenommen. Hinterher hatte er sich vor sich selbst geekelt. So tief war er gesunken, dass er eine Professionelle mit in sein Bett nahm. Ein paar Tage lang mied er Lunas Stammkneipe, um ihr nicht begegnen zu müssen, danach war alles wieder beim Alten. Hier gab es keinen, vor dem man sich schämen musste, alle waren ziemlich weit unten angekommen. Das machte sie zu Verbündeten.

Montag, 20. Dezember 2010

Seit acht Wochen lief Schneyder regelmäßig seine Strecke am Rheinufer, bevor er seine Schicht begann, außerdem besuchte er zweimal die Woche das Fitnessstudio, in dem Serdals Schwager jobbte. Fastfood hatte er von seinem Speiseplan gestrichen. Stattdessen kochte er selbst, Fleisch und Gemüse und keine Beilagen. Wenn er im Studio in den Spiegel schaute, war er stolz. *Das* wenigstens hatte er durchgehalten.

Von Marit hatte er nichts mehr gehört. Am Anfang war ihm noch bei jedem Handyklingeln der Schweiß ausgebrochen, aber das hatte sich längst gelegt. Marit würde sich nicht mehr melden, das war inzwischen klar. Nach wie vor bestand sein Leben aus zwei Hälften und Marit gehörte in die Zeit vor 1993.

Einmal hatte er versucht, ihr einen Brief zu schreiben. *Liebe Marit, du warst sicher enttäuscht* ... Weiter war er nicht gekommen. Vielleicht, weil ihm, als er das leere Blatt Papier anstarrte und keine Worte fand, klar wurde, dass vor allem er selbst enttäuscht war. Schneyder hatte sich eine Art Absolution erhofft. *Ich weiß, dass du keine Schuld an Papas Tod trägst*, hatte er hören wollen, aber das Thema war gar nicht zur Sprache gekommen.

Am zwanzigsten Dezember um einundzwanzig Uhr stand Schneyder als Erster in der Schlange am Bahnhof. Sein Fahrgast war ein Geschäftsmann um die fünfzig, der einen wadenlangen Ledermantel trug und nach einem teuren Aftershave roch. Als Fahrtziel nannte er Bremen. Wegen einer außerfahrplanmäßigen Verspätung der Bahn hatte er den Anschlusszug verpasst und konnte jetzt frühestens um halb sechs Uhr morgens sein Ziel erreichen. Schneyder machte ihm einen guten Pauschalpreis und meldete sich für die Nacht in der Zentrale ab. »Bin unterwegs nach Bremen. Das war's für heute.«

Eine Weile ereiferte sich der Fahrgast über die Unfähigkeit der Deutschen Bahn, die seiner Ansicht nach auf dem freien Markt längst pleite wäre, dann blätterte er in einer dunklen Mappe mit Geschäftspapieren. Um 0:45 Uhr setzte Schneyder ihn in dem vornehmen Stadtteil St. Magnus ab. Das Trinkgeld fiel königlich aus, dafür schleppte Schneyder gern noch den dunklen Samsonite-Koffer bis zur Tür.

Bremen. Wie von selbst fiel ihm die Adresse in dem Ausweis ein, der auf den Namen Klaus Märker ausgestellt war. Ein anderer hätte sich wohl nicht mehr erinnern können, aber als Taxifahrer hatte Schneyder ein gutes Gedächtnis für Straßennamen entwickelt.

Viertel vor eins, die Zeit war natürlich unmöglich. Deshalb suchte er eine Kneipe, die noch geöffnet hatte, trank ein Bier vom Fass und aß eine trockene Frikadelle. Dann steuerte er den Wagen in eine Seitenstraße und drückte auf den Knopf, der alle Türen verriegelte. Er rief Mahmut an, Serdals Vater, der genau wie er selbst nachts Taxi fuhr und der scharf war auf Schneyders Konzession.

»Hallo, hier ist Schneyder. Sag deinem Sohn, dass er morgen frei hat. Ich hatte 'ne Tour nach Bremen und muss hier noch was erledigen.«

Natürlich meckerte der Kurde, dass Serdal auf das Geld angewiesen wäre, aber der Wagen gehörte nun einmal Schneyder und als Chef durfte er sich solche Freiheiten erlauben. Er legte auf, drehte die Rückenlehne zurück, stellte die Standheizung an und döste ein.

Dienstag, 21. Dezember 2010

Um sechs Uhr erwachte er von den ratternden Geräuschen der Müllabfuhr. Es war noch dunkel, aber die Straßenbeleuchtung hatte sich bereits eingeschaltet. 6:49 Uhr zeigte seine Armbanduhr. Viereinhalb Stunden Schlaf, immerhin. Auf der Suche nach einem Frühstück entdeckte Schneyder ein kleines Café, das auf einer Tafel mit einem reichhaltigen XXL-Frühstück ab sechs Uhr warb. Mit XXL war Schneyder eigentlich durch, aber ein Frühstück konnte er vertragen.

Auf dem Tresen blinkte hektisch ein Plastikweihnachtsbaum, damit niemand vergaß, dass das Fest der Feste vor der Tür stand, und es roch aufdringlich nach zu stark gebranntem Kaffee. Zwei Männer in Blaumännern saßen an einem Tisch, einer war so fett, dass er kaum auf den Stuhl passte. Er bestellte natürlich das XXL-Frühstück. »Mach gleich drei Spiegeleier!«, rief er der Bedienung hinterher, die gerade hinter einem grauen Vorhang verschwinden wollte. Vermutlich lag dort die Küche.

»Okay, Werner, alles klar.« Die Bedienung schien noch jung, höchstens zwanzig. Ihr blondes, hochtoupiertes Haar stand nach allen Seiten vom Kopf ab, was irgendwie außerirdisch wirkte. Mit der Schminke hatte sie es auch übertrieben, jedenfalls für Schneyders Geschmack. Nie im Leben hätte er sich dazu überwinden können, solche neonfarbigen Lippen zu küssen. Während er noch darüber nachdachte, woher dieser komische Gedanke kam, stand sie schon am Tisch. »Bitte, was darf es sein? Dich hab ich hier aber auch noch nicht gesehen.«

Schon kapiert, hier ging es familiär zu. Vielleicht hatte sie auch nur die Taxe vor dem Fenster gesehen. »Bin nicht von hier. Ich nehme einmal das kleine Frühstück.« Ehe ich wie der Fettsack in der Ecke ende.

»Okay, einmal klein.« Sie kritzelte auf ihren Block. »Kommst du von weiter weg?«

»Köln.«

»Hey.« Erfreut riss sie die Augen auf.

Komisches Mädchen. Es war doch kein Lottogewinn, dass er aus Köln stammte. Schneyder wusste nicht, wie er reagieren sollte, und schwieg. Das schien die Kleine zu ärgern. Jedenfalls drehte sie sich abrupt um und stöckelte Richtung Küche.

Der Kaffee wurde sofort serviert, auf den Rest musste er warten. In der Zwischenzeit bekam Werner sein XXL-Frühstück. Auf seinem Gesicht breitete sich ein seliges Kinderlächeln aus. Er hob die Hände, wedelte mit den Fingern, dann griff er nach Messer und Gabel und legte los. Zuerst ein Spiegelei, pur, ohne alles, danach grabschte er sich das erste Brötchen. Schneyder wandte den Blick ab.

Fährgrund sieben. Ein viereckiger Kasten, weiß gestrichen, braune Kunststofffenster, ein Flachdach. Drei Klingeln und nirgends stand *Märker*. Schneyder entschied sich für den untersten Knopf. Er musste zweimal kräftig drücken, bis der Gong ertönte. Nach wenigen Minuten öffnete ein verschlafen wirkender Typ, höchstens fünfundzwanzig, in einer knallgrünen Jogginghose und einem labbrigen Sweatshirt.

»Jaa?«

»Entschuldigung. Ich suche einen Klaus Märker.«

»Märker? Nie gehört.« Der Mann schaute über Schneyders Schulter und entdeckte die Taxe. »Ha, Meister, da hat dich einer verarscht.«

Schneyder winkte ab. »Schon okay, bin privat hier. Märker muss hier um 1970 gewohnt haben. So ein bulliger Kerl, hat ein Bein nachgezogen.«

»1970? Da hab ich noch nicht mal in die Windeln geschissen. Keine Ahnung. Aber vielleicht weiß die Alte von oben was, die wohnt hier schon ewig.« Schon bohrte sein dicker Zeigefinger sich auf den Klingelknopf.

»Hallo?«, wehte eine dünne Stimme das Treppenhaus runter.

»Morgen, Frau Serenius. Hier sucht jemand einen Klaus Märker. Der soll hier mal gewohnt haben. Kennen Sie den?«

»Moment bitte.« Ganz langsam und vorsichtig balancierte eine dünne, weißhaarige Frau die Treppe herunter, ihre rechte Hand umklammerte dabei das graue Treppengeländer, als hätte sie Angst zu stürzen.

Unten angekommen machte sie sich ganz gerade und schaute angriffslustig zu Schneyder hoch, der sie um mehr als Haupteslänge überragte. »Und wer sind Sie, wenn ich fragen darf?«

Der junge Mann lachte wiehernd. »Richtig so, Frau Serenius, man muss immer auf der Hut sein.«

»Christoph Schneyder. Ich komme aus Köln. Ich suche einen Herrn Märker, er müsste hier um 1970 gewohnt haben.«

»Klaus?«

Er nickte.

Ein Lächeln erhellte das Gesicht der Alten, dann schüttelte sie bedächtig den Kopf. »Klaus. Ja, der hat hier mal gewohnt, war ein sehr gut aussehender junger Mann. Ein bisschen leichtsinnig, ja, das war er wohl. Klaus hatte viele Freundinnen. Und er soll hoch verschuldet gewesen sein. Spielschulden, hieß es. Aber wer weiß, ob das so stimmt. Jedenfalls ist er zur See gefahren. Und da ist er auch umgekommen. Muss mehr als zwanzig Jahre her sein.« Irritiert hielt sie inne. »Noch länger, bald vierzig Jahre, würde ich sagen. Mein Gott, wie die Zeit vergeht. Die sind damals mit Mann und Maus abgesoffen, das ganze Schiff. Warum wollen Sie das überhaupt wissen?«

»Er war mit meinem Vater bekannt. Und der hat gesagt, wenn ich mal in Bremen bin, soll ich unbedingt fragen, was aus dem Klaus geworden ist.«

Seine Lüge hörte sich überzeugend an. Die Alte jedenfalls war damit zufrieden. »Wie schon gesagt, der lebt schon lange nicht mehr. Das können Sie Ihrem Vater ausrichten.«

»Schade.« Mehr fiel ihm nicht ein.

Er wollte schon gehen, als die Alte plötzlich weiterredete. »Seine Mutter ist nie damit fertig geworden. Kein Wunder, Kinder sollten nicht vor den Eltern sterben, schon gar nicht in Friedenszeiten.«

»Lebt sie noch?«

»Frau Märker? Ich denke schon. Die ist im Altersheim. In Schwanewede. Ich hab sie mal besucht, aber das war mir zu deprimierend.« Die Erinnerung schien ihr nicht zu gefallen, jedenfalls fiel ein Schatten auf ihr Gesicht. »Vielleicht ist sie ja auch schon tot. Catharina Märker«, sagte sie nachdenklich. »Die müsste ja schon weit über achtzig sein. Na, wer weiß.« Sie drehte sich um, wollte die Treppe wieder erklimmen.

Eine Frage musste Schneyder noch stellen. »Hat Klaus Märker ein Bein nachgezogen?!«

»Der Klaus? Bestimmt nicht. Der konnte tanzen wie ein junger Gott.«

Er bedankte sich und ging zurück zum Wagen. Klaus Märker war also ersoffen, schon lange vor Marits Geburt. Johann Behrens war ebenfalls ersoffen. Der eine hatte ein Bein nachgezogen, der andere nicht. Sollte er jetzt Marit anrufen und berichten, was er herausgefunden hatte? Nein, sie hatte sich nicht mehr gemeldet und das war gut so.

Samstag, 15. Januar 2011

Gestern auf Adrians Geburtstagsfeier war es sehr spät geworden und nach dem unangenehmen Druck in ihrem Kopf zu urteilen, hatte Marit entschieden zu viel getrunken. Aber der Rotwein, den Nadira und Adrian im letzten Sommer auf Mallorca kennengelernt hatten und der einfach nur AN2 hieß, schmeckte einfach zu gut.

Auf dem Tisch lag immer noch der Zettel ihrer Mutter, den sie gestern beim Heimkommen vorgefunden hatte: *Bin im Bett, bitte stör mich nicht mehr.*

Amy, die sieben Monate alte schokoladenbraune Labradorhündin, schlief unter dem Tisch und träumte, wie man an dem leisen Fiepen und den zuckenden Hinterbeinen erkannte. Marit Hansen kochte sich einen Kaffee mit viel Milch und Zucker. Dann holte sie die Zeitung aus dem Kasten und setzte sich damit an den Küchentisch. Nichts war in der großen weiten Welt passiert, das Wangerooge, die östlichste der Ostfriesischen Inseln, berührte. Hier drehte sich alles um die Touristen – wann sie kamen, wie lange sie blieben, wie viel Geld sie auf der Insel ließen. Aber jetzt war Winter und Wangerooge gehörte den Insulanern. Es war die Zeit der Besuche, niemand sperrte die Tür ab und man war überall willkommen. Wer wollte, konnte vom Westdorf bis ans Ostende laufen, ohne einer Menschenseele zu begegnen. Marit liebte diese stillen Monate und sie konnte die Wangerooger nicht verstehen, die jetzt in den Süden reisten, um sich dort an überfüllten Stränden in die Sonne zu legen.

In der Nacht hatte es geregnet, einmal war sie vom lauten Prasseln der Tropfen gegen die Scheibe aufgewacht, doch jetzt leuchtete der Himmel makellos blau, als hätte sie das schlechte Wetter nur geträumt. Sie holte das Schwarzbrot aus dem weißen Emaillekasten, schnitt eine Scheibe ab und legte sie auf den Teller, dann stellte sie Butter und Käse auf den Tisch und schaute auf die Uhr. Viertel vor acht. In einer halben Stunde würde Jochen Brinkmann kommen. Anfang November hatte der Stallumbau gestoppt werden müssen, weil der frühe, ungewöhnlich harte Winter das Gießen der Betonplatte unmöglich gemacht hatte. Seither lagen die Torfbrandklinker, die Jochen Brinkmann im ehemaligen Hühnerstall aufgenommen hatte, aufgestapelt neben der zukünftigen Werkstatt. Marit wollte sie wiederverwenden, sie mochte den rustikalen Charme der alten Klinker, und natürlich bedeuteten sie auch eine Erinnerung an ihren verstorbenen Vater.

In der letzten Woche war die Temperatur ganz langsam über den Gefrierpunkt geklettert, sodass der Umbau weitergehen konnte. Gestern hatte Brinkmann den Boden ausgekoffert und mit Styropor ausgelegt. Heute wollte er die Betonplatte gießen. Die Mischmaschine hatte er gestern schon gebracht, Sand und Zement standen bereit. Mitte der Woche würde der Estrich so trocken sein, dass Brinkmann die Klinker legen konnte. In Sand, falls Marit wider Erwarten nicht mit dem Specksteinofen zurechtkam und doch noch eine Heizung verlegen wollte.

Sobald der Fußboden lag, konnte sie die Wände weißen und an die Innengestaltung gehen. Weiße Wände, Regale aus ungehobelten Brettern, in denen sie ihre Materialien übersichtlich unterbringen konnte, und vor dem Fenster ein großer alter Tisch, dieses Bild schwebte ihr schon lange vor. Ihre Entwurfsmappe war prall gefüllt mit Ideen, die sie in die Tat umsetzen wollte. Ihre Lieblingsbank im Garten wollte sie mit hohen Laternen einrahmen, die mit ihren Zwiebeltürmchen und der Bemalung an orientalische Paläste erinnern sollten, dann fehlten ihr noch zwei Vogeltränken für die Gärten der Ferienhäuser und ein paar verwinkelte Häuschen als Heimat für ihre Hauswurze. Im letzten Jahr hatte sie vorwiegend weiße Fliesen bemalt, die Jochen Brinkmann sowohl in Küche und Bäder des Kapitänshauses als auch der Ferienwohnungen eingesetzt hatte, aber jetzt fand sich nirgends mehr Platz für ihre Werke und sie arbeitete nur noch auf Bestellung. Marit schlug ihren Skizzenblock auf.

Es klingelte und Amy raste schwanzwedelnd zur Tür. Als Marit öffnete, hüpfte die Labradorhündin begeistert um den Fliesenleger, der ihr beim letzten Mal ein paar Hundedrops mitgebracht hatte. Sie wurde nicht enttäuscht, Jochen Brinkmann kniete sich hin und zauberte auch diesmal eine Überraschung aus seiner Hosentasche.

»Hier. Du siehst ja schon aus wie ein richtiger Hund. Nur das Bellen musst du noch lernen.« Er kraulte Amy zwischen den Ohren. Die Woche über arbeitete der Fliesenleger auf dem Festland. An den Wochenenden nahm er gern kleinere Aufträge auf der Insel an, am liebsten unter der Hand. Zurzeit hatte er Urlaub. »Ich fang gleich an, wenn's recht ist, Marit, heute Nachmittag soll es ja wieder regnen.«

Brinkmann war bekannt als ein guter Arbeiter, der es sehr genau nahm. Allerdings konnte er es absolut nicht leiden, wenn man ihm über die Schulter schaute, womöglich sogar gute Ratschläge gab.

Also sagte Marit nur: »Okay, ich habe alles bereitgestellt. Ich bring dir nachher einen Tee.«

Um halb zehn wunderte sie sich, dass ihre Mutter noch immer nicht aufgestanden war. So lange schlief Fenna Hansen gewöhnlich nicht. Als Marit an die Schlafzimmertür klopfte und sich drinnen nichts regte, war ihr sofort klar, dass etwas nicht stimmte. Drei Monate noch, höchstens vier, hatte Dr. Jennings Weihnachten gesagt. Und dass er Fenna Hansen gern noch mal ins Krankenhaus einweisen würde. Doch sie hatte sich gesträubt.

»Mama?« Vorsichtig öffnete Marit die Tür, Amy schlüpfte an ihr vorbei. Anders als sonst sprang sie nicht am Bett hoch, sondern schnupperte nur auf dem Fußboden. Die Vorhänge waren zugezogen, doch durch das dünne Gewebe fiel ein wenig grünliches Licht ins Zimmer. So erkannte Marit auf einen Blick, dass das Bett leer war. Sie stolperte in den Raum und schlug die Bettdecke hoch, in der verzweifelten Hoffnung, sich geirrt zu haben. Aber hier lag nur das Nachthemd ihrer Mutter, genauso ordentlich zusammengefaltet, wie Marit es gestern dort hingelegt hatte. Laken und Decke fühlten sich kühl an, unbenutzt.

Ungeduldig riss sie die moosgrünen Vorhänge beiseite, dabei schlug ihr Handrücken gegen die Wand. Es tat weh, aber der Schmerz war wenigstens real. Von dem Fenster aus ließ sich der gesamte Garten überblicken. Fenna Hansen war nicht zu sehen.

Bleib ruhig, denk nach. Was hatte sie an? Die Hausschuhe standen vor dem Bett. Die dunkelblaue Stoffhose und der weiße Pullover, die sie gestern tagsüber getragen hatte, fehlten. Genau wie die grüne Winterjacke, die weiße Mütze und die Handschuhe. Und die gefütterten Wildlederstiefel, die sie erst vor wenigen Tagen gekauft hatten.

»So ein Unsinn, ich brauche keine neuen Schuhe mehr«, hatte ihre Mutter die ganze Zeit protestiert, aber Marit war nicht darauf eingegangen. Ihre kranke Mutter sollte wenigstens nicht frieren.

Ohne hinzusehen, zog Marit die erstbeste Jacke von der

Garderobe, zufällig die verschlusslose Kapuzenjacke aus gefilzter gelber Wolle, wunderschön, aber nicht sonderlich warm und damit gänzlich ungeeignet für diesen Wintermorgen. »Du bleibst hier«, herrschte sie die Hündin an, die sich erschrocken über den ungewohnt harschen Ton in ihr Körbchen trollte.

Mit großen Schritten hastete Marit durch den Garten, sie öffnete die Türen von Fahrradschuppen und Gewächshaus, was völlig unsinnig war, stürzte zum ehemaligen Hühnerstall und keuchte: »Jochen, meine Mutter ist verschwunden. Wenn sie auftaucht, sag mir Bescheid. Meine Handynummer hast du ja. Ich geh suchen.«

Behutsam, fast zärtlich, kippte Jochen Brinkmann die Trommel der Mischmaschine und ließ den Betonbrei in die Karre laufen. Mit dem Stiel der Maurerkelle klopfte er von außen gegen die Trommel, um den letzten Rest Beton zu lösen, der schmatzend in die Karre fiel. Dann erst drehte er den Kopf und schaute Marit an. »Fenna ist weg? Seit wann? Soll ich suchen helfen?«

»Nein. Ja. Ich weiß es nicht. Vielleicht kannst du Dr. Jennings anrufen und fragen, ob sie dort ist. Sonst fällt mir kein Ort ein, an dem sie sein könnte.« Aber das war gelogen. In Gedanken sah sie ihre Mutter im Wasser, sah sie einfach geradeaus laufen, mit erhobenem Kopf in den Fluten verschwinden, bis sie nicht mehr zu sehen war. »Ich schaue zuerst am Badestrand.«

Jochen Brinkmann fragte nicht, warum sie ausgerechnet dort suchen wollte. Er nickte nur und schaute mit gerunzelter Stirn auf die Karre, dann auf die Mischmaschine, die sich immer noch drehte, zuletzt zum ehemaligen Stall. Schade drum, sagte sein Blick. Mit einer Gießkanne füllte er Wasser in die leere Trommel. »Ich verarbeite noch schnell den Beton, dauert nur eine Minute. Wenn er anzieht, lässt er sich nicht mehr gleichmäßig verteilen. Dann rufe ich Dr. Jennings an.«

»Gut, ich lauf schon mal los.« Unterwegs hörte Marit nur ihren eigenen, keuchenden Atem. Um kurz vor sieben war

Hochwasser, also vor zweieinhalb Stunden, für die Insulaner waren die Tidezeiten allgegenwärtig. Wenn man ins Wasser ging, dann um diese Zeit.

Der Strand wirkte wie leer gefegt. Kein Mensch, auch kein Kleiderbündel, nichts. Sie hastete ins *Café Kluntje*. Von dort hatte man einen weiten Blick. Janusz, der polnische Kellner, deckte gerade die Tische ein.

»Hallo, Marit, möchtest du etwas essen?« Janusz war sorgsam darum bemüht, seinen polnischen Akzent zu unterdrücken, doch so ganz gelang es ihm nicht.

»Nein, heute nicht. Janusz, meine Mutter ist verschwunden, vermutlich schon seit heute Nacht. Hast du sie gesehen? Hast du draußen irgendwas gesehen, das dir komisch vorkam?«

Er schüttelte den Kopf, ganz langsam. »Nein, Marit, nichts. Wo kann Frau Fenna denn nur sein? Was denkst du?«

Mit altmodischer Höflichkeit redete der Pole alle Frauen über vierzig mit Vornamen und einem davorgesetztem Frau an. Aber was bei anderen lächerlich geklungen hätte, hörte sich bei ihm wie ein Ausdruck besonderer Wertschätzung an. Es mochte an seinem Alter liegen, Janusz (den Nachnamen kannte Marit nicht) mochte um die sechzig sein, ein schmaler, schlanker Mann mit schneeweißem Haar, ganz akkurat links gescheitelt, der dezent nach Frisiercreme roch und immer glänzende Lacklederschuhe trug. Selten, sehr selten, sah man ihn im Ort. Im Winter trug er einen eleganten langen Mantel, im Sommer einen hellen Trenchcoat und immer hatte er einen schwarzen Stockschirm dabei. Er wirkte wie ein Schauspieler aus einem Schwarzweißfilm, wie ein Relikt einer Zeit, die längst vorüber war.

»Ich weiß es nicht, wirklich nicht.«

»Geh zur Polizei, kleine Marit«, sagte er sanft. »Schnell. Allein kannst du sie doch nicht finden.«

Das war bestimmt ein vernünftiger Vorschlag und dennoch fiel der Weg zur Polizeistation ihr schwer. Sobald sie dort die Tür geöffnet hatte, wurde das Schreckliche Wirklichkeit. Ihre Mutter war verschwunden, vermutlich schon seit gestern Nacht. Und sie hatte es nicht einmal bemerkt, hatte stattdessen in der Küche gesessen und seelenruhig Kaffee getrunken, gemalt. Jeder auf der Insel wusste doch, wie krank Fenna Hansen war. Warum schaute die Tochter nicht gleich morgens nach dem Rechten? Rita Töbkes fiel ihr ein, die seit Jahren die Ferienwohnungen putzte. Vielleicht war ihre Mutter bei Rita. Ein warmer, tröstlicher Gedanke. Ja, Fenna Hansen war bei Rita zum Frühstück eingeladen und sie hatte vergessen, Marit davon zu erzählen.

Beflügelt von neuer Hoffnung hetzte Marit die Zedeliusstraße hinauf und dann durch die Friedrich-August-Straße in die Rösingsstraße und klingelte Sturm an der weißen Tür zu Ritas Wohnung.

»Was ist jetzt denn los?«, dröhnte es hinter der geschlossenen Tür, bevor Rita Töbkes öffnete. »Marit? Ist was passiert?«

»Mama ist weg, ich kann sie nirgends finden. Ist sie bei dir?«

Noch ehe Rita ein Wort sagte, las Marit bereits in ihrem Blick, dass die Situation sich keineswegs in Wohlgefallen auflösen würde. Rita wirkte vollkommen überrascht, außerdem trug sie noch einen Morgenmantel, also konnte ihre Mutter nicht hier sein. Atemlos erzählte Marit, was vorgefallen war.

Rita Töbkes gab gar nicht erst vor, ruhig zu sein. »Du musst zu Hauke Kuhlmann gehen, sofort. Soll ich dich begleiten?«

»Das ist lieb, aber nein. Das ist meine Aufgabe.«

Hauke Kuhlmann war Inselpolizist, genau wie sein Vater vor ihm. Er war zwei Jahre älter als Marit und seit vielen Jahren in sie verliebt. Vor Ewigkeiten hatten sie mal miteinander geschlafen, ein vergeblicher Versuch ihrerseits, Christoph zu vergessen. Geendet hatte dieser Abend in einem Desaster, Marit hatte sich tagelang die Augen ausgeheult und Hauke war aus dem Internat abgehauen. Keiner wusste wohin, höchstens seine Eltern, aber die hatten nicht darüber geredet. Nach zwei Jahren war er zurückgekehrt und hatte eine Ausbildung bei der Polizei in Oldenburg begonnen. Eine Weile hatte er in

Hannover gearbeitet, vor drei Jahren war er wieder auf die Insel gekommen, um die Stelle seines Vaters anzutreten.

Er telefonierte. Als Marit die Dienststube betrat, legte er auf und schaute sie an, erschrocken, als hätte sie ihn bei sonst was ertappt.

»Du hast es schon gehört? Ich wollte gerade kommen.« Dabei drehten seine Finger das Mobiltelefon hin und her, hin und her, sie konnte ihren Blick nicht davon lösen und sie wollte es auch nicht.

Am liebsten wäre sie wieder davonlaufen. Aber das schien nicht möglich. Ihre Finger krallten sich in die gelbe Wolle ihrer Jacke. »Was soll ich gehört haben? Meine Mutter ist nicht da. Ich kann sie nirgends finden.«

Ohne sie anzuschauen, legte Hauke Kuhlmann das Handy auf den Schreibtisch, tippte es mit dem Finger an, damit es zwei Zentimeter weiter nach links rutschte. »Harm Schoone hat sie gefunden. In einem der Schrebergärten am Tuunpadd. Marit …« Er räusperte sich und richtete seinen Blick auf einen Punkt über ihrer rechten Schulter. »Sie lebt nicht mehr. Und möglicherweise … Ich hab gerade die Kripo in Wilhelmshaven informiert. In so einem Fall …«

All die nicht beendeten Sätze verhießen Schreckliches. Was konnte zu furchtbar sein, um es auszusprechen? »Sie ist tot? Kann ich sie sehen?«

»Nein, lieber nicht. Ich musste sowieso alles weiträumig absperren. Wegen möglicher Spuren. Das ist Vorschrift, weißt du.« Mit einem verlegenen Lächeln setzte er die Mütze auf, die seine dunkelblaue Uniform komplettierte. Und doch sah er für Marit nur wie Hauke Kuhlmann aus, der rothaarige Junge, mit dem sie früher Sandburgen gebaut hatte. »Ich muss auch wieder los. Mein Vater hält am Fundort die Stellung.«

Bis vor drei Jahren war Lothar Kuhlmann der Inselpolizist auf Wangerooge gewesen. Nach seiner Pensionierung hatte sein Sohn Hauke den Posten übernommen. Er war der einzige Bewerber gewesen. Aber Lothar lebte immer noch auf der Insel und die Wangerooger brachten ihm weitaus mehr Respekt entgegen als seinem fünfunddreißigjährigen Sohn.

Zaghaft umfasste Marit seinen Arm. »Hauke, ich möchte gern mit, bitte.«

»Nein. Tu dir das nicht an, Marit.«

»Warum? Was ist denn mit meiner Mutter passiert? Was wollte sie überhaupt in diesem Schrebergarten? Sag es mir, Hauke, ich hab doch ein Recht auf die Wahrheit!«

»Ja, natürlich, aber ich weiß ja selbst noch nichts. Geh nach Hause und koch dir einen Tee. Ich komm vorbei, sobald ich Näheres weiß. Versprochen. Aber das kann dauern. Soll meine Mutter nach dir sehen? Ja«, beantwortete er sich selbst die Frage. »Ich schick meine Mutter vorbei. Sie wird sich um dich kümmern.«

Wie in Trance machte sich Marit auf den Heimweg. Dass Frau Temmen vor dem Frisörladen stand und ihr mitleidig hinterherschaute, nahm sie gar nicht wahr, auch nicht, dass der Postbote vom Rad stieg und den Kopf neigte.

Zu Hause stand Jochen Brinkmann in der Tür, sein mitleidiger Gesichtsausdruck verriet, dass auch er schon Bescheid wusste. »Marit, mein Beileid«, sagte er hölzern und umklammerte mit beiden Händen ihr rechtes Handgelenk. »Komm schnell rein, es ist ja so kalt. Brauchst du was?«

Sie schüttelte den Kopf und ließ sich widerstandslos in die Küche schieben und dort auf einen der Stühle. Keine Tränen, wie seltsam. Als ihr Vater damals nicht wiedergekommen war, wäre sie beinahe in ihren Tränen ertrunken. Und jetzt war da nichts, nur diese dumpfe Stille und ein taubes Gefühl in ihrem Kopf. Amy winselte leise und leckte ihre Hände ab.

»Du musst bestimmt raus«, murmelte sie.

»Ich war gerade mit ihr vor der Tür. Kann ich sonst irgendwas für dich tun?« Hilflos schaute Jochen Brinkmann sich in der Küche um. »Vielleicht einen Tee kochen?«

Tee, das ostfriesische Allheilmittel, beinahe hätte sie gelacht. Aber nicht mal das Lachen funktionierte, als wären alle Emotionen abgeschaltet.

»Ich weiß ja auch gar nicht, wo alles ... ich meine, ich kann doch nicht alle Schränke ...« Ein Klingeln ließ Jochen Brinkmann dankbar zur Haustür flüchten.

Brunhilde Kuhlmann, Marit erkannte ihre Stimme sofort. »Moin, Jochen, du weißt wohl schon Bescheid? Wo ist das Kind?« Warme, weiche Arme schlossen Marit ein. »Armes Mädchen, es tut mir so leid.«

Der Fliesenleger war heilfroh, sich verabschieden zu können. »Ich geh raus und mach weiter. Ist besser, wenn die Platte an einem Tag gegossen wird«, sagte er verlegen. »Und dann hau ich ab.« Er räusperte sich. »Wenn du willst, nehm ich nachher die Amy mit nach Hause. Dann brauchst du dich nicht darum zu kümmern, Marit.«

»Nein«, rief sie erschrocken. »Das ist lieb gemeint, aber dann bin ich ja ganz allein.«

»Schon recht, Jochen.« Brunhilde Kuhlmann stellte den Wasserkocher an, mit einem Handgriff fand sie die Teedose. »Wir beide trinken jetzt einen Tee, Marit. Und dann warten wir auf das, was Hauke herausfindet. Die Kripo ist schon da, mit einem Hubschrauber gekommen, hab ich gehört.« Sie seufzte. »Und das hier bei uns auf der Insel.«

»Aber was ist denn überhaupt mit Mama passiert? Warum kommt die Kripo?«

Die Antwort bestand aus einem vagen Schulterzucken. »Ich weiß auch nicht mehr als du, mein Kind. Eben, dass sie tot in einem der Gärten liegt, es soll ja wohl die ehemalige Laube von Weber sein.«

Die Zeit verrann, Amy legte sich in ihr Körbchen, Marit und Frau Kuhlmann tranken Tee mit Kluntje und Sahne und schwiegen. Jetzt allerdings fühlte die Stille sich nicht mehr so kalt und bedrohlich an.

»Ich kann nicht mal weinen«, sagte Marit plötzlich. »Ist das nicht furchtbar? Meine Mutter ist tot und ich kann nicht weinen.«

»Das ist der Schock. Glaub mir, Mädchen, das geht vielen Menschen so. Mach dir darüber bloß keine Gedanken.«

Für Brunhilde Kuhlmann würde sie wohl ewig das Mädchen bleiben, genau wie für die Mütter ihrer anderen Schulfreunde.

»Wir haben uns in letzter Zeit häufig gestritten. Und jetzt kann ich mich nicht mehr entschuldigen.«

»Ach, Marit, mach dir darum doch keine Sorgen. Du warst ihr einziges Kind und sie hat dich geliebt, egal welche Worte gefallen sind. Als Hauke damals die Schule abgebrochen hat und einfach abgehauen ist, war ich schrecklich böse auf ihn. Aber trotzdem ist er doch mein Junge geblieben. Und ich war glücklich und stolz, dass er sich am Ende eines Besseren besonnen hat. Und jetzt ist er sogar Lothars Nachfolger geworden. Nein, Marit, deine Mutter wusste genau, was du für sie getan hast. Dass du zurück auf die Insel gekommen bist, um bei ihr zu wohnen, sie zu unterstützen. Red dir keinen Unsinn ein.«

Sie haben meine Mutter nicht so gut gekannt. Sie wissen nicht, wie sie sich in den letzten Jahren verändert hat, dass man ihr nie etwas recht machen konnte, dachte Marit. Aber sie murmelte: »Hoffentlich.«

»Ich bin ganz sicher. Und jetzt schau ich mal, was ihr im Kühlschrank habt, und mach uns eine Kleinigkeit zu essen. Sag mal, habt ihr zurzeit Gäste?«

»Die Unterwohnung und ein Apartment im *Haus Strandflieder* sind belegt.« War es nicht abartig, über solche Belanglosigkeiten zu reden, während ihre Mutter tot in einem verlassenen Schrebergarten lag? Aber das Gespräch wurde ja von Brunhilde Kuhlmann geführt, und die Frau des ehemaligen Inselpolizisten wusste bestimmt, wie man sich in so einer Situation benehmen musste. Marit brauchte ihr nur zu folgen, wie ein verirrtes Schaf, das heimgeholt wurde.

Brunhilde Kuhlmann kochte Eier, die sie mit Pellkartoffeln und einer selbst gemachten Remoulade aus Salzgurken, Zwiebeln, Äpfeln, Mayonnaise und saurer Sahne servieren wollte. Nach ihrer Anweisung schnitt Marit zuerst die Gurken, dann die Äpfel und zuletzt die Zwiebeln in winzige Würfel. Es dauerte eine kleine Ewigkeit, aber das schien gut so. Wer wusste denn, wie oft Frau Kuhlmann schon die Zeit mit diesem Rezept überlistet hatte. Als Marit die Zutaten vermischte, war mehr als eine Stunde vergangen.

»Das muss jetzt eine Weile durchziehen.« Brunhilde Kuhlmanns Stimme klang beinahe fröhlich.

Endlich klingelte das Telefon, aber ehe Marit reagieren konnte, hatte die Frau des ehemaligen Inselpolizisten schon abgenommen. »Hier spricht Brunhilde Kuhlmann. – Oh, Lothar. Wisst ihr schon was? – Ach, gut, ich sag ihr Bescheid. Bis später.« Für ein paar Minuten starrte sie angestrengt aus dem Fenster, so als müsste sie ihre Worte erst zurechtlegen. Dann holte sie tief Luft. »Marit, die Kripobeamten aus Wilhelmshaven wollen mit dir sprechen. Hauke wird sie herbegleiten. Sie müssen gleich hier sein.«

Warum denn, wollte sie sagen. *Und weshalb sagt mir keiner, was mit Mama passiert ist.* Aber urplötzlich war da keine Stimme mehr und so konnte sie nur hilflos beide Hände heben.

Mittlerweile hatte Gerrit Rennrodt es zum Hauptkommissar bei der Kripo in Wilhelmshaven gebracht. Mit seinen achtundvierzig Jahren sah er immer noch ganz ansehnlich aus, fast zwei Meter groß, schlank und dunkelhaarig. An den Schläfen zeigte sich allerdings der erste Schimmer von Grau. Rennrodt hatte zwei unerfreuliche Scheidungen hinter sich und beschlossen, den Rest seines Lebens allein zu verbringen. Frauen, das glaubte er verstanden zu haben, hatten keine Vorstellung, was es bedeutete, Kriminalpolizist zu sein. Dass es zum Beispiel heißen konnte, innerhalb von einer halben Stunde zu packen, um für unbestimmte Zeit auf Wangerooge zu ermitteln. Frauen wünschten sich ein geregeltes Leben, feste Zeiten, einen Tanzkurs am Freitagabend und Verabredungen, die eingehalten wurden. All das konnte er nicht bieten.

In Anbetracht der Umstände war die Kripo Wilhelmshaven mit großer Besetzung angereist, Hauptkommissar Gerrit Rennrodt als leitender Beamter des ersten Kommissariats, seine Kollegin Inga Thimm sowie die Beamten der Spurensicherung unter der Leitung von Hauptkommissar Till Weiland, die bereits den Tatort untersuchten. Inga Thimm klingelte an den Türen aller Häuser, die zwischen dem alten Kapitänshaus und dem Fundort der Leiche standen. Vielleicht hatte irgendjemand Fenna Hansen am Vorabend gesehen. Rennrodt selbst wollte Marit Hansen, die Tochter der Toten, befragen.

In dieser Küche hatte er schon einmal gesessen, vor siebzehn Jahren, inzwischen hatte sich der Raum allerdings sehr zu seinem Vorteil verändert. Damals waren die Decke und ein Teil der Wände dunkel getäfelt gewesen. An die Farbe der Küchenmöbel konnte er sich nicht mehr genau erinnern, vielleicht dieses blasse Gelbbraun, das in den Siebzigern modern gewesen war. Inzwischen hatte man Decke und Wände weiß überstrichen. Und die weiße Holzküche mit den blassgrünen Oberschränken schien noch recht neu zu sein. Auf einem Regalbrett, dass zwanzig Zentimeter unter der Decke verlief und über drei von vier Wänden reichte, stand dicht an dicht ein Sammelsurium aus farbenfroh bemalten Gefäßen, die vermutlich nur einen Sinn erfüllten, nämlich nett auszusehen. Das Ganze wirkte wie eine kleine, kunterbunte Stadt, sehr lebendig. Unnötige Staubfänger, dachte Rennrodt, aber er musste eingestehen, dass die Sammlung dem Raum etwas Fröhliches, Gemütliches verlieh, genau wie der Fliesenspiegel. Die Kacheln zeigten sommerliche Motive, Sonnenblumen und kleine Girlanden aus Blättern und roten Beeren. Er konnte sich nicht erinnern, schon mal solche Fliesen gesehen zu haben. Marit Hansen, die am Tisch saß und an ihren blonden Ponyfransen zupfte, passte in diese helle, freundliche Küche, warum auch immer.

Damals hatte ein uralter Neufundländer unter dem Tisch gelegen, jetzt hatte Frau Hansen sich eine braune Labradorhündin zugelegt, die offensichtlich noch sehr jung war. Amy. Rennrodt mochte Hunde, aber Welpen, die nicht eine Minute still sitzen konnten, fand er anstrengend und er war froh, als Marit Hansen die Hündin in den Flur sperrte.

Bei seinem letzten Besuch war der Lebensgefährte der Toten von einer mysteriösen Segeltour nicht zurückgekehrt. Und jetzt hatte man die Frau in einem leeren Schrebergarten gefunden. Aus nächster Nähe erschossen. Verdammt viel Pech für eine Familie. Nachdenklich schaute er die Tochter an. Marit Hansen, nicht verheiratet, dreiunddreißig Jahre alt. Warum eigentlich nicht verheiratet? Er fand sie durchaus attraktiv, klein und zierlich, ein offenes Gesicht, ungeschminkt, was er besonders mochte, ein weicher Mund, modisch geschnittene blonde Haare. Fraglos war sie der Typ Frau, der bei Männern ganz automatisch den Beschützerinstinkt weckte. Sollte trotz des ansprechenden Äußeren eine Mörderin vor ihm sitzen? Wie alt war sie eigentlich gewesen, als ihr Vater ums Leben gekommen war, alt genug für einen kaltblütig geplanten Mord? Rennrodt beschloss, umgehend die Akten anzufordern.

Er räusperte sich. »Frau Hansen, zunächst mein herzliches Beileid. Sobald meine Kollegen die Untersuchung vor Ort abgeschlossen haben, wird Ihre Mutter in das Rechtsmedizinische Institut überführt.«

»Sie wollen Mama aufschneiden?« Jetzt kam Leben in die zusammengesunkene Gestalt. »Das will ich nicht. Das verbiete ich!«

In Anbetracht der Umstände gestand er ihr diesen Gefühlsausbruch zu. Er ließ sogar eine kleine Pause, damit sie sich wieder fassen konnte, und sprach dann mit ruhiger Stimme weiter. »Das ist in diesem Fall unvermeidlich, Frau Hansen. Es wird Sie sicher erschrecken, aber Ihre Mutter wurde erschossen. Und in so einem Fall schreibt der Gesetzgeber eine rechtsmedizinische Abklärung vor. Dagegen können Sie sich leider nicht wehren.«

»Erschossen?« Es klang wie ein Schrei. »Meine Mutter? In einem Schrebergarten? Dort haben Sie Mama doch gefunden, nicht wahr, in einem Schrebergarten!«

»Ja. Leider. Und wie schon gesagt, werden Opfer von Gewaltverbrechen grundsätzlich obduziert. Allein schon, weil wir das Projektil brauchen.«

Eigentlich hatte er nicht damit gerechnet, dass ihr Widerstand so schnell wieder erlosch. Aber Marit Hansen zog die Unterlippe zwischen die Zähne, schaute die Frau des ehemaligen Inselpolizisten an und als diese nickte, sagte sie leise: »Dann kann ich wohl nichts machen.«

»Bleibt natürlich die Frage zu klären, was Ihre Mutter dort gemacht hat. Nach der ersten vorsichtigen Einschätzung wurde sie zwischen zwanzig Uhr und Mitternacht erschossen. Der Januar ist ja nun nicht gerade ein Monat, der zu nächtlichen Spaziergängen einlädt, dazu noch an so einem einsamen Ort. In der Nacht hat es heftig geregnet und wir hatten gerade mal fünf Grad. Was hat Ihre Mutter dort gewollt?« Auffordernd schaute er sie an und registrierte dabei jede Bewegung, jedes Muskelzucken, auch dass sie mit der rechten Hand die linke umfasste, so fest, dass die Haut sich unter dem Druck weiß färbte.

»Ich weiß es nicht. Ich weiß es wirklich nicht. Mama ist sehr krank, Lungenkrebs. Noch drei Monate, höchstens vier, hat Dr. Jennings ihr gegeben.« Marit Hansen beugte sich vor und schaute ihn eindringlich an. »Sie lag in einem Schrebergarten am Tuunpadd? Ehrlich gesagt versteh ich gar nicht, wie sie das geschafft hat. Mama konnte gar nicht mehr so weit laufen. Nicht allein.«

Für Rennrodt stand ohnehin längst fest, dass die Frau keinesfalls das Opfer eines wahnsinnigen Zufallstäters geworden war. Und das, was die Tochter jetzt sagte, untermauerte seine These. Aber das behielt er vorläufig für sich. »Schildern Sie mir bitte den Verlauf des gestrigen Tages.«

»Da gibt es nicht viel zu erzählen. Es war ein Tag wie alle anderen. Um viertel vor sieben bin ich aufgestanden, hab mich angezogen und bin mit dem Hund rausgegangen. Danach hab ich den Frühstückstisch gedeckt. Meine Mutter steht gewöhnlich um neun Uhr auf, gestern war es halb neun. Wir haben gefrühstückt, ein bisschen geredet, wie immer, dann hat sie sich auf die Couch in der Stube gelegt und ferngesehen. Um halb eins hab ich gekocht, Spaghetti und Tomatensauce aus der Packung.« Sie schluckte, biss sich auf die Unterlippe. »Das mochte sie nicht so gern. Aber es geht halt schnell.« Entschuldigend schaute sie Frau Kuhlmann an, die verständnisvoll lächelte. »Um eins waren wir mit dem Essen fertig. Mama hat sich ins Bett gelegt und ich hab die Spülmaschine eingeräumt. Ich hab ein bisschen gelesen, dann haben wir Tee getrunken.

Von halb vier bis fünf war ich im Gemeindehaus. Ich geb da einen Kurs. Porzellanmalerei. Da haben wir beide uns noch gesehen.« Sie schaute Frau Kuhlmann an.

»Richtig. Ich besuche auch diesen Kurs. Mein Ziel ist es, ein paar Wandteller für unseren Wintergarten zu bemalen. Besonders begabt bin ich allerdings nicht.«

Mehr als ein flüchtiges Lächeln war Rennrodt diese Information nicht wert. »Und weiter?«

»Gegen achtzehn Uhr haben wir zu Abend gegessen. Um neunzehn Uhr hab ich meine Mutter zum Gemeindehaus gebracht, zur Chorprobe. Singen konnte sie nicht mehr, aber sie hat gern zugehört. Um einundzwanzig Uhr hab ich sie abgeholt und nach Hause gebracht. Ich bin aber gleich wieder fortgegangen. Der Mann meiner Freundin hatte Geburtstag. Amy hab ich mitgenommen, damit sie meine Mutter nicht stört. Als ich gegen halb eins zurückkam, lag ein Zettel auf dem Tisch, Moment.« Marit Hansen sprang auf und suchte in ihrer Hosentasche ein ziemlich zerknülltes Papier, das sie vor Rennrodt auf den Tisch legte und mit dem Handrücken glättete. *Bin im Bett, bitte stör mich nicht mehr.*

»Ich bin gleich schlafen gegangen. Dass sie nicht um halb neun aufgestanden ist, kam mir zuerst gar nicht komisch vor. In den letzten Wochen hat sie nämlich sehr viel geschlafen. Eigentlich war sie ständig müde und erschöpft. Kein Wunder, der größte Teil ihrer Lunge war praktisch gar nicht mehr belüftet. Und dann die Medikamente gegen ihre Schmerzen. Die dämpfen doch auch. Um halb zehn habe ich mich aber doch gewundert. Ich hab in ihrem Zimmer nachgesehen.« Sie schluckte. »Das Bett war leer.«

»Unbenutzt?«

Nachdenklich wickelte sie eine Haarsträhne um den Zeigefinger der rechten Hand. »Ich weiß nicht genau. Die Tagesdecke lag über dem Stuhl, die hat sie runtergenommen. Aber das Bettzeug wirkte nicht verwühlt und das Nachthemd war noch zusammengelegt. Als wenn sie dort angezogen gelegen, aber nicht geschlafen hat.«

Er nickte. »Sie wähnten Ihre Mutter im Bett. Haben Sie

noch mal nach ihr gesehen? Sie sagten ja, dass sie sehr krank war.«

Mit zusammengepressten Lippen schüttelte sie den Kopf und nahm den Zettel in die Hand. »Nein. Leider nein. Ihr Schlaf war sehr leicht, schon das leiseste Geräusch, wie das Öffnen der Tür, konnte sie wecken. Sie hat immer gesagt, dass es ihr am besten geht, wenn sie schläft und nichts merkt und dass sie dankbar ist für jede Minute Schlaf.«

Es klang schuldbewusst, aber darauf ging Rennrodt nicht näher ein. »Ist beim Abendessen etwas passiert? Fanden Sie, dass Ihre Mutter sich auffällig benommen hat?«

Jetzt schaute Marit Hansen Frau Kuhlmann an. Als diese vorsichtig nickte, sprach sie weiter. »Wir haben uns ein wenig gezankt. Das war leider nichts Besonderes. Ihre Schmerzen haben sie sehr ungeduldig gemacht. Und selbstgerecht.« Die letzten beiden Worte waren so leise, dass er sie kaum verstand.

»Worum ging es in dem Streit?«

»Um Alltägliches. Es gefiel ihr nicht, dass ich den Hühnerstall als Werkstatt ausbauen lasse. Sie hätte lieber alles so gelassen, wie mein Vater es hinterlassen hat.«

Rennrodt lehnte sich auf seinem Stuhl zurück und verschränkte die Arme vor der Brust. »War es eine Meinungsverschiedenheit oder ein richtiger Streit? Sind böse Worte gefallen?«

»Nein. Keine bösen Worte. Sie hat in etwa gemeint, dass es rausgeworfenes Geld ist, den Stall umzubauen, weil sie nicht mehr lange zu leben hat und ich dann Platz genug hier im Haus hätte. Und natürlich, dass der Stall ein Andenken an Papa war, weil er ihn selbst gebaut hat.«

»Und Sie? Was haben Sie gesagt?« Rennrodt bemühte sich, seiner Stimme einen neutralen Klang zu geben, damit Frau Hansen sich nicht angegriffen fühlte.

»Ich habe geschwiegen. Wie immer. Ich wollte Mama nicht aufregen. Natürlich hätte ich einfach ihren Tod abwarten können.« Sie hob den Kopf und schaute ihn trotzig an. »Aber erstens gefiel mir die Vorstellung, mitten im Garten zu arbeiten, mit Licht von allen Seiten, auch von oben. Deshalb habe ich sechs Dachflächenfenster einbauen lassen. Und zweitens kam es mir schäbig vor, auf den Tod meiner Mutter zu warten.«

Das klang alles ganz schlüssig, musste aber trotzdem nicht der Wahrheit entsprechen. »Frau Hansen, hatte Ihre Mutter irgendwelche Probleme?«

Ungläubig riss sie die Augen auf, sie waren blau mit einem grauen Schimmer. »Sie hatte nicht mehr lange zu leben. Sie litt unter Schmerzen und sie war durch ihre Krankheit sehr eingeschränkt, konnte nicht mehr wirklich am Leben teilnehmen. Sind das genug Probleme?« Es klang patzig.

»Ich sehe da keinen Zusammenhang mit dem gewaltsamen Tod Ihrer Mutter. Sie?« Rennrodt ließ sich nicht aus der Reserve locken.

Sichtlich verlegen senkte Marit Hansen den Blick. »Nein.«

»Hatte Ihre Mutter Feinde, Streit mit anderen Leuten, Nachbarn vielleicht?«

»Nein.«

»Gab es einen neuen Mann im Leben Ihrer Mutter?«

Ihre Mundwinkel zuckten, als wollte sie lachen. »Bestimmt nicht. Für Mama gab es nur meinen Vater, immer noch. Jahrelang hat sie so getan, als könnte er jeden Moment wieder zur Tür reinkommen. Sie wollte seinen Tod einfach nicht akzeptieren. Das hat sie innerlich zerrissen. Vielleicht ist sie darum so krank geworden.« Sie presste die Hände zwischen ihre Knie und senkte den Kopf. »Das hört man doch immer, dass ständiger Kummer Krebs auslösen kann.«

Auf solche Diskussionen wollte Rennrodt sich gar nicht erst einlassen. »Ihnen ist es offenbar besser gelungen, den Tod Ihres Vaters zu akzeptieren.«

Trotzig schaute sie ihn an. »Ja, ich habe längst begriffen, dass Papa tot ist. Wenn er noch gelebt hätte, wäre er zu uns zurückgekommen. Er und meine Mutter – das war die ganz große Liebe. Er hätte sie nie im Stich gelassen.«

Vielleicht ging es um Geld? »Wie sah die finanzielle Situation Ihrer Mutter aus?«

»Gut. Die meisten Leute würden wohl sehr gut sagen. Die Ferienwohnungen sind gerade erst frisch renoviert und wir sind mehr oder weniger ausgebucht. Außerdem bekam Mama Rente. Sie hat ja den größten Teil ihres Lebens gearbeitet.«

»Wie ging es überhaupt nach dem Tod Ihres Vaters weiter? Ich meine mich zu erinnern, dass Ihre Eltern nicht verheiratet waren. Richtig?«

Sie nickte zögernd. »Mama hat wieder gearbeitet, im Büro der Kurverwaltung. Aber das hätte sie gar nicht nötig gehabt. Ihr gehört nicht nur dieses Haus, sondern auch die beiden nebenan. Acht Ferienwohnungen, das reicht schon zum Leben. Außerdem ist da noch ihr Elternhaus in Norden, das ist ebenfalls gut vermietet. Arm war sie also nicht.«

»Und wie sieht Ihre eigene finanzielle Situation aus? Arbeiten Sie?«

»Ich bin Kunsttherapeutin. Im Gegensatz zum Vermieten von Ferienwohnungen ist das eine sehr erfüllende Tätigkeit und man verdient auch genug, um gut davon zu leben. Im Winter arbeite ich nicht, weil die Mutter-Kind-Heime auf der Insel geschlossen sind. Aber das ist hier auf Wangerooge nichts Besonderes. Viele Menschen sind nur von März bis November beschäftigt. Außerdem hat mein Vater eine größere Geldsumme für mich angelegt. Sie wurde mir an meinem dreißigsten Geburtstag ausgezahlt. Einen Teil des Geldes habe ich für den Stallumbau verwendet.« Der patzige Unterton in ihrer Stimme war nicht zu überhören. Sie fühlte sich angegriffen, wollte sich verteidigen, interessant.

»Wussten Sie von dem Geld, das Ihr Vater Ihnen hinterlassen hat? Ich meine, bevor er starb?«

Sie überlegte keine Sekunde. »Damals hatte ich keine Ahnung. Keiner wusste es, auch nicht meine Mutter. Als mein Vater für tot erklärt wurde, hat uns ein Anwalt aus Emden angeschrieben. Fritz Brünjes, die Adresse müsste ich raussuchen. Sie werden das sicher nachprüfen wollen.«

Allerdings, dachte Rennrodt, sagte es aber nicht laut. »Nicht einmal Ihre Mutter wusste, dass Ihr Vater Geld für Sie angelegt hat? Ungewöhnlich.«

Sie zuckte mit den Schultern. »Vielleicht. Aber wir können ihn ja nicht mehr fragen, warum er das so entschieden hat.«

»Und wie war das mit Ihrer Mutter? Hat er ihr auch Geld hinterlassen?«

Sie schüttelte den Kopf und ihr Gesichtsausdruck verriet, dass sie diese Tatsache genauso seltsam fand wie Rennrodt selbst.

Dass Eltern ihren Kindern Geld hinterließen, war zunächst einmal nicht ungewöhnlich. Aber warum hatte der Mann nicht mal seiner Lebensgefährtin davon erzählt? »Finanziell hat Ihr Vater also nur für Sie gesorgt und nicht für Ihre Mutter, hab ich das richtig verstanden?«

»Und was hat das mit Mamas Tod zu tun?«, fragte sie voller Empörung. Im gleichen Moment schien ihr dieser Ausbruch schon wieder peinlich zu sein. Aber das kannte er schon zur Genüge. Ständig fühlten die Leute, die er zu vernehmen hatte, sich zu Unrecht angegriffen. Sie kapierten überhaupt nicht, dass man einen Mord als das Endergebnis vieler kleiner Ereignisse betrachten musste und dass es unendlich viel Mühe kostete, all die kleinen Informationen zusammenzutragen, damit man sich ein Gesamtbild machen konnte. Rennrodt spürte leichten Ärger in sich aufsteigen. Natürlich wusste er aus langjähriger Erfahrung, dass das keine gute Basis für dieses Gespräch war, und er zwang sich zu einem Lächeln. »Frau Hansen. Wie schon gesagt gehen wir von einem Gewaltverbrechen aus. Jedenfalls wurde keine Waffe bei Ihrer Mutter gefunden. Damit scheidet die Möglichkeit eines Selbstmordes nahezu aus.«

Auf einen Schlag wurde sie so bleich, dass er fürchtete, sie könnte vom Stuhl kippen. Er hatte doch vorhin schon gesagt, dass ihre Mutter erschossen wurde. Hatte sie denn nicht zugehört?

Jetzt drängte sich wieder diese Kuhlmann in den Vordergrund. »Marit, Kind, ist dir nicht wohl? Willst du dich einen Moment hinlegen? Soll der Kommissar später wiederkommen?« Böse schaute sie ihn an. Mein Gott, er machte hier nur seine Arbeit. Das müsste sie als Polizistenfrau doch wissen. Im gleichen Moment fiel ihm ein, dass ihr Mann Inselpolizist war. Früher. Jetzt hockte der Sohn ja auf seinem

Posten. Hier auf Wangerooge ging es höchstens um geklaute Fahrräder oder Randale in der Disko. Morde fanden auf der Urlaubsinsel nicht statt. Und wenn doch, so wie jetzt, musste die Kripo aus Wilhelmshaven anreisen.

Mittlerweise hatte Marit Hansen sich wieder gefangen. Sie bat um ein Glas Wasser, das sie in kleinen Schlucken trank. »Wenn meine Mutter wirklich erschossen wurde, kann ich Ihnen nicht weiterhelfen. Sie hatte keine Feinde. Und von Ihrem Tod profitiert niemand. Doch, ich.« Sie lachte leise. »Aber wie schon gesagt, Ihre Lebenszeit war sehr begrenzt. Ich hätte nur drei Monate warten müssen, vielleicht auch vier.« Ganz unvermittelt presste sie beide Hände vor den Mund, zuerst hörte es sich an, als würde sie seufzen, dann schüttelten heftige Schluchzer ihren Körper.

»Schsch.« Schützend legte Frau Kuhlmann ihre Arme um Marit Hansens Kopf. Dabei traf ihn eine ganze Salve vorwurfsvoller Blicke, die an Rennrodt allerdings wirkungslos abperlten. Seine Aufgabe lautete, diesen Mord aufzuklären. Dabei konnte er keine Rücksicht auf die Befindlichkeiten der Angehörigen nehmen. Dafür waren andere zuständig. Zum Beispiel diese Frau Kuhlmann, die sich in ihrer Rolle zu gefallen schien.

Unvermittelt erhob er sich von seinem Stuhl. »Tja, fürs Erste war es das. Nach Ihrer Einschätzung gibt es keinen nachvollziehbaren Grund für diesen …« Er ließ eine kleine Pause. »Für dieses Gewaltverbrechen. Vielen Dank, Frau Hansen. Ich bin sicher, dass weitere Fragen auftauchen. Aber Sie haben ja gewiss nicht vor, die Insel zu verlassen. Ach so, noch etwas. Sie müssten mich bitte ins Polizeirevier begleiten. Ein Beamter der Spurensicherung wird Ihre Hände auf Schmauchspuren untersuchen. Machen Sie sich bitte keine Gedanken, es handelt sich dabei um reine Routine.«

Das Entsetzen ließ sie klein und blass aussehen, beinahe wie das Schulmädchen, als das er sie damals kennengelernt hatte. Aber sie leistete keinen Widerstand, versuchte es nicht einmal.

Hauke Kuhlmann ahnte bereits, dass mit diesem Mord sein Untergang eingeläutet wurde. Und das Schlimmste war, dass er nichts daran ändern konnte, überhaupt nichts. Fenna Hansens Tod war kein Zufall, er hatte eine Bedeutung. Eine Bedeutung, die Hauke Kuhlmann noch nicht erfassen konnte, aber sie hing mit damals zusammen, mit seinem größten Fehler.

Mit gespreizten Fingern fuhr er durch seine Haare. Borsten, Schweineborsten. Er hasste seine roten Haare genauso wie seine kurzen, klobigen Finger. Sie ließen ihn ungeschickt wirken, auch wenn das nicht der Wahrheit entsprach. Vielleicht lag es an den verdammten Wurstfingern, dass Marit sich nicht in ihn verlieben konnte. Christoph Schneyder hatte sehnige Hände mit langen Fingern. Man konnte sich leicht vorstellen, wie er als Arzt seinen Patienten die Hand schüttelte, wie er sie mit seinen hellbraunen Augen ansah, warm und voller Mitgefühl. Alle Mädchen waren damals verknallt gewesen in den blonden Arztsohn aus dem Rheinland. Nach der Sache auf dem Segelboot war Christoph allerdings erledigt gewesen.

Scheiße, er wollte nicht an Christoph Schneyder denken, nicht schon wieder. Er musste sich auf den Fall konzentrieren, den Mord an Fenna Hansen. Die erste Fähre zum Festland hatte längst abgelegt. Um fünf nach acht war die Inselbahn zum Anleger gefahren. Theoretisch konnte der Täter sich bereits auf dem Festland befinden und damit in Sicherheit. Vielleicht sollte er Rennrodt darauf aufmerksam machen. Aber das konnte er sich genauso gut sparen. Der Hauptkommissar aus Wilhelmshaven ließ ständig raushängen, dass Hauke Kuhlmann in seinen Augen so was wie ein Spielzeugpolizist war, einer ohne echte Aufgaben, der von nichts eine Ahnung hatte. Aufgeblasenes Arschloch. Dabei hatte Kuhlmann alles richtig gemacht. Den Schrebergarten weiträumig abgesperrt, die Kollegen vom Festland verständigt und gewartet, obwohl das unerträglich war.

Nadira Mahler ging es nicht gut. Die Nachricht, dass die Mutter ihrer besten Freundin erschossen worden war, hatte sie im wahrsten Sinn des Wortes umgehauen. Jetzt lag sie mit Kreislaufstörungen auf der Couch. Die Übelkeit, die sie in den ersten drei Monaten der Schwangerschaft gequält hatte, war zurückgekommen. Schon viermal hatte sie sich an diesem Nachmittag übergeben. Jetzt schien ihr Magen endgültig leer zu sein. Im letzten Jahr hatte Nadira eine Fehlgeburt erlitten und diesmal waren sie übervorsichtig, zumal sie Zwillinge erwartete. Mehrlingsschwangerschaften, das hatte ihnen der Frauenarzt deutlich gemacht, beinhalteten immer das Risiko einer Frühgeburt. Nadira befand sich jetzt in der 24. Woche und die Kinder wären außerhalb des Mutterleibs noch nicht überlebensfähig.

Deshalb hatte Adrian Mahler seiner Frau vorhin rigoros verboten, Marit zu besuchen. »So viel Aufregung ist nicht gut für dich. Und Marit versteht das, glaub mir.« Behutsam hatte er die warme Wolldecke über ihren Körper gebreitet, ein Geschenk ihrer Mutter, die von morgens bis abends mit den Stricknadeln klapperte, als gäbe es nichts Wichtigeres auf der Welt. »Schlaf ein bisschen, Schatz. Das wird dir guttun. Vergiss nicht, dass du auf unsere Babys aufpassen musst.«

Normalerweise vermied er solche Anspielungen. Nadira sollte sich nicht schuldig fühlen, falls es auch diesmal schiefging. Aber er brauchte einfach ein paar Minuten Ruhe. Mit einem Buch in der Hand setzte er sich neben sie und tat so, als würde er lesen. In Wahrheit kreisten seine Gedanken um das, was er mit neunzehn Jahren getan hatte. Leichtsinnig, verrückt und nie wiedergutzumachen.

Als Nadira endlich schlief, schlich er auf Zehenspitzen in den Flur. Er wollte gerade vor die Tür gehen und eine Zigarette rauchen, als sein Handy klingelte.

Hauke. »Hey, wir müssen uns unbedingt sehen. Ich dreh hier gleich durch.«

»Hör mal gut zu«, sagte Adrian Mahler, und es klang vollkommen ruhig und entspannt, so als würde er vor Gericht stehen und ein gut vorbereitetes Plädoyer halten. »Es ist nichts passiert und es wird auch nichts passieren. Wir müssen einfach nur Ruhe bewahren. Also reiß dich gefälligst zusammen, Mann.« Und dann drückte er Hauke einfach weg, bevor der hätte merken können, dass ihm selbst der Arsch auf Grundeis ging.

Als Brunhilde Kuhlmann heimkam, saß ihr Mann am Küchentisch. Nervös klopften seine Fingerspitzen auf die Tischplatte, der Rhythmus war so schnell, als ob er sie antreiben wollte, sie oder die Zeit, die nach seiner Pensionierung zu seinem größten Feind geworden war. Es fiel ihm nicht leicht, seinen Ruhestand zu akzeptieren. Jetzt schon gar nicht, wo ein Mord passiert war und Hauke die Verantwortung für die Polizeiarbeit trug. Auch wenn er es nie aussprach, jedenfalls nicht in ihrer Gegenwart, wusste Brunhilde Kuhlmann genau, dass Lothar dem Jungen nicht viel zutraute. Dass Hauke die Schule ein Jahr vor dem Abitur abgebrochen hatte, um sich fast zwei Jahre lang sonstwo rumzutreiben, konnte er seinem Sohn bis heute nicht wirklich vergessen. Für Lothar Kuhlmann waren Feigheit und Versagen unverzeihlich.

Manchmal konnte sie nicht fassen, wie er sich verändert hatte. Der Mann, der da so unzufrieden am Tisch hockte und von morgens bis abends nach einem Anlass suchte, sich aufzuregen, hatte so gar nichts mehr gemein mit dem blonden, strahlenden Rettungsschwimmer, in den sie sich damals so unsterblich verliebt hatte. Unsterblich, von wegen. Bedauerlicherweise hatten Gefühle keine äußere Form, sie waren nicht flüssig, nicht fest, auch nicht gasförmig, man konnte sie nirgends einsperren, und so hatte Brunhilde Kuhlmann eines Tages feststellen müssen, dass ihre Liebe zu Lothar sich verflüchtigt hatte. Aus ihrem blonden Helden, bei dessen Anblick ihr die Knie weich geworden waren, war ein selbstgerechter Polizist geworden, der nur noch in Vorschriften und Paragraphen dachte. In eine Felswand hatte er sich verwandelt, hart und glatt und nicht zu bezwingen. Sie selbst jedenfalls hatte es nicht geschafft und schon vor einer Ewigkeit aufgegeben.

Immer wieder tagträumte sie davon, ihn zu verlassen. Aber wo sollte sie hin? Ein Frau von vierundsechzig Jahren, die nichts gelernt hatte, ohne Anspruch auf eine eigene Rente, und deren größtes Gut, ihre Schönheit, bereits verblasste. Nein, sie hatte den richtigen Zeitpunkt verpasst und jetzt musste sie bis zum bitteren Ende ausharren, dieses Spiel spielen, das Ehe hieß und sie nur noch ankotzte. Wortlos griff sie nach dem Wasserkessel. Um diese Zeit verlangte Lothar seinen Tee und er konnte es nicht ausstehen, wenn sie ihn warten ließ.

Draußen ging Clemens Vogt vorbei. Sein langer Mantel wehte im Wind. Grüßend hob er die Hand und sie nickte ihm freundlich zu. Sie wusste eine ganze Menge über Clemens Vogt, viel mehr als Lothar oder sonst wer ahnte. Zum Beispiel, dass an seiner rechten Schulter eine breite Narbe verlief oder dass er Gedichte mochte. Brunhilde Kuhlmann las auch gern, am liebsten die Romane von Rosamunde Pilcher, ganz egal, was andere davon hielten. Kitsch – na und. Wie wunderbar wäre es, wenn das Leben aus solchen süßen Kitschgeschichten bestände. Dann hätte sie Lothar längst verlassen, Hauke wäre mit Marit verheiratet und sie würde das erste Enkelkind auf dem Schoß halten, am liebsten ein Mädchen, sie hatte sich immer eine Tochter gewünscht.

Leider erwies sich die Wirklichkeit als schnöde und rau, und manchmal ziemlich herzlos. Marit, das hatte sie längst begriffen, würde sich nie in Hauke verlieben. Und trotzdem konnte er nicht von ihr lassen. Armer Junge. Oh ja, sie wusste nur zu gut, wie es sich anfühlte, den Falschen zu lieben, sich zu verzehren, ohne die Hoffnung auf ein gemeinsames Glück.

»Wo bleibt denn der Tee?«, unterbrach Lothar ihre Gedanken und seine Stimme klang schon wieder so, als ob er gleich explodieren würde.

»Bin gleich so weit. Willst du auch Kekse?«

Er winkte ab.

Da das Wasser noch nicht kochte, setzte sie sich an den Tisch. »Furchtbar, diese Sache mit Fenna.«

Er schnaubte verächtlich. »Geht so. Vielleicht verkauft die Tochter jetzt alles und geht aufs Festland. Dann kehrt hier endlich wieder Ruhe ein.«

»Wie meinst du das denn?«

»So, wie ich es sage. Erst macht der Alte hier die Weiber kirre, dann sind unsere Jungs verrückt nach seiner Tochter. Glaubst du, ich weiß nicht, was mit Hauke los ist? Der rennt ihr hinterher wie ein Köter. Direkt widerlich. Warum hat der keinen Stolz, frag ich dich. Für ihn wäre es ein Segen, wenn Marit von der Insel verschwinden würde.«

Fassungslos schaute sie ihn an. Wie konnte ein Mensch nur so böse sein. »Und Fenna, was hat die arme Fenna verbrochen?«

»Weiß ich doch nicht. Das werden die Ermittlungen zeigen.«

Dir nicht, du bist ja nicht mehr dabei. Schweigend stand sie auf und wärmte die Kanne mit kochendem Wasser vor. Dabei dachte sie an die freundlichen, blauen Augen von Clemens Vogt, die ihr das Gefühl gaben, noch nicht völlig unsichtbar zu sein.

Meine Mutter ist tot, erschossen, dachte Marit. *Und ich stehe unter Mordverdacht.* Aber irgendwie konnte sie das nicht glauben. Es kam ihr vor wie ein Film, der im Fernsehen lief und der nichts mit ihr selbst und ihrem Leben zu tun hatte. Gab es noch etwas nach dem Tod? Waren Fenna Hansen und Johann Behrens jetzt wieder vereint? Würde ihr Vater sich überhaupt freuen, seine anhängliche Lebensgefährtin wiederzusehen? Marit fiel ein, wie sie sich manchmal mit ihrem Vater im Schuppen versteckt hatte, während ihre Mutter überall nach ihrem geliebten Johann suchte. Ihr Vater hatte den Zeigefinger vor seinen Mund gelegt und Marit verschwörerisch angeschaut, damit sie keinen Mucks von sich gab. Witzig hatte sie das als Kind gefunden und sich nicht viel dabei gedacht. Aber heute, als Erwachsene, erschien ihr das Verhalten ihres Vaters herzlos. *Meine Prinzessin*, hatte er Marit immer genannt und es gab so gut wie keinen Wunsch, den er ihr nicht erfüllte. Nach seinem Tod hatte sie sich schrecklich allein gefühlt, verlassen und irgendwie betrogen.

Im Flur stand der hübsche Sekretär, den sie im letzten

Sommer mit Nadiras Hilfe vom Boden geholt, abgeschliffen und weiß gestrichen hatte. Früher hatte er vermutlich die Briefe enthalten, die Kapitän Nanno Hansen, der Erbauer dieses Hauses, aus aller Welt an seine Frau Engelina geschickt hatte. Jetzt waren darin die privaten Papiere untergebracht, die ihre Eltern vorher in einem hässlichen, nussbaumfurnierten Aktenschrank abgelegt hatten. Ohne zu wissen, warum, holte Marit das Familienstammbuch heraus. Es enthielt die Abstammungsurkunde ihrer Mutter, ihre eigene Geburtsurkunde und die Taufbescheinigung. Marit Johanna Hansen, geboren am 27. Juni 1977 im Reinhard-Nieter-Krankenhaus Wilhelmshaven. Mutter Fenna Hansen, geboren 1937 in Norden, Vater unbekannt. Als sie entdeckt hatte, dass der Name ihres Vaters nicht in ihrer Geburtsurkunde stand, war er schon eine Weile tot gewesen.

»Er wollte das so«, hatte ihre Mutter damals gesagt und ihr eisiger Tonfall verriet, dass sie keine weiteren Antworten geben würde. »Hat er sich nicht gut um dich gekümmert? Warst du nicht sein Ein und Alles, seine Prinzessin? Also frag nicht so viel. Es ist, wie es ist. Ein Seemann heiratet nicht, das bringt Unglück, hat er immer gesagt. Und ich brauchte kein Papier, um glücklich zu sein.«

Als Nächstes öffnete Marit den Ordner mit den Papieren ihrer Mutter, dann den Ordner, der alles enthielt, was mit dem Haus zu tun hatte. Es fanden sich keinerlei Unterlagen über ihren Vater, keine Ausweispapiere, kein Rentenbescheid, nichts. Es war, als hätte er nie gelebt. Johann Behrens, ein Name, ein Geburtsdatum, ein paar Fotos, mehr war nicht von ihm geblieben. Warum fiel ihr das erst heute auf?

Auf einmal wurde ihr schmerzlich bewusst, dass sie durch den Tod ihrer Mutter ganz allein auf der Welt stand. Fenna Hansen hatte keine Geschwister, ihr einziger Bruder war als Säugling an Hirnhautentzündung gestorben. Ihre Eltern waren tot, lange schon, Marit konnte sich kaum an ihre Großeltern erinnern. Ein strenges Paar, beide groß und schlank und immer dunkel gekleidet. Bei den wenigen Besuchen hatten sie sich immer benommen, als hätte jemand sie persönlich gekränkt. Ihre Mutter, das wusste sie noch genau, hatte in Gegenwart ihrer Eltern unsicher und eingeschüchtert gewirkt.

Wenn Oma und Opa sich ansagten, war niemand im Haus erfreut. Ihren Vater nannten sie Herrn Behrens, vermutlich nahmen sie ihm übel, dass er ihre Tochter nicht heiraten wollte. Natürlich konnte sie damals noch nicht begreifen, sie war ja noch ein Kind. Daran, wie das Haus der Großeltern in Norden von innen aussah, konnte Marit sich nicht erinnern. Vielleicht war sie nie dort gewesen. Ihr Großvater hatte drei Brüder, zwei waren jung im Krieg gefallen, Nanno, der Älteste, wurde Kapitän auf großer Fahrt. Seine Frau Engelina stammte von Wangerooge, deshalb hatte Nanno Hansen ihr dieses prächtige Haus gebaut. Engelina war wunderschön gewesen, aber kränklich und sie konnte keine Kinder bekommen. Für eine Frau ihrer Generation galt sie als ungewöhnlich geschäftstüchtig. Während ihr Mann auf See war, kaufte sie die beiden Nachbarhäuser, ließ ein paar Umbauten vornehmen und vermietete schon vor dem Krieg an Feriengäste. Nach ihrem Tod, der Kapitän hatte schon vor Jahren das Zeitliche gesegnet, waren die Häuser an ihre einzige Nichte Fenna gefallen.

Nachdenklich räumte Marit die Papiere wieder ein. »Gibt es jemanden, der sich um sie kümmert?«, hatte der Kommissar aus Wilhelmshaven gefragt. Ob ihn das wirklich interessierte? Offenbar hielt er sie doch für die Täterin. Aber da gab es niemanden, den sie mitten in der Nacht anrufen konnte. Nadira war schwanger und musste sich schonen. Adrian hatte am Telefon zu verstehen gegeben, dass Nadira nach dieser schockierenden Nachricht Ruhe brauchte. Vielleicht sollte sie Rita Többkes anrufen. Aber die würde um diese Zeit längst schlafen.

In der Küche stand noch eine Flasche Rotwein. Marit schenkte sich ein Glas ein und dachte an Christoph, mit dem sie vor drei Monaten genau diesen spanischen Rioja getrunken hatte, am Strand. Ob sie Christoph anrufen sollte? Diesmal konnte ihre Mutter ihn ja nicht vertreiben. Gleich schämte sie sich für diesen hässlichen Gedanken.

Im Oktober hatten sie keine Erklärung gefunden, weshalb ihr Vater seinen Namen geändert hatte. Konnte der Mord etwas mit seiner Vergangenheit zu tun haben?

Sie zögerte kurz, öffnete dann aber entschlossen die Tür zum Zimmer ihrer Mutter, das früher das gemeinsame Schlafzimmer der Eltern gewesen war. Amy, die bereits in ihrem Körbchen lag, hob nur den Kopf. Warum auch immer, es schien für die Hündin bereits eine Tatsache zu sein, dass Fenna Hansen fort war und nicht wiederkehren würde.

Im Zimmer schlug Marit Kälte entgegen. Die Heizung hatte ständig heruntergeregelt werden müssen, damit ihre Mutter einigermaßen Luft bekam. Vor acht Monaten hatten sie das Doppelbett gegen ein Krankenbett mit einem elektrischen Lattenrost getauscht. Es passte nicht zu den anderen Möbeln, schön war es auch nicht, aber praktisch. Auf dem Nachttisch lag wie immer das Gesangbuch, das Fenna Hansen von ihrer Großmutter zur Konfirmation bekommen hatte, daneben standen eine halb volle Flasche stilles Wasser und ein Glas. Unvorstellbar, dass Fenna Hansen nicht wiederkommen sollte. Mit den Fingerspitzen fuhr Marit über die Bettdecke. »Mama«, flüsterte sie erstickt. »Was wolltest du dort?«

Obwohl beide Eltern nicht mehr lebten, kam es Marit wie ein Vertrauensbruch vor, als sie die Nachttischschublade öffnete. Gleich vorn fand sie ein abgegriffenes Foto ihres Vaters. Er trug ein kariertes Hemd mit aufgekrempelten Ärmeln und grinste gut gelaunt in die Kamera. Auf der Rückseite stand in Druckbuchstaben: *Für meine geliebte Fenni. Dein Johann*. Fenni, richtig, manchmal hatte er seine Frau so genannt. Fenni, darin klang so viel Zärtlichkeit, dass sie schlucken musste. Das Bild sah aus, als hätte ihre Mutter es Tausende von Malen in den Händen gehalten, das Papier fühlte sich schon ganz weich an. Ansonsten befand sich in der Schublade der weiße Flakon mit *Scarlett* von Carachel, den sie ihrer Mutter im September zum Geburtstag geschenkt hatte, vor allem wegen der hübschen Aufmachung. Fenna Hansen hatte nicht viel gesagt und das Parfüm nie benutzt, was typisch war, sie konnte sich nie über Geschenke freuen. Ganz hinten lag ein halbrundes, gehäkeltes Täschchen aus grünem, seidigem Garn. Es war für ein Taschentuch gedacht. Als Marit noch jünger war, hatte es immer in der Handtasche ihrer Mutter gesteckt. Im Kleiderschrank, das wusste Marit, befand sich ein Stapel sorgfältig gebügelter Taschentücher, umrandet mit zarten, selbst gehäkelten Spitzen in verschiedenen Pastellfarben. Sie verströmten einen schwachen Duft nach Kölnisch Wasser. Fenna Hansen hatte die Taschentücher nach dem Bügeln damit betupft, weil sie den Geruch mochte. Für einen Moment sah Marit ihre Mutter vor sich, wie sie im Wohnzimmer vor den Erkerfenstern saß und Taschentücher umhäkelte. Fenna Hansen hatte sich regelmäßig Zeitschriften gekauft, die neue Muster enthielten. Nach dem Tod ihres Lebensgefährten hatte sie die Lust am Handarbeiten verloren.

Mehr gab der kleine Nachttisch nicht her. Suchend ließ Marit ihren Blick durch den Raum schweifen. In der Kommode mit dem dreiteiligen Spiegel wurde die Unterwäsche ihrer Mutter aufbewahrt, außerdem Strümpfe und Nachthemden. In der untersten Lade befanden sich die Kontoauszüge ihrer Mutter, außerdem eine rote Geldkassette aus Metall. Der Schlüssel steckte. Marit war überrascht, wie viel Bargeld darin lag, fast zweitausend Euro in kleinen Scheinen. Außerdem fand sie in der Kassette mehrere Sparbücher. Es war erstaunlich, wie viel Fenna Hansen, die sich kaum einmal ein neues Kleidungsstück gönnen mochte, angespart hatte. Offenbar zahlte sie seit dreißig Jahren jeden Monat eine beträchtliche Summe ein. Ganz unten in der Kassette lag ein Briefumschlag. *Für Marit.* Die kantige, leicht nach links geneigte Schrift ihrer Mutter erkannte sie sofort. Mit zitternden Händen öffnete sie den Umschlag. Ein Brief und fünf leuchtend gelbe Zweihunderteuroscheine fielen heraus.

Liebe Marit, für meine Beerdigung habe ich alles vorbereitet. Die Grabstelle und der Sarg sind ausgesucht und bezahlt. Hanno Beekmann weiß über alles Bescheid. Er hat auch die Liste mit den Liedern, die gesungen werden sollen. Das Geld ist für die Teetafel bestimmt. Und kauf dir einen schwarzen Mantel, du hast ja keinen.

Der Brief war im November geschrieben, vor zwei Monaten, jedenfalls stand 14.11.2010 darunter. Für einen Moment wurde ihr schwindelig, dann schüttelte sie fassungslos den Kopf. Kein persönliches Wort, nicht mal einen letzten Gruß. Warum musste ihre Mutter noch über den Tod hinaus so kalt und unnahbar sein? Was hatte sie ihr angetan?

Es verging eine Weile, bis Marit sich so weit beruhigt hatte, dass sie ihre Suche fortsetzen konnte. Seit sie den Haushalt mehr oder weniger allein führte, gehörte es auch zu ihren Aufgaben, die saubere Wäsche ihrer Mutter in den Kleiderschrank zu sortieren. Deshalb schien es nicht sehr wahrscheinlich, dass dort etwas Geheimes verborgen war. Dennoch tastete sie die Wäschestapel ab und fuhr mit den Händen zwischen die einzelnen Stücke, wie erwartet ohne Ergebnis. Unter dem Schrank befand sich ein kleiner Handkoffer aus braunem Leder. Darin bewahrte ihre Mutter alte Fotos auf. Als Kind hatte Marit ihn manchmal öffnen dürfen, später nicht mehr. Sie kniete sich hin, zog den Lederkoffer hervor, pustete ein paar Staubflusen ab und legte ihn auf das Bett. Mit den Fingerspitzen strich sie über das narbige Leder, das alt war, hart und an den Kanten brüchig. Dann holte sie tief Luft und öffnete das einfache Schloss.

Zuoberst lag ein hellblauer Mutterpass, ausgestellt auf den Namen Fenna Hansen. Offenbar war die Schwangerschaft ganz problemlos verlaufen. Eine winzige weiße Wollmütze befand sich noch in dem Koffer. Marit erinnerte sich schwach, auf einem ihrer Babyfotos so eine Mütze getragen zu haben. An der Mütze war mit einer Sicherheitsnadel ein Armband aus rosa Plastikperlen befestigt. *Hansen*, stand darauf. Ließ sich die Tatsache, dass ihre Mutter diese Dinge aufbewahrt hatte, nicht so interpretieren, dass ihre Tochter ihr doch wichtig gewesen war, auch wenn sie es nie hatte zeigen können? Ja, bestimmt war es so. Marit biss sich auf die Unterlippe, um nicht zu weinen. Die Schwarzweißfotos im Koffer zeigten ihre Mutter als dünnes, unglücklich wirkendes Kind, eingerahmt von streng dreinblickenden Eltern. Die eng stehenden Augen hatte Fenna Hansen eindeutig von ihrem Vater geerbt, das volle, braune Haar dagegen von ihrer Mutter. Einmal hielt die Mutter einen Säugling auf dem Arm, das musste der Bruder sein, der später an Hirnhautentzündung gestorben war. Marit kannte nicht mal seinen Namen, Fenna Hansen hatte nie darüber reden wollen.

Zusammengebunden mit einem gelben Schleifenband hatte ihre Mutter einen Stapel Konfirmationskarten aufbewahrt. 23. Mai 1951, da war ihre Mutter vierzehn gewesen. Die Karten enthielten keinerlei persönliche Worte, nur die üblichen Floskeln, und sie waren mit Namen unterschrieben, die Marit nichts sagten. Eine Karte stammte von Engelina Hansen, die ihrer Nichte später die Häuser vererbt hatte. Sie wünschte ihr Glück und Gottes Segen. Auf dem Konfirmationsbild trug ihre Mutter ein schwarzes Kleid mit weißem Kragen. Mit feierlicher Miene schaute sie in die Kamera, viel zu ernst für eine Vierzehnjährige. Ein weiteres Bild zeigte sie im Kreis von fünf Mädchen, alle lachten, nur Fenna Hansen nicht. Es war überdeutlich, dass sie nicht dazugehörte. Da im Hintergrund ein altmodischer Bus zu sehen war, handelte es sich vermutlich um einen Schnappschuss von einem Schulausflug. Bestimmt hatte der Lehrer gesagt: »Fenna, stell dich doch mal zu den anderen«, und sie hatte gehorchen müssen.

Marit fand noch zwei Kinokarten aus dem Jahr 1975, ein Paar wunderbar weiche, rote Lederhandschuhe, die nagelneu aussahen, eine Urlaubskarte aus dem Schwarzwald, geschrieben im Jahr 1972 von einer Hannelore, außerdem ein paar Bilder, die Fenna Hansen als erwachsene Frau zeigten. Sie hatte ihr Haar wachsen lassen, trug enge Röcke und Schuhe mit hohen Absätzen und manchmal lächelte sie sogar. Einmal feierte sie Silvester, jedenfalls hingen Papierschlangen um ihren Hals und sie hatte ein albernes Hütchen aufgesetzt. Jemand hatte den Arm um ihre Schulter gelegt, eine offensichtlich betrunkene Frau, die ein Sektglas in der Hand hielt, Hannelore vielleicht. Alle Fotos stammten aus der Zeit vor

Marits Geburt. Die Bilder, die danach gemacht worden waren, hatte ihre Mutter in das Familienalbum geklebt.

Dies hier war Fenna Hansens Vergangenheit, eingesperrt in einen alten Koffer. In einem Umschlag steckte ein Foto von einem blonden jungen Mann, zwanzig vielleicht. Er lachte unbekümmert. Marit kannte weder das Foto noch den Mann. Ihr Vater war es jedenfalls nicht, und da es sich um ein Farbfoto handelte, konnte es nicht aus der Zeit stammen, in der ihre Mutter jung genug gewesen war, um seine Freundin zu sein. Vielleicht ein entfernter Verwandter? Sie würde es wohl nie mehr erfahren. Marit schloss den Koffer und schob ihn wieder unter den Schrank. Ein Foto von einem unbekannten jungen Mann und erstaunlich viel Geld, wahrhaftig nicht viele Geheimnisse für ein ganzes Menschenleben.

Ihr Vater dagegen hatte eine Blechdose mit geheimnisvollen Ausweispapieren unter der Pflasterung des Hühnerstalls versteckt. Möglicherweise hatte Christoph recht und ihr Vater wurde aus irgendeinem Grund gesucht. Spielte das überhaupt noch eine Rolle? Beide Eltern waren tot und Johann Behrens hatte sein Geheimnis mit ins Grab genommen. Wem half es noch, wenn die Polizei in seiner Vergangenheit wühlte und was auch immer ans Tageslicht zerrte. Er sollte in Frieden ruhen, auf dem Grund des Meeres.

Im Fernsehen standen die Polizisten plötzlich mit einem Hausdurchsuchungsbeschluss vor der Tür. Konnte ihr das auch passieren? Falls ja, musste die Blechdose aus dem Haus verschwinden. Ob es klug wäre, sie im Garten zu vergraben? Oder mit der Post an ihre eigene Adresse zu verschicken? An Christoph? Aber der wohnte ja nicht mehr bei seinen Eltern und sie kannte nicht mal seine neue Anschrift. Vielleicht war es eine Möglichkeit, die Dose bei Nadira zu deponieren, aber irgendwie würde das merkwürdig aussehen. Außerdem bestand die Gefahr, dass Adrian die Dose entdeckte. Und er als Anwalt würde darauf bestehen, dass Marit damit zur Polizei ging. Aber das wollte sie auf keinen Fall.

Oben in ihrem Zimmer zog sie die gelb gestreiften Vorhänge zu. Erst dann nahm sie die Blechdose aus ihrem

Nachtschrank. Eine ganze Weile starrte sie angestrengt auf das Passfoto, verglich es mit dem Bild aus dem Nachtschrank ihrer Mutter, sie holte sogar eine Leselupe, um alle Einzelheiten sehen zu können. Ganz deutlich war auf beiden Fotos der Leberfleck unter dem linken Auge zu erkennen, ein unverwechselbares Merkmal ihres Vaters. Nachdenklich legte sie die Papiere und das Foto in die Dose zurück. Eine Weile ging sie in ihrem Zimmer hin und her und suchte nach einem besseren Versteck, aber alle Orte, die ihr in den Sinn kamen, wären der Polizei wohl auch eingefallen. Erst der Anblick eines Kerzenständers, den sie im letzten Sommer getöpfert hatte, brachte sie auf die rettende Idee.

In der Küche schob sie die Blechdose in eine Plastiktüte, die sie mit einem Gummiring verschloss. Ihr nächster Weg führte in den Keller, wo sich ihre kleine Werkstatt befand. In einem Holzregal bewahrte sie den Ton auf, den sie für ihre Keramiken brauchte. Sie legte einen der schweren, lehmfarbenen Blöcke auf den Tisch, entfernte die Folie und teilte ihn mit einem großen Messer in zwei Hälften. In eine davon schnitt sie einen Hohlraum, in den sie die in Plastik verpackte Dose steckte. Sie fügte die beiden Hälften wieder zusammen, verstrich die Naht mit feuchten Fingern, schlug die Folie wieder um den Block und legte ihn zwischen die anderen. Danach räumte sie die Werkstatt auf. An diesem Platz würde keiner die Dose finden, davon war sie überzeugt.

Irgendwann fiel Marit auf, dass sie seit Stunden nichts gegessen hatte. Im Kühlschrank musste noch der Rest der Mahlzeit sein, die sie zusammen mit Haukes Mutter zubereitet hatte. Sie öffnete die Tür und stopfte eine kalte Pellkartoffel in den Mund, bevor sie das Schälchen mit der Remouladensauce und den Teller mit den letzten Kartoffeln auf den Tisch stellte. Und plötzlich wurde ihr klar, dass sie von jetzt an immer allein essen musste. Morgens, mittags und abends, immer allein. Und da endlich konnte sie richtig weinen. Bis Amy sie mit ihrer feuchten Nase anstupste und einen fiependen Klageton von sich gab.

»Hey«, flüsterte sie. »Kleine Maus, du hast ja recht, du bist auch doch da. Und jetzt laufen wir zwei noch eine große Runde.«

Sonntag, 16. Januar 2011

Die Kripo hatte sich in einem Hotel am Rosengarten einquartiert, genau wie damals. Und genau wie damals wurden die Leute in die Polizeistation in der Charlottenstraße bestellt, wo Rennrodt und seine Kollegin sie befragten. Marit war die Erste, gleich um halb neun. Mit feuchten Händen saß sie auf dem Stuhl, ganz vorn an der Kante, und sie beantwortete mit monotoner Stimme die Fragen, die kein Ende nehmen wollten. Ja, meine Mutter war sehr krank. Nein, mir ist über Nacht niemand eingefallen, mit dem sie in Streit lag. Nein, ich kann mir nicht vorstellen, wer sie erschossen haben könnte. Nein, mir fällt kein Motiv ein. Nein, ich weiß nicht, was sie um diese Zeit in dem Schrebergarten wollte. Nein, ich kenne kein Testament. Und ja, ich werde vermutlich alles erben, weil ich das einzige Kind bin und sonst keine Verwandten da sind. Nein, ich bin nicht in Geldschwierigkeiten. Ja, Sie dürfen gern Bankauskünfte einholen. Ja, Sie können im Zimmer meiner Mutter nach Hinweisen suchen, die mit dem Mord zusammenhängen könnten. Nein, ich besitze keine Waffe. Ich kann nicht mal schießen. Hinterher fühlte sie sich erschöpft und sehr müde und mitschuldig am Tod ihrer Mutter. Das musste am Tonfall dieses Kommissars liegen oder an seinem Gesichtsausdruck. Marit meinte darin zu lesen, dass er ihr kein Wort glaubte.

Als sie heimkam, warteten Nadira und Adrian vor der Tür. »Komm, lass dich erst mal drücken«, sagten sie und dann nahmen sie Marit in die Arme, zuerst Nadira, deren Bauchumfang wöchentlich zu wachsen schien, dann Adrian. Im Haus schälten sie Marit aus der gelben Jacke und schimpften ein bisschen, weil das Kleidungsstück überhaupt nicht für das Winterwetter geeignet war. Sie dirigierten Marit mit sanfter Entschiedenheit in die Küche, wo Adrian sofort den Heizkörper aufdrehte. »Meine Güte, hier ist es ja lausig kalt.«

Während Marit die Hündin durch die Hintertür in den Garten ließ, bereitete Nadira Kaffee zu, stellte die Becher auf den Tisch, zauberte Kekse aus ihrer Tasche und setzte sich. »Es ist so furchtbar, ich kann es gar nicht glauben. Sollen Lauritz und ich ein paar Nächte bei dir schlafen?«

»Das ist lieb, aber ihr bleibt schön zu Hause. Ich glaub nicht, dass die Stimmung hier das Richtige ist für Lauritz. Du musst auch an die Babys in deinem Bauch denken. Ich schaff das schon. Wenn es mir schlecht geht, komm ich dich besuchen.« An Adrians dankbarem Blick erkannte sie, dass er ihre Meinung teilte und deshalb nicht mit Nadiras Angebot einverstanden war.

Marit schüttete einen Löffel Zucker in ihren Kaffee und rührte um. »Ich kann es nicht begreifen, dass sie nicht mehr da ist. Immer wieder will ich in ihr Zimmer gehen und schauen, ob sie was braucht.« Mit zwei Fingern wischte sie eine einsame Träne von ihrer Wange. »Vorgestern hat es in der Nacht so heftig geregnet. Ich stell mir vor, dass sie vor ihrem Tod gefroren hat. Mama war doch immer so kalt.«

Nadiras warme Hand mit den frisch manikürten Nägeln legte sich über ihre, die sich leblos anfühlte, als würde sie gar nicht zu ihr gehören. »Ach, Süße, wenn ich was tun kann, sag es mir bitte. Ich bin so hilflos.«

»Für die Polizei zähle ich zu den Verdächtigen. Ich darf nicht mal die Insel verlassen.«

Die beiden wechselten einen entsetzten Blick, dann rief Nadira: »Wie bitte? Deine *Mutter* wurde ermordet! Die glauben doch wohl nicht, dass du sie erschossen hast!« Sie lachte übertrieben albern und stieß ihren Mann an, der allerdings nur die Mundwinkel verzog. »Womit denn bitte? Oder besitzt du neuerdings eine Pistole?«

»Natürlich nicht. Trotzdem haben die gestern meine Hände auf Schmauchspuren untersucht. Da kriegt man so eine Art Fingerverband aus Gittergaze, der mit irgendeinem Zeug eingesprüht wird.«

»Schmauchspuren«, wiederholte Nadira und es klang beinahe bewundernd. »Das kennt man sonst nur aus dem Fernsehen.«

»Erschossene Leute auch«, murmelte Marit. Vorhin hatte sie kurz darüber nachgedacht, diesem Rennrodt die Blechdose mit den Papieren zu zeigen. Aber sein widerlich überlegenes Grinsen hatte sie zum Glück davon abgehalten. Für Rennrodt war sie die Täterin. Warum sonst hätte er das mit den Schmauchspuren gemacht. Ein echtes Alibi für die angenommene Tatzeit konnte sie auch nicht vorweisen. Und sie war die Einzige, die vom Tod ihrer Mutter profitierte, daran ließ sich leider nicht rütteln. Zudem hatte jemand ausgesagt, dass das Verhältnis zwischen Marit und ihrer Mutter angespannt gewesen wäre. Den Namen dieser Person wollte der Kommissar ihr nicht verraten, er hatte nur gesagt, dass die meisten Verbrechen innerhalb der Familie geschähen, und sie dabei nicht aus den Augen gelassen. Vielleicht glaubten die Nachbarn ja auch, dass sie die Täterin war. Plötzlich wünschte sie sich, dass sie nicht auf die Insel zurückgekommen wäre. Hier war alles so klein und eng, es gab keinen Platz für Geheimnisse.

»Mach dir keine Gedanken.« Adrian lächelte sie aufmunternd an. »Das ist alles nur Routine. Schmauchspuren lassen sich nur kurze Zeit nachweisen. Deshalb musste die Kripo diese Untersuchung zeitnah vornehmen. Die haben ein Schema, nach dem sie in solchen Fällen vorgehen. Niemand hält dich für schuldig, da bin ich mir vollkommen sicher.«

Es sollte überzeugend klingen, tröstlich, aber seine Worte verfehlten ihre Wirkung. »Moment, ich lass eben Amy wieder rein.« Marit stand auf, öffnete die Hintertür zum Garten und die Labradorhündin, die bereits auf den Stufen gewartet hatte, schoss ins Haus. Sie hüpfte wie ein brauner Derwisch um den Tisch und versuchte, auf Adrians Schoß zu springen, was der mit einem gequälten Lächeln quittierte. Er mochte keine Hunde, angeblich war er sogar allergisch, aber bislang hatte Marit noch keine entsprechende Reaktion bei ihm entdeckt. Trotzdem brachte sie Amy in den Flur.

Als Nadira und Adrian nach einer Stunde aufbrachen, es gab einfach nichts mehr, worüber sie hätten reden können, war Marit erleichtert. Allein sein, nicht reden, sich nicht verteidigen müssen, das konnte sie zurzeit am besten aushalten. Sie ließ Amy wieder in die Küche, die zuerst den Boden nach Kekskrümeln absuchte und sich dann schnaufend unter den Tisch fallen ließ.

Viel zu essen hatte Marit nicht daheim, aber sie wollte das Haus auf keinen Fall verlassen und nahm mit einem Kirschjoghurt und einer Tasse Milchkaffee vorlieb. Sie setzte sich an den Küchentisch und holte den Einkaufsblock aus der Schublade. *Butter*, schrieb sie auf, dann schweiften ihre Gedanken schon wieder ab. Warum hatte ihr Vater seinen Namen geändert und was hatte das mit dem Tod ihrer Mutter zu tun? Gab es da überhaupt einen Zusammenhang?

Später fuhr sie den Computer hoch und gab den Namen Klaus Märker ein. Sie stieß auf einen Hautarzt in Heidelberg und einen Tischler in Mainz. Beide waren laut Foto erheblich jünger, als ihr Vater jetzt gewesen wäre. Für einen Moment erwog sie, Hauke Kuhlmann ins Vertrauen zu ziehen, aber gleich darauf verwarf sie den Gedanken wieder. Hauke war Polizist und offiziell in die Ermittlungen eingeschaltet. Er durfte keine Informationen für sich behalten. *Aber er würde es für dich tun,* wisperte eine leise Stimme. *Der tut alles für dich.*

Seit er ihretwegen die Schule geschmissen hatte, konnte Marit ihm nicht unbefangen begegnen. Es war eine Schuld, die sie auf sich geladen hatte, wenn auch unabsichtlich. Unglückseligerweise gehörten beide demselben Freundeskreis an, sodass sie sich zwangsläufig ständig über den Weg liefen. Alles wäre leichter, wenn Hauke sich verlieben würde, heiraten, eine Familie gründen so wie die anderen aus der damaligen Clique. Die meisten waren geblieben oder zurückgekommen. Dabei hatten sie in jenen Sommern lautstark getönt, dass nichts sie auf der Insel halten würde, diesem kleinkarierten Kaff inmitten der See, wo sich alles nur um die verfluchten Touris drehte.

Um kurz vor drei klingelte es. Brunhilde Kuhlmann stand

vor der Tür. Vor sich hielt sie einen Teller mit Kuchen, selbst gebacken natürlich, als wäre das ihre Eintrittsberechtigung. Mit dem Fuß wehrte sie Amy ab, dann kochte sie ohne zu fragen Tee und stellte Tassen und Teller auf den Tisch. Dem Anlass entsprechend trug sie eine schwarze Hose und darüber eine schwarze, weich fallende Bluse aus Jersey. Ihr rotes Haar war zu einem lockeren Knoten aufgesteckt. Obwohl sie über sechzig sein musste und das Kupferrot ihrer Haare garantiert aus der Drogerie stammte, war sie immer noch eine sehr anziehende Frau. Sie bückte sich und streichelte kurz die Hündin, dann schaute sie Marit an. »Wie geht es dir?«

»Ich weiß es nicht. Ich kann nicht fassen, dass mir das passiert ist. Erst mein Vater und jetzt meine Mutter. Hat die Polizei schon was rausgefunden?«

»Keine Ahnung. Ich habe Hauke seit gestern gar nicht mehr gesehen. Und selbst wenn, er darf ja nicht über seine Arbeit sprechen.« Bedächtig ließ Brunhilde Kuhlmann in jede Tasse zwei Stück Kluntje fallen, dann goss sie den schwarzen Tee darüber. Zuletzt schöpfte sie ein paar Tropfen Sahne in jede Tasse. Ihre rechte Hand zitterte ein wenig. »Ich frage mich die ganze Zeit, was deine Mutter mitten in der Nacht in dem Schrebergarten wollte.« Jetzt schaute sie Marit direkt in die Augen, so eindringlich, als wäre die Antwort von größter Wichtigkeit. »Der alte Garten von den Webers. Der steht doch schon ewig leer.«

Aber Marit wusste keine Erklärung. »Keine Ahnung. Sie hat doch kaum noch das Haus verlassen. Höchstens noch zur Kirchenchorprobe.«

»Hatte sie in letzter Zeit Besuch?«

Warum stellte Frau Kuhlmann solche Fragen? Hatte Hauke sie geschickt oder dieser Kommissar aus Wilhelmshaven? Plötzlich fühlte Marit sich nicht mehr wohl in der Gegenwart von Haukes Mutter. »Nein, hier war niemand.« Sie ließ ein paar Minuten verstreichen, dann fasste sie sich mit beiden Händen an die Schläfen. »Ich habe so wahnsinnige Kopfschmerzen. Vorhin hab ich eine Tablette genommen, aber die scheint nicht zu helfen. Vielleicht sollte ich mich hinlegen.«

»Ja, das ist bestimmt gut für dich. Konntest du heute Nacht überhaupt schlafen?« Jetzt hatte Brunhilde Kuhlmann sich wieder in die besorgte Mutter eines Schulfreundes verwandelt, doch Marit konnte ihr die Rolle nicht mehr abnehmen.

»Nein. Fast gar nicht.« Mit den Fingerspitzen massierte Marit ihre Stirn, dabei seufzte sie leise und machte ein leidendes Gesicht, so als ließe sich der Schmerz kaum noch ertragen.

»Dann geh ich am besten wieder, mein Kind. Schlaf wird dir guttun. Wenn irgendwas ist, wenn du etwas brauchst, und sei es nur jemand, der zuhört, ruf mich einfach an. Den Kuchen lasse ich da, du musst ja was essen. So eine Situation verlangt sehr viel Kraft.«

Marit war heilfroh, als sie die Tür hinter Brunhilde Kuhlmann schließen konnte. Vorsichtshalber drehte sie den Schlüssel zweimal um.

»Nein, wir gehen erst in einer Stunde raus«, sagte sie zu Amy, die auf einen Spaziergang hoffte.

Schon gestern Abend hatte Rennrodt die alten Akten angefordert, aber sie würden frühestens morgen eintreffen. Für ihn war klar, dass diese beiden Todesfälle miteinander zu tun hatten. Erst eine ungeklärte Todessache und jetzt dieser Mord innerhalb einer Familie, das konnte einfach kein Zufall sein.

Er hatte beschlossen, noch einmal den Tatort aufzusuchen, allein, um besser nachdenken zu können. Der Wind war derart kalt, dass seine Augen tränten, so heftig, dass er ein Taschentuch brauchte. Von Weitem sah es bestimmt aus, als ob er heulen würde, hoffentlich sah ihn niemand. Vor dem Schrebergarten blieb er stehen und zündete sich eine Zigarette an. Das rot-weiße Absperrband flatterte hektisch hin und her, an einer Stelle war es schon gerissen. Rennrodt knotete die beiden Enden zusammen.

Ein abgelegener Garten mit einer maroden Umzäunung, eine baufällig wirkende Holzhütte mit zerbrochenen Scheiben. Nachts musste es an diesem Ort stockfinster sein. Hatte man bei der Leiche eine Taschenlampe gefunden? Er konnte sich nicht erinnern, würde das aber sofort nachprüfen. Was um alles in der Welt hatte die Tote hier gewollt? Was gab es hier? Die Spurensicherung hatte nichts gefunden. Als sich eine Gruppe johlender Jugendlicher näherte, brach Rennrodt die Tatortbesichtigung ab. Um sich konzentrieren zu können, brauchte er absolute Ruhe, und damit war es jetzt vorbei.

»Hier hat sie gelegen!«, grölte einer. »In einer riesigen Blutlache!«

»Wahnsinn«, stöhnte ein Mädchen wohlig. »Ob man noch was sehen kann?« Sie lief ein paar Schritte und blieb abrupt stehen. »Scheiße, die Bullen haben alles abgesperrt. Ob es verboten ist, unter dem Band durchzuklettern?«

»Allerdings«, knurrte Rennrodt. Und dann zückte er nur so zum Spaß seinen Polizeiausweis und nahm die Personalien der Jugendlichen auf. Solche Leute gab es überall und er hasste sie wie die Pest. Abgestumpft von der täglichen Brutalität des Fernsehprogramms waren sie verrückt nach echten Katastrophen, sie konnten gar nicht nah genug herankommen, wollten Blut sehen, am besten noch warm. Widerlich.

Zehn Minuten später betrat er die gut geheizte Revierstube. »Scheiße, ist das hier kalt«, lauteten seine ersten Worte.

»In Wilhelmshaven ist es auch nicht wärmer«, lachte Inga Thimm, die vor dem PC saß und irgendetwas tippte.

»Stimmt, aber da fahre ich mit dem Wagen. Und der hat eine fantastische Heizung.« Gerrit Rennrodt zog seine graue Lederjacke aus, die ganz sicher nicht für einen stürmischen Wintertag auf einer Nordseeinsel gedacht war, und hängte sie an die Garderobe. »Gibt's wenigstens heißen Kaffee?«

Mit dem Daumen zeigte Inga Thimm auf die Maschine in der Ecke des Reviers. Anders als im Polizeigebäude in Wilhelmshaven waren die Verhältnisse hier sehr beengt. Es gab ja auch nur einen einzigen Polizisten, wenigstens im Winter. Im Sommer, während der Hochsaison, bekam der Inselpolizist Verstärkung vom Festland.

Neben der Kaffeemaschine standen ein paar saubere Porzellanbecher. Auf dem Kopf, damit sich kein Staub darin fangen konnte. Rennrodt suchte einen Becher mit einem

Leuchtturm aus, drehte ihn um und schenkte Kaffee ein, den er noch im Stehen trank. Dann setzte er sich. »Hat man bei der Toten eine Taschenlampe gefunden?«

»Nicht, dass ich wüsste, aber ich schau eben nach.« Inga Thimm schlug den Ordner mit den Tatortfotos auf, blätterte hin und her und schüttelte schließlich den Kopf. »Nein.«

»Dort gibt es keine Beleuchtung. Wenn sie keine Taschenlampe dabeihatte, dann der Täter«, sagte Rennrodt nachdenklich. »Oder sie hatte eine Lampe dabei und er hat sie mitgenommen, weil er sie für den Rückweg brauchte.«

»Zwei Menschen, eine Taschenlampe. Demnach hätten sie sich gekannt.« Inga Thimm nickte. »Warum sollte sie auch mitten in der Nacht mit einem Wildfremden zu so einem abgelegenen Ort laufen?« In ihrem gelben Rollkragenpullover, der sonnengleich in der ansonsten eher tristen Revierstube leuchtete, bot sie einen erfreulichen Anblick. Hauptkommissarin Inga Thimm war neununddreißig, verwitwet und Mutter von sechzehnjährigen Zwillingen. Als der Chef ihm vor drei Monaten die neue Mitarbeiterin vorgestellt hatte, war Rennrodt nicht begeistert gewesen. Alleinerziehende Mütter bedeuteten Fehlzeiten wegen Masern und Windpocken, freie Nachmittage, weil die Kinder die Hauptrolle in einem Schultheaterstück spielten, private Anrufe im Büro und den Wunsch nach pünktlichem Feierabend. Okay, in diesem Punkt hatte er sich geirrt. Die Kollegin hielt Privates und Berufliches streng getrennt, er wusste nicht einmal, wie die Zwillinge hießen, ob es Jungen oder Mädchen waren oder ein Pärchen, und Inga Thimm hatte klaglos ihre Sachen gepackt, um für unbestimmte Zeit nach Wangerooge zu reisen. Im Übrigen war sie nett anzusehen, mittelgroß, schlank, hellbraune Locken, meist zu einem lässigen Pferdeschwanz gebunden, und ständig gut gelaunt und voller Tatendrang.

»Sag mal, wo ist denn der Kollege?« Sie meinte Hauke Kuhlmann.

»Den hab ich zum Bahnhof geschickt. Um 17:30 Uhr geht die nächste Inselbahn zum Anleger. Er soll mal gucken, wer sich da so rumtreibt. Ist bestimmt lausig kalt da draußen.«

Nur mühsam konnte Rennrodt sich das Grinsen verkneifen. Er legte bestimmt keinen Wert auf die Unterstützung des Inselpolizisten, der in seinen Augen noch grün hinter den Ohren war.

»Hey, den kannst du nicht so gut leiden, was?«

Rennrodt beschloss, darauf keine Antwort zu geben. »Morgen früh kriegen wir hoffentlich den Bericht aus der Gerichtsmedizin. Wir sollten uns außerdem das Zimmer der Toten ansehen, vielleicht gibt es irgendeinen Hinweis. Und dann müssen wir den Pastor und die Mitglieder des Kirchenchors aufsuchen. Möglicherweise hat irgendwer etwas bemerkt oder gehört, was weiß ich. Für heute ist jedenfalls Schluss. Wir gehen jetzt gemütlich Kaffee trinken.«

»Im *Café Pudding*? Meine Schwester sagt, wenn man auf Wangerooge ist, muss man ins *Café Pudding* gehen. Das ist gewissermaßen Pflicht.«

»Aber nicht im Winter. Da haben die geschlossen. Wir gehen ins *Café Kluntje*. Da gibt es fantastische Torten. Und warm ist es da auch«, fügte er hinzu, weil seine Ohren sich immer noch eiskalt anfühlten und vermutlich signalrot leuchteten, was keinen sonderlich attraktiven Anblick bot. Und sein Äußeres war Rennrodt keinesfalls egal, auch wenn er das nie zugegeben hätte.

»Musst du schon los?« Clemens Vogt fuhr mit seinem Fuß an ihrem nackten Bein entlang. »Nicht noch zehn Minuten Zeit?«

»Es geht nicht anders. Du weißt doch, wie er ist. Ich hab gesagt, dass ich bei Marit vorbeischaue. Aber ich kann nicht ewig wegbleiben, sonst wird er misstrauisch.« Seufzend schlug Brunhilde Kuhlmann die Bettdecke zurück. Sie mochte das Apartmenthaus direkt am Strand nicht sonderlich. Von der Wasserseite aus erinnerte das Gebäude an die Wand aus Kaninchenställen am Schuppen ihrer Großeltern. Von innen gefiel es ihr auch nicht viel besser. Für ihren Geschmack hatte man die Wohnungen viel zu steril eingerichtet. Schon die hellen Furniermöbel, die in jedem Möbelladen als Supersonderangebot verschleudert wurden, sahen schrecklich ungemütlich aus. Und dann diese knallblaue Couchgarnitur, die sich anfühlte, als wäre der Bezug aus knisterndem Plastik. Sie selbst könnte sich hier keinen Tag wohlfühlen. Aber wenigstens lief sie in dem Apartmenthaus keine Gefahr, neugierigen Insulanern zu begegnen. Clemens hatte recht, hier durften sie sich einigermaßen sicher fühlen. Früher hatte er regelmäßig ihre Ferienwohnung gemietet, so waren sie sich vor Jahren zum ersten Mal begegnet. Aber seit das mit ihnen angefangen hatte, schien das zu gefährlich. Immerhin war Lothar Polizist, wenn auch a.D. Und sie hatte schon einmal schmerzhaft erfahren, was passierte, wenn er ihr auf die Schliche kam.

Während sie sich anzog, spürte sie Clemens' Blicke auf ihrem Körper. Er liebte ihre Rundungen, die zugegebenermaßen nicht dem gängigen Schönheitsideal entsprachen, aber sie war ja auch keine zwanzig mehr. Trotzdem war ihr Fleisch immer noch fest, weil sie sich jeden Morgen von Kopf bis Fuß mit einer harten Wurzelbürste abschrubbte, ein Tipp von Uschi Glas, der man ihr wahres Alter nicht ansah und die sie deshalb sehr verehrte.

»Sag mal, dieser Mord, weiß die Polizei schon was? Ich meine, ist doch entsetzlich, dass hier auf der Insel jemand einfach erschossen wird. Eine alte, kranke Frau auch noch. Oder war es Selbstmord?«

»Kein Selbstmord«, sagte sie über ihre Schulter, während sie die Bluse zuknöpfte. »Ich glaube, die tappen noch völlig im Dunkeln.« Gleich darauf fiel ihr ein, dass das *die* auch ihren Sohn einschloss, und sie fügte hinzu: »Na ja, genau weiß ich es natürlich nicht. Irgendwas werden die schon rausgekriegt haben. Hauke erzählt nichts über seine Arbeit, das darf er ja nicht.«

»Am liebsten würde ich dich heimbringen, Hildchen, bis vor die Haustür, damit ich weiß, dass du in Sicherheit bist. Sei bitte ganz vorsichtig. Keine Abkürzung durch die Dünen, versprich mir das, bleib auf der Straße, wo es hell ist.«

Hildchen, so nannte sie niemand, nur Clemens. »Mach

dir keine Sorgen. Der Mörder wird ja nicht am helllichten Tag Leute erschießen.« Dennoch hatten Clemens' Worte eine Gänsehaut über ihren Rücken gejagt. Nachdenklich betrachtete sie das Bernsteinarmband, das seit dem Sommer ihr rechtes Handgelenk zierte. Lothar hielt es für ein Geschenk ihrer Mutter, aber das war eine Lüge, wie so vieles in ihrem Leben. Das Armband hatte Clemens Vogt ihr im Juli geschenkt. Er kam seit Jahren auf die Insel, mindestens dreimal im Jahr, und seit mehr als zehn Jahren hatten sie ein Verhältnis. Es war einfach so passiert und sie bereute keine Minute. Clemens war so zärtlich und einfühlsam, nicht nur im Bett, aber dort ganz besonders, und das gefiel ihr, weil sie sich dadurch fühlen konnte, als wäre sie etwas ganz Besonderes. Wenn Lothar mit ihr geschlafen hatte, war es am Ende so, als ob er mit Macht einen Nagel einschlagen wollte, mit verbissener Miene hatte er sie traktiert, bis es ihm endlich kam. Aber seit damals schliefen sie getrennt und es war ihr völlig egal, wann und bei wem Lothar jetzt seine Nägel einschlug.

Natürlich fühlte es sich mit Clemens nicht so an wie damals mit Johann. Daran konnte sie gar nicht denken, ohne dass es in ihrem Unterleib heiß wurde und kribbelte, auch heute noch, nach so vielen Jahren. Mit Johann hatte sie Dinge gemacht, für die sie sich heute schämen würde. Aber damals war sie jünger gewesen, begehrenswerter und verrückt vor Liebe. Und Johann Behrens war einer gewesen, der Frauen um den Verstand bringen konnte. Seine Fenna war ihm geradezu hörig gewesen und Brunhilde Kuhlmann war vermutlich nicht die einzige Ehefrau auf Wangerooge, der er das Leben versüßt hatte.

Aber das hatte sie nie so genau wissen wollen. Ohne Fragen zu stellen hatte sie jede der wenigen Stunden genossen, die sie miteinander verbringen konnten. Ein gemeinsames Leben war ihnen verwehrt geblieben. Beide waren sie nicht frei und finanziell von ihren Partnern abhängig. Das Kapitänshaus und die Ferienwohnungen, von denen Johann und Fenna lebten, hatte sie von ihrer Tante geerbt. Johann selbst war aufgrund einer Beinverletzung Frührentner mit einer geringen Rente. Brunhilde Kuhlmann selbst wohnte mit Lothar in seinem Elternhaus in der Richthofenstraße. Nach Haukes Geburt hatte sie nie mehr gearbeitet, nur die Ferienwohnung in Ordnung gehalten. Wovon hätten sie leben sollen? Nein, für ihre Liebe gab es kein Zuhause, ihnen blieben nur ein paar gestohlene Stunden. Als Johann auf See umkam, starb auch ein Stück von ihr.

Um halb acht klingelte es bei Marit Hansen. Rita Töbkes stand vor der Tür. Sie nahm Marit in den Arm und drückte einen trockenen Kuss auf ihre Wange, der nach den scharfen Pfefferminzbonbons roch, die sie ständig lutschte. »Mein armes Kind.«

Für die meisten Leute sah Rita etwas gewöhnungsbedürftig aus. Trotz ihres Alters, sie war vierundsechzig, färbte sie ihr schulterlanges, in der Mitte gescheiteltes Haar rabenschwarz, sie umrandete ihre Augen mit sehr viel Kajal und man sah sie nie anders als in schwarzer Lederhose, kariertem Holzfällerhemd und einer total verschossenen Bikerjacke. Sie rauchte wie ein Schlot und war dem einen oder anderen Bier nicht abgeneigt. So stelle ich mir eine alte Indianerin in einem Reservat vor, hatte Adrian mal gesagt, und irgendwie passte das ziemlich gut.

»Wie fühlst du dich, Marit?«

Die Antwort war, dass Marit überhaupt nichts fühlte, dass sie sich nicht mehr wahrnehmen konnte. Sie kam sich vor wie eine Schaufensterpuppe, von außen hart und glatt, von innen völlig hohl.

»Das kenne ich, mein Kind. Als Focko damals tot umgefallen ist, hab ich das nicht glauben können. Wie soll ich das beschreiben? Er war tot, das habe ich begriffen, aber gleichzeitig auch nicht. Erst als ich ihn aufgebahrt gesehen habe, die Haut so stumpf und gelb wie Kerzenwachs und er selbst so fremd und ohne Seele, da hab ich kapiert, dass er wirklich nicht wiederkommt.«

»Aber ich hab sie nicht gesehen. Mama ist in Oldenburg. In der Gerichtsmedizin. Sie wird obduziert.«

»Oh Gott, daran hab ich ja gar nicht gedacht. Ich sitze hier und rede über mich und mache dir nur unnötig das Herz schwer. Was bin ich doch für eine dumme alte Frau.«

»Nein, bist du nicht, Rita. Ich freue mich, dass du gekommen bist. Ehrlich. Alle anderen will ich nicht um mich haben. Vorhin war Brunhilde Kuhlmann hier. Ich hab Kopfschmerzen vorgetäuscht, damit sie wieder geht. Sie hat mir tausend Fragen gestellt, über Mama, warum sie wohl nachts zu Webers ehemaligem Schrebergarten gelaufen ist. Das weiß ich doch auch nicht.«

»Vergiss es. Die schöne Brunhilde macht sich gern wichtig.« Verächtlich kräuselte Rita Töbkes ihre Lippen. »Wir sind zusammen zur Schule gegangen. Die war schon früher so. Soll ich dir einen Tee machen?«

»Bloß das nicht! Ich habe heute schon so viel Tee und Kaffee getrunken, dass ich bestimmt die ganze Nacht zum Klo rennen muss. Bleib einfach ein bisschen bei mir sitzen und erzähl mir, was du gefühlt hast, als du plötzlich ganz allein warst.«

Unwillig schüttelte Rita Töbkes den Kopf. »Niemand ist allein auf der Welt, Marit. Ich war es nicht und du bist es auch nicht. Vielleicht fällt es vielen Leuten schwer, jetzt einfach auf dich zuzugehen. Aber wenn du den ersten Schritt machst, werden sie erleichtert sein. Glaub mir.« Sie griff über den Tisch und streichelte Marits Hand. »Ich habe drei Schwestern, das weißt du ja. Die haben mich aufgefangen. Lilo und ihr Mann haben sogar für mich angebaut, weil ich nicht allein in der Wohnung bleiben wollte. Es ging nicht. Da war überall Focko, und das konnte ich nicht aushalten.«

»Ich will das Haus aber nicht verkaufen«, murmelte Marit. »Oder wäre das besser?« Fragend schaute sie Rita Töbkes an.

»Das muss jeder selbst entscheiden. Wenn du nicht verkaufen willst, bleibst du eben hier. Ist ja dein Elternhaus. Du bist hier groß geworden.« Sie öffnete ihre Handtasche und holte ein Paket Tabak raus. »Stört es dich, wenn ich rauche?«

Als Marit den Kopf schüttelte, drehte sie eine dünne, filterlose Zigarette. Ihr Einmalfeuerzeug war schwarz und funktionierte nicht auf Anhieb. »Scheißding«, schimpfte sie leise. »Ich hab schon gedacht, dass du alles verkaufen willst, um wieder auf dem Festland zu leben.«

»Ich glaube nicht.«

»Wenigstens hast du Amy.« Rita bückte sich und streichelte die Hündin. »Sag mal, hast du überhaupt schon was gegessen?«

»Wenig. Ich müsste einkaufen, aber ich mag nicht. Vielleicht ist es Einbildung, aber wenn ich auf die Straße geh, glotzen alle Leute mich an.«

»Schreib auf, was du brauchst. Ich bring es dir morgen Vormittag vorbei. Und jetzt nehmen wir Amy an die Leine und gehen einmal zum Strand und zurück. Ist zwar arschkalt, aber ein bisschen frische Luft wird dir guttun.«

Adrian Mahler rauchte bereits die dritte Zigarette, als Hauke Kuhlmann endlich um die Ecke bog.

»Warum ziehst du Idiot dich so auffällig an?«, fuhr er Mahler zur Begrüßung an. »Deine Jacke leuchtet ja bis zum anderen Ende der Insel. Wer uns jetzt sieht, erinnert sich garantiert später daran.«

Mit schlechtem Gewissen starrte Adrian Mahler auf seine grüne Allwetterjacke, die nagelneu war und nicht gerade billig. Er liebte es nun einmal, gut auszusehen, das war doch kein Verbrechen. Anders als Hauke war er weder sonderlich groß noch athletisch gebaut. Und obwohl er gerade erst den siebenunddreißigsten Geburtstag gefeiert hatte, lichtete sein Haaransatz sich bereits deutlich. Er brauchte Geld und teure Klamotten, um Eindruck zu schinden. Im Moment allerdings spielte seine Jacke weiß Gott keine Rolle. Er warf seine halb gerauchte Zigarette auf den Boden, es gab ein zischendes Geräusch, als die Glut in einer Pfütze ertrank.

»Ich halte das nicht mehr aus«, brach es aus Hauke Kuhlmann heraus. »Wenn alles rauskommt, bin ich erledigt.

Kein Mensch auf der Insel wird mich noch als Polizist ernst nehmen. Gar nicht zu reden von meinem Vater.«

Beschwörend legte Adrian Mahler eine Hand auf die Schulter seines Freundes. »Bleib ruhig, Junge. Kein Mensch kann uns nach all den Jahren noch was beweisen.«

Mit einer heftigen Bewegung schüttelte Kuhlmann die Hand ab. »Vielleicht doch.«

»Glaub ich nicht«, sagte Mahler, aber es klang schon nicht mehr so überzeugend. Nervös fingerte er eine neue Zigarette aus der Packung, klemmte sie zwischen die Lippen und zündete sie an. »Du warst achtzehn, ich zwanzig, voll strafmündig. Verdammt, ich könnte mich ohrfeigen. Warum hab ich damals bloß mitgemacht?«

»Das weißt du doch genau. Weil das 'ne Menge Kohle war. Und weil du damit den großen Macker markieren konntest. Das hat dir gefallen. Etwa nicht?«

Natürlich hatte er es genossen, plötzlich Geld zu haben, dazuzugehören. Mahler holte tief Luft. »Die Sache ist längst passé. Du und ich, wir müssen einfach nur die Klappe halten. Und jetzt gehen wir ein Bier trinken. Oder bist du noch im Dienst?«

»Und wenn? Du wirst mich ja wohl nicht an den geschniegelten Fatzke aus Wilhelmshaven verpfeifen.« Kuhlmanns Rechte schnellte vor und boxte Adrian Mahler in den Bauch. »Hey, was ist das denn? Pudding? Wann hast du zuletzt trainiert, du Lusche?«

»Scherzkeks. Ich bin abends so erledigt, da gehe ich freiwillig nirgends mehr hin.« Mahler grinste. »Jedenfalls nicht, um mich zu quälen.«

Wenig später öffneten sie die Tür zum *Treibsand*. Alle Tische waren besetzt, genau wie die Plätze an der Theke. Seit dem Mord an Fenna Hansen gab es viel zu reden auf der Insel. Keiner wunderte sich, dass Adrian Mahler und sein alter Kumpel Hauke Kuhlmann auftauchten.

»Hey, Hauke«, rief jemand. »Wisst ihr schon was?«

»Logisch. Wir wissen eine ganze Menge. Aber nichts, was zu diesem Zeitpunkt öffentlich gemacht werden darf.«

Mahler kannte seinen Freund gut genug, um zu sehen, wie er die Aufmerksamkeit genoss. Lange Zeit hatte Hauke Kuhlmann darauf gewartet, aus dem Schatten seines pensionierten Vaters zu treten.

Ocke Westerbuhr, der bei der Bahn beschäftigt war, sagte laut und sehr entschieden: »Das war keiner von uns. Die Fenna hat doch keinem was getan. Und jeder wusste, dass sie todkrank war. Oder?« Beifall heischend schaute er sich um.

Niemand widersprach. Natürlich nicht. Es gab Wangerooger und Touristen. Und dazwischen lag ein Graben so breit wie die Insel lang war.

Mit einer heftigen Bewegung schnappte Ralf Menssen nach seinem Glas. Mit halb geschlossenen Augen stürzte er das Bier runter, dann stellte er das Glas mit einem heftigen Ruck auf die Theke. »Habt ihr überhaupt schon überprüft, wer von den Gästen nach dem Mord abgereist ist?« Seine Augen funkelten boshaft. Seit Hauke Kuhlmann ihn zweimal verwarnen musste, weil er seine Frau krankenhausreif geprügelt hatte, konnte er den jungen Polizisten nicht mehr ausstehen. »Schon klar, habt ihr nicht!«, grölte er lauthals. »Dabei wäre das ja wohl das Erste gewesen! Aber bei uns ist noch keiner gewesen.«

»Jedenfalls nicht wegen dieser Sache.« Mit dieser Bemerkung konnte Hauke Kuhlmann ganz klar punkten.

Menssen klappte den Mund zu. Jemand lachte gehässig. Jeder hier wusste, wie er mit seiner Vera umsprang. Aber unter Männern redete man nicht über solche Dinge. Musste doch jeder selbst wissen. Und wenn die Alte blieb, war sie selbst schuld. Es sollte ja Frauen geben, die auf Schläge standen. Die Vera war früher ein heißer Feger gewesen. Wer konnte schon wissen, wie sie es am liebsten mochte.

Als Mahler sich nach zwei Stunden auf den Heimweg machte, fühlte er sich beinahe gut. Sie mussten einfach nur die Ruhe bewahren. Niemand ahnte das Geringste.

Nadira war nicht gerade angetan davon, dass er den Abend mit Hauke verbracht hatte. Aber sein Argument, dass er hören wollte, ob die Polizei wirklich Marit verdächtigte, versöhnte sie wieder.

»Die wissen noch gar nichts.« Voller Zärtlichkeit nahm er sie in den Arm. »Und du versprichst mir, dass du zu Hause bleibst. Wenn Marit Gesellschaft braucht, kann sie dich besuchen. Ist bestimmt gut, wenn sie mal rauskommt. Und bleib morgen liegen. Ich muss ganz früh los.«

Montag, 17. Januar 2011

Die vorletzte Person auf Inga Thimms Liste war ein Björn Lindberg.

»Polizei«, flüsterte er, und dann noch einmal »Polizei. Ich weiß gar nicht, warum Sie zu mir kommen.«

Sie saßen in der Küche des kleinen Hauses. Die Fronten der Schränke glänzten weiß, genau wie die Wände und der Fliesenspiegel, und auf der Arbeitsplatte stand nichts herum, nicht mal eine Kaffeemaschine. Als hätte man die Küche aufgebaut und nie benutzt. Björn Lindberg wirkte sehr nervös, knetete ständig seine Finger, rutschte auf dem Stuhl herum wie ein aufgeregtes Kind und schaffte es nicht ein einziges Mal, ihr offen in die Augen zu sehen.

»Es geht um den Tod von Fenna Hansen«, sagte Inga Thimm und sie lächelte überfreundlich, um den Mann nicht noch mehr aus der Fassung zu bringen. Vergeblich.

»Die kannte ich doch kaum. Nur vom Chor, meine ich. Was soll ich denn dazu sagen?« Lindberg schüttelte bekümmert den Kopf. »Es ist schrecklich. Schreck-lich.« Er betonte beide Silben des Wortes.

»Ja, da haben Sie recht. Ich besuche alle Chormitglieder, die Fenna Hansen am letzten Freitag gesehen haben. Ist Ihnen an diesem Abend etwas aufgefallen?«

»Oh. Darüber muss ich erst nachdenken.« Lindberg starrte angestrengt auf einen Punkt an der Wand, links über Inga Thimms Schulter. »In all den Jahren, die wir gemeinsam im Kirchenchor singen, habe ich nie ein persönliches Wort mit ihr gewechselt.« Einen kleinen Moment ließ er die Worte im

Raum stehen, als müsse er ihren Wahrheitsgehalt noch mal überprüfen, dann nickte er. »Wir waren zwei Fremde. Ich kann Ihnen wirklich nicht helfen.«

»Wie würden Sie Fenna Hansen beschreiben?«

»Oh, Fenna war gern für sich, aber das bin ich auch. Zu viele Menschen auf einmal machen mich nervös. Vielleicht war das bei ihr ähnlich. Wenn die anderen nach der Chorprobe noch ins *Café Pudding* gegangen sind, wollte sie nie mit. Ich auch nicht, ausgehen liegt nicht in meiner Natur, wissen Sie.« Er seufzte schwer. »Fenna hatte eine schöne Altstimme. Und sie hat gern gesungen, hat nie eine Probe versäumt. Das ist alles. Mehr kann ich nicht über sie sagen.« Aber dann fiel ihm doch noch etwas ein. »Ich mochte sie. Wirklich. Vielleicht, weil sie so ein verschlossener Mensch war.«

»Und was war am Tag vor Fenna Hansens Tod? War sie da anders als sonst?«

»Anders ...« Er betrachtete den Nagel seines linken Daumens, runzelte die Augenbrauen und schob mit dem rechten Daumen die Nagelhaut zurück. »Ja, irgendwie schon. Jetzt, wo Sie es sagen. Fenna hat sich ein Lied gewünscht. *Der Herr hat nie sein Wort gebrochen.* Ich fand das seltsam. *Der Herr hat nie sein Wort gebrochen, noch seinen Gnadenbund verletzt. Was seine Wahrheit hat versprochen, das wird auch in die Tat gesetzt. Er ist entfernt von Trug und List, die eine Brut des Satans ist.* Während wir gesungen haben, hat sie sehr zufrieden ausgeschaut und die Lippen bewegt, als wäre ihr jedes Wort wichtig.«

»Kommt das häufiger vor, dass jemand sich ein Lied wünscht?«

»Oh nein.« Es klang beinahe erschrocken. »Die Chorprobe ist doch kein Wunschkonzert. Unser Pastor hat eine Ausnahme gemacht, wohl weil die arme Fenna so krank war.«

»Wurde Fenna Hansen an dem Abend abgeholt?«

»Ja, von ihrer Tochter, wie immer. Und Marit hat sich ganz normal benommen. Sie hat die Decke zusammengefaltet, Fenna untergehakt und dann sind sie losgegangen. Ganz langsam. Mehr kann ich wirklich nicht sagen.«

»Das war es schon, Herr Lindberg. Falls Ihnen noch etwas Wichtiges einfällt, rufen Sie mich bitte an.« Inga Thimm legte eine Visitenkarte auf den Tisch. Dieser Lindberg war wirklich ein seltsamer Vogel. Und dann die Wohnung, so steril, dass es einen fröstelte. Hier konnte man doch nicht glücklich sein. Aber Lindberg war verheiratet, *Mona und Björn Lindberg* stand auf dem Klingelschild, und für den Zustand der Wohnung war sie vermutlich verantwortlich.

Rita Töbkes wollte gerade ihre Wohnung verlassen, als die Kripobeamtin klingelte.

»Kommissarin Inga Thimm, Kripo Wilhelmshaven.« Sie war bemüht, ihr Erstaunen zu verbergen. Die Putzfrau der Toten hatte sie sich vollkommen anders vorgestellt. Vor ihr stand eine in die Jahre gekommene Rockerbraut. Ein kurzer Blick in die grünlichen Augen machte klar, dass der Polizeiausweis Rita Töbkes wenig beeindruckte. Diese Frau ließ sich nichts gefallen.

»Hab ich was verbrochen?« Das klang nicht gerade freundlich.

»Ich hoffe nicht.« Inga Thimm probierte ein zaghaftes Lächeln – und es funktionierte. Rita Töbkes entspannte sich, sie brachte sogar ein schiefes Grinsen zustande. »Vermutlich geht es um die arme Fenna. Kommen Sie rein. Viel Zeit hab ich aber nicht, ich muss arbeiten und danach einkaufen.«

»Es dauert nicht lange. Frau Töbkes, Sie haben seit zehn Jahren für Fenna Hansen gearbeitet.«

»Geputzt«, verbesserte sie.

Irritiert hob Inga Thimm die Augenbrauen. »Das ist doch Arbeit.«

»Ja, wenn Sie so wollen.«

»Was war Frau Hansen für ein Mensch?«

»Seit Johann ertrunken ist, war sie eine verbitterte Frau. Lebensfreude war für Fenna ein Fremdwort. Dann diese Krankheit. Im Grunde konnte sie einem nur leidtun.«

»Wie war das Verhältnis zwischen Fenna Hansen und ihrer Tochter?«

»Die Marit ist ein ganz liebes Mädchen, wirklich. Und sie hat, hatte«, verbesserte sie sich. »Sie hatte es nicht leicht mit ihrer Mutter. Fenna konnte es nicht gut haben, dass Marit nach Johanns Tod wieder glücklich war, vielleicht hat sie es ihr sogar ein bisschen übelgenommen. Ich will nicht sagen, dass das Mädchen nicht um seinen Vater getrauert hätte, aber irgendwann muss es ja mal gut sein. Sie ist doch noch jung. Aber Fenna wollte das nicht. Keiner sollte lachen und aus dem Haus hätte sie am liebsten ein Museum gemacht. Um jede Tapete, die Marit angeklebt hat, gab es ein Drama. Gott, war das ein Theater, als sie im letzten Jahr die Küche renoviert hat.«

»Na ja, Frau Hansen war doch sehr krank. Vielleicht war ihr das alles zu viel. So ein Umbau bringt doch viel Unruhe mit sich.«

»Ach was«, sagte Rita Többkes unwirsch. »Sie brauchte doch kein Stück zu machen. Und die alte Küche war nichts mehr, da musste dringend was passieren. Die Tür vom Topfschrank ist immer rausgefallen und beim Herd waren zwei Platten kaputt. Marit hat angeboten, alles selbst zu bezahlen, aber das wollte Fenna sich dann auch nicht nachsagen lassen. Marit hat auch alle Ferienwohnungen renovieren lassen. Gott sei Dank, seitdem sind sie nämlich wieder ausgebucht. Heutzutage sind die Gäste anspruchsvoller als vor zwanzig Jahren. Aber für Fenna ist die Zeit damals stehen geblieben, die wollte nie etwas verändern.« Erschrocken hielt sie inne. »Ich rede schon wieder viel zu viel. Mein verstorbener Mann hätte geschimpft, dass ich so 'ne Tratschtante bin.«

Inga Thimm lächelte flüchtig. »Das Verhältnis zwischen Mutter und Tochter war also nicht das beste.«

»Wenn alt und jung unter einem Dach wohnen, ist das immer schwierig. Vorher, als Marit noch auf dem Festland gelebt hat, haben sie sich weitaus besser verstanden. Aber Marit hat alles aufgegeben, um ihre kranke Mutter zu unterstützen. Ich finde, da war es ihr gutes Recht, die Wohnung so zu gestalten, dass sie sich auch darin wohlfühlt. Sie hat ja auch ein Händchen dafür, ganz anders als Fenna. Na ja,

Marit ist eben eine Künstlerin. Waren Sie schon in der Küche? So was Gemütliches, da könnte man glatt neidisch werden. Fenna hatte bestimmt keinen Grund, böse zu sein.«

»War sie aber.« Es klang wie eine Frage.

»Nein. Als die Küche fertig war, hat sie ihr auch gefallen. Sie hat mich sogar zwei- oder dreimal zum Tee eingeladen. Das war sonst gar nicht ihre Art. Fenna war schon stolz auf ihre Tochter. Aber sie konnte es nicht zeigen. Keine Ahnung, was mit der los war.«

Am Ende wollte Inga Thimm noch wissen, ob Fenna Hansen Feinde gehabt hatte. Aber dazu fiel Rita Többkes nichts ein. Oder sie war eine sehr gute Lügnerin.

Auf der Titelseite der *Nordwest-Zeitung* stand ein großer Artikel:

Mord auf Wangerooge. Am Sonntagmorgen entdeckten Spaziergänger in einem verlassenen Schrebergarten eine erschossene Frau. F. H. lebte seit vielen Jahren auf der Insel und vermietete Ferienwohnungen. Ihr Lebensgefährte ertrank vor siebzehn Jahren unter mysteriösen Umständen an der Blauen Balje. Die Kripo Wilhelmshaven ermittelt.

Es folgten ein paar Aussagen der Nachbarn. Demnach war Fenna Hansen bei allen beliebt gewesen und niemand konnte sich diesen brutalen Mord erklären.

Bestimmt schon zehnmal hatte Marit den Bericht gelesen. Er enthielt keine Informationen, nur Andeutungen und vage Vermutungen. Angeblich befand sich ein Reporter von der *NWZ* auf der Insel, jedenfalls hatte Nadira das vorhin am Telefon gesagt. Gestern Nachmittag war ihr ein fremder Mann auf der Straße aufgefallen, der das Kapitänshaus und das *Haus Möwennest* fotografierte. Beinahe wäre Marit hinausgerannt, um zu fragen, wer ihm das erlaubt hatte. Aber sie war dann doch im sicheren Haus geblieben, zum Glück, sonst würde jetzt wohl ihr Bild die Titelseite zieren.

Mit kleinen Schlucken trank sie ihren Kaffee. Die Tasse war schon halb leer, als sie merkte, dass sie den Zucker vergessen hatte. Nachdenklich legte sie ihre Hände nebeneinander auf die Tischplatte. Die schmalen Finger mit den wohlgeformten Nägeln hatte sie ihrer Mutter zu verdanken. Die Hände ihres Vaters waren groß und kräftig gewesen, kurze Finger mit breiten Nägeln, Arbeiterhände. Er konnte damit in Windeseile Nägel einschlagen, Holz hacken, den Garten umgraben aber auch Zigaretten drehen oder Pflaster auf blutige Kinderknie kleben. Inzwischen dachte Marit nicht mehr so oft an ihren toten Vater, es machte sie immer noch traurig. Wenn er jetzt hier wäre, könnte sie den Mord an ihrer Mutter bestimmt besser ertragen, die neugierigen Blicke der Nachbarn, die Fragen der Polizei, die Stille im Haus. Das fand sie überhaupt seltsam, ihre Mutter hatte weder Musik gehört noch viel gesprochen, und doch war es jetzt so still, als wäre nicht nur sie, sondern mit ihr das ganze Haus gestorben.

Es klingelte und Amy tapste zur Tür, wo sie pflichtschuldig ein leises Wuff von sich gab. Im ersten Moment war Marit froh über dieses alltägliche Geräusch. Dann fiel ihr ein, dass es jemand von der Zeitung sein könnte, oder die Polizei, und sie erwog, die Tür nicht zu öffnen. Ein erneutes lang anhaltendes Klingeln ließ sie diesen verlockenden Gedanken wieder verwerfen.

Wie befürchtet stand der Kommissar aus Wilhelmshaven vor der Tür. Rennrodt, aber eigentlich hatte sie gar keine Lust, sich diesen Namen zu merken. Er war so groß, dass sie den Kopf in den Nacken legen musste, um in seine Augen zu sehen, die grau waren, dunkelgrau. Bestimmt war es schwer, in diese Augen zu sehen und zu lügen. Der Regen hatte seine Lederjacke an den Schultern bereits durchgeweicht und aus seinen Haaren tropfte Wasser. Aus unerfindlichen Gründen hob das Marits Laune. Diesmal war noch eine Frau dabei, die sich als Oberkommissarin Inga Thimm vorstellte und die dem Wetter entsprechend eine regenfeste Jacke mit Kapuze trug.

»Frau Hansen, dürfen wir reinkommen?« Rennrodt tat so, als hätte sie eine Wahl. »Zunächst einmal würden wir uns sehr gern im Haus umsehen, vor allem im Zimmer Ihrer Mutter. Wir suchen einen Anhaltspunkt, einen Brief, eine

Notiz, irgendwas, das erklärt, warum sie mitten in der Nacht zu diesem Schrebergarten gelaufen ist.«

Wenn sie sich weigerte, machte sie sich verdächtig. Außerdem hätte Marit selbst gern gewusst, was ihre Mutter dazu bewogen hatte, trotz ihrer Krankheit so weit zu gehen. Es musste ein langer und sehr beschwerlicher Weg für sie gewesen sein mit vielen Pausen zum Luftschöpfen, und der Gedanke zerriss ihr das Herz.

»Natürlich. Das ist ja nur in meinem Interesse.« *Meine Tonblöcke werden euch ja wohl nicht interessieren.* »Hier können Sie Ihre Jacken aufhängen.« Sie zeigte zur Garderobe, wo immer noch der grüne Sonntagsmantel ihrer Mutter hing, so als wäre nichts geschehen.

Nachdem sie ihre Jacke ausgezogen hatte, bückte die Beamtin sich und kraulte den Hund. »Du bist ja eine Hübsche.« Dann folgte sie ihrem Chef, allerdings sehr langsam, so als wolle sie beweisen, dass sie eine eigenständige Person war und nicht bloß sein Anhängsel.

Systematisch aber erfolglos arbeiteten die Beamten sich durch das Zimmer von Fenna Hansen. Anders als Marit durchsuchten sie nicht nur die Wäschestapel, sondern auch sämtliche Taschen in ihren Kleidungsstücken und danach alle Handtaschen, sogar die Schuhe. Sie öffneten den Lederkoffer mit den Fotos. Einzig das Bild des blonden jungen Mannes schien sie zu interessieren, vor allem, weil Marit ihn nicht kannte.

»Viel ist das nicht.« Die Stimme der Frau klang ein wenig enttäuscht.

Marit beschloss, so ehrlich wie möglich zu sein. »In der Kommode befand sich noch eine Geldkassette, die hab ich vorhin in die Küche geholt. Wollen Sie reinschauen?«

»Gern.« Am Küchentisch holte die Kommissarin das Bündel Geldscheine aus der Kassette und zählte flüchtig. »Wozu brauchte Ihre Mutter so viel Bargeld im Haus?«

»Ehrlich gesagt weiß ich das nicht. Ihre Bankangelegenheiten hat sie bis zum Schluss selbst erledigt. Ich musste sie einmal in der Woche zur *Sparkasse* bringen und draußen warten.« Bei der Erinnerung, wie sie so oft im Vorraum der *Sparkasse* gestanden und sich über die Geheimniskrämerei ihrer Mutter geärgert hatte, lächelte Marit wehmütig. »Da war sie ganz eigen. Alles andere hab ich erledigt, auch die Einkäufe. Mama durfte sich ja nicht anstrengen. Sie konnte auch nichts mehr tragen, dafür war sie zu krank. Im Grunde hab ich den ganzen Haushalt geführt. Wenn ich Geld brauchte, zum Einkaufen oder für die Putzfrau, hat sie es aus dem Schlafzimmer geholt. Und sie hat immer aufgepasst, dass die Tür geschlossen blieb.«

»Warum dieses Misstrauen?«, fragte die Polizistin erstaunt.

Aber darauf gab es keine Antwort. »So war sie eben.«

Rennrodt, der in den Sparbüchern blätterte und vermutlich das Guthaben ihrer Mutter im Kopf hochrechnete, sagte beiläufig: »Ihre Mutter war ein sparsamer Mensch. Hatte sie noch eine größere Anschaffung geplant?«

»Nicht, dass ich wüsste. Sie war immer sehr sparsam, fast schon geizig. Hat sich nichts gegönnt.«

»Seltsam«, sagte die Polizistin.

»Find ich auch.«

Jetzt las die Beamtin den Brief. Bestimmt fiel ihr der unpersönliche Ton auf, aber sie sagte nichts dazu, sondern reichte den Brief an Rennrodt weiter.

»Gibt es einen Schrank mit Papieren? Persönliche Ordner?« Rennrodt hob seinen Kopf.

Marit zeigte auf den weiß gestrichenen Sekretär im Flur. »Da bewahren wir alles Persönliche auf. Sämtliche Unterlagen, die mit den Ferienwohnungen und Mamas Elternhaus in Norden zu tun haben, sind in dem kleinen Büro unter der Treppe untergebracht. Ich hab die Wohnungen vermietet und Mama hat sich um die Finanzen gekümmert. Wenn jemand nicht gezahlt hat, was aber so gut wie nie vorgekommen ist, hat sie mir Bescheid gesagt. Dann musste ich eine Mahnung schreiben. Ich hab keinen Zugang zu Mamas Konten, das wollte sie nicht. Die Auszüge hab ich gestern zum ersten Mal gesehen, das gilt auch für die Sparbücher. Wie schon gesagt, in Gelddingen war sie sehr eigen.«

»Wenn es Ihnen nichts ausmacht, schaue ich auch hier alles durch.« Flüchtig schaute Rennrodt durch die privaten Papiere. Dann sagte er: »Darf ich?« und öffnete, ohne eine Antwort abzuwarten, die Tür zu dem winzigen Büro. Hier gab es kein Fenster, nur eine hässliche Neonröhre an der Decke, und der Platz reichte gerade für den Aktenschrank aus Nussbaumfurnier, den sie aus dem Flur verbannt hatte, und einen Schreibtisch, auf dem ein Computer stand. Natürlich war nicht anzunehmen, dass Fenna Hansen hier einen Brief, von dem keiner wissen sollte, ordentlich abgeheftet hatte, aber Rennrodt setzte sich trotzdem auf den Drehstuhl und blätterte die Ordner durch. Dann öffnete er alle Schubladen. »Wer holt bei Ihnen die Post rein?«

»Unterschiedlich. Die Fährschiffe bringen die Post mit, deshalb kommt unser Postbote nicht zu festen Zeiten. Deshalb kann es sein, dass meine Mutter auch mal die Briefe angenommen hat. Aber meist war ich das wohl selbst.«

»Ist Ihnen in der letzten Zeit ein Brief aufgefallen? Einer, der persönlich aussah und an Ihre Mutter gerichtet war?«

Sie brauchte nicht erst überlegen. »Nein. Mama hat nur selten private Post gekriegt. Sie hatte keine Verwandten mehr, denen sie hätte schreiben können. Manchmal hat ihr eine Frau aus Detmold geschrieben. Die beiden haben sich vor vier Jahren in der Reha kennengelernt. Damals wurde meiner Mutter eine Brust abgenommen. Aber die Frau hat sich zuletzt Weihnachten gemeldet. Die Karte hab ich gelesen, es stand nichts Besonderes drin. Meine Mutter hat sie ein paar Tage später weggeworfen.«

»Sie können sich also nicht erklären, was Ihre Mutter nachts in dem Schrebergarten wollte?« Wie beim letzten Mal saugten seine grauen Augen sich in ihrem Gesicht fest, damit ihnen nicht die kleinste Regung entging. Aber was diese Nacht betraf, hatte Marit nichts zu verbergen.

»Nein, das sagte ich ja schon. Ich weiß nur, dass es ein anstrengender Weg für meine kranke Mutter gewesen ist und dass sie sehr lange unterwegs gewesen sein muss.« Mit dem Handrücken wischte sie trotzig die Tränen ab. Sie wollte jetzt nicht weinen, nicht vor diesem Rennrodt, der sie für die Mörderin ihrer Mutter hielt.

»War sie ein unruhiger Geist, der manchmal Bewegung brauchte? Litt sie unter Schlaflosigkeit?«, wollte die Polizistin mit dem Pferdeschwanz wissen.

»Nein, zweimal nein. Sie hat kaum noch das Haus verlassen. In der letzten Zeit eigentlich nur noch, wenn sie zum Arzt musste oder zur *Sparkasse*. Und freitags zum Kirchenchor. Und sie konnte sehr gut schlafen. Zum Glück, hat sie immer gesagt.«

»Könnte sie eine Mail bekommen haben?« Die Frau wirkte sehr viel freundlicher als dieser Rennrodt.

»Meine Mutter? Die wusste nicht mal, wo der PC angeht. Als ich wieder auf die Insel gekommen bin, habe ich die Ferienwohnungen ins Internet gesetzt und dafür gesorgt, dass wir eine E-Mail-Adresse bekommen. Mama war das alles zu kompliziert. Sie hatte auch gar keine eigene E-Mail-Adresse.«

»Verstehe. Meine Mutter könnte das auch nicht, ist halt 'ne andere Generation.« Da war wieder dieses kumpelhafte Lächeln, als ständen sie und diese Polizistin einander nahe. »Und was ist mit dem Telefon? Hatte sie einen Anruf?«

»Nicht, dass ich wüsste. Ich war am Freitagnachmittag allerdings nicht zu Hause. Da gebe ich im Gemeindehaus einen Nachmittagskurs. Porzellanmalerei. Frau Kuhlmann, also die Frau von unserem ehemaligen Polizisten, war auch da. Sie kann das bestätigen.«

»Hat sie schon«, warf Rennrodt ein und wechselte das Thema. »Früher hat dieser Schrebergarten einer Familie Weber gehört. Sagt Ihnen der Name was? Waren das Bekannte Ihrer Mutter?«

»Zumindest weiß ich, wer das ist. Herr Weber lebt nicht mehr und seine Frau soll auch ziemlich krank sein. Aber als Bekannte würde ich sie nicht bezeichnen. Ehrlich gesagt hatte meine Mutter weder Bekannte noch Freunde, sie war gern allein. Rita Többkes, unsere Putzfrau, ist die Einzige, die sie dann und wann besucht hat, zuletzt am ersten Adventssonntag. Und Webers Schrebergarten steht schon ewig leer, soweit ich weiß. Ich finde da keine Verbindung zu meiner Mutter. Wenn Sie spazieren gegangen ist, und das ist wie schon gesagt Monate her, dann am liebsten in den Ort, die Zedeliusstraße runter bis zum *Café Pudding* und wieder zurück.«

Der Kommissar schien zu überlegen, dann sagte er: »Haben Sie eine Taschenlampe?«

Komische Frage, fand Marit, aber sie öffnete die Tür vom Garderobenschrank. »Ja, hier. Warum wollen Sie das wissen?«

»Ich habe mich gefragt, wie Ihre Mutter im Dunkeln zu diesem Schrebergarten gefunden hat.« Jetzt schaute er sie direkt an. »Das war es schon für heute. Oder hast du noch eine Frage?« Diesmal galt sein forschender Blick seiner Begleiterin.

Die überlegte kurz, zupfte ein paar Locken zurecht und sagte dann zögernd: »Wenn Sie die Wohnungen vermietet haben, müsste Ihnen doch aufgefallen sein, dass Ihre Mutter mehr Geld eingenommen als ausgegeben hat. Wussten Sie wirklich nichts von den Sparbüchern?«

»Wenn ich ehrlich bin, habe ich mir darüber nie Gedanken gemacht. Machen Sie sich Gedanken über die Finanzen Ihrer Eltern, wenn offensichtlich genug Geld vorhanden ist?«

Natürlich gab keiner der beiden eine Antwort, sie lächelten vielmehr völlig synchron, als hätten sie das vorher einstudiert. Zum Abschied gab Rennrodt ihr die Hand. Sie fühlte sich kalt und trocken an, irgendwie unsympathisch.

Als Marit aus dem Küchenfenster schaute, stand Rennrodt auf dem Bürgersteig und zündete sich eine Zigarette an. Er sah unzufrieden aus.

»Inga? Du gehst zu dieser Nadira Mahler, die Adresse kriegst du von unserem Inselkollegen, und fragst, wann und wie lange die Hansen auf dem Geburtstag war. Dann machst du die Adresse des Postboten ausfindig. Frag, ob er in letzter Zeit einen Brief ausgetragen hat, der direkt an Fenna Hansen adressiert war. Vielleicht kann er sich ja erinnern. Ich bemühe mich um eine Liste aller Anrufer von Donnerstag und Freitag. Verdammt, es muss doch rauszufinden sein, warum diese todkranke Frau sich mitten in der Nacht zu einem verlassenen Schrebergarten geschleppt hat.«

»Um dort ihren Mörder zu treffen«, beendete Inga Thimm den Satz. »Die Frage ist doch, wem nützt ihr Tod überhaupt?«

Da musste Rennrodt nicht lange überlegen. »Vor allem ja wohl der Tochter.«

Unwillig verzog Inga Thimm das Gesicht. »Die hätte doch nur ein paar Monate abwarten müssen. Dann wäre Fenna Hansen ohnehin gestorben. Und dann die Umstände, der Tatort. Das spricht nicht für die Tochter. Wenn du mich fragst, haben wir das Tatmotiv noch gar nicht gefunden. Vielleicht wusste die Frau etwas, das einem anderen gefährlich werden konnte.

Warum hat sie sich an dem Abend vor dem Mord beim Kirchenchor dieses seltsame Lied gewünscht? *Der Herr hat nie sein Wort gebrochen, noch seinen Gnadenbund verletzt. Was seine Wahrheit hat versprochen, das wird auch in die Tat gesetzt. Er ist entfernt von Trug und List, die eine Brut des Satans ist.* Warum ausgerechnet dieser Text? Klingt richtig gruselig, oder?« Inga Thimm zog das halb rausgerutschte Gummi aus ihrem Pferdeschwanz, fasste die Haare wieder zusammen und zog das gelbe Zopfgummi darüber.

Immer wieder überraschte es Rennrodt, wie uneitel die Kollegin war. Seine zweite Frau, an die er zu seinem großen Leidwesen viel zu häufig denken musste, hatte ihr halbes Leben vor dem Badezimmerspiegel verbracht.

»Wie man es nimmt. Die Melodie ist wirklich schön.« Er räusperte sich und summte ein paar Takte. Dass seine Kollegin ihn erstaunt ansah, entging ihm natürlich nicht. »Was ist? Ich habe früher mal im Kirchenchor gesungen. Als ich noch Zeit hatte für ein Privatleben. Gemeinsam singen kann sehr viel Freude machen. Und für einen Sänger ist die Melodie häufig wichtiger als der Text.«

»Echt? Du meinst, dass es der Toten möglicherweise nur um die Melodie gegangen ist?« Diese Vorstellung schien Inga

Thimm zu enttäuschen. »Sind doch heftige Worte. Also, mein Lieblingslied könnte das nicht werden.«

»Keine Ahnung. Wir sollten das im Auge behalten.« Nachdenklich schaute Rennrodt aus dem Fenster. Es regnete noch heftiger als vor einer Stunde und der Wind schien kräftig aufzudrehen. Zu Hause wäre ihm das egal gewesen, aber hier, wo man alle Wege zu Fuß oder mit dem Rad erledigen musste, war man den Launen des Wetters völlig ausgeliefert. Stöhnend richtete er sich auf und stemmte beide Hände in seinen steifen Rücken, dann schaute er auf seine Armbanduhr. »Wir treffen uns halb vier im *Café Kluntje*. Diesmal nehm ich die Ostfriesentorte. Falls ich dann noch lebe. Es schifft ja schon wieder wie aus Kübeln. Wangerooge scheint das reinste Regenloch zu sein.« Er seufzte.

»Wer im Januar ohne wind- und wasserdichte Jacke auf eine Nordseeinsel reist, ist selber schuld. An der Zedeliusstraße gibt es einen Laden, der Allwetterkleidung verkauft. Ich an deiner Stelle würde da mal reinschauen.« Inga Thimm lächelte freundlich.

Erst als die Bedienung, ein älterer Mann mit polnischem Akzent, den Kaffee und zwei Stücke Torte auf den Tisch gestellt, dann das Teelicht in dem roten Glas entzündet und guten Appetit gewünscht hatte, ergriff Gerrit Rennrodt das Wort. »Und? Was hast du rausgekriegt?« Aus seinen Haaren tropfte Wasser auf seinen Pullover. Zuerst nahm er keine Notiz davon. Aber dann griff er seufzend nach einer Serviette und trocknete damit die Haarspitzen. »Scheißwetter, das macht echt keinen Spaß hier.«

Seine Kollegin schaute zuerst ihn an, dann seine klatschnasse Lederjacke, die an der Garderobe hing und einen traurigen Anblick bot, und zuckte mit den Schultern. Selbst schuld, sagte ihr Blick, und Rennrodt ärgerte sich darüber.

»Laut Nadira Mahler war Marit Hansen von 21:30 Uhr bis nach Mitternacht auf der Feier. Sie weiß die Ankunftszeit so genau, weil sie mit dem Essen auf Frau Hansen gewartet und ständig auf die Uhr gesehen hat. Das könnte uns im Übrigen auch der Kollege von der Insel bestätigen, der war nämlich ebenfalls Gast. Ist wohl der beste Freund von Adrian Mahler. Eine der Frauen aus dem Kirchenchor hat Frau Hansen und ihre Mutter um 21:15 Uhr gesehen, wie sie in die Straße Am Wattenmeer eingebogen sind. Der Postbote konnte sich an keinen Brief erinnern, der direkt an Frau Hansen, also die alte Frau Hansen, gerichtet war, Fenna Hansen hat so gut wie nie Post bekommen. Die Junge schon. Dafür hat er ungefragt erzählt, dass er Marit Hansen am Samstag gesehen hat. Die war völlig fertig, hat er gemeint. Hat nichts und niemanden gesehen, sah aus, als stände sie unter Drogen, richtig weggetreten.«

»Vielleicht ist sie eine gute Schauspielerin?«, schlug Gerrit Rennrodt vor. »Das Erbe ist ja beträchtlich. Das Geld auf den Sparbüchern, ein schickes Wohnhaus, zwei Ferienhäuser mit je vier Wohnungen. Und ein Haus in Norden. Davon lässt es sich gut leben. Vielleicht wollte die alte Hansen alles dem Tierschutz vererben.«

»Im Zweifelsfall ist Geld immer wieder ein gutes Motiv. Geld oder Liebe, eins von beiden.«

»Hast du was in dieser Richtung läuten hören? Die Junge behauptet, ihre Mutter hätte keinen neuen Mann.« Aufmerksam schaute Rennrodt seine Mitarbeiterin an.

Die schüttelte entschieden den Kopf. »Das kann ich mir wirklich nicht vorstellen. Sie lag doch praktisch schon im Sterben.«

»Mist, wir drehen uns im Kreis. Aber jetzt gibt es erst einmal Torte.« Zuerst warf Rennrodt das mächtige Sahnestück auf die Seite, dann zerlegte er es ziemlich brutal mit der Kuchengabel. Irgendwo musste er seinen Frust ja abreagieren.

Dienstag, 18. Januar 2011

Rennrodt hatte beschlossen, die gute Nachricht zusammen mit dem Morgenkaffee zu servieren, den Hauke Kuhlmann dankenswerterweise schon aufgesetzt hatte, bevor er das Revier verließ, um eine Anzeige wegen Beschädigung eines Fahrrades aufzunehmen.

»Laut Liste der Telekom hat es an diesem Freitag in der Zeit von fünfzehn bis siebzehn Uhr nur einen Anruf auf den Anschluss der Familie Hansen gegeben, der übrigens auch angenommen wurde. Und der Anruf kam von Wangerooge, aus einer der Telefonzellen am Rosengarten. Das Telefonat hat sieben Minuten gedauert.« Genau diese Nachricht hatten sie gebraucht. Endlich kam Bewegung in die Sache.

»Da Marit Hansen gearbeitet hat, muss ihre Mutter den Anruf angenommen haben.« Vor Aufregung schüttete Inga Thimm heißen Kaffee über den Schreibtisch. »Oh nein. Scheiße.«

Rennrodt warf ihr ein Päckchen Papiertaschentücher zu. »Ich geh noch mal zu Marit Hansen. Vielleicht kann sie mir irgendwas dazu sagen. Du versuchst einen Zeugen für den Anruf zu finden. Er war um sechzehn Uhr fünfzig.«

»Da ist es schon dunkel«, murmelte Inga Thimm, während sie den Kaffee wegtupfte. »Egal. Ich frag mal rum. Wäre ja zu schön, um wahr zu sein.«

Rennrodt nickte. »Ansonsten keine verwertbaren Spuren am Tatort. Eine Patronenhülse, Kaliber neun Millimeter. Jede Menge Fremdfasern an Fenna Hansens rechtem Mantelärmel. Das kommt vom Unterhaken, sagt Till Weiland. Da haben die noch 'ne Weile zu tun, um die Fasern zu identifizieren. Ich werde gleich bei Marit Hansen Proben von ihren sämtlichen Jacken und Mänteln nehmen. Und von der Wolldecke, die die alte Hansen bei der Chorprobe dabeihatte.« Und auf dem Weg eine Zigarette rauchen, aber das sagte er nicht laut.

»Noch was.« Inga Thimm griff nach ihrer Jacke. »Ich hab ja

gestern mit Nadira Mahler gesprochen. Zwischen den Zeilen hab ich rausgehört, dass unser Kollege von der Insel seit Jahren hinter Marit Hansen her ist. Erfolglos. Wir sollten also ein bisschen aufpassen, was wir in seiner Gegenwart sagen.«

Schon wieder dieser Rennrodt. Gerade hatte sie angefangen, eine fußballgroße Keramikkugel mit feinen Mustern zu bemalen, um sich abzulenken. Nicht im Keller, dort fand sie es zu ungemütlich, vielleicht sogar unheimlich, sondern auf dem Küchentisch. Sie brauchte ja auf niemanden mehr Rücksicht zu nehmen.

»Kommen Sie herein«, sagte Marit Hansen und es klang sehr viel freundlicher, als es gemeint war. »Wissen Sie schon irgendwas?«

Der Polizist warf einen interessierten Blick auf die angefangene Arbeit, sagte aber nichts dazu. »Wir haben herausgefunden, dass Ihre Mutter am Freitagnachmittag, genauer gesagt um sechzehn Uhr fünfzig, angerufen wurde. Wissen Sie irgendetwas darüber?«

Erstaunt setzte sie sich an den Küchentisch und deckte die Lochpalette, in der sie verschiedenen Grün- und Blautöne angemischt hatte, mit einer Glasplatte ab. »Nein. Sie hat nichts gesagt. Wer hat denn angerufen?«

»Das wissen wir nicht. Der Anruf kam von einer Telefonzelle am Rosengarten.«

»Sowas können Sie rausfinden? Aber wenn der Anruf aus einer Telefonzelle kam, kann es ja keiner von der Insel gewesen sein. Und keiner, der ein Handy besitzt.«

»Das wäre natürlich logisch.« Er lächelte kalt. »Oder der Anrufer war besonders schlau und wusste, dass wir so etwas nachprüfen. Wäre es vorstellbar, dass der Anrufer Ihre Mutter, aus welchem Grund auch immer, zu diesem Schrebergarten bestellt hat?«

»Keine Ahnung. Obwohl …, es muss ja einen Grund geben, dass meine Mutter dorthin gegangen ist, einen gewichtigen Grund. Das ist irgendwie unheimlich.« Gedankenverloren tauchte Marit den Pinsel in das Lösungsmittel, schwenkte ihn hin und her und legte ihn neben das Glas. »Als es hieß, dass meine Mutter tot ist, hab ich angenommen, dass sie ins Wasser gegangen ist. Sie hat nie etwas in der Art angedeutet, aber es ist ja nicht so ungewöhnlich, dass unheilbar kranke Menschen den Freitod wählen. Und irgendwie hätte es zu Mama gepasst, fragen Sie mich nicht warum.«

»Warum ins Wasser? Im Januar. Das ist kein schöner Tod.« Seine Stimme klang dunkel.

»Vielleicht, weil mein Vater auch ertrunken ist? Weil sie so sterben wollte wie er?«

Er sah sie schweigend an.

»Und wenn sie sich selbst erschossen hat? Keine Ahnung, woher die Waffe stammen könnte. Aber ist das nicht möglich?« Beinahe hätte sie noch »bitte« gesagt.

»Die bisherigen Ermittlungen geben keinen Selbstmord her. Keine Waffe. Keine Schmauchspuren an ihren Händen. Kein Abschiedsbrief. Allerdings gab es auch keine Kampfspuren am Tatort. Der Schuss kam genau von vorn und aus nächster Nähe. Alles spricht dafür, dass Täter und Opfer sich gekannt haben. Da passt der Anruf ziemlich gut ins Bild.« Er beugte sich vor und betrachtete die Keramikkugel. »Macht es nichts, wenn die Farbe zwischendurch antrocknet?« Es klang ehrlich interessiert.

»Nein, außerdem trocknet die Farbe nicht so schnell.«

»Ihre Mutter war doch im Kirchenchor. Hatte sie ein Lieblingslied?«

Was für eine merkwürdige Frage. Wollte er prüfen, wie eng ihr Verhältnis gewesen war? »Ich weiß nicht. Ehrlich gesagt hab ich es nicht so mit der Kirche. Ich bin nie mitgegangen. Zu Hause hat sie jedenfalls keine Kirchenlieder gesungen. Aber auf ihrem Nachttisch lag ein Gesangbuch. Das haben Sie ja gesehen.«

Er nickte. »*Der Herr hat nie sein Wort gebrochen, noch seinen Gnadenbund verletzt. Was seine Wahrheit hat versprochen, das wird auch in die Tat gesetzt. Er ist entfernt von Trug und List, die eine Brut des Satans ist.* Dieses Lied hat sie sich in der Chorprobe am Freitag gewünscht. Sagt Ihnen das was?«

»Nein. Ich bin auch erstaunt, dass meine Mutter sich solche düsteren Gedanken gemacht hat. Dass Gott als Einziger nie sein Wort bricht, meine ich. Langsam kommt es mir vor, als ob ich nicht besonders viel über sie gewusst habe.« Schon wieder wurde es eng in ihrer Kehle, ein Zeichen, mit dem sich Tränen ankündigten. Entschlossen stand sie auf und ging rüber zur Spüle.

»Möchten Sie auch einen Tee?«

»Ja, gern. Wer könnte denn Ihrer Meinung nach sein Wort gebrochen haben?«

Zum Glück stand sie mit dem Rücken zu Rennrodt. Er konnte ihren erschrockenen Gesichtsausdruck also nicht sehen. *Mein Vater hat sie enttäuscht. Er ist einfach gestorben und hat sie allein zurückgelassen. Und später stellte sich heraus, dass er Geld für mich angelegt hatte, für mich und nicht für sie. Das hat sie ihm übel genommen und mir auch.* Aber das sagte sie nicht laut. Natürlich nicht. »Vielleicht meinte sie das Leben selbst? Sie war schon vierzig, als sie meinen Vater kennengelernt hat. Nicht mal zwanzig Jahre haben sie zusammengelebt, dann ist er umgekommen. Das empfand sie als ungerecht. Manchmal, wenn wir spazieren gegangen sind und ein Ehepaar in ihrem Alter getroffen haben, war sie richtig wütend. *Der lebt noch*, hat sie dann gesagt, *und dein Vater musste so früh sterben.*«

»Ja, so könnte man es vielleicht interpretieren.« Rennrodt schien nicht sehr überzeugt. »Aber der Tod Ihres Vaters ist ja ziemlich lange her.« Er schaute zu, wie Marit den Tee zubereitete. »Sie sagten am Sonntag, dass sie sich mit Ihrer Mutter gestritten haben. War es vielleicht doch ernster, als sie geschildert haben? Hat sie damit gedroht, Sie zu enterben?«

Wütend fuhr Marit herum. »Das wäre natürlich ein wunderbares Motiv, nicht wahr? Aber damit kann ich nicht dienen. Nein, sie wollte mich nicht enterben, über so etwas haben wir nie gesprochen. Und bei dem Streit ging es nur um den Stallumbau. Sie wollte nicht, dass ich etwas zerstöre, das mein Vater gebaut hat. Aber wir halten schon seit Jahren keine Hühner mehr.«

»Wer hat den Umbau bezahlt?«

»Ich. Es soll ja meine Werkstatt werden. Mama fand das alles viel zu teuer. Die vielen Fenster waren in ihren Augen unnötig und der Specksteinofen sowieso.« Sie biss sich auf die Unterlippe. »Hier auf der Insel sind solche Umbauten natürlich viel kostspieliger als auf dem Festland, weil alle Materialien mit dem Schiff gebracht werden müssen. Aber ich zahle ja keine Miete mehr und wenn ich schon so einen Aufwand betreibe, soll es am Ende auch möglichst perfekt sein.« Sie stellte die Teekanne auf den Tisch.

»Frau Hansen, am Mantel Ihrer Mutter hat das Labor eine Menge fremder Fasern entdeckt. Ich nehme an, die meisten stammen von Ihnen. Sie sagten ja, dass Sie Ihre Mutter immer untergehakt haben. Ich brauche Vergleichsfasern von sämtlichen Mänteln und Jacken, die Sie in der letzten Zeit getragen haben. Und von der Wolldecke, die Ihre Mutter im Gemeindehaus benutzt hat. Gibt es sonst noch Leute, mit denen Ihre Mutter aus dem Haus gegangen ist, die sie also untergehakt hat?«

»Rita Többkes, unsere Putzfrau. Die ist ab und zu mit ihr spazieren gegangen. Aber sonst niemand. Jedenfalls weiß ich nichts davon. Rita trägt immer eine Lederjacke. Ich glaube, sie besitzt gar nichts anderes zum Überziehen.«

Hauptkommissar Gerrit Rennrodt sehnte sich zurück nach Hause. Beim besten Willen vermochte er nicht zu verstehen, wie man es im Winter auf der Insel aushalten konnte. Einige der Geschäfte waren geschlossen, auf den Straßen sah man kaum Leute. Es war windig, eigentlich schon stürmisch, und alle paar Stunden kam ein heftiger Schauer runter, manchmal vermischt mit Schneeflocken. Bei dem Wetter ging keiner freiwillig vor die Tür. Die Insulaner hockten in ihren warmen Stuben und tranken Tee, vielleicht auch Stärkeres. Nicht umsonst hieß es ja, dass auf den Inseln viele

Alkoholiker wohnten – und dass hier die Selbstmordrate im Winter emporschnellte.

Aber Fenna Hansen hatte sich nicht selbst umgebracht. Vor ihm lag der Bericht der Rechtsmedizin. Das Opfer war erschossen worden, aus nächster Nähe von einer etwa gleich großen Person, deren erster und einziger Treffer direkt ins Herz gegangen war. Eine Art Hinrichtung also. Die Kugel hatte die linke Herzkammer regelrecht zerfetzt, sodass die Frau binnen kürzester Zeit verblutet war. Vermutlich ging es besonders schnell, weil ihr Gesundheitszustand ohnehin erbärmlich gewesen war. Ein Lungenkarzinom im Endstadium, der Gerichtsmediziner hatte drei Ausrufezeichen dahintergesetzt, und Metastasen in Niere und Leber. Mastektomie rechts. Das hieß Brustentfernung, Rennrodt hatte bei Google nachgesehen. Der Bericht brachte sie zunächst nicht viel weiter. Neun Millimeter war eine der am häufigsten verwendeten Munitionen.

Die Tatsache, dass die todkranke Frau aus bislang unerklärlichen Gründen mitten in der Nacht zu diesem verlassenen Schrebergarten gelaufen war, konnte nur bedeuten, dass sie den Täter gekannt hatte. Keine todkranke Frau würde so einen beschwerlichen Weg auf sich nehmen, um sich mit einem Wildfremden zu treffen, nicht mal eine gesunde Frau wäre so verrückt, sich bei Dunkelheit an diesem einsamen Ort zu verabreden. Die kleine Hütte auf dem Grundstück war versperrt und die dicke Staubschicht sowie die Spinnweben vor der Tür verrieten, dass seit Ewigkeiten niemand den Raum betreten hatte. Die vage Idee, dass die Hütte der heimliche Treffpunkt für Fenna Hansen und eine bislang noch unbekannte Person, vielleicht ein Liebhaber, gewesen war, mussten sie somit gleich wieder streichen. Aber was zum Teufel hatte sie dort gewollt?

Nach wie vor schien es für Rennrodt vorstellbar, dass die Tochter in den Mord verwickelt war, wenn auch nicht als Täterin. Vier Häuser, drei davon auf Wangerooge, dazu eine nette Summe, verteilt auf vier Sparbücher, reichten als Mordmotiv allemal aus. Dazu passten allerdings weder

Marit Hansens finanzielle Situation noch die fortgeschrittene Krebserkrankung der Mutter. Dr. Jenning hatte bestätigt, dass Fenna Hansen den Sommer nicht mehr erlebt hätte. Da nach ihrem jetzigen Kenntnisstand kein Testament vorlag, würde Marit Hansen in absehbarer Zeit alles erben. In Geldschwierigkeiten befand sie sich nicht, im Gegenteil, um ihren Kontostand konnte man sie direkt beneiden. Rennrodt selbst beanspruchte seinen Dispo stets bis an die Grenzen, seine Vorliebe für guten Rotwein und ein uralter Porsche, der ständig kaputtging, fraßen sein gesamtes Geld auf. An Sparen war da nicht zu denken. Er schaute auf die Uhr, kurz nach drei. Inga Thimm war immer noch unterwegs. Hauke Kuhlmann saß an seinem Computer und hämmerte mit zwei Fingern auf der Tastatur.

Rennrodt informierte ihn über das Ergebnis der Rechtsmediziner. »Die Gerichtsmediziner haben eine Neun-Millimeter-Kugel entfernt. Ich hab schon beim Landkreis die Liste aller Waffenbesitzer auf Wangerooge angefordert.« Er schob Kuhlmann den Computerausdruck zu. »Hier sind die Namen. Die meisten sind ja wohl Jäger oder Mitglied im Schützenverein. Bitte suchen Sie alle auf und lassen Sie sich die Waffenschränke zeigen. Wir sind ja berechtigt, jederzeit die Unterbringung der Waffen zu kontrollieren und im Zusammenhang mit diesem Tötungsdelikt dürfte das keinen überraschen. Dann erkundigen Sie sich, wo die betreffenden Personen die infrage kommende Zeit verbracht haben. Vielleicht kriegen Sie noch raus, ob jemand als besonders guter Schütze bekannt ist.« Er winkte ab. »Nee, vergessen Sie den letzten Satz. Bei der Entfernung hätte jeder Idiot getroffen.«

So unauffällig wie möglich musterte er den jungen Mann. Der war also hinter Marit Hansen her, aber sie wollte ihn nicht erhören. Warum wohl, wenn Rennrodt sich nicht sehr täuschte, sah der Kollege doch ganz annehmbar aus. Groß und irgendwie drahtig. Okay, rote Haare, aber das stellte heutzutage doch keinen Makel mehr dar. Die Leute ließen sich reihenweise das Haar rot färben, so auch seine zweite Frau, die ganz genau wusste, was man trug und was nicht.

Dazu hatte Hauke Kuhlmann sehr breite Schultern, angeblich suchten die Frauen doch immer was zum Anlehnen. »Treiben Sie Sport?«, fragte Rennrodt unvermittelt.

»Schwimmen und tauchen und früher auch surfen. Das bietet sich hier an.« Hauke Kuhlmann schien sich nicht über die Frage zu wundern. »Ich wollte mal Minentaucher werden. Hat aber nicht geklappt, ich war beim Fünftausendmeterlauf zu langsam.« Er grinste schief und griff nach seiner Uniformmütze. »Bis später.«

Es klingelte. Schlaftrunken griff Schneyder nach dem Handy. »Ja?«

»Christoph?«

Seine Mutter. Um zwölf Uhr mittags. Sie wusste doch genau, dass er um diese Zeit schlief. »Ist was passiert?«

»Hast du heute schon in die Zeitung geschaut?«

»Weckst du mich, um zu fragen, ob ich Zeitung lese?«

»Nein. Natürlich nicht. Aber stell dir vor, diese Frau Hansen, die damals mit diesem Johann Behrens zusammengelebt hat, wurde erschossen. Papa hat mich gerade angerufen.«

Die plötzliche Panik nahm ihm die Luft, so als würde jemand ihn mit Gewalt unter Wasser drücken. Seit Jahren war die Angst nicht so gegenwärtig gewesen. Er konnte das Wasser gegen den Rumpf des Schiffes schlagen hören, ganz gleichmäßig, als hätte es alle Zeit der Welt. Doch das lauteste Geräusch war das Klopfen seines Herzens.

»Christoph? Papa hat gesagt, ich soll dir nichts davon sagen. Aber ich will nicht, dass du es in der Zeitung liest. Vielleicht solltest du dir gleich einen Termin bei Dr. Kretschmar holen? Das ist jetzt bestimmt nicht gut für dich.«

Wie absurd. Jemand hatte Fenna Hansen erschossen und seine Mutter meinte, das wäre nicht gut für ihn. Vor allem war es nicht gut für Fenna Hansen und für Marit. Marit. Ob er sie anrufen sollte?

»Christoph? Nun sag doch was, Junge. Soll ich Dr. Kretschmar anrufen? Kann ich irgendwas für dich tun?«

Ja, lass mich in Ruhe, hätte er am liebsten gebrüllt. Aber er knurrte nur: »Wieso steht das bei uns in der Zeitung?«

»Bei uns doch nicht. Es steht wohl in der *Bild*. Papas Sekretärin hat ihm heute Morgen den Artikel gezeigt. Sie weiß ja über *die Sache* Bescheid.«

Die Sache. Alles was damals passiert war, wurde innerhalb der Familie als *die Sache* bezeichnet. Und über *die Sache* sprach man kein Wort.

»Was ist jetzt, soll ich einen Termin bei Dr. Kretschmar für dich machen? Christoph, ich rede mit dir.« So hatte sie früher seinen Namen betont, wenn sie der Ansicht gewesen war, dass er ihr nicht zuhörte.

»Nein, es ist alles okay. Ich komm schon klar. Bis dann.« Schneyder legte einfach auf. An Schlaf war nicht mehr zu denken. Jemand hatte Fenna Hansen ermordet. Und ihr Lebensgefährte war vor siebzehn Jahren mitten in der Nacht über Bord gegangen. Vielleicht war das gar kein Unfall gewesen. Vielleicht hatte es doch einen geheimnisvollen Dritten auf dem Schiff gegeben, einen Mörder. Genau, wie er es damals geglaubt hatte. Die Panik schnürte ihm die Kehle zu. Sein Herz rannte stolpernd gegen seine Rippen, wie ein eingesperrtes Tier, das verzweifelt einen Ausgang suchte. Mit einer hastigen Bewegung riss Schneyder die Nachttischschublade auf und griff nach der angefangenen Packung *Xanax*. Tröster, Weichzeichner, Angstkiller. Aber dann ging ein Ruck durch seinen Körper. NEIN. Er brauchte das Zeug nicht mehr, er würde seine Angst auch so in den Griff kriegen. Er stand auf, zog Sweatshirt und Jogginghose über, dann die federleichte Softshelljacke, die er sich jüngst geleistet hatte, und schlüpfte in die Laufschuhe. Kurz darauf rannte er um sein Leben, so als könnte er vor seiner Vergangenheit davonlaufen.

Gegen Abend reihte Schneyder sich in die Schlange der wartenden Taxen am Bahnhof ein. Vor ihm stand Mahmut, der sich den Wagen mit seinem Sohn und seinem Schwiegersohn teilte. Serdal, der andere Sohn, fuhr tagsüber Schneyders

Audi. Der Kurde stieg aus und Schneyder ließ die Scheibe der Fahrertür runter. »Wie geht's heute? Sagst du ja?«

Es war eine Art Spiel. Mahmut wollte unbedingt eine zweite Taxe anschaffen. Aber die Stadt Köln gab seit Jahren keine neuen Konzessionen raus. Also versuchte er alles, um Schneyder seine Konzession abzuschwatzen.

»Schneyder«, sagte er schmeichelnd. »Ein Mann wie du gehört nicht in Taxe. Du musst was Richtiges arbeiten. Anwalt, das ist gut für dich.«

Für den Kurden waren Rechtsanwälte Männer in teuren Anzügen, die dicke Autos fuhren, wenig arbeiteten und viel Geld verdienten. Wenn Mahmut einen Anwalt brauchte, musste er wochenlang auf den Termin warten und hinterher ein Vermögen bezahlen, nur damit jemand einen Brief für ihn schrieb. Das flößte ihm gehörigen Respekt ein.

»Lass man«, winkte Schneyder ab. »Für mich ist das hier ein Traumjob, Mahmut. Frag Meyer, ob der dir seine Konzession verkauft.«

»Meyer sucht selbst eine zweite«, knurrte der Kurde und für einen Moment sah er ganz fremd aus. Aber gleich darauf lächelte er schon wieder freundlich. »Denk mal, mein Sohn Yilmaz wird wieder Vater. Wie soll das Geld für alle reichen?«

So was überlegt man sich vorher, dachte Schneyder. Aber er zuckte nur mit den Schultern und erwiderte das freundliche Lächeln. »Das schafft ihr schon.«

»Einmal gibst du mir doch den Wagen, ich weiß das genau.« Mahmut stieg wieder in seinen Passat und die Nacht begann. Für Schneyder lief es gut, vier große Touren, die aus der Stadt führten und reichlich Geld einbrachten. Um vier Uhr hätte er mit gutem Gewissen Feierabend machen können. Aber er traute sich nicht nach Hause in die dunkle Wohnung. Nicht nach dem, was seine Mutter am Telefon erzählt hatte.

Mittwoch, 19. Januar 2011

Erst um halb acht, als der Morgen sein bläuliches Licht langsam in den Straßen verteilte, fuhr Schneyder heim. Eine Stunde später lag er mit verschränkten Armen in seinem Bett und starrte an die Decke. Was, wenn Marit jetzt an der Tür klingeln würde? So wie seine Bude aussah, wäre er dann wohl endgültig für sie erledigt. Wann hatte er eigentlich zuletzt das Bett bezogen? Es musste Wochen her sein, vielleicht sogar Monate. Er selbst allerdings war jetzt wieder gut in Form. Fast so wie damals, als sie sich so gern an seinen Körper geschmiegt hatte. Wie es Marit wohl ging? Bestimmt wohnte die Kripo wieder auf der Insel. Möglicherweise sogar derselbe Kommissar wie damals. Der war seinerzeit ja noch jung gewesen. Ob er Marit anrufen sollte? Aber was dann sagen? *Herzliches Beileid, ich habe davon gehört?* Das schien viel zu wenig, so als wollte man ein Feuer mit einem Glas Wasser löschen. Dann lieber schweigen.

Um halb zehn gab Schneyder auf. Sein Gedankenkarussell ließ sich einfach nicht anhalten. Er beschloss, noch eine Runde zu drehen. Seit er wieder fit war und nicht mehr fürchten musste, nach wenigen Metern schlappzumachen, lief er direkt vor der Haustür los, die Straße runter durch den winzigen Park, der diesen Namen kaum verdiente, und dann runter zum Rheinufer. Er hatte eine kurze und eine lange Strecke, heute musste es die lange sein. Durchgeschwitzt und ziemlich erschöpft sprang er eine Stunde später unter die Dusche.

Zweiter Versuch und wieder nichts mit Schlafen. Ob Marit auf der Insel bleiben würde? Allein? Er stand auf, kochte einen Kaffee und schaltete sein Notebook an. Teleauskunft, Wangerooge, *Hansen, Fenna*, Schneyder schrieb die Festnetznummer auf einen Zettel und angelte nach seinem Handy. Zögernd tippte er die Nummer ein, schaffte es dann aber doch nicht, die Verbindung herzustellen.

Was Marit wohl zu seiner Veränderung sagen würde?

Okay, ganz so durchtrainiert wie damals, als er aktiv Eishockey gespielt hatte, war er natürlich nicht. Aber für einen Dreiunddreißigjährigen wieder ganz gut in Form. So, dass er ihr wieder ohne Klamotten unter die Augen treten könnte. Wenn er den Mut dazu fände. Seit Neuestem dachte er sogar darüber nach, wieder als Assistenzarzt zu arbeiten. Es musste ja nicht unbedingt in Köln sein, unter den kritischen Augen seines Vaters. Irgendeine kleine Klinik auf dem Land, dort wurden Assistenzärzte doch angeblich gesucht.

Schließlich siegte die Müdigkeit und Schneyder fiel in einen unruhigen Schlaf. Zwei Stunden später als sonst stieg er in die Taxe. Um Mitternacht traf er Mahmut am Bahnhof. »Was würdest du mir denn für Konzession und den Wagen geben?«

Das runde Gesicht des Türken leuchtete auf. »Genug, Mann, genug, so viel, wie du sagst.« Er gestikulierte wild mit den Händen, wie immer, wenn er sich aufregte. »Mein Sohn nimmt einen Kredit auf, ist alles geklärt. Uns fehlt doch nur das Papier.« Er boxte Schneyder ganz sanft in die Seite. »Hab ich doch gewusst. Du bist ein Mann für was Großes, kein Taxifahrer. Hast du ’ne neue Freundin, Schneyder?« Seine braunen Augen funkelten.

»Ach was. Ich bin auch noch gar nicht sicher. Sag mir gelegentlich einen Preis, dann denke ich ernsthaft darüber nach.« Schon bereute Schneyder seine Worte. Von jetzt an würde Mahmut ihn nicht mehr in Ruhe lassen.

Der Kurde zog sein Handy aus der Hosentasche, wenig später palaverte er in seiner Heimatsprache, lachte und nickte Schneyder immer wieder zu, deutete eine Verbeugung an.

War das jetzt ein Fehler gewesen? Schneyder setzte sich in den Wagen und drehte die Heizung hoch. Verdammt kalt heute Nacht. Wie es Marit wohl ging.

Wie erwartet hatte die Überprüfung der registrierten Waffen nichts ergeben. Auf der Insel waren nur drei Pistolen mit Neun-Millimeter-Munition registriert. Einer der Besitzer lag in Wilhelmshaven im Krankenhaus und seine Frau hatte noch nie im Leben eine Waffe in der Hand gehalten. Sie kannte nicht mal die Nummern, die den Tresor öffneten, und musste ihren Mann anrufen. Der andere Waffenbesitzer konnte ein hieb- und stichfestes Alibi vorweisen, eine große Familienfeier, sein eigener sechzigster Geburtstag. Der dritte hatte seine Waffen bereits vor Monaten verkauft, was er belegen konnte, und vergessen, sie beim Landkreis abzumelden. Fehlanzeige also. Aber damit hatte Rennrodt gerechnet. Einer, der so clever war, aus einer Telefonzelle anzurufen, damit man seine Spur nicht zurückverfolgen konnte, benutzte bestimmt keine auf seinen Namen registrierte Waffe für einen Mord. An dieser Stelle würden sie nicht weiterkommen.

Nachdem er gestern noch mal ordentlich Dampf gemacht hatte, lagen die alten Akten heute endlich auf Rennrodts Schreibtisch.

Siebzehn Jahre war das schon her, damals war er noch jung gewesen und, das musste er leider zugeben, zerfressen von Ehrgeiz. Den Jungen hatte er ganz schön in die Mangel genommen.

1993 war Marit Hansen fünfzehn gewesen. Drei Tage nach dem Tod ihres Vaters hatte sie ihren sechzehnten Geburtstag gefeiert, bestimmt kein Tag, an den sie sich gern erinnerte. Bis heute war die Leiche von Johann Behrens nicht aufgetaucht. Ungewöhnlich, meist gab die See ihre Toten früher oder später wieder her. Vermutlich hatte das ablaufende Wasser ihn mit hinausgezogen. An der Blauen Balje sollte die Strömung tückisch sein, das hatte er damals von mehreren Seiten gehört. Für die Angehörigen war so etwas schwer zu akzeptieren; ein Grab, das man besuchen konnte, hatte etwas Tröstliches. Er blätterte noch einmal in seinen eigenen Aufzeichnungen und ihm fiel auf, dass seine Schrift sich seither verändert hatte. Inzwischen fielen seine Buchstaben sehr viel größer aus, vermutlich bedeuteten die kleinen Kringel von 1993 Unsicherheit. Aber Rennrodt war kein Psychologe und eigentlich interessierte ihn so etwas auch gar nicht.

Nichts in den Protokollen wies darauf hin, dass Frau Hansen oder ihre Tochter Marit etwas mit dem Todesfall zu tun hatten. Viel hatte Marit sowieso nicht gesagt, sie hatte vor allem geweint und das war nicht gespielt gewesen.

Nach all den Jahren versuchte Gerrit Rennrodt noch einmal, sich die Situation an Bord vorzustellen. Angeblich hatte Behrens den Jungen nicht so gut leiden können, weil der es auf seine Tochter abgesehen hatte, und die war sein Ein und Alles gewesen. Diese Information verdankten sie Lothar Kuhlmann, dem damaligen Inselpolizisten. Hauke Kuhlmann, der damals achtzehn gewesen war, hatte einen Streit zwischen Behrens und Christoph Schneyder belauscht, in dem es um Marit gegangen war. Eigentlich seltsam, dass Behrens den Jungen trotzdem mit zum Angeln genommen hatte und genauso seltsam, dass der mit an Bord gegangen war. Allerdings hatte ursprünglich noch ein weiterer Junge mitfahren wollen, Adrian Mahler, schon damals der beste Freund von Hauke Kuhlmann. Wegen einer Magen-Darm-Geschichte musste er in letzter Sekunde absagen. Da hatte sich Schneyder schon an Bord befunden. Vermutlich war er geblieben, um nicht als Feigling dazustehen, der sich vor dem Vater seiner Flamme fürchtete. Im Übrigen waren die Schneyders Stammgäste gewesen, das hatte ihm sicher einen gewissen Schutz geboten. Undeutlich erinnerte Rennrodt sich an Schneyders Eltern, einen dunklen, herrischen Mann und eine blasse, unscheinbare Frau. Wenn Behrens ihrem Sohn auf den Schlips getreten hätte, wären die garantiert am nächsten Tag abgereist.

Blieben noch zehn Dosen Bier, die Behrens offensichtlich in relativ kurzer Zeit geleert hatte. Ob ein Alkoholproblem bestanden hatte? Alkoholiker neigten zu Schwermut, mitunter auch zu Suizid. War Behrens so ein Fall gewesen? Rennrodt beschloss, noch einmal mit der Tochter zu reden. Am besten zusammen mit Inga Thimm. Wenn ihn nicht alles täuschte, konnte die Kollegin Frau Hansen eher zum Reden bewegen als er selbst. Ja, vielleicht sollte er Inga Thimm sogar allein schicken.

Ohne große Begeisterung betrachtete Marit Hansen die Keramikkugel. Sie hatte sich das Ergebnis ihrer Arbeit sehr viel schöner vorgestellt, fröhlicher, bunter. Dabei sollte sie als Kunsttherapeutin wohl wissen, dass jede Arbeit auch das Innenleben des Künstlers spiegelte. Und fröhlich war ihr nun wahrhaftig nicht zumute.

Es klingelte an der Tür und Marit war froh über diese Störung. Rita Töbken hatte versprochen, Milch und ein bisschen Gemüse einzukaufen. Weniger froh war Marit, als sie die Polizistin vor der Tür entdeckte. Sollte das jetzt ewig so weitergehen? Wenigstens war dieser Rennrodt nicht dabei. Amy hegte keinerlei Vorbehalte gegen die Polizei, sie sprang die Kommissarin übermütig an.

»Aus«, sagte Marit streng, und als die Hündin nicht gehorchen wollte, griff sie nach dem Halsband und zog sie zu ihrem Platz neben der Treppe. »Platz.« Mit einem herzerweichenden Seufzer legte Amy sich hin und schielte beleidigt über den Rand ihres Körbchens.

»Gibt es was Neues?« Diesmal wollte Marit selbst das Gespräch eröffnen.

Inga Thimm, jetzt fiel ihr der Name wieder ein, schüttelte den Kopf. Sie hatte mittelbraunes, sehr lockiges Haar, das sie wie beim vorigen Mal mit einem Gummiband am Hinterkopf gebändigt hatte, und Marit fragte sich, wie die Beamtin wohl mit offenen Haaren aussah.

»Frau Hansen, da wir nach wie vor kein schlüssiges Motiv finden, haben wir die alten Akten über den Tod Ihres Vaters angefordert. Vielleicht gibt es da einen Zusammenhang.«

Hoffentlich merkte sie nicht, dass ihre Worte Marit in Alarmbereitschaft versetzten.

In der Küche brachte die Kommissarin das Gespräch ohne viel Umschweife auf das Schiffsunglück. »Hatte Ihr Vater ein Alkoholproblem? Ihre Mutter hat das seinerzeit ganz vehement abgestritten. Aber zehn leere Bierdosen an Bord, das ist schon was.«

»Na ja, er hat regelmäßig getrunken, auch zu viel. Ich erinnere mich, dass sie sich deshalb gestritten haben.« Sie lächelte entschuldigend. »Meine Mutter hat mir damals verboten, darüber zu sprechen. Sie wollte nicht, dass schlecht über ihn geredet wird.«

»Und wie würden Sie die Situation aus heutiger Sicht beurteilen?«

»Das ist schwer zu sagen. Wahrscheinlich konnte mein Vater nichts tun, was ich ihm übel genommen hätte. Für mich trug er einen Heiligenschein. Ich habe meinen Vater sehr geliebt.«

»Wie war das mit Ihrer Mutter. Sie sagten ja, sie hätte ihren Mann auch sehr geliebt.«

»Ja, Mama hat ihn regelrecht vergöttert.« *Und mit ihrer Liebe erdrückt.* Seufzend betrachtete Marit die Keramikkugel, die immer noch auf dem Tisch lag. Sie legte die rechte Hand darauf und rollte sie langsam hin und her. »Heute denke ich, dass er im Vollrausch über Bord gegangen ist. Was soll sonst passiert sein?«

Die Kommissarin ließ sich ein wenig Zeit mit der Antwort, dann sagte sie zögernd: »Wäre ein Suizid denkbar? Viele Alkoholiker sind depressiv.«

»Aber nicht mein Vater. Er hatte noch am Tag vor seinem Tod Holz auf dem Festland bestellt, weil er die Terrasse überdachen wollte. Und meine Mutter musste Platz in der Gefriertruhe schaffen, weil er Makrelen mitbringen wollte. Nein, er hat sich nicht das Leben genommen. Niemals. Es muss ein Unfall gewesen sein.«

Inga Thimm nickte und schlug die Beine übereinander. Ihre derben Stiefel aus Naturleder hätten Marit auch gefallen. »Damals gab es ja Gerüchte, dass dieser junge Mann, Christoph Schneyder, ihn gestoßen haben könnte. Angeblich war er Ihr Freund und Ihr Vater war damit nicht einverstanden.«

»Das hat Ihr Kollege damals auch schon behauptet.« Nur mühsam konnte Marit den aufsteigenden Zorn unterdrücken. »Und es ist der größte Quatsch aller Zeiten. Erstens stimmt es gar nicht, dass mein Vater Christoph nicht mochte. Ich frage mich, wer das erzählt hat. Wenn es Streit zwischen den beiden gegeben hätte, wäre Christoph bestimmt nicht freiwillig mit aufs Boot gegangen. Und zweitens würde Christoph keinen Menschen töten. Christoph wollte Arzt werden. Arzt«, wiederholte sie eindringlich, als wäre damit alles über ihren Exfreund gesagt.

»Stehen Sie noch in Kontakt mit Herrn Schneyder?«

Natürlich musste Frau Thimm das fragen. Sie selbst hatte die Polizeibeamtin ja darauf gebracht. »Ich habe ihn im Oktober gesehen. Ganz kurz. Davor und danach haben wir uns weder gesprochen noch gesehen.« Es klang ziemlich schnippisch und in Inga Thimms Gesicht leuchtete ein Fragezeichen auf, vielleicht auch ein Ausrufezeichen. »Ich verstehe wirklich nicht, was das mit dem Mord an meiner Mutter zu tun hat.«

»Alles ist wichtig, Frau Hansen, jede Kleinigkeit.« Das klang sehr freundlich. Diese Frau konnte man nicht aus der Ruhe bringen. Vermutlich war sie gerade frisch geschult in Gesprächsführung. »Wer sagt uns, dass das Tatmotiv in der Gegenwart zu suchen ist?« Jetzt beugte sie sich vor und betrachtete die Kugel. »Das gefällt mir. Wirklich. Verkaufen Sie auch mal was?«

»Manchmal. Wenn es gerade so passt.«

»Verstehe.« In aller Seelenruhe ließ Inga Thimm ihren Blick durch die Küche gleiten. »Der Fliesenspiegel ist sicher auch ihr Werk. Wirklich schön, Frau Hansen. In meiner Küche sind die Fliesen so was von hässlich, grünbraun mit senfgelben Blumen. Na ja, ist halt 'ne Mietwohnung. Der Rest ist ganz nett.« Sie zog das Gummiband aus ihren Pferdeschwanz und zwirbelte die widerspenstigen Locken neu zusammen. »Sie waren sechzehn, als die Sache auf der *Prinzessin* passierte. War Christoph Schneyder Ihr Freund?«

»Ja.«

»Sie kannten sich schon länger?«

»Schon ewig. Die Schneyders kamen jedes Jahr in den Sommerferien.«

»Und 1993 haben Sie sich in Christoph verliebt. Und umgekehrt.«

Marit verstand nicht, wohin dieses Gespräch führen sollte.

»Das ist schon ein Jahr vorher passiert. Wir haben uns die ganze Zeit geschrieben und uns beide unheimlich auf das Wiedersehen gefreut.«

Amy kratzte an der Tür. Marit, froh über die Unterbrechung, ließ sie herein. »Wenn du nicht lieb bist, fliegst du gleich wieder raus.«

»Nachdem Ihr Vater ertrunken war, war die Beziehung vermutlich beendet, oder? Sie sagten ja, dass Sie keinen Kontakt mehr hatten. Bis auf einen kurzen Besuch im Oktober. Warum eigentlich nach so langer Zeit?«

»Ich wollte einfach wissen, was aus Christoph geworden ist. Und da habe ich einen Brief an die Adresse seiner Eltern geschrieben, ob er mal vorbeikommen will. Und das hat er gemacht.«

»Und wie war der Besuch? Sind Sie sich wieder nähergekommen?«

Sie schüttelte den Kopf. »Nein, wir haben uns nur unterhalten, er ist eine Nacht geblieben, im Wohnzimmer«, sagte sie betont. »Am Morgen hat meine Mutter ihn mehr oder weniger vor die Tür gesetzt. Für sie war Christoph schuld an Papas Tod. Weil er nichts unternommen hat, als er über Bord gegangen ist. Keinen Rettungsring geworfen oder sowas. Sie konnte nicht verstehen, dass er vor Angst wie gelähmt war.«

»Und Sie selbst? Können Sie das verstehen?«

»Ja, natürlich. Wenn Christoph dazu in der Lage gewesen wäre, hätte er meinen Vater gerettet. Selbstverständlich.«

»Das klingt, als wenn er Ihnen viel bedeutet, bedeutet hat«, verbesserte die Beamtin. »Warum hatten sie zwischenzeitlich keinen Kontakt?«

»Das ist einfach so passiert. Solange Christoph noch auf der Insel war, durfte ich ihn nicht sehen. Das hat meine Mutter verboten. Und was hätte ich entgegensetzen können? Immerhin war mein Vater tot, ich stand ja selbst unter Schock. Als feststand, dass er nichts mit Papas Tod zu tun hatte, sind die Schneyders sofort abgereist. Ich bin gleich in die leere Wohnung, hab mir eingebildet, er hätte mir einen Brief hinterlassen. Hat er aber nicht. Er war einfach weg.«

Daran hatte sie schon lange nicht mehr gedacht. Wie sie die ganze Ferienwohnung auf den Kopf gestellt hatte. »Später wollte ich ihm schreiben, aber irgendwie hab ich es nicht fertiggebracht. Ich hab immer gedacht, dass er …«

»Dass er schreiben würde. Aber er hat sich nicht mehr gemeldet. Verständlich. Ich kann mir vorstellen, dass er nicht wusste, wie Sie über die Sache denken, ob Sie ihn auch für schuldig halten. Vielleicht hat er sich nicht getraut.« Inga Thimm bückte sich und streichelte den Hund.

Ich hätte schreiben müssen, dachte Marit. *Dann wäre alles ganz anders gekommen.*

Donnerstag, 20. Januar 2011

Fünfundachtzigtausend hatte Mahmut ihm für die Konzession inklusive Wagen geboten. Ein ordentlicher Preis, Schneyder selbst hatte vor vier Jahren nur fünfzigtausend bezahlt. Seinerzeit war Jupp, sein damaliger Chef, am Steuer tot zusammengebrochen, Herzinfarkt. Schneyder hatte der Witwe bei allen Formalitäten geholfen und sie beim Verkauf des Hauses und dem Umzug in eine kleine Eigentumswohnung unterstützt. Aus Dankbarkeit hatte sie ihm den Wagen samt Konzession so billig überlassen. »Jupp hätte das auch so gewollt.« Die anderen beiden Konzessionen hatte Schneyder in ihrem Auftrag für weitaus mehr Geld verkauft.

Dann und wann schaute Schneyder noch bei ihr vorbei. Sie freute sich jedes Mal und tischte Kuchen für eine ganze Kompanie auf. Mit schlechtem Gewissen fiel ihm ein, dass er Erna schon länger nicht mehr besucht hatte und er nahm sich vor, das gelegentlich nachzuholen. Aber vorher würde er auf die Insel fahren. Und diesmal würde er zwei Wochen bleiben und klären, was da eigentlich zwischen ihm und Marit war. Er rief Mahmut an und erklärte, dass er das Angebot wahrscheinlich annehmen würde, allerdings bräuchte er Bedenkzeit. Dann telefonierte er mit seiner Mutter. »Ich bin in den nächsten vierzehn Tagen nicht da.«

»Ist was passiert? Geht es dir schlecht wegen dieser Sache auf Wangerooge? Warst du bei Dr. Kretschmar, Junge?«

»Es ist alles in Ordnung, das habe ich dir doch schon gesagt. Ich brauche einfach mal Ruhe und Zeit zum Nachdenken. Vielleicht fahre ich ein paar Tage weg. Ich melde mich. Tschau.« Ohne schlechtes Gewissen drückte er ihre jammernde, ständig besorgte Stimme einfach weg.

Die Taxe musste natürlich in Köln bleiben, in einer Garage in Harlesiel brachte sie ihm kein Geld ein. Serdal würde weiterhin am Tag fahren, sein älterer Bruder sollte die Nachtschicht übernehmen.

In seiner Wohnung setzte Schneyder sich an den PC und kaufte eine Fahrkarte nach Wangerooge. Der Zug fuhr bereits um 7:46 Uhr, dafür konnte er aber bis Norden durchfahren und dort in den Bus umsteigen, der ihn nach Harlesiel bringen würde. Der Weg zum Fähranleger sollte nur zehn Minuten dauern, hoffentlich stimmte das auch. Um 14:10 Uhr ging jedenfalls das Schiff. Insgesamt würde er acht Stunden unterwegs sein, eine Ewigkeit, er musste sich unbedingt was zum Lesen besorgen. Nach dem Duschen und einer Tasse Kaffee fuhr er in die Stadt. Er kaufte sich eine Outdoorjacke von Jack Wolfskin, absolut wind- und wetterfest, wie der Verkäufer versicherte, eine rote Wollmütze, Handschuhe, gefütterte Stiefel und zwei dicke Pullover, außerdem zweimal Skiunterwäsche, eben alles, was er im Januar auf einer Nordseeinsel brauchen würde. Und einen Krimi von Mankell, den alle außer ihm selbst schon gelesen hatten. Seine Laufklamotten mussten natürlich auch mit, vor allem die Jacke aus Softshell, die hoffentlich hielt, was die Werbung versprach.

Ohne den Hund hätte Marit in dieser Zeit vermutlich nicht das Haus verlassen. Aber die sieben Monate alte Hündin brauchte ihre Spaziergänge, sie musste morgens um sieben das erste Mal und abends um zehn das letzte Mal raus, und so sorgte sie für einen einigermaßen geregelten Tagesablauf.

Anders als sonst suchte Marit die Einsamkeit. Sie ging mit Amy zum Sportplatz, der im Winter verlassen dalag, und von dort aus weiter Richtung Osten. Sobald sie aus der Ferne Menschen entdeckte, verließ sie den Weg und lief durch die Dünen.

Beinahe täglich kam jemand von der Polizei. Man stellte ihr immer wieder die gleichen Fragen und Marit gab immer wieder die gleichen Antworten. Sie fühlte sich wie ein Hamster in einem Laufrad, der sich abstrampelte und doch nicht von der Stelle kam. Niemand wusste, was ihre Mutter nachts in dem Schrebergarten gewollt hatte oder wer ihr Mörder war.

Einmal schaute Nadira rein, ohne Lauritz. Sie brachte Bachblüten, die Marits Seele aufhellen sollten, als ob das möglich wäre, und einen romantischen Liebesroman zum Ablenken.

Auch Rita Töbkes kam regelmäßig. Sie erledigte die Einkäufe für Marit, trank mit ihr Tee und räucherte die Küche mit ihren selbst gedrehten Zigaretten ein. Aber sie kam auch vorbei, um mit Marit zu weinen. Stundenlang erzählte sie von früher, von ihrem Focko, der mit siebenundfünfzig einfach tot umgefallen war, Herzversagen. Jedes Mal kamen Rita dabei die Tränen. Und seltsamerweise löste das auch bei Marit die Tränen, die so selten fließen wollten.

Von den Nachbarn ließ sich keiner blicken und die Mieter der Wohnungen im *Haus Wattkieker* gaben mit gesenktem Blick die Schlüssel ab. »Ich habe alles geputzt, damit brauchen Sie sich jetzt nicht zu belasten«, sagte eine der Frauen. Sie drückte Marits Hand und streichelte ihre Wange. Marit nickte voller Dankbarkeit und erwähnte nicht, dass Rita Töbkes für die Endreinigung zuständig war und am Nachmittag sowieso vorbeikommen würde. Neue Gäste hatten sich erst für Ende Februar angesagt und Marit war sehr froh darüber.

Heute brachte Rita zwei Stücke Kuchen vom Bäcker mit. »Das sind schwere Tage«, sagte sie und streichelte Marits Hände. »Ich hab mir damals immer vorgestellt, dass die Trauer wie ein leerer See ist. Man muss heulen und heulen, bis der See voll ist, und dann kann man zum anderen Ufer schwimmen.« Unwillig runzelte sie die Stirn. »Findest du das albern? Focko hat immer gesagt, dass ich komische Gedanken habe, die keiner außer mir selbst versteht.«

Ihr ratloses Gesicht ließ Marit lächeln. »Nein, Rita, ich finde das gar nicht seltsam. Aber ich weine so selten um meine Mutter, bei mir ist der See noch lange nicht gefüllt. Vielleicht brauche ich Jahre, bis ich das andere Ufer erreichen kann.«

»Ach was, das liegt daran, dass die Polizei noch immer nicht weiß, wer das gewesen ist. Bei dir mischt sich die Trauer vielleicht mit Wut auf den Mörder.« Rita Töbkes streckte die Beine aus und betrachtete ihre Füße, die in braunen Cowboystiefeln stecken. »Weißt du, Focko ist jetzt zehn Jahre tot. Viele Sachen weiß ich noch wie heute. Andere habe ich total vergessen.« Ihr Blick fiel zur Uhr. »Gott, ich muss ja weiter. Um fünf muss ich bei Herma Stelljes putzen.« Sie stürzte den letzten Rest Kaffee auf einmal runter. »Man kann nicht falsch oder richtig trauern, Marit. Mach dir darüber bloß keine Gedanken. Auf Fockos Beerdigung habe ich sehr viel gelacht. Und das war richtig so.«

Als sie in ihrer verschossenen Bikerjacke in der Dämmerung verschwand, wäre Marit am liebsten hinterhergelaufen.

Freitag, 21. Januar 2011

Am Freitag fand die Beerdigung statt. Weil sie nichts Passendes zum Anziehen besaß, hatte Marit sich am Vortag einen schwarzen, sehr eleganten Mantel und ein enges, knielanges Wollkleid gekauft. Allerdings nicht von dem Geld aus dem Umschlag. Bevor sie das Haus verließ, schaute sie sich noch einmal im Spiegel an. So fremd, wie sie in den neuen Sachen aussah, fühlte sie sich auch. »Ich bin bald zurück«, sagte sie zu Amy, die sie gekränkt anschaute und sich dann in ihr Körbchen verkroch. Es kam selten vor, dass Marit das Haus ohne die Hündin verließ.

Brunhilde Kuhlmann hatte es übernommen, die Teestube zu mieten und die Einzelheiten für die Leichenfeier zu organisieren. Nadira hatte in Marits Namen die Karten verschickt. In der Friedhofskapelle, die so voll war, dass einige Leute während der Zeremonie draußen stehen mussten, saßen Adrian und Nadira rechts und links von Marit, hielten ihr abwechselnd die Hand und reichten ihr Taschentücher. Selbst Adrian, der sonst immer so unnahbar wirkte, schaute blass aus und hatte bläuliche Ringe unter den Augen, als hätte er seit Tagen schlecht geschlafen.

Das, was der Pastor sagte, rauschte an Marit vorbei wie ein tosender Wildbach aus Worten. Als die Glocken läuteten und Nadira sie sanft in die Höhe zog, konnte sie sich an keines der Worte mehr erinnern. Wie betäubt ließ sie sich aus der Kapelle führen. Am Grab nahm Rita Többkes, die einen biederen schwarzen Mantel von ihrer Schwester geliehen hatte, der ihr mindestens eine Nummer zu groß war, Marit in den Arm und wiegte sie tröstend hin und her, es folgten Brunhilde und Lothar Kuhlmann, die ihr stumm die Hand schüttelten, dann Nadira, Adrian und die anderen Freunde aus der damaligen Clique und zuletzt Hauke, der keine Uniform trug, sondern schwarze Jeans und eine schwarze Cordjacke. Dann gaben die Nachbarn ihr die Hand und sprachen ihr Beileid aus, so förmlich, als wären sie Fremde. Vielleicht hielten sie Marit insgeheim für die Mörderin und scheuten sich, unter diesen Umständen freundlich zu ihr zu sein. Dass der Kommissar aus Wilhelmshaven und seine Kollegin zur Beerdigung gekommen waren, fand Marit unpassend, sogar störend, auch wenn sie ganz abseits standen. Doch was sollte sie dagegen tun, etwa hingehen und sie fortschicken oder sagen, dass die Frau bleiben konnte, weil sie die Nettere von beiden war?

Bei Teetrinken waren alle Tische besetzt. Zwei Frauen, die Marit nur vom Sehen kannte, brachten ständig frischen Tee und füllten die Teller mit dem Kuchen auf.

Viel lieber wäre Marit direkt nach Hause gegangen, all die Menschen, die neugierigen Blicke waren ihr zuwider, aber sie wollte keinen Anlass zum Reden bieten. Niemand sollte behaupten können, dass ihre Mutter ihr nichts bedeutet hatte. An Marits Tisch saßen Nadira und Adrian, ein paar

Freunde aus der Schulzeit und natürlich Hauke. *Wenn Adrians Mutter sterben würde, säße er hier mit Nadira, seinen beiden Schwestern samt Männern und seinem Vater, eben mit seiner Familie. Ich bin allein, bin kein Teil mehr von irgendwas, bin nur noch ein übrig gebliebenes Einzelstück.* Sie wischte sich die Tränen ab. Tränen waren gut, Tränen bedeuteten Trauer und keiner konnte wissen, dass sie um sich selbst weinte und nicht um die alte verbitterte Frau, die ihre Mutter in den letzten Jahren gewesen war.

»Ach, Marit«, flüsterte Nadira. Sie beugte sich vor. »Es klingt furchtbar, wenn ich das sage, aber wenigstens ging es schnell.« Sie sah mal wieder wunderschön aus, wie eine Prinzessin aus Tausendundeiner Nacht. Dem Anlass entsprechend war sie schwarz gekleidet, wie alle hier, aber ihr Kleid war mit winzigen Goldborten besetzt und sie trug jede Menge folkloristisch anmutenden Goldschmuck, der bei jeder Bewegung leise klimperte. Nicht einmal die Tatsache, dass ihr Bauch sie mittlerweile zu einem leicht watschelnden Gang zwang, konnte ihrer Schönheit Abbruch tun.

Nach zwei Stunden löste sich die Gesellschaft auf. Einige Gäste gingen einfach so, andere kamen noch an Marits Tisch und reichten ihr zum Abschied die Hand. Brunhilde Kuhlmann wiederholte noch einmal, dass sie jederzeit für Marit da wäre. Rita Töbkes streichelte ihr Gesicht. Die Freunde gingen zuletzt, sie nahmen Marit noch mal in den Arm, sehr herzlich, dennoch fühlte sie sich wie eine Puppe, die von einem Arm zum anderen gereicht wurde, die am Ende aber keiner behalten wollte. Hauke schließlich erklärte, dass er Marit nach Hause bringen würde, niemand wirkte erstaunt, vielleicht hatten die anderen das vorher so abgesprochen. Er half ihr in den Mantel, dann legte er den Arm um ihre Schultern. »Ich denke, dass wir den Mörder bald haben. Dann kannst du wieder ruhig schlafen.«

Marit nickte, obwohl sie ihm kein Wort glaubte. Der Kommissar aus Wilhelmshaven hatte nichts Derartiges gesagt. Unterwegs fragte sie sich voller Verzweiflung, warum sie es nicht schaffte, sich in Haukes Umarmung fallen zu lassen, seine Gefühle anzunehmen. Konnte es sein, dass sie zu viel vom Leben erwartete? War es denn nicht mehr als genug, dass einer sie seit ewigen Zeiten liebte, ihr nie wehtat, sie nie im Stich lassen würde? Den blonden Jungen von damals gab es doch gar nicht mehr, welchen Sinn machte es, seinen Platz für immer freizuhalten?

Als Hauke die Pforte aufstieß, schaltete der Bewegungsmelder das Licht neben der Haustür an.

»Danke, dass du mich heimgebracht hast, Hauke.« Sie entwand sich behutsam der Umarmung und fingerte den Schlüssel aus ihrer Tasche. Ihre Hände zitterten. Sie fürchtete sich vor der Einsamkeit, die sie in dem leeren Haus erwartete, vor der Stille, aber sie würde sich daran gewöhnen müssen.

»Ich lasse dich jetzt doch nicht allein.« Mit größter Selbstverständlichkeit nahm er den Schlüssel aus Marits Hand, sperrte auf und folgte ihr in den Flur, wo Amy außer sich vor Freude an ihr hochsprang. Anders als sonst ließ Marit die Hündin nur in den Garten. Die Energie für einen Spaziergang konnte sie nicht mehr aufbringen.

Nachdem Amy ihre Geschäfte auf dem Rasen erledigt hatte, gingen sie wieder ins Haus. Hauke hängte ihren Mantel an die Garderobe und führte sie in die Küche. Er griff nach der angebrochenen Flasche Rioja, die neben der Spüle stand, zog den Korken raus, überlegte es sich anders und steckte ihn wieder in die Flasche. »Hast du nichts Stärkeres im Haus?«

Gleichgültig zuckte sie den Schultern. »Im Wohnzimmerschrank, die Tür in der Mitte.«

Hauke fand den Grappa, ein Weihnachtsgeschenk des Ehepaars aus dem Westerwald, das Silvester in einem der beiden Apartments verbracht hatte. Die Flasche war noch verschlossen. Weder Marit noch ihre Mutter mochten Grappa, sie mochten überhaupt keine harten Sachen, aber jetzt trank Marit widerstandslos Glas um Glas, bis sie nicht mehr an ihre Mutter dachte, nicht mehr an die Beerdigung, nur noch an schlafen. Sie ließ zu, dass Hauke sie nach oben in ihr Zimmer brachte, das Kleid hochschob und über ihren Kopf zerrte und sie dann in ihr Bett legte und liebevoll zudeckte.

»Marit«, flüsterte er heiser. »Damals, du weißt schon, es tut mir so unendlich leid, was da passiert ist. Ich hätte erkennen müssen, wie verzweifelt du warst, dass du eine Schulter zum Anlehnen gesucht hast und nicht mehr. Zu meiner Entschuldigung kann ich nur sagen, dass ich verrückt nach dir war, total verrückt, gar nicht mehr zurechnungsfähig vor Liebe. Aber das ist eine Ewigkeit her. Meinst du nicht, dass ich eine zweite Chance verdient habe?«

Ich kann nicht, wollte sie sagen, aber da war sie schon eingeschlafen.

Sie hörte nicht mehr, dass er flüsterte: »Schlaf gut in deinem Himmelbett, ich bleibe heute Nacht hier und lege mich unten auf die Couch. Den Hund lass ich auch noch mal raus, keine Sorge.«

Unruhig wälzte sich Adrian Mahler hin und her. Es kam ihm vor, als hätte er die ganze Nacht kein Auge zugetan. Neben ihm schlummerte Nadira. Normalerweise schlief sie auf dem Bauch, aber jetzt konnte sie nur noch auf der Seite liegen. Zweimal in der Nacht war sie schon aufgestanden und zur Toilette gegangen. Die Babys drückten auf ihre Blase. Er hatte sich jedes Mal schlafend gestellt.

Vorhin war etwas Furchtbares passiert. Er wollte nur Zigaretten am Automaten ziehen, und da hatte er ihn gesehen. Sie hatten sich fünf Sekunden in die Augen geschaut, aber Adrian Mahler hatte sofort gewusst, dass sein Leben zu Ende war. Jedenfalls das Leben, das er in den letzten Jahren so sorgfältig aufgebaut hatte. Niemals hätte er erwartet, den anderen hier auf der Insel zu treffen, und es macht ihm Angst. Wenn der andere den Mund aufmachte, war Adrian Mahler erledigt. Warum nur hatte er nie die Möglichkeit in Betracht gezogen, dass sein Lügengebäude einstürzen könnte? Er war doch nicht allmächtig. Adrian Mahler, Rechtsanwalt und Notar, ein angesehener Vertreter des Rechtssystems, ein Lügner und Betrüger.

Er wagte gar nicht erst, sich vorzustellen, was passierte, wenn alles ans Tageslicht kam. Nadira würde ihn verlassen, das schien so sicher wie das Amen in der Kirche. Kirche.

Sein Schwiegervater, dieser selbstgerechte Pfaffe, glaubte immer noch, dass alle Antworten in der Bibel standen. Der würde ihn fallen lassen wie eine heiße Kartoffel. Und Hanne, seine Schwiegermutter, diese alte Betschwester, würde alles daran setzen, dass er die Kinder nicht mehr sehen konnte. Natürlich stand das nicht in ihrer Macht, aber ein Vater mit Besuchsrecht, der ansonsten von allen geschnitten wurde, konnte kein richtiger Vater sein, keiner, auf den Lauritz und die beiden kleinen Mädchen stolz sein würden. Von jetzt an würde er keine Ruhe mehr finden. Weil er erpressbar war. Erpressbar, dieses Wort geisterte seit Stunden durch seine Gedanken. Ja, er war erpressbar, und in dem Blick des anderen war deutlich zu sehen gewesen, dass der genau dasselbe gedacht hatte. Zum ersten Mal in seinem Leben stellte der Rechtsanwalt sich vor, einen anderen Menschen umzubringen. Wenn der andere tot wäre, könnte Mahler sein Leben weiterführen wie bisher, sich auf die beiden Mädchen freuen, die im Leib seiner Frau heranwuchsen. Auf die Namen hatten sie sich noch nicht festgelegt. Mahler würden friesische Namen zusagen, die Kinder sollen ja hier, auf Wangerooge, aufwachsen. Nadira dachte an indische Namen, weil dort ihre Wurzeln lagen. Allerdings fürchtete sie, dass ihre Adoptiveltern das als Kränkung auffassen könnten. Der alte Pastor, ihr Vater, hatte ein paar biblische Namen aufgeschrieben. Sarah, Rahel, Lea. Aber für Adrian Mahler hörten sie sich düster an, so als hätten seine Kinder viel Leid vor sich.

»Adrian? Bist du wach?« Nadira schaute ihn fragend an.

Er lächelte und stellte sich vor, er würde sie in den Arm nehmen und sagen: Nadira, ich muss dir etwas beichten. Aber das stand gar nicht zur Debatte. Nicht heute, nicht morgen, nie. Er würde weiterlügen und hoffen, dass der andere wieder von der Insel verschwand, dass nichts passierte, damit er sein Leben behalten konnte.

»Fühl mal.« Sie nahm seine Hand und legte sie auf ihren Bauch. Er spürte Leben, ein ganz leichtes Zappeln.

»Das ist die eine. Und hier ist die andere.« Nadira schob seine Hand weiter nach rechts. »Da.«

»Unfassbar schön«, flüsterte er und brach in Tränen aus. Er schluchzte wie ein kleiner Junge und Nadira war fassungslos.

Samstag, 22. Januar 2010

Marit erwachte, weil jemand an der Tür klingelte und Amy laut bellte. Sie öffnete die Augen, halb neun, Mist, sie hatte den Hund vergessen, zum ersten Mal. In ihrer Not hatte die arme Hündin bestimmt längst in den Flur gepinkelt.

Es klingelte erneut, diesmal viel länger, was Amy noch anzufeuern schien, ihr Bellen klang jetzt richtig hysterisch. Seufzend kroch Marit aus der wohligen Wärme des Bettes. Ihr schwarzes Kleid hing über dem Sessel. Nein, sie würde es nicht anziehen, nie wieder. Sie griff nach dem weißen Bademantel, der neben der Tür hing, zog ihn über und tapste barfuß die Treppe hinunter.

»Ich schau mal nach, wer da ist«, rief Hauke und da erst fiel ihr ein, dass sie nicht allein im Haus war.

»Ich komme schon.« Auf dem Weg zur Haustür verknotete sie noch schnell den Gürtel ihres Bademantels.

Hauke hatte bereits aufgeschlossen und Amy schoss an ihm vorbei und hockte sich breitbeinig auf den Rasen. Vor der Tür stand Christoph. Er war gekommen. Ihr Herz setzte beinahe aus. Christoph trug eine dicke Jacke und eine rote Wollmütze und es sah aus, als ob er länger bleiben wollte. Seine Hände steckten in den Taschen seiner Jacke. »Ich hab es in der Zeitung gelesen. Wie geht es dir?«

»Nicht besonders«, sagte Hauke neben ihr. »Sie braucht Ruhe. Schön, dass du extra hergekommen bist. Aber es passt gerade nicht so.«

Am liebsten hätte sie ihm den Mund zugehalten. Stattdessen ging sie zwei Schritte nach vorn, sodass Hauke jetzt hinter ihr stand. »Hallo, Christoph.« Mehr brachte sie nicht raus, nicht in Haukes Gegenwart. »Komm rein. Ich freue mich so, dass du da bist.«

Ihre Augen suchten die seinen, doch Christoph schaute sie gar nicht an. Sein Blick war zuerst auf Amy, dann auf Hauke gerichtet und der Ausdruck schien genauso feindselig zu sein wie damals in jenem Sommer, als es ihr gerade noch gelungen war, eine Schlägerei zwischen den beiden zu verhindern.

Jetzt zog Christoph die rote Wollmütze von seinem Kopf und sie sah, dass er beim Frisör gewesen war. Überhaupt war er schmaler geworden, erinnerte mehr an den Jungen von damals. »Okay, ich will auch gar nicht stören. Mein Beileid, Marit. Das ist wirklich furchtbar.« Er gab ihr die Hand, ganz förmlich. Dann nickte er Hauke zu und ging. Auf dem Rasen blieb er noch einmal stehen, bückte sich und kraulte Amy zwischen den Ohren. »Süß.«

Und dann setzte er seinen Weg fort, mit großen, entschlossenen Schritten, so als könnte nichts und niemand ihn aufhalten, und sie wäre ihm am liebsten hinterhergelaufen, notfalls auch barfuß. Hauke schien das zu spüren. Seine Hände legten sich wie zwei Eisenklammern auf ihre Schultern. *Ich bin nicht dein Eigentum*, ärgerte sie sich und musste sich zwingen, die Hände nicht fortzuschlagen. Aber vielleicht hatte Hauke auch recht und sie würde sich lächerlich machen, wenn sie Christoph verfolgte, ohne Schuhe und im Morgenmantel an diesem kalten Januarmorgen. Und doch konnte sie nicht aushalten, dass er einfach wieder verschwand. »Christoph, wo wohnst du denn?«, schrie sie, und ihr fiel selbst auf, wie hysterisch das klang.

Er blieb stehen. »Im *Weißen Haus*.«

»Das ist doch Quatsch, du nimmst natürlich das Apartment im *Möwennest*. Es ist frei. Komm, hol deine Sachen.«

»Lass nur, ich bleibe, wo ich bin. Ist ganz gemütlich.« Er drehte sich um und setzte seinen Weg fort.

»Marit?« Hauke wirkte ungeduldig, vielleicht sogar wütend. »Komm rein, du erkältest dich. Amy, und du kommst her.« Es klang so böse, dass die Hündin, die gerade noch überlegt hatte, dem fremden Mann zu folgen, augenblicklich gehorchte. Im Flur versperrte Hauke Marit den Weg zur Treppe. »Stehst du noch in Verbindung mit Christoph? Warum war er dann nicht hier, gestern, auf der Beerdigung?«

Sie versuchte, ruhig zu bleiben. »Nein, wir stehen nicht in Verbindung. Du fragst, warum er nicht auf der Beerdigung war?« Ihr Lachen klang rau. »Was hätten die Leute wohl gesagt. Ihr glaubt doch alle, dass er an Papas Tod schuld ist.« Sie zog den Morgenmantel noch enger um ihren Körper. »Sei nicht böse, aber ich wäre jetzt gern allein.« Vielleicht war das gemein, undankbar, aber sie konnte Haukes Anwesenheit nicht eine Minute länger ertragen. Wenn er nicht gewesen wäre, würde sie jetzt mit Christoph in der Küche sitzen.

Als Hauke fort war – er hatte die ganze Zeit auf ein Zeichen, ein Wort von ihr gewartet, das konnte sie in seinem Gesicht lesen, aber sie war nicht dazu in der Lage – schloss Marit erleichtert die Tür. Gestern Abend hatte Hauke ihr den Grappa eingeschenkt, ein Glas nach dem anderen, weil sie das angeblich nach der Beerdigung brauchen würde. Ein Mädchen betrunken machen, das war der älteste Trick der Welt. Aber sie war ja längst kein Mädchen mehr, das seine Unschuld verlieren konnte, und er hatte die Situation auch nicht ausgenutzt. Trotzdem hatte er hier übernachtet und Christoph musste jetzt das Falsche denken.

Marit duschte, zog Jeans und ein erdbeerrotes Shirt an. In ihrem Magen rumorte es, sie spürte leichte Übelkeit, das war die Strafe für den Grappa, sie wollte gar nicht nachrechnen, wie viel sie davon getrunken hatte. Statt Kaffee kochte sie einen dünnen Roibostee, der fast durchsichtig war und nach nichts schmeckte, aber das schien heute gerade richtig. Ob sie einen langen Spaziergang mit Amy machen sollte, damit sie den Kopf wieder freibekam? Und auf dem Rückweg, wenn sie sich beruhigt hatte, konnte sie zu Christoph gehen. Ja, das hörte sich an wie ein guter Plan. Aber vorher musste Amy noch mal mit dem Garten vorliebnehmen. Marit öffnete die Hintertür und die braune Hündin rannte übermütig ins Freie. Marit folgte ihr langsam.

Wie trostlos das Grundstück im Januar aussah! Einzig die Rhododendren mit den im Winter zusammengeklappten

Blättern und das angewelkte Graugrün des Salbeis in der ansonsten leeren Kräuterspirale sorgten für ein wenig Farbe. Die Ligusterhecke, die den Garten im Sommerhalbjahr vor allen neugierigen Blicken verbarg, hatte das Laub verloren und die blattlosen Bäume wirkten irgendwie mutlos. Auf den rot gepflasterten Gartenwegen stand Wasser, vermutlich hatte es die ganze Nacht geregnet, sie erinnerte sich undeutlich an das gleichmäßige Geräusch der Tropfen an ihrer Fensterscheibe. Die Tür der Werkstatt war nur angelehnt. Hatte sie etwa vergessen abzuschließen? Sie oder Jochen Brinkmann, der vor zwei Tagen die Torfbrandklinker gelegt hatte? Aber dann fiel ihr Blick auf den Boden und sie erkannte, dass jemand sich am Fußboden zu schaffen gemacht hatte. Genau an der Stelle, wo Brinkmann die Dose mit den Papieren gefunden hatte, waren ein paar Steine aufgenommen und die dünne Sandschicht beiseitejgekratzt. Dann war der Eindringling auf die Betonplatte gestoßen und hatte wohl begriffen, dass die Papiere nicht mehr an ihrem Platz lagen. Marits Magen, der sich gerade beruhigt hatte, bäumte sich auf, Magensaft stieg hoch und sie presste die Hand auf den Mund, stolperte rückwärts und erbrach sich auf dem nassen Rasen. Sie herrschte Amy an, die sich für ihr Erbrochenes interessierte, und schippte den Rest Maurersand, der vom Pflastern übrig geblieben war, darüber, dann zog sie die Hündin am Halsband ins Haus.

Kaum fünf Minuten später hetzte Marit Hansen durch die Peterstraße, neben ihr hüpfte aufgeregt Amy, begeistert von dem ungewohnten Tempo. Das *Weiße Haus* war eines der ältesten Hotels auf der Insel, dennoch hatte Marit es noch nie betreten. Das, was sie sah, hätte ihr bei einer anderen Gelegenheit gut gefallen. Decke und Wände waren vertäfelt mit dunklem Holz, das einen deutlichen Rotstich aufwies, Mahagoni vielleicht. Auf dem Teppich war es Herbst, das wilde Blattmuster in Braun, Grün und Goldtönen vermittelte Wärme und eine angenehme Gediegenheit. An den Wänden verstreuten goldene Lampen mit elfenbeinfarbenen Schirmen dezentes Licht. Vornehm, dachte sie, und dass die Frau an der Rezeption nicht in diese Umgebung passte. Ihr blondiertes Haar wirkte strohig und sie sah aus, als käme sie direkt aus einem Karibikurlaub, doch die übertriebene Bräune stammte aus dem Sonnenstudio, darauf hätte Marit jederzeit gewettet. Das weiße Shirt der Blondine war so eng, dass es ihren beträchtlichen Busen auf eine aggressive Art betonte. Obwohl sie recht gewöhnlich aussah, strahlte die Frau eine unglaubliche Arroganz aus. »Guten Tag.« Es klang, als hätte sie gesagt: *Was wollen Sie denn hier?*

»Ich würde gern mit Christoph Schneyder sprechen. Die Zimmernummer weiß ich nicht.« Marit schnappte nach Luft, kein Wunder, war sie doch den ganzen Weg gerannt.

Die Frau strich das Haar hinter die Ohren und lächelte freundlich, aber auch herablassend. Okay, Amy setzte sich erst nach der dritten Aufforderung hin, Marits Regenjacke hatte schon bessere Zeiten gesehen und die gelben Gummistiefel hinterließen feuchte Abdrücke auf dem Herbstlaubteppich. Aber war das ein Grund, sie anzuschauen, als wäre sie eine nasse Katze, die vor die Tür gehörte?

»Herr Schneyder, sagten Sie? Ich versuche es.« Hände mit langen falschen Nägeln griffen nach dem Telefon und tippten die Nummer ein, Marit konnte das Freizeichen hören, aber niemand nahm ab. »Tut mir leid, aber Herr Schneyder ist zurzeit nicht im Haus.« Es klang triumphierend.

»Schade.« Ihre Gestalt straffte sich. »Dann würde ich ihm gern eine Nachricht hinterlassen. Haben Sie etwas zu schreiben für mich?«

»Selbstverständlich.« Mit einem angedeuteten Lächeln schob die Blondine ihr einen Block mit dem Emblem des Hotels zu und sie schrieb: *Lieber Christoph, komm bitte, bitte vorbei, ich warte auf dich, Marit.* Sie faltete die Nachricht zusammen und wusste im selben Moment, dass diese Frau ihre Worte lesen würde, sobald sie das Hotel verließ.

Inzwischen hatte erneut Regen eingesetzt. Wo konnte Christoph sich bei diesem Schweinewetter aufhalten? Da ging doch keiner freiwillig vor die Tür. Sie selbst jedenfalls würde jetzt nach Hause zurückkehren, sich eine große Kanne Tee kochen und warten.

Er kam nicht. Nadira rief an und fragte, wie es ihr ginge. Hauke meldete sich und war so unverändert freundlich am Telefon, als hätte sie ihn nicht heute früh vor dir Tür gesetzt. Aber Marit wollte keinen sehen, nur Christoph.

Am Nachmittag klarte es auf. Rita Töbkes kam vorbei, sie redeten ein bisschen, dann leinten sie Amy an und gingen gemeinsam durch die Dünen zum Friedhof. Am Tor verabschiedete Rita sich. Sie hasste Friedhöfe und hatte ihren Focko auf See bestatten lassen. »Dabei konnte er nicht mal schwimmen«, kicherte sie. »Aber das Meer hat er schon geliebt. Aus der Ferne. Ich geh nach Hause. Cooper wartet. Wenn was ist, rufst du mich einfach an.« Cooper hieß Ritas himmelblauer Wellensittich. Er verdankte seinen Namen Alice Cooper, dem alten Rockveteran, der jetzt Werbung für Saturn machte. Rita liebte diesen Werbespot. Sie kriegte jedes Mal Stielaugen, wenn Alice Cooper sein Faltengsicht in die Kamera hielt.

Marit wartete, bis Rita nicht mehr zu sehen war, dann näherte sie sich zögernd dem Grab ihrer Mutter. Der Friedhofsgärtner hatte die vielen Kränze auf die Grabstelle gelegt, und für einen kurzen, verrückten Moment wollte sie loslaufen und die Kränze zur Seite reißen, damit ihre lungenkranke Mutter nicht unter der Last ersticken musste. Ihr eigener Kranz, sie hatte rote Rosen ausgewählt, lag zuoberst. *Für meine geliebte Mutter, in ewiger Dankbarkeit, Marit*, stand auf der Schleife. So etwas hatte eine gute Tochter zu sagen. *Hoffentlich findest du jetzt deinen Frieden*, wäre passender gewesen, aber wer außer Marit hätte das verstanden.

»Verzeih mir, dass ich nicht geduldiger mit dir war«, flüsterte sie. »Ich hoffe, dass es dir jetzt sehr viel besser geht. Und dass du deinen geliebten Johann wiedergetroffen hast. Vielleicht gibt es ja wirklich einen Himmel.« Sie schluchzte leise. Als sie aufschaute, blickte sie direkt in das neugierige Gesicht von Frerk Möbius. Das Grab seiner Elfriede lag neben dem ihrer Mutter. Sie nickte kurz und machte sich eilig auf den Heimweg.

Für den Rest des Tages saß sie der Küche, las Zeitung, löste ein Kreuzworträtsel, bürstete den Hund, brachte die Haare raus auf dem Komposthaufen und wartete. Um viertel nach neun musste sie einsehen, dass Christoph nicht mehr kommen würde. Vielleicht war er ja längst wieder abgereist, so wie im Oktober. Oder die eingebildete Pute an der Rezeption hatte ihm den Zettel gar nicht gegeben. Dieser Gedanke ließ sie nicht mehr los. Ja, so musste es sein, Christoph hatte keine Ahnung, dass sie hier auf ihn wartete. Marit beschloss, noch einmal zum Hotel zu laufen, ein letztes Mal, und sie nahm in Kauf, sich lächerlich zu machen.

Schneyder lag mit verschränkten Armen im Bett und starrte auf den Fernseher, ohne das, was dort passierte, wirklich zu sehen. Was war er doch für ein Idiot. Lief einem siebzehn Jahre alten Hirngespinst hinterher. Marit war mit Hauke zusammen, da hätte er auch von selbst draufkommen können. Sogar einen Hund hatten sie sich angeschafft. Ein gemeinsamer Hund, das schien fast so bedeutsam wie ein gemeinsames Kind. Marit und Hauke. Vor seinem Auge tauchte ein schlaksiger rothaariger Junge auf, der Sohn des Inselpolizisten. Als Kinder hatten sie oft miteinander gespielt. Als sie älter wurden und sich für Mädchen interessierten, wurden sie zu Rivalen. Hauke war verliebt in Marit, er konnte nie die Augen von ihr lassen, aber sie wollte nur Christoph. Dafür hatte Hauke ihn gehasst. Ständig versuchte er, die anderen gegen Christoph Schneyder aufzuhetzen. Im *Treibsand*, am Badestrand, beim Volleyball, einmal ging Marit mit ausgebreiteten Armen dazwischen, um eine Schlägerei zu verhindern. Danach hatte er völlig verschissen bei den Inseljungs. Ein Weichei, das von seinem Mädchen beschützt werden musste. Das war kurz bevor er mit Johann Behrens zu dieser verhängnisvollen Angeltour aufgebrochen war.

Der Zettel, den die Frau an der Rezeption ihm vorhin gegeben hatte, lag zusammengeknüllt im Papierkorb. Ganz bestimmt würde er nicht in das Apartment ziehen, um das Glück der beiden aus nächster Nähe zu beobachten. Am besten reiste er morgen wieder ab. Vorhin war er um die ganze

Insel gelaufen, trotz Wind und Regen, und die körperliche Anstrengung, vielleicht auch die schneidend kalte Luft hatten ihm gutgetan, wenigstens einen Teil seiner Wut abgebaut. Gerade als er nach dem Mankell auf dem Nachttisch greifen wollte, bimmelte das Zimmertelefon. Zwanzig nach neun, welcher Idiot rief um diese Zeit an. »Schneyder?«

»Entschuldigen Sie die späte Störung, Herr Schneyder. Hier ist eine junge Frau, Marit Hansen, die möchte Sie unbedingt sprechen.«

»Heute Mittag habe ich bemerkt, dass jemand in den ehemaligen Stall eingebrochen ist. Und dieser Jemand hat nach der Dose gesucht. Die Steine waren genau an der Stelle aufgenommen, wo die Dose vergraben war. Aber dann ist er auf die Betonplatte gestoßen, die Jochen Brinkmann gegossen hat.«

Volltreffer. Eine eiskalte Hand umschloss Schneyders Herz. Umschloss das Herz und presste es ohne jede Gnade zusammen, immer enger, bis der Schmerz ihm die Luft nahm.

»Christoph, wer kann das gewesen sein?« Den Ausdruck in ihren Augen wusste er nicht zu deuten, Unsicherheit, Angst, Ratlosigkeit, ein wenig von allem und dann noch etwas, über das er nicht nachdenken wollte.

»Du hast doch gesagt, dass dein Vater seinerzeit selbst den Schuppen gepflastert hat. Wer außer ihm konnte von den Papieren wissen?«

»Niemand«, flüsterte sie eindringlich. »Wir hatten nie Handwerker im Haus. Papa hat immer alles allein gemacht.«

»Trotzdem muss jemand davon gewusst haben. Die Alternative wäre ja, dass er noch lebt und selbst die Papiere gesucht hat.« Plötzlich fiel ihm auf, dass der Mann hinter der Rezeption, der die Blondine abgelöst hatte, ständig herüberschaute. Ob er verstehen konnte, was sie miteinander redeten? »Wollen wir ein Stück laufen? Ich hole eben meine Jacke.« Als er zurückkam, saß Marit auf der kleinen Ledercouch im Foyer. Sie wirkte nervös, ihre Finger zupften kleine Wollfäden aus ihrem Schal, die sie auf den Boden fallen ließ, vermutlich merkte sie gar nicht, was sie da machte. Der Hund lag zu ihren Füßen und schlief.

»Komm«, sagte er und stieß die Tür nach draußen auf. Für einen Moment raubte die raue Luft ihm den Atem und Schneyder war nicht mehr sicher, ob er das Nordseeklima wirklich als angenehm empfand. In diesem Moment jedenfalls sehnte er sich nach dem milden Wetter in Köln, wo es nur selten so windig war. Immerhin regnete es nicht mehr.

Sie gingen nebeneinander her, ohne sich zu berühren, der Hund lief an einer langen Laufleine zwei oder drei Meter voraus. Außer dem allgegenwärtigen Rauschen des Meeres war nichts zu hören und Schneyder, der in der Großstadt lebte und seine Nächte auf der Straße verbrachte, fand die Stille unglaublich. Irgendwie wusste er, dass Marit genauso wie er darüber nachdachte, ihre Hand in seine zu schieben, aber keiner machte den Anfang. Und das war auch gut so, sollte sie doch mit Hauke Händchen halten, wenn sie das brauchte. Überhaupt, warum musste *er* sich diesen ganzen Scheiß anhören und nicht Hauke?

Gerade als er etwas Entsprechendes sagen wollte, blieb Marit stehen und legte den Kopf in den Nacken. »Guck mal, was für ein wunderbarer Sternenhimmel.«

Widerwillig hob er den Blick. Tatsächlich wirkte es, als hätte irgendjemand dort oben eine Handvoll zusätzlicher Sterne ausgestreut, es funkelte so hell, als wäre dies eine ganz besondere Nacht. War es aber nicht, jedenfalls nicht für Christoph Schneyder.

»Ob es da oben noch andere Lebewesen gibt?«, wollte Marit wissen.

»Das wäre doch logisch. Warum soll sich ausgerechnet hier, auf diesem kleinen unbedeutenden Planeten, Leben entwickelt haben und sonst nirgends. Vielleicht gibt es Daseinsformen, die wir uns gar nicht vorstellen können, so was wie reine Energie.«

»Glaubst du, dass es nach dem Tod irgendwie weitergeht? Ob meine Eltern noch irgendwo existieren, sich wiederbegegnet sind?«

»Bestimmt.« Er steckte seine kalten Hände in die Taschen seiner Jacke. »Hast du den Einbruch bei der Polizei angezeigt?«

»Nein.« Es klang erschrocken.

»Aber Hauke weiß davon.«

»Nein. Niemand weiß davon, nur du. Und dabei wird es auch bleiben. Ich möchte diesen Kommissar Rennrodt nicht eine Minute länger als nötig in meinem Haus haben.«

Erstaunlicherweise löste der Name Rennrodt etwas in ihm aus. Plötzlich wurde es ganz dunkel in seinem Kopf, als hätte jemand alle Sterne ausgeknipst. Und auf seine Lunge legte sich ein schwerer Druck. *Ganz ruhig atmen. Das ist alles ewig her,* dachte er. *Kein Grund zur Panik. Ein übereifriger Polizeibeamter, der seine Arbeit gemacht hat, mehr nicht. Bleib cool.*

Er hatte nicht auf den Weg geachtet und jetzt standen sie bereits vor dem alten Kapitänshaus. Drinnen brannte kein Licht. »Willst du noch mit rein?« Es klang hoffnungsvoll.

»Nein, es ist schon spät. Schlaf gut, Marit.« Er drehte sich um und ging, ohne sich noch einmal umzudrehen.

Da stand sie jetzt mit ihren Ängsten, ihren Träumen, ihrer Sehnsucht. *Ich kann ja Hauke anrufen, der kommt sofort,* dachte sie trotzig. Aber so abweisend wie Christoph sich benahm, hätte ihn das wahrscheinlich nicht mal gestört. Mit Christoph war es aus und vorbei, das musste sie wohl endlich akzeptieren.

Sie schickte Amy in ihr Körbchen und öffnete in der Küche eine Flasche Rotwein, schenkte sich ein Glas ein und versuchte zu lesen. *Im Schatten des Windes* von Carlos Ruiz Zafón. Nadira hatte ihr das Buch empfohlen. Aber Marit fand einfach keinen Einstieg in die Handlung. Sie war viel zu unruhig, kribbelig, fühlte sich wie ein Riese in einer Zwergenwohnung, der beim Atmen an die Zimmerdecke stieß. Der Versuch, sich mit Fernsehen abzulenken, scheiterte an dem schlechten Programm. An Schlaf war nicht zu denken und so entschied sie sich, noch ein bisschen durch die Dunkelheit zu laufen. Amy wirkte ein bisschen irritiert, aber sie hatte nichts gegen einen weiteren Spaziergang einzuwenden. Ganz von selbst schlug Marit den schmalen Pfad durch die Dünen zum Friedhof ein. Es war kurz vor zehn und in den meisten Häusern brannte kein Licht mehr. Dafür gab der Sternenhimmel sein Bestes. Vielleicht befanden sich ihre Eltern jetzt wirklich irgendwo da oben, lebten als feinstoffliche Wesen weiter, so nannte man das doch, und das Sternenfunkeln war ein Zeichen, *mach dir keine Sorgen Marit, alles ist gut.*

Sonntag, 23. Januar 2011

Er hatte von diesem Rennrodt geträumt. Sie saßen sich auf dem alten Kutter gegenüber und die Wellen schlugen mit aller Wucht gegen die Außenwand des Bootes. Es hörte sich an, als ob jemand mit einem Hammer Löcher in das Holz schlug. Schneyder weinte verzweifelt, weil Rennrodt ihn für einen Mörder hielt.

Gegen Mittag erwachte er von seinem eigenen Schluchzen. Das war schon lange nicht mehr passiert und doch nicht fremd. Er beschloss zu duschen und dann seine Sachen zu packen. Hier auf Wangerooge würde er nie zur Ruhe kommen. Alles hier machte ihn krank, das Wetter, die Leute und vor allem Marit. Er konnte sie nicht ansehen, ohne dass sein Herz verrückt spielte. Er duschte und stellte sich vor, dass es ihre Hand war, die ihn einseifte.

Als er später in seine Sachen schlüpfte, fiel ihm etwas ein. Zuerst wollte er nur anrufen, aber dann beschloss er, nach dem Frühstück noch mal zum Kapitänshaus zu laufen. Bei der Gelegenheit konnte er sich gleich von Marit verabschieden und ihr viel Glück für die Zukunft wünschen.

Von der Blondine, die ihn entfernt an Luna erinnerte, erfuhr er, dass das Frühstücksbüffet längst abgeräumt war. Er musste sich mit einem Latte Macchiato und einem trockenen Keks begnügen. An diesem Sonntag fuhren zwei Fähren. Für die

Erste war es schon zu spät, für die Zweite musste er um sechzehn Uhr am Bahnhof stehen. Bis dahin blieb noch jede Menge Zeit. Ganz unerwartet schien die Sonne und es war nahezu windstill, ideales Laufwetter also, warum sollte er das nicht nutzen, immerhin war dies sein erster Urlaub seit Langem.

Schneyder zog seine Sportsachen an, die Softshelljacke war noch ein bisschen klamm von gestern, aber das würde unterwegs schon trocknen. Er lief Richtung Ostende, am Anfang noch langsam, um die Muskeln aufzuwärmen, aber bald schon nahm er sein gewohntes Tempo auf und das vertraute Gefühl von Freiheit stellte sich ein. Nichts zählte, nur der Rhythmus, die Länge der Schritte, das gleichmäßige Atmen, der Sauerstoff, der in seiner Lunge prickelte. Flughafen, Sportplatz, Golfplatz, er lief immer weiter, verließ den gepflasterten Weg und joggte über den Strand. Die Flut hatte im Sand ein Wellenmuster hinterlassen, ein Relief, das er durch die Sohlen der Laufschuhe deutlich fühlen konnte. Früher war hier die Inselbahn gefahren, man konnte noch die Reste der Holzpfähle sehen, die die Schienen getragen hatten und Schneyder musste sich konzentrieren, um nicht zu stolpern. Unglaublich, aber er traf keinen anderen Menschen, der ganze Strand gehörte ihm allein. An der Spitze der Insel entdeckte er zwei Seehunde. Als Junge hätte er sich darüber gefreut. Schneyder machte einen großen Bogen und lief die gleiche Strecke zurück und weiter Richtung Westen bis zum anderen Inselende, wo das Westdorf mit dem Westturm lag. Er fühlte sich wie eine Maschine, deren Motor gleichmäßig schnurrte, einfach perfekt, immer dieselben Bewegungen in immer derselben Zeit. Unterwegs änderte sich die Landschaft. Links vom Weg lagen die Bombenkrater, die jetzt mit Wasser gefüllt waren, und überall sah er Wolken aus Besenheide, um diese Zeit torfbraun gefärbt. Darin standen lehmgelbe Büschel von Gras, vielleicht auch Strandhafer, dann wieder gab es Inseln aus Moos, die in der Wintersonne grün aufleuchteten, und abseits standen ein paar Kiefern und Sanddornbüsche. Ein Fasan flog auf und Schneyder entdeckte einen Raubvogel, der mit rüttelnden Flügelschlägen in der

Luft stand, ein Turmfalke vermutlich, aber so ganz genau kannte er sich da nicht aus. So viel Weite, dachte er, keine Menschenseele weit und breit. Die einzigen Geräusche waren das entfernte Meeresrauschen von der ablandigen Seite der Insel und das Rufen der Austernfischer. Vielleicht sollte er doch länger bleiben, vielleicht war das hier genau das Richtige für seine kranke Seele.

Auf dem Rückweg verschnaufte er in einem Unterstand aus Holz, um sich die Nase zu putzen, und las ein paar der Schnitzereien. *Franz, Brigitte, Michaela. I was here, gez. Linda. 15.07.94.* 1994, wie lange das her war. Ein Jahr zuvor war sein ganzes Leben in Stücke zerbrochen, seither fühlte er sich wie ein emotionaler Krüppel, seine Gefühle waren flach und stumpf und taugten nicht mehr für das, was andere Leute Liebe nannten. Es gab nichts, das ihn wirklich berührte, nichts und niemanden. Er legte den Kopf in den Nacken, schaute in den strahlend blauen Winterhimmel, hob die Faust und brüllte: »Scheiße, warum gerade ich?«

Einmal stehen geblieben, fand er nicht mehr in den richtigen Laufrhythmus zurück. Die Pause hätte er sich sparen können, genau wie den ganzen Urlaub. Vom Weg zum Westen lief er über einen Dünenpfad zur Straße Am Wattenmeer. Seltsam, dass er nach all den Jahren noch den Weg wusste. Die Pforte war nur angelehnt, vielleicht ein Zeichen, dass Marit gar nicht zu Hause war. Er klingelte trotzdem.

Immerhin freute der Hund sich, ihn zu sehen. Er sprang um seine Beine und gab fiepende Geräusche von sich. Marit trug Jeans und einen blauen Pullover mit einem passenden Schal, so riesig, dass sie beinahe darin verschwand. Ihr Haar hatte sie mit einer Spange am Hinterkopf zusammengefasst. Statt einer Begrüßung sagte sie: »Mein Vater lebt. Ich habe ihn gestern Abend gesehen.«

So ähnlich musste es ich anfühlen, wenn man ungebremst in ein anderes Fahrzeug rauschte. »Unmöglich. Du musst dich irren.«

Aber Marit schüttelte den Kopf. »Ganz bestimmt nicht. Du weißt doch, wie Papa das linke Bein nachgezogen hat.«

Ja, wie hätte er das vergessen können.

»Und wenn er es eilig hatte, hat er sich immer so komisch nach vorn gelehnt, als würde er gegen den Wind laufen.«

Schneyder schloss die Augen und sah Behrens vor sich, wie er mit vorgebeugtem Oberkörper zum Jachthafen hinkte. *Komm, Junge, wir haben es eilig.*

»Siehst du. So geht kein anderer. Ich habe ihn gesehen. Gestern Nacht.« Sie ließ eine kleine Pause. »Ich bin um kurz vor zehn noch zum Friedhof gegangen und da stand er vor Mamas Grab. Als ich näher kam, ist er davongelaufen. Ich bin hinterher und hab ›Papa‹ gerufen, immer wieder, vermutlich war ich total hysterisch, jedenfalls ist Amy schier ausgeflippt, hat wie irre gebellt und an der Leine gezogen und ich bin gestolpert und hab mich langgelegt. Als ich mich wieder hochgerappelt hatte, war mein Vater wie vom Erdboden verschluckt.« Ihre Hände krochen aus den Pulloverärmeln, die Finger kneteten die blaue Wolle. »Sag mir bitte, was das bedeutet.«

Fassungslos schnappte Schneyder nach Luft. »Das ist unmöglich. Du musst dich geirrt haben.«

»Nein. Ich irre mich nicht. Seine Haare sind ganz weiß geworden, aber es war mein Vater, Johann Behrens, dafür lege ich meine Hand ins Feuer. Er stand an Mamas Grab und hat Blumen hingelegt, rote Rosen. Als er meine Stimme gehört hat, ist er fortgelaufen.«

»Wenn das stimmt, musst du sofort zur Polizei.« Etwas anderes fiel Schneyder nicht ein.

»Auf keinen Fall. Nicht, solange ich nicht verstehe, was hier vor sich geht.« Entschlossen schaute sie ihn an. »Ich gehe heute Nacht noch mal hin, um die gleiche Zeit, zweiundzwanzig Uhr. Ohne Hund. Ich habe das Gefühl, dass er auch da sein wird.«

»Aber nicht allein. Ich begleite dich.« Jeden anderen Menschen hätte Schneyder lieber nachts auf einem Friedhof getroffen als Johann Behrens, dieses Gespenst aus seiner Vergangenheit. Aber wenn Behrens noch lebte, wollte er das mit eigenen Augen sehen.

»Wirklich?« Ihre blauen Augen leuchteten auf, aber schon senkte sie den Blick.

»Wirklich. Eigentlich bin ich gekommen, weil mir noch etwas eingefallen ist. Was ist mit diesem Arbeiter? Kannte er den Inhalt der Dose?«

»Keine Ahnung. Ich glaube aber nicht. Jochen Brinkmann ist ein grundehrlicher Mensch. Der hat mir die Dose so übergeben, wie er sie gefunden hat. Die Plastiktüte, in der sie steckte, war von außen voller Dreck und Sand, ganz schwarz und moderig. Das Gummiband ist regelrecht zerfallen, als ich es entfernen wollte. Nein, er hat den Inhalt der Dose nicht gesehen. Da bin ich sicher.«

»Hat er gefragt, was in der Dose war?«

Sie schüttelte den Kopf. »Nein. Jochen ist nicht nur ehrlich, er ist auch sehr höflich.«

»Außerdem vermögend und gut aussehend«, sagte er scherzhaft.

»Und verheiratet. Magst du einen Kaffee?« Sie lächelte, zum ersten Mal, seit er angekommen war.

»Gern. Aber zuerst muss ich ins Hotel, duschen und die Klamotten wechseln. Wie du siehst, komme ich direkt vom Laufen. Sagen wir in einer halben Stunde? Ich habe noch nicht gefrühstückt.«

Ein Blick auf die Uhr ließ sie auflachen. »Um halb zwei? Aber weißt du was, ich habe auch noch nichts gegessen. Okay, du gehst duschen und ich mach uns Frühstück.« Entschlossen krempelte sie die Ärmel des Pullovers hoch.

Er schaffte es in fünfundzwanzig Minuten. Die Brötchen waren fertig, der Kaffee ebenfalls. Auch Marit hatte geduscht, jedenfalls waren ihre Haare noch feucht und sie trug jetzt schwarze Strumpfhosen und ein rotes Kleid, das ziemlich kurz war. Er musste sich zwingen, nicht ständig auf ihre Beine zu starren und sich dabei vorzustellen, sie auf seinen Schoß zu ziehen.

»Du kannst den Tisch decken, Geschirr ist in dem Schrank mit der Glastür, Besteck in der obersten Schublade.«

Gehorsam stellte Schneyder zwei Teller und zwei getöpferte Becher auf die weiße Marmorplatte des kleinen, quadratischen Küchentisches. Die Porzellangriffe der Löffel und Messer waren mit winzigen aufgemalten Muscheln verziert. »Hast du das gemacht?« Er hielt eines der Messer hoch.

Sie nickte. »Hat Spaß gemacht, aber eine Ewigkeit gedauert. Ich musste mit einem Vergrößerungsglas arbeiten.«

»Verkaufst du die auch?«

»Nein. Die vielen Stunden kann mir keiner bezahlen.« Sie ließ Fett in einer gusseisernen Pfanne aus, schlug sechs Eier in eine Schüssel und verquirlte sie mit einem Schuss Mineralwasser, Pfeffer und Salz. Sie hielt die Hand fünf Zentimeter über den Pfannenboden, schüttelte den Kopf, goss den Kaffee auf, probierte wieder, ob die Pfanne heiß genug war, nickte und schüttelte langsam die Eiermasse hinein, rührte einmal um, stellte den Herd ab und zog die Pfanne zur Seite.

Während des Frühstücks sprachen sie kein Wort über Marits Vater. Überhaupt redeten sie nur Belangloses, über das Wetter, über Marits Arbeit. Er fragte, seit wann sie wieder einen Hund hätte.

»Seit November. Ich hab mir gedacht, wenn Mama stirbt, bin ich plötzlich ganz allein. Und das wollte ich nicht.«

Von Hauke sagte sie kein Wort und er würde das Thema auch nicht anschneiden. Gemeinsam räumten sie das Geschirr zusammen und trugen es rüber zur Spüle, dabei stellte er fest, dass sie nach Vanille roch. Am liebsten hätte er sie festgehalten und sein Gesicht in ihrem Haar versenkt.

»Auf jeden Fall habe ich jetzt keine Angst mehr«, sagte Marit. »Ich glaube, dass Papa hier war und die Dose mit den Papieren holen wollte. Und ich werde ihn heute Nacht fragen, was das alles zu bedeuten hat.«

»Übrigens muss ich dir noch was erzählen.« Schneyder berichtete von seinem Besuch in Bremen. »Aber dieser Klaus Märker hat nicht gehinkt, ich hab extra gefragt.«

»Und er ist ertrunken, wie mein Vater?«

»Der aber in Wirklichkeit gar nicht ertrunken ist«, sagte

Schneyder nachdenklich. »Wenn dein Vater 1993 nicht ertrunken ist, dann hat er seinen Tod bewusst vorgetäuscht. Warum? Und wer hat ihm dabei geholfen? Er ist doch garantiert nicht zum Festland geschwommen. Oder war er so ein guter Sportler?«

Irritiert schüttelte sie den Kopf. »Nein. Er hatte doch die Sache mit dem Bein, diese alte Verletzung.«

Genau das wollte Schneyder hören. »Dann muss er einen Helfer gehabt haben. Einen, der ihn aus der See gefischt hat.«

Sie zupfte an ihren feuchten Haarspitzen und krauste die Stirn. »Und wer sollte das gewesen sein?«

»Keine Ahnung. Mit wem war er befreundet?«

»Hier auf der Insel? Mit allen ein bisschen und mit keinem wirklich. Papa war ein Einzelgänger, der keinen nahe rankommen ließ.«

»Irgendwie kommt mir das alles so verrückt vor. Warum soll einer seinen Tod vortäuschen? Ich meine, er hätte euch doch einfach verlassen können. So was passiert schließlich alle Tage.«

»Ich weiß es nicht. Für mich hört sich das wie ein Krimi an. Aber Papa war doch kein Verbrecher. Er hatte nichts zu verbergen. Keine Feinde.«

»Nichts zu verbergen? Und was ist mit diesen Ausweispapieren? Wenn Johann Behrens tatsächlich nicht sein wirklicher Name war?« Urplötzlich brodelte in ihm eine unbändige Wut. »Dann hat der Scheißkerl mich nach Strich und Faden verarscht. Hast du eine Ahnung, wie ich mich damals gefühlt habe? Heute noch fühle? Dass ich nicht mehr im Dunkeln schlafen kann? Dass ich wegen ständiger Panikattacken meine Stelle als Assistenzarzt kündigen musste? Wenn das stimmt, Marit, bring ich den Typ eigenhändig um. Diesmal aber wirklich.«

Erschrocken riss sie die Augen auf. »Rede doch nicht so, Christoph. Du bringst niemanden um. Und mein Vater ist kein Scheißkerl. Wenn er wirklich seinen Tod vorgetäuscht hat, dann gab es einen schwerwiegenden Grund.«

»Ach ja?« Wütend sprang er auf, hinter ihm polterte der

Stuhl auf den Boden, was Amy dazu veranlasste, wild bellend um den Tisch zu hüpfen. »Dann ist es ja gut. Scheiße, die Fähre schaffe ich nicht mehr. Wann, sagtest du, geht morgen die erste Fähre?«

»Ach, willst du schon wieder weglaufen? Bitte, tu dir keinen Zwang an, ich kann auch allein zum Friedhof gehen. Glaub bloß nicht, dass ich einen Beschützer brauche.«

Schnaufend atmete er aus, bückte sich und hob den Stuhl auf. »Wie weit war dein Vater gestern Nacht eigentlich entfernt?«

»Fünfzig Meter? Fünfundsiebzig? Hundert? Ich kann keine Entfernungen schätzen.«

»Und es war stockdunkel?«

»Ja, bis auf den Schein meiner Taschenlampe.«

Unter diesen Umständen sah Marits Geschichte schon ein bisschen anders aus. »Wie kannst du dann so sicher sein, dass du gestern deinen Vater gesehen hast?«

»Wer soll da sonst gestanden haben, mitten in der Nacht an Mamas Grab?« Trotzig schob sie die Unterlippe vor.

»Jemand mit einer weiße Mütze zum Beispiel. Jemand, der erschrocken war, weil du so laut gerufen hast.«

»Wer außer meinem Vater würde rote Rosen auf ihr Grab legen?«

»Was weiß ich. Vielleicht ein alter Verehrer deiner Mutter. Kannst du das wirklich ausschließen?«

Konnte sie nicht, jedenfalls senkte sie den Blick und begann, mit dem Zeigefinger Muster auf den Tisch zu malen. »Hm. Aber er hat ein Bein nachgezogen. Und er lief nach vorn geneigt, wie Papa.«

»Hast du das wirklich gesehen oder wolltest du das sehen? Könntest du das vor Gericht beeiden?«

Es war ihm gelungen, sie zu verunsichern. Hilflos zuckte sie mit den Schultern.

Als Christoph fort war, räumte Marit die Küche auf, dann öffnete sie das kleine Büro unter der Treppe und fuhr den Computer hoch. Es waren einige Anfragen bezüglich der

Ferienwohnungen aufgelaufen, die sie beantworten musste. Dass sie in den letzten beiden Jahren alle acht Wohnungen renoviert hatte, übrigens gegen den Willen ihrer Mutter, die das unnötig fand, machte sich längst bezahlt. Für den Sommer waren die Wohnungen bereits so gut wie ausgebucht und in den Herbstferien gab es nur noch wenige freie Kapazitäten. Der Januar war zum Glück ein ruhiger Monat, der Februar ebenfalls, aber im März ging die Saison wieder los. März ... wie ihr Leben dann wohl aussehen würde?

Marit schaltete den PC aus. Immer wieder musste sie an die letzte Nacht denken, an den kurzen Moment auf dem Friedhof. Beim Anblick ihres Vaters hatte sie sich wie ein kleines Mädchen gefühlt, ein Mädchen, das sich verlaufen hatte und plötzlich den Vater sah und wusste, jetzt wird alles wieder gut. Schon auf dem Heimweg war ihr klargeworden, dass nichts gut wurde, jedenfalls vorläufig nicht. Offensichtlich war ihr Vater sehr bewusst aus ihrem Leben verschwunden, warum auch immer. Und er war auch nicht bereit, mit ihr zu reden, irgendetwas zu erklären.

Und jetzt hatten Christophs Worte sie völlig verunsichert. Konnte sie wirklich beschwören, dass die Gestalt auf dem dunklen Friedhof Johann Behrens gewesen war? Vor wenigen Stunden noch hatte sie sich sehnlich gewünscht, dass ihr Vater lebte. Jetzt hoffte sie beinahe auf das Gegenteil, denn falls er wirklich am Leben war, musste eine dunkle, unheimliche Geschichte dahinterstecken, eine Geschichte, von der sie am liebsten gar nichts wissen wollte. Dann allerdings stellte sich die Frage, wen sie gesehen hatte und ob dieser Unbekannte es bewusst darauf anlegte, wie Johann Behrens auszusehen. Aber warum? Beim besten Willen fiel ihr kein Grund dafür ein.

Im Wohnzimmer legte sie die neue Scheibe von Amy MacDonald in den Player. Es klingelte. In der Erwartung, dass Christoph früher kam, riss sie die Tür auf und schaute in Brunhilde Kuhlmanns Gesicht. »Hallo, Marit, ich dachte, ich schaue mal vorbei. Wie geht es dir? Warst du schon auf dem Friedhof? Wenn du willst, gehen wir zusammen hin. Heute scheint ja endlich mal wieder die Sonne.« Den obligatorischen Kuchen hatte sie natürlich auch dabei.

»Das ist sehr lieb, Frau Kuhlmann. Aber ich erwarte Besuch. Vielleicht ein andermal?« Wenn das unhöflich war, sollte es ihr egal sein. Sie hatte jetzt absolut keine Energie für Smalltalk mit Haukes Mutter. Am liebsten würde sie schlafen, stundenlang schlafen und alles vergessen. Aber Marit wusste genau, dass sie viel zu unruhig war, und so ging sie mit Amy in den Garten und ließ die Labradorhündin Stöckchen apportieren.

Kurz vor acht schmierte sie sich eines der Brötchen, die vom Frühstück übrig geblieben waren, nahm den Teller mit ins Wohnzimmer und stellte den Fernsehapparat an. Im Ersten lief wie an fast jedem Sonntag ein *Tatort*, der leidlich spannend war, aber nicht aufregend genug, um sie wirklich zu fesseln. Immer wieder huschte ihr Blick zur Uhr. Halb zehn, hatte Christoph gesagt. Ob er wirklich kam? Um neun, die Fernsehkommissare kamen nicht so recht von der Stelle und Marit war es ohnehin egal, wer die junge Frau erdrosselt hatte, stellte sie die Flimmerkiste ab. Sie zog ihre Jacke an und lief mit Amy die Straße hinunter bis zu den Dünen und wieder zurück. Dann zog sie sich in ihrem Zimmer um. Skiunterwäsche, dicke Socken, eine schwarze Jeans, einen grobgestrickten Pullover, wenigstens würde sie nicht frieren. Im Flur betrachtete sie kritisch ihr Spiegelbild. Damals hatte Christoph gesagt, sie wäre das hübscheste Mädchen von allen. Ob er das immer noch fand? Wohl kaum. Jedenfalls benahm er sich nicht so. Er kommt sowieso nicht. Mach dich nicht verrückt, dachte sie und starrte durch das Küchenfenster auf die Straße.

Sie erkannte ihn sofort und vor Erleichterung stiegen ihr Tränen in die Augen. Es war doch nicht alles vorbei. Christophs rote Wollmütze schien im Licht der Straßenlaternen aufzuleuchten wie ein Zeichen.

Sie riss die Tür auf, als er gerade die Hand ausstreckte, um die Pforte zu öffnen.

Dann standen sie sich gegenüber und alles, was sie gern

gesagt hätte, blieb ungesagt. Sie brachte gerade mal »Ich dachte, du kommst nicht« heraus.

»Ich lasse dich doch nicht mitten in der Nacht allein auf dem Friedhof rumlaufen. Wer weiß, wen du gesehen hast. Gibt es vorher noch ein Glas Rotwein?« Er lächelte schief, bückte sich, um die begeisterte Hündin zu streicheln, und sie musste sich zusammenreißen, um nicht zu heulen.

»Na klar. Ein bisschen Mut kann ja nicht schaden.« In der Küche öffnete sie den letzten Rioja. Schon der Geruch verriet, dass die Flasche ein Korker war. Natürlich hatte das nichts zu bedeuten, sie war doch nicht abergläubisch, aber dennoch kroch eisige Kälte über ihren Rücken und sie stürzte zum Fenster und zog die Gardinen zu. Vielleicht sollte sie daheim bleiben, mit Christoph. Vielleicht sollten sie keine Gespenster jagen, sondern das tun, wovon sie seit siebzehn Jahren träumte. Aber nein, ob ihr Vater wirklich noch lebte, konnte sie nur dort herausfinden, zur selben Zeit am selben Ort. Es war wie eine geheime Verabredung. Wahrscheinlich hätte sie sogar ohne Christoph gehen sollen. Doch sie hatte Angst, Angst vor dem, was ihr Vater ihr sagen würde. Amy schaute sie kummervoll an, weil sie nicht mitdurfte.

Nach ein paar Metern war Marits Hand wie von selbst in Christophs gekrochen und jetzt lag sie dort fest und geborgen. Christoph schien ganz ruhig zu sein und das half ihr, die eigene Nervosität zu unterdrücken.

Von der Straße bogen sie in den schmalen Weg, der zum Friedhof führte. Der *Tatort* war inzwischen vorbei, bestimmt hatten die Fernsehkommissare den Mord am Ende aufgeklärt, im Fernsehen brauchten sie dafür ja nicht viel Zeit. In der Realität war ihre Mutter schon beerdigt und die Kripo wusste rein gar nichts. In den meisten Häusern löschte man das Licht. Sie kamen an den Schrebergärten vorbei, die jetzt im Winter leer standen. Bein ehemaligen Garten der Webers blieb sie stehen und murmelte: »Hier hat man meine Mutter gefunden.«

Christophs Hand glitt an ihrem Arm herauf, legte sich einen Moment auf ihre Schulter, wanderte weiter zu der anderen

Schulter und blieb dort liegen. »Das muss schrecklich sein für dich. Hat die Polizei schon irgendwas rausgefunden?«

Sie schüttelte den Kopf und wünschte sich, dass er sie küsste, jetzt und hier. Aber er ging weiter, ließ wenigstens die Hand auf ihrer Schulter. Dann standen sie vor der kleinen Kapelle. Christoph öffnete die Holzpforte zum Friedhof. »Und hier warst du gestern ganz allein?«, flüsterte er an ihrem Ohr. »Ganz schön mutig.«

Sie nickte, konnte es selbst kaum fassen, dass sie am Vorabend so furchtlos gewesen war. Immer dem Schein der Taschenlampe folgend, bewegten sie sich vorsichtig auf dem schmalen Pfaden zwischen den Gräbern. Die Grabstelle ihrer Mutter zu finden war nur möglich, weil Marit den Weg auch bei Tageslicht kannte. Von Weitem sah der Hügel aus Kränzen aus, als hätte sich ein großes Tier zum Schlafen hingelegt. Marit griff erneut nach Christophs Hand und wisperte: »Wir knipsen die Lampe aus und warten.«

Ein paar Minuten nachdem der kleine Lichtkegel erloschen war, hörten sie eilige Schritte aus Richtung der kleinen Pforte zu den Dünen und eine Männerstimme: »Das ist für Maria!« Es folgte ein helles Knallen, einmal, zweimal, dreimal, dann hörte Marit auf zu zählen.

»Runter! Da schießt einer!«, hatte Christoph beim ersten Geräusch geschrien und sie mit sich auf den Boden gerissen. Sie fühlte die kalte Erde an ihrem Gesicht und Christophs Körper über sich, hörte sein Keuchen und meinte, das Hämmern seines Herzens zu spüren, aber vielleicht war es auch ihre eigenes, das so laut und heftig klopfte. Wieder Schritte, dann war es still, so unheimlich still, als wäre das alles gar nicht passiert. Lange Zeit wagten sie nicht, sich zu bewegen.

»Bist du verletzt?«, wisperte Christoph schließlich in ihr Ohr. Sein Atem fühlte sich heiß an.

»Weiß nicht.« Mit geschlossenen Augen versuchte sie, ihren Körper zu erspüren, angefangen bei den Füßen, wie sie es mal beim Entspannungstraining gelernt hatte. Da war kein Schmerz, nur bleierne Kälte. »Ich glaube nicht.«

»Ich rutsche jetzt ganz langsam von dir runter. Und dann

kriechen wir zurück Richtung Kapelle. Wir bleiben so nah wie möglich am Boden, das ist sicherer. Vielleicht ist der Schütze noch in der Nähe.«

Sie drehte den Kopf nach oben, ihre Lippen fanden seine Wange. »Ich kann mich nicht rühren. Ich hab solche Angst. Lass uns lieber noch warten.«

»Okay.«

Als sie erneut eine Männerstimme hörten, diesmal kam sie aus Richtung der Friedhofskapelle, schluchzte Marit verzweifelt auf. Der Schütze war noch da, er wusste, dass sie noch lebten. Christoph wurde ganz schwer, als wollte er sie mit seinem Körpergewicht in den Boden drücken.

Aber dann verstand sie die Worte. »Nun machen Sie doch mal Licht, verdammt. Wie kommen Sie auf dieser Scheißinsel überhaupt ohne ein vernünftiges Equipment aus?« Das war eindeutig der Kommissar aus Wilhelmshaven. Und diesmal war Marit Hansen mehr als froh, seine Stimme zu hören.

In der Revierstube gab es heißen Tee. Rennrodt wollte den Inselarzt rufen, weil Marit Hansen aussah, als könnte sie jeden Moment umkippen. Aber sie hatte das strikt abgelehnt. Ihr genügte es völlig, die Hand von diesem Christoph Schneyder festzuhalten. Rennrodt hatte ihn sofort erkannt. Und noch etwas war ihm nicht entgangen, nämlich dass der Kollege Kuhlmann vor Wut kochte, oder wohl eher vor Eifersucht.

»Frau Hansen, wenn es Ihnen einigermaßen gut geht, könnten Sie uns vielleicht ein paar Fragen beantworten. Was wollten Sie mitten in der Nacht auf dem Friedhof?«

Sie warf Schneyder einen Blick zu, einen flehenden Blick, da war Rennrodt sicher, und dann sagte sie leise: »Ich hatte plötzlich den Drang, noch einmal das Grab meiner Mutter zu besuchen. Gestern war ich auch um diese Zeit dort. Keine Ahnung warum, vielleicht weil so spät abends keine anderen Menschen auf den Friedhof gehen. Tagsüber kommt es mir so vor, als ob alle mich anstarren. Das ist ein unangenehmes Gefühl.«

Selbstredend war es nicht verboten, nachts den Friedhof zu besuchen. In Wilhelmshaven gab es eine Gruppe von schwarz gekleideten Jugendlichen, die es absolut geil fanden, nach Mitternacht zwischen den Gräbern zu feiern. Trotzdem klang die Erklärung in Rennrodts Ohren reichlich dünn. »Waren Sie gestern Abend ganz allein dort? Fanden Sie das nicht unheimlich?«

»Ich war mit dem Hund unterwegs.«

»Kann es sein, dass noch jemand auf dem Friedhof war?«

»Keine Ahnung. Amy war ziemlich wild und ich habe mich vor allem mit ihr beschäftigt.«

»Was heißt wild? Hat sie gebellt? Vielleicht, weil Sie nicht allein dort waren?«

Sie zuckte mit den Schultern. »Glaub ich nicht, Amy ist erst sieben Monate alt und alles andere als ein Wachhund.«

»Trotzdem ist es vorstellbar, dass dort jemand stand. Möglicherweise hat der Hund ihn sogar vertrieben. Und dieser Jemand hat gehofft, dass sie auch am nächsten Abend das Grab ihrer Mutter besuchen, wieder zur gleichen Zeit. Er hat sie also erwartet. Ausschließen kann man das nicht.« Für einen kurzen Moment sah es aus, als hätte er sie erschreckt, aber dann zuckte Marit Hansen doch nur gleichmütig mit den Schultern.

»Glaub ich nicht.«

Rennrodt drehte sich zu Christoph Schneyder um. »Und Sie fanden es nicht seltsam, im Dunkeln zum Friedhof zu laufen?«

Schneyder verzog den Mund. »Sagen wir es mal so: Ich wollte Marit diesen Wunsch nicht abschlagen. Von selbst wäre ich nicht auf so eine Idee gekommen. Aber Marit zuliebe bin ich halt mitgegangen.« Er lächelte sie an. »Allerdings habe ich bestimmt nicht erwartet, dass hier nachts auf dem Friedhof rumgeballert wird.« Im Augenwinkel nahm Rennrodt wahr, dass Hauke Kuhlmann hektisch auf seiner Unterlippe kaute. *Marit zuliebe*, ja, das tat sicher weh.

»Okay, lassen wir das mal so im Raum stehen. Jetzt wüsste ich gern, was Sie gesehen haben.«

»Nichts«, sagten beide wie aus einem Mund.

»Gar nichts?«

»Nein«, sagte Marit Hansen fest. »Wir haben Schritte gehört und eine Männerstimme, dann fielen auch schon die Schüsse.«

»Eine Männerstimme? Was hat die gesagt?«

»Das konnten wir nicht verstehen.« Sie antwortete so schnell, dass Christoph Schneyder den Mund wieder schloss.

Schneyder hatte etwas anderes aussagen wollen, davon war Rennrodt überzeugt. Deshalb schaute er ihm direkt in die Augen. »Sie haben auch nichts verstanden? Kein einziges Wort?«

»Nichts. Im nächsten Moment knallte es ja auch schon. Und danach ... Wir haben uns auf den Boden geworfen, wir hatten Todesangst.«

»Du hast gerufen: Runter! Das schießt einer!«, fiel Marit Hansen ihm ins Wort.

»Echt? Daran kann ich mich gar nicht mehr erinnern. Auf jeden Fall haben wir schnelle Schritte gehört, als wenn einer wegläuft. Aber vorsichtshalber sind wir liegengeblieben. Wir wussten ja überhaupt nicht, ob der Schütze wirklich weg ist. Es war stockdunkel.«

»Sie sind also im Dunkeln zum Friedhof gelaufen.« Das konnte Rennrodt nicht glauben. »Wie haben Sie da überhaupt das Grab gefunden?«

Verlegen senkte Marit Hansen den Blick. »Nein, so war es nicht. Wir hatten eine Taschenlampe dabei. An Mamas Grab haben wir sie ausgeknipst, weil wir uns ... naja, das können Sie sich wohl denken. Dabei braucht man kein Licht.«

Scheinbar zufällig schaute Rennrodt auf den Kollegen von der Insel. Hauke Kuhlmann sah die junge Frau ungläubig an, erschrocken, vielleicht sogar angeekelt. Ja, angeekelt. Klang ja auch ein bisschen seltsam, dass sie zum Knutschen auf den Friedhof ging, wo ihre Mutter erst vor zwei Tagen beerdigt worden war. Und dann auch noch mit dem Mann, der in den Augen ihrer Mutter für den Tod ihres Vaters verantwortlich war.

Jemand hatte Hauke Kuhlmann angerufen und gesagt, dass auf dem Friedhof geschossen wurde. Der Inselpolizist hatte die Kripobeamten aus dem Hotel geholt und dann waren sie auf Leihrädern zum Tatort gerast. Selten war Rennrodt sich so dämlich vorgekommen. Ein Polizist auf einem Fahrrad, tatütata. Sie hatten Marit Hansen und Christoph Schneyder in der Nähe des Grabes der erschossenen Mutter von Frau Hansen vorgefunden. Beide lagen auf dem Boden, er hatte sie mit seinem Körper geschützt und für einen Moment war Rennrodt überzeugt, dass beide tot waren oder schwer verletzt. Aber die Kugeln hatten ihr Ziel verfehlt, sie waren noch mal davongekommen, und jetzt saßen sie hier am Tisch und logen ihn an. Aber warum, wen wollten sie decken? Etwa denjenigen, der sie abknallen wollte? Das passte doch hinten und vorn nicht zusammen.

Voller Sehnsucht dachte Rennrodt an sein warmes Bett im Hotel. Das würde er wohl nicht so schnell wiedersehen. Er sah zuerst Inga Thimm, dann den Kollegen von der Insel an. »Morgen früh kommt die Spurensicherung. So lange müsst ihr zwei den Friedhof bewachen, damit keiner die Spuren verwischt. Vielleicht kann euch jemand heißen Kaffee und ein paar geschmierte Brote vorbeibringen.« Die letzten Worte richtete er an Hauke Kuhlmann, der mit verbissener Miene ins Leere starrte und jetzt zögernd nickte.

»Ich rufe gleich meine Mutter an. Die macht das bestimmt. Und mein Vater kann sie begleiten.« Er überlegte kurz. »Ich kann auch den Schlüssel zur Friedhofskappelle besorgen. Dann brauchen wir nicht draußen stehen.«

»Okay.« Für einen Moment wirkte Rennrodts Lächeln beinahe freundlich. Aber nur, bis er sich zu Marit Hansen umdrehte. »Haben Sie irgendeine Erklärung für das, was da passiert ist? Wer auf Sie geschossen haben könnte?« Er verschränkte die Arme und schaute ihr direkt in die Augen.

Sie erwiderte den Blick und sagte, ohne zu zögern: »Nein. Ich weiß es nicht.«

Aber sie log, dafür hätte er seine letzte Zigarette verwettet. Am liebsten hätte Rennrodt sie vom Stuhl hochgerissen und durchgeschüttelt, damit sie die Contenance verlor und endlich sagte, was sie wirklich wusste. Aber so etwas klappte nur in amerikanischen Krimis. Er seufzte. »Ich werde Sie jetzt nach Hause begleiten. Am besten stelle ich Ihnen einen Beamten vor die Tür.« Kuhlmann, können Sie das übernehmen, wollte er sagen. Aber dann fiel ihm ein, dass das die denkbar ungünstigste Lösung wäre, weil anzunehmen war, dass Schneyder Frau Hansen begleiten würde, und das wollte er dem Kollegen wirklich nicht antun. Im Übrigen sollte Kuhlmann zusammen mit Inga Thimm den Friedhof bewachen. Diese Aufgabe wollte er seiner Kollegin nicht allein zumuten. »Am besten mache ich das selbst.« Er griff nach seiner Dienstwaffe und steckte sie in das Holster.

Auf dem kurzen Fußmarsch vom Polizeirevier zu dem schmucken Haus, in dem Marit Hansen wohnte, entschied er sich, nicht vor der Tür, sondern im Haus zu wachen. Erstens war es draußen verdammt kalt und ungemütlich und er hatte keine Lust, sich zu erkälten. Zweitens hoffte er, dass Marit Hansen doch noch irgendwas sagte. Sie oder dieser Schneyder. Manchmal musste man nur lange genug warten, dann machten die Leute von selbst den Mund auf. Er rauchte hastig eine Zigarette, wenn er Pech hatte, war es die letzte bis morgen früh.

Im Haus vergewisserte Rennrodt sich, dass alle Türen und Fenster zu waren. Mit Schneyders Hilfe verschloss er die Fensterläden. Danach erschien das alte Kapitänshaus wie eine Festung.

Marit Hansen sah blass aus und sehr mitgenommen. Sie kniete auf dem Boden und wollte die Labradorhündin an sich ziehen. Aber Amy riss sich los, um zuerst Rennrodts, dann Schneyders Beine abzuschnüffeln. Marit Hansen kochte Kaffee, füllte ihn in eine weiße Thermoskanne und stellte einen Becher auf den Tisch.

»Stört es Sie, wenn ich hier drinnen rauche?« Rennrodt rechnete nicht mit einer positiven Antwort, aber Marit Hansen holte einen Aschenbecher aus dem Schrank unter der Spüle und stellte ihn auf den Tisch.

»Hier, bitte. Ich geh jetzt hoch.« Der Satz war an Christoph Schneyder gerichtet und klang wie eine Bitte.

Doch Schneyder nickte nur und sagte: »Hoffentlich kannst du schlafen.« Dann nahm er einen zweiten Becher aus dem Schrank und setzte sich neben Rennrodt an den Tisch. Der Hund ließ sich mit einem langen Seufzer vor seine Füße fallen, wo er kurze Zeit später leise schnarchte.

Während dem Kommissar immer wieder die Augen zufielen, wirkte Schneyder erstaunlich wach. Sie redeten nur über Dinge, die nichts mit den Vorkommnissen am Friedhof zu tun hatten, etwa dass Schneyder nachts Taxi fuhr, seit Jahren schon, was die fehlende Müdigkeit erklärte, und dass er unter einer posttraumatischen Belastungsstörung litt, seit der alte Behrens in der Nacht über Bord gegangen war. Er sprach von Panikattacken und Albträumen und Rennrodt begriff, dass Schneyder nach dem Erlebnis am Friedhof nicht schlafen *wollte,* aus Angst vor einem erneuten Albtraum. Er spürte leise Scham, weil er vor siebzehn Jahren nicht begriffen hatte, dass ein zu Tode geängstigtes Kind vor ihm saß. Aber das konnte er heute nicht mehr ändern und Rennrodt war nicht sonderlich gut darin, seine Fehler einzugestehen.

Um kurz nach vier saßen sie am Küchentisch und schwiegen sich an, bestimmt schon eine Viertelstunde lang. »Komisch«, sagte Rennrodt plötzlich, »dass Sie nicht verstanden haben, was der Schütze gerufen hat.«

Sein Gegenüber verzog keine Miene. »Wir fühlten uns ja gar nicht angesprochen. Als dann die Schüsse fielen, hat sich das natürlich geändert. Das war's, hab ich gedacht. Keine Ahnung, ob Sie sich das vorstellen können. Ich wusste nicht mal, ob ich getroffen bin oder nicht, ich hab mich nur darauf konzentriert, kein Geräusch zu machen, mich nicht zu bewegen.«

Rennrodt gähnte, rieb sich die Augen und goss einen Kaffee in seinen Becher, den fünften oder sechsten in dieser Nacht, er hatte aufgehört zu zählen. »Man könnte denken, dass jemand eine Rechnung mit der Familie Hansen begleichen will. Erst die Mutter, jetzt die Tochter. Ich bin gespannt, was die Spurensicherung morgen findet.«

Nachdenklich schenkte Christoph Schneyder den letzten Rest Kaffee in seinen Becher. Er erhob sich und hantierte an der Küchenzeile. »Ich koche noch eine Kanne.«

Rennrodt, dem Beobachter aus Gewohnheit, entging nicht, dass Schneyder sich auskannte. Er wusste, in welcher Dose sich der Kaffee befand, wohin der Kaffeesatz gehörte und in welchem Schrank das Paket mit den Filtertüten versteckt war.

»Sind Sie schon länger auf der Insel?«

»Seit Freitag. Ich habe im *Weißen Haus* eingecheckt.«

»Sie waren aber nicht auf der Beerdigung.«

»Nein, das stimmt. Ich war mir nicht sicher, ob das passt. Vermutlich gibt es immer noch Menschen auf der Insel, die mir eine Teilschuld am Tod von Johann Behrens geben. Marits Mutter gehörte jedenfalls dazu.«

»Haben Sie eine Vorstellung, warum man Fenna Hansen erschossen haben könnte?«

»Nein. Und ich war an dem Tag nicht auf der Insel, falls Sie das wissen möchten. In der Mordnacht saß ich hinter dem Steuer meiner Taxe. Das können Sie gern überprüfen. Von dem Mord habe ich erst am Dienstag erfahren. Da hat meine Mutter mich angerufen. Die Sekretärin meines Vaters hat es in der *Bild*-Zeitung gelesen. Ich habe 'ne Weile geschwankt, ob ich überhaupt kommen soll.«

»Hat Frau Hansen Sie nicht informiert, vielleicht sogar gebeten zu kommen?«

»Nein. Wir stehen normalerweise nicht in Kontakt. Nicht mehr. Im Oktober war ich für zwei Tage hier, zum ersten Mal seit damals.«

»Warum?«

Ein kurzes Zögern, dann sagte Schneyder: »Marit hatte mir einen Brief geschrieben und gefragt, ob ich nicht mal wieder vorbeikommen will. Es ging in die Hose. Ihre Mutter hat mich ziemlich runtergeputzt und mehr oder weniger vor die Tür gesetzt. Ich bin dann gleich wieder abgereist. Auf solche Vorwürfe hatte ich keine Lust. Wie sehr dieses Unglück mein eigenes Leben beeinträchtigt hat, scheint hier keinen zu interessieren. Hinterher hab ich mich nicht mehr bei Marit gemeldet. Und von ihr hab ich auch nichts gehört.«

Jetzt stellte Schneyder es so dar, als ob sie nichts mehr miteinander verband. In der Revierstube hatten er und Marit Hansen nebeneinandergesessen, ihre Hand in seiner, wie ein Liebespaar. Außerdem hatten die beiden nach Aussagen der jungen Frau am Grab Zärtlichkeiten ausgetauscht. Wenn man bedachte, dass Frau Hansen gerade erst ihre Mutter verloren hatte, und das unter schrecklichen Umständen, erschien das ein wenig sonderbar. Konnte man sich verlieben, wenn man in Trauer war? Durfte man das? War es möglicherweise ein Zeichen und wenn ja, wofür? Rennrodt wusste es nicht und die Müdigkeit lähmte sein Denkvermögen. Es fühlte sich an, als müssten die Gedanken sich einzeln durch einen Berg grauer Watte wühlen. Mühsam. Verdammt, es war gerade erst halb fünf Uhr, vor acht würden die Kollegen vom Festland nicht eintreffen. So lange musste er noch durchhalten.

Montag, 24. Januar 2011

Mit ihren sieben Monaten war Amy noch ein Welpe, der regelmäßig rausmusste, damit kein Unglück passierte. Deshalb hatte Marit sich um viertel nach sieben mühsam aus dem Bett gequält. Sie war in Jeans und einen Pulli geschlüpft und barfuß die Treppe hinuntergelaufen. Christoph und der Kripobeamte hatten immer noch am Tisch gesessen, beide wirkten todmüde. Christoph hatte sie mit den Worten begrüßt: »Der Hund war schon draußen«, aber nicht ihr zaghaftes Lächeln erwidert.

Um viertel nach acht war der Beamte mit dem Versprechen gegangen, sie sofort über die Ergebnisse der Spurensicherung zu unterrichten.

Jetzt saßen sie am Frühstückstisch, aber keiner von beiden aß mit Appetit.

»Warum zwingst du mich zum Lügen?«, hatte Christoph gerade gefragt, es klang ziemlich wütend und sie wusste einfach nicht, was sie antworten sollte.

»Weil ich erst rausfinden muss, ob mein Vater wirklich lebt. Wenn ja, wird ihn doch jeder für den Täter halten.«

»Wenn er noch lebt, und mittlerweile spricht ja einiges dafür, *ist* er der Täter. Das muss dir doch klar sein.«

»Bist du verrückt? Mein Vater würde doch nicht auf mich schießen. Oder auf meine Mutter.« Christoph konnte doch nicht ernsthaft annehmen, dass Johann Behrens ein Mörder war. Aber seine Augen sagten ganz deutlich: *Ja, das glaube ich.*

»Marit.« Er stellte seine Kaffeetasse ab und schaute sie eindringlich an. »Die Sache mit den falschen Papieren, das musst du jetzt einfach der Polizei sagen. Vermutlich ist es der Schlüssel zu allem. Wer weiß, warum dein Vater seinen Namen geändert hat. Vielleicht ist er ein gesuchter Mörder.«

»Ist er nicht. Das ist einfach absurd. Du hast ihn doch selbst gekannt. Wie kannst du nur so etwas denken?«

»Ich hab ihn gekannt? Wenn überhaupt, dann ganz flüchtig. Und das ist eine Ewigkeit her. Für mich ergibt all das nur einen Sinn, wenn Klaus Märker Dreck am Stecken hatte, viel Dreck, und deshalb seine Identität wechseln musste. Vielleicht wurde er verfolgt, von wem auch immer. Und derjenige hat ihn gefunden, hier auf der Insel. Deshalb musste er damals verschwinden. Zum zweiten Mal in seinem Leben.«

»Und siebzehn Jahre später kommt er zurück, trifft sich heimlich mit meiner Mutter und erschießt sie? Warum sollte er das tun?«

»Was weiß ich. Vielleicht ist sie ihm auf die Schliche gekommen.«

»Auf die Schliche gekommen«, sagte sie spöttisch. »Das klingt ja wie in einem drittklassigen Roman. Woher hätte sie überhaupt wissen sollen, wo sie ihn erreicht?«

Er zuckte mit den Schultern. »Vielleicht standen sie die ganzen Jahre über in Kontakt. Das ist doch vorstellbar.«

Nein, war es nicht. »Unmöglich, das hätte ich gemerkt.«

»Tatsächlich?« Christoph schmierte Sanddornkonfitüre auf

eine Brötchenhälfte, ganz sorgfältig, als hinge sein Leben davon ab, dass die gelborange Schicht ganz gleichmäßig wurde. »Seit wann lebst du wieder auf der Insel? Was war davor? Wie oft hast du deine Mutter besucht?«

Für einen Moment ließen seine Worte Marit zweifeln. »Nicht so oft. Aber in den letzten beiden Jahren hätte sie es nicht vor mir verbergen können.«

»Wenn du meinst.« Es klang nicht sehr überzeugt. »Ich habe dem Kommissar übrigens erzählt, dass ich im Oktober für zwei Tage auf der Insel war, weil du mir einen Brief geschrieben hast. Aus sentimentalen Gründen.« Wütend ließ er das Messer fallen. »Herrgott, jetzt lüge ich auch schon. Marit, das ist doch Wahnsinn. Wir machen uns strafbar, ist dir das überhaupt klar? Irgendwann werden wir in unserem Lügengespinst zu Fall kommen.«

Auf einmal war sie ganz ruhig. »Ich werde dem Kommissar nichts von den Papieren erzählen. Und du auch nicht, Christoph. Noch nicht. Hab einfach ein bisschen Geduld, bitte.«

Er führte das Brötchen zum Mund, biss aber nicht ab, sondern legte es zurück auf den Teller. »Hast du seine Stimme erkannt? Sei ehrlich, wenigstens zu mir.«

»Nein. Ich schwöre es. Du? Kam dir die Stimme bekannt vor?«

»Nein. Er hat gerufen: *Das ist für Maria*. Sollten wir nicht wenigstens in diesem Punkt die Wahrheit sagen?«

Entschieden schüttelte sie den Kopf. »Wir warten erst ab, was die Spurensicherung rausfindet. Vielleicht hat er auf jemand anderen geschossen.«

»Komm, das glaubst du doch selbst nicht. Darf ich dich daran erinnern, dass da außer uns niemand war? Marit, wach auf. Falls dein Vater wirklich lebt, und langsam hast du mich davon überzeugt, ist er nicht der harmlose, liebevolle Papa, an den du dich erinnerst.«

Gestern Abend noch wäre sie mit Christoph bis ans Ende der Welt gegangen, aber heute war ihr der blonde Mann mit dem zornigen Gesichtsausdruck nicht mal mehr sonderlich sympathisch und sie ertappte sich bei dem Wunsch, ihn einfach vor die Tür zu setzen. »Christoph.« Sie griff nach seiner Hand. »Du irrst dich, glaub mir. Es muss eine völlig andere Erklärung geben. Vielleicht war mein Vater gar nicht am Friedhof. Und derjenige, der auf uns geschossen hat, wollte nicht mich, sondern ihn treffen. Das ist doch möglich.«

Er entzog sich ihr, indem er aufstand und aus dem Fenster schaute. »Klar, wir waren zwar zu zweit und haben nicht die geringste Ähnlichkeit mit deinem Vater, aber das spielt ja keine Rolle. Und wer bitte ist Maria?«

»Das weiß ich nicht, wirklich. Ich kenne keine Maria. Darum bin ich auch davon überzeugt, dass das alles nichts mit mir zu tun hat.«

Wütend fuhr er herum. »Und warum darf die Polizei dann nichts davon wissen? Kannst du mir das vielleicht mal erklären. So, dass ich es auch verstehe?«

»Weil ich möchte, dass mein Vater da rausgehalten wird, kapiert?«

»Auch wenn er deine Mutter erschossen hat?«

»Das hat er nicht. Und ich will nicht, dass du so etwas sagst.« Sie schluckte. »Stell dir vor, es ginge um deinen Vater.«

»Meinen Vater habe ich seit fünf Jahren nicht mehr gesehen.«

»Oh. Habt ihr euch gestritten?«

»Ja. Aber das spielt jetzt keine Rolle. Mein Gott, Marit, wach endlich auf! Wir sind über dreißig, wir können doch nicht Räuber und Gendarm spielen wie zwei Schulkinder.«

»Und warum nicht?«

»Vielleicht, weil es hier um Mord geht? Jemand hat auf uns geschossen. Wir könnten tot sein.«

»Aber das war nicht mein Vater.«

»Dir ist wirklich nicht mehr zu helfen. Du bist völlig verblendet.« Resigniert zuckte er mit den Schultern und schaute wieder zum Fenster. Die Regentropfen liefen wie Tränen an der Scheibe herunter. »Scheißwetter. Glaubst du, dass ich wieder nach Hause kann?«

»Du willst zurück nach Köln? Jetzt?«

Er umging die Antwort, indem er sich wieder an den Tisch setzte und nach einem weiteren Kaffee fragte.

Die Beamten der Spurensicherung sahen wenig begeistert aus, als sie gegen elf Uhr das Polizeirevier Wangerooge betraten. »Kann nicht mal jemand den Scheißregen abstellen?«, beschwerte sich Till Weiland, der Leiter der Spurenkommission. Er schüttelte sich wie ein nasser Hund, dann hängte er seine triefende Jacke an die Garderobe.

Aber Rennrodt hatte keine Lust auf Gespräche über das Wetter. »Und? Was habt ihr gefunden?«

»Das Wichtigste zuerst: Die Kugeln waren nicht für die beiden Leute bestimmt, die vor dem Grab in Deckung gegangen sind. Die Schießerei fand achtzig Meter weiter statt, am hinteren Rand vom Friedhof, dort wo die Dünen anfangen. Und ich sage sehr bewusst Schießerei. Es sieht nämlich so aus, dass zwei Leute aufeinander geschossen haben. Wir haben zwei Sorten Projektile und Patronenhülsen gefunden, Kaliber 7,65 und Kaliber 9, genau wie bei der Toten von neulich. Ob die Kugeln tatsächlich aus der gleichen Waffe stammen, müssen die Ballistiker untersuchen. Ferner haben wir eine Zigarettenkippe und ein paar verwischte Fußabdrücke, ein Wunder bei diesem Wetter. Ein Mann, würde ich anhand der Größe vermuten. Das Beste sind Blutspuren an der Pforte. Einer von beiden dürfte verletzt sein. Welcher, kann ich nicht sagen.«

»Zwei Schützen und einer ist verletzt. Schwer?«, fragte Rennrodt hoffnungsvoll.

Till Weiland zuckte mit den Schultern. »Viel Blut hat er jedenfalls nicht verloren. Ich stelle mir vor, dass er an die Wunde gefasst hat und dann mit der Hand an die Pforte gekommen ist, es ist wirklich nur minimal. Keine Blutlache, keine echte Blutspur, übrigens auch keine Fingerabdrücke, er hat also Handschuhe getragen. Außerdem konnte er ja fliehen. Nicht nur vor euch, sondern auch vor dem anderen, der es offensichtlich auf sein Leben abgesehen hatte. Muss also noch ganz gut zu Fuß gewesen sein. Trotzdem solltest du den Inselarzt und die infrage kommenden Kliniken auf dem Festland unterrichten.«

»Okay. Du hast es gehört.« Rennrodt drehte sich um zu Inga Thimm. Sie hockte vor der Heizung. Die Nacht in der ungeheizten Friedhofskapelle hatte sie ganz schön gezeichnet und für einen kurzen Moment spürte er so was wie schlechtes Gewissen, weil er ihr diesen Job zugemutet hatte. Aber der Moment war wirklich sehr kurz. »Das ist deine Aufgabe, Inga. Und frag am Bahnhof und Fähranleger, ob ein Verletzter aufgefallen ist. Und am Flughafen.«

Inga Thimm winkte ab. »Den Weg zum Bahnhof können wir uns sparen. Heute fährt nur ein Schiff und die Bahn geht erst um 14:05 Uhr, das habe ich schon überprüft. Ich schau mal bei diesem Inselarzt vorbei. Vielleicht musste er heute schon eine Schussverletzung behandeln. Das wäre natürlich traumhaft.«

Auch Till Weiland und sein Team machten sich auf den Weg. Ein Polizeihubschrauber würde sie aufs Festland fliegen. Rennrodt blieb allein zurück. Er rauchte eine Zigarette vor der Tür, dann setzte er sich an den Schreibtisch und starrte auf den Computermonitor, wo eine große Uhr als Bildschirmschoner installiert war, die ihm nichts verriet, nur, dass Zeit unablässig verstrich.

Nadira Mahler und Christoph Schneyder kannten sich von früher. Sie gaben sich die Hand, ganz unbefangen, und gleich fühlte Marit sich fehl am Platz, als wäre das hier nicht ihre Küche, ihr Haus. Es war nicht zu übersehen, dass Christoph es vermied, in ihre Richtung zu schauen. Vielmehr konzentrierte er sich ganz auf die wunderschöne Nadira, die sich heute für leuchtendes Smaragdgrün entschieden hatte. Mit sechzehn hatte sie noch knochig und ein bisschen düster gewirkt, was vielleicht an ihrer unvorteilhaften Frisur oder der strengen Brille gelegen hatte. Inzwischen trug Nadira das Haar lang und in der Mitte gescheitelt, und sie zupfte ihre Augenbrauen, was die Schönheit ihrer mandelförmigen, fast schwarzen Augen betonte. Die Brille hatte sie längst gegen Kontaktlinsen getauscht und als studierte Modedesignerin war sie immer beneidenswert perfekt gekleidet. Neben ihr fühlte Marit sich blass und durchschnittlich. Für ihre Freundschaft spielte das keine Rolle, aber jetzt, in Christophs Gegenwart, schon. Eben noch hatte sie erwogen, Christoph vor die Tür zu setzen, am besten für immer, jetzt brannte sie vor Eifersucht. Lächerlich, aber Gefühle ließen sich nun einmal nicht steuern. *Entspann dich, Nadira ist glücklich verheiratet. Und sie ist nicht wegen Christoph gekommen, sondern weil sie von den Schüssen auf dem Friedhof gehört hat.*

»Warum gehst du mitten in der Nacht ans Grab deiner Mutter?« Es klang vorwurfsvoll.

»Warum nicht? Wenn ich tagsüber dort bin, glotzen alle mich an. Das ist furchtbar. Beim Trauern braucht man keine Zuschauer.« Mein Gott, das Lügen wurde ihr schon zur Gewohnheit. Sie brauchte gar nicht mehr zu überlegen.

Es schien, als würde Nadira die Worte sorgsam abwägen, dann nickte sie zögernd. »Okay, das kann ich vielleicht noch verstehen, aber um achtzehn Uhr ist es auch schon dunkel.«

»Na hör mal. Hättest du gedacht, dass nachts auf unserem Friedhof jemand schießt? Das konnte ich doch nicht ahnen.«

»Schon gut, fühl dich doch nicht gleich angegriffen. Ich mache mir halt Sorgen um dich.« Nadira lächelte Christoph an. »Bleibst du länger?«

»Ich weiß noch nicht genau.« Geschickt wechselte er das Thema. »Du hast also Adrian geheiratet.«

»Ja, wir haben einen Sohn, der bald drei wird, und jetzt kriegen wir Zwillinge.« Voller Stolz verschränkte Nadira die Hände unter ihrem Bauch. »Adrian ist heute schon ganz früh rüber zum Festland. Ich hab ihn gar nicht mehr gesehen. Er hat eine Anwaltskanzlei in Wilhelmshaven. Hier auf der Insel lohnt es sich ja nicht.«

»Und da fährt er immer hin und her?« Wenn Christoph nicht interessiert war, konnte er sehr gut schauspielern.

»Nicht jeden Tag. Er kommt gewöhnlich nur am Wochenende. Und damit er unabhängig von den Fährzeiten ist, hat er vor vier Jahren den Flugschein gemacht und eine alte Cessna gekauft.« Ihre rechte Hand kreiste über ihren Bauch, an jedem Finger glänzte ein silberner Ring. »Hört sich wahnsinnig kostspielig an, ich weiß. Ist es aber nicht. Ich sagte ja schon, eine *alte* Maschine.«

»Aber nicht so alt, dass sie nicht mehr flugsicher ist«, grinste Christoph, und Marit wünschte ihre beste Freundin meilenweit fort. Doch was hätte das geholfen. »Ich mach mich auf den Weg zum Hotel. Ein paar Stunden Schlaf wären nicht schlecht. Du weißt ja, wo du mich erreichen kannst.« Immerhin war ihm bewusst, dass sie auch noch mit am Tisch saß. Christoph erhob sich, gähnte ausgiebig, reichte Nadira die Hand, nickte Marit flüchtig zu und ging.

Augenblicklich verschwand das Lächeln aus Nadiras Gesicht. »Hauke hat sich bei Adrian ausgeheult. Er sagt, du hättest ihn am Morgen nach der Beerdigung praktisch vor die Tür gesetzt.«

Nach allem, was in der letzten Nacht passiert war, schien die Beerdigung schon Ewigkeiten her zu sein. »Hauke hat hier geschlafen. Nicht in meinem Bett, falls du das denkst, sondern im Wohnzimmer.« Es klang ein bisschen patzig, aber das war nicht zu ändern. Musste sie sich etwa vor Nadira rechtfertigen? »Und morgens stand Christoph vor der Tür. Hauke hat geöffnet und ich war noch nicht angezogen. Da hat Christoph natürlich gedacht …«

»Da hat er gedacht, du hast was mit Hauke. Klar. Aber wenn er sowieso zurückfährt, ist das doch egal.« Nadira beugte sich vor und schaute Marit prüfend an. »Aber es ist dir nicht egal. Du hast mit Christoph rumgemacht, auf dem Friedhof, sagt Hauke. Und Christoph hat die letzte Nacht hier verbracht.«

»Mit dem Kommissar in der Küche. Es ist nichts gelaufen. Mit keinem von beiden, obwohl der Kommissar auch nicht schlecht aussieht.« Marit kicherte hysterisch, ein deutliches Zeichen, dass sie kurz vor einem Tränenausbruch stand. »Soll ich dir was verraten? Ich hab die ganze Zeit gewartet, dass Christoph hochkommt. Ist er aber nicht. Du hast recht.

Am besten fährt er wieder nach Köln und kommt nie mehr zurück. Und ich sterbe als alte Jungfer.«

»Das liegt ja wohl an dir, meine Liebe.«

Nicht das schon wieder. »Hör auf, Nadira. Nimm bitte endlich zur Kenntnis, dass ich nichts von Hauke will. Heute nicht, morgen nicht, nie.«

»Du willst nur Christoph. Ich verstehe.« Entschlossen stützte Nadira beide Ellenbogen auf den Tisch. »Tut mir leid, Süße, aber du fantasierst. Warum schläft Christoph im Hotel, obwohl du ihn ganz offen eingeladen hast, hier zu wohnen? Warum will er zurück nach Köln, obwohl es dir so schlecht geht? Klingt das nach Liebe?«

»Aber er hat ...»

»Er hat bei der Polizei deine Hand gehalten, ich weiß. Na und? Ich hätte auch deine Hand gehalten, wenn wir beide nur knapp dem Tod entronnen wären. Ich will dir mal was sagen, Marit. Das Einzige, was passieren wird, ist, dass Hauke irgendwann die Nase voll hat von dir. Was meinst du, wie lange er sich noch wie dein Fußabtreter behandeln lässt!«

Fassungslos starrte Marit ihre Freundin an. Was sollten diese Vorwürfe? War es nicht ihre eigene Sache, in wen sie sich verliebte? »Weißt du was? Ich habe Hauke nicht gebeten, nach der Beerdigung hier zu übernachten. Im Gegenteil. Er hat sich aufgedrängt und ich war einfach zu erschöpft, um ihn vor die Tür zu setzen. Ich liebe ihn nicht, ich finde ihn nicht mal sonderlich attraktiv. Bevor ich was mit Hauke anfange, sterbe ich tatsächlich lieber als alte Jungfer.«

»Wie du meinst. Renn doch weiter deinem Christoph hinterher. Dann kriegst du wenigstens mal einen Eindruck, wie Hauke sich fühlt. Man könnte das fast als ausgleichende Gerechtigkeit bezeichnen.« Nadira lachte kurz. »Die Sache zwischen dir und Christoph ist Ewigkeiten her. Und kalter Kaffee schmeckt nicht mehr, meine Süße.«

Und warum war er dann gekommen, ganz von selbst, ohne dass sie ihn darum gebeten hatte? »Nadira«, versuchte sie noch einmal, die Freundin auf ihre Seite zu ziehen. »Für dich gab es doch auch immer nur Adrian. Warum kannst du mich nicht verstehen?«

Nadira zog ihre Augenbrauen hoch, als hätte Marit etwas völlig Absurdes gesagt. »Das kann man ja wohl nicht miteinander vergleichen. Adrian betet mich an, er würde alles für mich tun, wir passen einfach zusammen. Und so muss es sein.«

Der Abschied fiel sehr einsilbig aus. Als Nadira fort war, räumte Marit die Küche auf. Sie wischte sogar den Boden, obwohl das eine Tätigkeit war, die sie hasste. Aber egal womit sie sich beschäftigte, alles war besser als rumzusitzen und zu grübeln. All die Jahre hatte sie darauf gewartet, dass Christoph zurückkam. Und jetzt war er da und es schien, als wäre niemand mit ihrer Liebe einverstanden, genau wie damals. Oder sogar noch schlimmer, weil nicht mal Christoph selbst sich benahm, als würde ihm etwas an ihr liegen.

Da es in der Küche nichts mehr zu tun gab, ging Marit ins Wohnzimmer. Schon lange wollte sie den Raum renovieren. Aber ihre Mutter war strikt dagegen gewesen. »Das ist immer noch mein Haus«, hatte sie gesagt und dass sie nicht mehr lange zu leben hätte und dass Marit später machen könne, was sie wolle.

In dem Bücherschrank, der noch von Engelina Hansen stammte und dessen Schönheit in einer helleren Umgebung erst richtig zur Geltung kommen würde, bewahrten sie das Fotoalbum auf. Marit nahm es heraus und schlug es vorsichtig auf. Das Pergamentpapier zwischen den Seiten war brüchig, ein Blatt fehlte bereits, es war das vorletzte. Das Album begann mit Marits Babyfotos und endete im Jahr 1993, als ihr Vater an der Blauen Balje verschwunden war. Danach war das Leben im Kapitänshaus stehen geblieben und sie hatten keine Bilder mehr gemacht.

Marits Augen weiteten sich vor Schreck, hastig und ohne jede Rücksicht auf die losen Seiten blätterte sie hin und her, dann ließ sie das Album mit einem lauten Aufschrei zu Boden fallen. Sämtliche Bilder, auf denen ihr Vater zu sehen gewesen war, fehlten.

Inga Thimm hatte nichts erfahren. »Das muss natürlich nichts heißen. Wir wissen ja nicht mal, wie schwer die Verletzung ist.« Sie goss sich einen Kaffee ein, setzte sich und rieb mit den Fingerspitzen über ihre vor Müdigkeit geröteten Augen. »Eins dürfte allerdings klar sein: Der Mörder von Fenna Hansen befindet sich noch auf der Insel. Und es gibt jemanden, der das weiß. Marit Hansen war zweimal zur gleichen Zeit am Friedhof. Kann es sein, dass Fenna Hansens Mörder ihr aufgelauert hat und dass der zweite Täter davon wusste und deshalb ebenfalls dort war, vielleicht, um sie zu beschützen?«

Rennrodt, der ein Königreich für eine Stunde Schlaf gegeben hätte, nickte. »Vorstellbar ist das. Aber wer sollte das sein? Ihre Eltern sind beide tot, es gibt keine Geschwister und Herr Schneyder war mit ihr zusammen am Friedhof.«

Der vierte Name wurde nicht ausgesprochen. Trotzdem dachten beide an Hauke Kuhlmann.

»Das würde er nicht tun«, sagte Inga Thimm voller Überzeugung und Rennrodt fragte sich zum wiederholten Mal, was sie an dem Inselpolizisten fand. »Er ist Polizist. Komm, das vergessen wir ganz schnell wieder. Und es würde ja auch bedeuten, dass er Fenna Hansens Mörder kennt und deckt. Das ist kompletter Blödsinn. Außerdem ist er von zu Hause gekommen.«

»Woher willst du das denn wissen?« Erstaunt schaute Rennrodt seine Kollegin an, die daraufhin den Blick senkte.

»Na ja, er wurde doch zu Hause angerufen.«

»Auf seinem Handy. Er kann theoretisch überall gewesen sein.« Mit den Fingerspitzen angelte Rennrodt nach einem blauen Kugelschreiber, der auf seinem Schreibtisch lag. Wie immer, wenn er nervös war, traktierte er den Stift, indem er ständig die Mine klicken ließ. »Okay, einer der beiden Täter hatte es *vielleicht* auf Marit Hansen abgesehen. Der andere war *möglicherweise* da, um sie zu beschützen. Genauso gut kann es sein, dass die beiden aus völlig anderen Gründen aufeinander geschossen haben. Wie dem auch sei, wir haben keine Ahnung, um wen es sich handeln könnte. Ob es doch um das Erbe geht? Wer kriegt die ganzen Häuser, wenn Marit Hansen tot ist?«

Die Frage konnten sie nicht beantworten.

»Das müssen wir klären. Wenn es nichts mit dem Erbe zu tun hat, könnte es um Rache gehen, um irgendeine Geschichte aus der Vergangenheit. Womöglich hat Schneyder seinerzeit doch recht damit gehabt, dass sich noch eine dritte Person an Bord befand«, sinnierte Rennrodt und legte den Kugelschreiber beiseite. »Aber warum sollte derjenige siebzehn Jahre warten, um seine Rache fortzusetzen?«

»Schlimmstenfalls saß er im Knast.« Die Idee stammte von Inga Thimm und sie war gar nicht so schlecht.

»Aber was könnte die gesamte Familie verbrochen haben, das drei Morde rechtfertigt?« Mit gerunzelter Stirn betrachtete Rennrodt die Uhr auf dem Monitor. »Ein Todesfall in der Vergangenheit? Könnte einer der Feriengäste umgekommen sein, vielleicht ein Kind? Das werde ich gleich mal überprüfen. Und du, Inga, fährst aufs Festland. Sowohl Johann Behrens als auch Fenna Hansen stammen nicht von Wangerooge. Beide sind erst hergekommen, nachdem Frau Hansen geerbt hat. Was war vorher? Fang am besten in diesem Seemannsheim an, da haben sie sich ja kennengelernt. Weiter zurück brauchst du nicht zu suchen, weil es offenbar um die gesamte Familie geht. Um 14:05 Uhr geht die Inselbahn. Wir sehen uns morgen.«

Die Aussicht, die Insel noch am selben Tag zu verlassen, schien Inga Thimm zu gefallen. »Okay, ich packe meinen Kram zusammen. Mal schauen, wen ich auf dem Schiff treffe. Vielleicht habe ich Glück und ich sehe jemanden mit einer Schussverletzung.«

»Optimistin.« Rennrodt angelte nach seiner Lederjacke.

Als der Kripobeamte an der Tür klingelte, wollte Marit gerade das Haus verlassen. In ihrem Kühlschrank gab es nur noch ein angefangenes Stück Butter, drei Eier und eine Packung Käse mit abgelaufenem Haltbarkeitsdatum. Den Hund wollte sie nicht mitnehmen. Amy jammerte jedes

Mal zum Herzerweichen, wenn sie draußen vor dem Laden angebunden wurde.

»Darf ich reinkommen?«

»Bitte.« Es blieb ihr ja nichts anderes übrig, obwohl sie am liebsten die Tür wieder zugeschlagen hätte. Marit ging voran in die Küche und setzte sich an den Tisch. Rennrodt folgte ihrem Beispiel. Als Amy aus ihrem Körbchen geschossen kam und ihre Vorderpfoten auf seine Oberschenkel stellte, streichelte er sie ausgiebig. Er hatte schöne Hände, fand Marit, Hände mit schmalen Fingern, die trotzdem zupacken konnten.

Kaffee wollte sie nicht anbieten, nicht schon wieder. »Gibt es was Neues?«

»Ja«, sagte er zögernd, als wisse er noch nicht, was er ihr verraten wollte. »Zunächst einmal hat die Spurensicherung herausgefunden, dass es nicht einen, sondern zwei Schützen gab. Und die haben aufeinander geschossen. Inwieweit das überhaupt mit Ihnen zu tun hatte, ist noch ungeklärt.«

Um das Zittern zu verbergen, verschränkte sie die Arme und klemmte die Hände unter die Achseln. »Zwei Schützen?« Mein Gott, sie hörte sich an wie ein hirnamputiertes Kind. Aber das, was dieser Kommissar aus Wilhelmshaven da sagte, brachte sie ganz durcheinander.

»Ja, das konnte die Spurensicherung anhand der gefundenen Munition eindeutig feststellen. Und einer von beiden ist verletzt. Wie schwer, wissen wir nicht. Vermutlich ist die Verletzung aber nicht so gravierend, immerhin konnte er fliehen. Und bis dato hat er keinen Arzt aufgesucht.«

Reiß dich zusammen, du kannst jetzt nicht ohnmächtig vom Stuhl kippen. Aber genau so fühlte Marit sich, als ob die Worte des Polizisten den Blutstrom zu ihrem Gehirn unterbrochen hätten. In der Pubertät war sie häufig umgefallen, einfach so. *Zu schnell gewachsen*, hatte Dr. Jennings damals gesagt, *kein Grund zur Aufregung, das gibt sich wieder*, und er hatte recht behalten. Diese kurzen Ohnmachten kündigten sich damit an, dass sie nicht mehr richtig hören konnte, so als säße sie unter einem Blecheimer. Genauso war ihr jetzt zumute. Die Worte des Kripobeamten hallten ganz seltsam in ihrem Kopf, als kämen sie aus großer Entfernung. »Entschuldigung«, murmelte sie und ließ den Kopf auf den Tisch sinken. »Mir ist nicht gut.« Danach wurde alles dunkel.

Als sie aufwachte, lag sie auf dem Fußboden, Amy winselte und stupste mit der feuchten Nase in ihr Gesicht und an ihren Hals. Der Kripobeamte stand vor ihr und hielt ihre Füße in den Händen. Sofort fiel ihr ein, dass die Wollsocken, die sie wegen der Kälte trug, an den Fersen schon gestopft waren, wie peinlich. Überhaupt musste sie einen lächerlichen Anblick abgeben.

»Geht's wieder?« Ganz behutsam stellte er ihre Füße auf den Boden. »Bleiben Sie ruhig noch ein bisschen liegen. Das ist der Kreislauf. Ich kenne das von meiner Nichte. Die kippt andauernd um.« Er lächelte schief und plötzlich fand sie ihn sympathisch.

Fünf Minuten später saßen sie wieder am Tisch, Amy hatte sich beruhigt und Kommissar Rennrodt kochte nach ihren Anweisungen Kaffee. Er schien auf einmal so nett, total unkompliziert, wie einer, dem man alles anvertrauen konnte, und alles fragen.

»Und wer waren die beiden Männer?« Das klang ehrlich interessiert, fand Marit. Überhaupt nicht so angespannt, wie sie sich fühlte.

Mit zwei vollen Kaffeebechern kehrte er zum Tisch zurück. »Bitte. Zucker und Milch?«

»Zucker steht auf dem Tisch und Milch ist nicht mehr da. Ich wollte gerade einkaufen gehen.« Sollte sie ihre Frage wiederholen oder wäre das schon wieder verdächtig?

»Gut, ich trinke ihn sowieso schwarz.« Unerwartet schaute er in ihre Augen, seine waren dunkelgrau, unergründlich, und ein bisschen hypnotisch. »Wir wissen nicht, wer die Männer waren, wobei es nicht mal feststeht, ob nicht mindestens eine Frau daran beteiligt war. Haben Sie eine Ahnung?«

»Nein«, murmelte sie und strich nervös den Pony zur Seite, der ihr ständig in die Augen fiel. »Aber ich finde es unheimlich. Bin ich jetzt gerade noch dem Tod entronnen oder hatte das gar nichts mit mir zu tun?«

»Das wird sich noch rausstellen. Frau Hansen, wir sind uns einigermaßen sicher, dass das Motiv für den Mord an Ihrer Mutter und den Schusswechsel am Friedhof, vielleicht auch für den Tod ihres Vaters vor siebzehn Jahren, in der Vergangenheit zu suchen ist. Frage: Hat es mal einen Zwischenfall mit den Feriengästen gegeben? Wir denken an so etwas wie ein ertrunkenes Kind.«

Ein Kind, das Maria hieß, das wäre eine Erklärung. Aber das durfte sie jetzt nicht laut sagen. »Nein, davon weiß ich nichts. Vielleicht haben sich mal Leute beschwert, dass die Matratzen zu weich sind oder dass die Küche nicht komfortabel genug eingerichtet ist, aber was Ernstes?« Sie schüttelte den Kopf. »Wirklich nicht. Vielleicht als ich noch ganz klein war. Da müssten Sie Haukes Vater fragen. Der war ja damals Inselpolizist und müsste das wissen.«

Der Beamte nickte langsam, als würde er ihre Worte in Gedanken zerkauen. »Noch etwas. Sie sind ja noch ziemlich jung für solche Gedanken, aber haben Sie dennoch ein Testament gemacht?«

Sie versuchte zu begreifen, was er damit andeutete. Nämlich dass ihr Erbe der Grund für all das sein könnte. »Ja, es existiert ein Testament. Ich habe meine Mutter als Alleinerbin eingesetzt und im Fall ihres Todes …«, sie ließ eine kleine Pause, »mein Patenkind. Lauritz Mahler, den dreijährigen Sohn meiner Freundin Nadira Mahler.«

»Wissen die Eltern davon?«

»Natürlich. Aber das, was Sie da andeuten, ist absurd. Adrian verdient jede Menge Geld in seiner Kanzlei.«

Schneyder konnte förmlich spüren, wie Energie durch seine Blutbahnen schoss, warm und lebendig, wie sie ihn befreite und die düsteren Gedanken immer tiefer rutschen ließ, bis er sie mit seinen Füßen in den Boden stampfen konnte. Während er durch die Siedlerstraße Richtung Ostende lief und dabei bemüht war, seinen Rhythmus exakt einzuhalten, entfernte er sich mit jedem Schritt weiter von Marit, von ihren Problemen und ihrer seltsamen Logik, der er nicht folgen konnte oder wollte. Schon damals hatte sie mit abgöttischer Liebe an ihrem Vater gehangen, ihre Mutter war ihr weit weniger wichtig, eigentlich ungewöhnlich für ein Mädchen. Aber was ging es ihn an. Er verspürte kein Bedürfnis, sich mit fremden Problemen zu belasten, bestimmt nicht, das Leben hatte ihm genug aufgebürdet. Besser gesagt: nicht das Leben, sondern Johann Behrens, der vielleicht gar nicht tot war.

Allem Anschein nach brachte ihm dieser Urlaub keine Erholung, sondern vor allem Schwierigkeiten. Plötzlich türmten sich überall Probleme auf, Probleme, die er vorher nicht gehabt hatte, und Schneyder sehnte sich zurück hinter das Lenkrad seines Audi, wo man nicht weiter als bis zur nächsten Tour denken musste, wo man nichts zu planen brauchte, weil alles über die Zentrale geregelt wurde. Man war ein kleines Rädchen in einem großen Kreislauf, das sich einfach nur mitdrehen musste, damit das Gesamtsystem funktionierte, mehr nicht. Verdammt, er hatte Mahmut den Audi so gut wie versprochen. Da kam er nicht mehr raus. Aber was sollte aus ihm werden, wenn er die schwarzen Nachtstunden nicht mehr hinter dem Steuerrad verbringen konnte. Warum war er überhaupt auf die Insel gekommen, was hatte er sich versprochen? Normalität? Eine Beziehung mit Marit? Blödsinn. Marit war ihm vollkommen fremd geworden, eine Träumerin, die alles ausblendete, was nicht in ihre heile Kleinemädchenwelt passte, in der Papa immer noch der Größte war. Wenn er an sie dachte, regte sich in ihm nichts als Ärger.

Auf der anderen Seite gab es keinen Grund, den Urlaub vorzeitig abzubrechen. Wangerooge im Winter war so viel schöner, als er sich vorgestellt hatte. Diese Ruhe, die Einsamkeit, der scheinbar grenzenlose Himmel, warum sollte er nicht bleiben und Marit aus dem Weg gehen. Anders als Schneyder selbst hatte sie ja genug Freunde, die sie auffingen, allen voran Hauke.

Schneyder hatte niemanden. Mit der Kündigung in der

Klinik hatte er auch den Kontakt zu seinen Studienkollegen abgebrochen. Er wollte nicht hören, wie die anderen von ihren Erfolgen erzählten. Tim, der seinerzeit mit Schneyder auf der Inneren gearbeitet hatte, war für ein Jahr nach Amerika gegangen, er wollte Kardiologe werden. Malte war mittlerweile in die Praxis seines Vaters eingestiegen, er hatte es auf dem Schild an der Straße gelesen. Tina hatte ein Kind bekommen, arbeitete aber halbtags auf der Gynäkologie. Wenn er einen von ihnen auf der Straße sah, verschwand er im nächsten Kaufhaus, um nichts über sich erzählen zu müssen.

Einmal hatte die Zentrale ihn zum Haus seiner Eltern schicken wollen. Er hatte Mahmut gebeten, die Tour zu übernehmen. Prof. Dr. Hans Marten Schneyder, dazu die vornehme Adresse, Mahmut hatte sofort kapiert. »Du schämst dich, Schneyder«, hatte er gesagt und ein kummervolles Gesicht aufgesetzt. »Ein Mann muss stolz sein auf seine Arbeit.« Aber ein Arzt konnte nicht stolz darauf sein, Taxi zu fahren.

Als der Polizist weg war, ging Marit mit Amy spazieren. Einmal zum Strand und zurück. Wieder daheim kochte sie Haferschleim, das Trostessen ihrer Kindheit, den sie mit so viel Zucker löffelte, dass es zwischen den Zähnen knirschte. Dann legte sie sich für zwei Stunden ins Bett. Wider Erwarten schlief sie augenblicklich ein.

Als das Telefon klingelte, wollte sie zuerst gar nicht abnehmen. Aber vielleicht wollte Christoph mit ihr sprechen. »Hallo?«

»Prinzessin?«

Sie erkannte seine Stimme sofort und all die Wut, die Angst, die Zweifel lösten sich einfach auf. »Papa?«

»Wie geht es dir, meine Kleine? Du weißt ja schon, dass ich lebe.«

Ein Schluchzen löste sich aus ihrer Kehle. »Papa, was bedeutet das alles?«

»Das kann und will ich dir zu deiner eigenen Sicherheit nicht verraten, Prinzessin. Nur so viel: Ich musste damals

Hals über Kopf verschwinden, um dich zu schützen. Mehr kann ich nicht sagen. Am besten weißt du gar nichts. Hast du die Papiere im Hühnerstall gefunden?«

»Ja, Papa, aber was bedeutet das alles? Wer ist Klaus Märker? Ist das dein wirklicher Name? Bitte, Papa, erklär mir das.«

»Weiß noch jemand von den Papieren?«

Auf einmal war sie wieder das kleine Mädchen, das seinen Vater nicht enttäuschen wollte. »Nein.« Ihre Stimme zitterte nicht mal bei der Lüge.

»Gut. Du musst sie verbrennen, versprich mir das. Niemand darf sie sehen. Du hast sicher schon gemerkt, dass meine Fotos aus dem Album verschwunden sind. Hab keine Angst, das war ich. Ist sicherer so. Und geh nicht mehr im Dunkeln zum Friedhof, das ist zu gefährlich. Überhaupt solltest du abends im Haus bleiben. Du kannst keinem vertrauen, hörst du, schon gar nicht diesem Christoph.«

»Warum nicht?«

»Frag nicht. Tu einfach, was ich dir sage. Und such mich nicht, ich verlasse die Insel heute noch.« Er holte tief Luft. »Ich tu das alles nur für dich, meine kleine Prinzessin. Wenn Gras über die Sache gewachsen ist, melde ich mich wieder. Dann fangen wir beide ein ganz neues Leben an.« Klack.

Fassungslos starrte sie auf den Hörer in ihren Händen. *Wer hat Mama erschossen?*, wollte sie rufen. *Bist du verletzt? Wer ist Maria? Und was ist mit Christoph, warum darf ich ihm nicht vertrauen?*

Ihr Vater lebte, er hatte sie vor weniger als einer Stunde angerufen. Aber sie fühlte keine Freude, nur Verwirrung und Angst. Was sollte das bedeuten: *Ich musste verschwinden, um dich zu schützen.* Vor wem und warum? Warum hatte er seine Fotos geholt? *Versprich mir, dass du nicht mehr im Dunkeln zum Friedhof gehst*, hatte er gesagt. Aber das würde sie sowieso nicht mehr tun. *Dann fangen wir beiden ein ganz neues Leben an.* Warum und wo? Am schlimmsten war natürlich, dass sie niemandem trauen sollte, schon gar nicht Christoph. Das konnte doch nur bedeuten, dass an der Blauen Balje etwas ganz anderes passiert war als das, was Christoph seinerzeit der Polizei erzählt hatte. Aber warum wollte er dann, dass sie Kommissar Rennrodt die Papiere aus der Dose zeigte? Was wusste Christoph? Warum war er auf die Insel gekommen?

Mittlerweile war es draußen dunkel. Ihr Vater hatte sie aufgefordert, die Ausweise zu verbrennen. Gehorsam machte sich auf den Weg Richtung Keller, traute sich dann aber doch nicht die Stufen hinunter, sondern vergewisserte sich nur, dass die Tür zweimal abgeschlossen war. Im Moment vermochte Marit sich nicht vorzustellen, wie sie diese Nacht überstehen sollte, allein. Sie zog in allen Zimmern die Vorhänge zu, auch in dem Schlafzimmer ihrer Mutter, das sie seit Tagen nicht betreten hatte. Ganz schwach konnte man noch den süßlichen Duft nach Handcreme wahrnehmen. Im Winter hatte Fenna Hansen unter trockenen Händen gelitten und sie sich ständig eingecremt. Marit legte sich mit angezogenen Beinen auf das Bett. Einen ganzen Tag lang hatte sie nicht an ihre tote Mutter gedacht. Das konnte doch nicht sein. War sie denn so eine schlechte, undankbare Tochter? »Ach, Mama«, flüsterte sie. »Wenn du jetzt hier wärst, könnte ich dich fragen, was das alles bedeutet.« Aber irgendwie wusste sie genau, dass ihre Mutter, selbst wenn sie noch leben würde, keine Antworten geben könnte.

Amy kratzte an der Tür. Sie musste raus. Marit war dankbar für diese Ablenkung. Ohne den Hund wäre sie vielleicht schon verrückt geworden.

Das Telefon klingelte und Nadira Mahler erkannte auf dem Display Adrians Nummer. »Hallo, Schatz, wie war der Flug?«

»In Ordnung. Aber mir geht es nicht so gut. Hab mich wohl echt erkältet. Ich war nicht im Büro, Frau Haller hat alle Termine abgesagt.«

»Warst du beim Arzt? Soll ich kommen und dich pflegen? Ich nehme morgen die Fähre. Ich glaube, die geht um fünfzehn Uhr.«

»Nein, auf gar keinen Fall, Nadira.« Seine Stimme, die eben noch so kraftlos geklungen hatte, wurde plötzlich laut. »Du willst dich doch wohl nicht anstecken. Und ich finde es auch nicht gut, wenn du Lauritz schon wieder zu deiner Mutter bringst. Der kleine Kerl kommt ja ganz durcheinander. Eine Erkältung ist kein Weltuntergang. Ich werde einfach einen Grog trinken und schlafen. Und morgen rufe ich wieder an. Aber bitte sei so lieb und weck mich nicht auf. Und pass gut auf Lauritz und unsere Mädchen auf.« Damit war das Gespräch beendet.

Natürlich hatte Adrian das Recht, krank zu sein, müde, nicht telefonieren zu wollen. Aber manchmal kam es ihr so vor, als ob er sich vor allem für die Kinder interessiere und überhaupt nicht mehr für seine Ehefrau. Seine Zärtlichkeiten waren so selten geworden und gleichzeitig so mechanisch, als würde er den Hund des Nachbarn liebkosen. Kritisch schaute sie sich im Spiegel an. Okay, zurzeit erinnerte sie an einen Walfisch. Wie bei allen kleinen Frauen wirkte ihr Bauch besonders unförmig, zumal ja zwei Kinder darin wuchsen. »Ich bin also ein Doppelwal«, flüsterte sie. Ob Adrian eine Freundin auf dem Festland hatte? Vielleicht diese Sekretärin, Sabrina Haller. Unsinn, Frau Haller war mindestens zehn Jahre älter und sie verkörperte genau den herben Typ Frau, den Adrian nicht mochte.

An einem anderen Tag hätte sie jetzt bei Marit angerufen und sich ausgeheult. Aber Marit sollte ruhig ein bisschen schmoren und darüber nachdenken, wie schäbig sie Hauke behandelte. Diese Liebe zu Christoph war doch ein Hirngespinst. Ein Taxifahrer! Was wollte ein Taxifahrer auf einer autofreien Insel?

Adrian war krank, erkältet. Und er schlief nicht mit ihr, weil sie Zwillinge erwartete und der Frauenarzt vor einer Frühgeburt gewarnt hatte. Alles war gut. Aber warum hatte Adrian dann in der Nacht nach der Beerdigung geweint? Warum benahm er sich so seltsam?

Am Dienstag rief Till Weiland gleich um acht Uhr morgens an. »Die Kollegen von der Ballistik haben Überstunden gemacht. Eine der beiden Waffen, die am Friedhof abgefeuert wurden, ist diejenige, mit der Fenna Hansen erschossen wurde.«

»Bingo!«, rief Rennrodt. Er bedankte sich, versprach den Ballistikern ein Bier auszugeben, wenn er wieder auf dem Festland war, und legte auf. Wer war der andere Schütze? Welche Bedeutung hatte diese Schießerei am Friedhof? Hatte das Ganze überhaupt mit Marit Hansen zu tun? Aber bei einem der beiden Schützen handelte es sich um den Mörder ihrer Mutter.

Rennrodt griff nach seinem Handy. »Ja, Rennrodt hier. Ich denke, es geht voran. Könnte sein, dass es um eine alte Rechnung geht, dass jemand die gesamte Familie Behrens/Hansen auslöschen will, warum auch immer. In jedem Fall brauche ich so schnell wie möglich zwei Beamte, die rund um die Uhr Marit Hansen observieren.«

»Sonst noch was?«, beschwerte sich sein Chef.

Mit wenigen Worten informierte Rennrodt ihn über den Stand der Ermittlungen. »Es wäre doch peinlich, wenn sie vor unseren Augen abgeknallt wird. Am besten einen Mann und eine Frau, die sich als Paar in einer der Ferienwohnungen einmieten. Und dann brauche ich noch mal eine Liste der eingegangenen Anrufe auf ihre Festnetznummer. Wer immer dieser geheimnisvolle zweite Schütze auch ist, er wird sich vielleicht bei ihr melden. Ich glaube nämlich nicht, dass die Hansen alles sagt, was sie weiß. Das war's schon.« Er legte auf.

Gerade hatte ein Paar aus Wilhelmshaven angerufen. Sie wollten ganz kurzfristig ein paar schöne Tage auf Wangerooge verbringen und hatten nach einer freien Wohnung im *Möwennest* gefragt. *Schöne Tage*, hätte sie am liebsten erwidert, *damit kann ich zurzeit nicht dienen.*

Natürlich hatte sie zugesagt, es war bestimmt gut, wenn der Alltag wieder einkehrte. Da die Gäste nur zu zweit waren, hatte sie eins der Apartments unter dem Dach angeboten. Aber die beiden wollten mehr Platz und einen Balkon zum Rauchen. Marit stellte die Heizung in der Ferienwohnung an und legte Handtücher und Bettwäsche raus. Vorsichtshalber ging sie noch einmal mit dem Staubsauger durch die Räume, eigentlich unnötig, denn Rita Töbkes arbeitete sehr ordentlich. Marit stellte sich ans Fenster des zweiten Schlafraums und schaute rüber zum Kapitänshaus. Hier hatte Christoph manchmal gestanden und ihr zugewinkt. Wie glücklich sie damals gewesen war, glücklich und wahnsinnig verliebt. Rasch wandte sie sich ab.

Bei Tageslicht erschien ihr der Anruf ihres Vaters unwirklich. Mit seiner Anweisung, keinem zu vertrauen, hatte er sie zur völligen Einsamkeit verdammt. Gab es da überhaupt eine Steigerung, konnte man einsamer als einsam sein?

Ob Christoph noch im *Weißen Haus* wohnte? *Natürlich*, wollte sie sich beruhigen. *Er wird doch nicht abreisen, ohne sich zu verabschieden.* Nach reiflicher Überlegung hatte Marit entschieden, der Anweisung ihres Vaters nicht zu folgen. Sie würde die Papiere auf keinen Fall verbrennen. Dort, wo sie sich jetzt befanden, waren sie gut und sicher aufgehoben.

Als Rennrodt das Kapitänshaus erreichte, schloss Marit Hansen gerade die Haustür ab. Offensichtlich wollte sie mit dem Hund spazieren gehen.

»Darf ich Sie ein Stück begleiten?« Ihm war klar, dass sie einwilligen musste.

»Warum nicht?« Es klang wenig begeistert. »Ich wollte nur eine Runde mit Amy laufen. Gibt es Neuigkeiten?«

»Ja. Einer der beiden Schützen am Friedhof war der Mörder Ihrer Mutter.«

»Oh.« Sonderlich überrascht klang das nicht. Gar zu gern hätte er jetzt ihre Gedanken gelesen.

»Sie verschweigen mir etwas, Frau Hansen.«

»Ich weiß nicht, was Sie meinen.«

»Oh doch, das wissen Sie genau. Sie haben eine Ahnung, wer da am Friedhof geschossen hat. Vielleicht auch mehr als das. Ich bin mir relativ sicher, dass Sie mindestens einen der Schützen kennen. In Anbetracht der Umstände würde ich Ihnen dringend raten, die Wahrheit zu sagen. In Ihrem eigenen Interesse. Meiner Meinung nach versucht jemand, die Familie Hansen/Behrens auszurotten.« *Ausrotten* war ein rohes, Angst einflößendes Wort, das er sehr bewusst gewählt hatte und das seine Wirkung nicht verfehlte.

Marit Hansen schnappte nach Luft, wie jemand, der sich plötzlich erschrocken hatte. »Ich weiß nichts. Aber Sie machen mir Angst.«

»Vermutlich nicht genug Angst. Sonst würden Sie alles sagen, was Sie wissen. Sie können mich jederzeit anrufen. Ich werde die Insel vorläufig nicht verlassen. Meine Nummer haben Sie ja.« Er blieb stehen, zündete sich eine Zigarette an und sah ihr nach, wie sie mit eiligen Schritten Richtung Ortskern verschwand. Irgendetwas an ihr rührte ihn an. Vermutlich war es diese verzweifelte Tapferkeit, mit der sie ihre Situation ertrug. Marit Hansen hatte niemanden, der sich um sie kümmerte, der sich für sie verantwortlich fühlte, sie wirkte verloren. Er dachte an Schneyder. Entweder war der Typ ein Idiot oder er wusste mehr über diese Frau als Rennrodt selbst.

Schneyder spürte sofort, dass über Nacht etwas passiert war. Marit stand in der Tür und es war überdeutlich, dass sie ihn nicht reinlassen wollte. Erschöpft sah sie aus, bläuliche Schatten unter den Augen verrieten eine schlaflose Nacht. Sogar der Hund blinzelte ihn misstrauisch an, aber das konnte auch Einbildung sein.

»Hallo, Christoph.« Marits Stimme klang spröde.

»Du siehst ziemlich fertig aus.« Er streckte die Hand nach ihr aus, aber sie wich aus, indem sie einen Schritt zurückging.

»Wundert dich das? Immerhin wurde meine Mutter erschossen. Schon vergessen?«

Gekränkt schaute er sie an. Was war passiert, warum benahm sie sich so, als wäre er ihr größter Feind? »Hast du was gehört? Von der Polizei, meine ich?«

»Ja. Wir können wieder ruhig schlafen. Die Schüsse haben nicht uns gegolten. Es waren zwei Personen, die aufeinander geschossen haben. Einer der beiden ist verletzt, welcher, weiß man nicht. Und einer von beiden hat meine Mutter erschossen.«

»Woher können die das wissen?«

»So was finden die anhand der Munition raus.«

Er lehnte sich gegen den Türrahmen und verschränkte die Arme vor der Brust. »Hmm. Einer von beiden war dein Vater, das wissen wir. Die Chance steht also fünfzig zu fünfzig, dass er deine Mutter erschossen hat, richtig?«

»Nein. Falsch.« Trotzig schob sie die Unterlippe vor.

Christoph sagte nichts mehr, er schaute sie nur an, und sie tat ihm leid. »Eines Tages kommt die Wahrheit ans Licht, Marit. Dagegen kannst du gar nichts tun, glaub mir. Die Polizei ist doch nicht blöd.«

Sie zog die Unterlippe zwischen die Zähne und betrachtete das Muster auf dem Ärmel ihrer Strickjacke, als sähe sie es zum ersten Mal. »Wolltest du nicht zurück nach Köln fahren?«, fragte sie, ohne aufzusehen.

»Ja, das wollte ich. Aber ich habe es mir anders überlegt. Ich bleibe noch ein paar Tage auf der Insel. Immerhin ist das hier mein erster Urlaub seit vier oder fünf Jahren, warum sollte ich ihn vorzeitig abbrechen?« Seine Ankündigung, länger zu bleiben, machte ihr Angst, das war offensichtlich, und wieder fragte er sich, was in der Zwischenzeit passiert war. Eigentlich konnte es nur einen Grund geben, dass sie ihn nicht im Haus haben wollte. Ohne auf ihren Protest zu achten, drängte er sie mit seinem Körper zurück, machte drei Schritte in den Flur und schloss die Tür. Amy knurrte halbherzig, dann besann sie sich eines Besseren und forderte ihn zum Spielen auf, indem sie einen Gummiknochen aus ihrem Körbchen zerrte und vor seine Füße legte. Aber für den Hund hatte er jetzt keine Zeit. »Ist er hier? Bist du darum so komisch?«

»Wer?«

»Dein Vater natürlich, wer sonst. Ist er im Haus, willst du mich darum nicht reinlassen?«

»Quatsch. Mein Vater ist tot, das hast du selbst gesagt. Ich brauche einfach Ruhe, das ist alles.«

»Und ich störe dich? Ich glaube dir kein Wort, Marit. Dein Vater ist hier und ich will verdammt noch mal wissen, was das alles zu bedeuten hat. Wo ist er? Oben in deinem Zimmer? Oder hat er sich im Keller versteckt?«

In diesem Moment klingelte es an der Haustür und beide zuckten erschrocken zusammen. Draußen standen ein etwa vierzigjähriger Mann in Jeans und Parka und eine erheblich jüngere Frau in einer silbrig glänzenden Winterjacke, deren Gesicht von der Kälte gerötet war.

»Sven Hoffmann«, stellte der Mann sich vor. »Wir haben die Wohnung gebucht.«

»Genau. Und wir hoffen sehr, dass die Heizung schon läuft. Ganz so kalt hab ich es mir nicht vorgestellt.« Die Frau streckte Marit ihre Hand entgegen. »Martina Hage. Angenehm.«

»Hansen. Ich bin die Vermieterin. Keine Sorge, frieren werden Sie nicht, die Heizkörper habe ich gleich nach unserem Telefonat aufgedreht.«

Auch Schneyder musste die eiskalte Hand schütteln und sich vorstellen.

Es war klar, dass die beiden den Streit durch die geschlossene Haustür gehört hatten, auch wenn sie sich nichts anmerken ließen. Marit schien das peinlich zu sein, jedenfalls wirkte ihr Benehmen sehr hölzern. »Warten Sie, ich gehe selbstverständlich mit rüber. Christoph?« Sie schaute ihn auffordernd an.

Aber diese Gelegenheit würde er sich bestimmt nicht entgehen lassen. »Geh nur«, sagte er überfreundlich. »Ich warte auf dich. Willst du auch einen Kaffee?« Und dann öffnete er mit der größten Selbstverständlichkeit die Küchentür, hielt sogar Amy am Halsband fest, damit sie die Feriengäste nicht anspringen konnte.

Für einen Moment sah es so aus, also ob Marit ihn rauswerfen wollte. Aber dann schnappte sie einen der Schlüssel, die an einem Brett neben der Haustür hingen, und verschwand mit dem Paar Richtung *Möwennest*. Kaum, dass die Tür geschlossen war, raste er die Treppe hoch, der Hund, der das für ein neues, aufregendes Spiel hielt, folgte ihm laut bellend. Schneyder riss die Zimmertüren auf. Oben war niemand, auch nicht im Bad, das an Marits Reich grenzte, oder in den beiden Bodenräumen, in denen es nach uraltem Staub roch. Für einen Moment stellte er sich vor, dass Marit letzte Nacht mit Hauke Kuhlmann in dem Himmelbett gelegen hatte. Vielleicht war sie darum so abweisend. Wütend über diesen Gedanken knallte er die Tür ins Schloss. Als Nächstes schaute er im Keller nach und zuletzt in allen Räumen des Erdgeschosses. Aber er fand keine Spur von Johann Behrens, überhaupt keinen Beweis dafür, dass jemand hier gewesen war. Als Marit zurückkehrte, saß er am Küchentisch, vor sich die aufgeschlagene Zeitung, und der Wasserkocher fauchte leise vor sich hin.

»Na, hast du alles gesehen?«, fragte sie schnippisch.

»Ja. Dein Vater ist nicht im Haus, was ja nicht heißen muss, dass er nicht hier gewesen ist.«

»Und wenn? Was geht es dich an?«

»Fragst du das im Ernst?« Er lachte böse. Der Wasserkocher stellte sich mit einem lauten Klicken ab und er stand auf und goss den Kaffee auf, so als wäre er hier zu Hause. »Die Polizei wird schon noch von selbst draufkommen, dass dein Vater damals nicht ertrunken ist. Soll mich nicht wundern, wenn die hier bald alles auf den Kopf stellen. Irgendwo muss er ja schließlich sein.« Er drehte sich ruckartig um und freute sich über die Angst in ihrem Gesicht. »Ich wette, die überprüfen deine Anrufe.«

»Meinst du wirklich?«, fragte sie atemlos.

»Natürlich.« Er goss zwei Becher Kaffee ein und trug sie zum Tisch. »Oder hättest du lieber Tee getrunken?«

»Egal.« Sie zog einen Teil der Zeitung zu sich rüber, betrachtete mit gerunzelter Stirn die Schlagzeilen, dann hob sie plötzlich den Kopf. »Was ist eigentlich damals auf dem Schiff passiert?«

»Genau das, was ich bei der Polizei ausgesagt habe. Ich bin aufgewacht, weil jemand geschrien hat. Dann fiel etwas ins Wasser, danach war es still.« Warum wollte sie das wissen, ausgerechnet jetzt? Was hatte ihr Vater erzählt?

»Und vorher? Worüber habt ihr geredet?«

»Über Makrelen, wenn du es genau wissen willst. Und darüber, dass im Kartoffelsalat deiner Mutter Salz fehlte.« *Und darüber, dass ich die Finger von dir lassen soll.*

Mittwoch, 21. Januar 2011

Mit zusammengezogenen Augenbrauen starrte Hauptkommissar Gerrit Rennrodt auf den blauen Kugelschreiber, den er soeben demoliert hatte.

Hauke Kuhlmann, der die Aktion offenbar beobachtet hatte, grinste schadenfroh. »Und was sagen die Kollegen, die Marit observieren?«

»Nicht viel. Als sie gestern ankamen, haben sie und Herr Schneyder sich offenbar gerade gestritten. Er ist dann allein im Haus geblieben, während sie den Kollegen die Wohnung gezeigt hat. Danach ist er relativ bald abgehauen. Oben in ihrem Zimmer waren sie nicht, das hätten die Kollegen von ihrer Wohnung aus sehen können. Später hat die Hansen das Haus noch dreimal verlassen. Einmal davon zum Einkaufen, zweimal mit den Hund. Hoffmann meint, dass sie nicht besonders ängstlich wirkt.«

»Sollten wir nicht auch Christoph Schneyder überwachen?« Der Vorschlag musste natürlich von Hauke Kuhlmann kommen.

»Unnötig. Als Fenna Hansen erschossen wurde, war er in Köln. Das hab ich überprüfen lassen. Und bei der Schießerei auf dem Friedhof war er bekanntlich mit Frau Hansen zusammen.« Nachdenklich blätterte Rennrodt in seinen Notizen.

»Scheint jedenfalls nichts Ernstes mit den beiden zu sein. Schneyder wohnt immer noch im Hotel.«

»Vielleicht ist der erste Eindruck nicht immer der richtige.« Kuhlmann bemühte sich, ganz unbeteiligt zu klingen. War er aber nicht, das verriet seine Körperhaltung.

»Ich geh raus eine rauchen«, kündigte Rennrodt an, aber gerade als er aufstehen wollte, öffnete sich die Tür und Inga Thimm kam herein.

»Hey, wieder zurück? Erzähl, was gibt es Neues in der großen weiten Welt? Steht Wilhelmshaven noch?«

»Du wirst enttäuscht sein, Gerrit, aber auf dem Festland hat sich nichts verändert. Und das Wetter ist genauso kalt und unfreundlich wie hier.« Inga Thimm zog ihre warme Jacke aus und hängte sie an die Garderobe, dann steuerte sie die Kaffeemaschine an.

Rennrodt fand allerdings, dass sie zuerst Bericht erstatten musste. So weit kam es noch, dass sie den Dienst mit einer Pause begann. »Und was hast du rausgefunden?«

Da sie nichts von seinen Gedanken ahnte, schenkte Inga Thimm sich in aller Seelenruhe einen Kaffee ein und setzte sich damit an den Schreibtisch. »Johann Behrens, geboren 1935, war ein Findelkind, aufgewachsen in einem Kinderheim bei Lübeck, das seit mehr als vierzig Jahren nicht mehr existiert. Er hat in seinem Leben kaum Spuren hinterlassen. Ist zur See gefahren, bei einer Bremer Reederei, Gebrüder Maywald, die es aber seit den Neunzigern nicht mehr gibt. Sind mal aufgefallen, weil 1972 ein Schiff gesunken ist. Alle Besatzungsmitglieder sind ertrunken. Die Rede war von Versicherungsbetrug, aber das ließ sich nicht beweisen. Irgendwann hatte Johann Behrens einen Unfall. Fragt mich nicht, was da genau passiert ist, es existieren keine Unterlagen mehr. Aber da das Ganze nicht über die Berufsgenossenschaft abgewickelt wurde, wird es kein Arbeitsunfall gewesen sein. Behrens konnte jedenfalls nicht mehr arbeiten. Irgendwas mit dem Bein, wir wissen ja, dass er gehbehindert war.«

»Mehrfach gebrochen und schlecht zusammengewachsen«,

warf Rennrodt ein. »Das habe ich in den alten Vernehmungsprotokollen gelesen.«

»Ende 1974 wurde jedenfalls eine kleine Rente bewilligt«, nahm Inga Thimm den Faden wieder auf. »Und jetzt wird es interessant. Weihnachten 1976 hat er bei der Seemannsmission in Wilhelmshaven verbracht. Und da hat er Fenna Hansen kennengelernt.«

»Das wissen wir doch schon«, sagte Rennrodt ungeduldig.

Grinsend schüttelte Inga Thimm den Kopf. »Irrtum. Weihnachten 1976, sagte ich. Marit Hansen ist im Juni 1977 geboren, ein halbes Jahr später.«

»Wie? Die Hansen war schon schwanger, als sie ihn kennengelernt hat? Er ist überhaupt nicht ihr Vater?« Rennrodt, der eben noch gewirkt hatte, als ob er jeden Moment eindösen würde, saß plötzlich kerzengerade auf seinem Stuhl. »Ob sie das weiß? Das müssen wir klären.« Er drehte sich Kuhlmann um, der dem Gespräch atemlos lauschte. »Sie kennen Frau Hansen doch privat. Weiß Sie, dass Johann Behrens gar nicht ihr leiblicher Vater ist?«

Der Inselpolizist schüttelte den Kopf. »Beschwören kann ich es natürlich nicht, aber ich denke mal, sie hat keine Ahnung. Ich hab das jedenfalls nicht gewusst.«

Ohne es zu merken, ließ Rennrodt einen neuen Kugelschreiber leiden, indem er die Mine ständig klicken ließ, diesmal einen roten mit Werbeaufdruck von einer Versicherung. »Behrens ist also nicht der leibliche Vater von Marit Hansen. Interessant. Und du sagst, er hat nur ’ne kleine Rente gekriegt?«

Inga Thimm, die gerade einen Löffel Zucker in ihrem Kaffee versenkt hatte, nickte. »Fünfhundert Mark und ein paar Zerquetschte. Der muss mehr oder weniger auf Kosten dieser Fenna Hansen gelebt haben.«

»Da stellen sich gleich zwei Fragen. Wer hat das Boot bezahlt und woher stammt das Geld, das er für seine Tochter angelegt hat? Von Letzterem hat Fenna Hansen angeblich erst nach seinem Tod erfahren. Also muss es sein Geld gewesen sein. Aber da sollten wir noch mal den Anwalt fragen. Name und Adresse stehen irgendwo in der Akte.« Auffordernd schaute Rennrodt seine Kollegin an. »Und was hast du über Fenna Hansen selbst rausgefunden?«

»Ein ziemlich langweiliges Leben. Ihr Elternhaus steht in Norden. Dort ist sie aufgewachsen. Ihr jüngerer Bruder starb als Säugling an Hirnhautentzündung, mehr Geschwister gab es nicht. Der Vater war bei der Stadt angestellt, die Mutter Hausfrau, sie waren wohl sehr streng. Die Hansen hat nach der Schule im Büro gelernt und ist dann bei der Seemannsmission in Wilhelmshaven gelandet. Sie hatte eine kleine Wohnung, ist nicht großartig ausgegangen, hatte nie einen Freund. Dann wurde sie schwanger, was ihr keiner zugetraut hätte, kurze Zeit später traf sie Johann Behrens und erbte fast zeitgleich die Häuser auf der Insel. Das Elternhaus in Norden hat sie erst vor zwanzig Jahren geerbt.«

»Drei Häuser und die Aussicht auf ein viertes. Das könnte Behrens' Entscheidung, das Kind eines anderen zu akzeptieren, durchaus beeinflusst haben«, warf Rennrodt ein und keiner widersprach. »Noch eine dritte Frage fällt mir ein. Wer ist Marit Hansens wirklicher Vater? Kann man das noch rauskriegen?«

»Die Frau, mit der ich gesprochen habe, wusste es nicht. Es gibt aber noch eine andere ehemalige Arbeitskollegin. Ist schon berentet. Ich konnte sie nicht erreichen, hab aber die Telefonnummer.« Sie hielt inne. »Hey, erinnerst du dich an das Foto in dem Koffer? Der hübsche blonde Mann. Vielleicht ist das der Kindsvater.« Sie rechnete nach und schüttelte den Kopf. »Aber dann müsste er erheblich jünger gewesen sein als Frau Hansen, bestimmt zwanzig Jahre. Und eine Schönheit war sie ja nicht gerade. Ich glaube, das können wir ausschließen, es sei denn, er hätte sie vergewaltigt. Aber davon hat die Frau nichts gesagt und unter diesen Umständen hätte sie wohl auch kaum das Foto aufbewahrt.«

Um halb vier schaute Marit zum ersten Mal an diesem Tag aus dem Fenster. Und sie war überrascht, die Sonne zu sehen. Kurzentschlossen zog sie ihre Jacke an, setzte die Mütze auf und griff nach der gelben Hundeleine, was Amy augenblicklich in einen aufgeregten Gummiball verwandelte.

Gerta Kruse, die drei Häuser weiter wohnte und mit einem feuchten Tuch die Haustür abwischte, nickte ihr zu, gar nicht mal so unfreundlich.

»Moin, Frau Kruse.«

»Moin. Wie geht es dir denn, Marit?«

Was sollte sie darauf antworten? »Ich weiß nicht so recht.«

Anscheinend war die Antwort richtig, denn Frau Kruse nickte zufrieden. »Das glaub ich, Mädchen. Aber das Leben geht weiter, so ist es nun einmal. Deine Mutter hat jetzt ihren Frieden und du musst in die Zukunft schauen.« Dann, als wären ihr die eigenen Worte peinlich, wechselte sie das Thema. »Endlich ist es mal wieder trocken. Das muss man wirklich ausnutzen.«

Als sie durch die Zedeliusstraße Richtung Strand lief und der Himmel so blau strahlte und die Luft nach Meer und Salz roch und die Sonne das Rot der Ziegeldächer leuchten ließ, wurde ihr zum ersten Mal seit langer Zeit wieder bewusst, wie sehr sie die Insel liebte und dass es keinen Ort auf der Welt gab, an dem sie lieber gewohnt hätte. Natürlich hatte sich vieles geändert, auch auf Wangerooge war die Zeit nicht stehen geblieben. Die Lasten wurden nicht mehr mit Pferdefuhrwerken befördert, stattdessen gab es Elektroautos mit leise summenden Motoren. Wehmütig erinnerte sie sich an das eilige Trappeln von Pferdehufen auf den Pflasterstraßen, das in ihrer Kindheit zum Alltag gehört hatte. Wenn es nach ihr gegangen wäre, hätte man die Elektroautos gleich morgen wieder gegen die Pferdefuhrwerke eintauschen können.

An der Uhr beim *Café Pudding* blieb sie stehen und schaute von oben auf die See, die heute ganz friedlich aussah, eine glitzernde, blaugrüne Fläche. Die Wellen plätscherten leise und beruhigend, es hörte sich beinahe an wie Sommer.

»Hallo, Marit.«

Sie brauchte sich nicht mal umzudrehen, Christophs Stimme hätte sie überall erkannt. Natürlich schlug ihr Herz gleich wieder Alarm.

»Wollt ihr zum Strand?« Er ging in die Knie und ließ Amy an seiner Hand schnuppern, bevor er sie zwischen den Ohren kraulte. Amy legte sich sofort auf den Rücken, was ihn zu einem leisen Lachen veranlasste. »Hey, du bist ja ein ziemlich leichtes Mädchen.«

Diese Bemerkung ärgerte Marit, warum auch immer. Aber bevor sie was Passendes erwidern konnte, erhob er sich und blieb direkt vor ihr stehen, schaute ihr in die Augen, lange, sehr lange, bis sie es fast nicht mehr aushielt, und sagte dann etwas völlig Unerwartetes: »Hörst du immer noch die Scorpions?«

»Das weißt du noch? *Wind of change.*« Marit lächelte versonnen. »Dir ging der Song ziemlich auf die Nerven, stimmt's?«

»Ach, hat man das gemerkt?«

»Klar. Aber das war mir egal.« *Ich habe es genossen, dass du dich meinetwegen verbogen hast. Kleine Mädchen mögen es, wenn sie Macht über Jungs haben.*

»Und was hörst du heute?«

»Alles Mögliche. Amy MacDonald zum Beispiel.«

Ein kurzes Auflachen. »Jetzt weiß ich, wie der Hund zu seinem Namen gekommen ist. Amy.«

»Und was hörst du?«

»Nichts. Taxifunk. Radio.« Und wieder dieser Blick, der so viel Zärtlichkeit enthielt. Oder war das nur Wunschdenken? Sie wusste es einfach nicht.

»Weißt du eigentlich, warum ich im Oktober hergekommen bin, obwohl ich diese Insel nie wieder betreten wollte? Weil im Radio *Wind of Change* lief. Und da hab ich an dich gedacht, an damals.« Ganz langsam, als würde er jede Sekunde genießen, hob er die Hände, umschloss ihre Oberarme und zog sie an sich. Zuerst küsste er ihre Schläfe, ganz zart nur, sie ahnte es mehr als sie es spürte, dann wanderten die Lippen weiter und legten sich endlich warm und weich auf ihren Mund. Marit hatte das Gefühl zu schmelzen, sich aufzulösen. Sie konnte gar nicht anders, als sich gegen ihn zu lehnen, mit den Händen unter seine Jacke zu schlüpfen, auf der Suche nach seiner Haut. Genau hier, an dieser Stelle, hatten sie sich zum ersten Mal geküsst. Zwei Teenager, unglaublich verliebt, die nicht ahnten, was das Leben mit ihnen vorhatte. Er hatte es nicht vergessen, genauso wenig wie sie selbst. Egal was ihr Vater gesagt hatte, Christoph konnte sie blind vertrauen. Wie hatte sie nur daran zweifeln können?

Später, sehr viel später, murmelte er: »Verdammt, so kalt war es damals aber nicht.«

»Egal.« Marit fühlte sich ganz leicht, wie beschwipst. »Mir ist plötzlich ganz warm. Und ich will auch gar nicht mehr zum Strand.«

»Komisch. Ich auch nicht.«

Auf dem Rückweg liefen sie Hand in Hand und sobald einer von beiden stehen blieb, zog der andere ihn ungeduldig weiter. Marit hatte das Gefühl, innerlich zu verglühen. Ihr Blut schien sich in kochende Lava verwandelt zu haben und es gab nur eine Möglichkeit, dieses Feuer zu löschen und nur einen Menschen, der die Macht dazu hatte.

Vor dem *Spar*-Laden trafen sie Hauke Kuhlmann, der eine Tüte mit Lebensmitteln an seinem Fahrradlenker befestigte.

»Hallo, Marit.« Er musterte sie von oben bis unten, sicher sah er ihr an, was mit ihr los war, und sein Blick verdüsterte sich. Christoph ignorierte er völlig.

Sie entschied sich für ein neutrales: »Hallo, Hauke. Wir haben leider gar keine Zeit, vielleicht ein andermal.«

Trotzdem hatte sich etwas zwischen ihr und Christoph verändert und kaum, dass sie im Haus waren, wollte Christoph wissen, was da eigentlich zwischen ihr und Hauke lief.

»Nichts. In meinem Leben gibt es keinen Mann und wenn da einer wäre, würde er ganz bestimmt nicht Hauke Kuhlmann heißen. Okay?« Sie stellte sich auf Zehenspitzen und wollte ihn auf den Mund küssen, aber Christoph drehte den Kopf weg. Sein Fieber war gefallen.

»Und früher? War er mal dein Freund? Warum hat er nach der Beerdigung hier geschlafen?«

»Muss ich das wirklich erklären? Ich war allein. Meine Mutter wurde erschossen und bis heute weiß keiner, wer das getan hat. Ich habe keine Geschwister, Nadira ist schwanger und mit sich selbst und ihrer Familie beschäftigt. Da hat Hauke mich eben nach Hause gebracht. Und er ist geblieben.«

»So einfach geht das bei dir?«

»Was?«, schrie sie empört. »Was geht einfach bei mir? Er hat auf der Couch geschlafen und ich oben in meinem Bett. Mehr nicht.«

»Komisch, er benimmt sich, als ob er ein Recht auf dich hätte. Das hat er immer schon getan.«

»Ja, ich weiß.« Sie schluckte, holte dann tief Luft. »Okay. Ich will dich nicht anlügen. Da war mal was mit Hauke. Ein Mal, ein einziges Mal, vor vielen Jahren. Es war der verzweifelte Versuch, einen anderen zu vergessen, einen, der einfach aus meinem Leben verschwunden ist und sich nie mehr bei mir gemeldet hat.«

»Das stimmt doch gar nicht«, flüsterte er.

»Doch, Christoph, genau so ist es gewesen. Ich hab mir so verzweifelt gewünscht, dass du mir schreibst. Mein Vater war tot, meine Mutter wie eingefroren. Und ich hockte drüben im N.I.G.E. und sollte eine gute Schülerin sein. Da ist es eben passiert. Und wenn du es genau wissen willst, war es furchtbar. Es war das erste Mal, es hat ziemlich wehgetan, und hinterher habe ich mich schmutzig gefühlt. Hauke war überglücklich, hat gedacht, wir wären jetzt ein Paar, und ich hab nur geheult. Als er gemerkt hat, dass es nichts wird mit uns beiden, ist er abgehauen. Wohin, weiß keiner. Nach zwei Jahren hieß es, dass er in Oldenburg auf die Polizeischule geht. Seit er den Posten seines Vaters übernommen hat, sehen wir uns ständig. Er ist der beste Freund von Adrian und ich bin mit Nadira befreundet. Wir können uns gar nicht aus dem Weg gehen. Für mich ist die Situation weiß Gott nicht angenehm, das kannst du mir glauben. Aber soll ich deshalb mein Zuhause verlassen?«

Christoph war nicht wütend, er haute auch nicht ab, wie sie insgeheim befürchtet hatte. Er setzte sich einfach nur an den Küchentisch und starrte vor sich hin. Als sie sich hinter ihn stellte und beide Arme um seinen Körper schlang, legte er den Kopf zurück. »Warum sagst du, dass ich mich nie mehr gemeldet habe? Ich hab dir geschrieben, drei- oder viermal. Die Briefe sind zurückgekommen mit dem Vermerk *Annahme verweigert*. Da hab ich aufgegeben.«

»Nein«, flüsterte sie erstickt. »Glaub es oder nicht, ich hab keinen der Briefe zu Gesicht bekommen. Keinen. Und ich habe so darauf gewartet.«

Er nickte beiläufig, als wäre das nicht mehr wichtig. »Aber warum musste es Hauke sein? Ausgerechnet Hauke.« Mit einer sanften Bewegung machte er sich los. »Sei mir nicht böse, Marit, aber das macht mir irgendwie die Stimmung kaputt. Wenn ich mir vorstelle, dass er das gekriegt hat, was ich mir damals am meisten gewünscht habe.«

Das war einfach nicht fair. Wie konnte er ihr Dinge vorwerfen, die vor siebzehn Jahren passiert waren. »Das ist eine Ewigkeit her, Christoph! Du kannst doch nicht ernsthaft glauben, dass ich die ganzen Jahre ohne Mann gelebt habe. Jeder Mensch braucht doch mal körperliche Nähe, das Gefühl, für einen anderen wichtig zu sein. Und manchmal ist da eben nur der Falsche, und man denkt sich, besser der als gar keiner.«

»Kann schon sein. Aber nicht ausgerechnet Hauke.« Er stand auf und schaute sie traurig an. »Ich geh zurück ins Hotel. Es wird schon dunkel, also mach keinem die Tür auf. Du weißt ja, hier wird neuerdings scharf geschossen.«

Wütend rannte sie an ihm vorbei und stellte sich mit dem Rücken vor die Tür. »Läufst du schon wieder weg? Du bist ein Feigling, Christoph Schneyder, ein richtiger Feigling. Der Junge, in den ich so unsterblich verliebt war, hat niemals gekniffen.«

Er verzog keine Miene. »Es ist eben viel passiert in der Zwischenzeit. Das Mädchen, das ich geliebt habe, hätte auch nicht mit Hauke Kuhlmann geschlafen. Niemals.«

»Und was war das eben? Hat das keine Bedeutung für dich? Erzähl mir nicht, dass du nichts gefühlt hast!«

Er legte die Hände auf ihre Schultern und senkte den Blick. »Ich hatte heute früh einen Anruf. Ich fahr morgen nach Köln. Da gibt es ein paar dringende Sachen, die ich erledigen muss.«

Das tat weh, aber heulen würde sie nicht, lieber biss sie sich die Zunge durch. »Okay, gute Fahrt.« Es klang schnippisch.

Er bückte sich und kraulte die schlafende Amy. »Und du passt auf dein Frauchen auf, Amy MacDonald.«

Donnerstag, 27. Januar 2011

Wider Erwarten setzte die Erleichterung darüber, alle Probleme hinter sich gelassen zu haben, nicht ein. Vielmehr fühlte Schneyder sich zerrissen, wie halbiert, als hätte er den wichtigsten Teil von sich auf der Insel vergessen. Die Wut auf Marit war längst verraucht und schon während der Zugfahrt nach Köln sehnte er sich zurück. Marit hatte recht, er war ein verdammter Feigling, der nichts wagte, ein Blatt, das sich dem Wind überließ, das hin und her taumelte ohne erkennbares Ziel, ein Schiff auf dem Meer, das nirgends anlegen wollte. Plötzlich quälte ihn die Vorstellung, dass sein Verhalten sie direkt in Haukes Arme treiben könnte. Er fingerte das Handy aus der Tasche und schrieb eine SMS: SORRY ICH BIN EIN IDIOT BIN BALD ZURÜCK CHRISTOPH. Aber dann schickte er die Nachricht nicht ab, weil er sich selbst nicht traute. Am Ende fand er gar nicht den Mut, noch mal auf die Insel zu fahren. Warum denn auch, Marit verdiente einen Mann, der seinen Platz im Leben gefunden hatte, einen, an dem sie sich festhalten konnte, gerade jetzt. Vielleicht war Hauke Kuhlmann genau der Richtige, aber diesen Gedanken konnte er nicht ertragen.

Nach dem obligatorischen Morgenkaffee, Gerrit Rennrodt hatte Croissants vom Bäcker spendiert, stellte Inga Thimm ihre Theorie vor. Die halbe Nacht hatte sie wach gelegen und gegrübelt und mittlerweile fand sie die Vorstellung geradezu zwingend logisch. »Ich weiß, es klingt verrückt, aber was wäre, wenn Johann Behrens seinerzeit gar nicht ertrunken ist? Wenn er seinen Tod vorgetäuscht hat?«

Gerrit Rennrodt verschluckte sich beinahe an seinem Croissant, kein Wunder, die Dinger bestanden eigentlich nur aus Krümeln. »Wie bitte? Mensch, Inga, das ist doch völlig absurd.« Mit beiden Händen wischte er die Krümel von seinem Schreibtisch und seiner Hose. »Obwohl ... Vielleicht ist das gar nicht so verrückt. Damals habe ich nicht eine Sekunde über diese Möglichkeit nachgedacht. Aber jetzt sollten wir das zumindest in Erwägung ziehen.«

»Immerhin ist die Leiche bis heute nicht aufgetaucht«, warf Inga Thimm ein.

Rennrodt nickte zögernd. »Stimmt. Mal angenommen, Johann Behrens hat seinen Tod wirklich vorgetäuscht. Und seine Lebensgefährtin wusste davon. Und jetzt, im Angesicht ihres baldigen Todes, hat sie ihn für eine letzte Aussprache auf die Insel bestellt. Die Tochter sollte nichts davon erfahren, sonst hätte Behrens ja ins Haus kommen können. Deshalb der Treffpunkt in diesem Schrebergarten. Tagsüber ging es nicht, Behrens musste fürchten, dass jemand ihn erkennt. Allein schon sein hinkender Gang würde ihn verraten. So weit, so gut. Aber warum hat er seine Frau erschossen? Und wer weiß davon? Mit wem hat er sich mitten in der Nacht am Friedhof getroffen? Und wenn Behrens sich tatsächlich auf der Insel aufhält, wo wohnt er? Wie ist er angereist, mit dem Schiff oder dem Flugzeug?«

»Ich glaube nicht, dass Fenna Hansen die ganze Zeit Bescheid wusste. Denk an das komische Kirchenlied«, sagte Inga Thimm nachdenklich. »Der Anruf aus der Telefonzelle. Siebzehn Jahre lang hält sie ihn für tot und plötzlich ruft er an. Vielleicht hat sie darum dieses Lied über Lug und Betrug hören wollen. Das könnte Sinn machen. Aber warum hat er sich nach all der Zeit gemeldet?«

Da musste Rennrodt nicht überlegen. »Möglicherweise brauchte er Geld. Davon hatte sie ja genug und das muss er gewusst haben.«

Hauke Kuhlmann, der das Gespräch mit offenem Mund verfolgt hatte, schüttelte den Kopf. »Unmöglich. Von der Blauen Balje schwimmt keiner bis zum Festland. Schon gar nicht ohne Rettungsring oder Schwimmweste, und die waren noch vollzählig an Bord. Das weiß ich genau.«

Rennrodt warf ihm einen flüchtigen Blick zu. »Gut aufgepasst, Kollege. Aber wer sagt uns, dass Behrens damals keinen Helfer hatte? Vielleicht war alles ein abgekartetes Spiel. Irgendwo hat jemand mit einem Boot gewartet.«

»Ich glaube nicht, dass Behrens seine Tochter, die er so geliebt haben soll, umbringen wollte. Nein, das war ein anderer. Meiner Ansicht nach hat Herr Behrens am Sonntagabend Marit Hansen das Leben gerettet.« Inga Thimm feuchtete ihren Zeigefinger an und stippte damit die letzten Krümel von ihrem Teller. »Und jetzt fragt mich nicht, wie das alles zusammenhängt. Das weiß ich nicht, *noch* nicht. Aber ich rufe gleich noch mal die ehemalige Arbeitskollegin von Fenna Hansen an. Vielleicht bringt uns das irgendwie weiter.«

»Und ich besorge für morgen einen Durchsuchungsbeschluss. Falls Behrens sich irgendwo versteckt, dann doch wohl am wahrscheinlichsten bei seiner Tochter, oder? Wir werden das Haus und die beiden Ferienhäuser mal unter die Lupe nehmen. Marit Hansen könnte uns bei der Gelegenheit auch noch ein Foto von ihrem Vater geben. Vielleicht hat ihn ja doch jemand gesehen, jemand, der damals noch gar nicht auf der Insel gelebt hat.«

»Möglicherweise ist er verletzt«, warf Inga Thimm ein. »Die Chance steht fünfzig zu fünfzig.«

Mahmut war mehr als erfreut, als Schneyder sich meldete. Gestern Morgen hatte er Schneyder angerufen. Alle Unterlagen waren vorbereitet und Mahmut brannte darauf, die Kaufpapiere zu unterschreiben, um endlich auf eigene Rechnung zu fahren. In Schneyders Abwesenheit hatten sich Mahmut, seine drei Söhne und der Schwager die Schichten für beide Wagen gut eingeteilt. Genau wie Mahmuts Benz stand der Audi jetzt keine Stunde mehr.

»Läuft gut, Schneyder, läuft alles gut«, strahlte er. Und dann holte er voller Stolz sein dickes Portemonnaie aus der Tasche und zählte Schneyder einen ansehnlichen Stapel Scheine in die Hand. »Kannst zufrieden sein. Ist gut gelaufen. Morgen um zehn haben wir einen Termin beim Anwalt. Ist alles vorbereitet.« Er lachte strahlend.

Als Schneyder seinen Audi sah, der als dritter in der Schlange stand, verspürte er leise Wehmut. Am liebsten wäre er eingestiegen und losgefahren, wenigstens noch eine letzte Nacht. Aber natürlich war das Blödsinn. Er gab so viel zu erledigen und sein Körper hatte sich gerade erst daran gewöhnt, nachts auf Schlaf zu schalten, bisher ohne nennenswerte Panikattacken, was nach der Schießerei am Friedhof eigentlich verrückt erschien. Nein, es gab kein Zurück.

Schneyder zwang sich, Mahmut freundlich anzulächeln. »Noch was. Dein Schwager verkauft doch Gebrauchtwagen. Ich brauch 'ne Karre.«

»An was denkst du, Schneyder? Ein schöner Benz? Oder BMW? Du bist jetzt ja reich!« Wenn Mahmut lachte, sah er aus wie ein unbekümmertes Kind.

»Nicht übertreiben, Mahmut. Mir reicht was Kleines, aber er muss schon was unter der Haube haben. Sagen wir viertausend Euro, höchstens fünf, mehr nicht. Ich muss sparen.«

Ungläubig schüttelte der Kurde den Kopf. »Mehr nicht? Mann, Schneyder.« Er verdrehte die Augen. »Ein reicher Mann braucht ein dickes Auto. Sonst sagt die Freundin: Fahr allein.«

»Fünftausend. So schnell wie möglich. Und kein Schrott.«

»Schrott? Na hör mal, was denkst du von mir?«

»Nur das Beste.«

»Sag, Schneyder, was machst du jetzt? Was willst du arbeiten?«

»Ich denke, ich gehe zurück in meinen Beruf.«

Mahmuts schwarze Augen wurden groß und kugelrund. »Du hast einen Beruf, Schneyder, das hab ich doch gewusst. Erzähl, was wirst du machen?«

»Ich gehe zurück ins Krankenhaus. Ich bin Arzt.« Erstaunlich, aber Schneyder genoss es, dass Mahmut ihn bewundernd anschaute.

»Du bist ein Doktor? Warum haust du dir hier die Nächte

um die Ohren, Schneyder? Bist du verrückt?« Nein, das konnte Mahmut wirklich nicht verstehen.

Mehr brauchte er nicht zu wissen, fand Schneyder. »Ist einfach so passiert, Mahmut. Hat mich alles angekotzt, die ewigen Dienste und so.« Er schlug dem anderen auf die Schulter. »Aber weißt du was, hier ist es auch nicht besser. Ich muss jetzt weiter. Wir sehen uns morgen um zehn.«

In Schneyders Wohnung roch es muffig. Er öffnete die Fenster. Zum ersten Mal wurde ihm bewusst, dass sein Apartment ein Ort zum Alleinsein war, ein Loch, in das man sich verkriechen konnte, um seine Wunden zu lecken, aber keine Wohnung zum Leben. Er drehte die Heizung auf und startete den Computer. Die lange Liste von Mails, die sich angesammelt hatte, bestand am Ende nur aus Werbung und Spams. Er suchte die Adresse seiner Vermieterin raus und tippte eine Kündigung. Als Nächstes öffnete er seinen Kleiderschrank und beschloss, einen Großteil seiner Klamotten in die Altkleidersammlung zu geben. Sein Geschirr, viel war es ohnehin nicht, würde er dem Nachmieter überlassen.

Gegen elf Uhr nachts fiel ihm auf, dass er den ganzen Tag noch nichts gegessen hatte, und er holte sich einen Döner beim Imbiss auf der anderen Straßenseite. Zurück in seinem Apartment stellte er den Fernseher an, weil es nichts gab, was er sonst hätte tun können. Er legte sich aufs Bett und schlief schon bald ein, komplett angezogen, wie in seinen schlechtesten Zeiten. Er träumte von Marit, sie lag mit Hauke am Strand, sie wälzten sich nackt im feuchten Sand und Marit schaute Christoph dabei an und lachte wie irre, hoch und schrill und irgendwie abgehackt. Irgendwann merkte Schneyder, dass sein Handy bimmelte, nicht im Traum, sondern in der Realität.

Zu seiner großen Überraschung war Luna dran. »Hallo, Schneyder.« Sie hatte ihn noch nie angerufen, er wusste nicht mal, dass sie seine Nummer kannte. Ihre Stimme klang undeutlich, also war sie betrunken. »Mahmut sagt, dass du wieder da bist und dass du deinen Wagen verkaufst.« Ein komisches Geräusch schloss sich an und er brauchte eine

Weile um zu kapieren, dass sie weinte. »Gehst du wirklich weg?« Sie schluchzte erneut. »Du, ich steh unten vor deiner Tür. Lässt du mich rein?«

Sein Blick fiel auf den Wecker. Halb sechs. »Mensch, Luna, hast du mal auf die Uhr geguckt?« Er wollte nicht grob werden, aber er wollte sie auch nicht in seiner Wohnung haben.

»Halb sechs«, heulte sie. »Ist doch unsere Zeit, Schneyder.«

Unsere Zeit? Wir haben keine gemeinsame Zeit. Am liebsten hätte er das Gespräch einfach abgebrochen, aber dann besann er sich doch eines Besseren und sagte: »Moment, ich drück auf den Öffner.«

Bevor Luna sich in seine Arme stürzen konnte, legte er die Hände auf ihre Schultern und dirigierte sie zu dem einzigen Stuhl im Raum, der vor seinem Schreibtisch stand.

Schluchzend fummelte Luna ein total zerknülltes Papiertaschentuch aus ihrer Hose und wischte sich über die Augen, die rot waren und total verschmiert von grünem Lidschatten. »Sag doch was, Schneyder.«

»Was soll ich sagen? Du weißt ja schon alles. Ich verkaufe den Wagen und die Konzession an Mahmut und gehe nach Norddeutschland. Ich werde meine Facharztausbildung fortsetzen.«

»Warum nicht hier?«, heulte sie auf. »Wir haben doch auch ein Krankenhaus! Eine Uniklinik sogar!«

In der mein Vater herrscht.

Er hätte jetzt von Marit erzählen können. Aber das mit ihr war so hell und sauber, das gehörte nicht hierher. Vermutlich war Luna nicht viel älter als Marit, aber ihr Leben auf der Straße, die Geschichte mit ihrer Tochter, ihre fatale Vorliebe für Männer in engen Lederhosen, die Goldschmuck trugen, protzige Autos fuhren und aus Gewohnheit Frauen verprügelten, hatte sie vorzeitig welken lassen. Von dem unbedarften Mädchen aus der Provinz, das sie vielleicht mal gewesen war, konnte man kaum noch was erkennen. Mit schlechtem Gewissen fiel ihm ein, dass er mit Luna geschlafen hatte, aus Einsamkeit oder einfach, weil er in dieser Nacht Bock auf eine Frau gehabt hatte, weil er nackte Haut berühren wollte. *Manchmal ist da nur der Falsche, und man denkt sich, besser der als gar keiner,* hatte Marit gesagt.

War eine Professionelle im Bett nicht tausendmal schlimmer als Hauke Kuhlmann, der Marit immerhin geliebt hatte?

»Luna«, sagte er sanft. »Ich gehe wegen einer Frau an die Küste. Sie ist meine Jugendliebe und wir haben uns gerade erst wiedergefunden.«

Sie nickte unter Tränen. »Klar, versteh ich. Da kann 'ne Hure nicht mithalten.« Dann schaute sie ihn an, bettelnd wie ein Hund. »Können wir nicht trotzdem noch mal, ein letztes Mal? Oder lass mich wenigstens bei dir schlafen. Einfach nur festhalten und schlafen.«

Er ließ sich ein wenig Zeit mit der Antwort, als würde er ernsthaft darüber nachdenken. Aber dann schüttelte er den Kopf. »Tut mir leid, Luna, aber das geht jetzt nicht mehr. Wenn man jemanden wirklich liebt, kann man ihn nicht betrügen.« *Liebe*, auf einmal war das kein abgenutztes Wort mit fünf Buchstaben mehr, sondern ein warmes, sehnsüchtiges Gefühl.

»Du bist auch nicht besser als die anderen!«, heulte Luna auf und er verzichtete darauf, ihr zu widersprechen, weil das, was sie da sagte, der Wahrheit entsprach. Er hatte sie benutzt, genau wie die anderen Freier, nur dass er kein Geld bezahlt hatte.

Freitag, 28. Januar 2011

Ihre Hände waren so kalt wie Eis und genauso gefühllos. Dieser Rennrodt und seine Kollegin hatten nicht nur das Haus inklusive Keller und Boden, sondern auch alle Ferienwohnungen durchkämmt. Sie suchten ihren Vater und ihre Entschlossenheit machte Marit Angst. Im Bad hatten sie nach Mullbinden und Kompressen gesucht, später alle Mülleimer im Haus nach blutigem Verbandsmaterial durchforstet. Offenbar glaubten sie, dass ihr Vater verletzt war und dass sie ihn hier verbunden hatte. Dieser Rennrodt würde nicht eher aufgeben, bis er ihn gefunden hatte. Aber dann fiel ihr ein, dass ihr Vater gleich nach seinem Anruf die Insel verlassen hatte und sie wurde ein bisschen ruhiger.

Sie saßen zu dritt in der Küche. Ihr war so kalt, dass sie den Heizkörper anfasste, um sich zu vergewissern, dass die Heizung wirklich lief. Rennrodt schaute sie an, sehr ernst, und sie wusste, dass er alles, was sie sagte, auch jede Bewegung, sehr genau registrierte und analysierte.

»Frau Hansen, einer der beiden Schützen am Friedhof war definitiv der Mörder Ihrer Mutter. Das haben unsere Ballistiker anhand der Projektile festgestellt.« Er räusperte sich. »Ist es für Sie vorstellbar, dass Ihr Vater Ihre Mutter erschossen hat?« Und dabei schaute er sie an, als ob er längst schon alles wüsste und ihr nur noch die Chance geben wollte, von selbst zu reden.

»Mein Vater? Der ist seit siebzehn Jahren tot!«, kreischte sie, ihre Stimme überschlug sich und es hörte sich an, als wäre sie total durchgeknallt.

»Pscht«, versuchte er sie zu beschwichtigen. »Genau genommen ist er seit siebzehn Jahren verschollen. Es gab und gibt keine Leiche. Wie schon gesagt, lassen uns bestimmte Indizien, über die ich hier nicht sprechen darf, annehmen, dass er an der Blauen Balje nur seinen Tod vorgetäuscht hat.«

Sie legte die Hände vors Gesicht, die Daumen unter das Kinn, die Fingerspitzen trafen sich auf der Nasenwurzel, und schüttelte den Kopf. »Nein, niemals. Das hätte er nicht getan. Uns verlassen, meine ich. Ich glaube Ihnen kein Wort. Nicht, bevor er hier in der Tür steht.«

»Wir möchten Sie noch um ein Bild Ihres Vaters bitten.« Wortlos stand sie auf und holte das Album aus der Stube, zeigte ihm die Seiten mit den fehlenden Bildern. »Das war meine Mutter. Fragen Sie mich aber nicht, warum.«

»Vielleicht weil sie erfahren hat, dass er noch lebt, dass er sie all die Jahre belogen hat«, schlug Rennrodt mit einem merkwürdig zufriedenen Grinsen vor. »Das macht man doch gern. Bilder vernichten, wenn man einen Menschen nicht mehr liebt, vielleicht sogar hasst.«

»Das glaube ich nicht.« Marit bemühte sich, ganz überzeugt zu klingen. Sie schaute demonstrativ auf ihre Armbanduhr. »War es das? Ich muss mit dem Hund raus.«

Die beiden Kripobeamten wechselten einen Blick, den sie nicht deuten konnte, dann sagte die Frau: »Frau Hansen, da gibt es noch etwas. Wir sind ja immer noch auf der Suche nach dem Tatmotiv für den Mord an Ihrer Mutter. In diesem Zusammenhang war ich in Wilhelmshaven in der Seemannsmission. Dort hat sie ja früher gearbeitet.«

»Genau. Da hat sie auch meinen Vater kennengelernt.«

»Ihren Vater.« Die Kommissarin ließ die Worte eine Weile im Raum stehen, bevor sie weitersprach. »Ihre Eltern haben sich Weihnachten 1976 kennengelernt.«

Marit stutzte und schüttelte den Kopf. »Nein. Das war ein Jahr früher, Weihnachten 1975. Ich bin ja im Juni 1977 geboren und ich war keine Frühgeburt, im Gegenteil, ich habe fast acht Pfund gewogen.«

»Es stimmt schon«, sagte die Beamtin unbewegt. »Ihre Eltern haben sich Weihnachten 1976 kennengelernt. Wir haben das überprüft.«

Langsam, ganz langsam begriff sie denn Sinn ihrer Worte. »Aber das würde ja bedeuten ...«

»Richtig. Johann Behrens kann nicht Ihr leiblicher Vater sein. Ihrer Reaktion entnehme ich, dass Sie das nicht wussten.«

Wortlos stand Marit auf, ging in den Flur und holte aus dem weiß gestrichenen Sekretär das Familienstammbuch. Sie schlug die Seite mit ihrer Geburtsurkunde auf. »*Vater unbekannt*. Sie hat immer gesagt, dass das nicht wichtig wäre. Und dass ein Seemann nicht heiratet.«

Die Frau sah sie mitleidig an. »Wissen Sie, wo das mit seinem Bein passiert ist?«

»Ein Unfall an Bord, hat er immer gesagt. Aber vielleicht war das ja auch gelogen.« Es klang bitter.

Jetzt übernahm Rennrodt wieder das Gespräch. »Vermutlich. Wir wissen, dass Ihr Vater im Waisenhaus aufgewachsen ist. Danach ist er zur See gefahren. Die Reederei gibt es seit mehr als zwanzig Jahren nicht mehr. Wir haben noch keinen gefunden, der sich an die Zeit von damals erinnern kann. Aufgrund der Krankenunterlagen steht aber fest, dass er keinen Betriebsunfall hatte. Es muss ein Verkehrsunfall oder etwas Ähnliches gewesen sein. Gab es Freunde von früher, die ihn mal besucht haben?«

»Ich kann mich nicht erinnern. Vielleicht, als ich noch ganz klein war. Später jedenfalls nicht.«

»Ihr Vater bekam nur eine kleine Rente. Was glauben Sie, woher er das Geld für das Schiff hatte, diesen Kahn, hieß er nicht *Prinzessin*?« Irgendetwas schwang da in seiner Stimme mit, das ihr nicht gefiel.

Müde zuckte sie mit den Schultern. »Keine Ahnung. Die *Prinzessin* gab es, seit ich mich erinnern kann. Als Kind macht man sich über so etwas keine Gedanken. Es war sein Schiff und er hat viel Zeit an Bord verbracht, auch regelmäßig dort geschlafen. Er hat das Meer vermisst, hat er immer gesagt.«

»Gibt es den Kahn noch?«

»Nachdem mein Vater von Amts wegen für tot erklärt worden ist, hat sich ja dieser Anwalt aus Emden bei uns gemeldet, Fritz Brünjes. Ich war Papas Alleinerbin, allerdings gab es nichts außer dem Geld und dem Schiff. Mama hatte es nach seinem Tod aus dem Wasser holen lassen und untergestellt. Wir haben die *Prinzessin* relativ schnell verkauft, vermutlich unter Preis, aber wir wollten das Ding loswerden.«

Immer noch ließ Rennrodt sie nicht aus den Augen. »Dann ist da noch das Geld, das er für Sie angelegt hat. Übrigens schon 1982. Seinerzeit ging es um eine Summe von hundertfünfzigtausend Mark. Die muss man als einfacher Matrose erst einmal verdienen. Zusammen mit dem Schiff kann man davon ausgehen, dass Ihr Vater um die zweihunderttausend Mark zur Verfügung hatte. Haben Sie eine Ahnung, woher das Geld stammen könnte?«

»Sie vergessen, dass ich damals ein kleines Mädchen war. 1982 ging ich noch nicht mal zur Schule. Später kam er mir nicht sehr wohlhabend vor. Unser Geld haben wir mit den Feriengästen verdient. Jedenfalls habe ich das geglaubt.«

Rennrodt schaute auf die Uhr, hatte es plötzlich eilig. »Frau Hansen, sollte Johann Behrens sich bei Ihnen melden, bitte ich um Benachrichtigung. Hier geht es möglicherweise um Leben und Tod, auch und gerade für Sie.«

Sie war heilfroh, als die beiden Beamten endlich das Haus verließen und drehte den Haustürschlüssel zweimal um. Wenn Marits Leben ein Gebäude wäre, dann hatte der Kommissar aus Wilhelmshaven gerade die letzten intakten Mauern zum Einsturz gebracht. Ihr Vater war überhaupt nicht ihr Vater, oder besser: nicht ihr Erzeuger. Im Grunde wäre das gar nicht so schlimm gewesen – wenn man sie nicht ihr ganzes Leben lang belogen hätte. Weder ihr Vater noch ihre Mutter hatten es für nötig befunden, ihr die Wahrheit zu erzählen. Aber im Lügen schien ihr Vater ja geübt zu sein. Er täuschte seinen Tod vor, meldete sich nach siebzehn Jahren bei ihr und verlangte, dass sie schwieg. Schlimmer noch, er hatte sie dazu gebracht, selbst zu lügen, Papiere zu verstecken, seinen Anruf zu verschweigen – und Christoph zu misstrauen.

Wie oft hatte sie vor dem Spiegel gestanden und nach Ähnlichkeiten mit ihrem Vater gesucht. *Die blonden Haare hab ich von ihm geerbt*, ja, sie hatte sich gewünscht, ihm zu gleichen. Konnte es sein, dass sie sich in ihrem geliebten Papa total getäuscht hatte? Einem plötzlichen Impuls folgend suchte sie die Karte von Gerrit Rennrodt raus und rief ihn an.

»Hier ist Marit Hansen. Eine Frage habe ich noch. Wissen Sie, wer mein wirklicher Vater ist? Nicht. Danke.«

Was hatte sie denn erwartet? *Vater unbekannt*, stand groß und deutlich auf ihrer Geburtsurkunde. Das war also nicht gelogen.

Sie dachte an ihre Kindheit. Die langen, heißen Sommer und die Winter, die manchmal endlos erschienen waren. Wie oft hatte sie mit ihren Eltern am Küchentisch gesessen, während draußen der Wind an den Läden rüttelte, als wollte er um Einlass bitten. Rommé hatten sie gespielt und später Skat, obwohl ihr das nicht so viel Spaß gemacht hatte. Auf dem Tisch hatten immer ein Becher mit heißem Kakao für Marit gestanden, ein Glas Moselwein für ihre Mutter, an dem sie den ganzen Abend nippte, und eine Flasche Bier für ihren Vater, die ziemlich oft durch eine volle ersetzt wurde. Sie erinnerte sich an den herben Duft seiner Zigarillos, die er ständig paffte, an das grobe Goldarmband an seinem rechten Handgelenk und daran, wie er ihr immer zugezwinkert hatte. *Wir beide*, hieß das, *wir beide gehören zusammen*. Natürlich bedeutete es auch, dass ihre Mutter nicht dazugehörte, nicht wirklich. *Marit ist ein Papakind*, sagten beide, ihr Vater mit Stolz, ihre Mutter resigniert. Wenn ihr Vater nicht im Haus gewesen war, dann auf seinem Schiff, der *Prinzessin*. Im Nachhinein kam es ihr so vor, als ob nicht das Haus, sondern vielmehr das Boot sein wahres Zuhause gewesen war. Häufig übernachtete er in der Kajüte, weil er die Wassergeräusche so liebte. Er war eben ein Seemann, auch wenn er wegen des Beins seinen Beruf nicht mehr ausüben konnte. Komisch, dass ihr das jetzt wieder einfiel, aber einmal war sie zum Schiff gekommen und da hatte er in der Kajüte gehockt und geweint. *Papa*, hatte sie entsetzt gerufen, und war dann selbst in Tränen ausgebrochen, weil sie nicht aushalten konnte, dass ihr Vater, dieser starke, unbezwingbare, große Mann weinte. Später murmelte er, dass die See ihm so fehlen würde, der weite Himmel, diese Grenzenlosigkeit, auch das Leben an Deck, wo es nur Männer gab, und dass sie Mama nichts von seinen Tränen verraten dürfe, aber schon damals fand sie die Erklärung dünn und fadenscheinig.

Zu ihrer Konfirmation hatte ihr Vater ihr Konzertkarten für den Auftritt der Scorpions während der Expo in Sevilla geschenkt. Zu zweit waren sie nach Spanien geflogen, um das einzigartige Konzert live zu erleben, Seite an Seite, und sie hatten die Texte so laut mitgegrölt, dass sie auf dem Heimflug nach Hamburg kein Wort mehr rauskriegten. Es war mit Abstand das großartigste Geschenk, das Marit je bekommen hatte. Und doch war am Ende ein Schatten über diese Tage gefallen. Einbildung oder nicht, sie war bis heute nicht sicher und wollte auch nicht mehr daran denken.

Schon wieder wurde es eng in ihrer Kehle, sie wollte das gar nicht, aber die Tränen kamen von selbst. Am liebsten hätte sie jetzt Christoph angerufen und ihn angefleht, zurückzukommen. Aber sie würde ihm nicht mehr nachlaufen, das hatte sie lange genug getan.

»Komm, Amy, wir gehen spazieren.« Die Hündin lief schwanzwedelnd zur Haustür. Ihr Leben verlief beneidenswert komplikationslos. Fressen, schlafen, rausgehen.

Hauke Kuhlmann bewohnte eine winzige Wohnung am Ende der Friesenstraße. Ein großer Wohnraum mit integrierter Küchenzeile, ein Duschbad, in dem man sich kaum drehen konnte, und darüber ein fensterloser Schlafboden. Das Haus gehörte Gerd Hermanns, der die Woche über auf dem Festland arbeitete. Der Anbau nach hinten zum Garten war ursprünglich für die Eltern seiner Ehefrau gedacht gewesen, die in Berlin lebten. Bis vor drei Jahren hatten sie die Insel so oft wie möglich besucht, aber inzwischen war der Mann ein Pflegefall und an Reisen konnten sie nicht mehr denken. Gerds Frau wollte keine Feriengäste, aber leer stehen sollte der Anbau auch nicht und ein Polizist als Mieter schien eine gute Alternative zu sein. Als Inselpolizist hätte Kuhlmann auch über dem Polizeirevier wohnen können, aber ihm gefiel eine klare Trennungslinie zwischen Beruf und Privatleben besser. Und hier, ganz am Ende der Friesenstraße, wo er von seiner Terrassentür aus durch den Garten direkt in die Osterdünen gelangte, fühlte er sich ausnehmend wohl. Da nahm er die Enge der Wohnung gern in Kauf.

Zurzeit waren seine Vermieter in Urlaub. Drei Wochen Lanzarote, wie viele Insulaner nutzten auch sie den Winter zum Verreisen.

Hauke Kuhlmann kochte vor Wut. Mit allem hatte er gerechnet, aber nicht damit, dass dieser verdammte Behrens sich eine Schießerei auf der Insel lieferte und dabei auch noch verletzt wurde. In einem Anflug von Wahnsinn hatte er Behrens am letzten Donnerstag aufgenommen, nur für drei Tage, hatten sie abgemacht. Hauke fand es verständlich, dass der alte Behrens sich von seiner toten Frau verabschieden wollte.

Und jetzt lag Behrens dort auf dem Sofa, blutete alles voll und legte damit eine DNA-Spur, die unweigerlich zu Hauke Kuhlmann führen musste. Am Montag hatte er dem Alten sein Handy leihen müssen, weil der seine Tochter anrufen wollte. Warum, hatte er Hauke Kuhlmann nicht verraten. Er hatte ihn sogar vor die Tür geschickt. Natürlich wollte der Polizist wissen, wer auf Behrens geschossen hatte, aber der verzog keine Miene und dachte nicht im Traum daran, den Namen des Schützen zu verraten.

»Besser, du weißt von nichts. Sobald ich kann, verlasse ich die Insel und danach hörst du nichts mehr von mir.«

Dasselbe hatte er schon einmal gesagt, vor siebzehn Jahren. Und er hatte sich nicht daran gehalten. Seit Kuhlmann bei der Polizei war, egal ob in Oldenburg, Hannover oder jetzt auf der Insel, rief Behrens ihn regelmäßig an und fragte nach Marit, wollte alles über seine *Prinzessin* wissen.

»Ich habe was zum Verbinden mitgebracht. Whisky und Schmerztabletten.« Hauke Kuhlmann war in Friedenszeiten groß geworden, einen Großteil seines Lebens hatte er auf der Insel verbracht, fern aller großen Verbrechen, und obwohl er bei der Polizei arbeitete, war er noch nie im Leben mit Schussverletzungen in Berührung gekommen. Als er mit zitternden Fingern das zerrissene Geschirrhandtuch abzupfte, das die Verletzung provisorisch bedeckte, und die Wunde darunter sichtbar wurde, kam ihm der Mageninhalt hoch. Wie konnte ein Mensch mit so einer Verletzung weiterleben? »Sie brauchen einen Arzt«, flüsterte er. »Wenn mich nicht alles täuscht, haben die Wundränder sich infiziert.«

»Nicht dein Problem. Ein Arztbesuch hier auf der Insel ist zu gefährlich«, stieß Behrens zwischen zusammengebissenen Zähnen hervor. »Dieser Dr. Jennings konnte mich schon früher nicht ausstehen. Mach was Sauberes auf die Wunde und einen Verband darüber. Und dann gib mir die Tabletten. Hoffentlich helfen die auch.«

»Und dann? Sie müssen doch früher oder später zum Arzt.« Fragend schaute Hauke Kuhlmann auf. Johann Behrens war alt geworden, das ließ sich nicht leugnen. Das Haar war mittlerweile schneeweiß und längst nicht mehr so dicht wie früher. Er trug es zu einem dünnen Zopf gebunden, vermutlich ein letzter, in Kuhlmanns Augen lächerlicher Versuch, verwegen auszusehen. Auf der anderen Seite wirkte Behrens immer noch wie ein Mann, den man sich nicht zum Feind wünschte.

Jetzt griff er nach dem Whisky und nahm einen großen Schluck. »Beeil dich, das tut mordsmäßig weh.« Er stöhnte auf und langte erneut nach der Flasche. »Es war ein Fehler, noch mal herzukommen. Aber ich wollte mich von Fenna verabschieden. Immerhin haben wir so viele Jahre zusammengelebt, wir haben ein Kind großgezogen. Ich fand, dass ich ihr einen Besuch am Grab schulde. Scheiße, es zahlt sich nicht aus, sentimental zu sein.«

»Und wer hat auf Fenna geschossen?«, fragte Hauke Kuhlmann, der davon überzeugt war, dass Behrens den Täter kannte.

Doch der andere sah ihn nur verächtlich an. »Meine Sache, nicht deine.« Er lachte unangenehm. »Du bist 'ne ganz schöne Pfeife, mein Junge. Die Sache an der Blauen Balje war doch die perfekte Steilvorlage, um diesen Christoph endgültig aus dem Verkehr zu ziehen. Und jetzt komme ich auf die Insel und der hängt hier wieder bei meiner Kleinen rum.« Anklagend schaute er Hauke Kuhlmann an. »Ihr solltet auf mein Mädchen aufpassen.«

»Das Mädchen ist jetzt über dreißig. Sie hat Schneyder selbst herbestellt.«

Mit dem Daumen wischte Behrens über das Etikett der Whiskyflasche, dann machte er eine wedelnde Handbewegung, als wollte eine lästige Fliege verscheuchen. »Dann lass dir was einfallen. Und denk darüber nach, wie ich ungesehen von der Insel komme. Schon in deinem eigenen Interesse. Wenn die mich erwischen, bist du auch am Arsch. Ich hoffe, das weißt du.«

Hasserfüllt starrte Hauke Kuhlmann den Alten an. Johann Behrends hatte nicht mehr viel gemein mit dem rauen, von Wind und Wetter gezeichneten Seemann, den sie als Jungs verehrt hatten und der eines Tages von der Bildfläche verschwinden musste, weil es einen dunklen Punkt in seiner Vergangenheit gab, von dem Marit nichts erfahren sollte. Marit, immer nur Marit, und nie seine Fenna.

Inzwischen war aus Behrens ein boshafter alter Mann geworden, aufgetaucht aus der Versenkung, mit einer Waffe, und er hatte damit auf einen Menschen geschossen.

Nachdem Adrian Mahler am frühen Nachmittag auf Wangerooge gelandet war, rief der Anwalt auf Bitten seiner Frau bei Hauke Kuhlmann an. Nadira wollte unbedingt wissen, wie weit die Polizei mit ihren Ermittlungen gekommen war.

Mahler merkte gleich, dass sein Freund komisch klang. Und als Hauke ein Treffen am Sportplatz vorschlug, fand er das auch merkwürdig, willigte aber trotzdem ein. Er dachte sogar daran, nicht die leuchtend grüne Outdoorjacke anzuziehen, sondern stattdessen den langen Mantel von Burberry, der schon ein bisschen in die Jahre gekommen war und damit nicht mehr fürs Festland taugte.

Hauke sah blass aus, milchweiß, und seine Finger fummelten pausenlos an dem Knöpfen seiner Uniform herum. Wenn er so weitermachte, würde er gleich einen Knopf in der Hand halten.

»Ich weiß, du bist Anwalt und das nimmst du ernst. Aber du musst etwas für mich tun, das nicht ganz sauber ist.« Er lachte und es klang verzweifelt. »Ich hab große Scheiße gebaut und ich weiß verdammt noch mal nicht, wie ich da heil wieder rauskommen soll. Hör zu …« Hauke Kuhlmann drehte den Kopf und vergewisserte sich, dass niemand in der Nähe war, dann murmelte er: »In meiner Wohnung liegt der alte Behrens. Mit einer Schussverletzung. Und es geht ihm total scheiße, ich glaube, der kratzt mir bald ab.«

Fassungslos starrte Adrian Mahler seinen besten Freund an. Hauke Kuhlmann war Polizist, er hatte einen Eid abgelegt, seine Treue zur Verfassung und der Bundesrepublik Deutschland geschworen. Das, was er da gerade sagte, konnte einfach nicht sein. »Bist du verrückt geworden?«

»Ja, bin ich wohl. Ich dachte, wenn ich Marits Vater ...« Er brach ab und trat wütend gegen den Bretterzaun. Eine der Latten fiel mit einem trockenen Knacken herunter.

»Gott, vergiss die blöde Braut doch endlich«, stöhnte Mahler. »Die ganze Insel lacht ja schon über dich.«

Mit beiden Händen strich Hauke Kuhlmann sein flammend rotes Haar zurück. »Er wollte sich nur von seiner Fenna verabschieden.«

»Behrens hat versprochen, nie mehr aufzutauchen«, flüsterte Mahler tonlos. »Nie mehr, hat er gesagt.«

»Eben. Und deshalb muss er wieder verschwinden, so schnell wie möglich. Dieser Rennrodt aus Wilhelmshaven ist mittlerweile fest davon überzeugt, dass Behrens noch lebt. Noch fehlen ihm die Beweise, aber der Typ gibt nicht auf, der findet Behrens, da bin ich mir sicher, und dann sind wir dran.«

»*Du* bist dran, mein Freund.«

»Du etwa nicht? Du hast das Boot gesteuert. Wir haben beide das Geld genommen. Du und ich. Und wir haben uns die Hände gerieben, dass jeder Christoph Schneyder verdächtigt hat.«

Mahler hielt lieber den Mund. Ihm selbst war Christoph Schneyder seinerzeit völlig egal gewesen, ihm war es nur um das Geld gegangen. »Und wie soll Behrens zu meiner Maschine kommen, ohne dass ihn jemand sieht?«

»Das ist nicht dein Problem. Du musst am Montag ganz früh fliegen. Vorher gibst du mir den Schlüssel für deine Cessna und ich bringe Behrens im Schutz der Dunkelheit hin. Wenn du morgens kommst, hat er sich schon in der Maschine versteckt.«

»Da gibt es nicht viel Platz zum Verstecken«, knurrte Mahler unwillig.

»Das geht schon. Wir nehmen eine Decke mit.«

»Okay, ich mache es«, hörte Mahler sich zu seiner eigenen Verwunderung sagen. Aber im Grunde gab es ja keine Alternative. Wenn man erst mal Scheiße gebaut hatte, zog das neue Scheiße nach sich, und das ging immer so weiter.

Bis es am Ende knallte und alles rauskam. Oder auch nicht. Aber das war einzig eine Frage des Glücks, daran konnte man nichts drehen.

Mit einer heftigen Bewegung legte Hauke Kuhlmann den Arm um seine Schultern. »Danke, Alter. Ich bin echt froh, dass du mich nicht hängen lässt.« Er schnaufte erleichtert, lachte sogar. »Eins kann ich dir sagen, ich mach drei Kreuze, wenn der alte Sack verschwunden ist.«

»Hauptsache, der Arsch *bleibt* diesmal verschwunden. Wie alt ist der überhaupt?«

»Fünfundsiebzig, glaube ich. Keine Ahnung. Der redet nur mit mir, wenn es ihm passt. Meine Fragen beantwortet er grundsätzlich nicht.«

Mahler nickte, dann fiel ihm etwas ein. »Er muss doch wenigstens erzählt haben, wer der andere ist, der Mörder von Fenna Hansen.«

»Keinen Ton. Das geht mich nicht nichts an, sagt er.«

»Arsch«, wiederholte Mahler.

»Das kannst du wohl laut sagen.« Hauke Kuhlmann ging zu seinem Dienstfahrrad, das am Zaun lehnte, und griff nach dem Lenker. »Kommst du morgen Abend im *Treibsand* vorbei? Ich brauche ja den Schlüssel für die Maschine.«

»Klar. Ich ruf vorher noch an. Hab keine Ahnung, wann ich loskomme. Nadira braucht ein bisschen Unterstützung. Lauritz ist gerade recht anstrengend und sie kann sich nicht mehr so gut bewegen.« Adrian Mahler formte mit den Händen einen imaginären Bauch und watschelte wie ein Pinguin hin und her. Das alberne Lachen, das seine Pantomime auslöste, tat gut, weil es eine Menge Spannung nahm.

Samstag, 29. Januar 2011

Überall auf der Insel fragte die Polizei, ob jemand Johann Behrens gesehen hatte. Sie hielten es für möglich, dass er seinerzeit nicht ums Leben gekommen war. Seit Brunhilde Kuhlmann davon gehört hatte, schwankte ihre Stimmung zwischen grenzenloser Euphorie und ebenso starkem Hass. Ihr Körper kribbelte, als wäre ein ganzer Ameisenstaat in den Blutbahnen unterwegs, und sie konnte nicht eine Minute still sitzen.

Immer wieder musste sie an die Pistole denken, die Lothars Vater ihm vererbt hatte und die im Keller lag. Ein Erinnerungsstück, behauptete Lothar immer und dass die Waffe nicht mehr zu benutzen wäre. Vorhin hatte sie nachschauen wollen, ob die Waffe sich noch in seinem Werkzeugschrank befand, aber die Tür zu dem Raum war abgeschlossen und der Schlüssel nicht auffindbar. Und Lothar, das war ihr gestern schon aufgefallen, konnte ihr nicht in die Augen sehen. Was, um Himmels willen, hatte das zu bedeuten? Es konnte doch nur eine Erklärung geben, eine schreckliche, furchtbare Erklärung.

Jahrelang hatte sie darüber nachgedacht, ob Lothar mit seinem Boot zur Blauen Balje gefahren war, um Johann von der *Prinzessin* zu holen und zu töten. An dem Morgen, als der Seenotkreuzer den Jungen zurück zur Insel gebracht hatte, war sie wie alle anderen auch zum Hafen gelaufen. Und da war ihr auf Lothars Boot die alte Sturmlaterne aufgefallen, die am Tag davor noch im Garten gestanden hatte. Aber Lothar war nachts im Haus gewesen, sie hatte ihn im Schlafzimmer auf- und abgehen gehört. Oder hatte sie das nur geträumt? Nach all den Jahren war sie nicht mehr sicher.

Die Spuren an Bord der *Prinzessin* gaben keinen Kampf oder gar Mord her, das hatte sie seinerzeit in der Zeitung verfolgt. Lothar selbst wollte ja nicht mit ihr darüber reden. Außerdem konnte sie sich einfach nicht vorstellen, dass ihr Mann ein Mörder war, auch wenn er drei Tage zuvor wie von Sinnen auf sie eingeschlagen und immer wieder gebrüllt hatte: »Du machst mich nicht vor allen Leuten lächerlich, du nicht!«

Siebzehn Jahre später sah sie alles in einem neuen Licht. War es nicht vorstellbar, dass Lothar seinerzeit Johann gezwungen hatte, die Insel zu verlassen? Hatte er ihn mit seiner Waffe bedroht und gesagt: *Wenn du nicht verschwindest, bringe ich dich um?* Und jetzt war Johann zurückgekommen, heimlich, aber Lothar hatte trotzdem davon erfahren. War es abwegig, anzunehmen, dass er die Waffe aus dem Keller geholt hatte, um Johann Behrens zu töten?

Bei der Schießerei am Friedhof hatte es einen Verletzten gegeben. Da Lothar unverletzt war, musste Johann angeschossen sein. Aber wer von beiden hatte Fenna umgebracht, und warum?

Brunhilde Kuhlmann schüttelte den Kopf und rieb sich über die brennenden Augen. Irgendein Puzzlestück fehlte. Vielleicht sollte sie zu Clemens Vogt gehen und sich ablenken. Aber sie konnte nicht mit Clemens schlafen, nicht wenn Johann sich auf der Insel befand. Lothar vermochte sie leichten Herzens zu betrügen, aber nicht Johann, die Liebe ihres Lebens.

Ob er sich bei Marit versteckte? Je länger sie darüber nachdachte, umso wahrscheinlicher erschien ihr dieser Gedanke. Warum sollte sie das Mädchen nicht einfach fragen, immerhin ging es um ihren Vater. Die beiden hatten ein sehr enges Verhältnis und Marit würde ihn nie verraten, das wusste Brunhilde Kuhlmann einfach. Doch zuerst musste sie sich umziehen, falls Marit sagte: *Ja, er liegt im Wohnzimmer, kommen Sie rein.*

Mit Bedacht wählte Brunhilde Kuhlmann die dunkelgrüne Bluse aus Rohseide, die ihre Augen so geheimnisvoll leuchten ließ, jedenfalls hatte Clemens Vogt das mal gesagt, dazu den engen grauen Rock. Hohe schwarze Stiefel, ihr schwarzer Mantel und die lila Filzkappe. So konnte sie sich sehen lassen. Im letzten Moment zog sie noch ihre Lippen nach. Blutrot, das war schon immer ihre Farbe gewesen. *Rasseweib*, hatte

Johann sie genannt, damals, und sie würde ihm beweisen, dass sich nichts daran geändert hatte.

Als sie die Pforte verschloss, stand sie Mina Janssen, ihrer Nachbarin, gegenüber.

»Oh, Brunhilde, hast du was Besonderes vor? Du siehst ja so schick aus.«

»Ach was, wozu hat man das ganz Zeug, wenn man es nicht wenigstens am Sonntag anzieht? Ich wollte mal nach Marit sehen. Ist alles doch ein bisschen viel für die Kleine. Sonst hat sie ja keinen mehr.«

»Hast du es noch nicht gehört? Die hat wieder was mit dem Jungen von damals angefangen. Der mit an Bord war, als Johann ertrunken ist. Kaum, dass Fenna unter der Erde liegt. Als hätte sie nur darauf gewartet.« Verächtlich kräuselte Mina Janssen ihre schmalen Lippen. »Dabei hab ich immer gemeint, dass da was zwischen Marit und Hauke läuft.« Mit unverhohlener Neugier schaute sie Brunhilde Kuhlmann an.

Die zuckte nur mit den Schultern. »Das müssen die jungen Leute selbst wissen. Und du meinst, dass dieser Christoph wieder auf der Insel ist?«

»Ja doch, wenn ich es dir sage. Der geht da ein uns aus, sagt Gerta. Ich habe sie erst Mitte der Woche getroffen.«

Gerta hieß die ältere Schwester von Mina Janssen. Sie wohnte ebenfalls in der Straße Am Wattenmeer und wusste über das meiste, was dort passierte, Bescheid.

Mit einem angedeuteten Lächeln zog Brunhilde Kuhlmann ihre Filzkappe etwas tiefer ins Gesicht. »Ich probiere einfach mein Glück. Wenn sie mich nicht reinlässt, gehe ich ein bisschen spazieren.«

In ihrer Aufregung über die Nachricht, dass Johann am Leben und wieder auf der Insel war, hatte sie wohl das logische Denken verlernt. Marit und Christoph waren mitten in der Nacht am Friedhof gewesen. Warum wohl, die hatten was miteinander, darauf hätte sie auch selbst kommen können. Ob sich das gehörte oder nicht, stand auf einem ganz anderen Blatt. Sie als Ehebrecherin durfte sich wohl kaum erlauben, über andere den Stab zu brechen. Und wenn es nicht ihren eigenen Sohn beträfe, hätte ihr die Vorstellung sogar gefallen, dass ein Paar nach so langer Zeit doch noch zueinanderfand. Als Haukes Mutter fiel es natürlich schwer, Marits Partei zu ergreifen, auch wenn Brunhilde Kuhlmann wusste, dass die junge Frau ihren Sohn nie ermutigt hatte.

Natürlich würde sie Marit unter diesen Umständen nicht besuchen. Wenn dieser Christoph bei ihr wohnte, schien es auch schwer vorstellbar, dass Johann sich dort aufhielt. Seiner Tochter konnte er vertrauen, aber bestimmt nicht einem Wildfremden.

Langsam schlenderte Brunhilde Kuhlmann die Zedeliusstraße runter. Sie blieb an jedem Schaufenster stehen und betrachtete in aller Ausführlichkeit die Auslagen. An der oberen Strandpromenade schlug sie den Weg zum *Café Kluntje* ein. Sie suchte sich einen Platz am Fenster. Die junge Frau, die bediente, hatte sie noch nie gesehen. »Ist Janusz nicht da?«

»Er ist krank. Schon die ganze Woche. Was darf es sein?«

Schade, dachte Brunhilde Kuhlmann. Sie mochte Janusz. Er nannte sie immer Frau Brunhilde und in seinen Augen glaubte sie pure Bewunderung zu erkennen. Und ein bisschen Bewunderung hätte ihr an diesem Tag wirklich gutgetan.

»Rita, glaubst du, dass man es spürt, wenn man den richtigen Menschen trifft, den einen? Hast du das damals bei Focko sofort gewusst?«

Da brauchte Rita Töbkes nicht eine Sekunde zu überlegen. »Natürlich. Ich hab ihn gesehen und wusste, der oder keiner.«

»Und er hat das auch gewusst?«

Rita lachte und drückte ihre Zigarette im Aschenbecher aus. »Ich bin mir nicht ganz sicher. Später hat er das immer behauptet. Aber damals, an diesem schweinekalten Tag im Dezember? Keine Ahnung. Ich war in Wilhelmshaven auf dem Weihnachtsmarkt und wollte einen Glühwein trinken. Da stand er mit seinen rotgefrorenen Ohren und war so groß, dass er kaum in den Verkaufswagen passte. Eine Schönheit war er gerade nicht, aber verlässlich, das hab ich sofort gewusst. Er war so fürsorglich, hat immer zu den Leuten gesagt: *Vorsicht, das ist sehr heiß, verbrennen Sie sich nicht.* Das fand ich einfach nur süß. Weißt du, das Äußere ist nicht so wichtig, wie man immer denkt. Hier drinnen muss es stimmen.« Sie klopfte sich mit der Faust auf ihren Oberkörper und löste damit einen Hustenanfall aus. »Ich sollte weniger rauchen«, keuchte sie.

Wäre sie in Christoph verliebt, wenn er abstehende Ohren hätte, wenn er übergewichtig wäre, wenn seine Augen sie nicht an Bernstein erinnern würden? Nachdenklich krauste Marit die Stirn.

»Na ja, wenn er dich anfasst, müssen schon die Funken fliegen«, unterbrach Rita ihre Gedanken. »Das gehört auch dazu.« Sie legte den Tabaksbeutel auf ihren Schoß und bastelte eine neue Zigarette. »Ich stelle mir immer vor, dass das Leben ein riesiges Puzzle ist. Vor dir liegt die Tüte mit den ganzen Teilchen, die im Grunde fast alle gleich aussehen. Aber nur eins, ein einziges passt wirklich. Dieses Teilchen musst du finden und wenn du es in der Hand hältst, erkennst du es auch. Weil es eben hundertprozentig passt.«

»Und wenn er nicht dasselbe fühlt?«

»Ganz einfach, dann ist er nicht der Richtige.«

Doch, dachte Marit trotzig. *Das ist er, auch wenn er es nicht wahrhaben will.*

Sonntag, 30. Januar 2011

Am Sonntagmorgen rief Mona Lindberg an. Ihr Mann Björn war seit gestern Abend verschwunden. Er litt seit Jahren unter Schlaflosigkeit und war nach *Wetten dass* noch zu einem Spaziergang aufgebrochen. Erst morgens hatte sie bemerkt, dass er nicht zurückgekehrt war.

Der Vermisste war neununddreißg Jahre alt, ein blonder, etwas rundlicher Mann mit Vollbart, mittelgroß, der als Gemeindearbeiter beschäftigt war.

Rennrodt fand, dass das genau die richtige Aufgabe für

den Kollegen von der Insel war. Warum sollten er und Inga Thimm die Einzigen sein, die am Wochenende arbeiten mussten. Er griff zum Handy und schilderte Kuhlmann die Situation. »Fragen Sie ein bisschen rum. Vielleicht hat er eine Freundin, vielleicht ist er irgendwo versackt, keine Ahnung. Gehen Sie zum Bahnhof, zum Flugplatz, zum Fähranleger, das übliche Programm.«

»Björn Lindberg doch nicht«, murmelte Kuhlmann. Als Rennrodt ein unwilliges Schnaufen von sich gab, lenkte er schnell ein. »Okay, ich mache mich ja schon auf den Weg.«

»Björn Lindberg?« Inga Thimm, die gerade damit beschäftigt war, den ersten Kaffee des Tages aufzusetzen, schaute auf. »Björn Lindberg hat mit Fenna Hansen im Kirchenchor gesungen. Ich habe ihn damals vernommen. Komischer Typ.«

Der Tote lag inmitten der trockenen Besenheide, nicht weit von der Straße zum Westen entfernt. Sein Hinterkopf bestand nur noch aus einer breiigen, blutigen Masse. Ein junges Mädchen hatte ihn entdeckt und so hysterisch geschrien, dass man nach Dr. Jennings rufen musste, der ihr eine Beruhigungsspritze verpasste.

Inga Thimm, die sich vom Festland das Rennrad ihres Sohns mitgebracht hatte, kam als Erste an, ihre Kollegen brauchten für den Weg fünf Minuten länger.

»Die Spurensicherung kommt in einer halben Stunde. Till Weiland hat gedacht, dass wir ihn verarschen wollen. Kein Wunder. Auf dieser Insel scheint ja das Mordfieber ausgebrochen zu sein. Ist das der Vermisste?« Fragend schaute Rennrodt Hauke Kuhlmann an.

Der nickte. »Ich denke schon. Umgedreht hab ich ihn natürlich nicht.«

Exakt dreiunddreißig Minuten später kreiste der grünweiße Polizeihubschrauber über ihren Köpfen. Rennrodt winkte mit beiden Armen, zeigte auf die Leiche und der Pilot wählte einen Landeplatz aus, der weit genug entfernt lag, um keine Spuren zu zerstören.

Wenig später näherte sich Till Weiland, der laut vor sich hin schimpfte. »Was ist bei euch denn los? Ist es dir zu einsam auf der Insel oder was, Gerrit? Heute ist Sonntag!« Nachdem er ein paar Fotos geschossen und sich anschließend vergewissert hatte, dass es keine Fußspuren gab, die er zerstören konnte, kniete er sich neben die Leiche. »Sieht ja ganz schön übel aus. Tod durch Schussverletzung, würde ich sagen. Ich sehe mindestens drei Einschüsse. Habt ihr die Tatwaffe gefunden? Nicht? Na, warum soll es auch einfach sein, wenn es kompliziert geht. Dann sucht mal schön, Leute.« Er zückte erneut die Kamera und schoss diverse Aufnahmen von dem Toten. «So, das reicht. Jetzt vorsichtig umdrehen.«

»Hey, was ist das denn?«, murmelte Rennrodt. Unter dem Toten lag ein seltsam geformtes Fernglas. »Ein Nachtsichtgerät, hat mindestens tausend Euro gekostet. Sowas brauchen normalerweise nur Jäger.«

»Gibt es auf der Insel Wild?«, wunderte sich Inga Thimm.

Hauke Kuhlmann, der ein wenig abseits stand, offenbar schlug ihm der Anblick des Toten auf den Magen, schüttelte den Kopf. »Nur Hasen und Fasane. Aber Björn Lindberg war kein Jäger, da bin ich mir ziemlich sicher. Er hat ja auch keine Waffe dabei. Sein Hobby war es, die Natur zu beobachten. Fotografiert hat er auch gern, natürlich nicht in der Nacht. Ein sonderbarer Vogel. Ein Einzelgänger.«

Am Nachmittag stand fest, dass der Mord zwischen zweiundzwanzig und vier Uhr morgens passiert sein musste. Am Fundort gab es keinerlei verwertbare Spuren, nicht mal Patronenhülsen. Die musste der Schütze eingesammelt haben. Eine Mordwaffe wurde nicht gefunden, aber damit hatte auch niemand gerechnet. Weiland machte kein Hehl aus seiner schlechten Laune. »Soll mich nicht wundern, wenn der Gerichtsmediziner Neun-Millimeter-Kugeln findet. Eins sage ich euch, Kollegen, jetzt reicht es aber. Ich hab so viele Überstunden, dass ich einen ganzen Monat zu Hause bleiben könnte.«

»Falls du glaubst, dass es ein Vergnügen ist, ausgerechnet

den Januar auf Wangerooge zu verbringen, irrst du dich. Du kannst wenigstens zurück aufs Festland«, konterte Rennrodt. Er hatte sich entschieden, gemeinsam mit Inga Thimm die Frau des Toten aufzusuchen. Hauke Kuhlmann musste derweil an sämtlichen Türen klingeln und fragen, ob jemand am Vortag in der Nähe des Tatortes einen Streit gehört oder eine Einzelperson beobachtet hatte.

Rennrodt war sicher, dass jemand der Witwe ein starkes Beruhigungsmittel gegeben hatte. Sie wirkte sehr verlangsamt und ein bisschen geistesabwesend. Mona Lindberg war klein und schlank, er schätzte sie auf Ende dreißig. Sie roch intensiv nach Seife und wirkte überaus sauber, wie frisch geschrubbt, vor allem die Hände, die hellrosa schimmerten, erweckten diesen Eindruck. In ihrer Wohnung schien alles zu glänzen. Weiße Ledersofas, ein Glastisch, auf dem die Spurensicherung garantiert keinen einzigen Fingerabdruck gefunden hätte, ein weißer Teppichboden ohne jeden Fleck oder Fussel, makellos weiße Wände, lieblos dekoriert mit nichtssagenden Kaufhausdrucken. In jedem der Fenster stand genau mittig ein weißer Übertopf mit einer weiß blühenden künstlichen Orchidee. Ein Raum zum langsamen Erfrieren.

Als Inga Thimm ihre Hand auf Frau Lindbergs Schulter legte und «Unser Beileid, Frau Lindberg« murmelte, wirkte die Witwe ein bisschen pikiert, als würde sie die Berührung als Übergriff empfinden.

»Ich weiß nichts, gar nichts. Er wollte nur spazieren gehen.« Ihre rechte Hand wischte pausenlos am linken Oberarm rauf und runter.

»Hat er das oft gemacht? Ich meine, war er häufiger so spät unterwegs?« Inga Thimme sprach leise und sehr freundlich.

»Er konnte seit Jahren nicht mehr richtig schlafen. Die frische Luft tut ihm gut, macht ihn müde, hat er immer gesagt.« Sie schluchzte trocken auf, faltete die Hände und klemmte sie zwischen ihre Knie. »Er war einfach sehr gern in der freien Natur.«

Inga Thimm nickte, als wäre das völlig normal. »War gestern Abend alles wie immer? Ich meine, wirkte er aufgeregt? Anders als sonst?«

»Nein.« Es klang, als müsste sie sich verteidigen.

»Haben Sie gesehen, wie er losgegangen ist?«, fragte Inga Thimm leise.

Mona Lindberg überlegte. »Nein«, sagte sie dann. »Ich bin ins Bett gegangen. Ich habe ihn nicht mehr gesehen, nur gehört, dass die Haustür ins Schloss gefallen ist.«

»Wann war das?«, warf Rennrodt ein.

»Genau kann ich das nicht sagen. Etwa eine Viertelstunde, nachdem die Sendung zu Ende war. Ich musste ja noch ins Bad. Als die Tür klappte, habe ich gerade die Tagesdecke vom Bett gezogen.«

Inga Thimm nickte. »Noch etwas, Frau Lindberg. Ihr Mann hatte ein Fernglas dabei, ein Nachtsichtgerät. Wozu hat er das gebraucht? War er Jäger?«

»Ganz bestimmt nicht. Mein Mann konnte keiner Fliege was zuleide tun. Er hat gern die Natur beobachtet, die Seevögel, auch die Schiffe. Nachts ist es so wunderbar still, hat er immer gesagt. Er besitzt auch ein normales Fernglas für Tageslicht. Und seit zwei oder drei Jahren eine Kamera. Die Bilder hat er auf seinen PC gezogen. Ein paar hat er vergrößern lassen und in seinem Zimmer aufgehängt.«

Das klang vielversprechend, fand Rennrodt. »Könnten wir die Kamera mal sehen? Und die Bilder auf dem Computer? Vielleicht finden wir irgendeinen Anhaltspunkt.«

Ihr Körper schien sich zu versteifen. »Muss ich das erlauben?«

Für Rennrodt war das eine merkwürdige Frage. Ehe er seine Irritation zum Ausdruck bringen konnte, übernahm Inga Thimm das Gespräch. »Nein, aber Sie wollen doch sicher wissen, wer Ihren Mann getötet hat und warum. Möglicherweise gibt es einen Zusammenhang mit dem Mord an Fenna Hansen.«

»Die hat er nicht näher gekannt. Nur vom Kirchenchor. Wie schon gesagt, hat mein Mann die Natur geliebt, Tiere, Landschaften, das Meer, Menschen haben ihn nicht interessiert. Also gut. Sein Zimmer ist oben.« Sie zeigte zur Tür und ging vor. Ihre Bewegungen wirkten leicht unkoordiniert, schwimmend, und sie stieß mit der Schulter gegen den Türrahmen.

Björn Lindbergs Zimmer erwies sich als eine winzige Kammer unter dem Dach mit einer ebenso winzigen Dachluke. Hellgraue Wände, dem Muster nach zu urteilen musste die Tapete seit vierzig oder fünfzig Jahren an den Wänden kleben, auch der grünliche Teppichboden wirkte uralt und nicht ganz sauber, was Rennrodt verwunderlich fand. An einer Wand hingen gerahmte Farbfotos von Seevögeln und Makroaufnahmen von Pflanzen. Es gab einen Schreibtisch mit einem PC, einen Stuhl davor und in der Ecke einen bequemen Sessel aus braunem Kunstleder, auf dem eine karierte Wolldecke lag. Die Digitalkamera stand auf einem Regalbrett, eine Nikon der vorletzten Baureihe, ein ziemlich teures Modell mit einer sehr guten Optik, Rennrodt kannte sich da ein wenig aus. Der PC schien ebenfalls recht neu zu sein. Der Zimmerschlüssel steckte von innen. Ob Björn Lindberg sich hier manchmal eingeschlossen hatte, um der weißen Kälte zu entkommen, die in der restlichen Wohnung herrschte?

»Wir nehmen die Kamera und den Computer mit.« Sein Tonfall war so streng, dass Mona Lindberg nicht zu widersprechen wagte, obwohl sie darüber nachdachte. Das sah man ihr deutlich an.

Er schickte Inga Thimm mit dem PC und der Kamera zum Revier. Er selbst wollte noch mal zu Marit Hansen.

Zwei Tote und ein Verletzter. Beim besten Willen vermochte Rennrodt sich nicht vorzustellen, dass hier kein Zusammenhang existierte. Dafür war die Insel einfach zu klein. »Frau Hansen, ich nehme an, dass Sie es schon gehört haben.«

»Björn Lindberg ist tot, das meinen Sie wohl. Ja, Rita Töbkes hat mich vorhin angerufen.«

»Sie kennen ihn?« Aufmerksam schaute Rennrodt die junge

Frau an. Nervös wirkte sie nicht, nicht mal erschrocken. Eher so, als ginge dieser Mord sie überhaupt nichts an.

»Flüchtig. Er ist halt von der Insel. Da kennt man sich.«

»Könnten Sie sich vorstellen, dass sein Tod etwas mit dem Mord an Ihrer Mutter zu tun hat? Gab es da einen Berührungspunkt?«

Sie brauchte nicht zu überlegen. »Mama und Björn Lindberg? Dazu fällt mir nichts ein. Wirklich nicht. Mal abgesehen davon, dass er auch im Kirchenchor gesungen hat.«

»Und Sie selbst? Haben Sie Herrn Lindberg in den letzten Wochen oder Monaten getroffen, vielleicht auch miteinander geredet?«

Sie strich ihre Haare zurück und schüttelte den Kopf. »Nein, ich kann mich nicht erinnern. Vermutlich habe ich mich in meinem ganzen Leben noch nie ernsthaft mit ihm unterhalten. Wir haben uns gegrüßt, so wie hier jeder jeden grüßt, mehr nicht.«

»Gab es eine Verbindung zwischen Ihrem Vater und Herrn Lindberg? Kannten die beiden sich, vielleicht sogar gut?«

Wieder schüttelte sie den Kopf. »Ich weiß nicht genau, wie alt Björn ist – oder war, muss ich jetzt ja sagen. Auf jeden Fall älter als ich. Als mein Vater über Bord ging, war er vermutlich schon über zwanzig. Vielleicht hatte er ein Boot? Sonst wüsste ich nicht, was die beiden verbinden könnte. Hier habe ich ihn nie gesehen. Das weiß ich genau. Mein Vater hatte keine Freunde, jedenfalls keine Freunde, die ihn hier besucht haben.«

»Geht Lothar am Sonntagabend immer noch zum Skat?«, hatte er am Telefon gefragt. Und jetzt stand er vor ihr und bei seinem Anblick schnappte sie nach Luft.

»Johann«, flüsterte sie und ihre Finger tasteten sein Gesicht ab, den Hals, die immer noch muskulöse Brust.

Er zuckte zusammen, als hätte er Schmerzen, dann legte er den linken Arm um ihre Schulter und presste seine Lippen auf ihre, hart und ungeduldig wie damals.

Lange Zeit konnte sie nicht denken, und dann, als ihr Verstand wieder einsetzte, spürte sie leise Enttäuschung darüber, dass er all die Jahre nichts hatte von sich hören lassen.

»Ich hab geglaubt, dass du tot bist«, flüsterte sie. »Warum hast du mir kein Zeichen gegeben?«

»Zu gefährlich.«

»Ja, das war es wohl.« Sie seufzte und fuhr mit dem Zeigefinger die Linien seines Mundes nach. »Er ist uns auf die Schliche gekommen, ein paar Tage vorher. Dabei waren wir so vorsichtig.«

»Meistens.« Er lachte leise.

»Ja, meistens. Nur das eine Mal nicht. Er hat mich zur Rede gestellt und geschlagen. Zum ersten und einzigen Mal in unserer Ehe. Seither schlafen wir nicht mehr im gleichen Zimmer. Zwei Tage später hieß es, du wärst ertrunken, einfach über Bord gegangen. Als sie den Jungen gebracht haben, bin ich zum Hafen gelaufen, wie alle. Und da hab ich gesehen, dass unser Boot in der Nacht benutzt worden ist. Keiner hat darauf geachtet, aber mir ist es aufgefallen. Im Keller hing der feuchte Tauchanzug. Da war mir alles klar. Und weißt du, was das Verrückteste war? Man hat Lothar nichts angemerkt. Er war so wie immer. Wie kann ein Mensch so kaltblütig sein?«

Er sagte nichts, schaute sie nur überrascht an und sie senkte beschämt den Blick.

»Ja, ich hätte ihn anzeigen sollen«, sagte sie. »Ich weiß. Aber wer hätte mir denn geglaubt? Ein Polizist ist kein Mörder, das traut ihm keiner zu. Vielleicht hätte ich wenigstens gehen sollen. Auch dafür war ich zu feige. Und warum auch? Ohne dich gab es für mich keine Zukunft. Ich habe einfach weitergelebt, alles gemacht, was man von mir erwartet hat. Nur berühren durfte er mich nicht mehr.«

Mit dem Handrücken strich er über ihre Wange. »Ich habe jeden Tag an dich gedacht, Bruni.«

»Wie hast du überlebt? Und warum bist du nicht zurückgekommen?«

»Ich wollte dich schützen. Wenn wir uns noch mal wiedergesehen hätten, wärst du sein nächstes Opfer gewesen, das war mir klar.«

»Aber was ist damals passiert, Johann?«

»Er stand plötzlich an Bord, in seinem Tauchanzug. Hat mich über die Reling gestoßen und dann unter Wasser gezogen. Frag mich nicht warum, aber ich bin nicht gestorben. Ich war wohl längere Zeit bewusstlos und bin in der Nähe von Harlesiel wieder zu mir gekommen. Mit einer Platzwunde am Hinterkopf. Und da habe ich beschlossen, in deinem Interesse fortzubleiben.«

»Und deine Familie?«

»Du weißt doch, wie es zwischen Fenna und mir stand. Und Marit brauchte mit sechzehn keinen Vater mehr.«

»Und was ist jetzt passiert? Wer hat am Friedhof auf dich geschossen? Oder warst du gar nicht dort?«

»Natürlich war ich da. Ich wollte mich von Fenna verabschieden, ich finde, das hat sie nach all den gemeinsamen Jahren verdient.« Er legte zwei Finger unter ihr Kinn und zwang sie, ihn anzusehen. »Wer auf mich geschossen hat, weißt du doch.«

»Aber er war zu Hause.«

Seine Hand wanderte in ihren Nacken. »Kannst du das beschwören? Ich denke, ihr schlaft getrennt.« Und dann presste er sie gegen die Wand und seine Hand glitt unter ihren Rock.

Nein, sie hatte keine Ahnung, ob Lothar sich nachts aus dem Haus geschlichen hatte oder nicht. »Du hast recht«, murmelte sie erstickt. »Ich weiß es gar nicht wirklich.«

Montag, 31. Januar 2011

Marit fuhr den Computer hoch. Fünf Mails waren aufgelaufen, zweimal Werbung, zwei Anfragen wegen einer Ferienwohnung und eine Mail von einer ehemaligen Kollegin aus Leer, die in der Zeitung von dem Mord an Fenna Hansen gelesen hatte und Marit in sehr persönlichen Worten ihr Beileid aussprach.

Für eine Antwort fehlte ihr der Elan, sie ging nur auf die

Anfragen wegen der Wohnungen ein und stellte den Computer wieder aus. Mehr als zwei Wochen waren seit dem Tod ihrer Mutter vergangen. Manchmal kam es ihr vor, als hätte sie alles nur geträumt. Vielleicht würde die Polizei den Mörder nie finden, genauso wenig wie den anderen Mann, der an der Schießerei am Friedhof beteiligt gewesen war. Oder den, der Samstagnacht Björn Lindberg erschossen hatte. Mein Gott, was war überhaupt los auf der Insel?

Als Rita Töbkes gestern zum Kaffeetrinken da gewesen war, hatte sie ein ausgerissenes Kalenderblatt auf den Tisch gelegt. *Was du liebst, lass frei. Kommt es zurück, gehört es dir für immer. Konfuzius*

Seither dachte sie über diese Worte nach.

Die Witwe trug heute Schwarz. Wie ein Rußfleck hockte sie in ihrer schneeweißen Stube. Ihr Gesicht war vollkommen leer und ihre Hände ständig in Bewegung. Überall fand sie Fusseln, Flecken, einen falschen Knick im Kissen.

Schon nach kurzer Zeit musste Inga Thimm den Impuls unterdrücken, Mona Lindberg auf die Finger zu klopfen. Die Frau konnte einen Beobachter schon nervös machen.

Unauffällig schaute Inga Thimm sich um. Der Raum wirkte wie ein Foto aus einem Katalog, zweidimensional, geruchslos und völlig steril. Mit Sicherheit litt Mona Lindberg unter einem Putzzwang. Anders ließ sich diese blendende Sauberkeit nicht erklären. Zwänge hatten meist etwas zu bedeuten. Was wollte Frau Lindberg aus ihrem Leben wischen?

»Ist Ihnen noch irgendetwas eingefallen?«

Die Witwe schreckte auf. »Nein, was denn? Wieso? Ich weiß nichts, das sagte ich doch schon.«

»Wie lange kannten Sie Ihren Mann?«

Gedankenverloren rieb Mona Lindberg mit einem Papiertaschentuch einen unsichtbaren Fleck von dem gläsernen Obstteller auf dem Tisch, auf dem ein einziger roter Apfel lag. Auch er sah aus, als hätte sie ihn auf Hochglanz poliert. »Seit 1991. Wir haben uns in Garlstedt kennengelernt. Er war da beim Bund.«

»Garlstedt? Wo liegt das?«

»Garlstedt gehört zu Osterholz-Scharmbeck. Ich bin da aufgewachsen. Ich wäre auch gern dortgeblieben, aber mein Mann wollte unbedingt zurück auf seine Insel. Bin ich halt mitgegangen. Wenn man jung ist ...« Sie beendete den Satz nicht.

»Sind Sie hier nicht glücklich?«, fragte Inga Thimm, bemüht, ihre Stimme neutral klingen zu lassen.

»Glück?« Mona Lindberg lachte kurz auf. »Was ist Glück? Wir haben uns halt eingerichtet. Ich bin damals ziemlich schnell schwanger geworden, damit war ja sowieso alles entschieden. Unser Sohn ist jetzt einundzwanzig. Er studiert in Frankfurt.«

»Kommt er nicht her?«

»Doch. Morgen. Die Fähre ging heute so früh, die hätte er nicht geschafft.«

»Dann haben Sie ja jemanden, der sich um Sie kümmert.« Es war nett gemeint, aber Mona Lindberg reagierte ausgesprochen seltsam.

»Mir wäre es lieber, wenn Stefan erst zur Beerdigung gekommen wäre. Er studiert Jura. Das ist ein sehr aufwendiges und anstrengendes Studium. Da kann er sich keine Fehlzeiten erlauben.«

»Aber wenn sein Vater tot ist ...«

»Eben, sein Vater ist *tot*. Da kann er nichts mehr tun. Ich schaffe das auch allein, Hauptsache, der Junge geht seinen Weg.« *Für mich ist es zu spät*, das sprach sie nicht aus, aber Inga Thimm verstand es trotzdem.

»Wie würden Sie Ihre Ehe beschreiben?«

»Bei uns war alles normal. Ganz normal. Mein Mann ging zur Arbeit, ich mache den Haushalt und helfe manchmal im Eiscafé aus. Natürlich nur im Sommer.«

»Hatte Ihr Mann ein Boot?«

Und wieder diese Empörung im Blick. »Wovon wohl? Was glauben Sie denn, was man als einfacher Gemeindearbeiter verdient? Außerdem hat er das ganze Geld in seine Fotoausrüstung gesteckt. Ein Boot hätten wir uns niemals leisten können.«

»Und früher? Vielleicht vor der Ehe? Hatte er da ein Boot?«

Misstrauisch kniff Mona Lindberg ihre Augen zusammen. »Darf ich fragen, warum Sie solche Sachen fragen? Was hat das mit seinem Tod zu tun?«

»Sie wissen ja, dass hier vor Kurzem schon jemand erschossen wurde. Fenna Hansen.«

»Richtig. Den Mörder haben Sie ja *auch* noch nicht gefunden.« Es klang verächtlich.

Es kostete Inga Thimm etwas Mühe, freundlich zu bleiben, aber sie wusste, dass sie sonst überhaupt keine Antworten bekommen würde. »Wir sind da bereits ein ganzes Stück weitergekommen, Frau Lindberg. Selbstverständlich können wir die Öffentlichkeit nicht über den Stand unserer Ermittlungen informieren. Auf jeden Fall suchen wir nach einer Verbindung zwischen den beiden Mordfällen. Und wir fragen uns, ob Ihr Mann mal ein Boot besaß, das im Jachthafen lag. In den Neunzigerjahren.«

»Als der Lebensgefährte von Frau Hansen ertrunken ist, verstehe. Nein, in dieser Zeit hatte mein Mann kein Boot. Nach der Schule hat er in Norden eine Lehre als Elektriker gemacht und anschließend ging er nach Garlstedt zum Bund. Er hatte sich für vier Jahre verpflichtet. Danach sind wir auf die Insel gekommen, da war unser Stefan schon drei. Seitdem arbeitet mein Mann bei der Gemeinde. Da verdient man kein Vermögen. Haben Sie eine Ahnung, was ein Schiff kostet?«

An dieser Stelle konnte ein Lächeln nichts schaden. »In etwa«, sagte Inga Thimm freundlich. »Hätte ihr Mann gern ein Boot gehabt? Hat er sich dafür interessiert? Kann das sein?«

»Mein Mann hatte nur ein Interesse. Seine Spaziergänge und seine Fotos. Na ja, gesungen hat er auch ganz gern. Sonst wäre er ja nicht im Kirchenchor gewesen. Neuerdings hatte es ihm dieser komische Engländer angetan, Paul Potts. Mein Mann hat sich eingebildet, er wäre auch so ein verkanntes Gesangstalent. Manchmal war es kaum auszuhalten, wenn er seine Arien geschmettert hat.«

»Konnte er nicht singen?«, fragte Inga Thimm erstaunt.

Frau Lindberg zuckte mit den Schultern. »Doch, schon, für unseren Kirchenchor hat es gereicht. Aber er war kein zweiter Paul Potts, das ganz bestimmt nicht.«

Besonders liebevoll klang das nicht und es hatte wohl auch nichts mit dem Mord zu tun. »Glauben Sie, dass er Johann Behrens näher kannte?«

»Keine Ahnung, aber das kann ich mir nicht vorstellen. Als der über Bord ging, haben wir ja in Garlstedt gewohnt. Meinen Mann hat das damals nicht groß interessiert. Wir sind auch nicht zur Beerdigung gereist oder so. Haben nicht mal eine Karte geschrieben. Nein, den hat er wohl nicht näher gekannt.«

»Und Fenna Hansen? Ihre Tochter Marit?«

Auch diese Namen lösten keine Reaktion bei der Witwe aus. »Marit, Gott, wie man sich vom Sehen kennt. Mit Fenna war er im Kirchenchor. Natürlich war er entsetzt, dass hier auf der Insel so etwas passiert ist. Wangerooge bedeutete für ihn ja das Paradies auf Erden. Ob es mir gefallen hat, oder dem Jungen, war ihm egal.«

»Gibt es sonst noch jemanden, der mir Auskunft über Ihren Mann geben kann?«

»Meine Schwiegermutter. Die wohnt nicht mehr auf der Insel. Hat uns das Haus überlassen und lebt jetzt in Jever. Von unserem Geld.« Es klang empört. »Wir müssen nämlich Miete zahlen, innerhalb der eigenen Familie. Dabei war mein Mann ihr einziges Kind.«

»Würden Sie mir bitte die Adresse aufschreiben?«

Sehr bald schon machte sich Inga Thimm auf den Weg zum Revier. Das meiste hatte Frau Lindberg ihr unabsichtlich verraten. Diese Ehe war mit Sicherheit nicht glücklich gewesen. Kein Wunder, dass Björn Lindberg lieber durch die Dünen lief, als neben einer verbitterten, vom Leben enttäuschten Frau zu sitzen und gegen klinisch weiße Wände zu starren.

»Wo liegt Garlstedt?« Da keiner die Frage beantworten konnte, schaute Inga Thimm bei Google Maps nach. »Bei Bremen. Seltsam. Alle Wege führen nach Bremen.« Sie berichtete, was sie bei Mona Lindberg erfahren hatte. »Glücklich verheiratet ist was anderes. Sie hat nicht einmal seinen Vornamen benutzt. Björn. Immer nur mein Mann, mein Mann. Eine furchtbare Person, ehrlich. Wenn jetzt rauskommt, dass er sich selbst erschossen hat, könnte ich ihn gut verstehen.«

»Von hinten mit drei Schüssen. Und dann hat er noch schnell die Hülsen und die Tatwaffe verschwinden lassen.« Unwillig schüttelte Rennrodt den Kopf. »Wir haben zwei Tote innerhalb von zwei Wochen. Es muss einfach einen Zusammenhang geben. Wangerooge hat nur tausend Einwohner!« Ratlos rieb er sich mit den Fingerspitzen über seine schlecht rasierten Wangen. Er hatte heute Morgen verschlafen. Die knappe Zeit hatte nur für eine flüchtige Rasur und ein halbes Frühstück gereicht, was seiner Laune nicht gerade zuträglich war. »Herr Kuhlmann«, er wandte sich direkt an den Inselpolizisten. »Sie haben doch fast Ihr ganzes Leben hier verbracht. Wo könnte eine Verbindung zwischen den Toten bestehen?«

Aber der Kollege konnte ihm nicht weiterhelfen. »Abgesehen davon, dass hier mehr oder weniger jeder jeden kennt, fällt mir nichts ein.«

In Rennrodts Blick war zu lesen, dass er keine andere Antwort von ihm erwartet hatte. »Los, Leute, Brainstorming.«

Den Anfang macht Inga Thimm. »Ihr Lover ist er bestimmt nicht gewesen. Dafür war er entschieden zu jung.«

»Und Fenna Hansen war entschieden zu krank«, warf Hauke Kuhlmann ein. »Die hat wirklich kaum noch Luft gekriegt. Außerdem gab es für sie nur ihren Johann.«

Unwillig verzog Inga Thimm das Gesicht. »Okay. Und was ist, wenn dieser Lindberg zufällig den Mord an der Hansen beobachtet hat? Nach Aussage seiner Frau war er regelmäßig nachts unterwegs, mit einem Nachtsichtfernglas auch noch. Vielleicht kannte er den Täter und wollte Profit aus seinem Wissen schlagen.«

»Und wurde als lästiger Mitwisser aus dem Weg geräumt.« Rennrodt stützte die Ellenbogen auf den Tisch und legte sein Kinn auf die Hände. »Aber wer ist der zweite Schütze vom Friedhof? Lindberg selbst? Seine Frau hat gesagt, dass er keiner Fliege was zuleide tun konnte. Als Waffenbesitzer ist er nicht registriert.«

»Wir sollten prüfen, ob er Mitglied im Schützenverein war«, fiel Inga Thimm ein.

»Herr Kuhlmann, das können Sie übernehmen. Schade, dass wir Martina und Sven nicht mit einbeziehen können, dann kämen wir ein bisschen schneller voran. Aber dann fliegt ihre Tarnung auf und ich halte es nach wie vor für sehr wahrscheinlich, dass Behrens, so er denn noch auf der Insel weilt, Kontakt zu seiner Tochter aufnehmen wird.«

»Die gar nicht seine Tochter ist«, warf Inga Thimm ein.

Mit gerunzelter Stirn betrachtete Rennrodt seine Fingernägel. »Unter diesen Umständen finde ich es auffällig, wie er an dem Mädchen hängt oder meinetwegen auch nur gehangen hat. Warum hat er die Hansen nicht geheiratet und die Kleine adoptiert, wenn sie ihm so wichtig war?« Fragend schaute er die anderen an, vor allem Hauke Kuhlmann, aber der zuckte mit den Schultern. »Und dann hinterlässt er ihr alles, der Mutter dagegen nichts. Hat schon mal jemand in *diese* Richtung gedacht?« Diese Richtung, damit spielte er auf sexuellen Missbrauch an.

»Das Schiff hieß *Prinzessin*«, erinnerte sich Inga Thimm. »Irgendjemand hat erzählt, dass er seine Tochter auch so genannt hat, *Prinzessin*. Klingt irgendwie klebrig.«

»Eben.« Rennrodt gab ein schnalzendes Geräusch von sich. »Man könnte hingehen und Marit Hansen fragen, ob ihr Vater sie missbraucht hat. Aber wenn, würde sie es uns nicht verraten. Die ist ja ohnehin so gesprächig wie ein Kaffeeautomat.« Rennrodt schnipste mit den Fingern und zeigte auf Inga Thimm. »Du fährst morgen früh mit dem Schiff aufs Festland und suchst diese Frau Lindberg auf. Mal sehen, was die über ihren Sohn weiß.«

»Was war eigentlich auf Lindbergs PC?«, wollte Kuhlmann wissen.

Inga Thimm seufzte resigniert. »Der ist leider passwortgeschützt. Ich hab ihn gestern noch mit einem Flieger aufs

Festland geschickt. Da muss unser Computerexperte ran. Der knackt jedes Passwort. Kann allerdings dauern.«

»Ich ruf Olli gleich mal an. Wir brauchen unbedingt die Bilder von Lindbergs PC. Und die Ballistiker könnten auch mal was von sich hören lassen. Manchmal habe ich das Gefühl, dass wir die Einzigen sind, die wirklich arbeiten.«

Es war schon kurz nach zweiundzwanzig Uhr, als Hauke Kuhlmann die Zeit fand, bei Adrian Mahler anzurufen. »Und? Alles gut gegangen?«

»Ja. Ich hoffe nur, dass niemand was beobachtet hat und meine Maschine untersucht. DNA finden die heutzutage überall.«

»Hast du gesehen, wer Behrens abgeholt hat?«

»Eine Frau in einem hellblauen Mercedes, ein alter Strich acht, eine Nutte, wenn du mich fragst. Kennzeichen war BRA, also Brake, mehr konnte ich auf die Schnelle nicht entziffern.«

Erleichtert lehnte Hauke Kuhlmann sich zurück. Er hatte Couch und Teppich gründlich abgesaugt und das würde er von jetzt an täglich wiederholen, bis auch das allerletzte Härchen entfernt war. »Hast du schon gehört? Es gibt schon wieder eine Leiche auf der Insel. Björn Lindberg, ausgerechnet. Er wurde in den Dünen gefunden, erschossen in der Nacht von Samstag auf Sonntag.«

»Björn Lindberg? Was hat der denn verbrochen?« Genauso gut hätte er sagen können: *Es regnet? Wer hat das denn bestellt?* Lindbergs Tod schien ihn nicht im Mindesten zu berühren. »Noch was, Alter. Als diese Nutte kam, ist der alte Behrens ziemlich flott davongehumpelt. Von wegen sterbenskrank. Der hat dich verarscht, Mann. Und mich auch.«

»Kann ja gar nicht sein«, flüsterte Hauke Kuhlmann. Obwohl seine Wohnung gut geheizt war, wurde ihm plötzlich ganz kalt.

»Du hast ihn ja nicht gesehen. Unterwegs hab ich noch gedacht, dass er mir verreckt, so hat der gestöhnt. Und plötzlich, wie Phönix aus der Asche, humpelt der so fröhlich wie Rumpelstilzchen davon.«

»Gut, dass wir den los sind«, murmelte Hauke Kuhlmann und legte auf. Die Vorstellung, dass der Alte nur geschauspielert hatte, jagte ihm Angst ein. Was, wenn Behrens Björn Lindberg erschossen hatte? Von Kuhlmanns Wohnung kam man hinten rum durch die Dünen sehr schnell zur Straße zum Westen. Er selbst hatte Samstagnacht tief und fest geschlafen, nachdem er mit Behrens fast zwei Flaschen Weinbrand gelehrt hatte. Vermutlich hätte eine Horde Elefanten durch seine gute Stube trampeln können, ohne dass er etwas mitbekommen hätte.

Dienstag, 1. Februar 2011

Schwanewede lag nördlich von Bremen. Es gab zwei Altersheime, aber Schneyder hatte Glück und fand auf Anhieb das richtige.

Als er die Tür öffnen wollte, stand eine grauhaarige Frau vor ihm. Sie huschte zur Seite, als hätte sie Angst.

»Frau Kettwig«, rief eine ungeduldige Stimme. »Nun kommen Sie schon von der Tür weg.« Eine Altenpflegerin, die im Flur stand und aus einer riesigen weißen Porzellankanne fast durchsichtigen Tee in Becher goss, schaute Schneyder fragend an. »Bitte?«

»Ich möchte zu Frau Märker. Meine Großmutter war ihre Freundin, Martha Behrens. Ich soll ihr Grüße überbringen und die Blumen.« Er zog einen Strauß roter Tulpen hervor, die er unterwegs an einer Tankstelle besorgt hatte.

»Da wird sie sich freuen. Kriegt ja sonst nicht mehr viel Besuch. Diese Tür.«

Schneyder klopfte, dann öffnete er vorsichtig die Zimmertür. Das Erste, was er wahrnahm, war der strenge Geruch nach Urin. Catharina Märker saß in einem Rollstuhl. Sie schien nur aus Haut und Knochen zu bestehen. Mehr als achtzig Pfund konnte sie nicht auf die Waage bringen und das weiße Haar, das zu einem winzigen Knoten gezwirbelt war, erinnerte an flaumige Daunen. Schneyder musste an ein Vogeljunges denken, das gerade erst geschlüpft war.

»Ja, mein Junge, was ist?« Die Augen in dem spitzen Gesicht wirkten erstaunlich lebendig.

»Guten Tag, Frau Märker, ich bin Dr. Schneyder von der Krankenkasse. Wir überprüfen die Altenheime. Aber das darf keiner wissen.« Er lächelte so, wie er früher seine Patienten angelächelt hatte. »Wie ist es denn hier? Werden Sie auch gut versorgt?«

»Na ja, also die Schwester Helga ist meine Liebste. Wenn ich jünger wäre, könnten wir Freundinnen sein, so gut verstehen wir uns. Wie Freundinnen.« Sie lächelte und kratzte sich an der Stirn. Dabei entstand ein schabendes Geräusch, so ekelhaft, dass sich die Haare auf Schneyders Armen aufrichteten. »Aber die anderen sind nicht so nett. Vor allem die Vera ist unfreundlich, wie ein Feldwebel. Sie sagt immer, dass ich schneller essen soll, aber das kann man in meinem Alter nicht mehr. Wissen Sie, mein Gebiss sitzt auch nicht richtig, das drückt.« Sie fasste mit der rechten Hand in den Mund und ruckelte an ihren dritten Zähnen. »Können Sie das nicht mal melden, Herr Doktor, dass ich ein neues Gebiss haben will?« Es klang weinerlich.

»Das gehört leider nicht zu meinem Aufgabenbereich.« Die Alte schaute ihn so vertrauensvoll an, dass er sich mies fühlte. »Und wie ist das Essen hier?«

»Schlecht, ganz schlecht, immer nur Suppe. Ich will mal wieder Schweinebraten essen, wie früher, mit brauner Sauce.« Plötzlich fuhr ihr Kopf ruckartig nach vorn, wie bei einem Huhn, das einen Wurm entdeckt hatte. »Schreiben Sie das gar nicht auf?«

»Doch, natürlich.« Er fingerte sein Notizbuch aus der Hosentasche und krickelte ein paar Wörter hinein. »Wie heißt die nette Schwester?«

»Helga.« Jetzt war sie wieder zufrieden. »Und Vera ist der

Drachen, die Schlimmste von allen. Und das Essen könnte besser sein.«

»Und die Betten?« Schneyder beugte sich vor und drückte mit der flachen Hand auf die Matratze. »Ganz gut, oder?«

»Die Decke ist zu dünn. Ich frier nachts immer. Schreiben Sie das auch auf, dass ich eine Wolldecke brauche. Oder ein Federbett, so ein dickes wie früher zu Hause.«

»Ich hab gehört, dass Sie gar keinen Besuch mehr kriegen.« Er sagte es ganz beiläufig und hoffte, dass sie so unbedarft weiterplapperte wie bisher.

»Doch, natürlich, mein Sohn kommt, der Klausi. Aber nicht so oft, der fährt nämlich zur See.«

»Ihr Sohn?« Jetzt bloß nicht misstrauisch wirken.

»Ja, der Klausi. Das ist aber geheim. Niemand soll davon wissen, auch nicht die Schwestern. Klausi bringt mir immer Geschenke mit. Da«, sie zeigte auf einen roten Weihnachtsstern auf dem Fensterbrett. »Die schöne Blume hat er mir gebracht. Zu Weihnachten. Aber jetzt ist er wieder auf See. Ich weiß nicht, wann er wiederkommt.« Sie lächelte zufrieden, ganz stolze Mutter.

»Und die Schwestern wissen nichts davon?«

»Nein. Und ich soll das auch nicht verraten. Es ist unser Geheimnis, dass der Klausi noch lebt. Die sagen nämlich, dass er schon lange tot ist. Aber pssst.« Sie legte den knochigen Zeigefinger vor ihren Mund. Plötzlich blinzelte sie ihn misstrauisch an. »Wer sind Sie noch mal? Ich kenne Sie doch gar nicht. Sind Sie wegen Klausi hier?«

»Ich bin Dr. Schneyder von der Krankenkasse, aber das ist auch ein Geheimnis. Gehen Sie denn auch mal spazieren, Frau Märker?«

»Nein. Ich sitze doch im Rollstuhl. Und die Schwestern haben hier nicht viel Lust. Die schieben mich höchstens mal auf die Terrasse. Im Sommer, wenn es warm ist. Das ist immer schön.«

»Und wissen Sie schon, wann der Klaus das nächste Mal wiederkommt?«

»Nein. Ich soll das auch nicht verraten. Niemals. Ich will

jetzt schlafen. Auf Wiedersehen, Herr Doktor.« Ganz unvermittelt sackte ihr Kopf zur Seite und ein leises Schnarchen setzte ein.

Ganz vorsichtig tippte er auf ihre Schulter. »Frau Märker, warum hinkt der Klausi denn?«

»Der Klausi? Der hinkt doch nicht. Was reden Sie denn da, Herr Doktor.«

Plötzlich fiel ihm etwas ein. »Und sein Bruder? Sie haben doch zwei Söhne, nicht wahr? Wie heißt der andere noch mal?«

»Ich hab doch nur den Klausi.« Jetzt schlief sie endgültig.

Die Altenpflegerin, die vorhin den wässrigen Tee verteilt hatte, saß jetzt im Dienstzimmer und löste ein Kreuzworträtsel.

»Na, konnte sie sich an Ihre Großmutter erinnern?«

Er schüttelte den Kopf. »Nein, leider nicht. Aber sie hat gesagt, dass sie nachts immer friert. Könnte sie nicht eine zweite Bettdecke bekommen?« Er setzte sein charmantestes Lächeln ein, vergeblich, denn die Altenpflegerin schaute nicht mal rüber.

Offenbar fiel ihr das nächste Wort nicht ein, jedenfalls starrte sie mit gerunzelter Stirn auf die Zeitschrift und sagte beiläufig: »Ich werd's der Nachtwache ausrichten.«

Würde sie nicht, darauf hätte Schneyder einen Eid geschworen. Er stieg in den Toyota, überlegte kurz und fuhr zurück Richtung Ortsmitte. Auch in Schwanewede gab es das obligatorische Einkaufszentrum, in dem alle gängigen Ketten vertreten waren. Schneyder fand einen Textilmarkt und kaufte eine dunkelrote Wolldecke.

Als er zum zweiten Mal das Altenheim betrat, stand die Grauhaarige wieder an der Tür. Genau wie vorhin schlug sein Anblick die Frau in die Flucht. Die Altenpflegerin saß immer noch an ihrem Kreuzworträtsel, vielleicht hatte sie inzwischen auch schon ein neues angefangen.

»Hier«, sagte er freundlich. »Für Frau Märker.«

Für eine Sekunde schaute sie ihn verständnislos an, dann stieg verlegene Röte in ihre Wangen. »Ich wollte es gerade für die Nachtwache aufschreiben.«

Von Schwanewede nach Harlesiel brauchte Schneyder knapp zwei Stunden. Eine Fähre ging an diesem Tag nicht mehr, also mietete er sich für eine Nacht in einem kleinen Hotel ein.

Am Vormittag hatte Inga Thimm Frau Lindberg nicht angetroffen. Deshalb versuchte sie ihr Glück noch einmal am Nachmittag. Frau Lindberg, Annamaria Lindberg, bewohnte eine kleine Oberwohnung in der Fußgängerzone von Jever, direkt über einem Drogeriemarkt.

Sie war mittelgroß und mollig wie ihr Sohn und, nach einem alten Foto auf einem der Beistelltische zu urteilen, früher auch genauso blond gewesen. Die Nachricht, dass er nicht mehr lebte, verwandelte sie binnen Sekunden in ein jammerndes, in Tränen aufgelöstes Bündel.

»Hat Ihre Schwiegertochter Sie denn gar nicht informiert?« Inga Thimm war entsetzt. Unter diesen Umständen hätte sie die Befragung natürlich sehr viel behutsamer begonnen, aber jetzt war es zu spät.

»Nein«, schluchzte die Alte. »Mona und ich reden seit Jahren nicht miteinander. Nur Björn ist dann und wann vorbeigekommen, wenn er mal Zeit hatte.«

Ach du liebe Zeit. Die Mutter des Toten trauerte weitaus mehr als seine Ehefrau. War das normal? Zuerst nahm Inga Thimm Frau Lindberg in den Arm, dann bot sie an, einen Arzt zu holen. Aber das lehnte Björn Lindbergs Mutter ab. Sie gönnte sich ein paar Esslöffel Klosterfrau Melissengeist, zur Beruhigung, wie sie erklärte, und zehn Minuten später hatte sie sich so weit gefasst, dass ein Gespräch möglich war.

»Fällt Ihnen irgendjemand ein, dem Sie so eine Tat zutrauen? Jemand, mit dem Ihr Sohn verfeindet war?«

»Björn doch nicht, der war eine Seele von Mensch. Schon als Kind. Die anderen haben ihn ausgelacht, weil er sich nie prügeln wollte. Er war ein ganz sanfter, lieber Junge, der sich einfach nicht wehren konnte. Und wie er singen konnte, wie eine kleine Nachtigall, das hat auch die Lehrerin gesagt. Die anderen Kinder haben ihn Muttersöhnchen genannt. In gewisser Weise war er das ja auch. Sein Vater hat sich nach der Scheidung klammheimlich davongemacht. Ein Seemann …« Sie lachte verächtlich. »Lassen Sie sich bloß nie mit einem Seemann ein, junge Frau. Die taugen nicht für die Ehe. Das können Sie mir glauben.« Eine ganze Weile ließ sie sich über ihren verantwortungslosen Ehemann aus, sie schimpfte und zeterte, bis sie wieder bei ihrem Sohn ankam. Dann ging es um die herzlose Schwiegertochter, die Björn nur unglücklich gemacht hatte. Zur Lösung des Falls konnte sie absolut nichts beitragen.

Gegen siebzehn Uhr fuhr Inga Thimm Richtung Wilhelmshaven. Das einzige Schiff zur Insel war am Morgen gefahren und ein Flugzeug konnte sie wegen der Dunkelheit auch nicht mehr nehmen, also durfte sie mit gutem Gewissen heim in ihre Wohnung fahren und schauen, wie groß das Chaos war, das die Zwillinge angerichtet hatten.

Mittwoch 2. Februar 2011

Heute war Umtide, den Wangeroogern bot sich die seltene Gelegenheit, an einem Tag aufs Festland und wieder zurückzufahren. In Gedanken versunken betrachtete Marit die lange Schlange der reiselustigen Insulaner. Selbst wollte sie nach Jever zum Gericht, um den Erbschein zu beantragen. Amy hatte schon die Fahrt mit der Inselbahn aufregend gefunden. Jetzt war sie so aufgedreht, dass sie permanent versuchte, Leute anzuspringen. Deshalb stand Marit ein bisschen abseits. Es waren nicht viele Reisende, die das Schiff verließen, und sie achtete nicht weiter auf die Leute.

Plötzlich sagte jemand leise: »Hallo.« Und als sie aufsah, stand Christoph vor ihr. In jeder Hand hielt er eine Reisetasche, die er jetzt einfach fallen ließ. Er zog die rote Wollmütze vom Kopf. »Was für ein Zufall, dass wir uns hier treffen. Ich habe gehört, dass Sie Ferienwohnungen vermieten. Ist noch was frei? Vielleicht im Haus *Möwennest*?« Sein Lächeln konnte sie bis in die Zehenspitzen fühlen.

»Nein«, sagte sie mit belegter Stimme. »Ich kann Ihnen nur noch ein Bett im Kapitänshaus anbieten.«

»Okay, dann muss ich das wohl nehmen.«

Wie oft in den letzten Tagen hatte sie ihr Handy in die Hand genommen und dann doch nicht angerufen. Entweder er kommt zurück oder nicht, hatte sie sich gesagt. Und jetzt stand er vor ihr und es kam ihr vor, als wären ihr urplötzlich Flügel gewachsen, als wäre sie leicht wie eine Feder. Genauso hatte sie sich gefühlt, als er im Sommer 1993 mit seinen Eltern angekommen war. Sie hatten sich nur kurz angeschaut und doch gewusst, dass eine wunderbare Zeit vor ihnen lag.

»Bleibst du länger?« Wahrscheinlich schlug sie ihn mit dieser Frage gleich wieder in die Flucht, aber sie konnte nicht anders.

Christoph zögerte, aber nur einen kurzen Moment. »Ich hab meine Taxe verkauft und die Wohnung gekündigt.«

»Und jetzt?«, fragte sie atemlos.

»Jetzt fängt etwas Neues an.« Seine Hände legten sich auf ihre Schultern, er zog sie an sich und murmelte: »Das weißt du doch schon viel länger als ich.« Er stutzte. »Wo willst du überhaupt hin?«

»Aufs Festland.«

»Wie, ich komme auf die Insel und du fährst aufs Festland? Irgendwie klappt es nie mit uns beiden, oder?«

Jemand rief: »Marit, willst du mit oder nicht?« Sie riss sich los, wühlte in der Tasche ihrer wattierten Jacke und holte den Haustürschüssel raus.

»Hier. Wenn du Hunger hast, guck einfach, was im Kühlschrank ist. Du kannst ja auch was einkaufen. Viel ist nämlich nicht da. Eigentlich könntest du auch Amy nehmen. Ich muss zum Gericht und da kann ich sie gar nicht gebrauchen.« Sie drückte ihm einfach die Leine in die Hand und sagte zu der Hündin: »Und du passt auf, dass er nicht wieder davonläuft. Ich muss leider los.« Hoffentlich hatte er nicht gesehen, wie ihre Hände zitterten. Oder doch, er sollte ruhig wissen, wie aufgeregt sie war.

Weg war sie. Er schaute ihr nach, wie sie im Bauch des Schiffes verschwand, dann wickelte er die Hundeleine um sein Handgelenk, nahm die beiden Taschen und marschierte zur Inselbahn. Während der Fahrt musste er sich zwingen, nicht pausenlos vor sich hin zu grinsen.

Im Kapitänshaus zog Schneyder die Jacke aus und schaute sich in dem Spiegel neben der Garderobe an. So sah er also aus, wenn er voll auf Droge war, auf Glückshormonen, Dopamin, Serotonin, Endorphin. Anders als sonst, aber er hätte nicht beschreiben können, wie. Schneyder wusste, dass er heute mit Marit schlafen würde, und sie wusste es auch, das hatte er in ihren Augen gesehen. Verdammt, wie sollte er die Zeit bis dahin rumkriegen, es war gerade erst viertel nach acht. Er beschloss, vollendete Tatsachen zu schaffen und sein Gepäck in ihr Zimmer zu stellen. Oben legte er sich auf das Bett und stellte sich vor wie es sein würde, morgen früh hier aufzuwachen. Mit Marit. Er öffnete ihren Kleiderschrank, dann die Schubladen der kleinen Kommode, in der sie ihre Unterwäsche aufbewahrte. Er nahm einen BH aus weißer Spitze heraus und schnupperte daran. Albern, natürlich war er frisch gewaschen und verströmte den Geruch von Waschmitteln und nicht den von Marit, aber er hatte irgendwann schon einmal ihre Haut berührt. Behutsam legte Schneyder das zarte Wäschestück zurück in die Schublade, und wenn er gewusst hätte, dass in dem Zimmer gegenüber, in dem er als Junge übernachtet hatte, eine Polizistin sein Tun beobachtete, hätte er sich wohl geschämt. Später öffnete er die Tür zu ihrem Bad. Hier hatte sie wirklich ein Meisterwerk geschaffen. Rechts und links der Tür wuchs auf den Fliesen je ein dicker Baumstamm, der in eine dichte Blätterkrone überging, die jeweils das obere Drittel der Wände bedeckte. Blatt für Blatt war liebevoll durchzeichnet, wie lange das wohl gedauert hatte? Das restliche Bad war schlicht weiß, bis auf die grünen Mosaikkacheln am Boden. Erst auf den zweiten Blick entdeckte er das Herz in der Baumrinde. *M + C*, Marit und Christoph. Wie oft hatten sie das in den Sand geschrieben.

Oh Mann, es dauerte noch ewig, bis sie zurückkam. Schneyder beschloss, zuerst Kaffee zu trinken, die Zeitung lag auch noch auf dem Tisch. Später würde er eine Runde laufen, irgendwo musste er schließlich bleiben mit seiner Energie. Amy würde er mitnehmen, damit sie für den Rest des Tages müde war.

»Und? Hast du was rausgefunden?« Neugierig schaute Rennrodt Inga Thimm an, die vor einer Minute die Revierstube betreten hatte.

»Moment, darf ich erst mal meine Jacke ausziehen? Und ein Kaffee wäre auch nett, mit Milch und Zucker. Auf der Fähre servieren die das reinste Magengift.«

»Okay, der Kaffee kommt sofort.« Schwungvoll erhob er sich von seinem Stuhl, um der Kollegin das gewünschte Getränk auf den Schreibtisch zu stellen. »Hier, aber das wird jetzt nicht zur Gewohnheit.«

»Hey, spricht da der Macho in dir?« Inga Thimm lachte. »Trotzdem danke, lieber Gerrit. Okay, los geht es: Hannelore Pauls, die ehemalige Kollegin von Fenna Hansen, kam gerade von einem Besuch bei ihrer Tochter zurück, kein Wunder, dass ich sie telefonisch nicht erreichen konnte. Sie hat gesagt, dass Marit Hansens Vater ein schwedischer Matrose war. Ein hübscher Blonder, jünger als die Hansen, ungefähr zehn Jahre, vielleicht sogar noch mehr. Den Namen weiß sie nicht mehr genau, aber er fing wohl mit *G* an. Der Typ hat sich mal kurz mit Frau Hansen amüsiert, bevor er wieder auf See musste. Vermutlich hat er nie erfahren, dass er Vater einer Tochter ist. Der Hansen war klar, dass er sie nie heiraten würde. Auf der anderen Seite war sie schon vierzig und wollte das Kind unbedingt bekommen. Und da tauchte dieser Behrens auf. Der war auch so ein leichter Vogel, aber im richtigen Alter und nicht mehr in der Lage, zur See zu fahren. Den hat sie sich gekrallt. Warum auch immer er darauf eingegangen ist, vermutlich weil sie just in diesem Moment drei Häuser geerbt hat und er, wie wir wissen, finanziell eher knapp dran war.« Sie nahm ein paar

Schlucke Kaffee. »Und jetzt wird es interessant. Ich war ja auch bei der Mutter von Björn Lindberg. Die wusste noch nicht mal von seinem Tod. Offenbar herrscht da eine Art Krieg zwischen ihr und seiner Frau. Jedenfalls ist Lindbergs Vater schwedischer Seemann, er heißt mit Vornamen Gustav und ist jetzt Mitte sechzig. Annamaria Lindberg hat sich kurz nach Björns Geburt scheiden lassen, 1971 war das. Weil der Vater *keine Verantwortung für eine Familie tragen konnte*, so hat sie das ausgedrückt. Sie hat keine Ahnung, wo er abgeblieben ist, glaubt aber, dass er noch zur See fährt. Sie hat mich eindringlich davor gewarnt, mich mit einem Seemann einzulassen.« Sie lachte.

»Interessant«, murmelte Rennrodt, doch seine gelangweilte Miene sagte genau das Gegenteil aus. »Und was bedeutet das für uns?«

»Na. Überleg mal. Der Vater von Marit Hansen war ein schwedischer Seemann. Ewa zehn Jahre jünger als Frau Hansen, die dreiundsiebzig war. Björn Lindbergs Vater ist auch ein schwedischer Seemann. Er heißt mit Vornamen Gustav. Und er muss jetzt Mitte sechzig sein, zehn Jahre jünger als die Hansen.«

Erstaunt hob Rennrodt die Augenbrauen. »Du glaubst, dass es derselbe sein könnte? Na, ich weiß nicht.«

Selbstbewusst fuhr Inga Thimm fort. »Wusstest du, dass Marit ein schwedischer Name ist, die Kurzform von Margarethe? Und Björn ist auch schwedisch. Björn Borg, den wirst du ja wohl noch kennen.«

»Du bist ja eine echte Expertin für Vornamen«, spottete Rennrodt.

Jetzt war es ihm gelungen, die Laune der Kollegin zu verderben. »Und was hat sich hier getan?«, fragte sie schmallippig.

»In Lindbergs Kopf steckte 7,65er Munition, laut den Ballistikern abgefeuert aus derselben Waffe, die auch am Friedhof benutzt wurde. Wenn es keinen anderen Berührungspunkt zwischen Lindberg und der Familie Behrens/ Hansen gibt außer diesem Kirchenchor, und danach sieht es ja aus, muss Lindberg etwas gesehen haben, das nicht für seine Augen bestimmt war.« Rennrodt lehnte sich auf seinem Stuhl zurück.

»Erpressung?« Fragend schaute Inga Thimm ihn an. Er nickte.

Eine Weile war es still, dann fragte Inga Thimm: »Und was hast du sonst noch über Björn Lindberg rausgefunden?«

»Nicht viel Neues«, musste Rennrodt zugeben. »Mit seinem Sohn hab ich noch nicht gesprochen. Bringt vermutlich eh nichts, der wohnt ja nicht mehr zu Hause. Ich bin davon überzeugt, dass Lindberg etwas gesehen hat, was ihm zum Verhängnis geworden ist. Vielleicht den Mord an Fenna Hansen.«

»Er war mit einem Nachtsichtgerät unterwegs. Er ist von der Insel und hat den Täter erkannt«, murmelte Inga Thimm. »Das macht durchaus Sinn.«

»Wenn der Täter Johann Behrens heißt, hat er ihn auf jeden Fall von früher gekannt. Zu blöd, dass er mit seinem Nachtsichtgerät nicht fotografieren konnte. Auf jeden Fall war Lindberg ein komischer Vogel. Er hat seine Bilder auf dem PC aufbewahrt, und der ist passwortgeschützt. Was soll wohl so geheimnisvoll an Naturaufnahmen sein?«

Das Telefon klingelte und Rennrodt nahm ab. »Ja. Nee, das können wir nicht auch noch leisten. Wir observieren nur sie. Okay. Danke.« Er steckte sein Handy ein. »Das war Martina. Herr Schneyder ist wieder da. Mit Sack und Pack. Sieht so aus, als ob er vorläufig bei Marit Hansen wohnen wird. Jedenfalls hat er seine Klamotten schon mal ins Schlafzimmer gebracht.«

»Richtig«, fiel Inga Thimm ein. »Die beiden hab ich am Anleger gesehen. Er ist gekommen, sie ist mit dem gleichen Schiff aufs Festland gefahren. Vorher hat sie ihm noch den Hund aufs Auge gedrückt. Die beiden sahen sehr verliebt aus.« Sie gab ein wohliges Seufzen von sich.

Für Romantik hatte Gerrit Rennrodt allerdings keinen Sinn, jedenfalls nicht zurzeit. »Unter diesen Umständen taucht Johann Behrens dort garantiert nicht mehr auf. Das eben am Telefon war Martina. Sie wollte wissen, ob sie den

Schneyder auch observieren sollen. Aber das ist Blödsinn. Ich geh eine rauchen.« Er griff nach seiner Jacke.

Stefan Lindberg sah aus wie seine Mutter, blass und irgendwie leblos, mit hellrosa Händen, denen man ansah, dass sie häufig gewaschen wurden. Auch er roch, genau wie sie, auffallend nach Seife. Dafür, dass er seinen Vater verloren hatte, wirkte er sehr gefasst.

»Ich kann Ihnen nicht weiterhelfen. Mein Vater war ein ganz unauffälliger Mensch. Ein fleißiger Arbeiter, der nie krank war. Ein guter Ehemann und Vater. Er hat sich stets um mich gekümmert, wollte mich immer zu seinen Spaziergängen mitnehmen, hat mir sogar mal ein Fernglas zu Weihnachten geschenkt. Aber mir war das zu langweilig. Stundenlang in den Dünen hocken und warten, dass die Austernfischer kommen. Neuerdings hat er ja auch fotografiert. Wenn ich ehrlich bin, sehen für mich alle Bilder gleich aus. Ein Künstler war er in meinen Augen nicht.«

»Würden Sie Ihren Vater als Einzelgänger bezeichnen?«

»Auf jeden Fall. Er war ein Sonderling. Als Junge hab ich mich manchmal dafür geschämt. Heute weiß ich natürlich, dass er nichts dafür konnte.«

»Inwiefern?«

»Weil man eben so ist, wie man ist. Dagegen kann man nichts tun.«

Ein merkwürdiger Satz für einen Einundzwanzigjährigen, fand Rennrodt. »Hatte Ihr Vater eine schwere Kindheit? Wollen Sie das damit sagen?«

»Nun ja. Meine Großmutter hat sich sehr früh scheiden lassen. Er musste sich zu Hause ständig Beschimpfungen über seinen Vater anhören. Das war bestimmt nicht leicht.«

»Kennen Sie Ihren Großvater?«

»Nein.« Es klang erschrocken. »Niemand kennt ihn, der ist einfach abgehauen, auf Nimmerwiedersehen. Meine Großmutter hasst ihn bis zum heutigen Tag. Wenn einer von uns den Kontakt gesucht hätte, wäre sie ausgeflippt. Dieser Mann ist die *persona non grata* in unserer Familie.«

Auf dem Rückweg holte Schneyder Kuchen, gefüllten Teekuchen, den hatte er als Junge geliebt. Vor der Bäckerei traf er Nadira und Hauke, ausgerechnet. Der Polizist hockte vor einem kleinen schwarzhaarigen Jungen, sicher Nadiras Sohn, und zog alberne Grimassen. Als der Kleine die Hand ausstreckte und rief: »Mama, Hund«, wurden beide auf Schneyder aufmerksam. Sein Anblick und vor allem die Tatsache, dass er Amy bei sich hatte, schien sie zu irritieren.

Nadira fasste sich als Erste: »Hallo, Christoph. Ich wusste gar nicht, dass du wieder da bist.«

Klang das erfreut? Eher nicht. Schneyder beschloss, ebenfalls keine Freude zu heucheln. »Bin heute früh erst angekommen.«

»Wohnst du wieder im *Weißen Haus*? Dann hast du sicher schon gehört, dass wieder jemand ermordet wurde. Björn Lindberg, vielleicht kennst du ihn ja von früher.« Ein kalter Hauch wehte aus ihren Worten und Schneyder spürte, dass seine Hochstimmung einen Knacks bekam, zumal Hauke ihn anschaute, als würde er ihn am liebsten zusammenschlagen. Aber das konnte Schneyder durchaus verstehen, er selbst brachte dem Inselpolizisten auch keinerlei Sympathie entgegen.

»Ich wohne bei Marit und von dem Mord hab ich gerade erst in der Zeitung gelesen. Glaub nicht, dass ich den kannte. Hab es leider eilig, Marit kommt gleich nach Hause. Vielleicht sehen wir uns ja gelegentlich.« Diese Front hatte er klar abgesteckt und das war ein gutes Gefühl.

Im Kapitänshaus kehrte seine gute Laune zurück. Er duschte lange und ausgiebig, dann deckte er den Tisch in der Küche.

Um vierzehn Uhr zehn klingelte Marit an der Haustür. Sie wirkte atemlos, als wäre sie den ganzen Weg vom Bahnhof gerannt. Wie wunderschön sie aussah mit ihren geröteten Wangen und den vom Wind zerzausten Haaren. Ihr Lächeln machte ihn ganz schwach und er wusste einfach nicht, was er sagen sollte.

»Ich dachte schon, dass ich nur geträumt habe.« Sie schlang

ihre Arme um seinen Körper und schmiegte sich an ihn. »Ich muss dir ganz viel erzählen.«

Jetzt nicht, wollte er sagen, aber da redete sie schon weiter. »Mein Vater hat mich angerufen.«

»Wann?«

»Zwei Tage, bevor du abgereist bist. Er hat gesagt, dass ich keinem vertrauen darf, dir schon gar nicht.«

»Wie bitte?« Eine steile Zornesfalte teilte seine Stirn und sie hob die Hand und fuhr mit dem Zeigefinger darüber.

»Guck nicht so böse. Ich weiß ja, dass das nicht stimmt. Aber das ist noch nicht alles. Die Polizei hat herausgefunden, dass Johann Behrens gar nicht mein leiblicher Vater ist. Meine Eltern haben mich belogen. Sie haben sich erst kennengelernt, als Mama schon mit mir schwanger war. Darum steht in meiner Geburtsurkunde auch Vater unbekannt. *Prinzessin* hat er mich am Telefon genannt«, flüsterte sie. »Wie damals. Und ich Idiotin hab mich gefühlt, als hätte er mir einen Orden verliehen.« Ganz unerwartet brach sie ihn Tränen aus. »Ich bin so blöd, so unsagbar blöd.«

»Hey, ist ja gut.« Er zog sie an sich und seine Hand glitt ganz langsam an ihrem Rücken hinauf, Wirbel für Wirbel, bis er ihre Haare erreichte und die Finger darin verknotete. »Ich bin nicht gekommen, um über deinen Vater zu reden.« Er grinste schief. »Amy MacDonald hab ich mit zum Laufen genommen. Die ist total platt. Wir haben also ganz viel Zeit.« Aufreizend langsam zog er den Reißverschluss ihrer Jacke auf, streifte sie über ihre Schultern und ließ sie einfach auf den Boden fallen, dann nahm er Marit in seine Arme. Eine Weile genügte es, sie einfach nur festzuhalten, zu riechen, zu spüren, erst dann suchten seine Lippen ihren Mund. Sein Kuss war nicht so sanft und zärtlich, wie er es sich vorgenommen hatte, dazu war er viel zu ungeduldig, und auch Marit selbst schien keine Zeit zu haben. Irgendwie schafften sie es die Treppe hoch, ohne den Kuss zu unterbrechen.

In Marits Zimmer passierte endlich das, was schon vor siebzehn Jahren hätte passieren sollen. Hinterher fühlte Schneyder sich beinahe so wie der Junge, der er damals gewesen war, stark und unbesiegbar und unbeschreiblich glücklich. Marit war sein Mädchen, immer noch, und sie allein konnte die beiden zerbrochenen Teile seines Lebens zusammenfügen, damit ein einziges daraus wurde. Hauke hatte vielleicht ihr erstes Mal gehört, aber Schneyder beanspruchte den Rest ihres Lebens.

Gegen Abend standen sie auf, um mit Amy eine kleine Runde zu laufen. Sie aßen den Kuchen, weil sie keine Zeit mit Kochen verschwenden wollten, nahmen eine Flasche Rotwein und zwei Gläser und gingen wieder nach oben. Schneyder erzählte von seinem Besuch in Schwanewede bei Märkers Mutter, auch dass er Nadira und Hauke getroffen hatte. »Die beiden wissen jetzt Bescheid.«

»Worüber?«

»Dass du zu mir gehörst.«

Sie lachte und es klang einfach nur glücklich.

Nachts um halb drei wurde er wach. Die Lampe neben dem Bett brannte und Marit saß mit dem Rücken an die Wand gelehnt und schaute ihn an.

»Was machst du?«, murmelte er.

»Nichts. Ich gewöhne mich an den Gedanken, dass du hier bist, bei mir. Ich könnte dich stundenlang angucken, einfach nur angucken. Dein Anblick macht mich ganz verrückt.«

»Hey, so was sagt normalerweise der Mann.«

Sie rutschte neben ihn, legte ihren Kopf auf seinen Oberarm und schlang ein Bein über seine Hüfte. »Bitte, ich hätte nichts dagegen.«

»Ich liebe dich.« Einmal ausgesprochen konnte er gar nicht damit aufhören, den Satz zu wiederholen.

Donnerstag, 3. Februar 2011

Als Schneyder das nächste Mal erwachte, war das Bett neben ihm leer. Er schaute sich im Zimmer um und grinste. Ein weißes Himmelbett, eigentlich ein angemessener Rahmen für diese Nacht. »*Take me to the magic of the moment on a glory night.*« Marit hatte die Anlage so laut gestellt, dass man die Scorpions vermutlich noch auf der anderen Straßenseite hören konnte. Den Geräuschen nach zu urteilen werkelte sie in der Küche. Es war noch früh, gerade erst sieben, und draußen herrschte tiefe Dunkelheit. Warum um Himmels willen war sie aufgestanden? Ausgeschlafen konnte sie nach dieser Nacht nicht sein. Er schlüpfte in seine Jeans, zog Socken über und stürmte die Treppe hinunter, indem er zwei Stufen auf einmal nahm.

»Sorry, hab ich dich geweckt?« Sie strahlte. Nein, es tat ihr überhaupt nicht leid.

Er nahm sie in die Arme und pustete die Ponyfransen aus ihrer Stirn. »Warum stehst du mitten in der Nacht auf?«

»Amy muss raus. Ich geh mit ihr einmal die Straße hoch und zurück. Hinterher können wir frühstücken. Du kochst schon mal Kaffee, ich decke gleich den Tisch. Okay?« Sie spitzte die Lippen und er musste sie einfach küssen.

»Frühstück?«, beschwerte er sich dann. »Wer braucht denn um diese Zeit Frühstück? Ich finde, wir gehen wieder ins Bett.«

»Tut mir leid, aber ich hab Hunger! Und Amy flutet gleich den Flur.«

Marit schloss die Tür. Drei Minuten später, Schneyder hatte sich noch nicht von der Stelle gerührt, hörte er Schüsse. Er riss die Tür auf und sah Marit mitten auf der Straße liegen, direkt vor der Pforte zum Kapitänshaus. Etwas Kleines verschwand rasend schnell in der Dunkelheit, das musste Amy sein.

Er stürzte los und warf sich neben Marit auf die Knie. Diesmal hatten die Schüsse wirklich ihr gegolten. Und sie war getroffen, über ihrer Brust färbte die Jacke sich dunkel.

Ein Lungenschuss, dachte er und ganz automatisch tastete seine Hand nach dem Puls an ihrer Halsschlagader.

»Marit«, flüsterte er entsetzt. »Marit.« Er griff in seine Tasche, holte das Handy raus, tippte 112 ein und sagte mit erstaunlich ruhiger Stimme: »Christoph Schneyder, auf Wangerooge wurde jemand angeschossen. Die Straße heißt Am Wattenmeer, die Patientin liegt vor dem letzten Haus. Schnell, es besteht Lebensgefahr.« Dann öffnete er vorsichtig ihre Jacke. Sie blutete sehr heftig. Man konnte zusehen, wie der rote Fleck auf dem weißen Pullover immer größer wurde.

Plötzlich hockte sich ein Mann neben ihn. Er hatte ihn schon mal gesehen, wusste aber nicht wo, sein Kopf war absolut leer.

»Hoffmann, Polizei. Wir brauchen dringend einen Arzt.«

»Ich hab schon angerufen.«

Jetzt kam die Nachbarin, die er neulich mit Marit getroffen hatte, die Straße runter. Sie trug einen himmelblauen Morgenmantel. »Wir brauchen ein sauberes Handtuch«, herrschte Schneyder sie an. »Und Licht, eine möglichst große Taschenlampe.«

Sie nickte und drehte auf dem Fuß um.

Als Nächstes nahm Schneyder einen älteren Mann wahr, der eine große Taschenlampe auf Marit richtete. »Oh Gott«, jammerte er. »Lebt sie überhaupt noch?«

Am liebsten hätte Schneyder ihm den Mund zugehalten, aber er konnte sich nicht rühren. Und dann kam die Frau zurück und brachte ein strahlend weißes Frotteetuch und eine graue Strickjacke. »Ziehen Sie die über, junger Mann. Die ist von meinem Sohn. Sie holen sich ja den Tod.«

Jetzt erst fiel Schneyder auf, dass er nur Jeans und Socken trug, sonst nichts. »Danke.« Die Jacke war kratzig, aber sie wärmte und wenn nicht, wäre es ihm auch egal gewesen. Mit beiden Händen drückte er das Handtuch auf die Wunde, dabei murmelte er die ganze Zeit: »Bleib ruhig, es wird alles gut, hörst du, alles wird gut, gleich kommt ein Notarzt.« Dann drehte er sich um und brüllte: »Wo bleiben die denn? Hier gibt es doch einen Krankenwagen!«

»Christoph«, stöhnte Marit. »Ich will nicht sterben, nicht jetzt.« Ihre Hände umklammerten seinen Arm, als wäre er ihre letzte Verbindung zum Leben.

»Du stirbst doch nicht. Ich bin ja da, hörst du? Nicht bewegen, bleib ganz ruhig liegen.« Verdammt, wo blieben die Sanitäter? Er tastete nach ihrem Puls, der flach war und viel zu schnell, und sah besorgt, dass das Handtuch bereits durchtränkt war.

Marit riss ihre Augen unnatürlich weit auf. Sie versuchte sich aufzurichten und schrie vor Schmerzen auf. Schneyder glaubte zu hören, wie sein eigenes Herz mit einem trockenen Geräusch zerriss. »Wo ist Amy? Christoph, ich kann nicht richtig atmen, das tut so weh. Was ist denn mit mir?« Ihr Kopf fiel zur Seite.

Endlich hörte er das Martinshorn. Bremsen quietschten, Türen knallten, jemand kniete sich neben ihm. »Ich bin Dr. Jennings. Oh Gott, das ist ja Marit. Lassen Sie mich mal sehen. Verdammt, wir brauchen mehr Licht!«

Einer der beiden Rettungssanitäter richtete einen Scheinwerfer auf Marit.

Mit Entsetzen sah Schneyder, dass Marits Lippen sich bereits blau färbten. »Die Lunge ist verletzt. Sie braucht Sauerstoff und eine Intubation.«

»Sie kennen sich aus?« Wenn Dr. Jennings überrascht war, ließ er es sich nicht anmerken.

»Ich bin Arzt.«

»Infusion mit Haes-Lösung«, rief Dr. Jennings über seine Schulter. »Marit? Marit?«

Sie reagierte nicht mehr.

Zu viert betteten sie Marit so vorsichtig wie möglich auf die Trage, die sie in den Wagen schoben. Knallend schlossen die Türen und Schneyder stand allein auf der Straße. Kurz entschlossen öffnete er die Tür zum Fahrerhaus.

»Zugang verboten«, sagte einer der Sanitäter, und es klang wütend.

»Lass, er ist Arzt. Vielleicht kann er was helfen. Schere?« Doktor Jennings schnitt Marits Kleidung auf. Sie trug unter dem Pullover ein kleingeblümtes Shirt und keinen Büstenhalter. Für eine Sekunde erinnerte Schneyder sich daran, wie er vor wenigen Stunden ihre Brüste liebkost hatte und er fragte sich, ob das je wieder passieren würde oder ob es für sie nur diese eine Nacht gegeben hatte. Jetzt sah man das kreisrunde Loch, aus dem unablässig hellrotes Blut schäumte.

»Wir machen einen Druckverband. Habt ihr den Hubschrauber bestellt?«

Einer der Sanitäter nickte. Er hatte Marits Arm freigelegt, indem er den Ärmel ihres Pullovers mit der Schere abschnitt und herunterzog, und suchte jetzt in ihrer Ellenbeuge nach einer Vene. »Viel ist hier ja nicht mehr.«

Der andere Sanitäter war damit beschäftigt, steriles Verbandsmaterial auszupacken, das Dr. Jennings auf die Wunde presste. »Wir müssen sie drehen. Vielleicht gibt es auch eine Austrittswunde.«

»Sie können vielleicht die Infusion vorbereiten.« Erstaunlich, wie ruhig und freundlich Dr. Jennings wirkte.

Froh, irgendetwas helfen zu können, riss Schneyder das Infusionssystem aus der Packung, steckte es in die Flasche mit der Haes-Lösung und drehte das Regulierrädchen auf, um das System luftfrei zu machen. Dann stöpselte er das Verbindungsstück an die Braunüle, die der Sanitäter gerade gelegt und mit einem Pflaster fixiert hatte. Ganz vorsichtig rollten sie Marit auf die Seite. Hinten gab es eine zweite Wunde. »Durchschuss«, sagte Dr. Jennings. »Das kann durchaus positiv sein. Aber wir müssen einen zweiten Druckverband anlegen.«

Das Pulsoxymeter, das die Sauerstoffsättigung in Marits Blut anzeigte, gab Alarm.

»Mist, die entwickelt einen Spannungspneumothorax«, seufzte der Arzt. »Gib mal einer 'ne Braunüle rüber, wir müssen zuerst die Lunge entlasten.«

Da endlich hörten sie das Geräusch der Rotoren, *Christoph 26* aus Sanderbusch setzte auf der Straße vor dem Haus zur Landung an.

Der Notarzt, die die Hintertüren des Krankenwagens öffnete, schien kaum älter als Schneyder zu sein, aber er wirkte sehr ruhig und erfahren.

»Lungendurchschuss rechts«, sagte Dr. Jennings und es klang überhaupt nicht aufgeregt. »Sie hat schon viel Blut verloren. Infusion mit Haes. Außerdem haben wir einen Druckverband vorn angelegt, hinten noch nicht, weil wir erst die Lunge mit einer Kanüle punktieren mussten. Keine Medikamente, sie ist ohnehin nicht mehr bei Bewusstsein. Vor dem Flug muss sie intubiert werden, der Sauerstoff geht gerade in den Keller.«

»Okay, wollen Sie oder soll ich?«

Da Dr. Jennings den Tubus bereits in der Hand hielt, nahm er die dringend notwendige Intubation selbst vor. Danach wurde Marit in den Helikopter gebracht, der sofort abhob.

»Kann ich mitfliegen?«, hatte Schneyder gefleht. »Sie ist meine Freundin.«

»Tut mir leid, wir haben keinen Platz an Bord. Wir bringen sie nach Sanderbusch in die Klinik. Sie müssen leider mit der Fähre nachkommen.«

»**Verdammt**, der Schütze kann doch nicht vom Erdboden verschluckt sein!« Rennrodt war so sauer, dass er seine Beamten am liebsten geohrfeigt hätte. Da setzte man zwei Leute, wahrhaftig zwei erfahrene Leute, an, um Marit Hansen zu observieren, und dann passierte so etwas und, schlimmer noch, der Schütze war wie vom Erdboden verschluckt. Kollege Sven Hoffmann hatte nichts gesehen. Als die Schüsse fielen, hatte er zuerst nach der Verletzten geschaut und anschließend gab es keine Spur mehr von dem Schützen. Er und Martina Hage hetzten die Straße rauf und runter, überall standen Glotzer im Weg, aber keiner hatte den Täter beobachtet.

Der Rettungshubschrauber stieg senkrecht nach oben, der Lärm war höllisch, und Schneyder heulte neben ihm wie ein Schlosshund. Als Hauke Kuhlmann nach seiner Schulter fasste, schlug er die Hand weg.

»Ich habe die Spurensicherung angefordert. Die Kollegen werden mit einem Polizeihubschrauber gebracht. Der kann

Sie mit aufs Festland nehmen. Packen Sie schnell ein paar Sachen zusammen«, sagte Rennrodt, dem Schneyder leidtat. »Aber sagen Sie mir vorher, was passiert ist.«

»Ich weiß es wirklich nicht. Marit ist mit dem Hund rausgegangen.« Er schluckte. »Oh, Scheiße, Amy ist ja auch verschwunden. Ich war im Flur, als ich Schüsse gehört habe. Ich bin an die Tür gerannt und da lag Marit am Boden. Den Hund hab ich noch wegrennen sehen. Kurze Zeit später kniete ein Mann neben mir. Angeblich ein Polizist.« Er stutzte. »Ich hab ihn aber schon mal gesehen. Er wohnt im Haus *Möwennest*. Der ist gar kein Polizist!« Die letzten Worte schrie er beinahe. »Und jetzt ist er verschwunden. Moment, er war um die vierzig, schütteres Haar, groß und schlank ...«

Beruhigend legte Rennrodt die Hand auf Schneyders Oberarm. »Schon gut, das war Kommissar Sven Hoffmann. Er und Kollegin Hage haben sich eingemietet, um Frau Hansen zu observieren. Wir haben gehofft, auf diesem Weg den tot geglaubten Johann Behrens zu finden.«

»Und wieso hat er das hier nicht verhindert, wenn er von der Kripo ist?«

»Vielleicht, weil der Schütze irgendwo im Dunkeln stand? Und weil Herr Hoffmann zuerst nach der Verletzten sehen wollte?«

»Okay, okay, Entschuldigung. Sonst hab ich keinen gesehen. Nur Marit.« Schneyder wischte sich mit dem Handrücken über die nassen Wangen. »Vielleicht stirbt sie. Ein Lungenschuss ist eine sehr schwere Verletzung und sie hat bereits viel Blut verloren.«

Darauf wusste Rennrodt nichts zu erwidern. »Und Sie haben wirklich keine Ahnung, wer da geschossen hat?«

»Ihr Vater jedenfalls nicht, falls Sie in diese Richtung denken. Johann Behrens hat seine Tochter abgöttisch geliebt. Wenn Marit einen Feind hat, dann weiß ich nichts davon und sie selbst auch nicht. Höchstens ...« Er hielt inne. War dieser Verdacht nicht zu verrückt? Und wenn schon, hier ging es um Marit. »Vermutlich halten Sie mich jetzt für wahnsinnig. Aber gestern habe ich Ihren Kollegen getroffen, Hauke Kuhlmann.

Als er gehört hat, dass ich jetzt bei Marit wohne, sah er aus, als ob er mich am liebsten umbringen würde. Hauke ist in Marit verliebt, genauso lange wie ich selbst.« Er schniefte. »Soll ja Männer geben, die so denken. Wenn ich sie nicht kriege, dann keiner. Ach, keine Ahnung. Vermutlich hat er gar nichts damit zu tun. Wenn es recht ist, packe ich meine Sachen. Wo soll ich warten?«

»Am besten warten Sie hier. Ich denke, die Kollegen werden auf der Straße landen, damit sie ihre Ausrüstung nicht so weit schleppen müssen.«

Er wollte gerade ins Haus gehen, als jemand ihn von hinten antippte. Eine kleine schwarzhaarige Frau, die irgendwie schräg aussah. Obwohl sie mindestens so alt wie seine Mutter sein musste, trug sie Lederklamotten und ihr schwarz gefärbtes Haar fiel offen über die Schultern. »Ich bin Rita, ich putze hier.« Die rauchige Stimme passte perfekt. »Bist du Christoph? Stimmt es, dass jemand auf Marit geschossen hat? Ist es sehr schlimm?«

Sprechen konnte er nicht, nur nicken.

»Du fährst doch hinterher, damit sie nicht allein ist?« Es klang wie ein Befehl.

»Ja. Ich kann mit dem Polizeihubschrauber mitfliegen. Muss mich aber beeilen.« Er überlegte kurz. »Amy ist verschwunden. Und ich kann jetzt wirklich nicht nach ihr suchen. Würdest du dich darum kümmern?«

»Ach Gott, auch das noch. Keine Sorge, die taucht schon wieder auf, verschwinden kann sie ja nicht von der Insel. Ich nehme sie, bis Marit wiederkommt. Sag ihr, sie soll sich keine Sorgen machen. Nicht um den Hund. Der ist bei Rita gut aufgehoben.«

»Okay. Danke. Dann pack ich jetzt.«

Aber Rita ließ sich nicht so leicht abschütteln. »Marit wird auch ein paar Sachen brauchen. Die kann ich schnell zusammensuchen.« Sie folgte ihm ins Schlafzimmer und er wusste, dass sie mit einem Blick erfasste, was hier in der letzten Nacht passiert war. Als er sich nach den Wäschestücken bückte, die vor dem Bett lagen, winkte sie ab. »Lass liegen, das räum ich später weg.« Sie öffnete die Kommode und holte ein paar Sachen raus. »Hier, das wird sie brauchen. Unterwäsche, zwei Nachthemden, Socken. Und ihr Waschzeug.« Sie stürzte ins Bad.

Schneyder selbst brauchte nur seine Zahnbürste aus dem Bad zu holen und die Reisetasche zu schließen, die er noch gar nicht ausgepackt hatte. Im letzten Moment nahm er noch sein Notebook aus der anderen Tasche und steckte es ein. Vermutlich würde er eine ganze Weile fortbleiben.

»Grüß Marit von mir. Von Rita«, wiederholte die seltsame Rockerlady noch mal, aber den Namen würde er bestimmt nicht vergessen, genauso wenig wie sie selbst.

Der Pilot des Polizeihubschraubers war so einfühlsam, Schneyder während des kurzen Flugs einfach in Ruhe zu lassen. Nach der Landung organisierte er noch einen Streifenwagen, der Schneyder direkt zur Klinik nach Sanderbusch brachte. »Viel Glück, Herr Schneyder«, sagte er zum Abschied.

Als sich die automatische Tür der Klinik öffnete, schlug ihm der typische Krankenhausgeruch entgegen und augenblicklich fühlte er sich zu Hause. Ein Krankenhaus war eine kleine, in sich geschlossene Welt. Erstaunt nahm Schneyder zur Kenntnis, dass er sich immer noch als ein Teil dieses Systems wahrnahm. Hier drinnen wirkte alles so sauber und sortiert, es gab Regeln, die für jeden galten, und alle, die zum Team gehörten, standen automatisch eine Stufe höher als die, die als Kranke oder Besucher kamen.

Dass Marit noch im OP lag, wusste er schon. Und so konnte er nichts tun, nur warten und im Gang auf und ab gehen, weil der Warteraum mit den zerlesenen Illustrierten zu klein schien für ihn und seine Angst. Er stellte sich vor, was passieren sollte, wenn Marit wieder gesund wurde. Keine Stunde mehr wollte er sie allein lassen, er würde sie bewachen, Tag und Nacht, bis die Polizei das Schwein gefasst hatte.

Die Tür, die den Gang vom OP-Trakt trennte, öffnete sich

und ein grün vermummter Mann, vermutlich der Operateur, kam heraus. Mit der linken Hand zog er den Mundschutz ab, dann nahm er die Haube vom Kopf. Er sah erschöpft aus, wie einer, der nie genug Schlaf kriegte. »Hallo. Dr. Schützing ist mein Name. Ich habe die junge Dame operiert. Sie sind mit der Patientin befreundet? Ein Kollege, hab ich gehört?«

»Wir leben zusammen.« Dass dieser Zustand nicht mal vierundzwanzig Stunden andauerte, verschwieg Schneyder, wohlwissend, dass der andere ihm sonst keine Auskunft geben würde. »Marit hat keine Angehörigen mehr. Nur mich. Ihre Mutter ist vor knapp zwei Wochen gestorben. Erschossen, auf Wangerooge, vielleicht haben Sie es in der Zeitung gelesen.«

»Allerdings. Und jetzt hat es jemand auf die Tochter abgesehen? Das ist ja unheimlich. Hat die Polizei den oder die Täter schon gefasst?«

»Nein. Was ist mit Marit? Wie stehen ihre Chancen?« Nichts anderes interessierte Schneyder.

»Wie durch ein Wunder ist keine Rippe getroffen, sodass die Kugel im Ganzen wieder ausgetreten ist und viel Energie mitgenommen hat. Somit war der Gewebeschaden zum Glück nicht so groß wie befürchtet. Acht Blutkonserven während der OP, zweimal ist die Patientin uns in den Keller gerauscht. Jetzt ist sie aber stabil.« Er atmete schnaufend aus. »Ich will mal sagen, es sieht nicht sooo schlecht aus. Vorsichtiger Optimismus, aber keine Entwarnung. Drainage läuft, sie bleibt natürlich intubiert, das Herz braucht ein bisschen Unterstützung, antibiotische Abdeckung, das übliche Programm, Sie kennen das ja. Darf man fragen, in welcher Klinik Sie tätig sind?«

»Zurzeit überhaupt nicht.«

»Sie arbeiten nicht? Und das in einer Zeit, wo es überall an Ärzten mangelt?« Erstaunt hob der Chirurg die Brauen.

»Ich brauchte mal 'ne Verschnaufpause. Vor allem aus persönlichen Gründen. Aber jetzt suche ich eine Stelle als Assistenzarzt. Möglichst in der Inneren.« Seine Stimme klang fest, er war sich ja plötzlich auch ganz sicher, dass diese Entscheidung die richtige war.

»Kommt auch der Norden infrage? Wir suchen hier oben ständig nach Ärzten, aber das wissen Sie vermutlich selbst.« Er grinste. »Ist 'ne nette Klinik hier. Ich war vorher in Hannover, aber Sanderbusch ist irgendwie persönlicher, in jeder Hinsicht.«

»Kann ich Marit sehen?«

Dr. Schützing verzog den Mund, er schien mit sich zu kämpfen. »Okay. Sobald sie in ihrem Zimmer ist, können Sie rein. Ich sag auf der Station Bescheid, dass Sie ein Kollege sind. Normalerweise sehen die das zu diesem Zeitpunkt nicht so gern. Es dauert aber noch. Sie sollten in die Cafeteria gehen und einen Kaffee trinken. Und essen Sie was, Sie sehen aus, als ob Sie das gebrauchen könnten.« Er legte seine Hand auf Schneyders Schulter. »Das wird schon. Sie müssen nur daran glauben. Gehen Sie zu ihr und geben Sie ihr was von Ihrer Energie ab. Wie das funktioniert, weiß ich auch nicht Aber es geht, glauben Sie mir. Erst letzte Woche hat eine Mutter hier Tag und Nacht am Bett ihrer Tochter gesessen. Schweres Schädel-Hirn-Trauma, eigentlich aussichtslos, aber die Kleine ist über den Berg, hat sogar schon wieder gelacht.« Er schüttelte den Kopf. »Eigentlich unglaublich, aber ohne solche Wunder würde man hier manchmal verzweifeln. Ich muss jetzt weiter. Auf der Station ist heute die Hölle los. Also, Sie trinken einen Kaffee, essen ein belegtes Brötchen und dann melden Sie sich auf der Intensivstation. Wir sehen uns bestimmt noch.« Mit ausholenden Schritten ging er über den Flur und seine weißen Gummischuhe quietschten bei jedem Schritt.

Vorsichtiger Optimismus, das war besser als nichts. Die Cafeteria sah einladend aus. Aber Schneyder hatte keine Ruhe, um sich irgendwo still hinzusetzen. Lieber ging er zu dem Kiosk neben dem Haupteingang und kaufte eine Dose Cola und einen Müsliriegel, der wie kaltes Gummi schmeckte. Eine Weile marschierte er vor dem Klinikeingang auf und ab, dann hielt er es nicht mehr aus.

Als Schneyder an der Tür der Intensivstation klingelte, öffnete eine niedliche blonde Schwester, die bestimmt noch in der Ausbildung war. »Bitte?«

»Christoph Schneyder. Ich möchte zu Marit Hansen. Dr. Schützing hat mich angemeldet.«

»Sind Sie der Lebensgefährte?« Sie überlegte kurz, dann zeigte sie auf eine Tür. »Bitte einen Einmalkittel anziehen. Die liegen dort im Regal, die Größen stehen drauf. Sie brauchen bestimmt L. Überzieher für die Schuhe müssen Sie auch nehmen, das sind die blauen Dinger in dem Korb. Und dann die Hände gründlich waschen, steht alles auf der Tafel über dem Waschbecken. Für Wertgegenstände, die Sie hier im Raum lassen, können wir keine Haftung übernehmen.« Soweit ihr Standardprogramm, das sie fehlerfrei runterrattern konnte. Jetzt wurde es schwieriger. »Ja, und wenn Sie zu Frau Hansen wollen, also, ähem, da sitzt ein Polizist vor der Tür. Keine Ahnung, wie das abgeht. Sie müssen sich wohl ausweisen oder so was.« Fragend schaute sie ihn an.

Tatsächlich musste Schneyder seinen Personalausweis vorzeigen. Und sich von dem Polizisten, der keinen Kittel trug, auf Waffen abtasten lassen. Dann erst durfte er das Krankenzimmer betreten.

Das rhythmische Schnaufen des Beatmungsgerätes war das lauteste Geräusch im Raum, dagegen mutete das Piepen, das jeden Herzschlag anzeigte, dezent an. Schneyder zog sich den einzigen Stuhl im Raum ans Bett und setzte sich. Ohne es zu merken, atmete er bereits nach wenigen Minuten im gleichen Takt wie die Maschine. Marits Gesicht wirkte angespannt, aber vollkommen reglos. Die Haare klebten an der Stirn und er strich den Pony vorsichtig zu Seite.

»Hey, ich bin da, kannst du das spüren?« Seine Hand legte sich auf ihre, die sich kalt anfühlte und ein bisschen feucht. Der Monitor zeigte keine Reaktion. »Tut mir leid, dass es so lange gedauert hat, aber im Rettungshubschrauber war kein Platz für mich. Ich musste mit dem Polizeihubschrauber kommen. Die haben mich mit einen Streifenwagen zur Klinik gebracht.«

Als der Stationsarzt leise das Zimmer betrat, wischte Schneyder sich die Tränen ab und stand auf. Der Arzt nickte ihm zu, dann holte er das Stethoskop aus der Kitteltasche und hörte Marit ab.

»Und?«

»Unverändert. Die Drainage scheint gut zu laufen, mehr kann ich noch nicht sagen.« Dann streckte er Schneyder die Hand entgegen. »Dr. Bluhm. Ich leite die Station.«

»Langsam reicht es mir«, meckerte Till Weiland, der um viertel nach acht Uhr auf der Insel eingetroffen war und vier Stunden lang vor dem Kapitänshaus nach Spuren gesucht hatte. »Dunkelheit, auf der anderen Straßenseite zwei unbewohnte Neubauten, hinter denen man sich wunderbar verstecken kann, Dünen und ein Schütze, den keiner gesehen hat. Besser geht es ja nicht. Immerhin haben wir zwei Projektile und zwei Hülsen gefunden, neun Millimeter, ob sie aus der Waffe stammen, mit der ihre Mutter erschossen wurde, entscheiden die Ballistiker. Ich würde allerdings darauf wetten. Der Schütze hat hinter einer Kiefer zwischen den beiden Neubauten auf der anderen Straßenseite gestanden. Etwa dort.« Mit hastigen Strichen fertigte er eine Skizze an. »Das sind gut vierzig Meter. Die Hansen stand vor dem hell erleuchteten Haus und damit praktisch auf dem Präsentierteller. Er hat einmal danebengeschossen und einmal getroffen. In dem Baum sind wir auf dunkelgraue Fasern gestoßen. Von dreißig Zentimeter Höhe aufwärts. Der Täter müsste demnach einen langen Mantel getragen haben. Keine Fußspuren, kein Kippe, leider auch keine Haare, nur die Fasern. Ich hab der Kiefer einen richtige Kahlschlag verpasst und das ganze Gestrüpp eingetütet. Vielleicht findet sich DNA vom Täter. Das wäre ja ein Glücksfall, aber irgendwann müssen wir doch mal Glück haben, oder? Mehr kann ich euch noch nicht sagen. Gibt's hier Kaffee für einen halb erfrorenen Polizisten?«

»Klar.« Inga Thimm suchte einen Becher mit einem treuherzig dreinblickenden Seehund aus, vielleicht konnte er den Kollegen besänftigen, und füllte ihn bis oben. »Milch? Zucker?«

»Bitte ohne jede Verunreinigung.«

Der Kaffee besserte Weilands Laune. »Die Fasern sind wenigstens mal 'ne anständige Spur. Mal schauen, wie sie unter dem Mikroskop aussehen. Der Täter muss sich gegen den Baum gepresst haben, um nicht gesehen zu werden. Vielleicht sind die Chancen auf DNA gar nicht so übel.«

Rennrodt seufzte. »Sven und Martina suchen nach Zeugen. Außerdem muss jeder, der die Insel verlässt, seinen Pass vorzeigen. Kollege Kuhlmann steht am Anleger und nimmt alle Personalien auf. Das erste Schiff ist gerade weg, er kann also jeden Moment zurückkommen. Für die Inselflüge gilt im Übrigen dasselbe. Da übernehmen die Leute am Schalter das für uns. Heute ist aber noch keiner geflogen. Mehr können wir im Moment nicht tun.« Suchend schaute er sich auf seinem Schreibtisch um, aber da lagen nur noch Bleistifte und Fineliner, sämtliche Kugelschreiber waren bereits seiner Nervosität zum Opfer gefallen. »Lass uns noch mal ganz von vorn überlegen. Wer könnte ein Motiv haben, zuerst die alte und dann die junge Hansen umzubringen?«

»Ich komme immer wieder zu demselben Motiv. Da gibt es einiges zu holen. Kohlemäßig, meine ich.« Inga Thimm löste ihren Pferdeschwanz, um ihn wieder neu zu binden. »Wer erbt denn, wenn beide weg sind?«

»Marit Hansens Patenkind. Der Sohn von Nadira und Adrian Mahler.« Rennrodt trommelte mit den Fingerspitzen ungeduldig auf die Schreibtischplatte.

»Oder Marits leiblicher Vater, wenn er plötzlich auftaucht«, warf Inga Thimm ein. »Der könnte zumindest einen Pflichtteil einklagen, oder?«

»Mensch, Inga, am Ende hast du doch noch recht mit deiner abenteuerlichen Theorie.« Inzwischen ging Rennrodt seine Trommelei selbst auf die Nerven und er steckte die Hände in seine Hosentaschen. »Mal angenommen, dieser Gustav Lindberg wäre tatsächlich Marit Hansens Vater. Woher sollte er von ihrer Existenz wissen?«

»Keine Ahnung. Stell dir vor, er will Urlaub auf der Insel machen und stößt dabei auf Fenna Hansens Name. Kann doch sein, dass er über das Internet bucht und sieht, dass seine alte Flamme acht Wohnungen anbietet – und immer noch Hansen heißt, also wohl nicht verheiratet ist. Er schlägt ein Treffen vor. Sie streiten, er erschießt sie. Inzwischen ist ihm klar geworden, dass er Vater einer Tochter ist. Marit, die alles erben und ihn bestimmt nicht daran beteiligen wird. Wenn Marit allerdings tot ist, kann er aus der Versenkung auftauchen und als leiblicher Vater die Erbschaft beanspruchen. Davon, dass sie mit dreiunddreißig schon ein Testament zugunsten ihres Patenkindes gemacht hat, weiß er natürlich nichts. Ist ja auch ungewöhnlich früh.«

»Und was ist mit der Schießerei am Friedhof?« Rennrodt war nicht überzeugt von Inga Thimms Theorie. Irgendetwas störte ihn daran, er wusste nur noch nicht, was.

»Da hab ich auch 'ne Weile drüber nachgedacht. Aber wer sagt uns, dass Gustav Lindberg und Johann Behrens sich nicht gekannt haben? Die sind zur gleichen Zeit zur See gefahren. Vielleicht hatten sie mal auf demselben Schiff angeheuert oder sie haben sich in diesem Seemannsheim kennengelernt. Behrens hört vom Tod seiner Frau, kommt auf die Insel, möglicherweise um ihr die letzte Ehre zu erweisen, und sieht, wo auch immer, den Schweden. Er weiß sofort, dass Marits Vater vor ihm steht. Warum sollte die Hansen ihrem Lebensgefährten nicht davon erzählt haben? Behrens reimt sich alles zusammen, sie treffen am Friedhof aufeinander, der Schwede will seine Tochter töten, aber Behrens ist da, um sie zu beschützen.«

»Und Marit Hansen und ihr Freund sind ganz zufällig zur gleichen Zeit am Friedhof?« Unwillig verzog Rennrodt den Mund. »Ehrlich, Inga, findest du nicht, das sind ein paar Zufälle zu viel?«

»Wieso Zufälle? Sie war am Vortag schon einmal dort und Gustav Lindberg hat sie gesehen.«

Unwillig schüttelte Rennrodt den Kopf. »Und wo in deiner Theorie kommt Björn Lindberg vor?«

»Frau Lindberg, also die alte Frau Lindberg, behauptet, dass ihr Sohn keinen Kontakt zum Vater unterhielt. Das muss ja nicht stimmen. Vielleicht haben sie sich seit Jahren heimlich getroffen. Lindberg hat sich einfach überlegt, dass er das Erbe nicht mit seinem Sohn teilen will. Wenn meine Theorie stimmt, war Björn Lindberg ja der Halbbruder von Marit Hansen und damit auch erbberechtigt. Und wenn er die Tochter eiskalt abknallen will, warum nicht auch den Sohn?«

Triumphierend schaute Inga Thimm auf, doch Rennrodt war eher amüsiert als überzeugt. Eine Weile sortierte er versunken die Stifte auf dem Schreibtisch, dann hob er fröhlich grinsend in Oberlehrermanier den rechten Zeigefinger. »Deine Theorie hat einen entscheidenden Fehler, Inga. Für die Hansen und ihre Tochter hat man Neun-Millimeter-Munition verwendet, bei Lindberg war es 7.65iger.«

»Miiiist.« Ärgerlich schlug sie mit der flachen Hand auf den Tisch. »Das hab ich übersehen. Wie blöd von mir. Du hast vollkommen recht.« Sie seufzte. »Zwei Tote, eine Schwerverletzte, und wir wissen nichts. Verdammt, was wollte Fenna Hansen nachts in dem Schrebergarten? Was hat dieses komische Kirchenlied zu bedeuten? Wer will die ganze Familie töten und warum? Lebt Johann Behrens wirklich oder reden wir uns das nur ein? Und was ist mit dem Foto in dem Koffer? Ist der blonde Mann Marit Hansens leiblicher Vater? Man sollte das Foto wenigstens Frau Lindberg vorlegen, der alten Frau Lindberg, meine ich.«

»Okay, wenn du das nächste Mal auf dem Festland bist, kannst du das machen, Inga.« Besonders enthusiastisch klang das nicht. »Ich hab den Schneyder gefragt, ob er irgendjemanden in Verdacht hat. Erst hat er gezögert, dann gemeint, dass er gestern Hauke Kuhlmann getroffen hat. Und der war wohl nicht gerade angetan davon, dass Schneyder bei Marit Hansen eingezogen ist. Meinte, sie wären beide seit Ewigkeiten in die Hansen verliebt und dass es Männer gibt, die nicht verlieren können, die eine Frau lieber erschießen, bevor der Rivale sie bekommt. Was hältst du davon?«

Sehr entschieden schüttelte Inga Thimm den Kopf. »Auf gar keinen Fall. Das passt überhaupt nicht zu Hauke Kuhlmann. Der würde Marit Hansen nie etwas antun. Ich denke, er ist einer, der bis zuletzt hofft, dass es doch noch was wird mit ihr. Wenn Schneyder das Opfer wäre, würde ich darüber nachdenken, aber so … niemals.«

Obwohl Rennrodt nicht sonderlich viel von dem Inselpolizisten hielt, stimmte er Inga Thimm zu. »Da hast du wohl recht.«

Den restlichen Tag verbrachten sie damit, Klinken zu putzen und nach möglichen Zeugen zu suchen. Ohne jedes brauchbare Resultat. Um viertel nach sieben hatte keiner der Nachbarn aus dem Fenster geschaut, die meisten waren noch nicht mal aufgestanden. Erst der Schuss hatte die Leute aus ihren Häusern gelockt, mit so viel zeitlicher Verzögerung, dass der Täter unbeobachtet fliehen konnte.

Rennrodt erkundigte sich bei Lothar Kuhlmann nach einem Unglücksfall, in den die Familie Behrens/Hansen verwickelt war.

»Davon ist mir nichts bekannt«, sagte der ehemalige Polizist. »Und ich wüsste davon. Ganz bestimmt.« Auch er hatte keine Ahnung, warum jemand auf Marit Hansen schießen sollte.

Freitag, 4. Februar 2011

Auf Anraten der Stationsschwester war Schneyder in die Cafeteria gegangen, um eine Kleinigkeit zu essen. Doch urplötzlich überkam ihn die Angst, dass Marits Zustand sich verschlechtert haben könnte. Er ließ den halben Salat stehen und raste zurück auf die Station. Der Beamte vor der Tür nickte ihm kurz zu, sagte aber nichts.

Offensichtlich hatte man Marit in der Zwischenzeit gewaschen, jedenfalls trug sie ein anderes OP-Hemd, diesmal ein hellblaues. Ihr Zustand war seit zwanzig Stunden unverändert.

»Da bin ich wieder«, sagte er und streichelte ihre Hand. Aber sie war ganz weit weg und reagierte nicht. »Ich hab beim Essen nachgedacht. Wir müssen der Polizei endlich alles sagen, Marit. Ich entscheide das jetzt mal für uns beide.

Schließlich geht es um dein Leben.« Er presste seine Lippen auf ihre kalte Stirn. Das Benutzen von Handys war auf der Station nicht erlaubt, deshalb fuhr er mit dem Fahrstuhl hinunter in die Cafeteria.

Dass Marit Hansen schwer verletzt im Krankenhaus lag, wusste inzwischen die ganze Insel. Auch Brunhilde Kuhlmann. Mal abgesehen davon, dass Marit sich gegen Hauke entschieden hatte, war sie eine nette junge Frau, die jeder hier mochte. Bis auf einen. Brunhilde Kuhlmann hatte Lothars Worte nicht vergessen, nämlich dass hier erst wieder Ruhe einkehren würde, wenn die ganze Familie die Insel verlassen hatte. Zur Tatzeit (jetzt dachte sie schon wie ein Polizist) war er jedenfalls nicht zu Hause gewesen, angeblich hatte er Brötchen holen wollen. Am Sonntagabend hatte Johann ihr vorgeschlagen, einen anonymen Brief an die Polizei zu schicken, in dem sie auf Lothars Waffe hinwies. Wenn sie doch nur auf ihn gehört hätte. Dann könnte Marit jetzt noch leben. Sie lebt doch noch, rief sie sich gleich zur Ordnung, jedenfalls hatte sie nichts Gegenteiliges gehört. Aber angeblich sollte es sehr schlecht um sie stehen. Ob Lothar auch Björn Lindberg erschossen hatte? Vielleicht, weil er ihn bei dem Mord an Fenna Hansen beobachtet hatte? Einer, der kaltblütig ein nettes Mädchen wie Marit erschoss, würde auch keine Scheu haben, Lindberg abzuknallen. Oh Gott, am Ende teilte sie seit Jahren ihr Leben mit einem Mörder. Wenn Johann doch hier wäre. Wenn sie sich nur für einen Moment anlehnen dürfte. *Warte auf mich*, hatte er gesagt. Warten, immer nur warten.

In ihrer Verzweiflung stieg sie in die Badewanne, cremte danach ihren Körper mit der teuren Lotion von Vichy ein, die ihre Haut samtweich machte und dezent nach Mandeln oder eher Marzipan duften ließ. Dann zog sie die schwarze Spitzenunterwäsche an, darüber einen Rock und einen Alltagspullover. Es musste ja nicht jeder sehen, was sie vorhatte. Für den Fall, dass Minchen Janssen aus dem Fenster schaute, nahm sie eine Einkaufstasche mit, so groß, dass keiner sie übersehen konnte. Sie brauchte jetzt einfach einen Mann, und wenn es nur Clemens war. Natürlich durfte sie nichts von Johann erzählen, nur dass sie Lothar für den Mörder von Fenna Hansen hielt.

Clemens Vogt war bestürzt. »Hildchen, das hört sich ja furchtbar an. Was machst du jetzt bloß? Dein Mann ist doch Polizist. Meinst du nicht, dass die sich gegenseitig decken? Wie heißt es doch so schön, eine Krähe hackt der anderen kein Auge aus.« Nervös kratzte er seine grauen Brusthaare. »Glaubst du, dass er auch diesen jungen Mann auf dem Gewissen hat?«

»Ich weiß es doch nicht. Aber ich fürchte mich richtig. Manchmal sieht er mich so durchdringend an, dass mir eiskalt wird. Vielleicht plant er schon den nächsten Mord und ich soll das Opfer sein.«

Ungewohnt stürmisch riss er sie in seine Arme. »Nein, Hildchen, jetzt mach dich nicht verrückt, das würde er nicht wagen.«

»Hoffentlich. Die sollen ja den halben Baum mitgenommen haben, hinter dem der Schütze sich versteckt hat. Meinst du, die finden da Fasern von Lothars Sachen? Wie im Fernsehen?«

»Garantiert, Hildchen. Heutzutage sind die mit ihren DNA-Analysen doch so weit. Ich mag gar nicht daran denken, dass du ab morgen ganz allein bist, aber ich muss heimfahren. Ach, Hildchen, du wirst mir so fehlen. Am liebsten wäre es mir, wenn du mitkommst.« Zärtlich streichelte er mit den Fingerspitzen über ihren nackten Bauch. »Wie soll ich es nur bis Mai aushalten?«

Sie lächelte angestrengt und dachte: *Im Mai bin ich nicht mehr hier.*

Das Ergebnis der Ballistiker lag inzwischen vor. Die Kugel, die Marit Hansen getroffen hatte, stammte aus derselben Waffe, mit der man ihre Mutter erschossen hatte. Natürlich bedeutete das keine große Überraschung, aber jetzt hatten sie Gewissheit. Rennrodt war froh, dass er Marit Hansen im Krankenhaus bewachen ließ, wer wusste denn, wie weit dieser Irre noch gehen würde.

Zum Mittagessen war er mit Inga Thimm ins *Café Kluntje* gegangen. Er hatte sich eine Kartoffelsuppe bestellt. Gerade als er den Löffel eintauchen wollte, klingelte sein Handy.

»Rennrodt? Oh, Herr Schneyder.« Und dann hörte er nur noch zu, bestimmt fünf Minuten lang. »Das hätten Sie mir längst sagen müssen«, bellte er ins Telefon. »Was heißt, meine Freundin wollte nicht? Jetzt liegt sie auf der Intensivstation!«

Wütend stopfte er das Handy in seine Hosentasche. Dann löffelte er die Suppe, die mittlerweile nur noch lauwarm war, in Rekordgeschwindigkeit in den Mund, wobei ihm mehrfach Flüssigkeit übers Kinn tropfte, die er mit der Serviette abwischte. Kein Wunder, dass Inga Thimm ihn entgeistert anstarrte.

»Du glaubst ja nicht, was dieser Schneyder mir gerade erzählt hat«, brach es schließlich aus Rennrodt heraus. »Marit Hansen hat im letzten Herbst beim Stallumbau eine Blechdose mit alten Papieren gefunden. Sie lauten auf den Namen Klaus Märker, schreib das auf, Inga, wohnhaft Bremen, Fährgrund 7. Der Mann auf dem Foto war ihr Vater.« Ohne auf das verblüffte Gesicht seiner Kollegin zu reagieren, sprach er weiter. »Sie ist nicht etwa zur Polizei gegangen, warum denn auch? Nein, sie hat sich nach ewiger Zeit bei Schneyder gemeldet. Er ist nämlich der einzige Mensch auf der Welt, dem sie vertraut.« Er lachte böse. »Weiter. Irgendwie hat die alte Hansen dazwischengefunkt und es wurde nichts mit der großen Versöhnung, also ist Schneyder wieder abgereist. Aber einen Monat später war er beruflich in Bremen und hat die Adresse aufgesucht. Klaus Märker ist in den Siebzigerjahren bei einem Schiffsunglück ums Leben gekommen.«

»Wie bitte? Aber das ist ja …«, rief Inga Thimm aufgeregt.

Mit einer Handbewegung brachte Rennrodt sie zum Schweigen. »Später. Lass mich erst ausreden. Dann wurde Fenna Hansen erschossen. Schneyder hört davon und kommt zurück. Marit Hansen erzählt ihm, dass sie am Samstag nach der Beerdigung ihren Vater gesehen hat. Abends auf dem Friedhof. Der alte Behrens ist weggelaufen, vermutlich weil der blöde Köter so hysterisch gebellt hat. Darum sind die beiden Sonntagnacht zusammen hin. Sie wollte ihren Vater treffen: Zur gleichen Zeit am gleichen Ort. Und Schneyder wollte sie nicht allein gehen lassen. Er hat nichts gesehen, aber gehört, dass einer *Das ist für Maria* gerufen hat. Auch das durfte er wegen Marit Hansen nicht verraten. Der Clou ist dann, dass Behrens seine Tochter angerufen hat. Angeblich musste er seinerzeit seinen Tod vortäuschen, um sie zu beschützen. Und sie dürfe keinem vertrauen, schon gar nicht Christoph Schneyder. Behrens hat in diesem ehemaligen Hühnerstall nach den Papieren gesucht, vermutlich während der Beerdigung, aber die Dose hat Frau Hansen ja gefunden und gut versteckt. Er wollte am Telefon wissen, ob jemand davon weiß, und das hat sie verneint, was Schneyder möglicherweise das Leben gerettet hat. Marit Hansen musste versprechen, die Papiere zu verbrennen. Hat sie aber nicht. Schneyder war in dieser Zeit in Köln und hat seine Taxe vertickt, aber das wissen wir ja. Auf dem Rückweg ist er über Schwanewede gefahren und hat Klaus Märkers Mutter im Altersheim besucht. Die lebt nämlich noch. Und was hat sie gesagt? Dass ihr Sohn sie regelmäßig besucht, aber das soll keiner wissen. Punkt.«

»Wow.« Nachdenklich kratzte Inga die letzten Salatblätter auf ihrem Teller zusammen. »Der hat die ganz schön im Griff, sogar noch aus der Ferne. Ob da doch was Richtung Missbrauch gelaufen ist?«

»Gut möglich. Auf jeden Fall liegt der Schlüssel für die Morde in der Vergangenheit. Wer ist Maria?«

»Hat Schneyder nichts dazu gesagt?« Neugierig schaute Inga Thimm ihren Chef an.

»Das wissen sie nicht.«

Mit gerunzelter Stirn legte Inga Thimm ihr Besteck zusammen. »Oder er darf es nicht verraten.«

»Glaub ich nicht. Er hat jetzt Angst um seine Süße, der hält keine Infos mehr zurück.« Rennrodt hob die Hand und winkte den polnischen Kellner heran. »Zwei Espresso und die Rechnung.«

»Moment mal. Märker hat in Bremen gewohnt und ist bei einem Schiffsunglück ums Leben gekommen? In den Siebzigerjahren, sagst du?« Inga Thimm holte ihren schlauen Block aus der Tasche und blättert ein paar Seiten zurück. »Gebrüder Maywald, die Bremer Werft, bei der Johann Behrens gefahren ist. 1972 ist ein Schiff gesunken. Alle Besatzungsmitglieder waren tot und es roch stark nach Versicherungsbetrug, den man allerdings nicht nachweisen konnte. Wäre doch interessant rauszukriegen, ob Klaus Märker zufällig auch bei diesem Unglück ertrunken ist. Angeblich ertrunken. Seine Mutter behauptet ja, dass er noch lebt.«

Mit einem bösen Grinsen schaute Rennrodt sie an. »Noch eine Kleinigkeit, damit es nicht zu einfach ist. Klaus Märker hat keine Gehbehinderung.«

»Ich dachte schon, wir lösen den Fall mal eben hier am Tisch. Oh Mann, langsam kriege ich das Gefühl, wir kommen hier nie mehr weg.«

»Entschuldigung.« Der polnische Kellner räumte das Geschirr ab. Wenig später servierte er zwei winzige Espressotässchen mit schmalem Goldrand.

Erst als er wieder weg war, nahm Rennrodt den Faden wieder auf. »Behrens lebt also und wir haben eine Menge zu klären. Wer hat ihm geholfen, an der Blauen Balje seinen Tod vorzutäuschen? Allein kann er das nicht bewerkstelligt haben, denke ich. Wo war Behrens die ganzen Jahre? Wer hat Fenna Hansen angerufen und wer hat sie erschossen? Wer ist der zweite Schütze vom Friedhof, der auch Björn Lindberg erschossen hat? Wer ist Maria? Was hat das Ganze mit Björn Lindberg zu tun? Und wer hat auf Marit Hansen geschossen?«

»Der Mörder ihrer Mutter, der am Friedhof den anderen Schützen verletzt hat«, murmelte Inga Thimm.

»Aber wer ist das, verdammt noch mal? Behrens selbst? Oder gibt es einen Feind aus der Vergangenheit, der hergekommen ist, um Behrens und seine gesamte Familie abzuknallen? Aber woher hätte diese Person wissen sollen, dass Behrens gerade jetzt auf der Insel ist?« Mit dem

Zeigefinger drehte Rennrodt die winzige Tasse auf dem winziger Teller.

»Vielleicht weil er hier lebt und ihn zufällig gesehen hat? Der ist doch nicht unsichtbar.« Inga Thimm schippte zwei Löffel Zucker in ihren Espresso, rührte um und stutzte. »Moment mal. Maria, sagtest du? Die Mutter von Björn Lindberg heißt Annamaria. Vielleicht wird sie Maria genannt.«

»Gute Idee. Das kannst du gleich überprüfen, Inga. Mit den Namen hast du es, oder?« Rennrodt lachte leise. »Ich werde zur Gemeinde gehen. Ich will mit jeder Frau auf der Insel sprechen, die Maria heißt.« Er schwenkte die kleine Tasse hin und her, um den letzten Rest Zucker aufzulösen, dann trank er den letzten, besonders süßen Schluck. »Auf geht's, würde ich sagen.«

Ganz unvermittelt griff Inga Thimm nach Rennrodts Arm. »Stopp. Der alte Behrens hat sie nach der Beerdigung angerufen? Wir haben doch den Anschluss überprüft.«

»Stimmt. Wir gehen zurück und schauen die Liste noch mal an. Gut aufgepasst, Frau Kollegin.« Er deutete eine Verbeugung an.

Falls sie geschmeichelt war, ließ Inga Thimm sich das nicht anmerken. »Mir fällt noch was ein. Wenn man eine Gehbehinderung hat und sie verbergen will, was könnte man anziehen?«

Rennrodt stieß einen leisen Pfiff aus. »Einen langen Mantel. Und derjenige, der auf Marit Hansen geschossen hat, trug einen langen Mantel, sagt Till Weiland. Also doch Behrens. Aber warum? Angeblich war Marit sein Ein und Alles.«

»Die Betonung liegt auf WAR. Jetzt hat sie aber die Papiere gefunden. Hat er sich nicht am Telefon vergewissert, dass kein anderer davon weiß? Und hat er ihr nicht aufgetragen, die Papiere zu verbrennen? Und dann soll sie auf gar keinen Fall Christoph Schneyder vertrauen.« Inga Thimm zog den Reißverschluss ihrer Daunenjacke hoch. »Wenn Marit Hansen tot ist, nimmt sie den Namen Klaus Märker mit ins Grab. Jedenfalls denkt Behrens das.«

Als sie heimkam, auf dem Rückweg hatte sie noch schnell ein paar Lebensmittel gekauft, stand Lothar plötzlich hinter ihr.

»Wo kommst du her?«

Wortlos hielt sie ihm die Tasche hin. »Außerdem hab ich mir einen Tee im *Café Kluntje* gegönnt. Ist das etwa verboten?«

Wütend kniff er die Augen zusammen. »Er ist wieder da, die Kripo sucht ihn überall, davon redet ja die ganze Insel.«

»Wer?«, fragte sie scheinheilig, aber da hatte er sie schon brutal am Oberarm gepackt und in die Küche gezerrt.

»Wer wohl? Dein Stecher, Johann Behrens.« Er beugte den Kopf und roch an ihrem Hals. »Du riechst nach Bett, Brunhilde, wie eine billige Nutte. Du hast ihn getroffen, gib es zu.«

»Du spinnst doch.« Mit einer heftigen Bewegung riss Brunhilde Kuhlmann sich los. Ihr Herz raste und an ihrem Rücken spürte sie klebrigen Schweiß, Angstschweiß. Aber sie war eine stolze Frau. Damals hatte sie nicht um Gnade gebettelt. Und das würde sie jetzt auch nicht tun, egal was passierte.

Zu ihrer Erleichterung wandte Lothar sich ab und versenkte die Fäuste in seinen Hosentaschen. »Wenn ich euch erwische, bringe ich euch um. Alle beide.« Er drehte sich um und knallte die Tür ins Schloss.

Es ging Marit weder besser noch schlechter, was eher als ein positives Zeichen zu werten war. Anfang der nächsten Woche, hatte Dr. Bluhm gesagt, könne man voraussichtlich die Drainage ziehen, die Beatmung einstellen und Marit aufwachen lassen. Wenn alles gut ging. Es musste alles gut gehen, es musste.

Vorhin war Schneyder in den Ort gelaufen und hatte Kopfhörer für sein Notebook gekauft. An der Pforte holte er sich die Zugangsberechtigung für das hausinterne W-Lan-Netz. Jetzt saß er am Fenster und lud Musik für Marit runter, die neue CD von Amy MacDonald, *Wind of Change* natürlich und alle Liebeslieder, die ihm einfielen. Er war davon überzeugt, dass die Musik Marit erreichen würde.

Vor ihnen lag die Liste der Anrufe, die nach der Beerdigung bei Marit Hansen eingegangen waren. »Das hier ist verdammt komisch. Alle Anrufer sind uns bekannt. Ihre Freundin, diese Nadira Mahler, die Putzfrau, unser Kollege Kuhlmann, ich finde keine Nummer, die ich dem Behrens zuordnen könnte.« Fragend schaute Inga Thimm von dem Ausdruck der Telefongesellschaft hoch. »Hat Schneyder gesagt, wann der Anruf stattfand?«

Rennrodt schüttelte den Kopf »Nach der Schießerei am Friedhof, so hab ich das verstanden. Er weiß es ja nur aus zweiter Hand. Und die Hansen liegt im künstlichen Koma. Die können wir nicht fragen.« Nachdenklich schob er die Papiere auf seinem Schreibtisch hin und her. »Wenn Behrens auf der Insel ist, muss er irgendwo wohnen. Vielleicht ist er bei einem der Anrufer untergekommen.«

»Ich tippe auf die Putzfrau!«, rief Inga Thimm aufgeregt. »Das würde vom Alter einigermaßen passen. Frau Mahler ist viel zu jung, außerdem schwanger und verheiratet. Da versteckt er sich garantiert nicht. Aber diese Rita Töbkes lebt allein. Und sie ist ein ziemlich heißer Feger. Soll ich hingehen?«

»Auf keinen Fall allein. Wir gehen zusammen. Denk dran, der Kerl ist bewaffnet.«

Rita Töbkes öffnete erst beim dritten Klingeln. Sie trug eine schwarze Lederhose und darüber ein schreiend rotes Shirt mit kurzen Ärmeln. In ihrem Mundwinkel hing eine brennende Zigarette. Sie sagte nichts, schaute die beiden Polizisten nur von oben bis unten an, fragend und auch ein bisschen frech. Hinter ihrem Rücken bellte ein Hund, ein junger, schokoladenbrauner Labrador.

»Guten Tag, Frau Töbkes«, sagte Inga Thimm freundlich. »Wir kennen uns ja schon. Das ist mein Kollege, Hauptkommissar Rennrodt. Wir haben noch ein paar Fragen. Dürfen wir reinkommen?«

»Meinetwegen.« Sie drehte sich um und schlurfte ins Wohnzimmer. »Machen Sie die Tür vernünftig zu, sonst zieht es.«

In der Wohnung schlug ihnen brüllende Hitze entgegen.

»Sie haben ja gut eingeheizt.« Rennrodt öffnete den Reißverschluss seiner Lederjacke. Ausziehen wollte er das gute Stück nicht, weil er darunter seine Dienstwaffe trug und die Situation nicht vorzeitig eskalieren sollte.

»Ich hab's gern gemütlich warm. Und Cooper auch.« Frau Töbkes zeigte auf einen Wellensittich, der auf der Gardinenstange hin- und hertrippelte, dabei rhythmisch mit dem Kopf wackelte und fröhliche Geräusche von sich gab. »Wie geht es überhaupt Marit? Kein Mensch kriegt Auskunft. Ich mach mir Sorgen um die Kleine.«

»Dazu können wir leider nichts sagen. Sie liegt noch im Krankenhaus.« Inga Thimm lehnte sich vor und streichelte den Hund. »Ist das nicht Amy?«

»Ja. Der Bäcker hat sie gefunden. Sie hatte sich mit der Leine in seinem Zaun vertüdelt. Amy bleibt bei mir, bis Marit gesund ist. Schwebt sie in Lebensgefahr? Das wird man doch wohl erfahren dürfen.«

»Dazu können und dürfen wir nichts sagen. Auf jeden Fall ist sie schwer verletzt.«

»Arme Kleine.« Seufzend ließ Rita Töbkes sich auf einen rot gestrichenen Schaukelstuhl nieder, auf der Sitzfläche lag ein plattgesessenes Schaffell, und zeigte mit dem Finger auf eine schmale Couch mit hoher Lehne. »Bitte.« Dann klopfte sie mit der Hand gegen ihren Oberschenkel. »Amy, komm her.«

Die Hündin gehorchte, die Polizisten ebenfalls. Da die Rückenlehne so steil war, mussten sie so kerzengerade wie zwei Schulkinder sitzen, die auf eine Strafpredigt warteten. Rennrodt schaffte es nicht, den Blick von Rita Töbkes' Oberarmen zu reißen. Die Frau war mindestens sechzig, also kaum jünger als seine Mutter, aber von den Handgelenken aufwärts tätowiert. Dicht an dicht drängten sich verschlungene Muster und Linien, ein Drache war zu erkennen, auch eine rote Rose.

»Das sind noch nicht die besten. Aber wo die sind, geht Sie nichts an«, blaffte Rita Töbkes ihn an und griff nach einem karierten Holzfällerhemd. »Mögen Sie keine tätowierten Frauen?«

Zu seiner eigenen Überraschung wurde er rot, knallrot sogar, und er stammelte: »Doch, natürlich. Kein Problem.«

»Aber nicht, wenn sie in meinem Alter sind, schon kapiert. So ist das nun mal, junger Mann, Tattoos sind für die Ewigkeit. Mein verstorbener Mann war auch am ganzen Körper tätowiert. Ich fand das geil. Entweder oder. Ich hasse Leute, die sich irgendwo 'ne kleine Rose stechen lassen, nur weil es gerade modern ist.«

Rennrodt, auf dessen linkem Bizeps ein vier Zentimeter langes Tribal prangte, eine Jugendsünde, die er peinlichst versteckt hielt, schluckte. Neben ihm wandte sich Inga Thimm ab, um ihr Grinsen zu verbergen, und er beschloss dienstlich zu werden, bevor die Peinlichkeit überhandnahm. »Frau Töbkes, wir sind hier, weil im Zusammenhang mit den Gewalttaten der letzten Zeit ein paar Ungereimtheiten aufgetaucht sind.« Er räusperte sich. »Es besteht der dringende Verdacht, dass Johann Behrens noch lebt und dass er sich auf der Insel aufhält.«

Sie lehnte sich zurück und schaukelte ein paarmal vor und zurück. »Das weiß ich doch schon. Dass ihr den überall sucht, meine ich. Der ist also gar nicht an der Blauen Balje ertrunken?«

»Nein. Wir fragen uns natürlich, wo Herr Behrens wohnt oder anders gesagt, wer ihn verstecken könnte.«

Die Hitze in dem winzigen Raum war höllisch. Selbst die Labradorhündin schien zu leiden, jedenfalls stand sie auf, legte sich vor die Terrassentür und presste ihren Rücken gegen die kühle Scheibe. Inga Thimm atmete prustend aus und wollte ein Taschentuch aus der Hosentasche ziehen, um sich den Schweiß abzuwischen.

»Lassen Sie Ihre Pistole gefälligst stecken«, fauchte Rita Töbkes. »Hier ist der alte Behrens bestimmt nicht.«

Erschrocken hielt die Polizistin beide Hände hoch, als hätte die Frau eine Waffe auf sie gerichtet.

»Glauben Sie etwa, ich hab nicht gesehen, was Sie da unter der Jacke tragen?« Rita Töbkes' Augen funkelten schadenfroh. »Ich bin vielleicht nicht mehr die Jüngste, aber blöd bin ich nicht. Ich soll also Johann Behrens verstecken? Ich?« Ihr Lachen knallte gegen die Wände. »So ein Blödsinn. Den würde ich gar nicht über meine Schwelle lassen.«

»Warum nicht?«, fragte Inga Thimm erstaunt.

»Weil das ein schmieriger Typ war, der nie seine Hände bei sich behalten konnte. Der ist wirklich jedem Weiberrock hinterhergerannt. Mit großem Erfolg, das nur nebenbei. Einige Frauen auf der Insel waren dem regelrecht verfallen, seine eiskalte Fenna inbegriffen. Die hat immer so getan, als ob sie nichts von seinen Weibergeschichten wüsste. Ha, so blöd kann man gar nicht sein. Wenn sie wissen wollen, wer ihn verstecken würde, da gibt es eine ganze Liste. Ganz oben steht Haukes Mutter, die schöne Brunhilde. Die hat es so schamlos mit ihm getrieben, dass der Alte dahintergekommen ist und sie grün und blau geschlagen hat.« Wieder hielt der Schaukelstuhl an. »Sie sehen so erstaunt aus. Hat Ihnen das noch keiner erzählt? Es ist doch kein Geheimnis auf der Insel. Und Gerta Kruse, die bei Fenna nebenan wohnt, hat ihn auch ständig auf seinem Kahn besucht. Da hat er sie nämlich empfangen, seine Damen. Auf der *Prinzessin*.« Sie legte eine Packung *Drum* auf den Tisch und drehte sich eine dünne Zigarette, sehr gekonnt, und zündete sie an. »Wussten Sie das nicht?«

»Woher wissen Sie das alles so genau?«, gab Inga Thimm die Frage zurück.

»Ach, ich hab damals im Klubraum am Hafen geputzt. Viermal die Woche vormittags. Da hab ich sie kommen und gehen sehen, die feinen Damen von Wangerooge. Die haben sich die Klinke in die Hand gegeben. Ein blauer Seemannspullover, ein Vollbart, eine Pudelmütze, eine Pfeife im Mund und wilde Geschichten von der See. Da haben die Damen geglaubt, sie erleben das große Abenteuer. Haha.« Ihr Lachen ging in bellenden Husten über. Inga Thimm war versucht, ihr auf den Rücken zu klopfen, aber gerade noch rechtzeitig kriegte Frau Többkes sich von selbst wieder ein. »Und für die Inseljungs war er auch die ganz große Nummer, weil er sie mit Bier und Zigaretten versorgt hat. Fragen Sie mal Hauke, wo er seinen ersten Schnaps getrunken hat.« Sie stieß sich mit den Füßen ab und schaukelte vor und zurück.

»Björn Lindberg?«, fragte die Polizistin atemlos. »War der auch dabei?«

»Björn? Das kann ich nicht sagen. Der war ja schon immer ein bisschen sonderbar. Ein Spanner, der nachts durch die Hintergärten schleicht. Aber das wissen Sie ja wohl.«

»Nein, das wissen wir nicht.« Nur mühsam konnte Rennrodt seine Aufregung unterdrücken. »Und sonst? Was können Sie uns sonst noch über Björn Lindberg verraten?«

»Nichts. Er hat sich die falsche Frau ausgesucht. Die beiden waren so unglücklich miteinander, wie man nur sein kann. Bedauernswert. Dabei ist das Leben so kurz.« Sie inhalierte tief, spitzte die Lippen und pustete den Rauch in Richtung der beiden Polizisten.

Aber für solche Kindereien hatte Inga Thimm keine Zeit. »Und seine Mutter, kennen Sie die auch?«

»Annamaria? Natürlich. Die ist drei Jahre älter als ich. Hat einen Schweden geheiratet. Gesehen hab ich den nie. Der ist zur See gefahren. Und eh man sich versah, waren sie schon wieder geschieden. Von da an hat sie nur noch rumgejammert. So was kann ich nicht leiden, wissen Sie. Deshalb hab ich mich gar nicht mehr mir ihr abgegeben. Selbstmitleid ist was Furchtbares. Jetzt soll sie ja in Jever wohnen. Ihr Häuschen hat sie an Björn und Mona vermietet. Mona beschwert sich überall darüber, aber warum sollte Annamaria ihr Haus verschenken? Die wird nicht viel Rente kriegen und ist auf die Miete angewiesen. Immerhin wird Björn das Haus mal erben. Schuldenfrei. Ist doch auch was.« Sie hielt inne. »Nee, jetzt ja nicht mehr. Vermutlich geht es jetzt an seinen Sohn. An Mona jedenfalls nicht. Die beiden Frauen hassen sich.«

»Wird die alte Frau Lindberg Annamaria oder nur Maria genannt?«, fragte Rennrodt.

Erstaunt stemmte Rita Töbkes die Füße auf den Boden, sodass der Schaukelstuhl anhielt. »Komische Frage. Für mich ist sie Annamaria, aber vielleicht gibt es Leute, die sie nur Maria nennen. Oder Anna. Keine Ahnung.«

»Maria. Fällt Ihnen eine Frau ein, die Maria heißt und mit Johann Behrens zu tun hatte?«, wollte Inga Thimm wissen.

Man konnte förmlich sehen, wie die Namen durch Rita Töbkes' Hirn ratterten, am Ende schüttelte sie nur den Kopf. »Nee, da kann ich Ihnen nicht helfen.«

Inga Thimm stand schon, aber Rennrodt wollte den Besuch ordnungsgemäß zu Ende bringen. »Dürfen wir uns dennoch bei Ihnen umsehen?«

»Bitte, ich hab nichts zu verbergen. Aber spielen Sie nicht mit der Knarre rum. Nicht, dass Sie meinen Cooper treffen. Oder gar Amy, das würde Marit mir nie verzeihen.«

Es dauerte keine fünf Minuten, bis die Polizisten die enge Wohnung gesichtet hatten. »Wer wohnt nebenan?«

»Meine Schwester Lilo und ihr Mann. Die haben Johann bestimmt nicht versteckt. Bei den Männern auf der Insel war er nicht so gern gesehen. Das können Sie mir glauben. Da hat keiner geweint, als er nicht mehr wiederkam.«

Zum ersten Mal, seit er auf der Insel weilte, empfand Gerrit Rennrodt die kalte Nordseeluft als angenehm. »Sauerstoff, herrlich. Das war ja die reinste Sauna.«

»Aber hochinteressant.«

»Stimmt. Ob Hauke Kuhlmann das von Behrens und seiner Mutter weiß? Aber wieso hat er uns kein Wort davon erzählt?«

»Das mit seiner Mutter?« Inga Thimm schüttelte den Kopf. »Echt, Gerrit, so etwas wollen Kinder nicht über ihre Eltern wissen.«

»Hey, der hat es dir wirklich angetan, was?«, spottete Rennrodt. Er hielt an und drehte sich mit dem Rücken zum Wind, um eine Zigarette anzuzünden. »Das ist mir schon länger aufgefallen, Inga. Auf den Kuhlmann lässt du nichts kommen. Sei ehrlich. Den magst du irgendwie.«

»Er tut mir ein bisschen leid. Das ist alles. Ist doch schrecklich, wenn man so unglücklich verliebt ist. Etwa nicht?« Leider konnte Inga Thimm nicht verhindern, dass zarte Röte in ihre Wangen stieg.

»Keine Ahnung. Auf jeden Fall hätte Kuhlmann uns sagen

müssen, dass Behrens sich nicht gerade großer Beliebtheit erfreut hat auf der Insel.«

Inga Thimm verzog unwillig den Mund. »Der war damals achtzehn und hatte ganz andere Probleme.« Sie seufzte, weil Rennrodt schon wieder spöttisch den Mund verzog. »Ja, lach mich ruhig aus. Wahrscheinlich bin ich rettungslos in Hauke Kuhlmann verliebt und weiß gar nichts davon. Aber was wahr ist, muss wahr bleiben. Mir war in dem Alter herzlich egal, was meine Alten getrieben haben. Und meine Kids interessieren sich auch nicht gerade brennend für meine Probleme.«

Mit breitem Grinsen lenkte Rennrodt ein. »Stimmt, der Punkt geht an dich. Allerdings hätte Kuhlmann uns wenigstens erzählen können, dass Behrens Schnaps und Zigaretten an die Inseljungs verteilt hat.« Er stutzte. »Hey, kann es sein, dass Behrens was von den Jungs wollte? Du weißt schon, woran ich denke.«

Voller Eifer spann Inga Thimm den Faden weiter, vielleicht auch nur, um von sich selbst abzulenken. »Gehörte Björn Lindberg auch zu den Jungs, die ihn regelmäßig besucht haben? Die Töbkes hat gesagt, dass er schon immer sonderbar war. Vielleicht deshalb?« Sie grinste ihren Chef an. »Vielleicht sollten wir in Zukunft einfach Rita Töbkes zu Rate ziehen, wenn Fragen auftauchen.«

Rennrodt lächelte halbherzig. »Zurück zu Behrens' Boot. Möglicherweise sind dort Sachen passiert, die in die Rubrik sexueller Missbrauch fallen. Denkbar, dass Lindberg da einen Knacks gekriegt hat. Und jetzt sieht er den tot geglaubten Behrens zufällig wieder. Stellt ihn vielleicht sogar zur Rede. Aber mit Behrens ist nicht zu spaßen.« Mittlerweile hatten sie das Polizeirevier in der Charlottenstraße erreicht und Rennrodt hielt seiner Kollegin die Tür auf. »Du fliegst rüber aufs Festland und versuchst, etwas über dieses untergegangene Schiff rauszukriegen. Vor allem, ob Klaus Märker oder Johann Behrens an Bord waren, oder sogar beide. Danach redest du mit Märkers Mutter, das Altenheim liegt in Schwanewede, und auch noch mal mit Annamaria Lindberg. Frag, ob sie manchmal Maria genannt wird. Kollege

Kuhlmann nimmt weiterhin die Personalien aller Leute auf, die die Insel verlassen, und ich befrage alle Frauen, die Maria heißen.«

Inga Thimm nickte. »Allerdings wird es bereits dunkel, da geht kein Flieger mehr. Und das Schiff ist schon heute Vormittag gefahren. Ein paar Marias kann ich also auch noch übernehmen.«

»Okay. Vorher nehme ich aber noch mal unseren Kollegen von der Insel in die Mangel«, kündigte Rennrodt an.

»**Sagen Sie mal, Herr Kollege**, kann es sein, dass Sie uns einiges über den gesuchten Johann Behrens verschwiegen haben?« Anders als geplant klang Rennrodts Stimme nicht sehr freundlich.

Entsprechend kühl fiel auch der Tonfall von Hauke Kuhlmann aus. »Was sollte das sein?«

»Na, etwa dass Herr Behrens seinerzeit sehr beliebt bei der männlichen Inseljugend war, weil er freizügig Bier und Zigaretten verteilt hat.« Der Kommissar ließ sein Gegenüber nicht aus den Augen und er bemerkte, dass Hauke Kuhlmann erschrak.

»Okay«, sagte er ausweichend und vermied es dabei, in Rennrodts Richtung zu schauen. »Das stimmt schon. Wenn man auf den Kahn ging und sich seine langweiligen Geschichten anhörte, hat er mal 'ne Flasche Bier oder eine Zigarette springen lassen. Aber ich verstehe nicht, was das für eine Rolle spielen soll.«

»Was wichtig für den Fall ist und was nicht, entscheiden nicht Sie. Kann es sein, dass Johann Behrens mehr wollte als geneigte Zuhörer? Mit anderen Worten, wurden sexuelle Gefälligkeiten erwartet?«

»Pah, wer erzählt denn so einen Blödsinn? Niemals. Da hätten wir gar nicht mitgemacht.« Vor Empörung wurde Kuhlmann richtig laut, zum ersten Mal, seit Rennrodt ihn kannte. »Heutzutage wird überall sexueller Missbrauch vermutet, das ist doch wirklich krank. Der Mann hat uns imponiert, weil er so anders war als unsere kreuzbraven Väter. Das war es auch schon. Und wir fanden es natürlich super, dass er uns Bier angeboten hat. Hier auf der Insel funktioniert das noch mit der sozialen Kontrolle. Wir konnten als Vierzehnjährige nicht zu Frau Ottersberg gehen und Bier kaufen. Die hätte uns die Löffel langgezogen.«

»Wogegen nichts einzuwenden ist«, fand Rennrodt.

Kuhlmann, der wohl dachte, dass die Fragestunde damit beendet war, grinste. »Heute finde ich das auch gut. Damals eher nicht.«

»Und warum haben Sie uns nicht erzählt, dass Herr Behrens häufigen Damenbesuch auf dem Schiff empfangen hat? Überwiegend verheiratete Damen, wie es heißt?« Dass eine davon Brunhilde Kuhlmann hieß, ließ Rennrodt vorerst weg.

»Gerüchte!«, ereiferte sich Hauke Kuhlmann. »Das kann doch kein Mensch beweisen. Damals hab ich das nicht mal mitgekriegt.«

»Herr Behrens soll hier nicht sonderlich beliebt gewesen sein. Haben Sie das auch nicht mitbekommen?«

Kuhlmanns Blick wurde abweisend. »Ich weiß nicht, was Sie meinen.«

»Ich meine, dass es eine ganze Reihe gehörnter Ehemänner gegeben haben soll, die sich über Behrens' angeblichen Tod gefreut haben. Und die bestimmt nicht begeistert wären, wenn er von den Toten wieder aufersteht.«

»Wie Sie wissen, war das vor meiner Zeit als Polizist. Damals war ich ein Junge, der genug eigene Probleme hatte. Als Behrens verschwand, war ich achtzehn und konnte mir mein Bier allein kaufen. Sogar hier auf der Insel. Ich hab den überhaupt nicht mehr besucht, warum auch, seine Geschichten kannte ich in- und auswendig. Irgendwie war er dann doch nicht so der coole Typ.«

Das Telefon klingelte und Hauke Kuhlmann nutzte diesen Umstand, um sich zu verabschieden.

»Rennrodt? Hallo, Till. Ich bin ganz Ohr. Okay, wir warten geduldig. Schönes Wochenende.«

Als Inga Thimm wieder reinkam, sie hatte dem Gespräch zwischen dem Chef und Kuhlmann nicht beiwohnen wollen, sagte er: »Die dunkelgrauen Fasern sind Wolle. Schurwolle mit einem hohen Kaschmir-Anteil, genaugenommen. Unser Täter ist also in einem langen dunklen Mantel unterwegs. Klingt doch gut. Und genau diese Fasern haben sie auch an Fenna Hansens Mantel gefunden. Okay, da dieselbe Waffe benutzt wurde, ist das jetzt nicht so überraschend. Aber immerhin wissen wir jetzt, dass der Täter bei ihr, anders als bei Marit Hansen, nicht im Dunkeln gelauert hat. Vielmehr hat er sie untergehakt, vermutlich auf dem Weg zu diesem Schrebergarten. Fenna Hansen muss ihn also gekannt haben. Und sie hat ihm vertraut, sonst wäre sie nicht mit ihm zu diesem gottverlassenen Ort gelaufen. Wenn es nicht Behrens selbst war, muss es jemand von der Insel gewesen sein. Und dann, und das ist der Hit, haben sie tatsächlich DNA gefunden. Ist schon auf dem Weg zum LKA.«

»LKA«, seufzte Inga Thimm. »Das heißt warten.« Sie setzte sich auf einen Stuhl und strich die Locken zurück, die sich aus ihrem Zopf gelöst hatten. »Und jetzt erzähl mal, wie hat Hauke Kuhlmann reagiert?«

Samstag, 5. Februar 2011

Die letzte Nacht hatte Schneyder in einem kleinen Fremdenzimmer verbracht – aber nur, weil die Stationsschwester ihn am Vorabend praktisch vor die Tür gesetzt hatte.

»Sie nehmen sich jetzt ein Zimmer und schlafen«, hatte sie gewettert. »Es ist keinem geholfen, wenn Sie uns hier zusammenbrechen. Ihre Freundin ist noch längst nicht gesund, die braucht Sie noch ’ne ganze Weile. Also müssen Sie schlafen, damit Sie bei Kräften bleiben. Und vernünftig essen. Wir haben doch Ihre Handynummer. Wir rufen an, wenn sich was verändert.«

Sie empfahl eine Pizzeria an der Hauptstraße, die auch Fremdenzimmer vermietete und die nur fünf Gehminuten von der Klinik entfernt lag. Schneyder gehorchte schließlich. Er aß eine köstliche Lasagne, trank zwei Jever, und kaum dass sein Kopf das hellblau bezogene Kissen berührte, fiel er in einen totenähnlichen Schlaf. Das Frühstück war in Ordnung, aber er verzichtete auf einen zweiten Kaffee, weil er wieder bei Marit sein wollte.

Es hatte sich nichts verändert. Die Schwestern hatten sie schon gewaschen, ihr OP-Hemd war diesmal rosa geblümt.

»Du siehst aus wie das blühende Leben«, flüsterte er in ihr Ohr, dann stellte er Musik für sie an, streichelte ihre Hand und las in dem *Spiegel*, den er unterwegs gekauft hatte.

Gegen Mittag stieg Marits Temperatur plötzlich an. Dr. Bluhm setzte ein weiteres Antibiotikum an. Abends hatte sie hohes Fieber, über neununddreißig Grad, und die Sauerstoffsättigung sackte ab. Sie musste immer häufiger abgesaugt werden und in der Drainage sammelte sich mehr Sekret. Eine Röntgenaufnahme der Lunge zeigte eine beginnende Pneumonie, die beiden Lungenflügel betraf.

»Scheiße«, fluchte der Arzt. »Genau das durfte *nicht* passieren.« Er nahm eine Blutkultur ab, dann rief er den Oberarzt an, der bereits zu Hause war, aber unverzüglich ins Krankenhaus zurückkehrte. Mit besorgter Miene schaute er die Röntgenaufnahmen und die vorliegenden Blutwerte an, er stellte die Antibiose noch einmal um und setzte ein weiteres Medikament an.

»Wir müssen hoffen, dass das neue Präparat anschlägt«, sagte er und vermied es, Schneyder in die Augen zu sehen.

Das Altenheim in Schwanewede wirkte nicht gerade einladend und Inga Thimm dachte, dass sie an so einem Ort nicht auf den Tod warten wollte. Dann lieber gleich sterben, einfach umfallen und aus. Aber das wünschten sich wohl die meisten Menschen. An der Eingangstür stand eine alte Frau in einem bekleckerten Kleid. Sie lächelte seelenlos und murmelte Unverständliches. Ihre Füße steckten in dunkelroten Hausschuhen mit Pelzbesatz, die Strümpfe waren grau und so weit, dass sie über dem Knöcheln Falten warfen.

»Frau Kettwig«, rief eine ungeduldige Stimme. »Nun kommen Sie schon rein, es ist kalt. Wir frieren.«

Inga Thimm ging direkt zum Dienstzimmer, zeigte ihren Ausweis und erkundigte sich nach Frau Märker.

»Die ist im Krankenhaus. Ein Schlaganfall, vorgestern, sieht nicht so gut aus.« Sonderlich betroffen wirkte die Altenpflegerin nicht. Viel mehr interessierte sie, was die Polizei von der alten Dame wollte.

»Ja, eigentlich suchen wir ja Frau Märkers Sohn.«

Die Frau lachte kurz auf, dann schaute sie Inga Thimm beinahe mitleidig an. *Die Polizei*, das sollte dieser Blick wohl bedeuten, *hat keine Ahnung*. »Der ist längst tot.«

»Ja, das ist uns schon bekannt. Sie hat aber behauptet, dass er sie regelmäßig besucht.«

Verächtlich zog sie Altenpflegerin die Mundwinkel runter. »Frau Märker ist dement. Glauben Sie mir, ihr Sohn ist seit mehr als dreißig Jahren tot. Aber es gibt hier in Bremen einen freiwilligen Besuchsdienst für alte Menschen, um die sich niemand kümmert. Da kommt immer so ein netter Herr. Sie redet sich ein, dass er ihr Sohn ist. Wir konnten ihr das bislang noch nicht ausreden.«

»Zieht er ein Bein nach?«

»Nee, bestimmt nicht. Helga, wie heißt noch mal der Mann, der immer Frau Märker besucht?«

»Am Samstag?« Die Frau beim *Weserkurier* war alles andere als begeistert, als Inga Thimm ihren Dienstausweis vorlegte und verlangte, sämtliche Ausgaben aus dem Jahr 1972 zu sehen. »Das haben wir nur noch auf Mikrofilm gespeichert. Muss das wirklich heute sein?«

»Es geht um eine Mordermittlung und ja, es muss sofort sein.«

»Nehmen Sie dort Platz, ich suche die Filme raus.«

Stunde um Stunde verbrachte Inga Thimm vor dem Monitor des Lesegerätes, ihre Augen brannten zuerst, dann tränten sie, aber am Ende fand sie genau das, was sie gesucht hatte. Sogar noch mehr.

Inga Thimms nächster Weg führte nach Bremen-Nord. Fährgrund 7 hieß die Adresse. Frau Serenius entpuppte sich als eine bezaubernde alte Dame, die mit beiden Beinen fest im Leben stand, trotz ihres Alters. Mit großer Sorgfalt studierte sie den Dienstausweis, bevor sie erlaubte, dass die Kommissarin ihre Wohnung betrat.

»Man kann ja nie wissen«, sagte sie und Inga Thimm gab ihr uneingeschränkt recht. »Um was geht es denn überhaupt?«

»Um Klaus Märker. Der hat hier doch früher mal gewohnt.«

Erstaunt hob die Alte den Kopf. »Da war neulich schon einer, der nach Klaus gefragt hat.«

»Wie sah der Mann aus?«

»Oh, ziemlich gut, finde ich. Mir hat er jedenfalls gefallen. Blond, groß, allerdings schlecht rasiert, aber das trägt man heute ja so. Ist mit einem Taxi gekommen.«

»Das war Herr Schneyder. Der hat uns Ihre Anschrift gegeben. Frau Serenius, erzählen Sie mir doch mal was über Klaus Märker. Alles, was Ihnen einfällt.«

»Alles?« Die alte Dame kicherte vergnügt. »Das kann dauern, junge Frau. Ich weiß nicht, ob Sie so viel Zeit haben.«

»Wir probieren es einfach aus. Wie haben Sie ihn kennengelernt?«

»Ganz einfach. Ich habe hier oben gewohnt, er unten. Damals war das Haus noch anders aufgeteilt. Unten gab es vier möblierte Einzimmerwohnungen, die meist an Seeleute vermietet wurden. Klaus war einer davon. Er stammte aus Vegesack und seine Mutter wohnte in der Nähe vom Hallenbad. Sie hat ihn manchmal besucht und sein Zimmer geputzt. Wissen Sie, damals haben Männer sich noch nicht mit Hausarbeit abgegeben, das war unter ihrer Würde.« Sie kicherte wie ein junges Mädchen. »Der Klaus sah gut aus, viel zu gut. Dem liefen die Mädchen scharenweise hinterher und er hat das schamlos ausgenutzt. Fragen Sie mich nicht, wie oft da morgens eine aus seiner Wohnung geschlichen kam. Alle blond und bildhübsch und jung, sehr jung. Na ja, als Seemann war er ja die meiste Zeit unterwegs. Wenn er hier war, ist er oft mit dem Bus in die Innenstadt gefahren, hat gern gefeiert, der Klaus, und soll ein Spieler gewesen sein. Dazu kann ich aber nichts sagen. Ich war ja nicht dabei. Nur dass er oft knapp bei Kasse war, das weiß ich von seiner Mutter. Und einmal standen so komische Typen vor der Tür und haben nach ihm gefragt. Aber da war er gerade auf See. Geldeintreiber, hab ich damals gedacht, aber das war nur so ein Gefühl.«

»Gab es auch mal eine feste Beziehung?«

»Wo Sie es sagen. Am Ende war da so eine kleine, zarte, Ätherische, blond natürlich. Den Namen weiß ich aber nicht. Die war häufiger hier. *Klaus*, hab ich mal gesagt, *ist das was Festes, wirst du endlich erwachsen?* Aber er hat nur gelacht und gemeint, das sei unwahrscheinlich. Von der nächsten Fahrt ist er nicht mehr zurückgekommen.« Sie seufzte und griff sich an die Schläfe. »Das war ein großes Unglück, junge Frau. *Geesche* hieß das Schiff, das weiß ich noch, es stand ja in allen Zeitungen. Die *Geesche* ist irgendwo mit Mann und Maus gesunken. Schrecklich war das. Frau Märker ist gekommen und hat seine Sachen geholt. Gott, hat die arme Frau geweint. Er war doch ihr Einziger.«

»Und das Mädchen?«

»Hab ich nie mehr gesehen.«

»Kann es sein, dass sie Maria hieß?«

»Maria?« Mehrfach sprach Frau Serenius den Namen laut vor sich hin, dann schüttelte sie den Kopf. »Ich weiß es nicht, junge Frau. Ich kann mich nicht erinnern. Ich bin mir nicht mal sicher, dass ich den Namen des Mädchens gekannt habe.«

Mia und Moritz machten große Augen, als ihre Mutter vor der Tür stand. Als Moritz hörte, dass sie über Nacht bleiben würde, wirkte er enttäuscht. Vermutlich hatte er die Wohnung für den Abend anderweitig verplant. Aber damit musste er jetzt klarkommen. Inga Thimm bestellte Pizza bei ihrem Lieblingsitaliener, der auch einen Lieferservice anbot. Nach dem Essen räkelte sie sich genüsslich auf die Couch. Sie freute sich auf die Nacht im eigenen Bett und auf das gemütliche Frühstück am Küchentisch. Die Zwillinge hatten sich gleich nach dem

Essen verabschiedet. In ihrem Alter war es undenkbar, einen Samstagabend zu Hause mit der Mutter zu verbringen. Die Zeiten, in denen sie gemeinsam Malefiz gespielt und dazu Erdnussflips in sich reingestopft hatten, bis die Tüte leer war, gehörten der Vergangenheit an. Sehr bald schon würde Inga Thimm hier allein wohnen, ein komischer Gedanke.

Auf Wangerooge lebten vierzehn weibliche Personen mit dem Namen Maria. Vier davon waren nach 1993 geboren, die konnte man getrost ausklammern. Fünf der verbleibenden Frauen waren erheblich älter als Johann Behrens, die anderen fünf hatte Rennrodt persönlich aufgesucht. Keine von ihnen wollte mit Johann Behrens näher bekannt gewesen sein. Es gab noch sechs weitere Marias, die in der Zeit von 1977 bis 1993 auf der Insel gelebt hatten und die mittlerweile verstorben waren. Auch hier konnte sich keiner der Hinterbliebenen an eine Verbindung zu Johann Behrens erinnern. Vom Alter her kam ohnehin nur eine der Frauen infrage, und die war ausgerechnet eine katholische Ordensschwester, die in einem der Kinderheime gearbeitet hatte.

Mehr war da für diesen Tag nicht zu holen. Rennrodt beschloss, sich einen lauen Abend zu gönnen einen kurzen Spaziergang machen, irgendwo etwas Besonderes essen, Lamm vielleicht, und dann ins Bett gehen, ein paar Minuten durch die Fernsehkanäle zappen und endlich mal wieder richtig ausschlafen. Als er ins Hotel kam, überreichte ihm der Portier einen Brief. Er war mit der Post gekommen, ohne Absender.

In seinem Zimmer riss Rennrodt den Umschlag auf. Ein Zettel fiel heraus: *Fragen Sie Lothar Kuhlmann nach der Waffe seines Vaters.*

Mist, er hatte den Brief mit bloßen Fingern angefasst. Fluchend holte Rennrodt aus dem Bad die Pinzette, mit der er heimlich seine Augenbrauen in Form hielt, hob damit den Zettel auf und legte ihn auf den Tisch. Dann ging er hinunter ins Foyer und bat den Portier um zwei große Briefumschläge. Wieder in seinem Zimmer, bugsierte er den Zettel mithilfe der Pinzette in einer der Umschläge. Das Kuvert, in dem der Zettel gekommen war, gab vermutlich nichts her, es dürfte bereits durch zu viele Hände gewandert sein. Abgestempelt war es auf Wangerooge. Aber vielleicht hatte der anonyme Briefschreiber die Marke angeleckt und damit seine DNA hinterlassen. Das wäre natürlich ein Glücksfall. Rennrodt faltete das Kuvert so, dass die Marke innen lag, und steckte es in den zweiten Umschlag.

Dann rief er Inga Thimm auf ihrem Handy an. Offenbar war sie zu Hause, jedenfalls hörte er leise Musik im Hintergrund, aber keine Stimmen. Es klang, als wäre sie allein. »Unter diesen Umständen müssten wir Kuhlmann eigentlich beurlauben lassen, bis der Fall gelaufen ist. Er kann nicht in Ermittlungen involviert sein, die möglicherweise seine Eltern betreffen.«

»Stimmt«, sagte Inga Thimm nachdenklich. »Vielleicht hat er sogar selbst Zugang zu der Waffe seines Vaters, auch wenn er nicht mehr dort wohnt. Das wirft ein ganz neues Licht auf ihn.«

Rennrodt war erstaunt, dass sie überhaupt in Erwägung zog, den Inselkollegen zu belasten. »Morgen früh gehe ich als Erstes zu Lothar Kuhlmann. Er ist mir als sehr zuverlässiger und genauer Kollege in Erinnerung geblieben. Möglicherweise geht es hier nur um Verleudmung. Hoffentlich. Immerhin reden wir hier von zwei Kollegen. Wir sehen uns morgen, schönen Abend noch.« Ihre Antwort wartete er nicht mehr ab.

Die Kuhlmanns bewohnten in der Siedlerstraße eines der typischen Inselhäuser: rote Klinker, weiße Fenster, ein kleines Grundstück. Brunhilde Kuhlmann öffnete beim zweiten Klingeln.

»Guten Morgen, Frau Kuhlmann, ich möchte gern Ihren Mann sprechen.« Rennrodt bemühte sich um einen möglichst neutralen Ton.

»Oh.« In Sekundenschnelle erblühten hektische Flecken auf ihrem Hals. »Der sitzt in der Küche und liest die Zeitung von gestern. Kommen Sie doch mit.«

Das Haus war geschmackvoll und überraschend modern eingerichtet, offenbar liebte Frau Kuhlmann klare Farben, lindgrün, orange, sonnengelb. Auf einem großen, dunkel gerahmten Foto lachte ein rothaariger Junge mit einer riesigen Schultüte im Arm. Hauke Kuhlmann, Rennrodt erkannte ihn sofort und ihm fiel auf, dass er den Kollegen von der Insel noch nie hatte lachen sehen.

Lothar Kuhlmann trug einen dunkelblauen Feinstrickpullover und eine gleichfarbige Stoffhose. Aus der Ferne konnte man ihn ohne Weiteres für einen Polizisten in Dienstkleidung halten. Der Besuch der Kripo schien ihn zu freuen. »Brunhilde, das ist sicher dienstlich. Lass uns allein.«

Sie ging sofort, aber Rennrodt bemerkte das Aufleuchten in ihren Augen und er fragte sich, ob sie den Brief geschrieben hatte.

»Herr Kuhlmann, ich will gleich zur Sache kommen. Wir haben erfahren, dass es in Ihrem Haus eine Waffe gibt, ein Erbstück von Ihrem Vater. Sie ist nicht registriert, das habe ich schon überprüft. Ich würde diese Waffen gern sehen.«

Lothar Kuhlmann erblasste. Er öffnete den Mund, um ihn gleich wieder zu schließen. Eine Weile starrte er auf die Zeitung, die vor ihm auf dem Tisch lag, dann stammelte er: »Nein, aber …« Nach exakt drei Minuten, Rennrodt beobachtete die ganze Zeit die Küchenuhr neben dem Fenster, hatte Kuhlmann sich gefangen. »Ich hatte mal eine Waffe im Haus, das stimmt. Eine uralte Mauser HSc, nicht funktionsfähig. Das ist aber ewig her. Ich habe sie Anfang der Achtziger verkauft.«

»An wen?«

»Ach du liebe Zeit, das weiß ich wirklich nicht mehr. Da hatte jemand inseriert, ein Sammler. Der hat mir zweihundert Mark geboten. Hinterher hab ich gedacht, dass er mich wohl übers Ohr gehauen hat. Auf der anderen Seite waren zweihundert Mark viel Geld. Und ich wollte das Ding aus dem Haus haben.«

»Gibt es dafür Zeugen?«

»Nein. Warum? Meine Frau hat von so was keine Ahnung und Hauke war noch ein Kleinkind. Wegen ihm habe ich das Ding ja weggeben. Bekanntlich sind die meisten Jungs ganz verrückt auf Waffen und ich wollte ihn nicht in Versuchung führen.«

Rennrodt lehnte sich nach vorn und ließ Kuhlmann dabei nicht aus den Augen. »Sagten Sie nicht gerade, dass die Mauser nicht mehr funktionsfähig war?«

»Ja. Mein Vater hatte irgendwas mit dem vorderen Schlagbolzen angestellt, abgeschliffen, glaube ich, aber ich hab das Teil nie auseinandergebaut. Aber Sie wissen ja, wie die Jungs sind. Besorgen sich irgendwo ein Ersatzteil und schon wird es gefährlich. Das Risiko wollte ich nicht eingehen.« Ohne jede Verlegenheit schaute Lothar Kuhlmann den Hauptkommissar aus Wilhelmshaven an. »Ich hab die Mauser als nicht funktionsfähig verkauft. Ich habe also vollkommen korrekt gehandelt.«

»Stammte der Käufer von hier?«

»Von der Insel? Nein. Ich wüsste nicht, dass hier einer Waffen sammelt. Der kam aus dem Emsland. Den genauen Ort habe ich allerdings vergessen, ist ja schon ewig her. Ein Sammler eben, schien ziemlich viel Geld zu haben, fuhr einen dicken BMW. Wir haben uns auf dem Festland getroffen, in Wilhelmshaven.«

So leicht wollte Rennrodt nicht aufgeben. »Gibt es Zeugen,

die bestätigen können, dass es sich bei Ihrer Waffe um eine Mauser gehandelt hat?«

Der pensionierte Polizist verzog den Mund und fuhr mit der Zunge über seine Oberlippe. »Nicht, das ich wüsste. Meine Eltern sind tot. Meine Schwester weiß, dass ich damals Vaters Pistole mitgenommen habe, aber die kennt sich überhaupt nicht damit aus. Meiner Ansicht nach hat sie die Mauser nie zu Gesicht bekommen.«

»Ihr Sohn?«

»Der war noch ein Kleinkind. Das sagte ich ja bereits.«

Ganz langsam ließ Rennrodt seinen Blick durch den Raum gleiten, so als wäre das Gespräch beendet. Dann sagte er unvermittelt: »Wenn ich jetzt einen Durchsuchungsbeschluss aus der Tasche ziehen würde, Herr Kuhlmann, was würde ich finden?«

Der ehemalige Polizist zuckte nicht mal mit der Wimper. »Keine Waffe. Wollen Sie mich verdächtigen, dass ich mit dem Mord an Fenna Hansen oder dem versuchten Mord an ihrer Tochter zu tun habe?«

»Sagen wir es mal so: Wir wissen, dass Ihre Frau Johann Behrens sehr zugetan war.«

Nicht einmal das brachte Kuhlmann aus der Fassung. »Sie hatten ein Verhältnis. Ja. Und ich habe dafür gesorgt, dass es aufhört.«

»Indem sie Johann Behrens bedroht haben? Ihn vielleicht gezwungen haben, die Insel zu verlassen?«

»Das ist ja lächerlich. Nein. Ich hatte eine sehr unerfreuliche Unterhaltung mit meiner Gattin. Da Sie so viel wissen, ist Ihnen das ja vermutlich auch schon bekannt. Es gab Handgreiflichkeiten und ich bin wahrhaftig nicht stolz darauf. Aber wie Sie sehen, sind wir immer noch verheiratet, Brunhilde hat mir also verziehen und ich ihr auch. So läuft das im Leben, Herr Rennrodt. Niemand ist vollkommen. Ja, damals hätte ich Behrens was antun können, wütend genug war ich. Aber ich bin Polizist und ich habe es nicht getan. Ich habe meine Frau bestraft, nicht ihn. Aber welchen Grund sollte ich haben, Fenna Hansen zu erschießen? Die tat mir höchstens leid. Hat ihr Leben an so einen Kerl vergeudet. Und jetzt diese Krankheit. Ich hab sie kurz vor Weihnachten beim Arzt getroffen. Fenna sah so elend aus, das Bild habe ich tagelang nicht aus dem Kopf gekriegt.

»Und Marit Hansen?«

»Marit, die sollte besser aufs Festland gehen, wenn sie wieder gesund ist. Die kriegt hier doch keinen Fuß an Land.«

Diese so entschieden vorgebrachte Aussage irritierte Rennrodt. »Wie meinen Sie das? Sie ist doch auf Wangerooge geboren.«

»Streng genommen nicht. Sie war ein Säugling, als sie mit ihren Eltern ankam. Leute, die niemand hier kannte, reiche Erben, die haben die Nase von Anfang an ziemlich hoch getragen. Mein Vater hat immer gesagt, dass geerbtes Geld kein Glück bringt. Und wenn man die Sippe anschaut, ist da was dran. Die alte Engelina Hansen, das war noch eine patente Frau. Die war hier hoch angesehen. Als sie starb, tauchte urplötzlich diese Nichte auf, die keiner hier kannte, was ja wohl bedeutet, dass sie sich zu Engelinas Lebzeiten nicht viel zu sagen hatten. Eine Schönheit war sie ja nicht gerade, die Fenna, und sehr einsilbig, man kann auch sagen eingebildet. Und Johann Behrens hatte dieses Boot, die *Prinzessin*, daran hat er ständig gewerkelt. Jeder hat sich gefragt, wie ein einfacher Seemann, Frührentner auch noch, sich so einen Kahn leisten kann. Marit ist die Vernünftigste aus der Familie, so nicht, aber sehr eigensinnig. Als sie in das richtige Alter kam, hat sie mit den Jungs gespielt, das hat sie wohl von ihrem Vater geerbt. Sie war dann jahrelang weg, hat wohl zweimal studiert, was weiß ich, Seemannsblut, würd ich sagen. Solche können sich nicht entscheiden, müssen immer weiterziehen. Mit Fennas Ferienwohnungen ging es inzwischen bergab, weil sie nie was investieren wollte. Eigentum muss man erhalten und pflegen, so ist das nun einmal, aber das wissen nur Leute, die sich ihr Eigentum selbst erarbeiten mussten. Als Marit zurückkam, hat sie erkannt, was los ist, und die Wohnungen eine nach der anderen renoviert. Schön renoviert, sagt meine Frau. Jetzt läuft der Laden wieder. Fenna hat das nicht gepasst. Die konnte es nicht haben, wenn ihr einer reinredet.«

»Sagt Ihnen der Name Maria etwas? Wissen Sie von einer Maria, die was auch immer mit Johann Behrens zu tun hatte?«

Nachdenklich schaute Lothar Kuhlmann zum Fenster. »Nein. Ich weiß von ein paar Frauen, mit denen er mehr oder weniger lang ein Verhältnis hatte. Aber eine Maria … Dazu fällt mir nichts ein. Eine Touristin vielleicht?«

Daran hatten sie noch gar nicht gedacht. Wenn Behrens eine Touristin ins Unglück gestürzt hatte, würden sie das nie rauskriegen.

»Gab es mal Gerüchte, dass Johann Behrens eine ungesunde Vorliebe für Kinder hatte, für blonde Mädchen vielleicht?«, warf Rennrodt ein.

Auch hier überlegte Kuhlmann nicht eine Sekunde. »Nee. Der stand mehr auf Frauen seiner eigenen Altersklasse.«

Als er wieder auf der Straße stand, fühlte Rennrodt nichts als Erleichterung. Ein Polizist, der Leute erschoss, passte nicht in sein Weltbild.

Um 11.45 Uhr traf das erste Schiff auf Wangerooge ein. Rennrodt hatte sich richtig Mühe gegeben. Kuchen aus dem *Café Kluntje*, frischer Kaffee und ein freundliches Lächeln erwarteten Inga Thimm, als sie die Polizeistation betrat. Da Wochenende war, hatte Hauke Kuhlmann frei. Das passte natürlich perfekt.

»Du zuerst«, sagte Rennrodt.

»Okay. Die Reederei Gebrüder Maywald befand sich in Zahlungsschwierigkeiten. Nach der Ölkrise Anfang der Siebziger war das ja nichts Besonderes. Eines ihrer Schiffe, die *Geesche*, ein Frachter, ist am 28. April 1972 am Horn von Afrika gesunken. Mit Mann und Maus. Das Schiff kam direkt aus der Reparatur und niemand konnte sich das erklären. An Bord befanden sich acht Besatzungsmitglieder: fünf polnische Matrosen, ein deutscher Kapitän, ein deutscher Steuermann und ein deutscher Maschinist. Der hieß Klaus Märker. Niemand hat überlebt. Man hat nur noch eine leere Rettungsinsel gefunden, die auf dem Meer trieb, sonst nichts. Das Wrack selbst wurde erst zehn Monate später entdeckt, viele Kilometer vom Fundort der Rettungsinsel entfernt. Die Versicherung hat Taucher geschickt, das Wrack aber aus Kostengründen nicht bergen lassen. Es gab weder Spuren von Sprengstoff noch irgendwelche anderen Manipulationen, die auf Sabotage hingewiesen hätten. An Bord befanden sich sieben mehr oder weniger skelettierte Leichen, acht hätten es sein müssen. Man ging davon aus, dass einer von der Besatzung sich noch auf die Rettungsinsel schleppen konnte, möglicherweise verletzt, gefunden wurde aber niemand. In dieser Gegend gibt es weiße Haie, damals war die Population noch erheblich höher als heute, das reichte denen als Erklärung aus. Die Versicherung musste zähneknirschend zahlen. Mehrere Millionen, so ein Pott ist einiges wert und angeblich war das Ding überversichert. Aber das ließ sich vor Gericht nicht mehr so wirklich belegen. Die Brüder Maywald haben das Geld kassiert, es gab einen kleinen Abfindungsfond für die Hinterbliebenen, das war es. Ein Johann Behrens war nicht an Bord. Ich habe die Todesanzeige gelesen, die die Reederei im *Weserkurier* geschaltet hatte. Sie beklagten drei deutsche sowie fünf polnische Seeleute. Keine Maria, überhaupt keine Frau.«

»Und wenn Märker auf dieser Rettungsinsel war und überlebt hat?«, überlegte Rennrodt. »Mit einem verletzten Bein. Das ist doch vorstellbar.«

Offenbar hatte Inga Thimm diese Idee bereits durchdacht und verworfen. »Und wie hätte Märker an Land kommen sollen? Da die Rettungsinsel mitten auf dem Ozean schwamm, hätte er kilometerweit schwimmen müssen, und das mit einem verletzten Bein. Das scheint mir nicht wahrscheinlich. Wie schon gesagt, dort wimmelte es von Haien.«

Bei dem Gedanken, von einem Hai attackiert zu werden, schüttelte es Gerrit Rennrodt. Das war einer der schlimmsten Tode, die er sich vorstellen konnte. »Vielleicht war das eine abgekartete Sache. Märker hat das Schiff zum Sinken gebracht, ist mit der Rettungsinsel geflohen und wurde von dort mit einem Hubschrauber abgeholt. Und dann hat er jede Menge Geld kassiert und seine Identität gewechselt. Die versteckten Papiere *müssen* doch eine Bedeutung haben.«

»Das mit dem Hubschrauber glaub ich nicht. Der Pilot wäre ein zusätzlicher Mitwisser, viel zu gefährlich. Außerdem passt das zeitlich überhaupt nicht. 1972 war der Schiffsuntergang, zwei Jahre später kriegt er erst Rente. Wovon hat er in der Zwischenzeit gelebt, wenn er berufsunfähig war?«

»Wieso? Wenn er das Schiff für die Reederei versenkt hat, muss er Geld dafür kassiert haben, viel Geld. Und er muss sich verpflichtet haben, von der Bildfläche zu verschwinden. Aber wie sollen wir das nach vierzig Jahren beweisen?« Eine plötzliche Idee ließ Rennrodt strahlen. »Wir könnten über die Krankenhäuser gehen. Irgendjemand muss ihn doch behandelt haben.«

»Ich habe mich erkundigt, die Kliniken bewahren alte Patientenakten dreißig Jahre auf, danach werden sie geschreddert. Johann Behrens bezog seit 1974 Rente. Das ist jetzt sechsunddreißig Jahre her. Wir wissen ja ohnehin nicht, in welchem Krankenhaus er behandelt wurde.«

»Und was ist mit der Rentenversicherung?«

»Er ist 1993 bei der Blauen Balje über Bord gegangen und wurde für tot erklärt. Die brauchten nicht mehr zu zahlen und damit war er raus aus dem System. Im Übrigen sagt ein Rentenbescheid nichts über den Grund einer frühzeitigen Berentung aus. Und die Unterlagen über die medizinischen Gründe für eine Frühberentung werden schon nach vier Jahren vernichtet. Komisch natürlich, dass Fenna Hansen gar nichts aufbewahrt hat.«

Rennrodt nickte. »Ja, wirklich komisch. Wenn Marit Hansen wieder ansprechbar ist, sollten wir sie fragen, was mit den Unterlagen passiert ist.«

»*Wenn* sie wieder gesund wird. Sieht ja wohl ziemlich ernst aus. Hab gehört, dass Sven Hoffmann ziemlich fertig ist.«

»Shit happens«, sagte Rennrodt lapidar.

Seine flapsige Bemerkung ärgerte Inga Thimm. »Ist das alles, was dir dazu einfällt?«, sagte sie unfreundlich. »Niemand konnte damit rechnen, dass so ein Irrer der Hansen auflauert. Echt, wir sind hier doch nicht in Chicago.«

Rennrodt, der seine vorschnelle Bemerkung bedauerte, das aber nicht zugeben wollte, wechselte das Thema. »Und was war mit der Mutter?«

»Fehlanzeige. Erstens hatte sie einen Schlaganfall und ist nicht mehr ansprechbar. Zweitens ist sie altersdement und kriegt alles durcheinander. Und drittens wissen alle auf der Station, dass ihr Sohn vor Jahren bei einem Schiffsunglück umgekommen ist. Der Mann, der sie dann und wann besucht, kommt von einem ehrenamtlichen Besuchsdienst der Caritas. Er hinkt auch nicht. Seinen Namen hab ich aufgeschrieben. Noch nie gehört.« Sie schlug den Block mit ihren Notizen um. »Dann war ich bei dieser Frau Serenius, die mit Klaus Märker in einem Haus gewohnt hat. Sie sagt, er hatte damals viele Freundinnen, überwiegend blond, hübsch und sehr jung.«

»Marit Hansen«, flüsterte Rennrodt. »Sie war 1993 sechzehn Jahre alt, blond und ausgesprochen hübsch.«

»Das hab ich auch schon gedacht. Aber das können wir erst klären, wenn sie wieder vernehmungsfähig ist.«

»Zurück zu Märker. Hast du nach einer Maria gefragt?«

»Selbstverständlich. Vor dem Schiffunglück war da ein Mädchen, das ihn häufiger besucht hat. Aber den Namen weiß Frau Serenius nicht mehr. Und Frau Lindberg, da war ich auf dem Rückweg auch noch, wurde niemals Maria genannt.« Sie seufzte. »Und was war bei Lothar Kuhlmann?«

»Fehlanzeige. Die besagte Waffe war defekt und Lothar Kuhlmann hat sie schon Anfang der Achtziger verkauft.«

»Na bitte. Lothar Kuhlmann war hier Polizist. Der rennt doch nicht rum und knallt Leute ab. So ein Blödsinn.« Inga Thimm tippte sich gegen die Stirn. »Langsam kommt es mir vor, als wenn wir aus Frust wahllos jeden verdächtigen.« Sie schaute Rennrodt fragend an. »Wer hat den Brief geschrieben? Was denkst du?«

»Keine Ahnung. Er ist unterwegs zum Labor. Aber im Grunde ist das nicht mehr wichtig. Da wollte sich einer an Kuhlmann rächen. Vielleicht seine Frau, die muss er ja ordentlich verprügelt haben.«

»Aber seine Frau erfindet doch keine Waffe.« Nachdenklich kritzelte Inga Thimm Strichmännchen auf ihren Block.

»Dann war es vielleicht jemand, den Kollege Kuhlmann in seiner aktiven Zeit einmal zu oft verwarnt hat. Wegen zu schnellen Radfahrens.«

»Eine Frage stellt sich noch.« Inga Thimm klappte ihren Block zusammen. »Wenn unser Johann Behrens in Wirklichkeit Klaus Märker heißt, was ist dann aus dem echten Johann Behrens geworden, dem Findelkind aus Schleswig-Holstein? Wie ist Märker an seine Papiere gelangt, vor allem an seine Sozialversicherungsnummer?«

Rennrodt stand auf und ging mit federnden Schritten zur Kaffeemaschine, um seinen Becher aufzufüllen. »Wenn einer eine ganze Schiffsmannschaft untergehen lässt, hat er auch keine Skrupel, einen anderen Seemann umzubringen, um an seine Papiere zu gelangen. Oder seine ehemalige Lebensgefährtin abzuknallen, oder die Tochter.«

Marits Zustand war unverändert schlecht. Mittlerweile war die Temperatur trotz Medikamenten auf beinahe vierzig Grad angestiegen. Dr. Bluhm, der gerade erst gekommen war, schaute sie eine Weile mit unbewegter Miene an, dann ging er in sein Dienstzimmer. »Ich schau mal, ob ich noch eine schlaue Idee finde.« Es klang nicht sehr optimistisch und auch die Schwester wirkte bedrückt. Schneyder ahnte, was im Dienstzimmer besprochen wurde, nämlich dass es nicht gut für die Patientin aussah.

Verzweifelt umklammerte er Marits Hand. »Streng dich an. Bitte. Es hat doch gerade erst angefangen mit uns.« Er legte seine Wange gegen ihre, die trocken war und glühend heiß.

Ihre Herzfrequenz lag mittlerweile so hoch, dass der Monitor ständig Alarm gab. Dr. Bluhm spritzte ein Medikament, das ihre Herztätigkeit unterstützen sollte. Dann lehnte er sich mit verschränkten Armen gegen den Nachttisch. »Ich will ehrlich sein. Sie sind selbst Mediziner und wissen, was hier vor sich geht. Möglicherweise hat Frau Hansen sich einen Erreger eingefangen, der auf keines der gängigen Antibiotika anspricht. Sie war ja bereits hoch abgedeckt und ehrlich gesagt verstehe ich nicht, wo diese Infektion herkommt.«

»MRSA?« Schneyder konnte nicht verhindern, dass seine Stimme zitterte. Eine Infektion mit Methicillin-resistenten Staphylococcus-aureus-Erregern bedeutete für eine Patientin wie Marit praktisch das Todesurteil.

Dr. Bluhm zuckte mit den Schultern. »Das wissen wir frühestens morgen Abend.«

»Und jetzt?«, fragte Schneyder, obwohl er die Antwort schon kannte.

»Wir können nicht mehr tun, nur abwarten und hoffen.«

»Sie geben Sie auf?«

Der Stationsarzt senkte den Blick.

Montag, 7. Februar 2011

Mit dem Kopf auf Marits Bett war Schneyder gegen Morgen eingeschlafen. Er erwachte, weil sämtliche Monitore Alarm schlugen. Marits Körper wurde von einem Krampfanfall geschüttelt, ihr Gesicht war schrecklich verzerrt. Der diensthabende Arzt, der noch jung und unerfahren wirkte, stürzte herein, spritzte Valium und erhöhte die Sauerstoffzufuhr. »Ich rufe noch mal den diensthabenden Oberarzt an.« Mit dem Handy in der Hand flüchtete er auf den Flur und aus der Verantwortung. Nach zehn Minuten, die sich für Schneyder endlos hinzogen, kam er mit der Nachricht »Wir müssen abwarten« zurück.

Um sieben Uhr dreißig begann Dr. Bluhm seinen Dienst. Marits Zustand war unverändert schlecht. Er seufzte. »Ich habe im *Ärzteblatt* gelesen, dass es ein ganz neues Antibiotikum gibt, *Drifanex*, leider noch nicht zugelassen. Kommt aus Amerika, die haben da einen ganz neuen Wirkstoff entdeckt, der auch bei MRSA wirken soll. In Köln läuft gerade eine vielversprechende Studie. Ich hab schon angerufen, ob Frau Hansen da reinpasst, aber die haben keinen Intensivplatz frei. Frühestens übermorgen.«

Aber das schafft sie nicht. Das brauchte er nicht laut zu sagen. »Uniklinik Köln?«, fragte Schneyder mit belegter Stimme.

Als Dr. Bluhm nickte, holte er sein Handy raus. Die Nummer wusste er auswendig, sie hatte sich in den letzten zwanzig Jahren nicht geändert. »Mama, hier ist Christoph. Ist Papa zu Hause? Kannst du ihn mir bitte geben? Nein, mit mir ist alles in Ordnung. Bitte, Mama, ein andermal, es ist sehr eilig. – Papa, hier ist Christoph. Ich brauche deine Hilfe. Wir haben hier eine Patientin mit einer Schussverletzung der Lunge, Pleuraerguss et cetera. Sah zuerst gut aus, aber jetzt entwickelt sich eine schwere Infektion ... Ja, sie war von Anfang an gut abgedeckt, scheint aber auf nichts anzusprechen.« Er zählte die Namen der Antibiotika auf, die Marit gespritzt bekam. »Nein, der Erreger ist noch nicht isoliert, frühestens heute Abend. Papa, es ist Marit Hansen und wenn ihr sie nicht in diese *Drifanex*-Studie aufnehmt, hat sie keine Chance.«

Sein Vater stellte Fragen über Marits Zustand, als hätten sie sich zuletzt gestern gesprochen und nicht vor fünf Jahren.

»Sie ist dreiunddreißig. Keine bekannten Vorerkrankungen. Seit vorgestern Mittag Fieber. Ja, die Werte kann ich mailen. Wir fliegen sie rüber. Danke, wir sehen uns dann.«

Dr. Bluhm schaute ihn erstaunt an.

»Mein Vater ist Chefarzt der Anästhesie. Mit der Studie hat er nichts zu tun, aber er sorgt dafür, dass ein Intensivplatz frei wird. Sie müssten den Transport organisieren, so schnell wie möglich.«

Jetzt bereute Schneyder, dass er keinen BMW oder Audi gekauft hatte. Der Toyota schwamm, wenn er über hundertachtzig fuhr, aber er trat das Gaspedal trotzdem bis zum Anschlag durch, zum Glück war die Autobahn relativ leer und er konnte fast die ganze Zeit auf der linken Spur bleiben.

Als er auf der Station ankam, zeigte die Uhr fünf nach elf. Marit lag in einem Einzelzimmer, das Fieber war unverändert hoch. Die Beatmungsmaschine lief mit einer anderen Frequenz, den Flow hatte man etwas reduziert, den Druck ebenfalls.

Sein Vater stand an ihrem Bett und spritzte etwas in das Infusionssystem.

Statt einer Begrüßung sagte er: »Du arbeitest wieder in deinem Beruf?«

»Noch nicht. Aber ich habe es vor. Mein Taxi ist schon verkauft.«

»Gut siehst du aus.«

Seit Tagen hatte Schneyder weder richtig geschlafen noch vernünftig gegessen und gerade war er ein wie ein Wahnsinniger die Autobahn hochgeheizt. Er war krank vor Sorge um Marit und fühlte sich uralt. »Das kann ich mir nicht vorstellen.«

»Gut ist vielleicht nicht das richtige Wort. Du siehst entschlossen aus. Wie einer, der ein Ziel hat, der weiß, was er will. Das habe ich lange bei dir vermisst.« Dann wandte sich Prof. Dr. Hans Marten Schneyder der Patientin zu. »Viel kann ich dir noch nicht sagen. Wir haben vor zwei Stunden eine Anfangsdosis *Drifanex* injiziert, außerdem die Beatmung geringfügig geändert und das Herz noch mal unterstützt. Die Drainage läuft gut. Ihre Werte sind einigermaßen stabil. Mehr können wir jetzt nicht tun. Ich muss in den OP. Dr. Seidling leitet die Station, ein sehr erfahrener Mann, dem du vertrauen kannst. Eigentlich müsstest du ihn noch kennen, er ist ja schon ewig hier. Wenn was ist, kannst du mich jederzeit anpiepen lassen.« Mit einem angedeuteten Lächeln verließ er den Raum.

Ich hätte mich bedanken sollen, dachte Schneyder. Aber er brachte nicht die Energie auf, um seinem Vater hinterherzulaufen.

Auch hier gab es nur einen Stuhl im Zimmer, den er an das Bett schob. »Willst du Musik hören?«, fragte er leise und stöpselte das Notebook wieder an. Er legte seine Handflächen gegen Marits heißes Gesicht und dachte an das, was der Chirurg in Wilhelmshaven gesagt hatte. *Geben Sie ihr was von Ihrer Energie ab. Wie das funktioniert, weiß ich auch nicht, aber es geht.* Energie? Sein Akku war leer. Am liebsten hätte er geheult, stundenlang nur geheult. Aber wenn Marit starb, würde er mitsterben. Er würde nie wieder als Arzt arbeiten, auch nicht mehr Taxi fahren, er würde einfach aufgeben und untergehen. Schneyder glaubte an keinen Gott, an keine übergeordnete Macht, und so gab es keinen, dem er ein Geschäft anbieten konnte, um Marits Leben zu erkaufen. Keine Kerzen im Opferstock, keine hundert runtergebeteten Rosenkränze, keine Beichte aller Sünden konnten sie retten. Nur er selbst und seine Liebe und vielleicht dieses Zaubermittel *Drifanex*.

Als Rennrodt gemeinsam mit Inga Thimm das Polizeirevier betrat, brachte er es sogar über sich, Hauke Kuhlmann freundlich zu begrüßen und sich für den frisch gekochten Kaffee zu bedanken.

»Hier, Gerrit, ich hab dir was zum Spielen mitgebracht.« Inga Thimm öffnete ihre Handtasche, wühlte ein bisschen darin und legte vier bunte Kugelschreiber auf Rennrodts Schreibtisch. »Man glaubt ja nicht, was sich alles in Frauenhandtaschen ansammelt. Und der hier ist aus dem Hotel.« Sie hielt einen blauen Stift in die Höhe.

Bevor Rennrodt antworten konnte, klingelte das Telefon. Ihm war das nur recht, wusste er doch nicht, wie er auf den Scherz der Kollegin reagieren sollte. Und nach dem Telefonat dachte er nicht mehr daran.

»Frau Hansen wurde heute Morgen in die Uniklinik Köln verlegt. Komplikationen, es sieht wohl sehr ernst aus. Der Schneyder ist natürlich mit. Vielleicht ganz gut, so sind die beiden aus der Schusslinie. Ich hab in Sanderbusch gesagt, dass sie keinerlei Auskünfte über die Patientin geben dürfen, schon gar nicht, dass sie nach Köln verlegt wurde.«

Hauke Kuhlmann schaute erschrocken hoch, biss sich auf die Unterlippe, sagte aber nichts.

»Wenn die Hansen stirbt, gibt es drei Mordopfer«, sagte Inga Thimm gedehnt. »Und wir haben immer noch nicht die geringste Ahnung, wer der Mörder ist.«

»Wer die Mörder sind, meinst du wohl. Na, so ganz stimmt das nicht. Johann Behrens ist doch stark verdächtig. Und seit Herr Schneyder angerufen hat, wissen wir ja, dass er tatsächlich am Leben ist. Ein Motiv gibt es auch, er will sein kleines Geheimnis für sich behalten.«

Rennrodts Handy klingelte erneut. Olli Flocke, der Computerspezialist der Kripo Wilhelmshaven, war dran. Frisch im Dienst hatte er das Passwort geknackt und die Fotos runtergeladen.

»Und?«

»Heiße Geschichte.« Olli kicherte vergnügt. »Ich würd mal sagen, für die Natur hat der Typ sich nicht wirklich interessiert.« Seine Stimme wurde ernst. »Auf der Festplatte sind zig Fotos von Frauen, die sich ausziehen, alte, junge, dicke, dünne, egal. Ein paarmal ist es ihm auch gelungen, Leute beim Poppen zu fotografieren, zum Beispiel in den Dünen. Und dann hat er viele junge Mädchen beim Sonnenbaden aufgenommen. Der Typ war ein übler Spanner. Ich hab die Fotos auf einen Stick gezogen, eine Online-Übertragung würde bei der Datenmenge ewig dauern. Der Stick kommt um halb zwölf mit einem Flieger, ihr müsst ihn am Flughafen abholen.«

»Herr Kuhlmann? Am Flugplatz müsste um halb zwölf ein Stick mit Fotos aus Wilhelmshaven gekommen sein. Würden Sie den bitte holen. Es sind die Aufnahmen von Lindbergs PC. Anschließend möchte ich Sie bitten, gemeinsam mit Frau Thimm die Fotos durchzusehen. Wir fragen uns natürlich, wer darauf zu sehen ist und wo es ein mögliches Motiv für eine Erpressung oder aber einen Zusammenhang mit unseren Morden geben könnte. Lassen Sie sich Zeit.«

»Na, irgendwelche bekannten Gesichter?«, fragte Rennrodt zwei Stunden später.

»Ja. Viele. Ehrlich gesagt bin ich entsetzt. Dass Björn Lindberg so ein kranker Typ war, hätte ich nie gedacht. Was sind das überhaupt für Menschen, die so etwas machen?«

So nervös, wie Hauke Kuhlmann auf dem Stuhl kippelte und es dabei krampfhaft vermied, irgendjemanden anzuschauen, erinnerte er an einen Zwölfjährigen, der zum ersten Mal mit einem Porno konfrontiert wurde.

Inga Thimm fand die Bilder nicht sonderlich aufregend, sie hatte schon ganz andere Aufnahmen gesehen. »Da müssen Sie einen Psychologen fragen.«

»Alle Frauen kenne ich nicht. Da sind auch ein paar Touristen dabei, würde ich sagen, vor allem bei den Sommerbildern.« Das klang ein bisschen erleichtert.

»Und sind da Leute drauf, die irgendwas mit unseren Ermittlungen zu tun haben? Und sei es am Rand?«, wollte Rennrodt wissen.

»Nein. Bis jetzt nicht.« Plötzlich stockte Kuhlmann. »Oh, Scheiße.«

»Wir haben ein bekanntes Gesicht«, verkündete Inga Thimm laut. »Adrian Mahler. Und eine unbekannte Blondine, von der man nicht viel sieht, nur den Hinterkopf. Sie kniet vor ihm und ist schwer beschäftigt. Wurde anscheinend am Strand aufgenommen.«

»Dieser Idiot«, murmelte Hauke Kuhlmann und schlug beide Hände vors Gesicht. »Der hat sie doch nicht mehr alle. Und dann lässt er sich dabei auch noch fotografieren.«

»Na, das hat er ja nicht bemerkt«, wollte Inga Thimm ihn trösten. »Wenn mich nicht alles täuscht, sind seine Augen geschlossen.«

Neugierig schaute Rennrodt ihr über die Schulter. »Dumm gelaufen für Herrn Mahler, würd ich sagen. Kann einer das Datum erkennen?

»15. Juni 2010. Da hatte Nadira gerade ihre Fehlgeburt«, flüsterte Kuhlmann. »Das ist echt mies. Wenn Nadira das erfährt ...« Er beendete den Satz nicht.

»Glauben Sie, dass Björn Lindberg Ihren Freund mit den Fotos erpresst hat?« Rennrodt ließ ihn nicht aus den Augen.

Mit der rechten Hand verstrubbelte Kuhlmann sein rotes

Haar. »Keine Ahnung. Eher nicht. Dazu hätte Lindberg der Mumm gefehlt. Der war so ein Schleicher, konnte einem nicht in die Augen sehen, ein Feigling.« Er verzog den Mund. »Nee, das traue ich dem absolut nicht zu.«

»Okay, wir werden Herrn Mahler selbst befragen. Ihr schaut weiter.«

»Ich brauche erst mal einen Kaffee.« Inga Thimm stand auf und griff nach einem sauberen Becher. »Voyeure finden ihre Befriedigung darin, andere heimlich zu beobachten. Gewöhnlich masturbieren sie auch dabei. Das hat was mit gestörter Sexualität zu tun, was weiß ich, warum die ihren Kick daraus ziehen. Aber Spanner sind gewöhnlich keine Erpresser.«

»*Normalerweise* sind sie keine Erpresser«, musste Rennrodt zugeben. »Aber was ist schon normal? Einer, der solche Fotos macht, ja wohl nicht.«

Das Dienststellentelefon klingelte und Hauke Kuhlmann überschlug sich förmlich, um abzunehmen. Offenbar war er froh, den Bildern zu entkommen. Er hörte eine Weile zu, schrieb etwas auf und sagte: »Vielen Dank.« Dann stand er auf. »Da hat jemand ein verkohltes Kleidungsstück am Strand gefunden, könnte schon seit Tagen dort liegen. Vielleicht unser Wollmantel.«

»Haben Sie eine genaue Ortsbeschreibung? Ich schau mal, ob da noch ein paar verwertbare Fasern oder andere Spuren zu sichern sind. Sie machen hier weiter.« Rennrodt griff nach seiner Jacke. »Aber vorher rauche ich noch eine Zigarette vor der Tür. Im Windschatten«, fügte er noch hinzu.

Das Telefon klingelte erneut und Inga Thimm nahm ab.

Till Weiland war dran und wie immer nannte er nicht seinen Namen, weil er glaubte, dass jeder seine Stimme auf Anhieb erkennen musste. »Pass auf, Inga. Die Fasern aus dem Baum stammen von einem älteren Wollmantel. Ein sehr hochwertiges Material, sagen die Spezialisten, ein Gemisch aus Schafs- und Ziegenwolle, aber das wissen wir ja schon. So eine hochwertige Qualität wird heutzutage kaum noch verwendet – zu teuer. Modell und Hersteller lassen sich nicht genau eingrenzen. Ihr solltet nach einem älteren, aber teuren Herrenmantel aus der Zeit vor 2000 suchen. Vermutlich ein englischer Hersteller, möglicherweise Burberry, aber das muss nicht unbedingt sein.«

»Okay. Übrigens hatten wir gerade vor drei Minuten einen Anruf. Da soll ein weitestgehend verbrannter Mantel am Strand liegen. Gerrit fährt gleich hin und schaut, ob er noch ein paar verwertbare Fasern findet.«

»Super. Klingt gut. Ihr könnt die Reste gleich rüberschicken. Und was ist mit den Fotos, die Olli euch geschickt hat?«

»Wir sind noch dabei. Einen Treffer haben wir schon.«

»Na dann viel Spaß, Frau Kollegin.« Till Weiland legte auf und Inga Thimm setzte sich wieder neben den Inselpolizisten. Eine Weile kamen Bilder von jungen Mädchen, die sich nackt zwischen den Dünen sonnten. Dann war die Badesaison vorbei und Lindberg hatte sich wieder auf Frauen konzentriert, die sich in ihren eigenen vier Wänden unbeobachtet glaubten. Unter anderen gab es auch ein paar Aufnahmen von Rita Többkes.

»Gott«, flüsterte Kuhlmann fassungslos. »Die Rita ist ja überall tätowiert, wie ein alter Rocker. Grausam.«

Auch wenn er es nicht ahnen konnte, handelte er sich damit jede Menge Minuspunkte bei Inga Thimm ein. »Na und, ist doch witzig. Ich find die Frau klasse. Hauptsache, sie erfährt nie von diesen Bildern. So etwas muss furchtbar sein. Man kann sich ja nie mehr sicher fühlen in seiner Wohnung.«

Die letzten Aufnahmen stammten vom 28. Januar 2011. Auf einem Foto sah man zwei Männer in einem Wohnzimmer. Offenbar war die Aufnahme durch eine große Fensterscheibe gemacht worden, vermutlich eine Terrassentür.

Das Bild war nicht sonderlich scharf, weil Lindberg selbstredend keinen Blitz benutzt hatte. Aber durch das vorhandene Licht im Raum konnte man die Männer einigermaßen deutlich erkennen. Einer von ihnen saß gerade neben Inga Thimm am Schreibtisch und er war so blass wie die weiß gestrichene Wand in seinem Rücken. Auf dem Foto war er damit beschäftigt, einen alten, weißhaarigen Mann zu verbinden, der auf einem hellgrünen Sofa saß.

»Das ist Johann Behrens, nicht wahr? Und das Ganze findet vermutlich in Ihrer Wohnung statt.« Sie wunderte sich, dass ihre Stimme noch annähernd normal klang. »Ich bitte um eine Erklärung, Herr Kuhlmann. Das heißt, stopp, wir holen Hauptkommissar Rennrodt dazu, falls er noch da ist.« Sie stand auf, öffnete die Tür und rief ihren Chef, der auf dem Bürgersteig rauchte.

»Das darf doch nicht wahr sein.« In Rennrodts Kopf überschlugen sich die Gedanken. Was fiel diesem naiven Blödmann bloß ein? Wutentbrannt starrte er Kuhlmann an. »Wir lassen Sie vorläufig suspendieren, das ist ja wohl klar. Und jetzt, werter Kollege, wird Tacheles geredet. Was haben Sie uns zu sagen? Was hat Johann Behrens in Ihrer Wohnung gemacht?«

Ganz langsam sackte Kuhlmanns Kopf nach vorn. Er faltete die Hände und legte sie vor sich auf den Tisch, schob sie dort ein bisschen hin und her, als müsste er die richtige Position finden, dann atmete er schnaufend aus. »Fenna Hansen wurde erschossen. Keine Ahnung, wer das war, und warum, ehrlich.« Dass Ehrlichkeit keine Währung war, in der er jetzt noch zahlen konnte, war ihm anscheinend nicht bewusst. »Am Mittwoch danach rief mich Johann Behrens an.«

»Moment!«, rief Inga Thimm aufgeregt. »Der war doch angeblich tot! Sie wussten also, dass er nicht an der Blauen Balje ertrunken ist.«

Kuhlmann nickte müde. »Ja, das wusste ich. Er hat mich seit Jahren angerufen, alle drei oder vier Monate. Wollte immer wissen, was mit Marit ist.«

»Von wo aus hat er angerufen? Wo hat er die ganze Zeit gelebt?« Rennrodt gelang es nur mühsam, seine Wut im Zaum zu halten.

»Keine Ahnung, das hat er nie gesagt. Und ich wollte es auch gar nicht wissen. Jedenfalls hatte Behrens in der *Bild* von Fennas Tod gelesen. Er wollte sich von ihr verabschieden, heimlich natürlich, und hat gefragt ob er bei mir wohnen kann. Drei Tage war abgemacht, und ich Idiot habe eingewilligt. Wie er auf die Insel gekommen ist, weiß ich nicht, es war mir auch egal. Vermutlich mit dem Schiff und vom Anleger aus zu Fuß. Er stand am Donnerstag in der Dunkelheit vor meiner Terrassentür und ich hab ihn reingelassen. Von dem großartigen Typ, den ich in Erinnerung hatte, war nicht mehr viel übrig geblieben. Ein alter Säufer ist aus ihm geworden, irgendwie gemein und hinterhältig, ein echtes Arschloch. Hat mich die ganze Zeit nur blöd angemacht und beleidigt. Ich hab mich geärgert, dass ich überhaupt eingewilligt habe, aber es gab ja kein Zurück. Ich musste ihm rote Rosen besorgen, die er Samstagabend zum Friedhof gebracht hat. Am Sonntag ist er wieder hin und kam verletzt zurück. Gott, es war der reinste Albtraum.« Kuhlmann schlug die Hände vors Gesicht und ließ sie ganz langsam heruntergleiten. »Geblutet hat der wie ein Schwein, ein Steckschuss unter dem Schlüsselbein. Rechts. Die Wunde sah entsetzlich aus und ich hatte Schiss, dass der in meiner Wohnung abkratzt.«

»Und wer hat auf Behrens geschossen?«, warf Rennrodt ein, der kein Milligramm Mitleid für Kuhlmann aufbringen konnte, egal wie jämmerlich der jetzt an seinem Schreibtisch hockte.

»Das hat er mir nicht verraten. Der hat überhaupt nur mit mir geredet, wenn es ihm gerade in den Kram passte. Hat sich aufgeregt, dass Christoph Schneyder wieder auf der Insel ist. Ein Depp war ich in seinen Augen, weil ich es nicht bei Marit geschafft habe.«

»Hassen Sie ihn?« Rennrodt sagte das ohne besondere Betonung.

»Nein.« Es klang entschieden. »Ich verabscheue ihn und das ist was anderes. Ich war froh, als er wieder weg war, und hab mir geschworen, nie wieder etwas für ihn zu tun.«

»Sie haben also keine Ahnung, wer auf Behrens geschossen hat und warum. Sie haben nie daran gedacht, dass ihr Untermieter möglicherweise Björn Lindberg erschossen haben könnte. Sie wussten auch nicht, dass Behrens einige Männer auf der Insel gegen sich aufgebracht hat, weil er es auf seinem

Kahn mit ihren Frauen trieb.« Rennrodt zählte in Gedanken bis zehn, dann sagte er: »Ihre Mutter war auch darunter. Aber davon hatten Sie vermutlich auch keine Ahnung.«

Wie die meisten Menschen mit roten Haaren, war Hauke Kuhlmann sehr hellhäutig. Jetzt allerdings wirkte er beinahe durchsichtig. »Meine Mutter ... ja, das wusste ich. Auch dass mein Vater sie zusammengeschlagen hat. Er, ein Polizist, verprügelt seine eigene Frau. Es war ekelerregend. Die beiden haben nie mehr im selben Zimmer geschlafen. Mama glaubt, dass ich keine Ahnung habe, aber ich weiß es sehr wohl. Und ich habe an diesem Tag jede Achtung vor meinem Vater verloren.«

»Wussten Sie von einer Waffe, die er von seinem Vater geerbt hat? Haben Sie uns den anonymen Brief geschrieben?«

»Was für ein Brief? Nein. Von der Waffe weiß ich natürlich. Sie liegt im Keller, eingeschlossen in seinem Werkzeugschrank. Als Kind habe ich sie mal in den Händen gehalten. An das Fabrikat kann ich mich nicht erinnern.«

»Eine Mauser?«, wollte Rennrodt ihm auf die Sprünge helfen.

Aber Kuhlmann schüttelte den Kopf. »Nein. Auf keinen Fall. Eine modernere Waffe.« Er schob zwei Finger in den Kragen seines Pullovers und zerrte den Ausschnitt nach vorn. »Sie glauben, dass mein Vater auf Fenna und Marit geschossen hat? Und auf Behrens? Nein. Niemals. Johann Behrens, okay, das wäre noch vorstellbar, aber die beiden Frauen, das macht keinen Sinn. Fenna und Marit haben ihm doch gar nichts getan.«

»Warum um alles in der Welt haben Sie Behrens aufgenommen?«, fragte Inga Thimm leise. »Sie als Polizist?«

»Weil ich ein Idiot bin. Einer, der immer aufs falsche Pferd setzt.«

Rennrodt nickte. »Okay, da will ich nicht widersprechen. Aber warum hat Behrens ausgerechnet Sie angerufen, Sie und nicht Ihre Mutter?«

Kuhlmann schwieg und presste die Lippen aufeinander, als wäre er wild entschlossen, kein Wort mehr zu sagen.

»Womit hat er Sie in der Hand?« Es war ein Schuss ins

Blaue, aber Rennrodt konnte einfach nicht glauben, dass ein Polizist so leichtsinnig alles aufs Spiel setzte. Während Kuhlmann sich weiterhin in Schweigen hüllte, kam Rennrodt eine Idee. »Sie haben ihm damals geholfen zu verschwinden, stimmt's? Sie waren ein guter Schwimmer, wollten sogar Marinetaucher werden. Sie haben ihn da irgendwie weggeholt. Mit einem Schiff, nehme ich an. Darum wussten sie auch, dass er noch lebt. War noch jemand beteiligt?«

Kuhlmann schüttelte den Kopf.

Seufzend wandte Rennrodt sich ab. »Wenn Sie nicht diesen Behrens versteckt hätten, würde ich Ihnen vielleicht glauben. Aber so ...« Er donnerte seine Faust auf den Tisch, so plötzlich und heftig, dass Kuhlmann erschrocken zusammenzuckte. Und nicht nur er. Inga Thimm hüpfte rückwärts und stieß gegen den Schreibtisch, was wiederum den Monitor ins Wackeln brachte. »Ich möchte wissen, wer Ihnen dabei geholfen hat, Johann Behrens an Land zu holen. Sie als Taucher und Hochseeschwimmer haben ihn vermutlich ein paar Kilometer geschleppt. Ein Motorengeräusch hat Herr Schneyder seinerzeit ja nicht gehört. Das Boot lag also ein Stück entfernt. Wem hat das Boot gehört?«

»Uns«, sagte Kuhlmann leise. »Es war das Boot meines Vaters. Und ich habe das allein gemacht.«

Für Rennrodt war klar, dass er log, um jemanden zu schützen. »Niemals, das wäre viel zu gefährlich gewesen. Da hat jemand auf dem Boot gewartet. Und der hat sie auch mit einer Leine gesichert. So macht man das bei der Marine, das weiß ich zufällig.«

Kuhlmann schluckte, sagte aber nichts.

»Und wo hält sich Herr Behrens jetzt auf?«

»Er ist verschwunden. Keine Ahnung, wohin. Angeblich hat er einen Weg gefunden, die Insel zu verlassen. Welchen, hat er mir nicht verraten. Wie schon gesagt, der hat nur mit mir geredet, wenn er was von mir wollte. Seit dem 30. Januar ist er jedenfalls weg. Auf Marit kann er also nicht geschossen haben.« Er fuhr sich durch die Haare. »Auf Fenna auch nicht, er ist ja erst nach ihrem Tod hergekommen.«

»Okay, Sie warten hier, bis die Kollegen von der Spurensicherung Ihre Bude auf den Kopf gestellt haben. Keine Telefonate, keine E-Mails, das ist ja wohl klar. Und wenn ich um Ihre Dienstwaffe bitten dürfte. Ich werde Ihnen Gesellschaft leisten. Und du, Inga, holst die Reste von dem verbrannten Mantel.«

In Kuhlmanns Augen glitzerten Tränen und Inga Thimm sah auch aus, als wenn sie gleich losheulen würde.

Ausnahmsweise war Till Weiland nicht sauer, vielleicht weil die Beute so reich ausfiel. Er und seine Männer fanden in Hauke Kuhlmanns Wohnung jede Menge verwertbare Spuren, was seiner Laune sehr zuträglich war.

»Erschossen wurde hier keiner, jedenfalls finden sich keine entsprechenden Spuren. In diesem Punkt hat der Kollege vermutlich die Wahrheit gesagt. Fakt ist, dass sich in der Wohnung einer aufgehalten hat, der ab und an verbunden wurde. Fingerabdrücke im Überfluss und winzige Blutspuren auf dem Sofa und im Bad. Dort verrät uns der Mülleimer, dass hier blutiges Verbandsmaterial aufbewahrt wurde. Der Kollege hat sich alle Mühe gegeben, seine Bude zu putzen, aber den Mülleimer hat er vergessen. Wir werden die DNA mit den Spuren vom Friedhof vergleichen. Kann ich euch sonst noch irgendwie helfen?« Er grinste und zwinkerte Inga Thimm zu.

»Du könntest noch die Tüte mit den Mantelresten mitnehmen, die ich am Strand gefunden habe. Dunkelgrau, das könnte tatsächlich der Mantel des Täters sein. Wer kommt sonst auf die Idee, seinen Mantel am Strand zu verbrennen?«

»Mir fällt noch was ein«, sagte Rennrodt. »Wir rufen in Bremen an. Die Kollegen sollen zum Krankenhaus fahren und die Mutter von Märker speicheln lassen. Anhand der DNA können wir beweisen, dass Johann Behrens wirklich ihr Sohn und damit Klaus Märker ist.«

»Ich denke, Kuhlmann sagt uns die Wahrheit.« Es klang ein bisschen trotzig, wusste Inga Thimm doch, dass Rennrodt glaubte, sie wäre ein bisschen für Hauke Kuhlmann entflammt, was in keinster Weise stimmte. Er tat ihr einfach nur wahnsinnig leid. Manche Menschen hatten ein Talent dazu, immer die falsche Entscheidung zu treffen, immer das Unglück zu wählen, und Hauke Kuhlmann gehörte dazu.

Rennrodt sah sie prüfend an, dann sagte er: »Nicht ganz. Erstens muss damals jemand geholfen haben, Behrens verschwinden zu lassen. Und zweitens weiß er genau, wo Behrens abgeblieben ist. Der deckt jemanden. Aber wen?«

»Seinen Vater?«, schlug Inga Thimm vor. Egal wie kaputt eine Familie von außen wirken mochte, wenn es drauf ankam, hielten die Mitglieder zusammen, sie bewahrten ihre Geheimnisse und schützten einander durch Lügen und falsche Alibis. Das erlebte sie immer wieder.

»Möglich.« Rennrodt griff sich einen der neuen Kugelschreiber, um die Mine klicken zu lassen. »Lothar Kuhlmanns Waffe ist also keineswegs eine uralte Mauser. Dann wird der Rest auch gelogen sein. Kann er der zweite Mann vom Friedhof sein? Dann hätte er aber auch Fenna Hansen erschossen. Und das leuchtet mir ganz und gar nicht ein.« Er lehnte den Kopf zurück und fasste sich in den Nacken. »Da gibt es doch überhaupt kein Motiv, oder sehe ich den Wald vor lauter Bäumen nicht?«

Für einen Moment erwog Inga Thimm, das was ihr da gerade in den Sinn gekommen war, erst genauer zu durchdenken, aber sie entschied sich dagegen. »Was, wenn er Fenna Hansen erschossen hat, um den alten Behrens auf die Insel zu locken? Wenn sie einfach nur an Krebs gestorben wäre, hätte er vielleicht nie davon erfahren. Aber so … es stand sogar in der *Bild*. Und zusammen mit dem Hinweis, dass ihr Lebensgefährte vor siebzehn Jahren ebenfalls ums Leben gekommen ist, konnte man sie durchaus identifizieren.«

»Denkbar.« Es klang erfreut. »Der alte Kuhlmann hat erzählt, er hätte sie beim Arzt gesehen und ihr jämmerlicher Anblick wäre ihm tagelang nicht aus dem Kopf gegangen. Vielleicht ist ihm da diese verrückte Idee gekommen. Das würde natürlich bedeuten, dass ihm bekannt war, dass Behrens noch lebte.«

Inga Thimm nickte. »Genau. Und das wusste er, weil er damals zusammen mit seinem Sohn Behrens an Land geholt hat.« Sie hielt inne und verzog das Gesicht. »Blödsinn, das hätte er nie getan. Er hat den Mann gehasst.« Mit einer wütenden Bewegung zerrte sie das Gummi aus ihrem Pferdeschwanz und zwirbelte es um ihren Zeigefinger. »Nein, er war 1993 nicht aktiv beteiligt. Aber wenn sein Sohn damals sein Boot benutzt hat, wird er das gewusst oder wenigstens geahnt haben. Wir sollten uns schleunigst einen Durchsuchungsbeschluss besorgen.«

»In der Tat.« Rennrodt hielt das Telefon bereits in der Hand.

Dienstag, 8. Februar 2011

Lothar Kuhlmann wirkte schockiert. Damit, dass die Kripo aus Wilhelmshaven mit einem Durchsuchungsbeschluss vor seiner Haustür stand, hatte er nicht gerechnet. »Ich habe doch alles über die Waffe gesagt.«

»Wir möchten dennoch in Ihren Werkzeugschrank schauen, der sich ja wohl im Keller befindet.«

Der Kellerraum war versperrt, Kuhlmann trug den Schlüssel bei sich. Auch der Werkzeugschrank, ein massives Modell aus Stahl, vermutlich ein Spind aus Bundeswehrbeständen, war mit einem Schloss gesichert, allerdings mit einem leicht zu knackenden Vorhängeschloss, das man in jedem Kaufhaus billig erwerben konnte. Die Pistole, eine Walther PPK 7,65 mm, lag in einer schwarzen Kiste, eingewickelt in ein dunkles Handtuch. Sie wirkte frisch gereinigt.

»Die nehmen wir mit, Herr Kuhlmann.«

Der Expolizist, der in der Tür stehen geblieben war, wirkte gefasst. »Ich sehe ein, dass ich jetzt verdächtig bin. Aber der Ballistiker wird feststellen, dass das nicht die Tatwaffe ist. Wie schon gesagt, mein Vater hat sie unbrauchbar gemacht, die Waffe funktioniert gar nicht. Ich habe niemanden erschossen. Gut, es war nicht sehr klug, die Geschichte mit der Mauser zu erfinden. Aber als ich gehört habe, dass Lindberg mit 7,65er Munition erschossen wurde, bin ich ein bisschen nervös geworden.«

»Die Mauser HSc schießt auch mit 7,65er Munition. Wussten Sie das nicht?«, fragte Rennrodt spöttisch.

Lothar Kuhlmann schüttelte resigniert den Kopf. »Nein. Ich bin kein Waffenexperte, wirklich nicht.«

»Besitzen, oder besser: besaßen Sie einen langen, dunkelgrauen Wollmantel?«, fragte Inga Thimm.

»Nein. Ich habe in meinem ganzen Leben noch keinen Mantel getragen. Nur Jacken.« Bereitwillig öffnete er seinen Kleiderschrank. Auch Frau Kuhlmann verneinte die Frage nach einem Wollmantel, schaute dabei aber sehr nachdenklich aus.

Als Letztes gab Kuhlmann freiwillig eine Speichelprobe für die DNA-Bestimmung ab. »Warum denn nicht«, sagte er betont jovial. »Sie werden ohnehin sehen, dass aus meiner Waffe nicht geschossen wurde.« Er lächelte sogar, als die Beamten das Haus verließen.

Die Tage trugen keine Namen mehr, sie waren nur noch ein Wechsel von Hell und Dunkel. Wie lange saß er jetzt schon an Marits Bett und schaute sie an, wieder und wieder, lernte ihr Gesicht auswendig, als hätte er vor, sie aus dem Gedächtnis zu malen. Die linke Augenbraue war minimal stärker gebogen als die rechte und am Kinn hatte er eine winzige Narbe entdeckt, nicht größer als ein Reiskorn. Er hatte beobachtet, wie die Schramme auf dem rechten Handrücken, die vom letzten Toben mit Amy stammte, langsam verblasste. Manchmal fragte er sich, ob sie das Schnaufen der Beatmungsmaschine für Meeresrauschen hielt. Niemand wusste genau, wie viel Patienten im künstlichen Koma von ihrer Umgebung wahrnahmen. Manche berichteten später von schrecklichen Albträumen und Schneyder hoffte, dass seine ständige Anwesenheit, seine Berührungen, seine Worte und die leise Musik Marit davor bewahrten.

Seine größte Angst war eine erneute Krise. Dann konnte ihr wohl keiner mehr helfen. Vielleicht war diese eine Nacht, die jetzt schon Ewigkeiten zurücklag, alles an Glück, was er je erleben durfte. Dann musste er jede Sekunde bewahren, jeden Erinnerungsfetzen. Ohne Marit konnte er nie mehr glücklich werden, nicht mit dem ganzen Herzen. Die Angst, dass er sie verlieren könnte, machte ihn ganz schwach und wehrlos.

Adrian Mahlers Kanzlei lag in der Peterstraße. Die Räume strahlten eine kühle Eleganz aus, dunkles Holz, schwarzes Leder und ein blassgrüner Teppichboden. Sie wurden gleich in Mahlers Büro geführt, wo der Anwalt hinter seinem Schreibtisch saß, als würde er seit Stunden auf sie warten. Er wirkte angespannt, versuchte das aber zu überspielen. »Womit kann ich Ihnen helfen?«

Schweigend legte Rennrodt die beiden Fotos auf den Tisch. Mahler erblasste. Womit auch immer er gerechnet hatte, damit nicht. »Mein Gott. Woher haben Sie die Bilder? Das war im letzten Sommer. Meine Frau hatte gerade eine Fehlgeburt erlitten und wir waren beide kreuzunglücklich. Da ist mir diese Carla über den Weg gelaufen, eine Touristin aus Schwerin, ich hab sie im *Treibsand* getroffen. Ja, wir hatten was miteinander, zwei- oder dreimal, das kann ich ja wohl nicht leugnen. Meine Frau darf nie davon erfahren, nie, hören Sie. Es hat doch gar keine Bedeutung für mich. Ich war einfach so fertig. Und diese Carla war so scharf wie ...« Er brach verlegen ab. »Ich brauchte gar nichts zu machen. Es lief ab wie ein Film.«

»Hat Björn Lindberg Sie mit den Fotos erpresst?«

»*Er* ist der Fotograf? Nein, definitiv nein. Bis gerade eben wusste ich nichts von den Fotos. Und ich wurde auch nicht damit erpresst. Ehrlich gesagt kann ich mir gar nicht vorstellen, dass Björn Lindberg überhaupt den Mumm hatte, jemanden zu erpressen. Dazu war er viel zu feige.« Nachdenklich betrachtete Mahler seine Fingernägel, dann schob er den rechten Daumen in den Mund und kaute geradezu verzweifelt darauf herum.

»Wissen Sie, wer auf Fenna Hansen und später auf ihre Tochter Marit geschossen hat?«

»Nein. Keine Ahnung. Woher denn? Behrens? Es heißt ja, er wäre gar nicht tot. Dem würde ich das zutrauen.«

»Sie sagen das so selbstverständlich. Kennen Sie ihn gut?«

Für einen Moment wirkte es, als hätte er Mahler aus dem Konzept gebracht. Aber der Anwalt fing sich sehr schnell wieder. »Ich kannte ihn. Früher. Alle Jungs von der Insel kannten ihn. Wir fanden Behrens cool. Ein Weltenbummler, 'ne ganz große Nummer, so kam er uns damals vor.«

»Waren Sie oft auf seinem Schiff? Da gab es ja Alkohol und Zigaretten.« Inga Thimm lächelte unverbindlich.

»Ich war genauso oft dort wie alle anderen. Wir haben uns seine Storys angehört und jedes Wort geglaubt. Das ging zwei oder drei Jahre, dann haben wir ihn durchschaut. Die Geschichten wiederholten sich ständig, die Orte wechselten, nie aber seine eigenen Heldentaten. Behrens war ein Aufschneider, ein Spinner. Irgendwann hat jeder das kapiert.«

Das alles hatte Rennrodt schon mal gehört. »Wie war das mit den Mädchen auf der Insel? Hat er die auch mit Schnaps und Nikotin versorgt?«

Mahler überlegte kurz, schüttelte dann den Kopf. »Jetzt, wo Sie es sagen: Nein. Mädchen gab es nie auf dem Kahn.«

»Nur erwachsene Frauen«, warf Rennrodt ein.

»Ja, das hat wohl auch eine Rolle dabei gespielt, dass wir ihn nicht mehr so großartig fanden.« Mahler grinste. »Er hat unsere Mütter flachgelegt. Meine nicht, aber die von Hauke. Irgendwie konnten wir sie verstehen, der Behrens war ein anderes Kaliber als Haukes überkorrekter Vater. Aber trotzdem war es nicht in Ordnung. Die eigene Mutter ist tabu.« Er schaute demonstrativ auf seine Armbanduhr. »War es das? Ich muss nachher noch vor Gericht und hätte einiges vorzubereiten.«

Gehorsam erhoben sich die beiden Beamten von ihren Stühlen. Auf dem Weg zur Tür drehte Rennrodt sich noch einmal um. »Hauke Kuhlmann ist Ihr bester Freund. Kann man das so sagen?«

»Ja.« Es klang ein bisschen fragend, aber auch sehr vorsichtig. Da gab es etwas, das Mahler unter gar keinen Umständen verraten wollte.

»Er hat Johann Behrens in seiner Wohnung versteckt. Wussten Sie das?«

Genauso gut hätte er Mahler einen Schlag in die Magengrube versetzen können. Der Anwalt schnappte nach Luft wie ein Karpfen an Land und Rennrodt hätte seinen alten Porsche verwettet, dass Mahler Bescheid wusste und jetzt erschrak, weil diese Information bei der Polizei gelandet war.

»Herr Kuhlmann war auch daran beteiligt, dass Behrens seinerzeit an der Blauen Balje verschwinden konnte. Wir suchen nur noch denjenigen, der ihm geholfen hat. Ich denke aber, Herr Kuhlmann macht bald den Mund auf. Er ist nicht so wirklich der beinharte Typ, oder was meinen Sie?«

»Keine Ahnung. Aber meine Zeit wird knapp. Vielleicht können wir die Unterhaltung ein anderes Mal fortsetzen?« Er hatte sich wieder gefangen, der Riss in seiner glatten Hülle hatte sich geschlossen, nahtlos. Mit einem eiskalten Lächeln brachte Mahler die Beamten zu Tür. »Falls das möglich ist, möchte ich Sie bitten, die Sache mit den Fotos nicht meiner Frau zu erzählen. Sie erwartet Zwillinge und da ist das Risiko einer Frühgeburt ohnehin erhöht. Außerdem hat sie, wie schon gesagt, bereits ein Kind verloren.«

Rennrodt zuckte mit den Schultern. »Ich kann nichts versprechen. Aber momentan sehe ich keinen Grund, mit Ihrer Frau zu reden.«

Sein nächster Weg führte zur Polizeidirektion. Er sorgte dafür, dass Hauke Kuhlmann mit sofortiger Wirkung vom Dienst suspendiert wurde. Zusammen mit Rennrodt und Inga Thimm flog ein Polizeiobermeister aus Wittmund auf die Insel, um Kuhlmanns Platz einzunehmen.

Bei der Walther PPK 7,65 mm, die sie bei Lothar Kuhlmann gefunden hatten, handelte es sich eindeutig um die Waffe, mit der Björn Lindberg erschossen worden war.

Rennrodt war so wütend, dass er am liebsten mit dem Unterarm seinen ganzen Schreibtisch leer gefegt hätte. Aber er beließ es bei der Vorstellung. »Sag mal, leben auf Wangerooge nur Idioten? Hat der alte Kuhlmann wirklich gedacht, dass er damit durchkommt? Glauben die hier, dass sie als Polizisten über dem Gesetz stehen?«

»Reg dich ab«, wollte Inga Thimm ihn beschwichtigen. »Beinahe hätte er es doch geschafft. Diese Geschichte von der alten Mauser, wir haben ihm geglaubt.«

»Ja. Beinahe hätten wir einen Mörder laufen lassen. Man darf eben keinem blind vertrauen, nicht mal einem Kollegen. Es ist doch zum Kotzen!«

Mit dem Haftbefehl machten sie sich auf den Weg zu Lothar Kuhlmann. Der pensionierte Polizeibeamte saß hemdsärmelig vor dem Fernsehapparat, vor sich ein alkoholfreies Jever. Er wirkte vollkommen überrascht. Als er vom Ergebnis der ballistischen Untersuchung hörte, wurde er blass.

»Das ist völlig unmöglich. Die Waffe ist defekt, damit kann man niemanden erschießen. Ich habe sie seit Jahren nicht aus dem Schrank geholt. Ihr wollt mir was anhängen.«

Widerstandslos ließ er sich festnehmen. Auf dem Flug zum Festland, Gerrit Rennrodt begleitete ihn persönlich, starrte er aus dem Fenster und sprach kein Wort.

»**Warum hat er so dreist gelogen?**«, wunderte sich Rennrodt, der mit dem Flieger direkt auf die Insel zurückgekommen war.

Marc Bittner, der Polizeiobermeister aus Wittmund, der Kuhlmann vertrat, zuckte mit den Schultern. Seine Laune war nicht die beste, ein Job auf der Insel war keineswegs der Karrieresprung, den er sich erträumt hatte.

Inga Thimm trug wieder den sonnengelben Pullover. Aber heute konnte sie Rennrodt damit nicht aufheitern. »Keine Ahnung. Ob jemand anders die Waffe benutzt haben kann? Sein Sohn? Seine Frau?«

»Ach was.« Rennrodt schäumte vor Wut. »Der Typ ist ein eiskalter Lügner. Hat er nicht behauptet, die Waffe wäre defekt? Angeblich soll sein Vater doch den Schlagbolzen gekürzt haben. Der hat uns nach Strich und Faden verarscht.« Er stand auf und wanderte mit großen Schritten vor seinem Schreibtisch hin und her. »Wer hat Fenna Hansen ermordet und später auf ihre Tochter Marit geschossen? Wenn es stimmt, was Hauke Kuhlmann sagt, kann es nicht Behrens gewesen sein. Er lag nach der Friedhofsgeschichte schwer verletzt in Kuhlmanns Wohnung, was im Übrigen auch die Spurensicherung bestätigt hat. Das würde allerdings bedeuten, dass wir einen *dritten* Mann suchen, nämlich den Besitzer *dieser* Waffe. Dann waren drei Männer am Friedhof und zwei davon haben geschossen. Wer Behrens getroffen hat, wissen wir nicht, weil wir die Kugel nicht haben.« Wütend starrte Rennrodt aus dem Fenster. Es regnete mal wieder in Strömen und er hatte Lust auf eine Zigarette. Rauchen im Regen erschien ihm allerdings wenig verlockend.

Inga Thimm stellte sich neben ihn und schaute ebenfalls raus. »Scheißwetter, was? Ich wette, da vergeht dir sogar die Lust zum Rauchen.« Sie grinste. »Guck nicht so erstaunt. Ich kann keine Gedanken lesen, aber du hältst die Packung in der Hand und deinen Blick würde ich als pure Sehnsucht bezeichnen.«

Die Vorstellung, dass die Kollegin ihn so genau beobachtete, fand Rennrodt irritierend und er beschloss, nicht näher darauf einzugehen. »Behrens musste vor siebzehn Jahren überstürzt von der Insel verschwinden. Der Grund kann nur in der Vergangenheit liegen. Vermutlich hat ihn jemand erkannt. Jemand, der wusste, dass er eigentlich Klaus Märker heißt und offiziell tot ist. Unsere Maria muss also was mit Klaus Märker zu tun haben. Inga, du fliegst morgen noch mal aufs Festland. Frag in diesem Seemannsheim, ob irgendjemand den Behrens näher gekannt hat.«

Im Büro seines Vaters gab es eine Couch. Prof. Dr. Hans Marten Schneyder übernachtete schon lange nicht mehr in der Klinik, aber gestern Abend hatte er seinem Sohn den Schlafplatz angeboten. »Komm, ganz ohne Schlaf kommt niemand aus, du auch nicht. Die Station ruft dich an, wenn was passiert.« Sie wussten jetzt, dass Marit tatsächlich mit MRSA infiziert war und dass der Erreger gewöhnlich gut auf *Drifanex* ansprach. Aber das brauchte seine Zeit. Zeit, in der sie das Fieber einfach nicht in den Griff bekamen.

»Ich krieg sowieso kein Auge zu«, hatte Schneyder gesagt und sich gründlich geirrt. Kaum, dass er unter der Decke lag, dämmerte er weg. Er träumte wirr und schrecklich, wachte schreiend auf, aber hier hörte ihn zum Glück niemand und er konnte sich langsam beruhigen. Halb vier zeigte seine Armbanduhr. Er rief auf der Station an, Marits Fieber war endlich gefallen, 38,1 Grad, ein traumhafter Wert. Mit dieser guten Nachricht schlief er noch mal tief und traumlos, bis sein Vater um halb acht ganz leise die Tür öffnete. Er hatte einen Becher Kaffee mitgebracht und ein Käsebrötchen aus der Cafeteria. »Guten Morgen, hoffentlich hast du einigermaßen geschlafen. Siebenunddreißig zwei.«

Schneyder wusste sofort, dass es um Marits Körpertemperatur ging, die damit im normalen Bereich lag. »Und sonst?«

»Wir dosieren die Medikamente runter, damit sie langsam aufwachen kann. Dr. Seidling wird gleich die Pleuradrainage ziehen, danach Reduzierung der Beatmung – wenn alles gut mitläuft: morgen Extubation.«

Der Besuch im Seemannsheim brachte nichts. Das Personal von damals war längst in Rente oder gar verstorben. Inga Thimm beschloss, noch einmal die ehemalige Arbeitskollegin von Fenna Hansen aufzusuchen. Hannelore Pauls war ein bisschen tüdelig, das hatte Inga Thimm schon bei ihrem letzten Besuch gemerkt. Als die Beamtin an der Tür klingelte, sagte sie: »Gut, dass Sie kommen, Frau Kommissarin. Ich habe noch einiges für Sie rausgefunden.«

Sie bot Inga Thimm einen Platz an ihrem mit Zeitungen überladenen Küchentisch an, schob den Papierberg mit beiden Händen zusammen und schuf damit Raum für zwei Kaffeetassen, dann legte sie los. »Nachdem Sie weg waren, habe ich noch mal mit Thies Welke Kontakt aufgenommen. Der war damals Hausmeister. Ist auch nicht mehr der Jüngste, aber sein Gedächtnis funktioniert besser als meins. Ich habe Ihnen nämlich was Falsches erzählt. Der Vater von Fennas Baby war gar kein Schwede. Der war Finne und hieß Matti. So wie dieser Skispringer. Matti.« Sie tippte gegen ihre Schläfe und gab ein missbilligendes Geräusch von sich. »Wie konnte ich das vergessen?«

Als Inga Thimm ihr das Foto aus Fenna Hansens Koffer zeigte, nickte sie begeistert. »Ja, das ist er. Der Matti. Sieht gut aus, oder? Ist die Tochter auch so hübsch? Oder geht sie nach Fenna?« Sie schlug sich auf den Mund. »Na, das war ja nicht gerade nett von mir. Im Alter leidet die Höflichkeit, das sag ich ja immer. Es ist wie bei Kindern, der Mund ist schneller als der Kopf.«

Die Kripobeamtin lachte. »Ja, Marit Hansen ist sehr hübsch. Und blond wie ihr Vater. Aber so richtig ähnlich sehen sie sich nicht. Sie wollten mir noch mehr erzählen, Frau Pauls.

»Genau. Wir waren bei Thies Welke. An Johann Behrens kann der sich viel besser erinnern als ich. Die haben nämlich zusammen Karten gespielt, um Geld, glaube ich. Thies hat gesagt, dass Johann Behrens um die halbe Welt gereist ist. Er hat ihn mal in seinen Reisepass gucken lassen, da waren lauter Stempel drin. Unterwegs ist das mit seinem Bein passiert, ein Autounfall. Irgendwo in Südamerika, Brasilien glaub ich, aber ich kenn mich da nicht so aus. Auf jeden Fall haben die im Krankenhaus was verpfuscht und danach ist er nach Deutschland zurückgekommen. Konnte nicht mehr arbeiten und hat sich ein Schiff gekauft, einen alten Kutter. Den hat er selbst umgebaut. Als Thies ihn mal gefragt hat, wie er sich all das leisten kann, hat er gelacht und gemeint, er hätte einen reichen Onkel beerbt.«

»Sagt Ihnen der Name Maria etwas?«

»Maria? Bei uns gab es keine Maria. Nur die Friedel, die Fenna und mich. Später kam Brigitte dazu, als Fenna auf die Insel gegangen ist. Aber keine Maria. Nee, tut mir leid.«

Inga Thimm ließ sich die Adresse des ehemaligen Hausmeisters geben. Der wollte beschwören, dass Johann Behrens zwei Jahre um die Welt gereist war und das Ganze mit einem Autounfall und einer missglückten Operation in Peru (offenbar konnte Hannelore Pauls sich wirklich keine Namen merken) geendet hatte. »Er hat mir mal seinen Reisepass gezeigt, die ganzen Stempel darin, Peru war der Letzte, da bin ich ganz sicher«

Auch Thies Welke wusste nichts mit dem Namen Maria anzufangen. »Sein Schiff hieß *Prinzessin,* das weiß ich noch. Aber Maria? Nee, dazu fällt mir gar nichts ein.«

Mit diesen neuen Informationen flog Inga Thimm zurück nach Wangerooge.

Seit gestern Abend quälten Rennrodt Kopfschmerzen. In seinem Hals kratzte es auch schon, eine Erkältung war unterwegs, kein Wunder bei dem unfreundlichen Wetter. Er hatte gleich nach dem Aufstehen zwei Aspirin eingeworfen, heute Mittag sogar zwei Stunden im Hotel geschlafen, aber bislang ging es ihm kein Stück besser. Schweigend hörte er zu, was Inga Thimm zu berichten hatte.

»Wenn das stimmt, hat Behrens sich das Bein erst nach dem Untergang der *Geesche* verletzt. Ein oder zwei Jahre später in Peru. Und er ist vorher lange Zeit durch die Welt getingelt. Woher hatte er das Geld? Von der Reederei?«

»Die Frage lautet vor allem, wie können wir das heute noch überprüfen? Das ist bald vierzig Jahre her, Gerrit. Peru, Südamerika, wer weiß, in welchem Dschungelkrankenhaus er damals behandelt wurde. Der Hausmeister hat jedenfalls nicht gelogen, warum auch«, sagte Inga Thimm überzeugt.

»Er nicht. Aber Behrens vielleicht.« Rennrodt griff sich an

die Schläfe, hinter der es klopfte wie in einem Automotor. »Wenn der ihm allerdings die ganzen Stempel in seinem Reisepass gezeigt hat ... Damals war das ja noch so. Wo ist der verfluchte Pass abgeblieben?«

»Wir haben alle Papiere durchgesehen. Ich kann mich nicht an einen Reisepass erinnern. Du?« Fragend schaute Inga Thimm ihren Chef an.

»Nein. Eigentlich komisch, dass er den Pass nicht aufbewahrt hat. Ist doch 'ne schöne Erinnerung. Und warum gibt es keine Fotos von der Reise?« Rennrodt gähnte ungeniert. »Das Ganze hat System. Er wollte seine Vergangenheit geheim halten.«

Inga Thimm nickte. »Ich weiß, du lachst mich gleich wieder aus. Aber Maria ist in Südamerika ein verbreiteter Name.«

»Wenn wir jetzt noch rausfinden, dass 1993 Peruaner auf der Insel waren, geb ich einen aus.« Schon an Rennrodts Tonfall hörte man, dass er nicht eine Sekunde daran glaubte. »Trotzdem. Unser neue Kollege«, er zwinkerte Marc Bittner zu, »kann das mal überprüfen.«

Marc Bittner grinste ebenso freundlich zurück. »Mach ich doch gern.«

»Ich nehme mir noch mal Hauke Kuhlmann vor. Vielleicht knickt er ein und verrät uns, wie Behrens von der Insel gekommen ist.« Gerrit Rennrodt nestelte nach seinen Zigaretten. »Aber vorher rauche ich noch eine.« Selbstredend war Rauchen in seinem Zustand kein guter Einfall, aber ohne Nikotin ging es nun einmal nicht. Und Kopfschmerzen quälten ihn ja sowieso, schlimmer konnte es kaum werden.

»Vielleicht hat Kuhlmann gelogen und Behrens ist immer noch hier«, sagte Inga Thimm nachdenklich. »Es existiert kein Beweis, dass er die Insel verlassen hat. Wie denn auch? Wir überprüfen alle Leute, die abreisen.« Sie schaute Rennrodt fragend an, dann sprang sie auf. »Moment mal. Was ist mit den Privatmaschinen? Kann man da ungesehen eine Person von der Insel transportieren?«

Mein Gott, musste sie so laut schreien? Durfte man denn überhaupt keine Rücksicht erwarten? Rennrodt stöhnte gequält auf. »Glaub ich nicht. Auf dem Flughafen ist doch ständig Betrieb.« Er stutzte. »Und nachts? Sind die Maschinen in einem Hangar eingeschlossen? Und falls ja, haben die Privatleute einen Schlüssel? Klär das mal für uns.«

»Gehst du heute Mittag mit mir essen?«, hatte sein Vater gefragt, und obwohl es ihm schwerfiel, Marit allein zu lassen, willigte er ein.

Jetzt saßen sie hier bei einem der Oberklasse-Italiener, wo man sogar mittags einen Tisch reservieren musste, und sein Vater hatte Scampi bestellt, Schneyder selbst Tagliatelle mit Steinpilzen.

Unterwegs, sein Vater fuhr jetzt einen Audi Quattro, hatte Schneyder seine Worte zurechtgelegt. Der Anfang fiel ihm nun schwer, doch dann war es Prof. Dr. Hans Marten Schneyder, der das Gespräch eröffnete.

»Ich denke, es ist Zeit, Christoph, dass wir uns wie zwei Erwachsene unterhalten. Du warst sicher oft enttäuscht von mir, von meiner unnachgiebigen Haltung. Umso mehr habe ich mich gefreut, dass du mich in der Stunde deiner größten Not um Hilfe gebeten hast. Wirklich, ich bin dir dankbar, ich selbst hätte diesen Schritt vermutlich nie geschafft.«

Das war nun wirklich nicht das, was Schneyder erwartet hatte, und so konnte er nur schweigen, was seinen Vater nicht zu stören schien.

»Wo soll ich anfangen? Als du geboren wurdest, erkrankte deine Mutter an einer schweren postnatalen Depression. Ich will keine Einzelheiten erzählen, das wäre ihr nicht recht, aber sie musste fast sieben Monate in der Psychiatrie verbringen. Natürlich habe ich mich mit dem Krankheitsbild auseinandergesetzt und die Tatsache, dass eine erbliche Belastung schon damals als wahrscheinlich galt, hat mich zutiefst erschreckt.« Jetzt schaute er seinen Sohn offen an. »Deine Mutter ist gesund geworden, aber sie war nicht mehr die gleiche Frau, die ich geheiratet habe. Du kennst sie ja, ihre ewigen Ängste, diese kleinen Zwänge, ihre Abhängigkeit von Ärzten und Tabletten. Von da an habe ich dich mit Argusaugen bewacht.

Ich habe darauf gedrängt, dass du viel draußen bist, dass du Sport treibst. Eishockey, so ein richtig harter Männersport, das fand ich gerade richtig. Ich wollte dich abhärten, einen richtigen Kerl aus dir machen, kein weinerliches Muttersöhnchen, das bei der ersten Schwierigkeit zusammenbricht. Auch unser regelmäßiger Urlaub auf Wangerooge gehörte zu meinem Programm.« Er nahm einen Schluck Weißwein, nickte zufrieden. »Der ist gut. Probier ihn ruhig.«

Gehorsam nippte Schneyder an seinem Wein. »Und dann ist die Sache auf der *Prinzessin* passiert.«

»Ja, das war natürlich der Super-GAU. Die Ängste deiner Mutter haben sich bewahrheitet. Du erinnerst dich vielleicht, dass sie gegen diese Tour war, so wie sie gegen alles war, das in irgendeiner Form für dich gefährlich werden konnte. Und dann so etwas und nachdem es zunächst aussah, als hättest du das gut weggesteckt, traten plötzlich Panikattacken auf. Du musstest Antidepressiva nehmen, genau wie deine Mutter, und dann hast du deinen Beruf hingeschmissen. Ich konnte das nicht begreifen, wirklich nicht, du hast doch das Zeug zu einem guten Arzt. Taxifahren, so ein kleines, billiges Leben, hab ich gedacht. Und ich war maßlos wütend auf dich. Aber in Wahrheit war ich wohl vor allem wütend auf deine Mutter, die dich gleich zu ihrem geliebten Dr. Kretschmar schleppen musste.« Er griff erneut nach seinem Glas, trank aber nicht, sondern schwenkte es nur hin und her. »Vermutlich bin ich ein starrköpfiger alter Mann, ein typischer Chefarzt, der glaubt, unfehlbar zu sein. Ich hätte dich anrufen sollen, irgendwann in diesen fünf Jahren. Immerhin bin ich dein Vater und der Ältere von uns beiden. Und damit sollte ich der Vernünftigere sein, bin ich aber nicht.«

Christoph, der noch kein Wort gesagt hatte, war heilfroh, dass der Ober jetzt das Essen servierte und damit das Gespräch vorübergehend unterbrach.

Die Pasta war perfekt, die Sauce eine Geschmacksoffenbarung, natürlich, sein Vater hätte keinen schlechten Italiener empfohlen. »Ich hätte ja auch anrufen können«, sagte Christoph irgendwann.

Sein Vater lachte. »Das hätte gar nichts geholfen, mein Junge. Weil ich nicht mit dir reden wollte, mit einem Taxifahrer. Aber jetzt hast du mich als Arzt angerufen, auch wenn das im Nachhinein gar nicht stimmt. *Wir haben hier eine Patientin*, hast du gesagt und ich hab mich gefühlt, als wenn der Mount Everest von meinen Schultern rutscht. Ich musste nichts sagen, nichts erklären, brauchte nur dafür zu sorgen, dass deine Freundin in unsere Studie kommt.«

»Und ihr damit das Leben retten. Das ist schon 'ne Menge, Papa.«

»Ja, vielleicht. Komm, iss, die Sauce wird kalt, das wäre eine Sünde.«

Später erzählte Schneyder, dass er wieder als Assistenzarzt in der Inneren arbeiten wollte, und diesmal sagte sein Vater nicht, dass ein Arzt nur Karriere machen konnte, wenn er an einer Medizinischen Hochschule tätig war.

Auf dem Parkplatz vor der Klinik bat Professor Dr. Hans Marten Schneyder seinen Sohn, noch einen Moment sitzen zu bleiben. »Eins noch, du solltest deine Mutter besuchen oder wenigstens anrufen. Sie wartet darauf.«

»Folgendes.« Inga Thimm wirkte aufgeregt. »Die Privatmaschinen stehen draußen. Der Flugplatz ist zwar eingezäunt, aber der Zaun vom *Towerstübchen* stellt kein großartiges Hindernis dar. Da gibt es am Ende eine große Lücke, durch die man mühelos steigen könnte. Und!« Sie hob den Zeigefinger. »Im *Towerstübchen* haben die über Winter geschlossen. Wenn einer im Dunkeln zu den Maschinen will, ist das also gar kein Problem. Und jetzt rate mal, wer am Montagmorgen mit seiner Cessna aufs Festland geflogen ist. Als Einziger.« Einen Moment lang genoss sie das fragende Gesicht ihres Kollegen, dann erlöste sie ihn. »Adrian Mahler, unser smarter Anwalt aus Wilhelmshaven. Bester Freund von Hauke Kuhlmann. Ich würde sagen, Till und seine Truppe sollten sich diese Maschine mal näher ansehen.«

»Wenn der Behrens ausgeflogen hat, war er auch der zweite Mann an der Blauen Balje. Okay, für heute machen wir Schluss und morgen früh bestell ich uns einen Flieger. Für Sie, werter Kollege, natürlich nicht.« Rennrodt grinste Marc Bittner an, ein bisschen schadenfroh. »Falls Hauke Kuhlmann die Insel verlässt, sagen Sie uns Bescheid, damit wir ihn in Harle in Empfang nehmen können. Bis dann. Ich hau mich hin.«

»Gerrit? Ich komm mit ins Hotel. Du bestellst dir erst mal einen ordentlichen Grog. Bei Erkältung kann das Wunder wirken.« Inga Thimm griff nach ihrer Jacke.

Freitag, 11. Februar 2011

Was für ein furchtbarer Traum. Jemand hatte geschossen, Schmerzen, schreckliche Schmerzen, und Christoph hielt ihre Hand und weinte.

»Weißt du, was ich geträumt habe?«, wollte Marit sagen, aber ihr Hals fühlte sich ganz wund an, als hätte sie seit Tagen nicht gesprochen. Als sie die Augen öffnete, war sie geblendet von dem Licht und es dauerte einen Moment, bis sie klar sehen konnte. Eine Traube von Menschen stand vor ihrem Bett und alle trugen grüne Kittel. *Ich bin wirklich im Krankenhaus, ich hab nicht geträumt*. Christoph trug auch einen grünen Kittel, er sah besorgt aus und müde, unglaublich müde.

»Hey, wieder da?«, fragte er mit belegter Stimme.

»Hmm.« Sie tastete mit den Händen an ihrem Körper entlang. Sie trug ein Nachthemd aus dünnem Stoff. Unterhalb der rechten Brust fühlte sie einen Verband.

»Frau Hansen, wann sind Sie geboren?«, wollte einer der Grünen wissen und sie krächzte: »27.6.1977 in Wilhelmshaven.«

»Wunderbar.« Er lächelte. »Sie haben uns ganz schön Kummer gemacht, aber jetzt sind Sie über den Berg. Schmerzen?«

Sie nickte und zeigte auf ihren Hals.

»Sie waren eine ganze Weile künstlich beatmet. Das fühlt sich zuerst nicht gut an, aber wenn Sie erst einmal getrunken und gegessen haben, wird es besser.« Sein Blick wanderte zwischen ihrem Gesicht und dem Monitor, der neben ihrem Bett stand, hin und her. »Die Werte sind gut, ich denke, wir müssen uns keine Sorgen machen. Gleich bekommen Sie etwas zu trinken, heute Mittag eine leichte Suppe und morgen früh werden wir sie auf eine Normalstation verlegen. Das da an der linken Schulter ist ein zentraler Zugang, den wir zeitnah ziehen werden. Vorerst werden Sie noch sehr müde sein, aber das ist normal. Bis bald.« Alle bis auf Christoph verließen das Zimmer.

Er beugte sich vor und wollte sie auf den Mund küssen, aber Marit drehte sich weg, sodass seine Lippen ihre Wange trafen. »Fieser Geschmack«, flüsterte sie und verzog den Mund. »Bäh.«

»Wie fühlst du dich?«

»Als wenn ich fünf Tage durchgefeiert hätte. Was ist passiert?«

»Du bist mit Amy rausgegangen. Jemand hat auf dich geschossen. Lungenschuss. Mensch, Marit, das war so verdammt knapp. Zuerst wurdest du nach Sanderbusch geflogen. Da ist dann zu der Lungenverletzung noch eine schwere Infektion dazukommen. MRSA, du weißt schon, dieser berühmte Krankenhauserreger.«

»Und wo bin ich jetzt?«

»In Köln. Mein Vater hat dafür gesorgt, dass du in eine Studie für ein neues Medikament gekommen bist. Sonst hättest du es nicht geschafft.«

»Dein Vater?« Mit aller Macht riss sie die Augen auf, weil sein Gesicht bereits wieder verschwamm. Aber sie wollte jetzt nicht schlafen.

»Ich hab ihn angerufen und um Hilfe gebeten. Wenn die Zeit nicht so knapp gewesen wäre, hätte ich natürlich selbst ein neues Medikament für dich entwickelt.« Er grinste schief.

Da war ganz viel, was sie gern gesagt hätte, aber jedes Wort kostete ungeheure Anstrengung. »Und Amy?«

»Die ist bei einer gewissen Rita. Ist das okay?«

Keine Antwort, sie war schon wieder eingeschlafen.

Marit war wieder wach, ein bisschen wacher als vorhin. Ihre Gedanken flossen in alle Richtungen und ganz automatisch stellte sich eine Frage. »Christoph, wer hat auf mich geschossen?«

Er ließ sich Zeit, zog zuerst den Stuhl an ihr Bett, setzte sich, streichelte ihr Gesicht, küsste sie behutsam auf den Mund. Nicht richtig, so wie man eben im Krankenhaus küsste, wenn jeden Moment die Tür aufgehen konnte. »Keine Ahnung. Sie haben den Täter noch nicht. Aber es ist derselbe, der deine Mutter erschossen hat. Das wissen sie anhand der Kugel, die sie gefunden haben.«

»Wenn sie ihn nicht haben, kann er jederzeit wieder zuschlagen?« Vor Entsetzen wurde ihr eiskalt.

»Hier bist du erst einmal sicher. Niemand weiß, dass du nach Köln verlegt worden bist. Nur die Polizei.« Er räusperte sich und schob die Ärmel seines blauen Pullovers hoch und beim Anblick seiner sehnigen Unterarme spürte sie eine unendliche Sehnsucht nach zu Hause.

»Marit, ich muss dir noch was sagen. Ich habe mit der Kripo gesprochen und alles erzählt.«

Zuerst verstand sie gar nicht, was er meinte. Aber dann fiel ihr alles ein. »Du meinst die Papiere in der Dose und den Anruf.«

»Bist du sauer?«

Darüber musste sie keine Sekunde nachdenken. »Nein. Natürlich nicht. Ich weiß ja gar nicht mehr, was ich denken soll. Glaubst du, dass er auf mich geschossen hat, mein Vater?«

»Wenn ich das wüsste.«

»Wenn er nicht selbst geschossen hat, weiß er zumindest, wer es war, oder?«

»Ja, das denke ich auch.«

»Aber warum, was habe ich getan?«

»Kann es darum gehen, dass du die Papiere gefunden hast? Ich habe keine Ahnung. Das muss die Polizei rausfinden. Aber was machen wir, wenn sie den Täter nicht finden?«

Wir, hatte er gesagt, *was machen wir*, nicht *was machst du.* »Wir gehen nach Kanada«, flüsterte sie. »Das wollten wir damals doch, in Kanada leben, mitten in der Wildnis.«

»In einem Blockhaus.« Er lachte leise. »Ich wollte fischen und jagen, aber du fandest das grausam. Du wolltest als Vegetarierin in Kanada leben, Beeren, Pilze und Flechten sammeln.«

»Und den ganzen Tag die Scorpions hören, *Wind of Change.*« Das Lachen tat höllisch weh und sie musste beide Hände auf ihre Operationsnarbe pressen. »Au.«

Seine Hände legten sich über ihre. »Ganz ruhig atmen. Es wird gleich besser. Keine Witze mehr, versprochen. Kannst du dich an den Schuss erinnern? Hast du den Täter gesehen?«

»Nein. Ich erinnere mich nur an schreckliche Schmerzen, dass ich nicht richtig atmen konnte. Und du hast geweint.«

Er verzog das Gesicht. »Du hast mir ganz schön Kummer bereitet. Lass das bloß nicht zur Gewohnheit werden.« Er beugte sich vor und knabberte an ihrem Ohr und sie dachte, dass er genau das eine Puzzlestück war, das zu ihr passte. Dann schlief sie schon wieder ein.

Diesmal wirkte Adrian Mahler alles andere als souverän. Ein Blick auf das Schreiben der Staatsanwaltschaft, das es der Kripo erlaubte, sein Flugzeug spurentechnisch zu untersuchen, hatte genügt, um ihn förmlich in sich zusammenfallen zu lassen.

»Ja«, sagte er leise. »Sie werden DNA von Johann Behrens finden. In meinem eigenen Interesse sollte ich wohl vorher ein Geständnis ablegen. Bitte, setzen Sie sich.« Er wies auf die beiden Besucherstühle. Eine Weile starrte er auf seinen Schreibtisch, vermutlich legte er seine Worte zurecht. Vielleicht überlegte er auch, was er preisgeben musste und was nicht. »Was ich getan habe, kann und will ich nicht schönreden. Aber Hauke Kuhlmann ist mein bester Freund, immer schon gewesen. Wir sind, wie man so schön sagt, durch dick und dünn gegangen. Aber ich sollte wohl ganz vorn anfangen.« Er schlug die Fingerspitzen seiner Hände rhythmisch gegeneinander, ein Zeichen von Nervosität. »Vor siebzehn

Jahren wollte Johann Behrens von der Bildfläche verschwinden. Warum, weiß ich nicht, nur dass es schnell gehen musste. Nur aus diesem Grund plante Behrens diese Bootstour mit Christoph Schneyder. Er sollte später bezeugen, dass Behrens über Bord gegangen ist. Hauke und ich sind spätabends mit dem Boot seiner Eltern raus. Behrens hat drei Lichter an Bord brennen lassen, nebeneinander, damit wir ihn erkennen. Um Punkt zwölf hat er geschrien und ist ins Wasser gesprungen, wo Hauke ihn schon erwartet hat. Wir haben Behrens mit Haukes Boot auf die Insel zurückgebracht und bei mir zu Hause versteckt. Das war nicht weiter gefährlich, weil meine Eltern sich auf dem Weg nach Frankreich befanden. Später hat jemand Behrens mit einem Segelboot abgeholt. Wer das war, weiß ich aber nicht.«

»Warum hat Christoph Schneyder das andere Boot nicht gehört?«, warf Rennrodt ein. Der Flug hatte ihm nicht gutgetan, sein Schädel drohte zu platzen, aber er musste sich konzentrieren, bis das hier abgeschlossen war.

»Weil es ein ganzes Stück entfernt lag. Hauke hat in den Ferien als Rettungsschwimmer gearbeitet, außerdem konnte er verdammt gut tauchen und hatte eine Ausrüstung, genau wie sein Vater. Er hat Behrens in einem Schlauchboot abgeschleppt, das Motorboot seiner Eltern lag ein ganzes Stück entfernt. Hauke war damals echt gut in Form.«

»Aber Sie wussten doch, dass wir Christoph Schneyder des Mordes verdächtigt haben«, warf Rennrodt ein.

Mahler senkte den Blick. »Damit hatte, ehrlich gesagt, keiner von uns gerechnet. Er sollte einfach nur wie ein Depp dastehen, wie einer, der zu blöd ist, dem Vater seiner Flamme das Leben zu retten. Behrens meinte, dann würde sie erkennen, dass nicht viel los war mit ihm. Ich fand das von Anfang an nicht in Ordnung, aber Hauke war schier begeistert. Er dachte, dass damit endlich der Weg zu Marit frei wird. Was meine eigene Person angeht, so muss ich zu meiner Schande gestehen, dass mir das herzlich egal war. Ich war jung und brauchte Geld. Und Behrens hat jedem von uns zweitausend Mark gegeben. Das war ein Vermögen.«

»Weiter.«

»Ich habe nie mehr was von Behrens gehört. Dann wurde Fenna Behrens erschossen. Nach der Beerdigung hab ich Behrens zufällig gesehen, ich wollte mir noch Zigaretten am Automaten ziehen, und da stand er im Dunkeln. Wir haben beide nichts gesagt und ich habe es auch niemandem erzählt, nicht mal Hauke. Zwei Tage später fielen die Schüsse am Friedhof. Und dann rief mich Hauke an, weil Behrens in seiner Wohnung lag. Angeschossen. Von wem auch immer. Hauke hat mich bekniet, Behrens von der Insel zu schaffen. In meinem Flugzeug. Zuerst wollte ich nicht. Aber dann ...« Verlegen starrte er auf seine Hände. »Es bestand natürlich die Gefahr, dass alles rauskommt. Alles, was damals passiert ist, meine ich. Also habe ich es getan, hab mir eingebildet, wenn Behrens erst wieder verschwunden ist, wird Gras über die Sache wachsen. Hauke hat ihn abends zum Flugplatz gebracht und in meine Cessna gesetzt. Und ich bin morgens rübergeflogen, wie immer. Behrens lag in der Maschine, verborgen unter einer Wolldecke. In Harlesiel hat ihn eine Frau abgeholt, in einem hellblauen Strich acht mit Braker Kennzeichen. Fragen Sie mich nicht warum, aber sie sah aus wie eine Nutte. Blond, Riesenoberweite, nicht mehr die Jüngste, trug so einen auffälligen Fummel.« Er hob den Kopf. Seine Augen glänzten feucht. »Ich hab gehofft, dass es gut geht. Idiotisch, ich weiß. Aber wenn man verzweifelt ist, wenn alles, was man sich aufgebaut hat, auf dem Spiel steht ...«

Rennrodt hatte es die Sprache verschlagen. »Herr Mahler, sind Sie sich darüber im Klaren, was sie da gerade gesagt haben?«

»Natürlich. Ich als Anwalt habe mich aktiv an einer Straftat beteiligt. Ich habe einem Tatverdächtigen, möglicherweise sogar einem Mörder, zur Flucht verholfen. Sie werden meine Cessna untersuchen und DNA-Spuren entdecken. Es wird zum Prozess kommen und die Kammer wird meine Zulassung als Anwalt zurückziehen, zu Recht. Ich habe meine Existenz aufs Spiel gesetzt und verloren, das brauchen Sie mir bestimmt nicht zu sagen.«

Das hatte Rennrodt auch nicht vor. »Herr Mahler, darf ich um die Schlüssel bitten?«

»Selbstverständlich.« Mahler öffnete eine der Schubladen seines riesigen Schreibtisches und holte zwei Schlüssel hervor. »Der hier ist für die Cessna. Den anderen brauchen Sie, um in den Hangar zu gelangen. Aber da wird um diese Zeit jemand auf dem Flugplatz sein. Auf Ihre Diskretion darf ich vermutlich nicht hoffen.«

Darauf ging Rennrodt gar nicht erst ein. »Ich weise nur der Form halber darauf hin, dass Sie die Stadt nicht verlassen dürfen. Als Anwalt werden Sie das ja wissen.«

Während Till Weiland die Cessna auf den Kopf stellte, sorgte Inga Thimm dafür, dass alle hellblauen Mercedes der Baureihen W 114 und W 115, gemeinhin Strich acht genannt, mit Braker Kennzeichen überprüft wurden. Die Aufgabe erwies sich als überschaubar, weil die letzten Modelle aus dem Jahr 1976 stammten, also inzwischen fünfunddreißig Jahre alt waren und damit zu den Oldtimern zählten. Vier hellblaue Wagen wurden überprüft. Keiner gehörte einer blonden, vollbusigen Dame, die aussah, als würde sie ihr Geld im Rotlichtmilieu verdienen, und alle Besitzer konnten nachweisen, wo ihr Auto am Montagmorgen zwischen acht und zehn Uhr gestanden hatte bzw. gefahren war. Mahler hatte gelogen.

Noch nie war Gerrit Rennrodt aufgefallen, wie komfortabel sein Arbeitsplatz in Wilhelmshaven eingerichtet war. Abgesehen von seinem Büro, das er mit niemandem teilen musste, gab es einen separaten Besprechungsraum, in dem er sich mit seinen Mitarbeitern treffen konnte, und eine Maschine, die fantastischen Kaffee kochte. Und nicht zu vergessen Wiebke Frieling, die Sekretärin, die ihn besorgt anschaute. »Herr Rennrodt, Sie sehen aber gar nicht wohl aus. Haben Sie sich erkältet? Soll ich Ihnen einen heißen Tee bringen und zwei Aspirin?«

»Vielen Dank. Das wäre nett.« Das wissende Grinsen der

Kollegen übersah er der Einfachheit halber. »Mahler hat uns also Bullshit erzählt. Es gibt keinen hellblauen Strich acht mit Braker Kennzeichen, der Montagmorgen in Harlesiel war. DNA-Spuren hat Till in dem Flugzeug gefunden, der Vergleich steht natürlich noch aus.«

»Zwei Möglichkeiten.« Inga Thimm lehnte mit verkreuzten Armen an der Wand. »Die Kennzeichen waren falsch. Wer weiß, in welchen Kreisen Behrens untergekommen ist. Der hat ja ziemlich clever agiert, hat zum Beispiel daran gedacht, seine Tochter von Kuhlmanns Handy aus anzurufen. Warum soll er nicht an falsche Kennzeichen gedacht haben?«

»Möglich.« Rennrodt schielte auf seine Uhr, er sehnte sich danach, Feierabend zu machen. »Der Typ ist gerissen.«

»Die zweite Möglichkeit ist, dass Mahler wirklich gelogen hat«, fuhr Inga Thimm fort. »Vielleicht lebt Behrens gar nicht mehr, weil er ihn wie auch immer aus dem Weg geräumt hat.«

»Wir sollten seinen Wagen spurentechnisch untersuchen. Vor allem den Kofferraum.« Rennrodt machte sich eine Notiz. Dann sagte er nachdenklich. »Das könnte bedeuten, dass Mahler einer unserer Täter ist, vielleicht der mit dem teuren Wollmantel.«

»Er hat Geld und Geschmack«, fand Inga Thimm. »Warum sollte er nicht Burberry tragen? Es gibt übrigens noch eine dritte Möglichkeit: Adrian Mahler hat mit dem Flugzeug eine Leiche transportiert. Wer kann bezeugen, dass Behrens die Insel lebend verlassen hat? Nur Hauke Kuhlmann und Adrian Mahler.«

»Dann hätten sie den toten Behrens von Kuhlmanns Wohnung zum Flughafen bringen müssen.« Trotz seiner rasenden Kopfschmerzen bemühte Rennrodt sich, diesen Gedanken zu verfolgen. »Kann man anhand der DNA feststellen, ob die Person noch gelebt hat? Ich glaube nicht. Aber wie transportiert man eine Leiche?«

»Im Kofferraum«, sagte Inga Thimm und es klang ein bisschen verwundert. Aber dann verstand sie den Grund für Rennrodts scheinbar unsinnige Frage. »Okay, auf Wangerooge natürlich nicht. Da hätten sie ihn tragen müssen oder in eine Schubkarre legen.«

»Klingt nicht sehr wahrscheinlich. Von der Friesenstraße bis zum Flughafen ist es ein ganzes Stück. Jedenfalls wenn man mit einer Leiche unterwegs ist. Das wäre ziemlich gefährlich.«

Inga Thimm nickte. »Und noch etwas fällt mir ein, das für Mahler als Täter spricht. Fenna Hansen wurde in der Nacht von Freitag auf Samstag erschossen. Die Schießerei am Friedhof war Sonntagnacht. Und Björn Lindberg wurde Samstagnacht erschossen. Herr Mahler verbringt nur die Wochenenden auf der Insel. Er kommt freitags und fliegt montags zurück.«

»Aber Marit Hansen wurde an einem Mittwoch angeschossen. Und dort haben wir die Wollfasern gefunden. Das passt nicht.«

Die Tür öffnete sich und Wiebke Frieling schwebte beinahe lautlos herein, um Rennrodt einen Becher mit Kräutertee und zwei Aspirin zu bringen. »Hier, Herr Rennrodt. In diesem Zustand gehören Sie eigentlich ins Bett.«

»Vielen Dank. Ich werde mich übers Wochenende auskurieren, versprochen.«

Kaum, dass die Tür wieder geschlossen war, grinste Inga Thimm vielsagend.

»Ist was?«, fragte er unfreundlich. »Ich denke, wir konzentrieren uns auf den Fall, damit wir Feierabend machen können. Also, Mahler hatte einen Grund, Lindberg zu erschießen. Die Fotos mit der heißen Blondine. Vielleicht wollte Lindberg ihn *doch* erpressen.«

Inga Thimm, die immer noch wissend grinste, setzte sich auf einen Stuhl. »Richtig. Aber ein Motiv, Behrens aus dem Weg zu räumen, hatte Mahler auch. Behrens war das Skelett in seinem Kleiderschrank, das jederzeit rausfallen konnte. In Anbetracht dessen, dass Johann Behrens ganz unerwartet wieder aufgetaucht ist, konnte er sich nicht mehr darauf verlassen, dass Behrens auch in Zukunft fort blieb. Es sei denn ...«

»Es sei denn, er sorgt selbst dafür, dass er nicht wiederkommen kann.« Rennrodt gähnte und hielt sich sofort die Hand vor den Mund. »'tschuldigung.«

»Fenna und Marit Hansen wurden mit Neun-Millimeter-Munition erschossen bzw. angeschossen, bei Lindberg war es die Walther PPK 7,65 Millimeter und bei Behrens wissen wir es nicht. Auf jeden Fall kann Mahler nur eine von beiden Waffen gehören.«

Vorsichtig probierte Rennrodt ein Paar Schlucke von dem Tee, der viel zu heiß war und derart ekelhaft schmeckte, dass sich seine Mundschleimhaut zusammenzog. Mit angewiderter Miene schob er den Becher beiseite. »Darf ich dich daran erinnern, dass wir Lothar Kuhlmann verhaftet haben, weil sich in seinem Besitz die Waffe befand, mit der Lindberg erschossen wurde? Also muss Mahler die andere Waffe gehören. Dann wäre er der Mörder von Fenna Hansen. Und er hätte Marit Hansen angeschossen.« Seufzend lehnte er sich zurück. »Da fällt mir ein, dass sein Sohn ihr Erbe ist. Kann es doch um Geld gehen? Am besten rede ich noch mal mit Mahler. Falls er inzwischen nicht schon auf der Insel ist. Wir haben ja Freitag.« Er schaute auf seine Uhr und griff nach dem Telefon. »Kripo Wilhelmshaven, Hauptkommissar Rennrodt, ich möchte Herrn Mahler sprechen. Hallo? Ja, es sind noch ein paar Ungereimtheiten aufgetaucht. In einer halben Stunde? Nein, die Cessna wird noch untersucht, keine Ahnung, vielleicht Mitte nächster Woche? Ja, bis gleich.« Er legte auf und grinste. »Das hab ich ganz vergessen, Herr Mahler hat ja gar kein Flugzeug mehr, mit dem er nach Wangerooge fliegen kann.« Er stand auf, goss den Tee in eine der Topfblumen, was Inga Thimm ein empörtes »Mörder!« entlockte, und streckte sich. »Ich fahr noch kurz bei Mahler vorbei, dann beginnt unser verdientes freies Wochenende. Wir sehen uns am Montagmorgen. In alter Frische.«

»Soll ich das nicht für dich übernehmen?«, fragte Inga Thimm. »Du siehst wirklich nicht gut aus, Gerrit.«

Er schüttelte heldenmütig den Kopf.

»Um es kurz zu machen, Herr Mahler, es gibt keinen hellblauen Strich acht mit Braker Kennzeichen, der zur angegebenen Zeit am Flughafen Harlesiel war. Wir haben das überprüft.«

Mahler, der seine Überlegenheit längst verloren hatte, riss erschrocken die Augen auf. »Aber das habe ich nicht erfunden, ich schwöre. Die Frau hat am Wagen gewartet, er ist hingehumpelt, sie hat ihm die Tür geöffnet, er ist eingestiegen und weg sind sie. Braker Kennzeichen, BRA, mehr konnte ich so schnell nicht erkennen. Falsche Kennzeichen?«

»Nicht sehr wahrscheinlich«, schmetterte Rennrodt die aufkommende Hoffnung nieder. »Besitzen oder besaßen Sie einen dunkelgrauen Wollmantel, vielleicht von Burberry oder einem anderen englischen Hersteller? Wir suchen ein älteres Modell.«

»Da muss ich erst überlegen. Ich habe einen alten Burberrymantel. Hellgrau. Den trage ich aber nur noch auf der Insel. Er hängt dort im Flur.«

»Das werden wir überprüfen. Besitzen Sie auch einen dunkelgrauen Mantel?«

»Ja. Einen Trenchcoat, gefüttert, hängt in meiner Wilhelmshavener Wohnung. Kein Wollstoff.«

»Wo waren Sie am Mittwoch, dem zweiten Februar, morgens um halb acht?«

Mahler wusste sofort, was diese Frage zu bedeuten hatte. »Da wurde Marit angeschossen, nicht wahr? Sie verdächtigen mich ernsthaft, dass ich Marit umbringen wollte, die beste Freundin meiner Frau?« Er schien geschockt zu sein. »Warum denn, um Himmels willen?«

»Das spielt zunächst keine Rolle. Wo also waren Sie und gibt es Zeugen?«

»Ich war hier, auf dem Festland, in meiner Wohnung. Als meine Frau mich anrief, befand ich mich gerade auf dem Weg ins Büro. Wir fangen um halb neun an.« Er stand auf und öffnete die Tür. »Frau Haller, könnten Sie mal den Terminkalender vom zweiten Februar reinbringen?«

Als gute Sekretärin, das war Rennrodt sicher, wusste Frau

Haller längst, wie es um ihren Chef stand. Und so wie sie ins Zimmer rauschte, war sie wild entschlossen, seine Haut zu retten.

»Das war der Tag, an dem Sie eine Viertelstunde eher angefangen haben. Wegen Herrn Matthäus, der konnte nur so früh.« Ihr Zeigefinger mit dem rosa lackierten Nagel tippte auf den Eintrag in dem ledergebundenen Kalender. »Hier steht es: D. Matthäus, 8:15 Uhr. Sie waren, wie immer, zehn Minuten vor der Zeit hier, weil Sie die Papiere noch mal durchsehen wollten.« Sie haute Rennrodt ein kaltes Lächeln um die Ohren. »Das kann ich jederzeit bezeugen. Auch beeiden.«

Rennrodt rang sich ein halbwegs freundliches Nicken ab, das Frau Haller eigentlich verabschieden sollte, doch sie blieb mit kriegerisch verschränkten Armen direkt vor ihm stehen, beide Beine fest in den Boden gestemmt. Frau Haller verehrte ihren Chef, das war nicht zu übersehen, vielleicht war sie sogar in ihn verliebt. Garantiert brachte sie ihm auch Kräutertee und Aspirin, wenn er erkältet war. Und sie würde vor Gericht zu seinen Gunsten aussagen. Aber den Terminkalender hatte sie nicht gefälscht, da war Rennrodt sicher. Und niemand konnte um viertel nach sieben eine Frau auf Wangerooge anschießen, zu Fuß flüchten und fünfundvierzig Minuten später in Wilhelmshaven am Schreibtisch sitzen.

»Vielen Dank, Sie haben uns sehr geholfen«, sagte er und damit war Frau Haller wirklich entlassen. Dann drehte er sich zu Adrian Mahler, der erleichtert lächelte. »Und was ist mit Samstag, dem 29. Januar, die Zeit von zweiundzwanzig bis, sagen wir mal, ein Uhr morgens? Wo waren Sie da?«

»Jetzt reden wir von dem Mord an Björn Lindberg, oder? Ich war mit Hauke im *Treibsand*. Es war das Wochenende, an dem ich Behrens aufs Festland mitnehmen sollte. Sonntagabend hatten wir meine Schwiegereltern zum Essen eingeladen, also konnte ich Hauke nur samstags treffen. Ich bin um kurz vor zehn los, da geht meine Frau ins Bett. Hauke und ich haben ’ne Weile gequatscht, ich hab ihm den Schlüssel für die Cessna gegeben, damit er Sonntagnacht

Behrens hinbringen konnte. Keine Ahnung, wann ich zurück war. Spät jedenfalls, zwölf oder eins.« Er richtete sich auf und drückte den Rücken gerade. »Ich habe Björn Lindberg nicht erschossen. Ihn nicht und auch sonst keinen Menschen. Ich bin kein Mörder, Herr Rennrodt. Ein Lügner vielleicht, auch ein Karrierist, wie manche Menschen mir vorwerfen, und ja, ich hab meine Frau im letzten Sommer betrogen, als sie nach einer Fehlgeburt in der Klinik lag. Das war schweinisch und ich schäme mich dafür. Aber ich bringe keine Menschen um.« Er betrachtete die Stifte auf seinem Schreibtisch, die sorgfältig nach Größe sortiert neben einem ledergebundenen Notizbuch lagen. »Ist es möglich, dass ich auf die Insel fliege? Um sechzehn Uhr wäre noch ein Platz in einer Maschine frei. Ich würde gern selbst mit meiner Frau reden, bevor sie es von anderen erfährt.«

Rennrodt überlegte kurz, dann willigte er ein. »Okay.«

Er beschloss, heimzufahren, seine Lieblings-CD von Pat Metheny zu hören, eine Flasche richtig guten Médoc zu trinken, vielleicht auch zwei, und danach zu schlafen.

Inga Thimm freute sich auf ihre Wohnung, auf ihre geliebte Badewanne, sogar auf ihr Auto, den zehn Jahre alten Renault, der sich im Winter wie eine Diva benahm, mal ansprang, dann wieder nicht. Am meisten freute sie sich natürlich auf die Zwillinge.

»Mama«, strahlte Mia, die Leggins trug und einen Schlauch aus schwarzem Strick, der wohl ein Rock sein sollte. Dazu ihre geliebten Doc Martens.

»Ist das nicht viel zu kalt bei diesem Wetter?« Die Mutter in ihr konnte einfach nicht den Mund halten, dabei hatte sie selbst als Sechzehnjährige auch dem Modediktat gehorcht und Sommerfähnchen bei Minusgraden getragen und nein, selbstverständlich hatte auch sie niemals gefroren.

»Nerv doch nicht gleich wieder«, maulte Mia. »Und krieg keinen Schlag, wenn du die Küche siehst. Wir wussten ja nicht, dass du kommst.«

Die Küche sah tatsächlich schockierend aus, auf dem Tisch standen sämtliche Becher, die zum Haushalt gehörten, schmutzig natürlich. In der Spüle stapelten sich benutzte Teller, das Besteck lag im Becken, der Herd war verkrustet, der Fußboden klebte. Kaum zu glauben, dass dieser Raum kürzlich noch eine normale, einigermaßen gepflegte Küche gewesen war.

Mit geschlossenen Augen zählte Inga Thimm bis zehn, das reichte aber nicht und sie zählte weiter bis fünfundzwanzig, dann lächelte sie ihre Tochter an. »Weißt du, Mia, ich bin hundemüde. Ich lege mich ein bisschen hin und wenn ich aufstehe, habt ihr die Küche fertig. Wo ist überhaupt Moritz?«

»Bei seiner Leonie. Ich rufe ihn an. Der glaubt ja wohl nicht, dass ich das allein mache. Okay, du ruhst dich ein bisschen aus und wir machen Klarschiff. Bis später.«

Natürlich konnte Inga Thimm nicht schlafen. Sie hörte Mia ins Telefon fluchen: »Spinnst du, du kommst her, aber dalli, sonst petze ich alles. Du und deine tollen Spontanfeten!«

Fünfzehn Minuten später flog die Wohnungstür auf, Moritz' wütende Stimme war zu hören, die beiden zankten sich, dann klapperte das Geschirr. Irgendwas ging zu Bruch, hoffentlich nichts, an dem ihr Herz hing, aber sie blieb tapfer im Bett liegen. Aus pädagogischen Gründen und auch, weil sie wirklich müde war oder wenigstens erschöpft. Und dann schlief sie sogar ein.

Als Inga Thimm erwachte, war es still, oder fast still in der Wohnung. Sie stand auf und tapste vorsichtig über den Flur. Die Türen beider Kinderzimmer waren geschlossen, hinter den Türen hörte sie leise Musik.

Die Küche konnte man wieder als solche erkennen. Kein Geschirr außerhalb der Schränke, die Spülmaschine lief, irgendeiner hatte sich erbarmt und den Boden gewischt, Mia vermutlich. Wunderbar. Inga Thimm kochte sich einen Becher Tee und setzte sich an den Küchentisch, ihren Lieblingsplatz in der Wohnung. Sie schlug die Zeitung auf. Viel stand nicht drin, aber als sie auf der letzten Seite ankam, der Seite mit den Todesanzeigen, kam ihr plötzlich eine

Idee. Schade, dass Freitagabend war, da konnte sie nichts mehr unternehmen, aber am Montag würde sie direkt nach Bremen fahren.

Mia und Moritz wünschten sich, dass ihre Mutter etwas Schönes kochte. Am liebsten Rouladen nach Omas Rezept. Moritz erklärte sich bereit, alle Zutaten einzukaufen und Mia putzte unterdessen das Bad. Vielleicht sollte sie nur noch alle vier Wochen nach Hause kommen. So einen harmonischen Abend hatte es lange nicht gegeben.

Montag, 14. Februar 2011

Marits Genesung machte erfreuliche Fortschritte, sie schlief noch sehr viel, aber die Wachphasen wurden immer länger. Zweimal war sie mit seiner Hilfe schon aufgestanden und langsam zum Fenster gelaufen. Aber sie wirkte noch so schwach, als könnte der leiseste Windhauch sie umpusten.

»Manchmal kommt mir alles so unwirklich vor, als ob wir hier in einem Raumschiff leben, völlig abgetrennt vom Rest der Welt. Was wird sein, wenn das Raumschiff landet? Bleiben wir dieselben, die wir hier sind?«

»Natürlich«, sagte Schneyder und legte viel Nachdruck in das eine Wort. Glaubte Marit wirklich, dass ihre Liebe in der wirklichen Welt keinen Bestand haben würde, so wie damals, als der Tod ihres Vaters sie in zwei verschiedene Galaxien katapultiert hatte, Lichtjahre voneinander entfernt? Er selbst, und das war eigentlich seltsam, hatte überhaupt keine Zweifel. »Diesmal ist es für immer, versprochen.«

»Jetzt wäre ich gern zu Hause. Und gesund.« Sie seufzte und schloss die Augen. »Auch wenn es kindisch ist, ich hab Heimweh.«

»So ist das eben. Meerjungfrauen gehören ans Wasser.«

»Du, ich muss dir was erzählen. Du musst mich in den Arm nehmen und du darfst mich nicht dabei ansehen. Sonst kann ich es nicht aussprechen.«

Gehorsam setzte er sich hinter sie auf das Bett (was die Krankenschwestern gar nicht gern sahen), schloss die Arme um ihren Oberkörper und legte sein Kinn auf ihre Schulter. »Okay, ich höre …«

»Als ich im Koma lag, habe ich etwas geträumt, immer wieder. Aber es ist eigentlich gar kein Traum, weil es wirklich passiert ist. Ich hab nur nicht mehr daran gedacht, ich wollte nicht mehr daran denken.« Sie fuhr mit den Fingerspitzen über seinen Unterarm. »Als ich damals mit meinem Vater nach Sevilla geflogen bin, zu dem Konzert der Scorpions.« Mit einem tiefen Seufzer schloss sie die Augen. »Auf dem Rückflug bin ich eingeschlafen. Als ich wieder aufgewacht bin, hatte er sich über mich gebeugt. Und er hat mich so seltsam angeschaut. So, wie ein Vater seine Tochter nicht ansehen sollte, du weißt schon.«

»Hat er dich etwa angefasst?«

»Nein. Hat er nicht. Er hat nur gesagt, diese Reise wäre erst der Anfang. Und wenn ich erwachsen wäre, würden wir zusammen die ganze Welt sehen. Und da war so ein fremder Unterton in seiner Stimme. Ich hab mich unglaublich erschrocken, das hat er gemerkt und binnen Sekunden war er wieder wie immer. Später hab ich immer gedacht, dass ich mir das nur eingebildet habe. Es *sollte* einfach nicht wahr sein, verstehst du?« Sie drehte den Kopf und schaute ihn an. »Ich hab mich sogar geschämt für meine Gedanken, dass ich meinem Vater so etwas zutraue. Aber heute kapiere ich, was da passiert ist.« Sie nahm seine Hand und presste sie gegen ihr Gesicht. »Das hab ich noch keinem Menschen erzählt. Es ist so ekelhaft.«

»Dieses widerliche Schwein. Zu mir hat er damals auf dem Boot gesagt, dass ich die Finger von dir lassen soll, ich würde dich nur unglücklich machen.«

Die Frau beim *Weserkurier* war sichtlich genervt. »Sie waren doch letzte Woche schon hier und haben alles angeschaut.«

Hier half nur unerschütterliche Freundlichkeit, am besten gepaart mit einem Schuss Frauensolidarität. »Alles nicht.

Mir ist da am Wochenende eine Idee gekommen. Meine weibliche Intuition sagt mir, dass ich das Gesuchte in den Sterbeanzeigen finden kann. Meine männlichen Kollegen erklären mich natürlich für verrückt.«

Man einigte sich darauf, dass es den Männern leider viel zu oft an Fantasie fehlte, dann suchte die junge Frau die Mikrofilme erneut raus.

»Wir brauchen nicht den ganzen Jahrgang, nur die Zeitungen nach dem Schiffsunglück. Zwei, maximal drei Monate.«

»Na dann viel Spaß. Soll ich Ihnen einen Kaffee bringen?« Schau an, die alte Kiste mit der Frauensolidarität funktionierte immer noch.

Sechs Wochen und drei Tage nach dem Untergang der *Geesche* wurde Inga Thimm fündig. Die Städtischen Kliniken Bremen-Nord, und ganz besonders die HNO-Abteilung, bedauerten den Verlust einer engagierten Kollegin. Interessant war auch die zweite Anzeige. *Warum?* stand in großen Lettern darüber. Und den Namen des Mannes, der Maria nie vergessen wollte, kannte Inga Thimm bereits.

Tanja Meinhard arbeitete noch nicht lange an der Pforte des Nordwest-Krankenhauses Sanderbusch und das, was sie hier zu tun hatte, war auch ganz bestimmt nicht ihr Traumjob. Die Leute waren ungeduldig, wenn man nicht sofort reagierte, und oft genug ließen sie ihren Frust über die Krankenkassen, die Ärzte, die Schwestern auf der Station bei Frau Meinhard ab. Noch schlimmer fand sie die alten Kerle in Trainingsanzügen und billigen Sportschuhen, die ihre Tage in der Klinik damit verbrachten, vor dem Eingang rumzustehen und zu rauchen, egal was die Stationsärzte davon hielten. Sie kommentierten das Geschehen im Eingangsbereich und machten Tanja Meinhard plump an. Unfassbar, aber einige aus dem Rentnertrupp hielten sich für unwiderstehlich. Da könnte sie glatt kotzen. Natürlich durfte sie sich nichts anmerken lassen, musste immer freundlich bleiben.

Vor dem Tresen hatte sich eine Schlange gebildet, eine tüdelige alte Dame wollte wissen, wo Frau Meyer lag, den

Vornamen wusste sie nicht, Frau Meyer eben, sagte sie beleidigt.

»Tut mir leid, aber wir haben vier Frauen im Haus, die mit Nachnamen Meyer heißen. Wird Meyer mit ei oder ey, ai oder ay geschrieben?«

»Woher soll ich das wissen?«, fragte die Frau empört.

Hinter ihr meckerte ein Mann in mittleren Jahren: »Das kann ja noch ewig dauern. Fräulein, ich hab nur eine Frage. Kann ich meinem Sohn einen eigenen Fernsehapparat aufs Zimmer bringen?«

»Wir haben eine zentrale Anlage im Haus. Das wird man Ihnen gern auf der Station erklären.«

»Außerdem bin ich jetzt dran. Jetzt gucken Sie doch mal, wo Frau Meyer liegt, junge Frau.« Ungeduldig pochte die Frau mit ihrem Stockschirm auf den Boden.

»Das kann ich leider nicht, wenn Sie den Vornamen nicht wissen. Wie ist es mit dem Geburtsjahr?«

»Sie ist in meinem Alter, würde ich sagen. Vielleicht 1935?«

»Dann ist es vielleicht Eva Maier auf Station 7, Zimmer 11, die ist 1937 geboren. Da vorn ist der Fahrstuhl.« Irgendwie gelang Tanja Meinhard noch ein halbwegs freundliches Lächeln.

»Ich möchte zu Marit Hansen.«

Marit Hansen, irgendwas war da. Aber es wollte ihr partout nicht einfallen. Jetzt kam die alte Schreckschraube schon wieder zurück. »Wie weit muss ich denn mit dem Aufzug fahren, junge Frau? Das haben Sie mir gar nicht gesagt.«

»Nun drängeln Sie sich doch nicht vor, wir müssen alle warten, bis wir dran sind«, schimpfte eine hagere Blondine, die den Arm in einer Schlinge trug. »Typisch Rentner, die haben nie Zeit.«

»Marit Hansen liegt nicht mehr hier. Sie wurde nach Köln verlegt, in die Medizinische Hochschule«, sagte Tanja Meinhard. »Und Sie müssen in den ersten Stock.«

Der Mann mit dem Fernseher gab nicht auf. »Warum soll er sich nach den anderen im Zimmer richten? Er will Fußball gucken, über Kopfhörer. Das muss doch möglich sein.«

»Besprechen Sie das bitte mit der Station. Wer ist der Nächste?«

Als Herr Tobiasson gegen sechzehn Uhr kam, um sie abzulösen, wäre Tanja Meinhard ihm aus Dankbarkeit beinahe um den Hals gefallen. Auf seine Frage, wie es war, sagte sie: »Grauenvoll. Ich glaube, ich komme morgen nicht wieder.«

Er lachte. »Daran gewöhnt man sich. Die Leute sind manchmal anstrengend. Aber ich sag mir immer, da rein – da raus.« Er zeigt auf seine Ohren. Plötzlich fiel sein Blick auf den Monitor. »Wo ist denn der Zettel?«

»Welcher Zettel?«

»Na der, wo draufsteht …« Er bückte sich und hob einen quadratisches Stück Papier auf, das, warum auch immer, unter dem Tisch lag. MARIT HANSEN: KEINE AUSKUNFT GEBEN stand mit Rot darauf.

»Scheiße«, murmelte sie. »Jetzt weiß ich, woher mir der Name bekannt vorgekommen ist. Da hat jemand nach ihr gefragt und ich hab im PC nachgesehen und Auskunft gegeben.

»Sie haben was?«, bellte Herr Tobiasson, der jetzt gar nicht mehr nett klang.

»Ich hab gesagt, dass sie jetzt in Köln liegt, in der Medizinischen Hochschule. Der Zettel war nicht da und hier war so viel los. Was jetzt?«

»Jetzt rufen wir die Polizei an. Moment, hier liegt doch irgendwo die Karte von dem Kommissar.« Er brauchte nicht länger als eine Minute, um die Visitenkarte zu finden.

»Hallo? Hier ist Ferdinand Tobiasson, Nordwest-Krankenhaus Sanderbusch. Hier ist ein bedauerlicher Fehler passiert. Eine Mitarbeiterin hat verraten, dass diese Marit Hansen in Köln liegt. Wer gefragt hat? Moment, ich gebe den Hörer mal weiter.«

Es war nicht so einfach, nach all den Jahren noch Leute im Klinikum zu finden, die sich erinnerten. Nach langem Hin und Her stieß Inga Thimm schließlich auf Schwester Annegret, die damals in der Ausbildung gewesen war, inzwischen die Gynäkologische Station leitete und die sich an »die Maria« erinnern konnte.

»Das war eine richtige Tragödie, wir waren ganz fertig auf Station. Sie hat sich nämlich umgebracht. Mit irgendwelchen Medikamenten, die sie auf Station geklaut ...« Sie räusperte sich verlegen. »Die hat sie wohl in ihrer Verzweiflung mitgehen lassen. Lauter so Medikamente, die in den Giftschrank gehörten und plötzlich verschwunden waren. Oh je, da war was los bei uns.«

»Warum hat Schwester Maria sich das Leben genommen, wissen Sie das vielleicht noch?«

Schwester Annegret nickte, geradezu begeistert, offenbar konnte sie es kaum erwarten, die ganze Geschichte zu erzählen. »Sie hatte einen Freund, einen Seemann, den Namen hab ich vergessen. Blond war er jedenfalls, daran erinnere ich mich, und er sah sehr gut aus. Manchmal hat er sie vom Dienst abgeholt. Der hatte aber so was im Blick, und ich hab gleich gedacht, na, Maria, den hast du nicht für dich allein. Jedenfalls ist er kurze Zeit später umgekommen, ertrunken bei diesem Schiffsunglück mit der *Geesche*. Das stand ja damals groß in allen Zeitungen. Und da hat sie sich umgebracht, wollte nicht ohne ihn weiterleben. Hinterher hat man gehört, dass sie schwanger war. Aber das will ich nicht beschwören, kann auch ein Gerücht sein. Eltern hatte sie nicht mehr, aber einen Bruder, einen Zwillingsbruder, der ist bei der Beerdigung schier ausgerastet, hat sich auf den Boden geschmissen, geheult und rumgebrüllt, so was hab ich noch nicht gesehen. Ich glaube, der ist hinterher in die Psychiatrie gekommen.«

Als Inga Thimm den Namen nannte, nickte sie. »Jetzt, wo Sie es sagen. Das war sein Name.«

Im Anschluss fuhr Inga Thimm direkt weiter zum Einwohnermeldeamt. Unterwegs rief sie Rennrodt an. Sie gab einen kurzen Bericht. »Kannst du überprüfen, ob er in der fraglichen Zeit auf der Insel war bzw. die Insel verlassen hat?«

»Mach ich«, versprach Rennrodt. Und dann sagte er: »Super, Inga. Ich melde mich so bald wie möglich.«

Mit Unterstützung der Bremer Kollegen war Inga Thimm nach Bremen-Lesum gefahren, wo Marias Zwillingsbruder eine kleine Mansardenwohnung in einem Mehrfamilienhaus bewohnte. Rennrodt hatte telefonisch bestätigt, dass der Mann die Insel zwei Tage nach dem Mordversuch auf Marit Hansen verlassen hatte. »Pass auf dich auf, Inga, der Typ ist ein Mörder. Du gehst da nicht ohne schusssichere Weste rein. Das ist ja wohl klar.«

Marias Zwillingsbruder öffnete nicht und die Bremer Kollegen brachen die Tür auf. Er war nicht zu Hause. Auf dem Bett stand eine halb ausgepackte Tasche mit schmutziger Wäsche. Vielleicht die Sachen, die er von Wangerooge mitgebracht hatte.

In seiner Wohnung gab es keine Wand, an der nicht wenigstens ein Bild seiner Zwillingsschwester hing. Sogar die Todesanzeige stand eingerahmt auf einem Schrank, direkt neben einem Gesteck aus künstlichen Rosen. Maria war ein wunderschönes Mädchen gewesen, eine blonde Elfe mit taillenlangem Haar und einem geheimnisvollen Lächeln. Vom Typ her erinnerte sie stark an Marit Hansen, auch wenn die insgesamt etwas handfester wirkte.

»Hallo, Maria«, sagte Inga Thimm leise. »Haben wir dich doch noch gefunden.« Nachdem sie sich umgesehen und keinen Hinweis entdeckt hatte, wo der Gesuchte sich aufhalten könnte, rief sie Rennrodt an. »Der Vogel ist ausgeflogen.«

»Hoffentlich nicht Richtung Köln.« Rennrodt berichtete von seinem Anruf aus Sanderbusch. »Die Kollegen aus Köln sind schon unterwegs zur Uniklinik. Außerdem habe ich ihn zur Fahndung ausschreiben lassen.«

Sie lebte also noch. Und sie lag im Klinikum der Medizinischen Hochschule Köln. Das sprach dafür, dass es ihr nicht gut ging. Aber davon musste er sich mit eigenen Augen überzeugen. Er war kein Mediziner und wusste nicht, welcher Art die Komplikationen sein konnten, die eine Verlegung von Sanderbusch nach Köln nötig machten. Aber er wusste, dass man in ihrem Alter nicht so leicht starb.

Zuerst tankte er den Wagen voll, dann hielt er vor einem Blumenladen und ließ einen riesigen Frühlingsstrauß binden, bunt und optimistisch, und machte sich auf den Weg. Drei Stunden würde er sicher brauchen. Hoffentlich saß kein Polizist vor der Tür. In seinem Plan kam kein Polizist vor. Aber sollte es so sein, würde er sich zu helfen wissen.

In seiner Jackentasche steckte die Pistole. Irgendwie würde er in das Zimmer gelangen.

Marit befand sich auf dem Weg zum Dienstzimmer, zum ersten Mal wagte sie den Weg ganz allein. Eher zufällig fiel ihr Blick auf den Mann, der vor Schwester Cora stand, die gerade die Medikamente austeilte. »Entschuldigung, ich suche das Zimmer von Marit Hansen.«

Sie erkannte ihn sofort. Er trug einen riesigen Blumenstrauß in der Hand. Vielleicht hielt er darin die Waffe versteckt. Er würde die Tür aufreißen, losballern und diesmal nicht sein Ziel verfehlen. Aber sie lag ja nicht in ihrem Bett und wenn er sie nicht bemerkte, konnte sie vielleicht entkommen. Mit zitternden Händen öffnete sie die nächstbeste Tür und schlüpfte in den Raum. Trotz ihrer Panik gelang es ihr, die Tür lautlos zu schließen. In dem Raum herrschte absolute Dunkelheit, vermutlich war sie in einer Art Besenkammer gelandet, es roch nach feuchten Wischtüchern und scharfen Putzmitteln und es gab kein Fenster. Der beißende Geruch kratzte in ihrem Hals und sie fragte sich, wie lange sie es hier aushalten konnte, ohne zu niesen, wie lange sie überhaupt stehen konnte, jetzt schon fühlte sie sich schwach und schwindelig.

»Frau Hansen liegt in Zimmer 324«, sagte Schwester Cora freundlich.

»Danke.«

Die Schritte gingen an der Tür vorbei, hinter der Marit mit angehaltenem Atem wartete. Eine andere Tür wurde geöffnet, ganz in der Nähe, es musste die Tür zu ihrem Zimmer sein.

»Sie ist nicht da.« Er hörte sich nicht mehr freundlich an, eher ungeduldig.

»Vielleicht benutzt sie gerade das Bad? Oder sie ist mit Herrn Schneyder unterwegs. Sie können ja warten.«

Eine Tür wurde geöffnet und wieder geschlossen, Schritte entfernten sich.

Vielleicht war er wieder fort. Vielleicht. Vielleicht stand er auch auf dem Flur und wartete mit seiner Waffe, verborgen in einem Strauß aus bunten Frühlingsblumen. Marit beschloss, auf gar keinen Fall ihr Versteck zu verlassen.

Heute früh hatte er seine Mutter besucht. Sie hatten ziemlich lange geredet. »Papa hat mir verboten zu fragen, wie es dir geht. Ob du einen Termin bei Dr. Kretschmar brauchst«, hatte sie gesagt. »Aber ich merke schon, du brauchst wirklich keine Hilfe. Auf einmal erinnerst du mich unheimlich an deinen Vater.«

Anschließend waren sie gemeinsam in die Klinik gefahren. Eva Schneyder hatte in den fast leeren Nachtschrank geschaut und erklärt, dass sie erst einmal das Nötigste einkaufen würde. »Unterwäsche, Nachtwäsche, Hausschuhe und was sonst noch fehlt. Du musst doch was anziehen, wenn du wieder aufstehen darfst, Marit. Und deine schmutzige Wäsche nehme ich mit.« Dann hatte sie plötzlich ihre Meinung geändert. »Ach was, Christoph wird für dich einkaufen. Er weiß doch viel eher, was dir gefällt.« Ihr Blick war ernst geworden, auch ein bisschen traurig, als sie ihm die Liste in die Hand gedrückt hatte. »Gib dir Mühe und such was Schönes aus, etwas, das Marit Freude macht. Nicht so wie dein Vater, der immer seine Sekretärin fragt, was mir gefallen könnte.« Dann hatte sie Marit angelächelt und gesagt: »Bis morgen.«

Als sie fort war, hatte Marit leise gesagt: »Hey, das klang ja ganz schön traurig.«

Er hatte genickt und seine Hand in ihren weichen Nacken gelegt. »Wir beide kriegen das besser hin. Versprochen.«

Einkaufen gehörte nicht gerade zu den Dingen, die Schneyder besonderes Vergnügen bereiteten, aber er besorgte alles, was Marit nach Meinung seiner Mutter brauchte. Vielleicht waren die Unterwäsche und eins der beiden Nachthemden ein bisschen zu gewagt, aber sie würde ja nicht mehr lange in der Klinik bleiben. Beim Rausgehen entdeckte er noch eine Schaufensterpuppe in einem blau gemusterten kurzen Kleid und blauen Leggins. Er kehrte noch mal um und kaufte beides in Marits Größe, dazu noch das Tuch, das die Puppe so lässig um ihren Hals geschlungen hatte. Danach zog es ihn zurück in die Klinik. Wie immer dauerte es ewig, eine Lücke auf dem Besucherparkplatz des Klinikums zu finden. Er achtete gar nicht auf den Weg, als er plötzlich eine wohlbekannte Stimme hörte.

»Hab ich dir nicht gesagt, dass du die Pfoten von meiner Kleinen lassen sollst?«

Vor ihm stand Johann Behrens. Er hielt eine Waffe in der Hand. Schneyder schaute direkt in die Mündung und wusste, dass er verloren war.

Clemens Vogt wurde direkt vor seiner Wohnungstür in Bremen-Lesum verhaftet. Er war nicht unterwegs nach Köln, sondern hatte eingekauft, Brot und Aufschnitt und einen Sechserträger Becks. Als er vier Waffen auf sich gerichtet sah, wurde er blass, ließ die Einkaufstasche fallen und hob im Zeitlupentempo die Hände. In dem Handschuhfach seines Wagens fand man eine Walther P38 und 9mm-Munition.

Nach dem Anruf der Bremer Kollegen drehte Inga Thimm, die sich bereits auf dem Rückweg nach Wilhelmshaven befand, sofort um.

Die erste Vernehmung fand in der Polizeiinspektion statt. Inga Thimm stellte das Aufnahmegerät an, machte die üblichen Angaben, dann sagte sie freundlich: »Erzählen Sie mir von Maria.«

Vogts Mund, eben noch eine strenge, abweisende Linie, wurde ganz weich. »Maria war meine Zwillingsschwester. Wir beide waren unzertrennlich. Es gab keinen Tag, an dem wir uns nicht gesehen haben. Dann hat sie sich in Klaus Märker verliebt. Ich kann nicht sagen, dass ich ihn sonderlich mochte. Aber ich konnte Maria auch verstehen, er sah aus wie der männliche Held aus einem Abenteuerroman. Blond, stark, wild, was weiß ich. Sie als Frau werden das sicher verstehen.«

Ein vages Schulterzucken, fand Inga Thimm, war genau die richtige Reaktion.

»Als die Nachricht kam, dass er vor Afrika ertrunken ist, hat sie sich das Leben genommen. Vergiftet mit Tabletten.« Sein Blick verdunkelte sich. »Bis heute kann ich nicht begreifen, warum sie das getan hat. Sie hatte doch mich!« Verzweifelt schaute er auf. »Ohne Maria war ich nur noch ein halber Mensch. Ich wurde psychisch krank, konnte nicht mehr arbeiten. Zwillinge haben eine ganz besondere Verbindung, müssen Sie wissen.«

»Und dann haben Sie Klaus Märker auf Wangerooge gesehen.«

»Ja. Einundzwanzig Jahre später. Doch ehe ich mir klar darüber wurde, was ich tun sollte, war er schon an der Blauen Balje ertrunken. Zum zweiten Mal ertrunken. Ich wusste sofort, dass er nicht tot war, zumal die Leiche fehlte. Und vom ersten Tag an war ich überzeugt, dass wir uns wiedersehen würden. Siebzehn Jahre ist das her. Seit siebzehn Jahren hält mich der Gedanke an Rache am Leben. Ich habe an nichts anderes mehr gedacht, mich für nichts anderes mehr interessiert. Seit 1993 bin ich regelmäßig auf die Insel gefahren und habe auf ihn gewartet, mit einer Pistole.«

»Warum haben Sie Fenna Hansen erschossen? Sie hatte doch nichts mit Ihrer Schwester zu tun?«, wollte Inga Thimm wissen, die kaum glauben konnte, dass dieser schmächtige Mann mit den sanften Augen ein kaltblütiger Mörder sein sollte.

»Als ich Anfang Januar auf die Insel kam, erfuhr ich von meiner Freundin, dass Fenna Hansen nicht mehr lange zu leben hatte. Ein paar Wochen, vielleicht Monate. Da kam mir die Idee, sie zu erschießen, um Klaus Märker auf die Insel zu locken.« Clemens Vogt lächelte versonnen. »Ein kluger Schachzug, das müssen Sie zugeben.«

»Weshalb waren Sie so sicher, dass Behrens kommen würde?« Nach allem, was die Ermittlungen ergeben hatten, wäre Inga Thimm nie auf diese Idee gekommen.

»Vier Jahre nach Marias Beerdigung fing es an, dass jemand rote Rosen auf ihr Grab legte, dunkelrote Rosen, zwei- oder dreimal im Jahr. Kein Mensch außer mir hat sich um Marias Grab gekümmert. All die Jahre hab ich mich gefragt, wer ihr die Rosen bringt. Aber als ich Klaus Märker auf der Insel sah, habe ich es verstanden. Nach dem angeblichem Tod an der Blauen Balje hat er zwei Jahre ausgesetzt, dann fing er wieder mit den Rosen an, bis heute. Ich dachte mir, wenn er Maria Rosen bringt, dann würde er vermutlich auch an Fenna Hansens Grab kommen. Aber dafür musste er von ihrem Tod erfahren.«

Über Inga Thimms Rücken kroch eine Gänsehaut. »Und darum haben Sie Frau Hansen erschossen?«

»Richtig. Ein Mord ist gewöhnlich sehr medienwirksam und ich beschloss, die Presse für meine Zwecke einzuspannen. Hab direkt bei der *Bild* angerufen und erzählt, dass der Mann der erschossenen Frau ebenfalls unter ominösen Umständen ums Leben gekommen ist. Das fanden die interessant genug, um einen Mann auf die Insel zu schicken.« Er lächelte versonnen. »Mein Plan ist aufgegangen. Am Tag nach der Beerdigung hab ich Klaus Märker zum ersten Mal gesehen, nachts auf dem Friedhof. Er hat mich nicht bemerkt. Gerade als ich schießen wollte, ist seine Tochter aufgetaucht und hat hysterisch rumgebrüllt, ihr dämlicher Köter hat gekläfft wie verrückt und Märker hat sich aus dem Staub gemacht. Am nächsten Abend war er wieder da. Ich natürlich auch. Ich hab die Waffe gehoben und gerufen: *Das ist für Maria!* Er sollte ja wissen, warum er stirbt.« An dieser Stelle senkte

Clemens Vogt den Kopf. »Leider habe ich meine Nerven überschätzt. Meine Hand hat gezittert, ich habe nicht richtig getroffen und weil Märker ebenfalls bewaffnet war und auf mich geschossen hat, blieb mir nur die Flucht.«

»Irrtum«, sagte Inga Thimm kühl. »Da hat jemand anders geschossen. Lothar Kuhlmann, der ehemalige Inselpolizist.«

Zum ersten Mal verlor Clemens Vogt die Beherrschung. Er sprang auf und lehnte sich über den Tisch nach vorn. *»Der* hat auf mich geschossen?«

»Setzen Sie sich bitte wieder hin. Sagen wir mal, er hat geschossen. Ob Sie oder Herr Behrens das Opfer sein sollten, wissen wir nicht.«

»Sie meinen, wir waren dort zu dritt?«

»Zu fünft. Marit Hansen und ihr Freund waren ebenfalls am Friedhof, allerdings ein Stück entfernt. Sie, Herr Vogt, haben also geschossen, vielleicht sogar getroffen. Und dann?«

»Bin ich geflüchtet. Zurück in der Ferienwohnung wurde mir klar, dass ich keine weitere Chance bekommen würde, Maria zu rächen. Und da hab ich mich entschieden, seine Tochter zu töten. Damit er leiden muss wie ich. Vielleicht hätte ich das von Anfang an tun sollen.« Der letzte Satz klang wie eine Frage.

Fassungslos starrte Inga Thimm den Mann an, der so sanftmütig wirkte, aber ganz emotionslos darüber sprach, eine junge Frau zu ermorden, die er nicht mal persönlich kannte. »Marit Hansen hat nichts mit der ganzen Angelegenheit zu tun. Sie ist vollkommen unschuldig.«

Er hob nur die Augenbrauen. »Das war Maria auch.«

Es kostete Inga Thimm einige Anstrengung, die Fassung zu bewahren. Sie atmete tief ein und wieder aus. »Woher hatten sie die Waffe?«

»Die trage ich schon ewig bei mir. Genau genommen seit siebzehn Jahren. Seit mir klar war, dass Klaus Märker nicht mit der *Geesche* ertrunken ist, sondern als Johann Behrens auf Wangerooge fröhlich weitergelebt hat.«

»Sie sprachen von einer Freundin auf der Insel. Wie ist der Name?«

Mit einer Antwort rechnete Inga Thimm eigentlich nicht,

aber Vogt zögerte keine Sekunde. »Brunhilde Kuhlmann, die Frau des ehemaligen Inselpolizisten. Wir haben seit mehr als zehn Jahren ein Verhältnis. Hildchen ist eine gute Quelle, sie weiß über alles auf der Insel Bescheid und sie ist mir, nun, wie soll ich das sagen?« Er hüstelte. »Hildchen ist mir in treuer Liebe ergeben, fast schon hörig.«

»Wohl kaum. Sie hat Johann Behrens geliebt. Wussten Sie das nicht? Die beiden hatten bis zu Behrens' Verschwinden an der Blauen Balje ein Verhältnis.«

»Hildchen?« Das schien Vogt wirklich zu treffen. »Sie hat mit diesem Schwein geschlafen? Ihren Mann betrogen? Das kann ich nicht glauben. Sie lügen.«

»Warum sollte ich? Und weshalb regen Sie sich so auf? Ein kaltblütiger Mörder, der auf zwei unschuldige Frauen geschossen hat, braucht sich keine Gedanken über anderer Leute Moral zu machen, finde ich. Zumal Sie selbst ja Herrn Kuhlmann mit seiner Gattin betrogen haben.«

»Das verstehen Sie nicht. Mir ging es immer nur darum, Maria zu rächen.«

»Sie haben auch Catharina Märker besucht?«

»Ja, seit vielen Jahren. In der Hoffnung, dass er irgendwann Kontakt zu ihr aufnimmt. Frau Märker hat mir bedingungslos vertraut, sie hätte mir alles erzählt, auch wenn ihr Klaus plötzlich wieder aufgetaucht wäre. Aber er hat sich nicht um seine alte Mutter gekümmert. Das musste ich für ihn tun. Da sehen Sie, was für ein Mensch Klaus Märker ist.«

»Wie haben Sie die todkranke Fenna Hansen überhaupt zu dem Schrebergarten gelockt? Die Frau konnte doch kaum noch laufen.«

»Ich hab sie am Nachmittag angerufen. Von meiner Freundin wusste ich, dass Marit Hansen freitags einen Malkurs gibt. Für gelangweilte Hausfrauen wie mein Hildchen.« Er lachte glucksend. »Manchmal ist sie stattdessen zu mir gekommen und wir haben es miteinander getrieben. Für Hildchen ist Sex unglaublich wichtig. Ich hab ihr gegeben, was sie brauchte.« Er lächelte selbstzufrieden und Inga Thimm verspürte den Wunsch, aufzuspringen und das

Grinsen aus seinem Gesicht zu prügeln. Aber sie beherrschte sich natürlich und Vogt, der nichts von ihren Gedanken ahnte, plauderte munter weiter. »Im Bett wurde sie immer ganz gesprächig, hat über Gott und die Welt erzählt. Daher wusste ich, dass Marit an diesem Abend eingeladen war. Ein Geburtstag, glaube ich. Hildchens Sohn war ja verrückt nach dieser Marit und sie hat gesagt: *Hoffentlich funkt es endlich zwischen den beiden.* Das war meine Chance. Ich habe Fenna Hansen angerufen und behauptet, dass Johann Behrens sich heimlich auf der Insel aufhält. Zuerst wollte sie mir nicht glauben, sie hielt ihn ja für tot, aber ich konnte sie überzeugen. Hab gesagt, dass er mit meiner Ehefrau unterwegs ist. Angeblich versteckten sie sich, weil ich ihnen auf den Fersen war. Hab ein bisschen gejammert und geschimpft und schließlich gefragt, ob sie dabei sein will, wenn ich die beiden in ihrem Liebesnest überrasche. Natürlich wollte sie. Weil sie so krank war, habe ich sie abgeholt. Wir sind dann ganz langsam zu dem Schrebergarten gelaufen, ich hab sie gestützt, unnötig leiden sollte sie nicht. Und als wir da waren, hab ich sofort geschossen.«

»Ohne zu zögern?« Inga Thimm konnte es kaum glauben.

Vogt lächelte freundlich. »Natürlich. Sie kam gar nicht mehr dazu, sich zu fürchten. Hat ziemlich viel geredet unterwegs. Dass er immer andere Frauen hatte und dass er scharf war auf die Tochter. Das ist doch wirklich ekelhaft oder? Der eigene Vater?«

Bevor sie sich auf den Weg nach Wilhelmshaven machte, erstattete Inga Thimm ihrem Chef telefonisch Bericht.

»Unglaublich«, sagte Rennrodt. »Vogt hat also auf Fenna und Marit Hansen geschossen. Am Friedhof wollte er Behrens erschießen. Lothar Kuhlmann war ebenfalls dort, mit genau derselben Absicht. Wer von beiden getroffen hat, wissen wir nicht. Wohl aber, dass Behrens verletzt ist, vielleicht sogar tot. Später hat Kuhlmann noch Björn Lindberg erschossen. Ich nehme an, dass der ebenfalls am Friedhof war, zufällig, und alles beobachtet hat. Mein Gott, dann war dort ja der reinste Menschenauflauf.« Er schüttelte den Kopf.

»Wir sollten in Köln anrufen und Frau Hansen und Herrn Schneyder informieren, dass alles vorbei ist.«

Schneyder stand immer noch. Irgendwas stimmte nicht. Es hatte keinen Knall gegeben, nur ein trockenes Klicken. Aus unerklärlichen Gründen hatte der Schuss sich nicht gelöst. *Verlängerung*, dachte Schneyder, und wusste, dass es um Sekunden ging. Noch wirkte Behrens verwirrt, aber das würde nicht lange anhalten. Wie von selbst fiel Schneyder das ein, was er vor vielen Jahren beim Eishockeyspielen gelernt hatte, trainiert bis zum Erbrechen, bis die Muskeln sauer wurden, bis die Bewegungsabläufe ihm in Fleisch und Blut übergegangen waren. Er beugte sich vor, nahm beide Arme vor den Brustkorb, atmete tief ein und warf sich mit seinem gesamten Körpergewicht gegen den Mann, den er am meisten von allen Menschen auf der Welt hasste. Harter Bodycheck nannten sie das beim Eishockey, man setzte Schulter und Hüfte ein, um den Gegner von den Beinen zu reißen oder gegen die Bande zu werfen. Eine Bande gab es hier nicht, wohl aber Autos, und Schneyder knallte Behrens mit aller Gewalt gegen einen dunkelgrünen Bulli. Die Waffe flog davon, schlug auf Metall, vermutlich auf das Dach eines anderen Wagens.

Sein Gegner schnappte nach Luft, er war alt geworden, außerdem gehbehindert und möglicherweise erst kürzlich angeschossen worden. Dennoch versuchte er sich auf Schneyder zu stürzen, mit einem irren Ausdruck in den Augen, als wollte er ihn mit bloßen Händen erwürgen.

Nie in seinem Leben hatte Christoph Schneyder daran gedacht, einem Menschen vorsätzlich Gewalt zuzufügen. Aber jetzt brannte er vor Hass, am liebsten hätte er Behrens in der Luft zerfetzt, er schnellte zurück, nahm Anlauf und sprang erneut mit der Schulter gegen Behrens' Oberkörper. Als der Alte sich röchelnd nach vorn beugte, rammte Schneyder seinen Ellenbogen mit größtmöglicher Wucht gegen Behrens' Kehle.

Behrens jaulte auf, griff sich an den Hals, knickte ein, landete auf allen vieren, schnappte ein paarmal nach Luft und rappelte sich wieder hoch. Taumelnd wie ein angezählter Boxer riss er die Fäuste hoch.

»Komm doch her, du alter Sack«, hörte Schneyder seine eigene Stimme, heiser und verzerrt. »Ohne Waffe sieht es aber schlecht aus für dich!«

Das Martinshorn nahm er gar nicht wahr, auch nicht, dass sich Polizisten mit gezückter Waffe näherten. Erst als jemand die Hand auf seine Schulter legte, es war sein Vater, kam er wieder zu sich.

»Die Waffe muss hier irgendwo liegen«, keuchte er. »Er hat auf mich geschossen, aber die Pistole muss geklemmt haben, keine Ahnung, eigentlich bin ich tot.«

»Gott, Christoph, geht es dir gut?« Noch nie in seinem Leben hatte er erlebt, dass sein Vater die Fassung verlor, aber jetzt bebte Prof. Dr. Hans Marten Schneyder am ganzen Körper.

Dienstag, 15. Februar 2011

Ungläubig starrte Rennrodt sein Handy an. »Ich fasse es nicht«, sagte er dann. »Behrens ist gestern Nachmittag in Köln aufgetaucht. Zuerst war er auf der Station, doch Marit Hansen hat ihn zufällig gesehen und sich in einer Besenkammer versteckt. Behrens ist wieder raus und hat auf dem Parkplatz Schneyder getroffen. Er wollte ihn abknallen, aber es hat sich kein Schuss gelöst. Eine Walther PPK 7,65. Defekt. Ein abgeschliffener Schlagbolzen.«

»Das kommt mir sehr bekannt vor«, murmelte Inga Thimm. »Dir auch?«

»Allerdings. Lothar Kuhlmann hat behauptet, sein Vater hätte seine Waffe unbrauchbar gemacht, indem er den Schlagbolzen gekürzt hat. Erinnere dich mal, wie überzeugt er davon war, dass seine Pistole nicht die Tatwaffe sein kann. Gegrinst hat er, weißt du noch? Ich hab die Kollegen gebeten, die Waffe rüberzuschicken. Stell dir vor, wir würden irgendwo noch DNA von dem alten Kuhlmann finden. Das wäre ein Hammer, oder?«

»Aber wie sind die beiden Waffen ausgetauscht worden?« Lange musste Inga Thimm nicht darüber nachdenken. »Kuhlmanns Frau? Erst schickt sie den Brief, dann tauscht sie die Waffen aus. Vielleicht wusste sie die ganze Zeit, dass ihr Ex-Lover sich auf der Insel befindet. Wir sollten die Frau mal unter die Lupe nehmen.«

Rennrodt nickte. »Das ist eine schöne Aufgabe für dich, Inga. So ein Gespräch von Frau zu Frau. Beweise haben wir ja leider nicht. Bestell dir gleich einen Flieger.«

Seit ihr Mann in Untersuchungshaft saß, wartete Brunhilde Kuhlmann auf einen Anruf von Johann. Sie wagte kaum noch, das Haus zu verlassen. Aber er meldete sich nicht.

Es klingelte an der Haustür. Johann? Nein, das konnte er nicht wagen. Die Polizistin mit dem Pferdeschwanz stand draußen. Gott, dafür hatte sie jetzt wirklich keine Nerven.

»Frau Kuhlmann, es sind noch ein paar Ungereimtheiten aufgetaucht. Wir hoffen, dass Sie uns weiterhelfen können.«

Widerwillig ließ sie die junge Frau rein. Sie kochte sogar einen Tee, weil sie einen Moment brauchte, um ihre Nerven zu beruhigen.

»Ist was mit meinem Mann?«, fragte sie schließlich.

»Ja und nein. Vor allem ist was mit Johann Behrens. Den kannten Sie doch sehr gut, nicht wahr?«

Trotzig warf sie den Kopf in den Nacken. »Ja, aber das ist ja wohl kein Verbrechen.«

»Nein, *das* nicht.«

Komisch, wie sie das betonte. Als hätte Brunhilde Kuhlmann ein anderes Verbrechen begangen.

»Wissen Sie, als wir Ihren Mann verhaftet haben, war er sehr überrascht. Er wollte nicht glauben, dass seine Pistole die Waffe war, mit der Björn Lindberg erschossen worden ist.«

»Typisch Lothar, der hält sich für den lieben Gott.« Das hätte sie wohl besser nicht gesagt, denn die Beamtin schaute sehr erstaunt. Aber sie hatte keine Lust mehr, sich zu verstellen. »Stimmt doch. Es *war* die Tatwaffe, das haben Sie selbst rausgefunden. Warum hat er es also geleugnet?« Trotzig schaute sie auf ihre frisch lackierten Fingernägel. Koralle hieß die Farbe, die irgendwo zwischen Rot und Orange angesiedelt war. »Lothar glaubt, er ist das Gesetz.«

»Ihr Mann hat steif und fest behauptet, dass seine Waffe defekt war. Angeblich war was mit dem Schlagbolzen. Er hat gesagt, dass er sie seit Jahren nicht aus dem Schrank genommen hat. Die Waffe in seinem Werkzeugschrank war aber in Ordnung und sie wurde vor gar nicht lange Zeit gereinigt und geölt. Ich würde gern noch mal in den Keller gehen. Keiner von uns kann sich an Waffenöl erinnern. Oder an eine Kiste mit Munition.«

Warum war das wichtig? »Vielleicht hat er alles weggeworfen?«, schlug Brunhilde Kuhlmann vor.

»Warum sollte er? Wenn schon, hätte er wohl eher die Waffe selbst entsorgt. Nein. Stutzig hat uns folgende Tatsache gemacht. Gestern wurde Johann Behrens in Köln verhaftet. Er hat versucht, Christoph Schneyder zu erschießen. Mit einer Walther PPK Kalilber 7,65 Millimeter. Das ist genau derselbe Waffentyp, den wir bei Ihrem Mann gefunden haben. Und wissen Sie, was komisch ist? Die Pistole war durch einen defekten Schlagbolzen unbrauchbar gemacht. Zum Glück, sonst wäre Herr Schneyder jetzt nicht mehr am Leben.«

Nein, wollte sie schreien, *was erzählen Sie denn da?* Aber sie ahnte bereits, dass die Beamtin nicht log.

»Wir wissen, dass Herr Behrens eine Weile auf der Insel war, und wir fragen uns, ob er Sie möglicherweise besucht und dabei die beiden Waffen ausgetauscht hat.«

»Unmöglich«, flüsterte sie. »Ich war doch die ganze Zeit dabei.«

Die Beamtin nickte zufrieden. »Er war also hier? Beschreiben Sie mir die Situation bitte ganz genau.«

Zum Lügen fehlte ihr die Kraft. »Ja, er hat mich besucht. Und er hat nach Lothars Waffe gefragt. Ich hab gesagt, dass sie im Keller eingeschlossen ist.« Gequält schloss Brunhilde Kuhlmann die Augen. »Für Johann war das kein Problem, er hatte einen merkwürdig gebogenen Draht dabei, es hat nicht mal eine Minute gedauert, bis die Tür geöffnet war. Über das Vorhängeschloss am Spind hat er nur gelacht.«

»Und weiter?«

»Ich sollte eine Taschenlampe holen, damit er die Waffe genauer untersuchen kann.«

»Herr Behrens blieb allein in dem Kellerraum?« Die Anspannung der Polizistin war deutlich zu hören.

»Ja«, flüsterte sie heiser. Sie sah sich die Treppe hinauffliegen, oben alle Schubladen aufreißen, weil sie nicht eine Sekunde länger als nötig von ihm getrennt sein wollte. »Bestimmt fünf Minuten lang, ich konnte die Taschenlampe nicht auf Anhieb finden. Als ich wiederkam, hielt er die Pistole in den Händen.«

»Trug er Handschuhe?«

»Nein. Die Waffe war in ein altes Handtuch eingewickelt, vermutlich hat er sie nicht mit den Fingern berührt. Johann hat gesagt, dass kürzlich daraus geschossen wurde. In dem Augenblick schien alles so logisch. Lothar verhielt sich mir gegenüber irgendwie seltsam, manchmal hatte ich richtig Angst vor ihm, dazu hatte er sich sehr abfällig über Fenna und Marit geäußert, seiner Ansicht nach gehörten sie nicht auf die Insel, und jetzt war seine Pistole benutzt, also *musste* er der Täter sein.«

Erstaunt hob die Beamtin den Kopf. »Aber die beiden wurden doch gar nicht mit dieser Waffe getötet. Wir haben Ihren Mann wegen des Mordes an Björn Lindberg verhaftet. Hat Sie das gar nicht irritiert?«

»Doch.« Sie schluckte. »Aber ich hab mir gedacht, die Polizei wird schon wissen, was sie tut.« Ja, es stimmte, im ersten Moment erschien es vollkommen verrückt, dass Lothar nicht auf die beiden Frauen, sondern auf Björn Lindberg geschossen hatte. Aber im Grunde war es ihr egal gewesen, weil sie endlich frei war, frei für Johann, und so hatte sie ihre Zweifel ignoriert.

»Haben Sie uns den anonymen Brief geschrieben?«, unterbrach die Kommissarin ihre Gedanken.

»Ja. Es war Johanns Vorschlag. Nimm eine selbstklebende

Marke, wegen der DNA, hat er noch gesagt. Und ich Idiotin hab geglaubt, dass er sich um mich sorgt. Warten sollte ich, er wollte sich melden, wenn alles vorbei ist.« Ihr Lachen klang bitter.

»Da können Sie lange warten, Frau Kuhlmann. Egal, was er ihnen versprochen hat, Johann Behrens wird wegen Mord und versuchtem Mord angeklagt. In Anbetracht seines Alters werden Sie ihn nie wiedersehen.«

Mit der rechten Hand griff sie sich an den Hals. Das, was die junge Frau da gerade gesagt hatte, wollte gar nicht auf einmal in ihren Kopf passen. »Ich habe ihm geglaubt, alles, jedes Wort.«

Die Polizistin lächelte schwach. »Johann Behrens, der in Wirklichkeit ganz anders heißt, ist ein Mensch, der andere nach Belieben für seine Zwecke einspannt. Ihren Sohn, Adrian Mahler, seine Tochter. Sie sind also nicht allein.«

»Und mein Mann?«

»Der wird nach Ihrer Aussage vermutlich wieder freikommen.«

Entsetzt schlug Brunhilde Kuhlmann die Hände vor das Gesicht. Wie sie sich schämte. »Nach fast vierzig Jahren Ehe habe ich Lothar diesen Mord zugetraut. Ich habe nicht eine Sekunde gezweifelt.« Mit beiden Händen umklammerte sie den Oberarm der Polizistin. »Aber ich wollte ihn nicht einfach aus dem Weg haben, wirklich nicht, das müssen Sie mir glauben. Vielmehr war ich fest davon überzeugt, einen Mörder der gerechten Strafe zuzuführen. Das ist wohl das Schrecklichste. Zuerst hab ich mir siebzehn Jahre lang eingeredet, dass er was mit Johanns Tod zu tun hatte. Dann hab ich geglaubt, dass er Fenna erschossen hat. Ja, ich hab ihm alles zugetraut, alles. Und Johann war für mich der tragische Held.« Sie schluchzte auf. »Wie soll ich meinem Mann je wieder in die Augen sehen? Und Hauke?«

»Glauben Sie mir, Ihr Mann wird froh sein, wenn er dank Ihrer Aussage frei kommt. Das findet sich schon. Und was Ihren Sohn angeht, da muss man leider sagen, dass er selbst die Schuld trägt an seiner Situation.«

Mittwoch, 16. Februar 2011

Hauptkommissar Gerrit Rennrodt war ein bisschen enttäuscht. Klaus Märker hatte er sich ganz anders vorgestellt, größer, imposanter und vor allem sehr viel charismatischer. Vor ihm saß ein weißhaariger Mann mit Vollbart und einem lächerlich dünnen Zopf im Nacken, mittelgroß und nicht sonderlich muskulös. Die Augen gefielen ihm nicht, hellblau, fast durchsichtig, sie wirkten kalt und emotionslos. Märker benahm sich, als säßen sie sich wie Geschäftspartner gegenüber, zwei Männer auf gleicher Augenhöhe. »Ich möchte mit Marit Hansen sprechen.«

Rennrodt nickte beiläufig. »Ihre Tochter, die ja rein biologisch gar nicht Ihre Tochter ist, möchte Sie nicht sehen. Nie wieder, lässt Sie Ihnen ausrichten.«

Für einen Moment schien Klaus Märker aus dem Konzept gebracht, doch er hatte sich schnell wieder in der Gewalt. »Das glaube ich Ihnen nicht. So etwas würde Marit nie sagen.«

»Tja. Dann wären Sie wohl besser nicht nach Köln gefahren, um Marit Hansen zu erschießen.«

»Wer hat ihr das erzählt? Sie?« Hasserfüllt starrte Klaus Märker ihn an. »Ich würde ihr nie etwas antun, das weiß Marit genau. Ich wollte einfach nur wissen, wie es ihr geht.«

»Ob Sie Frau Hansen erschießen wollten oder nicht, lässt sich nicht mehr klären, Herr Märker. Fest steht aber, dass Sie ihren Freund töten wollten, Herrn Schneyder.«

»Die Waffe war kaputt, Christoph Schneyder lebt, was wollen Sie also von mir? Im Übrigen heiße ich Johann Behrens, wie Sie wohl meinen Papieren entnehmen konnten.«

»Ihren Papieren vielleicht. Ihre DNA hat uns allerdings verraten, dass Sie Catharina Märkers Sohn sind.«

Keine Antwort. Behrens schloss die Augen, ballte die Fäuste, dann rief er gequält: »Ja, sie ist meine Mutter. Mutter!!! Sie hat mich einfach vor die Tür eines Waisenheims gelegt, wo die Nonnen mich Johann Behrens genannt haben.

Klaus Märker war mein jüngerer Bruder, aber das habe ich erst 1972 erfahren, als wir uns zufällig über den Weg gelaufen sind. Er war Seemann, wie ich. Seltsamer Zufall. Wir sahen aus wie Zwillingsbrüder. Klaus ist mit der *Geesche* untergegangen, ehe wir uns richtig kennenlernen konnten. Mein ganzes Leben ist eine Tragödie. Keine Mutter, kein Bruder, und jetzt wendet sich auch meine Ziehtochter von mir ab, weil Sie ihr so dreiste Lügen aufgetischt haben.«

»Wirklich tragisch, mir kommen gleich die Tränen. Sie, Herr Märker, wollten Christoph Schneyder erschießen. Aber die Waffe hat nicht funktioniert.«

»Sein Glück. Die Pistole hat manchmal nicht ausgelöst, keine Ahnung warum. Da muss was gehakt haben. Somit bin ich auch kein Mörder.«

Rennrodt lachte. »Manchmal nicht ausgelöst?«

»So ist es.«

»Also wollten Sie Herrn Schneyder doch töten – falls die Waffe gerade funktioniert hätte.«

Märker verzog unwillig das Gesicht, so als würde Rennrodt ihm entsetzlich auf die Nerven fallen. »Christoph Schneyder lebt, oder?«

»Ja. Weil die Waffe manchmal nicht ausgelöst hat.«

»Richtig.«

»Das, was Sie mir hier anbieten, Herr Märker, ist kompletter Blödsinn. Vor Gericht wird Ihnen ein Sachverständiger erklären, dass eine Waffe entweder funktioniert oder nicht, es gibt kein Dazwischen. Die Waffe, die Sie Lothar Kuhlmann entwendet und gegen Ihre eigene ausgetauscht haben, ist tatsächlich defekt. So defekt, dass sie überhaupt nicht funktionieren kann. Nie. Es ist unmöglich, mit dieser Pistole zu schießen. Und wenn es sich um Ihre eigene Waffe handeln würde, hätten Sie das auch gewusst. Aber wir wissen längst, dass Sie Ihre Waffe in Lothar Kuhlmanns Werkzeugschrank gelegt haben. Sorgfältig von allen Fingerabdrücken befreit. An dem Tuch, in das die Waffe gewickelt war, haben wir allerdings ein weißes Barthaar gefunden. Dreimal dürfen Sie raten, von wem dieses Haar laut DNA-Vergleich stammt.«

»Unmöglich. Ich war nie in Lothar Kuhlmanns Haus.«

»Ach, Brunhilde Kuhlmann sagt da ganz was anderes. Dass Sie behauptet haben, Sie könnten der Waffe ansehen, ob kürzlich damit geschossen wurde. Mit bloßem Auge.« Rennrodt lächelte kalt. »Eine fantastische Fähigkeit, wenn ich das bemerken darf. Sie haben Frau Kuhlmann um eine Taschenlampe gebeten. Das gab Ihnen Zeit genug, die beiden Pistolen zu tauschen.«

»Das können Sie nicht beweisen.«

»Oh doch, Herr Märker, Sie unterschätzen die Möglichkeiten der Forensik.«

»Ich möchte mit Marit Hansen reden.«

»Ich wiederhole mich nur ungern. Frau Hansen möchte Sie nicht sehen.« Rennrodt stand auf. »Herr Märker, ich lasse Sie jetzt zurück in Ihre Zelle bringen. Denken Sie doch noch mal darüber nach, ob es nicht besser wäre, einfach die Wahrheit zu sagen. Am Montag sehen wir uns wieder.«

Montag, 21. Februar 2011

Seit der letzten Vernehmung hatte Klaus Märker an Gewicht verloren. Rennrodt wusste von dem zuständigen Wachbeamten, dass er kaum etwas aß. Vielleicht wollte er vor Gericht Mitleid erwecken. Aber das würde ihm nicht gelingen. Rennrodt war bestens gelaunt. Am Wochenende war Inga Thimm einer plötzlichen Eingebung folgend noch mal nach Bremen gefahren. Und das, was sie dort erfahren hatte, war einfach großartig.

Mit monotoner Stimme leierte Rennrodt die üblichen Angaben runter, damit sie später auf dem Band waren, dann legte er los. »Herr Märker, warum haben Sie Björn Lindberg erschossen?«

Keine Reaktion.

»Er hat Sie erkannt, nicht wahr?«, warf Inga Thimm ein, die

Rennrodt diesmal begleitete. »Bei seinen nächtlichen Streifzügen über die Insel sind Sie ihm begegnet. Zufällig. Aber Sie wussten, dass er Sie erkannt hatte, und Sie konnten nicht darauf vertrauen, dass er den Mund hielt. Deshalb haben sie ihn gnadenlos abgeknallt. Von hinten, mit drei Kopfschüssen. Sie waren sogar so abgebrüht, noch die Patronenhülsen einzusammeln.«

Scheinbar interessiert betrachtete Klaus Märker die Decke des Raums. »Ich weiß überhaupt nicht, wer dieser Björn Lindberg ist oder war.«

»Oh doch, das wissen Sie. Er hat Sie früher auf Ihrem Kahn besucht, so wie die anderen Jungs, Hauke Kuhlmann, Adrian Mahler.« Rennrodt griff nach dem Kugelschreiber vor sich. Als Inga Thimm grinste, legte er ihn wieder auf den Tisch. »Übrigens ist es uns auch gelungen, die Dame ausfindig zu machen, die Sie in Harlesiel am Flugplatz abgeholt hat. Trotz falscher Kennzeichen. Ein hellblauer Strich acht ist eben doch ein ziemlich seltenes Auto. Wir haben die Fahndung bundesweit ausgedehnt und dank Adrian Mahlers Beschreibung war Edith Stolze schnell gefunden. In Eutin haben Sie sich Fred Marwedel genannt. Sind Sie nie mit Ihren Namen durcheinandergekommen? Nicht mal im Suff?«

»Das sind ja tolle Geschichten«, sagte Märker spöttisch. »Sie sollten Romane schreiben.«

»Ihnen wird das Lachen schon noch vergehen. Nachdem wir Ihre Lebensgefährtin über Ihre Vergangenheit aufgeklärt haben, hat die gesungen wie ein Vogel. Unter anderem hat sie bestätigt, dass Sie Besitzer einer Walther PPK 7,65 mm sind. Und defekt war die Waffe keineswegs, wie die Türsteher von Frau Stolzes Etablissement ausgesagt haben. Bei den regelmäßigen Schießübungen im Wald hat sie tadellos funktioniert. Dumm gelaufen, Herr Märker. Meine Kollegen von der Spurensicherung haben sich auf den Weg gemacht und tatsächlich Kugeln gefunden, die noch in irgendwelchen Bäumen steckten. Unsere Ballistiker werden beweisen, dass sie aus derselben Waffe stammen, mit der Herr Lindberg kaltblütig erschossen wurde.«

Märker schnaubte nur verächtlich. »Sie vergeuden meine und Ihre Zeit. Mein Name ist Johann Behrens.«

»Maria«, sagte Inga Thimm freundlich. »Maria Vogt. Hätten Sie gedacht, dass Marias Zwillingsbruder am Ende doch noch der Sieger ist?«

»Ich kenne keine Maria. Mein Name ist Johann Behrens. Das sagte ich Ihrem Kollegen schon. Klaus Märker war mein Bruder.«

Inga Thimm lachte schallend. »Nette Geschichte, die Sie uns hier auftischen wollen. Leider haben Sie sich verrechnet. Johann Behrens wurde 1935 geboren, da war Catharina Märker gerade zehn Jahre alt. Wollen Sie uns ernsthaft erzählen, dass eine Zehnjährige ein Kind bekommen hat?«

Märker zuckte mit den Schultern. »So etwas gibt es. Damals war Krieg. Vielleicht bin ich auch das Kind ihrer Mutter, ihrer Schwester?«

»Gewiss nicht. Sie sind ein unglaublicher Manipulator. Aber bei uns funktioniert das nicht.« Jetzt war Rennrodt richtig sauer. »Zurück zu Maria Vogt. Sie hat sich 1972 das Leben genommen, weil ihr Verlobter auf See umgekommen ist.«

»Ist es meine Schuld, wenn sich jemand umbringt?« Zum ersten Mal verlor Klaus Märker die Fassung.

»Wie haben Sie die *Geesche* zum Sinken gebracht? Wir vermuten, dass Sie Wache hatten und rechtzeitig von Bord gegangen sind, genau wie an der Blauen Balje. Und genau wie dort muss sie jemand abgeholt haben. Zweimal der gleiche Trick und beide Male klappt er nicht richtig. Einen dritten Versuch wird es nicht geben, Herr Märker. Sie werden des Mordes an Björn Lindberg und des Mordversuchs an Christoph Schneyder angeklagt. Das gibt lebenslänglich. Sie sind jetzt sechsundsechzig, nicht etwa sechsundsiebzig wie der wahre Johann Behrens. In fünfundzwanzig Jahren sind Sie dennoch über neunzig.« Rennrodt lächelte kalt. »Fünfundzwanzig Jahre Knast, da altert man schneller als draußen. Im Übrigen wird die Sache mit der *Geesche* neu aufgerollt. Da geht es dann um achtfachen Mord. Sieben

Besatzungsmitglieder und der wahre Johann Behrens. Mord verjährt nicht, Herr Märker.«

»Das können Sie mir nicht nachweisen, nicht nach so vielen Jahren!« Es klang siegessicher.

»Warten wir es ab. Zum Glück fällt das nicht in meine Zuständigkeit. Meine Aufgabe war es, die Morde auf Wangerooge zu klären und das ist erledigt.« Rennrodt lächelte zufrieden. »Woher hatten Sie eigentlich das Geld für Ihr Boot? Für Marit Hansen haben Sie ja auch eine beträchtliche Summe angelegt. Wir gehen mal davon aus, dass die beiden Reeder Sie bezahlt haben, damit die *Geesche* am Horn von Afrika gesunken ist. Und dass die beiden sie auch aus dem Meer gefischt haben, wie auch immer.«

Wieder nur ein spöttisches Grinsen. »Das Geld habe ich beim Spielen gewonnen. Beweisen Sie mir mal das Gegenteil.«

»Ich dachte, Sie haben einen reichen Onkel beerbt.« Inga Thimm zog fragend die Augenbrauen hoch. »Wissen Sie überhaupt noch, wem Sie was erzählt haben?« Es klang ehrlich interessiert.

Mit einem bösen Grinsen lehnte Rennrodt sich vor und legte beide Hände flach auf den Tisch. »Ja, dann wollen wir Sie mal mit den Tatsachen konfrontieren, Herr Märker. Darauf freue ich mich schon die ganze Zeit.«

Zum ersten Mal flackerte Unsicherheit in Klaus Märkers Augen.

»Johann Behrens hat genau wie Sie in Bremen-Aumund gewohnt, Fährgrund sieben. Sie haben sich sogar recht gut gekannt, oft zusammen gefeiert. 1972 ist er verschwunden, sehr plötzlich. Das war ein paar Wochen vor dem Untergang der *Geesche*. Ein paar Tage später kam eine schriftliche Kündigung der Wohnung mit der Bitte, seine Sachen unterzustellen. Sie wurden nie abgeholt.« Jetzt schaute Rennrodt Klaus Märker direkt an. »Ausgerechnet Sie, Herr Märker, haben damals das Gerücht verbreitet, dass Johann Behrens zu einer wohlhabenden Freundin gezogen ist und seine Klamotten nicht mehr braucht.«

»Oh, Sie sind ja so still geworden«, sagte Inga Thimm und es klang sehr zufrieden. »Erstaunlich, dass Sie nicht nach Beweisen fragen. Die haben wir nämlich. Hätten Sie gedacht, dass Frau Serenius noch lebt? Die Frau hat ein fantastisches Gedächtnis und ist gern bereit, Sie zu identifizieren. Aber da ist noch etwas, und damit haben Sie gewiss noch weniger gerechnet. Der Koffer mit den persönlichen Sachen von Johann Behrens steht seit neununddreißig Jahren im Keller des Hauses. Ist alles schon ein bisschen feucht geworden, aber an Zahnbürste und Kamm konnte unser Labor problemlos DNA gewinnen. Und ich würde mein letztes Hemd verwetten, dass die nicht mit Ihrer DNA übereinstimmt. Wo ist also Johann Behrens abgeblieben? Und wie sind Sie in den Besitz seiner Papiere und vor allem seiner Sozialversicherungsnummer gekommen? Für uns steht fest, dass Sie Johann Behrens ermordet haben, um in seine Identität schlüpfen zu können.«

»Das könnt ihr nicht beweisen.« Märkers Stimme klang rau, auch ein bisschen verzweifelt. Vermutlich wusste er, dass er verloren hatte. Im weiteren Verlauf der Vernehmung sagte er kein Wort mehr, was Rennrodt eher amüsierte als ärgerte.

»Was für eine gruselige Geschichte«, sagte Inga Thimm auf der Rückfahrt. »Zwei alte Männer, beide Mörder, einer davon absolut skrupellos, der andere blind vor Hass. Als die *Geesche* gesunken ist, war Märker noch keine Dreißig. Sieben Tote, mit Johann Behrens acht. Glaubst du, dass man da noch was beweisen kann?«

»Keine Ahnung.« Rennrodt setzte den Blinker und überholte den grauen Bulli, der ihn schon die ganze Zeit nervte. »Bei Behrens sieht es ganz gut aus. Es gab damals eine bis zur Unkenntlichkeit verbrannte männliche Leiche am Industriehafen. Da werden die Bremer Kollegen die DNA vergleichen. Märker hatte seinerzeit kein Auto, er konnte die Leiche also nicht transportieren. Da haben wir hoffentlich Glück. Aber die *Geesche*? Das Wrack liegt seit beinahe vierzig Jahren auf dem Meeresboden.«

»Wie bringt man so einen Kahn zum Sinken?«

»Ach, da gibt es einige Möglichkeiten. Man kann zum Beispiel das Ballast-System manipulieren. Wenn so ein Schiff aus dem Gleichgewicht gerät, ist es vorbei.«

»Hast du mal auf seine Augen geachtet? Eiskalt. Ich kann gar nicht fassen, dass Brunhilde Kuhlmann so verrückt nach ihm war.«

»Nicht nur sie. Offenbar waren ja alle Weiber verrückt nach ihm. Ich dachte, du als Frau kannst mir das erklären.« Rennrodt drehte den Kopf und zwinkerte ihr zu.

»Bestimmt nicht.« Es klang entrüstet. »Ich krieg echt Beklemmungen, wenn der mich ansieht.«

14. Juli 2011

Als die kleine Propellermaschine holpernd auf der Landebahn aufsetzte und dann in einem großen Bogen zum Flughafengebäude rollte, atmete Schneyder erleichtert auf. Wie immer war er froh, den Fünfminutenflug heil überstanden zu haben. Im Grunde war es unfassbar, dass sich diese kleinen Rappelkisten in der Luft halten konnten, aber es funktionierte.

Die beiden Frauen, die mit ihm nach Wangerooge geflogen waren, griffen nach ihren Reisetaschen.

»Na, wie lange bleiben Sie auf der Insel?«, wollte die Blonde wissen.

Er grinste. »Für immer. Ich wohne hier.«

»Oh.« Sie schaute ihn beinahe mitleidig an. »Ich stelle mir die Insel im Winter schrecklich vor, kalt und ungemütlich.«

Ja, das hatte er auch mal gedacht. »Im Gegenteil. Im Winter ist sie am schönsten. Ich kann mir keinen friedlicheren Ort vorstellen.«

Er entdeckte Marit sofort. Sie stand an der Eingangstür und redete mit erhobenem Zeigefinger auf Amy ein, die brav vor ihr hockte, obwohl sie am liebsten losgeschossen wäre, das konnte er sogar aus der Ferne erkennen. Er wusste genau, was Marit gerade sagte, nämlich: »Bleib!« Amy war fast ein Jahr und sie trainierten mit ihr Gehorsam. Ein paar Minuten blieb er stehen und schaute den beiden nur zu ,und auch wenn es medizinisch unmöglich war, fühlte es sich an, als würde sein Herz aufgehen, um all das aufzunehmen.

Beide bemerkten ihn gleichzeitig, Amy riss sich los und flog förmlich durch die kleine Halle, Marit folgte ihr mit resigniertem Kopfschütteln.

»Hallo, Frau Schneyder«, sagte er zärtlich. »Lange nicht gesehen.«

»Eine ganze Woche.« Nachdem sie sich ausgiebig begrüßt hatten, murmelte sie: »Sag deinem Chef, dass du keine Fortbildungen mehr machen darfst, weil deine Frau nicht ohne dich einschlafen kann.«

»Hmm, ob er das akzeptiert?«

Seit Mai arbeitete Christoph Schneyder als Assistenzarzt in Sanderbusch. Sie hatten eine nette Wohnung in Sande gefunden, hielten sich aber so oft wie möglich im alten Kapitänshaus auf. In viereinhalb Jahren, wenn Dr. Jennings in seinen verdienten Ruhestand ging, wollte er die Praxis übernehmen.

Eine Weile hatte Schneyder gehofft, dass Marit alles verkaufen würde, um mit ihm auf dem Festland zu leben. Aber sie liebte Wangerooge und das Haus, in dem sie aufgewachsen war, und konnte sich einfach nicht trennen. Also hatte er sich an den Gedanken gewöhnt, auf Wangerooge alt zu werden. Auf Marits Drängen hin hatten sie gleich im März damit begonnen, das Untergeschoss zu renovieren und neu einzurichten. Ein Teil der Möbel stammte noch von Engelina Hansen, den Rest hatten sie neu gekauft. Marit schien geradezu besessen davon, alle Spuren, die ihre Eltern in dem Haus hinterlassen hatten, zu tilgen. Das leuchtende Blau von Haustür und Fensterläden, das dem Kapitänshaus all die Jahre einen maritimen Charakter verliehen hatte, musste Jochen Brinkmann in ein helles Blaugrau umstreichen, das wärmer und freundlicher wirkte und schon von außen deutlich machte, dass eine neue Zeit angebrochen war.

Im Flur hing jetzt ein großes Foto von Engelina Hansen.

Sie hatten die Schwarzweiß-Aufnahme auf dem Boden gefunden und vergrößern lassen. Die Ähnlichkeit mit Marit war erstaunlich, das blonde Haar, der Mund, das angedeutete Lächeln. Nachdem so vieles zerbrochen war, taten sich hier plötzlich neue Wurzeln auf. Marit hatte das Tagebuch von Engelina gefunden, gelesen und dann voller Überzeugung gesagt: »Wir hätten uns gemocht. Sie war ganz anders als ich dachte, viel weicher. Und ihr Kapitän war ihre große Liebe. Ich glaube, Engelina hätte sich gefreut, dass wir jetzt in dem Haus leben. Und sie wäre auch nicht böse, dass wir einiges verändern. Für ihre Zeit war sie eine sehr moderne Frau.«

Berufstätig war Marit noch nicht wieder, eine Therapeutin musste psychisch stabil sein, um andere aufzufangen, und dieser Anforderung fühlte sie sich bislang nicht gewachsen. In den ersten Wochen war sie nachts ständig aufgewacht, um sich zu versichern, dass er neben ihr lag, friedlich und entspannt, dass alles gut war und niemand ihr Glück bedrohte. Morgens gingen sie immer noch zusammen mit Amy raus, weil Marit Herzklopfen und feuchte Hände bekam, wenn sie in der Frühe die Haustür aufschloss. Bislang hatte sie es auch noch nicht geschafft, allein im Kapitänshaus zu übernachten. Wenn Christoph Schneyder nicht da war, schlief Rita Többkes im ehemaligen Schlafzimmer ihrer Mutter, das nach der Renovierung als Gästezimmer diente. Schneyder selbst hatte seit Wochen keine Panikattacke mehr gehabt, vielleicht weil er bei der Begegnung mit Behrens seine Opferrolle verlassen konnte. Dennoch lief er täglich seine Kilometer, meist nahm er Amy mit, die ihn dafür heiß und innig liebte.

Seit Johann Behrens, der eigentlich Klaus Märker hieß, im Gefängnis saß, war wieder Ruhe auf der Insel eingekehrt. Der Inselpolizist hieß jetzt Marc Bittner und die meisten Leute schätzten ihn weitaus mehr als seinen Vorgänger. Nach anfänglichem Zögern hatte Bittner sich für die Insel entschieden, was durchaus an der blonden Arzthelferin aus Dr. Jennings Praxis liegen konnte, mit der man ihn häufig im *Treibsand* traf.

Hauke Kuhlmann und Adrian Mahler hatten in der Nähe

von Dresden eine private Sicherheitsfirma gegründet. Das Startkapital stammte aus dem Verkauf von Adrians Kanzlei. Er war zuständig für das Büro und die Außenkontakte, Hauke für die Ausbildung der Leute. Nadiras Zwillinge waren inzwischen geboren und soweit man hörte, auch gesund. Aber zwischen Marit und ihrer ehemals besten Freundin gab es keinen Kontakt mehr. Dann und wann sah man Lothar und Brunhilde Kuhlmann eingehakt durch die Zedeliusstraße laufen. Die Untersuchungshaft hatte dem ehemaligen Polizisten sehr zugesetzt und manchmal machte es den Anschein, als müsste er sich auf seine Frau stützen. Beide wirkten sehr unglücklich. Ihr Haus stand zum Verkauf und es hieß, sie wollten so schnell wie möglich aufs Festland ziehen. An einem Ort, wo niemand ihre Geschichte kannte, würden sie hoffentlich ihren Frieden finden.

*****

Ich danke zuallererst meiner Freundin Neli, die im Januar mit mir auf die Insel gereist ist, um bei Wind und Wetter alle Wege abzuschreiten, alle Örtlichkeiten und denkbaren Tatorte zu besichtigen. Dabei fällt mir ein, dass ich der netten Verkäuferin von *Leffers* in Leer ebenfalls zu Dank verpflichtet bin, sie hat mir genau den richtigen Mantel empfohlen – ich habe nicht gefroren. Und glauben Sie mir, Christoph Schneyder hat recht, im Winter ist es auf Wangerooge wunderschön. Probieren Sie es aus.

Mein großer Dank gilt Tina von Pentz und Wilhelm Janssen, die mich so gastfreundlich aufgenommen und jede Frage geduldig beantwortet haben. Es war sehr gemütlich bei euch, das Wildgulasch war ein Genuss und wenn ich wieder ein Buch schreiben sollte, das auf Wangerooge spielt, rufe ich einfach an.

Katrin Albuschat vom Rettungsdienst Friesland verdanke ich mein Wissen über die Erstbehandlung von Lungenverletzungen. Herr Hartmann von der Firma *Waterborg* in Leer hat meine dürftigen Kenntnisse über Waffen erweitert. Mein Sohn Benny hat mir erklärt, wie man ein Schiff zum Sinken bringen kann. Herzlichen Dank.

Barbara Wendelken, Mai 2011

Barbara Wendelken

1955 bei Bremen geboren, hat lange als Kinderkrankenschwester gearbeitet, bevor sie mit dem Schreiben begann. 1993 wurde als erstes Buch ein Märchen veröffentlicht. Seither sind Titel für Kinder und Erwachsene sowie Kurzgeschichten erschienen und in mehrere Sprachen übersetzt worden. Barbara Wendelken ist Mitglied im *Verband deutscher Schriftsteller* und im *Syndikat*, wo sie die Jury leitet, die den *Hansjörg-Martin-Preis* vergibt. Im Leda-Verlag erschienen ihr Kriminalroman *Berbertod* und zahlreiche Kurzgeschichten.

Barbara Wendelken
Berbertod
Ostfrieslandkrimi
Leer
978-939689-25-6
9,90 Euro

Wolke de Witt
Sturm im Zollhaus
Ostfrieslandkrimi
Leer
978-3-934927-77-3
8,90 Euro

Mischa Bach
Rattes Gift
Ostfrieslandkrimi
Leer
978-9-939689-23-2
9,90 Euro

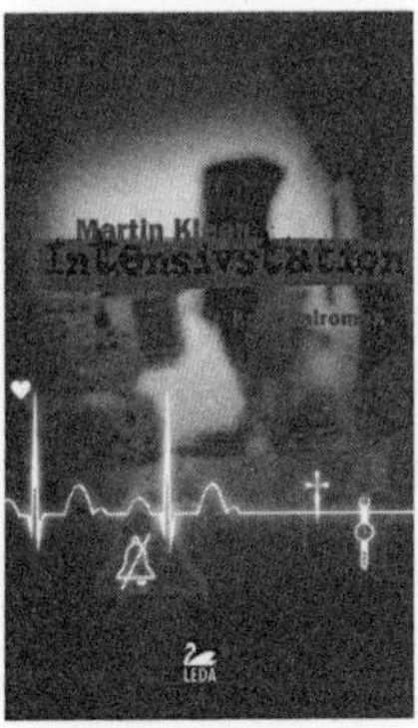

Martin Kleen:
Intensivstation
Kriminalroman
978-3-939689-57-7
9,90 Euro

Kerstin Körte
Dass ich dich besser fressen kann
978-3-939689-37-9
8,90 Euro

Ulrich Hefner
Der Tod kommt in Schwarz-Lila
978-3-939689-04-1
9,90 Euro

Regula Venske
Juist married
oder Wohin mit der Schwiegermutter?
Inselkrimi – Juist
978-934927-85-8
8,90 Euro

Regula Venske
Bankraub mit Möwenschiss
Inselkrimi – Juist
978-939689-18-8
8,90 Euro

Sandra Lüpkes
Die Sanddornkönigin
Der Brombeerpirat
Juist, Norderney
978-3-939689-06-5
9,90 Euro

Peter Gerdes
Wut und Wellen
Inselkrimi
Langeoog
978-3-939689-34-8
9,90 Euro

Peter Gerdes
Sand und Asche
Inselkrimi
Langeoog
978-3-939689-11-9
9,90 Euro

Peter Gerdes
Solo für Sopran
Inselkrimi
Langeoog
978-3-939689-63-8
9,90 Euro

Peter Gerdes
Zorn und Zärtlichkeit
Kriminalroman
978-3-939689-64-5
9,90 Euro

Ulrike Barow
Baltrumer Dünengrab
Inselkrimi
978-3-939689-62-1
9,90 Euro

Ulrike Barow
Baltrumer
Bärlauch
Inselkrimi – **Baltrum**
978-939689-31-7
9,90 Euro

Regine Kölpin
Muschelgrab
Inselkrimi
Wangerooge
978-3-939689-59-1
9,90 Euro

Regine Kölpin
Otternbiss
Inselkrimi
Wangerooge
978-3-939689-35-5
9,90 Euro

Tatjana Kruse
Wie klaut man
eine Insel?
Inselkrimi – Borkum
978-3-934927-96-4
8,90 Euro

Andreas Schmidt
Tod mit Meerblick
Kriminalroman
Schleswig-Holstein
978-3-939689-67-6
9,90 Euro

Maeve Carels
Nur ein
Schatten
Kriminalroman
978-3-939689-81-2
9,90 Euro

H. & P. Gerdes (Hrsg):
Mordkompott
Meerumschlungen
SchleswigHolstein
978-3-939689-68-3
9,90 Euro

Venske/ Gerdes (Hrsg):
Gepfefferte
Weihnachten
Krimis & Rezepte
978-3-939689-38-6
9,90 Euro

H. & P. Gerdes (Hrsg):
Friesisches
Mordkompott
Süßer Nachschlag
978-3-939689-21-8
9,90 Euro

H. & P. Gerdes (Hrsg):
Friesisches
Mordkompott
Herber Nachschlag
978-3-939689-20-1
9,90 Euro